CW00708547

COLLECTION FOLIO

Mario Vargas Llosa

Le rêve du Celte

Traduit de l'espagnol (Pérou)
par Albert Bensoussan et Anne-Marie Casès

Gallimard

Titre original :

EL SUEÑO DEL CELTA

Né en 1936 au Pérou, Mario Vargas Llosa passe une partie de son enfance en Bolivie. Dès l'âge de quatorze ans, il est placé à l'Académie militaire Leoncio Prado de Lima qui lui laisse un sinistre souvenir. Parallèlement à ses études universitaires, il collabore à plusieurs revues littéraires et, lors d'un bref passage au Parti communiste, découvre l'autre visage du Pérou. Il se lance dans le journalisme comme critique de cinéma et chroniqueur. Il obtient une bourse et part poursuivre ses études à Madrid où il passe son doctorat en 1958. L'année suivante, il publie un recueil de nouvelles très remarqué, *Les caïds*, et s'installe à Paris. Il publie de nombreux romans, couronnés par des prix littéraires prestigieux. Devenu libéral après la révolution cubaine, il fonde un mouvement de droite démocratique et se présente à l'élection présidentielle de 1990, mais il est battu au second tour. Romancier, critique, essayiste lucide et polémique (*L'utopie archaïque*), Mario Vargas Llosa est considéré comme l'un des chefs de file de la littérature latino-américaine. Il a reçu le prix Nobel de littérature en 2010.

Pour Álvaro, Gonzalo et Morgana.
Et pour Josefina, Leandro,
Ariadna, Aitana, Isabella et Anaís.

« Chacun de nous est, successivement, non pas un, mais plusieurs. Et ces personnalités successives, qui émergent les unes des autres, présentent le plus souvent entre elles les contrastes les plus étranges et les plus saisissants. »

José Enrique Rodó
Motivos de Proteo

CONGO

I

Lorsque s'ouvrit la porte de sa cellule, en même temps que le flot de lumière et un coup de vent, le bruit de la rue pénétra aussi, amorti par les murs de pierre, et Roger se réveilla, dans l'effroi. Clignant des yeux, l'esprit encore embrumé, faisant effort pour se ressaisir, il aperçut, appuyée au chambranle de la porte, la silhouette du *sheriff*. Son visage flasque, aux moustaches blondes et aux petits yeux malveillants, le contemplait avec l'antipathie qu'il n'avait jamais tenté de dissimuler. Voilà un type qui souffrirait si le gouvernement anglais répondait favorablement à son recours en grâce.

— Visite, murmura le *sheriff*, sans le quitter des yeux.

Il se leva, se frottant les bras. Combien de temps avait-il dormi ? L'un des supplices de la prison de Pentonville était de perdre la notion du temps. Dans celle de Brixton et à la Tour de Londres il entendait les coups de cloche qui marquaient les demies et les heures ; ici, l'épaisseur des murs ne laissait arriver à l'intérieur du cachot ni le bruit des cloches des églises de Caledonian Road ni le brouhaha du marché d'Islington, et les gardes postés à la porte respectaient à la lettre l'ordre de ne pas lui adresser la parole. Le *sheriff* lui passa les menottes et lui fit signe de le précéder. Était-ce son avocat qui lui apportait quelque bonne nouvelle ? Le cabinet ministériel se serait-il réuni, aurait-il pris une décision ? Peut-être le regard du *sheriff*, plus lourd que jamais de la répulsion qu'il lui inspirait, s'expliquait-il par une commutation de peine. Il marchait dans le long couloir de briques rouges noircies par la crasse, entre les portes métalliques des cellules et des murs décolorés où s'ouvrait dans la partie haute, tous les vingt ou vingt-cinq pas, une fenêtre grillagée par laquelle il parvenait à apercevoir un petit bout de ciel grisâtre. Pourquoi avait-il si froid ? On était en juillet, au cœur de l'été, pas de raison d'être glacé au point d'avoir la chair de poule.

En pénétrant dans l'étroit parloir des visiteurs, il fut déçu. Celui qui l'y attendait n'était pas son avocat, *maître*[1] George Gavan Duffy, mais l'un de ses assistants, un jeune homme roux et dégingandé, aux pommettes saillantes, mis comme un gandin, qu'il avait vu pendant les quatre jours du procès s'affairer à un va-et-vient de papiers pour les avocats de la défense. Pourquoi *maître** Gavan Duffy, au lieu de venir en personne, envoyait-il un de ses stagiaires ?

Le jeune homme lui jeta un regard froid. Il y avait dans ses pupilles de la colère et du dégoût. Quelle mouche le piquait, cet imbécile ? « Il me regarde comme si j'étais une bête nuisible », pensa Roger.

— Du nouveau ?

Le jeune homme fit un signe de tête négatif. Il prit une grande inspiration avant de parler :

— Pour la demande de remise de peine, c'est trop

1. En français dans le texte. Les mots en italique suivis d'un astérisque sont en français dans le texte. (*N.d.T.*)

tôt, murmura-t-il, sèchement, avec une grimace qui le désarticulait encore plus. Il faut attendre la réunion du conseil des ministres.

Roger était gêné par la présence du *sheriff* et de l'autre gardien dans le minuscule parloir. Malgré leur silence et leur immobilité, il savait qu'ils ne perdaient pas un mot de tout ce qu'eux étaient en train de dire. Cette pensée l'oppressait et rendait sa respiration difficile.

— Mais, compte tenu des derniers événements, ajouta le jeune homme roux, en clignant des yeux pour la première fois et en ouvrant et fermant exagérément la bouche, tout est devenu maintenant plus difficile.

— Les nouvelles du dehors n'arrivent pas à Pentonville Prison. Que s'est-il produit ?

Et si l'amirauté allemande s'était enfin décidée à attaquer la Grande-Bretagne à partir des côtes d'Irlande ? Et si l'invasion dont il rêvait avait lieu et que les canons du Kaiser vengeaient à cet instant même les patriotes irlandais fusillés par les Anglais lors de l'Insurrection de Pâques ? Si la guerre avait pris cette tournure, ses plans se réalisaient, malgré tout.

— Il est maintenant devenu difficile, voire impossible, de réussir, répéta le stagiaire.

Il était pâle, contenait son indignation, et Roger devinait son crâne sous sa peau blanchâtre. Il sentit que, dans son dos, le *sheriff* souriait.

— De quoi parlez-vous ? M. Gavan Duffy était optimiste au sujet du recours. Que s'est-il passé pour qu'il change d'opinion ?

— Vos cahiers, dit le jeune homme en détachant les syllabes, avec une autre moue de dégoût. — Il avait baissé la voix et Roger avait du mal à l'entendre. — Scotland Yard les a découverts, dans votre maison d'Ebury Street.

Il fit une longue pause, attendant que Roger dise quelque chose. Mais comme celui-ci gardait le silence, il donna libre cours à son indignation et tordit la bouche :

— Comment avez-vous pu être aussi insensé, mon pauvre ami ? — Il parlait avec une lenteur qui soulignait sa rage. — Comment avez-vous pu mettre noir sur blanc de telles choses, mon pauvre ami ? Et, tant qu'à le faire, comment n'avez-vous pas pris la précaution élémentaire de détruire ces cahiers avant de vous mettre à conspirer contre l'Empire britannique ?

« Ce blanc-bec m'insulte en me traitant de "pauvre ami" », pensa Roger. C'était un malappris, ce morveux maniéré, pour parler sur ce ton à quelqu'un qui avait bien deux fois son âge !

— Des fragments de ces cahiers circulent en ce moment de tous côtés, ajouta le stagiaire, plus calme, bien que toujours irrité, maintenant sans le regarder. À l'Amirauté, le porte-parole du ministre, le capitaine de vaisseau Reginald Hall en personne, en a remis des copies à des douzaines de journalistes. Elles courent dans tout Londres. Au Parlement, à la Chambre des Lords, dans les clubs libéraux et conservateurs, dans les rédactions, dans les églises. On ne parle que de ça dans la ville.

Roger ne disait rien. Il ne bougeait pas. Il éprouvait, à nouveau, cette étrange sensation qui s'était souvent emparée de lui ces derniers mois, depuis le pluvieux petit matin gris d'avril 1916 où il avait été arrêté, transi, dans les ruines de McKenna's Fort, dans le sud de l'Irlande : il ne s'agissait pas de lui, c'était d'un autre qu'ils parlaient, à un autre qu'arrivaient ces choses.

— Je sais que votre vie privée ne me regarde pas, ni M. Gavan Duffy ni personne, ajouta le jeune stagiaire, s'efforçant de modérer la colère qui imprégnait sa voix. Il s'agit d'une affaire strictement professionnelle. M. Gavan Duffy a voulu vous mettre au courant de la situation. Et vous prévenir. Le recours en grâce peut se trouver compromis. Ce matin, il y a déjà dans quelques journaux des protestations, des défections, des rumeurs sur le contenu de ces cahiers. L'opinion publique favorable au recours pourrait se voir affectée. Simple supposition, bien sûr. M. Gavan Duffy vous tiendra informé. Désirez-vous que je lui transmette un message ?

Le prisonnier refusa, d'un mouvement presque imperceptible de la tête. Aussitôt, il pivota sur ses talons, se retrouvant face à la porte du parloir. Le *sheriff* fit, de son visage joufflu, un signe au gardien. Celui-ci tira le lourd verrou et la porte s'ouvrit. Il trouva interminable le retour à la cellule. Durant le parcours du long couloir aux dures parois de briques rougeâtres il eut l'impression d'être à tout moment sur le point de trébucher et de s'étaler à plat ventre sur ces pierres humides, sans plus pouvoir se relever. En arrivant à sa porte métallique, il se souvint : le jour où on l'avait amené à Pentonville Prison le *sheriff* lui avait dit que tous les accusés qui avaient occupé cette cellule, sans exception, avaient fini sur l'échafaud.

— Est-ce que je pourrai prendre une douche, aujourd'hui ? demanda-t-il avant d'entrer.

L'obèse geôlier fit non de la tête, le regardant dans les yeux avec la même répugnance que celle que Roger avait perçue dans le regard du stagiaire.

— Vous ne pourrez pas vous doucher avant le jour de l'exécution, dit le *sheriff*, en savourant chaque mot. Et, ce jour-là, seulement si c'est votre dernière volonté. D'autres, au lieu de la douche, préfèrent un bon repas. Mauvaise affaire pour Mr Ellis, parce qu'alors, quand ils ont la corde au cou, ils font sur eux. Et ils salopent tout. Mr Ellis est le bourreau, au cas où vous ne le sauriez pas.

Quand il entendit la porte se refermer derrière lui, il alla s'allonger sur son mince grabat. Il ferma les yeux. Il aurait été bon de sentir l'eau froide de ce tuyau lui horripiler la peau et la bleuir de froid. À Pentonville, les prisonniers, à l'exception des condamnés à mort, pouvaient se laver au savon une fois par semaine sous ce jet d'eau froide. Et les conditions des cellules étaient passables. En revanche, il se rappela avec un frisson la saleté de la prison de Brixton, où il s'était rempli de poux et de puces qui pullulaient dans le matelas de son grabat et lui avaient couvert de piqûres le dos, les jambes et les bras. Il s'efforçait d'y fixer sa pensée, mais sans cesse lui revenaient en mémoire le visage dégoûté et la voix odieuse du stagiaire roux apprêté comme une gravure de mode que *maître** Gavan Duffy lui avait envoyé au lieu de venir en personne lui apporter ces mauvaises nouvelles.

II

De sa naissance, le 1er septembre 1864, à Doyle's Cottage, Lawson Terrace, dans le faubourg de Sandycove, à Dublin, il ne gardait, certes, aucun souvenir. Mais s'il n'oublia jamais qu'il avait vu le jour dans la capitale de l'Irlande, longtemps dans sa vie il tint pour assuré ce que son père, le capitaine Roger Casement, qui avait honorablement servi huit années durant au 3e Régiment de dragons légers, en Inde, lui avait inculqué : que son véritable berceau se trouvait au comté d'Antrim, au cœur de l'Ulster, l'Irlande protestante et pro-britannique, où la lignée des Casement était établie depuis le XVIIIe siècle.

Roger reçut l'éducation anglicane de la Church of Ireland, tout comme sa sœur Agnes (Nina) et ses frères Charles et Tom — tous trois plus âgés que lui —, mais, avant même d'avoir l'âge de raison, il devina qu'en matière de religion l'harmonie ne régnait pas comme dans tout le reste au sein de sa famille. Même un enfant en si bas âge n'était pas sans remarquer que sa mère, lorsqu'elle se trouvait avec ses sœurs et ses cousins d'Écosse, se comportait d'une façon qui semblait dissimuler quelque chose. Il découvrirait quoi, déjà adolescent : en dépit de son apparente conversion au protestantisme, pour pouvoir épouser son père, Anne Jephson était, en cachette de son mari, demeurée catholique (« papiste », aurait dit le capitaine Casement), se confessant, allant à la messe et communiant, et lui-même avait reçu, dans le plus grand secret, le baptême catholique à l'âge de quatre ans, pendant des vacances qu'avec ses frères et sa sœur ils avaient passées en compagnie de leur mère à Rhyl, dans le nord du pays de Galles, chez les tantes et oncles maternels qui habitaient là.

En ce temps-là, à Dublin, ou lorsqu'ils séjournèrent brièvement à Londres et à Jersey, Roger n'était absolument pas intéressé par la religion, même si, pour ne pas contrarier son père, il assistait à l'office dominical en priant, chantant et suivant le service avec respect. Sa mère lui avait donné des leçons de piano et il avait une voix claire et bien timbrée qui lui valait toujours un franc succès dans les réunions de famille où il entonnait de vieilles ballades irlandaises. Ce qui l'intéressait vraiment à l'époque, c'étaient les histoires que leur racontait, à lui et à ses frères et sœur, le capitaine Casement lorsqu'il était de bonne humeur. Des histoires de l'Inde et de l'Afghanistan, et surtout ses combats contre les Afghans et les sikhs. Ces noms et ces paysages exotiques, ces voyages où il traversait jungles et montagnes recélant des trésors, des fauves, des bêtes venimeuses, des peuples ancestraux aux étranges coutumes, des dieux barbares, enflammaient son imagination. Ces récits, parfois, ennuyaient ses frères et sa sœur, mais le petit Roger aurait pu passer des heures et des jours à écouter les aventures de son père sur les lointaines frontières de l'Empire.

Dès qu'il sut lire, il prit plaisir à se plonger dans les histoires des grands navigateurs, les Vikings, les Portugais, les Anglais et les Espagnols qui avaient sillonné les océans de la planète en faisant voler en éclats les mythes selon lesquels, arrivées à un certain point, les eaux marines se mettaient à bouillir, des abysses s'ouvraient et il en surgissait des monstres dont les gueules auraient pu avaler un bateau tout entier. Mais, entre les entendre ou les lire, Roger préféra toujours écouter ces aventures de la bouche de son père. Le capitaine Casement avait une voix chaude, il décrivait avec un riche vocabulaire et beaucoup d'animation les jungles de l'Inde ou les défilés rocheux de Khyber Pass, en Afghanistan, où sa compagnie de dragons légers s'était une fois trouvée encerclée par une masse d'enturbannés fanatiques que les braves soldats anglais avaient affrontés d'abord au fusil, puis à la baïonnette, et, pour finir, au poignard et à mains nues, jusqu'à les obliger à se retirer en débandade. Ce n'étaient cependant pas les faits d'armes qui enflammaient le plus l'imagination du petit Roger, mais les voyages, cette incursion dans des paysages jamais foulés du pied de l'homme blanc, ces exploits de résistance physique pour surmonter les obstacles de la nature. Son père le séduisait par ses récits, mais, extrêmement sévère aussi, il n'hésitait pas à donner le fouet à ses enfants quand ils se tenaient mal, y compris à Nina, sa petite bonne femme, car c'est ainsi qu'on punissait les fautes à l'armée et il savait d'expérience que seule cette façon de châtier était efficace.

Certes, Roger admirait son père, mais c'est sa mère qu'il aimait vraiment, cette femme svelte qui semblait flotter plutôt que marcher, aux cheveux et aux yeux clairs et dont les mains, si douces, quand elles s'enroulaient à ses boucles ou caressaient son corps au moment de le baigner, le comblaient de bonheur. L'une des premières choses qu'il devait apprendre — avait-il cinq, six ans ? — c'est qu'il ne pouvait courir se jeter dans les bras de sa mère que si le capitaine ne se trouvait pas à proximité. Ce dernier, fidèle à la tradition puritaine de sa famille, n'était pas partisan d'élever les enfants dans les cajoleries, car cela les rendait ensuite peu aptes à la lutte pour la vie. Quand son père était là, Roger se tenait à distance de la pâle et délicate Anne Jephson. Mais lorsqu'il allait retrouver ses amis à son club ou sortait faire un tour, l'enfant se précipitait vers elle, qui le couvrait de baisers et de caresses. Parfois, Charles, Nina et Tom protestaient : « Tu aimes Roger plus que nous. » Leur mère leur assurait que non, qu'elle les aimait tous pareillement, sauf que Roger était très petit et qu'il avait besoin de plus d'attention et de tendresse que ses aînés.

Quand sa mère mourut, en 1873, Roger avait neuf ans. Il avait appris à nager et gagnait toutes les compétitions contre les enfants de son âge, voire contre les plus grands. Contrairement à Nina, Charles et Tom, qui versèrent des torrents de larmes pendant la veillée funèbre et l'enterrement d'Anne Jephson, Roger ne pleura pas une seule fois. En ces jours de deuil le foyer des Casement était devenu une chapelle ardente, pleine de gens habillés en noir, qui parlaient à voix basse et embrassaient le capitaine Casement et les quatre enfants la mine contrite, en présentant leurs condoléances. Pendant des jours et des jours il ne put prononcer un mot, comme s'il était devenu muet. Il répondait aux questions d'un mouvement de tête ou par gestes et demeurait sérieux, tête basse et le regard perdu, même la nuit dans sa chambre plongée dans l'obscurité, sans pouvoir dormir. Dès lors et pour le restant de ses jours, de temps en temps, la silhouette d'Anne Jephson viendrait lui rendre visite en rêve, avec ce sourire engageant, ouvrant ses bras où il allait se blottir, se sentant protégé et heureux sous ses doigts fins posés sur sa tête, dans son dos, sur ses joues, sensation qui semblait le défendre contre la méchanceté du monde.

Ses frères et sa sœur se consolèrent vite. Et Roger aussi, apparemment. Car, tout en ayant recouvré la parole, c'était un sujet qu'il n'abordait jamais. Quand quelqu'un de la famille évoquait devant lui le souvenir de sa mère, il se taisait et restait enfermé dans son mutisme jusqu'à ce que cette personne change de sujet. Dans ses insomnies, il devinait dans l'obscurité, le regardant avec tristesse, le visage de l'infortunée Anne Jephson.

Mais c'est le capitaine Roger Casement qui fut inconsolable et plus jamais le même. Comme il n'était pas expansif, et que Roger ni ses frères et sœur ne l'avaient jamais vu se montrer tendre envers leur mère, les quatre enfants furent surpris par le cataclysme que signifia pour leur père la disparition de son épouse. Lui, si soigné de sa personne, s'habillait maintenant n'importe comment, avait la barbe mal rasée, les sourcils froncés et un regard de ressentiment comme si ses enfants étaient responsables de son veuvage. Peu de temps après la mort d'Anne, il décida de quitter Dublin et envoya ses quatre enfants en Ulster, à Magherintemple House, la maison familiale, où le grand-oncle paternel John Casement et son épouse Charlotte prendraient désormais en charge l'éducation des frères et sœur. Son père, comme s'il voulait ne plus en entendre parler, s'en alla vivre à quarante kilomètres de là, à l'hôtel Adair Arms de Ballymena, où, à ce que laissait parfois échapper le grand-oncle John, le capitaine Casement, « à moitié fou de douleur et de solitude », vouait ses jours et ses nuits au spiritisme, essayant de communiquer avec la défunte au moyen de médiums, de cartes et de boules de cristal.

Dès lors, Roger vit très rarement son père et ne l'entendit plus jamais lui raconter ces histoires de l'Inde et de l'Afghanistan. Le capitaine Roger Casement mourut de tuberculose en 1876, trois ans après son épouse. Roger venait d'avoir douze ans. À la Ballymena Diocesan School, où il resta trois ans, il fut un élève distrait, obtenant des notes moyennes, sauf en latin, en français et en histoire ancienne, matières où il brillait. Il écrivait de la poésie, semblait toujours plongé dans ses pensées et dévorait des livres de voyage sur l'Afrique et l'Extrême-Orient. Il pratiquait divers sports, surtout la natation. Il se rendait en fin de semaine au château de Galgorm, appartenant aux Young, où l'invitait un camarade de classe. Mais plus qu'avec ce dernier, Roger passait son temps avec Rose Maud Young, belle et savante, de surcroît écrivaine, qui parcourait les villages de pêcheurs et de paysans d'Antrim pour recueillir poèmes, légendes et chansons en gaélique. C'est de sa bouche qu'il entendit pour la première fois le récit des combats épiques de la mythologie irlandaise. Le château, aux pierres noires, plein de tours, d'écus, de cheminées et avec une façade de cathédrale, avait été construit au XVIIe siècle par Alexander Colville, un théologien au visage ingrat — d'après son portrait pendu dans le vestibule — qui, disait-on à Ballymena, avait fait un pacte avec le diable et dont le fantôme déambulait en ces lieux. En tremblant, certaines nuits de pleine lune, Roger s'enhardit à le chercher dans les couloirs et les pièces vides, mais il ne le trouva jamais.

Ce n'est que bien des années plus tard qu'il saurait se sentir à l'aise à Magherintemple House, la maison familiale des Casement, qui s'était auparavant appelée Churchfield et avait été une cure de la paroisse anglicane de Culfeightrin. Car les six années qu'il vécut là, entre neuf et quinze ans, avec le grand-oncle John et la grand-tante Charlotte, ainsi que d'autres parents du côté paternel, il se sentit toujours quelque peu étranger à cette imposante demeure de pierre grise, à trois étages, aux très hauts plafonds, aux murs couverts de lierre, aux toits en faux gothique et aux lourds rideaux qui semblaient cacher des fantômes. Les vastes pièces, les longs couloirs et les escaliers aux rampes de bois usées par le temps et aux marches grinçantes accroissaient son sentiment de solitude. En revanche, il était heureux à l'air libre, au milieu des ormes haut dressés, des sycomores et des pêchers qui résistaient au vent violent, et des douces collines où paissaient vaches et moutons et d'où l'on apercevait le bourg de Ballycastle, la mer, les vagues déferlantes à l'assaut de l'île de Rathlin ainsi que, par ciel dégagé, les brumeuses côtes d'Écosse. Ses pas le menaient souvent aux proches hameaux de Cushendun et Cushendall qui semblaient être le théâtre d'antiques légendes irlandaises, et aux neuf *glens* de l'Irlande du Nord, ces minces vallées entourées de collines et de pentes rocheuses au-dessus desquelles planaient les aigles, spectacle qui le remplissait de hardiesse et d'exaltation. Son occupation favorite, c'étaient ces excursions sur cette terre âpre, aux paysans aussi chargés d'ans que le paysage, dont certains parlaient entre eux l'ancien irlandais, que son grand-oncle John et ses amis raillaient parfois cruellement. Ni Charles ni Tom ne partageaient son enthousiasme pour la vie au grand air ni ne prenaient plaisir à ces randonnées à travers champs ou sur les pentes escarpées d'Antrim ; Nina, en revanche, oui, et c'est pourquoi, bien que de huit ans plus vieille que lui, elle fut sa préférée, celle avec qui il devait toujours s'entendre le mieux. Il fit avec elle plusieurs excursions jusqu'à la baie de Murlough, hérissée de rochers noirs surplombant sa petite plage de galets, au pied du Glenshesk. Son souvenir l'accompagnerait toute sa vie et il l'évoquerait toujours, dans ses lettres à sa famille, comme « ce coin du paradis. »

Mais, plus encore que les promenades à travers champs, Roger aimait les vacances d'été. Il les passait à Liverpool, chez sa tante Grace, sœur de sa mère, auprès de qui il se sentait bien accueilli et aimé : par *aunt* Grace, certes, mais aussi par son époux, l'oncle Edward Bannister, qui avait parcouru le monde et faisait des voyages d'affaires en Afrique. Il travaillait pour la compagnie de navires marchands Elder Dempster Line, qui transportait du fret et des passagers entre la Grande-Bretagne et l'Afrique occidentale. Les enfants de tante Grace et d'oncle Edward, ses cousins, furent de meilleurs compagnons de jeu pour Roger que ses propres frères, surtout sa cousine Gertrude Bannister, Gee, de qui, depuis tout petit, il se sentait proche, sans jamais l'ombre d'un désaccord. Ils étaient si unis qu'une fois Nina les taquina : « Vous finirez par vous marier. » Gee se mit à rire, mais Roger devint rouge jusqu'à la racine des cheveux. Il n'osa pas lever les yeux et balbutia : « Non, non, pourquoi dis-tu cette bêtise ? »

Quand il se trouvait à Liverpool, chez ses cousins, Roger surmontait parfois sa timidité et interrogeait l'oncle Edward sur l'Afrique, un continent dont la seule mention emplissait sa tête de forêts, de fauves, d'aventures et d'hommes intrépides. C'est grâce à l'oncle Edward Bannister qu'il entendit parler pour la première fois du docteur David Livingstone, le médecin et évangéliste écossais qui, depuis des années, explorait le continent africain, parcourant des fleuves tels que le Zambèze et le Shire, baptisant des montagnes, des lieux inconnus, et apportant le christianisme aux tribus sauvages. C'était le premier Européen à avoir traversé l'Afrique de côte à côte, le premier à avoir parcouru le désert du Kalahari, et il était devenu le héros le plus populaire de l'Empire britannique. Roger rêvait de lui, lisait les gazettes qui décrivaient ses prouesses et aspirait ardemment à faire partie de ses expéditions, à affronter à ses côtés les dangers, à l'aider à apporter la religion chrétienne à ces païens qui n'étaient pas sortis de l'âge de pierre. Quand le docteur Livingstone, à la recherche des sources du Nil, disparut, englouti par les forêts africaines, Roger avait deux ans. Quand, en 1872, un autre aventurier et explorateur légendaire, Henry Morton Stanley, journaliste d'origine galloise employé par un journal de New York, émergea de la jungle en annonçant au monde qu'il avait retrouvé vivant le docteur Livingstone, il allait en avoir huit. L'enfant vécut cette histoire romanesque avec étonnement et envie. Et quand, une année plus tard, on apprit que le docteur Livingstone, qui n'avait jamais voulu quitter le sol africain ni retourner en Angleterre, était mort, Roger sentit qu'il avait perdu un être très cher. Lorsqu'il serait grand, lui aussi serait explorateur, comme ces titans, Livingstone et Stanley, qui élargissaient les frontières de l'Occident et vivaient des vies extraordinaires.

Lorsqu'il eut quinze ans, son grand-oncle John Casement conseilla à Roger d'abandonner les études et de chercher un emploi, puisque ni lui ni ses frères n'avaient de rentes pour vivre. Il accepta de bonne grâce. D'un commun accord il fut décidé que Roger irait à Liverpool, où il y avait plus de possibilités de travail qu'en Irlande du Nord. En effet, à quelques jours de son arrivée chez les Bannister, l'oncle Edward lui trouva un poste dans la compagnie même où il avait travaillé tant d'années. Il commença comme apprenti dans cette compagnie de navigation peu après ses quinze ans. Il semblait plus âgé. Il était de haute taille, mince, avait de profonds yeux gris, les cheveux noirs bouclés, la peau très claire et les dents régulières, était sobre, discret, élégant, aimable et serviable. Il parlait l'anglais avec un léger accent irlandais, motif de plaisanterie parmi ses cousins.

C'était un garçon sérieux, opiniâtre, laconique, pas très formé intellectuellement, mais avec de la bonne volonté. Il prit très à cœur ses tâches dans la compagnie, décidé à apprendre. On l'affecta au département d'administration et comptabilité. Au début, il n'était que coursier. Il portait et rapportait des documents d'un bureau à l'autre et se rendait au port pour les démarches entre bateaux, douanes et dépôts. Ses chefs avaient de la considération pour lui. Pendant les quatre années où il travailla à l'Elder Dempster Line, il ne se lia avec personne, en raison de son caractère renfermé et de ses habitudes austères : fâché avec la bringue, il ne buvait presque pas et on ne le vit jamais fréquenter les bars et les bordels du port. Il devint, en revanche, un fumeur impénitent. Sa passion pour l'Afrique et son souci de bien mériter de la compagnie lui faisaient lire attentivement, en les remplissant de notes, les gazettes et les publications qui circulaient dans les bureaux en rapport avec le commerce maritime entre l'Empire britannique et l'Afrique occidentale. Puis il répétait avec conviction les idées qui imprégnaient ces textes. Exporter vers l'Afrique les produits européens et importer les matières premières que le sol africain produisait, c'était, plus qu'une opération mercantile, une entreprise en faveur du progrès de peuples stagnant dans la préhistoire, plongés dans le cannibalisme et la traite d'esclaves. Le commerce apportait là-bas la religion, la morale, la loi, les valeurs de l'Europe moderne, cultivée, libre et démocratique, un progrès qui finirait par transformer ces malheureux des tribus en hommes et femmes de notre temps. Dans cette entreprise, l'Empire britannique était à l'avant-garde de l'Europe et il fallait se sentir fier d'en faire partie, fier du travail accompli à l'Elder Dempster Line. Ses camarades de bureau échangeaient des regards moqueurs, se demandant si le jeune Roger Casement était un idiot ou un roublard, s'il croyait à ces bêtises ou les débitait seulement pour se faire valoir devant ses chefs.

Pendant les quatre années où il travailla à Liverpool, Roger continua à vivre chez son oncle Edward et sa tante Grace, à qui il remettait une partie de son salaire, et qui le traitaient comme leur fils. Il s'entendait bien avec ses cousins, surtout avec Gertrude, qu'il emmenait le dimanche et les jours fériés faire du canotage et pêcher s'il faisait beau, ou bien, s'il pleuvait, il restait à la maison à lire tout haut près de la cheminée. Leur rapport était fraternel, sans une once de malice ni de coquetterie. Gertrude fut la première personne à qui il montra les poèmes qu'il écrivait en secret. Roger finit par connaître sur le bout des doigts le mouvement de la compagnie et, sans avoir jamais mis les pieds dans les ports africains, il en parlait comme s'il avait passé sa vie au milieu de leurs bureaux, de leurs commerces, de leurs formalités, de leurs habitudes et des gens qui les peuplaient.

Il prit part à trois voyages en Afrique occidentale sur le *SS Bounny* et l'expérience l'enthousiasma au point qu'après le troisième il renonça à son emploi et annonça à ses frères et sœur, oncle, tante et cousins qu'il avait décidé de s'en aller en Afrique. Il le fit dans l'exaltation et, à ce que lui dit l'oncle Edward, « comme ces croisés qui au Moyen Âge partaient pour l'Orient libérer Jérusalem ». Sa famille alla au port lui faire ses adieux et Gee et Nina versèrent quelques larmes. Roger venait d'avoir vingt ans.

III

Lorsque le *sheriff* ouvrit la porte de la cellule et l'écrasa du regard, Roger était en train de songer, avec honte, qu'il avait toujours été partisan de la peine de mort. Il l'avait fait savoir peu d'années auparavant, dans son *Rapport sur le Putumayo* pour le Foreign Office, le *Blue Book* (Livre bleu), en réclamant pour le Péruvien Julio César Arana, le roi du caoutchouc au Putumayo, un châtiment exemplaire : « Si nous parvenions au moins à le faire pendre pour ces crimes atroces, ce serait le commencement de la fin de cet interminable martyre et de l'infernale persécution subie par les malheureux indigènes. » Il n'écrirait plus ces choses-là aujourd'hui. Et, avant ça, il s'était rappelé le malaise qui le prenait quand il entrait dans une maison et y découvrait une cage à oiseaux. Les canaris, chardonnerets ou perruches derrière des barreaux lui avaient toujours semblé victimes d'une cruauté inutile.

— Visite, murmura le *sheriff*, les yeux et la voix chargés de mépris. — Tandis que Roger se redressait et époussetait à grandes tapes son uniforme de condamné, il ajouta d'un ton sarcastique : — Vous voici à nouveau dans la presse, monsieur Casement. Non comme traître à votre patrie...

— Ma patrie c'est l'Irlande, l'interrompit-il.

— ... mais pour vos obscénités. Le *sheriff* claquait la langue comme s'il allait cracher. — Un traître doublé d'un pervers. Quelle ordure ! Ce sera un plaisir de vous voir vous balancer au bout d'une corde, ex-sir Roger.

— Le cabinet a rejeté le recours en grâce ?

— Pas encore, tarda à répondre le *sheriff*. Mais il le rejettera. Et aussi Sa Majesté le roi, bien entendu.

— Je ne lui demanderai pas ma grâce, à lui. C'est votre roi à vous, pas le mien.

— L'Irlande est britannique, murmura le *sheriff*. Maintenant plus que jamais, après l'écrasement de cette lâche Insurrection de Pâques à Dublin. Un coup de poignard dans le dos porté à un pays en guerre. Ses meneurs, moi je ne les aurais pas fusillés, je les aurais pendus.

Il se tut, car ils étaient arrivés au parloir.

Ce n'était pas le père Carey, l'aumônier catholique de la prison, qui était venu lui rendre visite, mais Gertrude, Gee, sa cousine. Elle l'embrassa avec force et Roger la sentit trembler dans ses bras. Il pensa à un oisillon transi. Comme Gee avait vieilli depuis son incarcération et son procès ! Il se souvint de la vaillante jeune fille espiègle de Liverpool, de la séduisante femme éprise de la vie londonienne que ses amis, à cause de sa jambe malade, surnommaient affectueusement *Hoppy* (Patte folle). C'était maintenant une petite vieille frêle et souffreteuse, et non la femme en bonne santé, forte et sûre d'elle-même de naguère. La claire lumière de son regard s'était éteinte et elle avait des rides au visage, au cou et aux mains. Elle était habillée de sombre, des vêtements défraîchis.

— Je dois puer toutes les misères du monde, plaisanta Roger, en montrant son grossier uniforme gris, anciennement bleu. On m'a supprimé le droit de me laver. On ne me le rendra qu'une seule fois, si on m'exécute.

— On ne le fera pas, le conseil des ministres donnera son aval pour la grâce, affirma Gertrude, en secouant la tête à l'appui de ses paroles. Le président Wilson doit intercéder en ta faveur auprès du gouvernement britannique, Roger. Il a promis d'envoyer un télégramme. On te l'accordera, il n'y aura pas d'exécution, crois-moi.

Elle disait cela de façon si tendue, d'une voix si brisée, que Roger eut de la peine pour elle, pour tous ses amis qui, comme Gee, connaissaient en ce moment cette même angoisse, cette même incertitude. Il avait envie de la questionner sur les attaques des journaux mentionnées par le geôlier, mais il se retint. Le président des États-Unis intercéderait en sa faveur ? Ce devait être à l'initiative de John Devoy et autres amis de Clan na Gael. S'il le faisait, sa démarche serait suivie d'effet. Il restait encore une possibilité de voir sa peine commuée par le cabinet.

Il n'y avait rien pour s'asseoir et Roger et Gertrude restaient debout, très près l'un de l'autre, tournant le dos au *sheriff* et au gardien. Les quatre présences faisaient du petit parloir un lieu idéal pour la claustrophobie.

— Gavan Duffy m'a dit qu'on t'avait renvoyée de Queen Anne's, s'excusa Roger. Je sais bien que c'est de ma faute. Je te demande mille fois pardon, ma chère Gee. Te faire du tort est la dernière chose que j'aurais voulue.

— On ne m'a pas renvoyée, on m'a demandé d'accepter la révocation de mon contrat. Et on m'a donné une indemnité de quarante livres. Ça m'est égal. Ça m'a laissé le temps d'aider Alice Stopford Green dans ses démarches pour te sauver la vie. C'est le plus important maintenant.

Elle saisit la main de son cousin et la serra avec tendresse. Gee enseignait depuis de longues années à l'école de l'hôpital de Queen Anne's, à Caversham, où elle avait fini par devenir sous-directrice. Elle avait toujours aimé son travail, et elle en racontait dans ses lettres à Roger des anecdotes amusantes. Et maintenant, à cause de sa parenté avec un pestiféré, elle allait se trouver réduite au chômage. Aurait-elle de quoi vivre ou quelqu'un pour l'aider?

— Personne ne croit un mot des infamies que l'on publie sur toi, dit Gertrude, à voix très basse, comme si les deux hommes qui étaient là pouvaient ne pas l'entendre. Tous les honnêtes gens sont indignés que le gouvernement utilise ces calomnies pour discréditer la pétition que tant de personnalités ont signée en ta faveur, Roger.

Sa voix s'étrangla, comme si elle allait sangloter. Roger la reprit dans ses bras.

— Je t'ai tant aimée, Gee, Gee chérie, lui murmura-t-il à l'oreille. Et maintenant, encore plus qu'avant. Je te serai toujours reconnaissant de ta loyauté envers moi contre vents et marées. C'est pourquoi ton jugement est un des rares à compter pour moi. Tu sais que tout ce que j'ai fait, je l'ai fait pour l'Irlande, n'est-ce pas? Pour une cause noble et généreuse, comme celle de l'Irlande. Pas vrai, Gee?

Elle s'était mise à sangloter, tout bas, le visage enfoui contre sa poitrine.

— Vous aviez dix minutes et il en est passé cinq, rappela le *sheriff*, sans se retourner pour les regarder. Il vous en reste encore cinq.

— Maintenant, avec tout ce temps pour réfléchir, dit Roger à l'oreille de sa cousine, je pense beaucoup à ces années à Liverpool, quand nous étions si jeunes, Gee, et que la vie nous souriait.

— Ils croyaient tous qu'on était amoureux et qu'on se marierait un jour, murmura Gee. Moi aussi je me souviens de cette époque avec nostalgie, Roger.

— On était plus qu'amoureux, Gee. On était frère et sœur, des complices. Les deux faces d'une même monnaie. Aussi inséparables. Tu as été beaucoup de choses pour moi. La mère que j'ai perdue à neuf ans. Les amis que je n'ai jamais eus. Avec toi je me suis toujours senti mieux qu'avec mes propres frères et sœur. Tu me donnais confiance, de l'assurance dans la vie, de la joie. Plus tard, pendant toutes mes années en Afrique, tes lettres ont été le seul pont qui me reliait au reste du monde. Tu ne peux savoir avec quel bonheur je recevais tes lettres et comment je les lisais et relisais, chère Gee.

Il se tut. Il ne voulait pas que sa cousine se rende compte qu'il était lui aussi sur le point de pleurer. Dès l'enfance il avait détesté, sans doute du fait de son éducation puritaine, les effusions sentimentales en public, mais ces derniers mois il tombait parfois dans des faiblesses qui jadis lui déplaisaient tant chez les autres. Gee ne disait rien. Elle était toujours dans ses bras et Roger sentait sa respiration agitée, qui gonflait et dégonflait sa poitrine.

— Tu as été la seule personne à qui j'aie montré mes poèmes. Tu t'en souviens ?

— Je me rappelle qu'ils étaient très mauvais, dit Gertrude. Mais je t'aimais tant que je te faisais des compliments. J'en ai même appris par cœur.

— Je savais très bien qu'ils ne te plaisaient pas, Gee. Ça a été une chance que je ne les publie pas. J'ai été sur le point de le faire, comme tu sais.

Ils se regardèrent et finirent par éclater de rire.

— Nous faisons en ce moment tout, tout, pour t'aider, Roger, dit Gee, redevenant très sérieuse. — Sa voix, elle aussi, avait vieilli ; avant elle était ferme et enjouée et maintenant, tremblante et cassée. — Nous qui t'aimons, et nous sommes nombreux. Alice la première, bien sûr. On remue ciel et terre. On écrit des lettres, on rend visite aux hommes politiques, aux autorités, aux diplomates. On explique, on supplie. On frappe à toutes les portes. Elle fait des démarches pour venir te voir. C'est difficile. Seule la famille est autorisée. Mais Alice est connue, elle a des relations. Elle obtiendra l'autorisation et viendra, tu verras. Savais-tu qu'au moment de l'Insurrection à Dublin Scotland Yard a fouillé sa maison de fond en comble ? Ils ont emporté plein de papiers. Elle t'aime et t'admire tant, Roger.

« Je le sais », pensa Roger. Lui aussi aimait et admirait Alice Stopford Green. L'historienne, irlandaise et de famille anglicane comme Casement, dont la maison était un des salons intellectuels les plus fréquentés de Londres, un centre de cercles amicaux et de réunions pour tous les nationalistes et autonomistes irlandais, avait été pour lui plus qu'une amie et une conseillère en matière politique. Elle l'avait éduqué, lui avait fait découvrir et aimer le passé de l'Irlande, sa longue histoire et sa culture, florissante avant d'être absorbée par son puissant voisin. Elle lui avait recommandé des livres, lui avait ouvert l'esprit dans de passionnantes conversations, l'avait incité à poursuivre ces cours de langue irlandaise que, malheureusement, il n'était jamais parvenu à maîtriser. « Je mourrai sans parler le gaélique », pensa-t-il. Et, plus tard, quand il était devenu un nationaliste radical, Alice fut la première personne dans Londres à l'appeler du surnom que lui avait donné Herbert Ward et qui plaisait tant à Roger : « Le Celte. »

— Dix minutes, décréta le *sheriff*. Fin de la visite.

Il sentit sa cousine s'agripper à lui et tenter d'approcher sa bouche de son oreille, sans y parvenir, parce qu'il était beaucoup plus grand qu'elle. Elle lui parla en amenuisant sa voix jusqu'à la rendre presque inaudible:

— Toutes ces horribles choses que disent les journaux sont des calomnies, des mensonges abjects. N'est-ce pas, Roger ?

La question le prit tellement au dépourvu qu'il tarda quelques secondes à répondre.

— Je ne sais ce que la presse dit de moi, Gee chérie. On ne la reçoit pas ici. Mais — il pesa soigneusement ses mots —, bien sûr que ce sont des mensonges. Je veux que tu penses à une seule chose, Gee. Et que tu me croies. Je me suis souvent trompé, évidemment. Mais je n'ai rien de honteux à me reprocher. Ni toi ni aucun de mes amis ne devez avoir honte de moi. Tu me crois, non, Gee ?

— Bien sûr que je te crois.

Sa cousine sanglota, se cachant la bouche des deux mains.

De retour dans sa cellule, Roger sentit ses yeux se remplir de larmes. Il fit un grand effort pour que le *sheriff* ne le remarque pas. Il était étrange qu'il ait envie de pleurer. Autant qu'il s'en souvienne, il n'avait pas pleuré pendant tous ces mois, depuis sa capture. Ni lors des interrogatoires à Scotland Yard, ni lors des audiences du procès, ni en entendant la sentence qui le condamnait à être pendu. Pourquoi maintenant ? À cause de Gertrude. De Gee. La voir souffrir de la sorte, douter de la sorte, cela voulait dire au moins que sa personne et sa vie lui étaient précieuses. Il n'était donc pas aussi seul qu'il le croyait.

IV

La remontée du Congo par le consul de Grande-Bretagne Roger Casement, qui fut entreprise le 5 juin 1903 et allait changer sa vie, aurait dû commencer un an plus tôt. Il n'avait cessé de suggérer cette expédition au Foreign Office depuis qu'en 1900, après avoir servi à Old Calabar (Nigeria), Lourenço Marques (Maputo) et São Paulo de Luanda (Angola), il avait officiellement pris son poste de consul de Grande-Bretagne à Boma — un gros bourg difforme —, en faisant valoir que la meilleure façon de présenter un rapport sur la situation des indigènes dans l'État indépendant du Congo était de quitter cette capitale reculée pour gagner les forêts et les tribus du moyen et haut Congo. C'est là, en effet, qu'était menée à bien l'exploitation sur laquelle il faisait parvenir des informations au ministère des Affaires étrangères depuis qu'il était arrivé à Boma. Enfin, après avoir soupesé ces fameuses raisons d'État qui ne laissaient pas de retourner l'estomac du consul, même s'il les comprenait — la Grande-Bretagne était alliée à la Belgique et ne voulait pas jeter celle-ci dans les bras de l'Allemagne —, le Foreign Office l'avait autorisé à entreprendre ce voyage vers les villages, les comptoirs, les missions, les postes, les campements et les factoreries où s'effectuait l'extraction du caoutchouc, or noir avidement convoité maintenant dans le monde entier pour les roues et les pare-chocs des camions et des automobiles, ainsi que pour mille autres usages industriels et domestiques. Il devait vérifier sur le terrain ce qu'il y avait de vrai dans les dénonciations d'iniquités commises contre les indigènes au Congo de Sa Majesté Léopold II, roi des Belges, que faisaient la Société pour la Protection des Indigènes, à Londres, et quelques églises baptistes et missions catholiques en Europe et aux États-Unis.

Il avait préparé son voyage en y mettant son soin habituel et un enthousiasme qu'il dissimulait devant les fonctionnaires belges, les colons et commerçants de Boma. Cette fois, assurément, il pourrait soutenir devant ses chefs, en toute connaissance de cause, que l'Empire, fidèle à sa tradition de justice et de fair-play, devait prendre la tête d'une campagne internationale qui mette un point final à cette ignominie. Sauf que, au milieu de l'année 1902, il avait eu sa troisième crise de malaria, pire encore que les deux précédentes qui l'avaient affecté depuis que, dans un élan d'idéalisme et de rêve d'aventures, il avait décidé en 1884 de quitter l'Europe pour venir en Afrique œuvrer, par le biais du commerce, du christianisme et des institutions sociales et politiques de l'Occident, à l'émancipation des Africains et en finir avec leur retard, leurs maladies et leur ignorance.

Ce n'étaient pas des paroles en l'air. Il croyait profondément à tout cela quand, alors qu'il n'avait que vingt ans, il posa le pied sur le continent noir. Les fièvres paludéennes étaient encore à venir. Il venait de réaliser le désir de sa vie : faire partie d'une expédition emmenée par le plus célèbre aventurier en terre africaine : Henry Morton Stanley. Servir sous les ordres de l'explorateur qui, lors d'un voyage légendaire de près de trois ans, avait entre 1874 et 1877 traversé l'Afrique d'est en ouest, en suivant le cours du Congo depuis sa source jusqu'à son embouchure dans l'Atlantique ! Accompagner le héros qui avait retrouvé le docteur Living-stone disparu ! C'est alors, comme si les dieux avaient voulu doucher son exaltation, qu'il avait eu sa première attaque de paludisme. Rien, comparé à ce que fut, trois ans après, la deuxième, en 1887, et surtout cette troisième de 1902, où pour la première fois il crut mourir. Les symptômes, au milieu de cette année 1902, avaient été les mêmes, quand, de bon matin, son bagage déjà bourré de cartes, boussole, crayons et cahiers de notes, en ouvrant les yeux dans sa chambre — celle-ci nichait à l'étage de sa maison à Boma, à la fois résidence et bureau consulaire, dans le quartier colonial, à deux pas du palais du gouvernement –, il s'était senti grelotter de froid. Il avait écarté la moustiquaire et vu, par les fenêtres sans vitres ni rideaux, mais munies d'un treillis métallique contre les insectes, et maintenant criblées de pluie, les eaux fangeuses du grand fleuve et les îles alentour à la végétation luxuriante. Impossible de se lever. Ses jambes ne le portaient plus, comme si elles avaient été de chiffe molle. *John*, son bouledogue, effrayé, se mit à bondir et à aboyer. Il se laissa retomber sur le lit. Son corps était en feu, mais le froid transperçait ses os. Il appela à grands cris Charlie et Mawuku, son majordome et son cuisinier congolais qui dormaient au rez-de-chaussée, mais aucun d'eux ne répondit. Ils étaient sûrement dehors et, surpris par l'orage, avaient dû courir s'abriter sous les branches d'un baobab en attendant l'accalmie. Le paludisme, encore ? dit le consul en jurant. Et justement à la veille de l'expédition ? Il aurait de la diarrhée, des hémorragies et la faiblesse l'obligerait à garder la chambre des jours et des semaines, abruti de fièvre et frissonnant.

Charlie fut le premier des domestiques à revenir, ruisselant. « Va chercher le docteur Salabert », lui ordonna Roger, non en français mais en lingala, la langue bantoue. Le docteur Salabert était l'un des deux médecins de Boma, ancien port négrier — appelé alors Mboma — où, au XVIe siècle, les trafiquants portugais de l'île de São Tomé venaient acheter des esclaves aux petits chefs tribaux du royaume aujourd'hui disparu du Kongo, et dont les Belges avaient fait la capitale de l'État indépendant du Congo. Contrairement à Matadi, il n'y avait pas d'hôpital à Boma, seulement un dispensaire pour les urgences, tenu par deux religieuses flamandes. Le docteur arriva une demi-heure plus tard, traînant les pieds et s'aidant d'une canne. Il était moins vieux qu'il n'en avait l'air, mais le climat rude et, surtout, l'alcool, l'avaient ravagé. Il avait tout du vieillard. Il s'habillait comme un vagabond. Ses chaussures n'avaient pas de lacets et son gilet était déboutonné. Alors que le jour se levait à peine, il avait les yeux injectés de sang.

— Oui, mon ami, le paludisme, quoi d'autre ? Avec une fièvre de cheval. Vous connaissez le remède : de la quinine, boire en abondance, se mettre à la diète, bouillon et biscuits, et bien se couvrir pour évacuer l'infection en transpirant. N'espérez pas être sur pied avant deux semaines. Et encore moins mettre le nez dehors, pas même pour aller au coin de la rue. Les fièvres paludéennes démolissent l'organisme, vous ne le savez que trop.

Il fut terrassé par la fièvre et les tremblements non pas deux mais trois semaines. Il perdit huit kilos et le premier jour qu'il se leva il s'écroula au bout de quelques pas, épuisé, dans un état de faiblesse jamais éprouvée jusque-là. Le docteur Salabert, le regardant fixement dans les yeux et d'une voix caverneuse, avec son humour acide, l'avertit :

— Dans votre état, il serait suicidaire d'entreprendre cette expédition. Votre corps est dans un état lamentable et ne résisterait même pas à la traversée des monts de Cristal. Encore moins à plusieurs semaines de vie en plein air. Vous n'arriveriez même pas à Mbanza-Ngungu. Il y a des moyens plus rapides de se tuer, monsieur le consul : une balle dans la bouche ou une ampoule de strychnine. S'il le faut, comptez sur moi. J'en ai aidé plus d'un à faire le grand saut.

Roger Casement s'était résolu à télégraphier au Foreign Office que son état de santé l'obligeait à ajourner l'expédition. Et comme ensuite les pluies rendirent impraticables les forêts et le fleuve, l'expédition à l'intérieur de l'État indépendant dut attendre encore quelques mois, qui allaient devenir une année. Une année où il se rétablit très lentement de ses fièvres et tâcha de récupérer son poids, se remit au tennis, à la natation, au bridge ou aux échecs afin de meubler les longues nuits de Boma, tandis qu'il reprenait ses assommantes tâches consulaires : inscrire les bateaux au mouillage et en partance, les marchandises que déchargeaient les négociants d'Anvers — fusils, munitions, chicottes, vin, images pieuses, crucifix, verroterie multicolore — et celles qu'ils emportaient en Europe, les immenses piles de caoutchouc, les pièces d'ivoire et les peaux de bêtes. Voilà le troc qui, jadis, dans son imagination juvénile, devait sauver les Congolais du cannibalisme, des marchands arabes de Zanzibar qui contrôlaient la traite des esclaves et leur ouvrir les portes de la civilisation !

Il était resté trois longues semaines terrassé par les

fièvres paludéennes, délirant par moments et absorbant trois fois par jour des gouttes de quinine dissoutes dans les tisanes que lui préparaient Charlie et Mawuku — son estomac ne supportait que du bouillon et des petits morceaux de poisson bouilli ou de poulet —, ou jouant avec *John*, son bouledogue et plus fidèle compagnon. Il n'avait même pas le courage de se concentrer sur la lecture.

Dans cette inaction forcée, Roger s'était maintes fois remémoré l'expédition de 1884 sous la houlette de son héros Henry Morton Stanley. Il avait vécu dans les forêts, visité d'innombrables villages indigènes, campé dans des clairières cernées par des palissades d'arbres où criaillaient les singes et rugissaient les fauves. Il avait été actif et heureux malgré les piqûres des moustiques et autres insectes contre lesquels les frictions à l'alcool camphré restaient sans effet. Il pratiquait la natation dans des lagunes et des fleuves d'une beauté éblouissante, sans craindre les crocodiles, encore convaincu qu'en faisant ce qu'ils faisaient, ils étaient, lui, les quatre cents porteurs, guides et aides africains, la vingtaine de blancs — Anglais, Allemands, Flamands, Wallons et Français — que comportait l'expédition, et naturellement Stanley lui-même, le fer de lance du progrès dans ce monde où pointait à peine l'âge de pierre que l'Europe avait laissé derrière elle depuis des siècles.

Des années plus tard, dans le demi-sommeil visionnaire de la fièvre, il rougissait d'avoir été aussi aveugle. Il ne se rendait même pas bien compte, au début, de la raison d'être de cette expédition emmenée par Stanley et financée par le roi des Belges, qu'il tenait alors, bien sûr, — comme toute l'Europe, l'Occident et le monde entier — pour le grand monarque humanitaire, attaché à en finir avec ces fléaux qu'étaient l'esclavage et l'anthropophagie et à affranchir les tribus du paganisme et des servitudes qui les maintenaient à l'état sauvage.

Encore un an, et les grandes puissances occidentales offriraient sur un plateau à Léopold II, lors de la conférence de Berlin de 1885, cet État indépendant du Congo de plus de deux millions et demi de kilomètres carrés — quatre-vingt-cinq fois la taille de la Belgique. Mais déjà le roi des Belges s'était mis à administrer le territoire dont on allait lui faire cadeau pour qu'il y applique ses principes rédempteurs sur les vingt millions de Congolais qui, croyait-on, l'habitaient. Le monarque à la barbe peignée avait embauché pour ce faire le grand Stanley, devinant, avec sa prodigieuse aptitude à détecter les faiblesses humaines, que l'explorateur était capable aussi bien de grandes prouesses que de formidables vilenies si le prix était à la hauteur de ses appétits.

La raison apparente de l'expédition de 1884 où Roger avait fait ses premières armes d'explorateur était de préparer les communautés dispersées sur les rives du haut, moyen et bas Congo, au long de milliers de kilomètres de forêts épaisses, de ravins, de cascades et de maquis à la végétation touffue, à l'arrivée des commerçants et des administrateurs européens que l'Association internationale du Congo (AIC), présidée par Léopold II, ferait venir une fois que les puissances occidentales lui auraient accordé la concession. Stanley et ses accompagnateurs devaient expliquer à ces chefs de tribu à moitié nus, tatoués et emplumés, le visage et les bras parfois traversés d'épines et le sexe protégé par un tube de roseau, les intentions bienveillantes des Européens : ils viendraient les aider à améliorer leurs conditions de vie, les libérer de fléaux tels que la maladie mortelle du sommeil, les éduquer et leur ouvrir les yeux sur les vérités de ce monde et de l'autre, grâce à quoi leurs enfants et petits-enfants accéderaient à une vie décente, juste et libre.

« Je ne m'en rendais pas compte parce que je ne voulais pas m'en rendre compte », pensa-t-il. Charlie l'avait emmitouflé sous toutes les couvertures de la maison. Malgré cela et le soleil brûlant à l'extérieur, le consul, recroquevillé et glacé, tremblait sous sa moustiquaire comme une feuille de papier. Mais, au-delà de sa cécité volontaire, il y avait eu sa capacité à trouver des explications pour ce que n'importe quel observateur impartial aurait appelé une duperie. Car dans tous les villages où arrivait l'expédition de 1884, après avoir distribué de la verroterie et des babioles et donné les explications bien connues au moyen d'interprètes (qui, pour la plupart, n'arrivaient pas à se faire comprendre des indigènes), Stanley faisait signer aux chefs de tribu et aux sorciers des contrats, rédigés en français, où ils s'engageaient à fournir main-d'œuvre, logement, guide et subsistance aux fonctionnaires, porte-parole et employés de l'AIC dans les travaux qu'ils entreprendraient pour la réalisation des buts qui étaient les siens. Ils signaient d'une croix, d'une barre, d'une tache ou d'un petit dessin, sans rechigner et sans savoir ce qu'ils signaient ni même ce que signifiait signer, séduits par les colliers, les bracelets et les babioles de verre bariolé qu'ils recevaient, ainsi que par l'eau-de-vie que Stanley les invitait à boire d'abondance pour célébrer cet accord.

« Ils ne savent pas ce qu'ils font, mais nous savons, nous, que c'est pour leur bien et cela justifie la tromperie », pensait le jeune Roger Casement. Comment aurait-on pu faire autrement ? Comment légitimer la future colonisation avec des gens qui ne pouvaient comprendre un traître mot de ces « traités » qui engageaient leur avenir et celui de leurs descendants ? Il fallait bien donner quelque forme légale à l'entreprise que le roi des Belges voulait réaliser au moyen de la persuasion et du dialogue, contrairement à d'autres campagnes faites à feu et à sang, avec invasions, assassinats et mises à sac. Celle-ci n'était-elle pas pacifique et civile ?

Avec les années — il s'en était écoulé dix-huit depuis l'expédition qu'il avait faite sous ses ordres en 1884 —, Roger Casement était arrivé à la conclusion que le héros de son enfance et de sa jeunesse était un des coquins les plus dénués de scrupules qu'ait excrété l'Occident sur le continent africain. Malgré cela, comme tous ceux qui avaient travaillé sous ses ordres, il ne pouvait s'empêcher de reconnaître son charisme, sa sympathie, sa magie, ce mélange de témérité et de froid calcul dont l'aventurier forgeait ses prouesses. Il allait et venait à travers l'Afrique en semant d'un côté la désolation et la mort — brûlant et pillant les villages, fusillant des indigènes, écorchant le dos de ses porteurs avec ces chicottes tressées de peau d'hippopotame qui avaient laissé des milliers de cicatrices sur les corps d'ébène de toute la géographie africaine — et, d'un autre, en ouvrant des routes au commerce et à l'évangélisation dans d'immenses territoires pleins de fauves, de bêtes venimeuses et d'épidémies qui semblaient l'épargner, lui, comme un de ces titans des légendes homériques et des histoires bibliques.

— Vous n'éprouvez pas, parfois, des remords et de la mauvaise conscience, pour ce que nous faisons ?

La question avait jailli des lèvres du jeune homme de façon non préméditée. Il ne pouvait plus la retirer. Les flammes du feu de bois, au centre du campement, crépitaient sur les branchettes et les insectes imprudents qui s'y embrasaient.

— Des remords ? De la mauvaise conscience ? avait rétorqué le chef de l'expédition, fronçant le nez, une ombre passant sur son visage piqué de taches de rousseur et tanné par le soleil, comme s'il n'avait jamais entendu ces mots et essayait d'en deviner le sens. Et à quel sujet ?

— Mais des contrats que nous leur faisons signer, avait ajouté le jeune Casement en surmontant son trouble. Ils remettent leur vie, leurs villages, tout ce qu'ils ont, entre les mains de l'Association internationale du Congo. Et pas un seul ne sait ce qu'il signe, parce qu'aucun ne parle français.

— S'ils connaissaient le français, ils ne comprendraient pas non plus ces contrats, s'était écrié l'explorateur en éclatant de son rire franc, largement ouvert, un de ses traits les plus sympathiques. Même moi, je ne comprends pas ce qu'ils veulent dire.

C'était un homme robuste et de très petite taille, presque un nain, d'allure sportive, encore jeune, aux yeux gris pétillants, à l'épaisse moustache et à la personnalité irrésistible. Il portait toujours de longues bottes, un pistolet à la ceinture et une casaque claire avec beaucoup de poches. Il en riait encore et les convoyeurs de l'expédition qui, avec Stanley et Roger, prenaient le café et fumaient autour du feu de bois riaient aussi, adulant leur chef. Mais le jeune Casement n'avait pas ri.

— Moi si, bien qu'à la vérité le galimatias dans lequel ils sont rédigés semble fait exprès pour qu'on ne les comprenne pas, avait-il dit sur un ton respectueux. Cela se ramène à quelque chose de fort simple. Ces gens-là livrent leurs terres à l'AIC en échange de promesses d'aide sociale. Ils s'engagent à aider à la besogne : chemins, ponts, embarcadères, factoreries. À fournir les bras nécessaires pour les champs et l'ordre public. À nourrir fonctionnaires et ouvriers, pour toute la durée des travaux. L'Association n'offre rien en échange. Ni salaires ni compensations. J'ai toujours cru que nous étions ici pour le bien des Africains, monsieur Stanley. J'aimerais que vous, que j'admire depuis que j'ai l'âge de raison, me donniez des raisons de continuer à croire qu'il en est ainsi. Que ces contrats sont vraiment faits pour leur bien.

Il y avait eu un long silence, brisé par le crépitement du feu de bois et les grognements sporadiques des animaux nocturnes qui sortaient en quête de proie. La pluie avait cessé depuis longtemps, mais l'atmosphère restait humide et lourde et tout alentour semblait germer, croître et s'épaissir. Dix-huit ans après, Roger, d'entre les images désordonnées que la fièvre agitait dans sa tête, se rappelait le regard inquisiteur, surpris, par moments moqueur, d'Henry Morton Stanley.

— L'Afrique n'est pas faite pour les faibles, avait-il dit enfin, comme se parlant à lui-même. Les choses qui vous préoccupent sont un signe de faiblesse. Dans le monde où nous sommes, je veux dire. Et qui n'est ni les États-Unis ni l'Angleterre, comme vous vous en êtes rendu compte. En Afrique les faibles ne tiennent pas le coup. Ils sont terrassés par les piqûres, les fièvres, les flèches empoisonnées ou la mouche tsé-tsé.

Il était gallois, mais devait avoir longtemps vécu aux États-Unis, car son anglais avait l'inflexion et les tournures nord-américaines.

— Tout cela est pour leur bien, évidemment, avait ajouté Stanley, en hochant la tête en direction des huttes coniques du hameau en marge duquel se dressait le campement. Des missionnaires viendront qui les tireront du paganisme et leur enseigneront qu'un chrétien ne doit pas manger son prochain. Des médecins qui les vaccineront contre les épidémies et les soigneront mieux que leurs sorciers. Des compagnies qui leur donneront du travail. Des écoles où ils apprendront les langues civilisées. Où on leur enseignera à s'habiller, à prier le Dieu véritable, à parler en chrétien et non dans leurs dialectes de babouins. Ils remplaceront peu à peu leurs coutumes barbares par celles d'êtres modernes et évolués. S'ils savaient ce que nous faisons pour eux, ils nous baiseraient les pieds. Mais leur état mental est plus près du crocodile ou de l'hippopotame que de vous et moi. C'est pourquoi nous décidons pour eux de ce qui leur convient et leur faisons signer ces contrats. Leurs enfants et petits-enfants nous remercieront. Et il ne serait pas étonnant que, d'ici quelque temps, ils se mettent à adorer Léopold II comme ils adorent maintenant leurs fétiches et leurs épouvantails.

À quel endroit du grand fleuve se trouvait ce campement ? Il le situait vaguement entre Bolobo et Chumbiri et il lui semblait que la tribu appartenait aux Batékés. Sans en être sûr. Ces données figuraient dans ses cahiers, si l'on pouvait appeler ainsi ce tas de notes disséminées dans des carnets et sur des feuilles volantes au long de tant d'années. Il se rappelait en tout cas très nettement cette conversation. Et le malaise avec lequel il s'était écroulé sur son grabat après cet échange avec Henry Morton Stanley. Est-ce cette nuit-là que sa Sainte Trinité personnelle des trois C avait volé en éclats ? Jusqu'alors il croyait que le colonialisme se justifiait par eux : christianisme, civilisation et commerce. Depuis l'époque où il était un modeste aide-comptable à l'Elder Dempster Line, à Liverpool, il pensait bien qu'il y avait un prix à payer. Il était inévitable que des abus soient commis. Les colonisateurs, en effet, comprendraient non seulement des gens altruistes comme le docteur Livingstone, mais aussi de fieffés coquins ; cependant, tout compte fait, les bénéfices dépasseraient largement les préjudices. La vie africaine lui avait vite enseigné que les choses n'étaient pas aussi claires que la théorie.

L'année où il avait travaillé sous ses ordres, sans cesser d'admirer l'audace et la capacité de commandement avec laquelle Henry Morton Stanley conduisait son expédition dans ce territoire largement inconnu que baignaient le fleuve Congo et sa myriade d'affluents, Roger Casement avait appris aussi que l'explorateur était un mystère ambulant. Tout ce qu'on disait sur lui était toujours contradictoire, de sorte qu'il était impossible de distinguer entre le vrai et le faux, et de démêler dans le vrai la part d'exagération et de fantaisie. C'était un de ces hommes incapables de faire la différence entre la réalité et la fiction.

La seule chose claire était que l'idée d'un grand bienfaiteur des indigènes ne correspondait pas à la vérité. Il l'avait su en écoutant des guides qui accompagnaient Stanley lors de son voyage de 1871-1872 à la recherche du docteur Livingstone, une expédition, disaient-ils, bien moins pacifique que celle-ci où, suivant sans doute les instructions de Léopold II lui-même, il montrait plus de précautions dans sa façon de traiter les tribus aux chefs desquelles — 450 en tout — il faisait signer la cession de leurs terres et de leur force de travail. Les choses que ces hommes rudes et déshumanisés par la forêt racontaient de l'expédition de 1871-1872 faisaient se dresser les cheveux sur la tête. Des bourgs décimés, des chefs de tribu décapités, leurs femmes et leurs enfants fusillés s'ils refusaient de nourrir les expéditionnaires ou de leur céder porteurs, guides et machettiers pour ouvrir des voies de passage dans la forêt. Ces vieux compagnons de Stanley le craignaient et essuyaient ses réprimandes en silence et les yeux baissés. Mais ils avaient une confiance aveugle dans ses décisions et parlaient avec une révérence religieuse de son fameux voyage de neuf cent quatre-vingt-dix-neuf jours, entre 1874 et 1877, où tous les Blancs et une grande partie des Africains avaient trouvé la mort.

Quand, en février 1885, à la conférence de Berlin auquel n'assistait pas un seul Congolais, les quatorze puissances participantes, avec à leur tête la Grande-Bretagne, les États-Unis, la France et l'Allemagne, avaient gracieusement donné à Léopold II — et Henry Stanley Morton était à ses côtés — les deux millions et demi de kilomètres carrés du Congo et ses vingt millions d'habitants pour qu'il « ouvre ce territoire au commerce, abolisse l'esclavage, civilise et christianise les païens », Roger Casement, alors âgé de vingt et un ans dont une année de vie africaine, s'était réjoui. Tout comme la totalité des employés de l'Association internationale du Congo qui, en prévision de cette cession, se trouvaient depuis longtemps déjà sur le terrain, fortifiant les bases du projet que le monarque se proposait de mener à bien. Casement était un jeune homme robuste, peu porté à la plaisanterie, laconique, et il avait l'air d'un homme mûr. Ses préoccupations déconcertaient ses compagnons. Qui parmi eux pouvait donc prendre au sérieux cette prétendue « mission civilisatrice de l'Europe en Afrique » qui obsédait le jeune Irlandais ? Mais ils l'appréciaient parce qu'il était travailleur et toujours disposé à donner un coup de main, à remplacer à son poste quiconque le lui demandait ou à assumer quelque commission que ce soit. Hormis fumer, il semblait dépourvu de vices. Quand, dans les campements, les langues se déliaient sous l'effet de la boisson et que l'on parlait de femmes, on le sentait mal à l'aise et prêt à décamper. Il était infatigable en matière de randonnées dans la forêt, imprudent aussi à nager dans les fleuves et les lagunes, faisant des brasses énergiques face aux hippopotames somnolents. Il avait une passion pour les chiens et ses compagnons se rappelaient que lors de cette expédition de 1884, le jour où un cochon sauvage avait planté ses crocs sur son fox-terrier appelé *Spindler*, en voyant le petit animal le flanc déchiré et perdant son sang, il avait eu une crise de nerfs. Contrairement aux autres Européens de l'expédition, l'argent ne lui importait guère. Il n'était pas venu en Afrique en rêvant de devenir riche, mais poussé par des choses incompréhensibles, comme apporter le progrès aux sauvages. Il dépensait son salaire de quatre-vingts livres sterling par an à régaler ses compagnons. Mais lui vivait frugalement. Néanmoins, il était soigné de sa personne, s'arrangeant, se lavant et se peignant aux heures de repas comme si, au lieu de camper dans une clairière ou sur la berge plate d'un fleuve, il se trouvait à Londres, Liverpool ou Dublin. Il avait de la facilité pour les langues ; il avait appris le français et le portugais, et baragouinait quelques mots des dialectes africains après peu de jours de contact avec une tribu. Il notait toujours ce qu'il voyait dans des petits cahiers d'écolier. Quelqu'un avait découvert qu'il écrivait des poésies. On se risqua à plaisanter à ce sujet et sa confusion lui avait à peine permis de balbutier un démenti. Il avoua une fois qu'enfant, son père lui avait donné des coups de ceinture et que c'était pourquoi il était irrité de voir les contremaîtres fouetter les indigènes quand ils laissaient tomber un fardeau ou n'obéissaient pas aux ordres. Il avait un regard rêveur.

Quand Roger se rappelait Stanley, il était en proie à des sentiments contradictoires. Il se remettait lentement de la malaria. L'aventurier gallois n'avait vu dans l'Afrique qu'un prétexte pour ses exploits sportifs et son butin personnel. Mais comment nier qu'il était un de ces êtres mythiques et légendaires qui, à force de témérité et d'ambition, et au mépris de la mort, semblaient avoir franchi les limites de l'humain ? Il l'avait vu porter dans ses bras des enfants au visage et au corps rongés par la variole, donner à boire avec sa propre gourde à des indigènes terrassés par le choléra ou la maladie du sommeil, comme si lui était à l'abri de toute contagion. Qui avait été, vraiment, ce champion de l'Empire britannique et des ambitions de Léopold II ? Roger était sûr que le mystère ne serait jamais éclairci et que sa vie resterait à jamais cachée sous une toile d'araignée de suppositions. Quel était son nom véritable ? Celui d'Henry Morton Stanley, il l'avait emprunté au commerçant de La Nouvelle-Orléans qui, dans les années obscures de sa jeunesse, s'était montré généreux envers lui et l'avait peut-être adopté. On disait que son vrai nom était John Rowlands, mais il ne se trouvait personne pour l'attester. Pas plus que pour affirmer qu'il était vraiment né au pays de Galles et avait passé son enfance dans un de ces orphelinats où échouaient les enfants sans père ni mère que les gardes sanitaires recueillaient dans la rue. Il s'était, semble-t-il, embarqué très jeune pour les États-Unis comme passager clandestin sur un cargo, et là, pendant la guerre de Sécession, il avait combattu dans les rangs des confédérés, d'abord, et ensuite dans ceux des Yankees. Puis il était devenu, croyait-on, journaliste et chroniqueur des pionniers de la conquête de l'Ouest et de leurs luttes contre les Indiens. Quand le *New York Herald* l'avait envoyé en Afrique à la recherche de David Livingstone, Stanley n'avait pas la moindre expérience d'explorateur. Comment avait-il pu survivre en parcourant ces forêts vierges, comme qui cherche une aiguille dans une meule de foin, et réussir néanmoins à retrouver, à Ujiji, le 10 novembre 1871, celui qu'il avait stupéfié, selon son témoignage vantard, en le saluant ainsi : « Docteur Livingstone, je présume ? »

Ce que Roger Casement avait, dans sa jeunesse, le plus admiré des réalisations de Stanley, plus encore que son expédition depuis les sources du Congo jusqu'à l'Atlantique, avait été la construction, entre 1879 et 1881, de la *caravan trail.* La piste des caravanes avait ouvert une voie au commerce européen depuis l'embouchure du grand fleuve jusqu'au *pool,* énorme lagune fluviale qui devait prendre avec le temps le nom de l'explorateur : Stanley Pool. Puis Roger avait découvert que c'était là une autre de ces prévoyantes opérations lancées par le roi des Belges, afin de créer progressivement l'infrastructure qui, à partir de l'Accord de Berlin de 1885, lui permettrait d'exploiter le territoire. Stanley avait été l'audacieux agent de ce dessein.

« Et moi », dirait bien souvent Roger Casement en ses années africaines à son ami Herbert Ward, au fur et à mesure qu'il prenait conscience de ce que signifiait l'État indépendant du Congo, « j'ai été un de ses pions dès le premier moment. » Bien que pas totalement car, à son arrivée en Afrique, cela faisait déjà cinq ans que Stanley ouvrait sa *caravan trail*, dont le premier tronçon — de Vivi à Isanghila, en remontant le fleuve Congo, quatre-vingt-trois kilomètres de jungle épaisse et paludéenne, pleine de failles profondes, d'arbres vermoulus et de marais putrides où les arbres feuillus cachaient la lumière du soleil — fut achevé au début de 1880. De là jusqu'à Manianga, sur quelque cent vingt kilomètres, le Congo était navigable pour des pilotes chevronnés, capables de contourner les tourbillons et, au temps des pluies et de la montée des eaux, de se réfugier dans des gués ou des grottes pour ne pas être entraînés contre les rochers et se briser les os dans les rapides en perpétuel renouvellement. Quand Roger s'était mis à travailler pour l'AIC qui, à partir de 1885, devint l'État indépendant du Congo, Stanley avait déjà fondé, entre Kinshasa et Ndolo, la station qu'il avait baptisée du nom de Léopoldville. C'était en décembre 1881, il manquait trois ans pour que Roger Casement arrive à la forêt et quatre pour que naisse légalement l'État indépendant du Congo. Mais d'ores et déjà ce domaine colonial, le plus grand de l'Afrique, créé par un monarque qui n'y mettrait jamais les pieds, était devenu une réalité commerciale à laquelle les hommes d'affaires européens pouvaient accéder depuis l'Atlantique, tournant l'obstacle d'un bas Congo impraticable du fait des rapides, chutes d'eau, tours et détours des cataractes de Livingstone, grâce à cette piste qu'au long de presque cinq cents kilomètres Stanley avait ouverte entre Boma et Vivi jusqu'à Léopoldville et le *pool*. Quand Roger était arrivé en Afrique, d'audacieux marchands, les avant-gardes de Léopold II, commençaient à s'enfoncer dans le territoire congolais pour y puiser les premières peaux, les premiers ivoires et les paniers de caoutchouc d'une région pleine d'arbres suant le latex noir, à la portée de qui voudrait le recueillir.

Pendant ses premières années africaines Roger Casement avait plusieurs fois parcouru la piste des caravanes, en remontant le fleuve, de Boma et Vivi jusqu'à Léopoldville, ou en aval, de Léopoldville à l'embouchure dans l'Atlantique, où les eaux vertes et épaisses devenaient salées. Roger avait fini par connaître le bas Congo mieux qu'aucun autre Européen installé à Boma ou à Matadi, les deux axes à partir desquels la colonisation belge avançait vers l'intérieur du continent.

Tout le reste de sa vie, Roger Casement — il se le disait une fois de plus maintenant, en 1902, au milieu de sa fièvre — avait regretté d'avoir consacré ses huit premières années en Afrique à travailler, comme un pion dans un jeu d'échecs, à la construction de l'État indépendant du Congo, y investissant son temps, sa santé, ses efforts, son idéalisme et croyant que, de la sorte, il œuvrait pour un but philanthropique.

Cherchant parfois à se justifier, il s'interrogeait : « Comment aurais-je pu me rendre compte de ce qui se passait dans ces deux millions et demi de kilomètres carrés, en exerçant comme contremaître ou chef d'équipe dans l'expédition de Stanley en 1884 et celle du Nord-Américain Henry Shelton Sanford entre 1886 et 1888, dans des comptoirs et des factoreries récemment installées au long de la piste des caravanes ? » Il n'était qu'une minuscule pièce du gigantesque puzzle qui avait commencé à s'ordonner sans que personne, hormis son astucieux créateur et un groupe intime de collaborateurs, ne sache à quoi il allait ressembler.

Cependant, les deux fois où il avait parlé au roi des Belges, en 1900, alors qu'il venait d'être nommé consul à Boma par le Foreign Office, Roger Casement avait éprouvé une profonde méfiance envers ce bonhomme robuste, constellé de décorations, avec sa longue barbe fleurie, son formidable nez et ses yeux de prophète qui, apprenant qu'il se trouvait de passage à Bruxelles en instance de départ pour le Congo, l'avait invité à dîner. La magnificence de ce palais aux tapis moelleux, lustres de cristal, miroirs gravés et statuettes orientales, lui avait donné le vertige. Il y avait une douzaine d'invités, outre la reine Marie-Henriette, sa fille la princesse Clémentine et le prince Victor Napoléon de France. Le monarque avait accaparé la conversation toute la soirée. Il parlait comme un prédicateur inspiré et quand il décrivait les cruautés des trafiquants arabes d'esclaves qui partaient de Zanzibar pour opérer leurs « raids », sa voix rude prenait des accents mystiques. L'Europe chrétienne avait l'obligation de mettre un terme à ce trafic de chair humaine. Il se l'était proposé et ce serait le cadeau de la petite Belgique à la civilisation : libérer cette humanité douloureuse de pareille horreur. Les élégantes dames bâillaient, le prince Napoléon murmurait des mots galants à l'oreille de sa voisine et personne n'écoutait l'orchestre qui jouait un concerto de Haydn.

Le lendemain matin Léopold II avait fait appeler le consul anglais pour lui parler seul à seul. Il l'avait reçu dans son cabinet particulier. Il y avait là pléthore de bibelots de porcelaine et de figurines de jade et d'ivoire. Le souverain sentait l'eau de Cologne et avait les ongles vernis. Comme la veille, Roger n'avait presque pu placer un mot. Le roi des Belges l'avait entretenu de son entreprise quichottesque et de l'incompréhension des journalistes et des politiciens aigris. On commettait des erreurs et il y avait des excès, sans doute. La raison ? Il n'était pas facile de trouver des gens dignes et capables qui veuillent bien se risquer à travailler dans le lointain Congo. Il avait alors demandé au consul, s'il voyait quelque chose à corriger dans sa nouvelle affectation, de l'en informer personnellement. Roger se souvenait du roi des Belges comme d'un personnage pompeux et égolâtre.

Maintenant, en 1902, deux ans plus tard, il se disait qu'il était assurément cela, mais aussi un chef d'État d'une intelligence froide et machiavélique. Sitôt constitué l'État indépendant du Congo, Léopold II, par un décret de 1886, s'était réservé, comme *Domaine de la Couronne,* quelque deux cent cinquante mille kilomètres carrés, entre les fleuves Kasaï et Ruki, que ses explorateurs — principalement Stanley — lui avaient signalés comme riches en arbres à caoutchouc. Ce territoire restait en dehors de toutes les concessions aux entreprises privées, et était destiné à être exploité par le souverain. L'Association internationale du Congo fut alors remplacée, comme entité légale, par l'État indépendant du Congo dont le seul président et *trustee* (mandataire) était Léopold II.

En expliquant à l'opinion publique internationale que la seule façon effective de supprimer la traite des esclaves était l'établissement d'« une force d'ordre », le roi avait expédié au Congo deux mille soldats de l'armée régulière belge auxquels il fallait ajouter une milice de dix mille indigènes, dont l'entretien devrait être assumé par la population congolaise. La majeure partie de cette armée était commandée par des officiers belges, mais ses rangs, surtout aux postes de commandement de la milice, avaient été infiltrés par des gens de la pire espèce, des truands, d'anciens forçats, des aventuriers assoiffés de fortune sortis des égouts et des quartiers mal famés de presque toute l'Europe. La Force publique s'enkysta, comme un parasite dans un organisme vivant, dans ce fouillis de hameaux disséminés dans une région de la taille d'une Europe qui irait de l'Espagne aux frontières avec la Russie, pour être entretenue par cette communauté africaine qui ne comprenait pas ce qui lui arrivait, si ce n'est que l'invasion qui fondait sur elle était un fléau plus ravageur que les chasseurs d'esclaves, les sauterelles, les fourmis rouges et les sortilèges qui donnaient le sommeil de la mort. Parce que soldats et miliciens de la Force publique étaient avides, brutaux et insatiables s'agissant de nourriture, de boisson, de femmes, d'animaux, de peaux, d'ivoire et, en somme, de tout ce qui pouvait être volé, mangé, bu, vendu ou forniqué.

En même temps qu'il amorçait ainsi l'exploitation des Congolais, le monarque humanitaire se mit à distribuer des concessions à des entreprises pour, selon un autre des mandats qu'il avait reçus, « ouvrir par le commerce la voie à la civilisation des natifs d'Afrique ». Quelques commerçants moururent terrassés par les fièvres paludéennes, piqués par des serpents ou dévorés par les fauves en raison de leur méconnaissance de la forêt vierge, et d'autres aussi, en petit nombre, tombèrent sous les flèches et les lances empoisonnées d'indigènes qui osaient se révolter contre ces étrangers aux armes claquant comme le tonnerre ou brûlant comme l'éclair, qui leur expliquaient que, d'après les contrats signés par leurs chefs, ils devaient abandonner leurs champs, la pêche et la chasse, leurs rites et routines pour devenir guides, porteurs, chasseurs et collecteurs de caoutchouc, sans recevoir aucun salaire. Bon nombre de concessionnaires, amis et protégés du monarque belge, amassèrent en peu de temps de grandes fortunes, et surtout lui.

Grâce au régime de concessions, les compagnies s'étendirent à tout l'État indépendant du Congo par ondes concentriques, pénétrant de plus en plus profondément dans l'immense région baignée par le moyen et haut Congo et leur toile d'araignée d'affluents. Dans leurs domaines respectifs, les compagnies jouissaient de souveraineté. Non seulement elles étaient protégées par la Force publique, mais elles avaient aussi leurs propres milices à la tête desquelles figurait toujours quelque ex-militaire, ex-geôlier, ex-prisonnier ou hors-la-loi, dont certains se rendraient célèbres dans toute l'Afrique pour leur sauvagerie. En quelques années, le Congo devint le premier producteur mondial du caoutchouc que le monde civilisé réclamait par quantités de plus en plus grandes pour faire rouler ses véhicules, ses automobiles, ses chemins de fer, et toutes sortes de systèmes de transport, d'ornement, de décoration et d'irrigation.

Roger Casement n'avait été réellement conscient de rien de tout cela pendant ces huit années — de 1884 à 1892 — où, trempant sa chemise, souffrant de fièvres paludéennes, grillant au soleil africain et couvert de cicatrices sous les piqûres, griffures et écorchures des plantes et des bestioles, il travaillait avec acharnement à étayer la création commerciale et politique de Léopold II. La seule chose qui l'avait frappé, c'était l'apparition et le règne, en ces domaines infinis, de l'emblème de la colonisation : la chicotte.

Qui avait inventé cet instrument délicat, maniable et efficace, pour exciter, effrayer et châtier l'indolence, la maladresse ou la stupidité de ces bipèdes couleur d'ébène qui n'arrivaient jamais à faire les choses comme les colons les attendaient d'eux, que ce soit les travaux des champs, la fourniture de manioc (*kwango*), de viande d'antilope ou de cochon sauvage et autres aliments assignés à chaque hameau ou famille, ou que ce soit la levée des impôts pour financer les travaux publics entrepris par le gouvernement? L'inventeur, disait-on, avait été un capitaine de la Force publique nommé M. Chicot, un Belge de la première vague, un homme pratique, à l'évidence, et imaginatif, doté d'un sens aigu de l'observation, pour avoir remarqué avant tout le monde que de la peau très dure de l'hippopotame on pouvait fabriquer un fouet plus résistant et pernicieux que des boyaux de cheval et de félin, une corde sarmenteuse capable de produire plus de brûlure, de sang, de cicatrices et de douleur que n'importe quel autre fouet et, en même temps, légère et fonctionnelle car, nouée à un petit manche de bois, les contremaîtres, gardiens, soldats, geôliers ou chefs d'équipe pouvaient l'enrouler à leur ceinture ou la suspendre à l'épaule, sans presque se rendre compte qu'ils l'avaient sur eux tant la chose pesait peu. Sa seule présence chez les membres de la Force publique produisait un effet d'intimidation : les yeux des Noirs, Négresses et Négrillons s'agrandissaient quand ils la reconnaissaient, le blanc, dans leur visage d'encre ou bleuté, en étincelait d'effroi à imaginer qu'à la moindre erreur ou faute, au moindre faux pas, la chicotte cinglerait l'air de son sifflement caractéristique et tomberait sur leurs jambes, leurs fesses et leur dos, en les faisant hurler.

Un des premiers concessionnaires dans l'État indépendant du Congo avait été le Nord-Américain Henry Shelton Sanford. Il avait été mandataire et représentant de Léopold II auprès du gouvernement des États-Unis et pièce maîtresse de sa stratégie pour que les grandes puissances lui cèdent le Congo. En juin 1886 avait été constituée la Sanford Exploring Expedition (SEE) pour commercialiser l'ivoire, la gomme à mâcher, le caoutchouc, l'huile de palme et le cuivre, dans tout le haut Congo. Les étrangers qui travaillaient dans le cadre de l'Association internationale du Congo, comme Roger Casement, avaient été transférés à la SEE et leurs emplois assumés par des Belges. Roger servit donc la Sanford Exploring Expedition pour cent cinquante livres sterling par an.

Il avait commencé à travailler en septembre 1886, comme agent chargé du stockage de la marchandise et de son transport, au port de Matadi, mot qui en kikongo[1] signifie pierre. Quand Roger s'y était ins-

1. Le kikongo est la langue officielle du Congo. *(N.d.T.)*

tallé, cette station construite sur la piste des caravanes était à peine une clairière ouverte dans les bois à la pointe de la machette, au bord du grand fleuve. C'est là qu'avait accosté quatre siècles plus tôt la caravelle de Diogo Cão et que le navigateur portugais avait laissé son nom inscrit sur un rocher, où l'on pouvait encore le lire. Une entreprise d'architectes et ingénieurs allemands commençait à bâtir les premières maisons, avec du bois de pin importé d'Europe — importer du bois en Afrique ! —, ainsi que des embarcadères et des entrepôts, travaux qui, un beau matin — Roger se rappelait nettement ce contretemps —, avaient été interrompus par un bruit de séisme et l'irruption dans la clairière d'un troupeau d'éléphants à deux doigts de raser le village naissant. Six, huit, quinze, dix-huit ans durant, Roger Casement avait vu ce minuscule hameau sorti de ses propres mains pour servir d'entrepôt aux marchandises de la SEE grandir, grimper les douces collines des environs, s'enrichir des maisons cubiques des colons, en bois et à deux étages, avec de longues vérandas, des toits en pointe, des jardinets, des fenêtres protégées de treillis métallique et s'emplir de rues, de carrefours et de gens. Outre la première église catholique, celle de Kinkanda, il y en avait maintenant, en 1902, une autre plus importante, Notre-Dame Médiatrice, ainsi qu'une mission baptiste, une pharmacie, un hôpital avec deux médecins et plusieurs religieuses infirmières, un bureau de poste, une belle gare de chemin de fer, un commissariat, un tribunal, plusieurs dépôts de douane, un solide embarcadère et des boutiques de vêtements, d'alimentation, de conserves, de chapeaux, de chaussures et d'instruments de labour. Autour de la ville des colons avait surgi une agglomération bigarrée de

Bakongos[1] avec leurs cabanes de terre et de roseaux. Ici, à Matadi, se disait parfois Roger, on voyait, bien plus présente qu'à Boma, la capitale, l'Europe de la civilisation, de la modernité et de la religion chrétienne. Matadi avait déjà un petit cimetière sur la colline de Tunduwa, près de la mission. Depuis cette hauteur, on pouvait voir les deux rives et une longue frange du fleuve. C'est là qu'étaient enterrés les Européens. Dans la ville et sur l'embarcadère ne circulaient que les indigènes qui travaillaient comme serviteurs ou dockers et avaient un laissez-passer qui les identifiait. Tout autre qui aurait franchi ces limites était expulsé à tout jamais de Matadi après paiement d'une amende et punition à la chicotte. En 1902 encore le gouverneur général pouvait se flatter de n'avoir, ni à Boma ni à Matadi, enregistré un seul vol, homicide ou viol.

Des deux ans où il avait travaillé pour la Sanford Exploring Expedition, entre vingt-deux et vingt-quatre ans, Roger Casement se rappellerait toujours deux épisodes : le transport du *Florida* au long de plusieurs mois, de Banana, le minuscule port à l'embouchure du Congo dans l'Atlantique, à Stanley Pool, par la piste des caravanes, et l'incident avec le lieutenant Francqui qu'il fut, en rupture pour une fois avec sa paisible disposition d'esprit que raillait son ami Herbert Ward, sur le point de précipiter dans les tourbillons du fleuve Congo, échappant lui-même par miracle aux balles qui l'attendaient.

Le *Florida* était un imposant bateau que la SEE avait fait venir jusqu'à Boma, pour servir de navire marchand sur le moyen et haut Congo, c'est-à-dire de

1. Les Bakongos constituent une ethnie africaine de la côte atlantique du Congo. *(N.d.T.)*

l'autre côté des monts de Cristal. Livingstone Falls, la chaîne de cataractes qui séparait Boma et Matadi de Léopoldville, s'achevait sur un nœud de tourbillons qui lui avaient valu le nom de Chaudron du Diable. À partir de là et en direction de l'est le fleuve était navigable sur des milliers de kilomètres. Mais, vers l'ouest, il perdait mille pieds de hauteur dans sa descente vers la mer, ce qui, sur de longs tronçons du parcours, le rendait impraticable. Pour être acheminé par terre jusqu'à Stanley Pool, le *Florida* fut désarmé en des centaines de pièces qui, empaquetées et étiquetées, voyagèrent à dos d'homme indigène sur les quatre cent soixante-dix-huit kilomètres de la piste des caravanes. On confia à Roger Casement la pièce la plus grande et la plus pesante : la coque du navire. Il avait tout fait. Depuis la surveillance de la construction de l'énorme charrette où elle fut hissée jusqu'au recrutement de la centaine de porteurs et de débroussailleurs qui tractèrent à travers les sommets et les failles des monts de Cristal l'immense charge, en élargissant le chemin à la machette. Et en construisant des terre-pleins et des défenses, en dressant des campements, en soignant les malades et les accidentés, en étouffant les conflits entre les membres des différentes ethnies et en organisant les tours de garde, la répartition des repas et la chasse ou la pêche quand la nourriture venait à manquer. Ce furent trois mois de risques et de soucis, mais aussi d'enthousiasme, avec la conscience de faire quelque chose qui signifiait progrès, un combat victorieux contre une nature hostile. Et, Roger le répéterait bien souvent les années suivantes, sans manier la chicotte ni permettre d'en user à ces contremaîtres surnommés « zanzibariens » parce qu'ils venaient de Zanzibar, capitale de la traite, ou qu'ils se comportaient avec la cruauté des trafiquants d'esclaves.

Quand le *Florida*, une fois rendu à la grande lagune fluviale de Stanley Pool, avait été réarmé et remis à flot, Roger avait voyagé sur ce bateau le long du moyen et haut Congo, assurant le transport et le stockage des marchandises de la Sanford Exploring Expedition dans des localités que, des années plus tard, il visiterait à nouveau pendant son voyage en enfer de 1903 : Bolobo, Lukolela, la région d'Irebu et, finalement, le comptoir de l'Équateur rebaptisé du nom de Coquilhatville.

L'incident avec le lieutenant Francqui, qui, contrairement à Roger, n'avait pas la moindre répugnance envers la chicotte et s'en servait libéralement, s'était produit au retour d'un voyage sur la ligne équatoriale, à quelque cinquante kilomètres en amont de Boma, dans un minuscule village sans nom. Ce lieutenant Francqui, à la tête de huit soldats de la Force publique, tous indigènes, avait monté une expédition punitive à cause de l'éternel problème des ouvriers et manœuvres. Il en manquait toujours de supplémentaires pour charger les marchandises qui allaient et venaient entre Boma-Matadi et Léopoldville-Stanley Pool. Comme les tribus répugnaient à livrer leurs gens pour ce service épuisant, de temps en temps la Force publique et parfois les concessionnaires privés montaient donc des expéditions contre les villages réfractaires où, après avoir emmené de force, enchaînés en file, les hommes en condition de travailler, ils brûlaient quelques cabanes, confisquaient peaux, ivoire et animaux, et administraient de surcroît une belle raclée aux chefs de tribu pour qu'ils respectent à l'avenir les engagements contractés.

Quand Roger Casement et sa petite troupe de cinq porteurs et un « zanzibarien » avaient pénétré dans le hameau, les trois ou quatre huttes étaient déjà réduites en cendres et les habitants avaient fui. Tous, sauf ce garçon, presque un enfant, étendu par terre, pieds et mains liés à des pieux, et sur les épaules duquel le lieutenant Francqui déchargeait sa frustration à coups de chicotte. Généralement, ce n'étaient pas les officiers mais les soldats qui donnaient le fouet. Mais le lieutenant se sentait sans doute offensé par la fuite de tout le village et voulait se venger. Rouge de colère, suant à grosses gouttes, il poussait un petit ahan à chaque coup de fouet. L'apparition de Roger et de sa troupe n'y avait rien changé. Il s'était borné à répondre à leur salut en inclinant la tête et sans s'interrompre. Le petit devait avoir perdu connaissance depuis un bon moment. Son dos et ses jambes étaient une masse sanguinolente et Roger se rappelait un détail : près du petit corps dénudé défilait une rangée de fourmis.

— Vous n'avez pas le droit de faire ça, lieutenant Francqui, avait-il dit en français. Ça suffit !

Cet officier de petite taille, abaissant sa chicotte, s'était retourné pour regarder la haute silhouette de cet homme barbu, désarmé, qui tenait à la main un bâton pour tâter le sol et écarter les feuilles mortes de son chemin. Un petit chien sautillait entre ses jambes. La surprise avait fait passer la figure ronde du lieutenant, à la moustache bien taillée et aux petits yeux papillotants, de la congestion à la lividité, puis de nouveau à la congestion.

— Qu'avez-vous dit ? avait-il rugi.

Roger l'avait alors vu lâcher sa chicotte, porter la main droite à sa ceinture et s'échiner sur sa cartouchière où pointait la crosse du revolver. En une seconde il comprit que l'officier, dans sa rage, pouvait tirer sur lui. Il réagit avec vivacité. Avant que l'autre n'ait réussi à sortir son arme, il l'avait saisi à la nuque en même temps que de l'autre main il s'emparait de l'arme que l'autre venait d'empoigner. Le lieutenant Francqui essayait d'échapper aux doigts qui serraient sa nuque, les yeux saillants comme ceux d'un crapaud.

Les huit soldats de la Force publique, qui contemplaient la punition en fumant, n'avaient pas bougé, mais Roger supposa que, déconcertés devant ce spectacle, ils avaient la main sur leur fusil et n'attendaient qu'un ordre de leur chef pour entrer en action.

— Je m'appelle Roger Casement, je travaille pour la SEE et vous me connaissez très bien, lieutenant Francqui, parce que nous avons quelquefois joué au poker à Matadi, avait-il dit en le lâchant, se baissant pour ramasser le revolver et le lui rendant d'un geste aimable. Votre façon de fouetter ce jeune garçon est un délit, quelle que soit la faute qu'il ait commise. En tant qu'officier de la Force publique, vous le savez mieux que moi, car vous connaissez, sans aucun doute, les lois de l'État indépendant du Congo. Si ce garçon meurt de vos coups de chicotte, vous aurez un crime sur la conscience.

— Quand je suis venu au Congo j'ai pris la précaution de laisser ma conscience dans mon pays, avait rétorqué l'officier. — Il avait maintenant un air moqueur, comme s'il se demandait si Casement était un clown ou un fou. Son hystérie s'était dissipée. — Encore heureux que vous soyez rapide, j'étais sur le point de vous tirer dessus. Je me serais retrouvé dans de beaux draps diplomatiques si j'avais tué un Anglais. De toute façon, je vous conseille de ne pas interférer, comme vous venez de le faire, avec mes collègues de la Force publique. Ils ont mauvais caractère et avec eux ce pourrait pour vous être pire qu'avec moi.

Sa colère était retombée et il semblait maintenant déprimé. Il murmura que quelqu'un avait prévenu ces sauvages de son arrivée. Maintenant il allait devoir retourner à Matadi les mains vides. Il ne dit rien quand Casement ordonna à sa troupe de détacher le garçon, de l'étendre sur un hamac suspendu à deux bouts de bois et partit avec cet équipage en direction de Boma. Quand ils y étaient parvenus, deux jours plus tard, malgré ses blessures et la perte de sang, le garçon était toujours vivant. Roger l'avait laissé au poste sanitaire. Il s'était rendu au tribunal porter plainte contre le lieutenant Francqui pour abus d'autorité. Les semaines suivantes on lui avait demandé à deux reprises de venir déposer et, à en juger d'après les longs et stupides interrogatoires du juge, il avait compris que sa plainte serait archivée sans que l'officier soit même rappelé à l'ordre.

Quand finalement le juge avait tranché, rejetant la plainte pour défaut de preuves et parce que la victime s'était refusée à la corroborer, Roger Casement avait déjà renoncé à la Sanford Exploring Expedition et travaillait à nouveau sous les ordres de Henry Morton Stanley — que les Kikongos de la région avaient maintenant surnommé « Bula Matadi » (« Briseur de pierres ») — au chemin de fer qu'on avait commencé à construire, en parallèle à la piste des caravanes, de Boma et Matadi jusqu'à Léopoldville-Stanley Pool. Le garçon maltraité était resté travailler avec Roger et fut dès lors son domestique, son adjoint et compagnon de voyages en Afrique. Comme il ne sut jamais dire quel était son nom, Casement l'avait baptisé Charlie. Voilà seize ans qu'il l'avait à son service.

Roger Casement avait renoncé à travailler à la Sanford Exploring Expedition à la suite d'un incident avec un des directeurs de la compagnie. Il ne le regretta pas, car travailler avec Stanley au chemin de fer, tout en exigeant un effort physique immense, lui avait rendu l'optimisme qui l'avait mené en Afrique. Ouvrir une voie dans la forêt vierge et dynamiter des montagnes pour planter les traverses et les rails du train était le travail pionnier dont il avait rêvé. Les heures qu'il passait en plein air, rôtissant sous le soleil ou trempé par les averses, à diriger des ouvriers et des machettiers, à donner des ordres aux « zanzibariens », à veiller à ce que les équipes fassent bien leur travail, à cylindrer la route, à l'égaliser, à renforcer le sol où seraient placées les voies et à débroussailler l'épaisse végétation, représentaient des heures de concentration, avec le sentiment de faire une œuvre qui bénéficierait à égalité aux Européens et aux Africains, aux colonisateurs et aux colonisés. Herbert Ward lui avait dit un jour : « Quand je t'ai connu, je te prenais seulement pour un aventurier. Je sais maintenant que tu es un mystique. »

Roger se plaisait moins à passer du maquis aux villages afin de négocier la cession de porteurs et de machettiers pour le chemin de fer. Le manque de bras était devenu le problème numéro un au fur et à mesure que croissait l'État indépendant du Congo. Bien qu'ils aient signé les « traités », les chefs de tribu, maintenant qu'ils comprenaient de quoi il s'agissait, étaient réticents à laisser leurs habitants partir ouvrir des chemins, construire des gares et des entrepôts ou recueillir le caoutchouc. Quand il travaillait à la Sanford Exploring Expedition, Roger avait réussi, pour vaincre cette résistance et malgré l'absence d'obligation légale, à persuader l'entreprise de payer un petit salaire, généralement en espèces, aux travailleurs. D'autres compagnies s'étaient mises à en faire autant. Mais, même dans ces conditions, il n'était pas facile de les convaincre. Les chefs argumentaient qu'ils ne pouvaient se défaire d'hommes indispensables pour s'occuper des cultures, ainsi que de la chasse et de la pêche dont ils s'alimentaient. Souvent, à l'approche des recruteurs, les hommes en âge de travailler se cachaient dans les fourrés. C'est alors qu'avaient commencé les expéditions punitives, les recrutements forcés et la pratique consistant à enfermer les femmes dans ce qu'on appelait des « maisons d'otages », afin de s'assurer que les maris ne s'échapperaient pas.

Dans l'expédition de Stanley aussi bien que dans celle d'Henry Shelton Sanford, Roger avait souvent été chargé de négocier avec les communautés indigènes la livraison de ces travailleurs. Grâce à sa facilité pour les langues, il pouvait se faire comprendre en kikongo et en lingala — plus tard également en swahili —, quoique toujours avec l'aide d'interprètes. L'entendre baragouiner leur langue atténuait la méfiance des indigènes. Ses manières douces, sa patience, son attitude respectueuse facilitaient les dialogues, sans compter les cadeaux qu'il leur apportait : vêtements, couteaux et autres objets domestiques, tout comme les petites perles de verre qui leur plaisaient tant. Il regagnait en général le campement avec une poignée d'hommes pour le débroussaillage du maquis et les travaux de portage. Il acquit une réputation d'« ami des Nègres », ce que d'aucuns parmi ses compagnons jugeaient avec commisération tandis que d'autres, surtout des officiers de la Force publique, lui manifestaient un franc mépris.

Après ces visites aux tribus, Roger éprouvait un malaise qui devait augmenter avec les années. Au début il les faisait de bon gré car cela satisfaisait sa curiosité de connaître quelque chose des us et coutumes, dialectes, parures, nourritures, de se familiariser avec les danses, les chants et les pratiques religieuses de ces peuples qui semblaient stagner au fond des siècles, chez qui une innocence primitive, saine et directe, se mêlait à des rituels cruels, comme de sacrifier les jumeaux dans certaines tribus, ou de tuer un nombre déterminé de serviteurs — des esclaves, presque toujours — pour les enterrer près de leurs chefs, ou encore à l'usage du cannibalisme dans certains groupes qui, pour cela, étaient redoutés et détestés par les autres communautés. Il sortait de ces négociations avec un malaise indéfinissable, l'impression de jouer un double jeu avec ces hommes d'un autre temps qui, quels que soient ses efforts, ne pourraient jamais y comprendre grand-chose, et, par conséquent, malgré toutes les précautions qu'il prenait pour atténuer ce que ces accords avaient d'abusif, avec la mauvaise conscience d'avoir agi à l'encontre de ses convictions, de la morale et de ce « principe premier », ainsi qu'il appelait Dieu.

Aussi, fin décembre 1888, moins d'un an après son entrée au Chemin de Fer de Stanley, il avait démissionné et s'en était allé travailler à la mission baptiste de Ngombe Lutete, avec les époux Bentley, le couple de missionnaires qui la dirigeait. Il avait pris sa décision brusquement, après une conversation qui, commencée à l'heure du crépuscule, s'était achevée aux premières lueurs du matin, dans une maison du quartier des colons à Matadi, avec un personnage qui y était de passage. Theodore Horte était un ancien officier de la Marine britannique. Il avait quitté la British Navy pour devenir missionnaire baptiste au Congo. Les baptistes étaient là depuis que le docteur David Livingstone avait entrepris d'explorer le continent africain et de prêcher l'Évangile. Ils avaient ouvert des missions à Palabala, Banza Manteke, Ngombe Lutete et venaient d'en inaugurer une autre, Arlhington, aux environs de Stanley Pool. Theodore Horte, visiteur de ces missions, passait son temps à voyager de l'une à l'autre, aidant les pasteurs et examinant la façon d'ouvrir de nouveaux centres. Cette conversation avait produit chez Roger Casement une impression qu'il se rappellerait pour le restant de sa vie et qu'en ces jours de convalescence de ses troisièmes fièvres paludéennes, au milieu de l'année 1902, il aurait pu reproduire dans les moindres détails.

Nul n'imaginait, en l'entendant parler, que Theodore Horte avait été un officier de carrière et qu'il avait participé comme marin à d'importantes opérations militaires de la British Navy. Il ne parlait ni de son passé ni de sa vie privée. C'était un quinquagénaire distingué et fort courtois. Ce soir paisible de Matadi, sans pluie ni nuages, sous un ciel piqueté d'étoiles qui se reflétaient dans les eaux du fleuve et une légère brise chaude qui soulevait leurs cheveux, Casement et Horte, étendus dans deux chaises longues contiguës, avaient entamé une conversation d'après-dîner qui, Roger l'avait cru au début, ne durerait que les courtes minutes qui mènent au sommeil après un bon dîner et serait l'un de ces échanges conventionnels et oubliables. Pourtant, dès le départ, quelque chose avait fait battre son cœur avec plus de force que d'habitude. Il s'était senti bercé par la délicatesse et le timbre chaud de la voix du pasteur Horte, poussé à aborder des sujets qu'il ne partageait jamais avec ses compagnons de travail — sauf parfois avec Herbert Ward — et encore moins avec ses supérieurs. Ses préoccupations, ses angoisses et ses doutes, qu'il dissimulait comme des choses abominables. Tout cela avait-il un sens ? L'aventure européenne en Afrique était-elle bien ce qu'on en disait, ce qu'on en écrivait, ce que l'on croyait ? Apportait-elle la civilisation, le progrès, la modernité, au moyen du libre commerce et de l'évangélisation ? Pouvait-on appeler civilisateurs ces brutes de la Force publique qui volaient tout ce qu'ils pouvaient dans les expéditions punitives ? Combien, parmi les colonisateurs — commerçants, soldats, fonctionnaires, aventuriers —, avaient un minimum de respect pour les indigènes et les considéraient comme des frères ou, du moins, des êtres humains ? Cinq pour cent ? Un pour cent ? Pour dire le vrai, depuis toutes ces années passées là, il aurait pu compter sur les doigts de la main les Européens qui ne traitaient pas les Nègres comme des animaux sans âme, que l'on pouvait tromper, exploiter, fouetter, voire tuer, sans le moindre remords.

Theodore Horte avait écouté en silence l'explosion d'amertume du jeune Casement. Quand il prit la parole, il ne semblait pas surpris par ce qu'il lui avait entendu dire. Au contraire, il reconnut que lui aussi, depuis des années, était assailli de doutes terribles. Cependant, du moins en théorie, l'idée de « civilisation » lui semblait bien convaincante. Les conditions de vie des indigènes n'étaient-elles pas atroces ? Leur niveau d'hygiène, leurs superstitions, leur ignorance des notions les plus élémentaires de santé, ne les faisaient-ils pas tomber comme des mouches ? N'était-elle pas tragique, leur vie de pure survie ? L'Europe avait beaucoup à leur apporter pour les tirer du primitivisme. Pour faire cesser certains usages barbares, le sacrifice d'enfants et de malades, par exemple, dans tant de communautés, les guerres où ils s'entretuaient, l'esclavage et le cannibalisme encore pratiqués en certains endroits. Et, en outre, n'était-il pas bon pour eux de connaître le Dieu véritable, de substituer aux idoles qu'ils adoraient le Dieu chrétien, le Dieu de pitié, d'amour et de justice ? Bien sûr, beaucoup de mauvaises gens avaient accouru, la pire engeance, peut-être, de l'Europe. Ne pouvait-on y remédier ? Il était indispensable que les bonnes choses du Vieux Continent parviennent jusqu'ici. Non la cupidité des marchands à l'âme corrompue, mais la science, les lois, l'éducation, les droits innés de l'être humain, l'éthique chrétienne. Il était trop tard pour faire marche arrière, n'est-ce pas ? Il ne servait à rien de se demander si la colonisation était bonne ou mauvaise, si, livrés à leur sort, les Congolais s'en seraient mieux sortis qu'avec les Européens. Quand on ne pouvait plus revenir en arrière, pourquoi perdre son temps à se demander s'il aurait été préférable de ne pas en arriver là ? Il était toujours possible de redresser ce qui était tordu. N'était-ce pas là le meilleur enseignement du Christ ?

Quand, au petit matin, Roger Casement lui avait demandé s'il était possible, pour un laïque comme lui, qui n'avait jamais été très religieux, de travailler dans l'une des missions de l'Église baptiste dans la région du bas et moyen Congo, Theodore Horte avait eu un petit rire :

— Ce doit être un signe de Dieu, s'était-il écrié. Les époux Bentley, de la mission de Ngombe Lutete, ont besoin d'un adjoint laïc pour s'occuper de leur comptabilité. Et voilà que vous me demandez cela. Ne serait-ce pas un peu plus qu'une coïncidence ? Un de ces pièges que nous tend parfois Dieu pour nous rappeler qu'il est toujours là et que nous ne devons jamais désespérer ?

Le travail de Roger, de janvier à mars 1889, à la mission de Ngombe Lutete, bien que de courte durée, avait été intense et lui avait permis de sortir de l'incertitude dans laquelle il vivait depuis quelque temps. Il ne gagnait que dix livres par mois et là-dessus devait payer sa subsistance, mais en voyant travailler Mr William Holman Bentley et son épouse du matin au soir, avec tant d'ardeur et de conviction, et en partageant avec eux la vie dans cette mission qui, en même temps qu'un centre religieux, était un dispensaire, un poste de vaccination, une école, une boutique de marchandises et un lieu de loisir, d'assistance et de conseils, l'aventure coloniale lui avait semblé moins cruelle, plus raisonnable, et même civilisatrice. Ce sentiment s'était renforcé en voyant comment autour de ce couple avait surgi une petite communauté africaine de convertis à l'Église réformée, qui, aussi bien dans leur façon de s'habiller que dans les chansons en chœur répétées quotidiennement pour les services dominicaux, ainsi que dans les cours d'alphabétisation et de doctrine chrétienne, semblaient laisser derrière eux la vie de tribu et entreprendre une existence moderne et chrétienne.

Son travail ne se bornait pas à tenir les livres de comptes, rentrées et dépenses, de la mission. Cela lui prenait peu de temps. Il faisait de tout, aussi bien ramasser les feuilles mortes et désherber le petit champ autour de la mission — c'était un combat quotidien contre la végétation obstinée à reprendre la clairière qu'on lui avait ravie —, que partir en chasse d'un léopard qui dévorait les animaux de la basse-cour. Il s'occupait du transport sur le sentier ou sur la rivière dans une petite embarcation, emmenant et ramenant malades, ustensiles, travailleurs, et veillait au fonctionnement de la boutique de la mission, où les indigènes des alentours pouvaient vendre et acquérir des marchandises. On pratiquait surtout le troc, mais l'on voyait aussi circuler des francs belges et des livres sterling. Les époux Bentley se moquaient de son inaptitude au commerce et de sa vocation à la dépense, car Roger trouvait tous les prix élevés et voulait les baisser, fût-ce en privant ainsi la mission de la petite marge de bénéfice qui lui permettait de compléter son maigre budget.

Malgré l'affection qu'il pouvait avoir pour les Bentley et la bonne conscience qu'il ressentait à travailler à leurs côtés, Roger avait su dès le départ que son séjour à la mission de Ngombe Lutete serait transitoire. Le travail était digne et altruiste, mais n'avait de sens qu'assorti de cette foi qui animait Theodore Horte et les Bentley et dont lui était dépourvu, même s'il imitait leurs gestes et leurs manifestations, en assistant aux lectures commentées de la Bible, aux classes de catéchisme et à l'office du dimanche. Il n'était ni athée ni agnostique, mais quelque chose de plus incertain, un indifférent qui ne niait pas l'existence de Dieu — le « principe premier » —, mais incapable de se sentir à l'aise au sein d'une église, solidaire et fraternellement relié aux autres fidèles, faisant partie d'un dénominateur commun. Lors de cette longue conversation de Matadi, il avait essayé d'expliquer la chose à Theodore Horte et s'était senti maladroit et confus. L'ex-marin l'avait tranquillisé : « Je vous comprends parfaitement, Roger. Dieu a sa façon de procéder. Il nous déconcerte, nous trouble, nous pousse à chercher. Jusqu'à ce qu'un jour tout s'éclaire et Le voilà. Cela vous arrivera, vous verrez .»

Pendant ces trois mois, au moins, cela ne lui arriva pas. Maintenant, en 1902, treize ans après ces événements, il était toujours habité par l'incertitude religieuse. Ses fièvres étaient tombées, il avait perdu beaucoup de poids et, tout en vacillant encore de faiblesse, il avait renoué avec ses tâches de consul à Boma. Il alla rendre visite au gouverneur général et aux autres autorités. Il reprit ses parties d'échecs et de bridge. La saison des pluies était en plein apogée et allait durer plusieurs mois.

À la fin mars 1889, en achevant son contrat avec le révérend William Holman Bentley et après cinq ans d'absence, il était retourné pour la première fois en Angleterre.

V

— Arriver ici a été une des choses les plus difficiles que j'aie faites de ma vie, dit Alice en manière de salut, lui tendant la main. J'ai cru que je n'y arriverais jamais. Mais, enfin, me voilà.

Alice Stopford Green gardait son apparence de personne froide, rationnelle, étrangère à tout sentimentalisme, mais Roger la connaissait assez pour savoir qu'elle était profondément émue. Il remarquait le très léger tremblement de sa voix, qu'elle n'arrivait pas à dissimuler, et cette palpitation des ailes de son nez qui survenait chaque fois que quelque chose la préoccupait. Elle frisait déjà les soixante-dix ans, mais conservait sa silhouette juvénile. Les rides n'avaient pas effacé la fraîcheur de son visage couvert de taches de rousseur ni l'éclat de ses yeux clairs et pénétrants. Et il y brillait toujours cette lumière intelligente. Elle portait, avec sa sobre élégance habituelle, un ensemble d'été, une blouse légère et des bottines à talons hauts.

— Quel plaisir, chère Alice, quel plaisir, répéta Roger Casement, en lui saisissant les deux mains. J'ai bien cru ne jamais te revoir.

— Je t'avais apporté des livres, des friandises et un peu de linge, mais à l'entrée les policiers m'ont tout confisqué. — Elle fit une moue d'impuissance. — Je regrette. Tu te sens bien ?

— Oui, oui, dit Roger, sur un ton anxieux. Tu as tant fait pour moi ces derniers temps. Pas encore de nouvelles ?

— Le cabinet se réunit jeudi, dit-elle. Je sais de source sûre que ton affaire est en tête de l'ordre du jour. Nous faisons tout notre possible, et même l'impossible, Roger. La pétition rassemble près de cinquante signatures, tous des gens importants. Des savants, des artistes, des écrivains, des hommes politiques. John Devoy nous assure que le télégramme du président des États-Unis au gouvernement anglais devrait arriver d'un jour à l'autre. Tous nos amis se sont mobilisés pour faire cesser, enfin, je veux dire, pour contrecarrer cette indigne campagne de presse. Tu es au courant, non ?

— Vaguement, dit Casement avec une grimace de contrariété. Ici les nouvelles du dehors n'arrivent pas et les geôliers ont ordre de ne pas m'adresser la parole. Seul le *sheriff* le fait, mais c'est pour m'insulter. Crois-tu qu'il reste une possibilité quelconque, Alice ?

— Bien sûr que je le crois, affirma-t-elle avec force, mais Casement pensa que c'était un pieux mensonge. Tous mes amis m'assurent que le cabinet décide de ce genre de chose à l'unanimité. S'il y a un seul ministre opposé à l'exécution, tu es sauvé. Et il paraît que ton ancien patron au Foreign Office, sir Edward Grey, est contre. Ne perds pas espoir, Roger.

Cette fois le *sheriff* de la prison de Pentonville n'était pas présent au parloir. Il n'y avait qu'un sage petit gardien qui leur tournait le dos et regardait le couloir par le guichet grillagé en faisant semblant de ne pas s'intéresser à la conversation de Roger avec l'historienne. « Si tous les geôliers de Pentonville Prison étaient aussi raisonnables, la vie ici serait beaucoup plus supportable », pensa-t-il. Il se rappela qu'il n'avait pas encore interrogé Alice sur les événements de Dublin.

— Je sais que, lors de l'Insurrection de Pâques, Scotland Yard est allé perquisitionner dans ta maison de Grosvenor Road, dit-il. Pauvre Alice. Ils t'ont fait passer un mauvais quart d'heure ?

— Pas tellement, Roger. Ils ont emporté beaucoup de papiers. Des lettres personnelles, des manuscrits. J'espère qu'ils me les rendront, je ne crois pas que ce leur soit utile. — Elle soupira, le cœur gros. — En comparaison avec ce qu'ils ont enduré là-bas en Irlande, ce qui m'est arrivé est une bagatelle.

La dure répression se poursuivait-elle ? Roger s'efforçait de ne pas penser aux fusillades, aux morts, aux séquelles de cette semaine tragique. Mais Alice dut lire dans ses yeux la curiosité qui le tenaillait.

— Les exécutions ont cessé, semble-t-il, murmura-t-elle en jetant un coup d'œil vers le dos du gardien. Il y a environ trois mille cinq cents prisonniers, d'après nos calculs. Ils en ont transféré la plus grande partie ici et les ont répartis dans des prisons un peu partout en Angleterre. Quelque quatre-vingts femmes ont été localisées parmi eux. Nous avons l'aide de plusieurs associations. Beaucoup d'avocats anglais ont offert leurs services pour s'occuper de leur cas, gratuitement.

Les questions se bousculaient dans la tête de Roger. Combien d'amis à lui parmi les morts, les blessés, les prisonniers ? Mais il se retint. À quoi bon vérifier des choses auxquelles il ne pouvait rien et qui ne serviraient qu'à accroître son amertume ?

— Tu sais quoi, Alice ? L'une des raisons qui font que j'aimerais voir ma peine commuée c'est que, sinon, je mourrai sans avoir appris l'irlandais. En cas de commutation, je m'y mettrai à fond et je te promets que, dans ce parloir même, nous parlerons un jour en gaélique.

Elle acquiesça, avec un petit sourire un peu forcé.

— Le gaélique est une langue difficile, dit-elle en lui tapotant le bras. Il faut beaucoup de temps et de patience pour l'apprendre. Et toi tu as eu une vie très agitée, mon chéri. Mais, console-toi, peu d'Irlandais ont fait autant que toi pour l'Irlande.

— Grâce à toi, chère Alice. Je te dois tant de choses. Ton amitié, ton hospitalité, ton intelligence, ta culture. Ces veillées du mardi à Grosvenor Road, avec des gens extraordinaires, dans cette atmosphère si agréable. Ce sont les meilleurs souvenirs de ma vie. Maintenant je peux te le dire et t'en remercier, amie chère. C'est toi qui m'as appris à aimer le passé et la culture de l'Irlande. Tu as été une généreuse dispensatrice de savoir, qui a énormément enrichi ma vie.

Il disait ce qu'il avait toujours senti et tu, par pudeur. Depuis qu'il avait fait sa connaissance, il admirait et aimait l'historienne et écrivaine Alice Stopford Green, dont les romans et études sur le passé historique, les légendes, les mythes irlandais et le gaélique avaient été déterminants pour donner à Casement cet « orgueil celte » dont il se vantait si fort qu'il déchaînait parfois les railleries de ses amis nationalistes eux-mêmes. Il avait connu Alice onze ou douze ans auparavant, quand il lui avait demandé son aide pour la *Congo Reform Association* (Association pour la Réforme du Congo) que Roger avait fondée avec Edmund D. Morel. C'étaient les débuts de la bataille publique de ces tout nouveaux amis contre Léopold II et sa machiavélique création, l'État indépendant du Congo. L'enthousiasme avec lequel Alice Stopford Green s'était jetée dans leur campagne dénonçant les horreurs du Congo fut décisif pour se gagner l'adhésion de nombreux écrivains et hommes politiques de ses amis. Alice devint le mentor et guide intellectuel de Roger qui, s'il était à Londres, ne manquait jamais le salon hebdomadaire de l'écrivaine. À ces veillées se pressaient professeurs, journalistes, poètes, peintres, musiciens et hommes politiques, critiques comme elle, en général, envers l'impérialisme et le colonialisme et partisans du Home Rule ou régime d'autonomie pour l'Irlande, voire nationalistes radicaux qui exigeaient pour l'Eire l'indépendance totale. Dans les salons élégants et bourrés de livres de la maison de Grosvenor Road, où Alice conservait la bibliothèque de son défunt mari, l'historien John Richard Green, Roger fit la connaissance de W. B. Yeats, sir Arthur Conan Doyle, George Bernard Shaw, G.K. Chesterton, John Galsworthy, Robert Cunninghame Graham et de maints autres écrivains à la mode.

— Hier j'étais sur le point de poser une question à Gee, mais je n'ai pas osé, dit Roger. Conrad a-t-il signé la pétition ? Ni mon avocat ni Gee n'ont mentionné son nom.

Alice fit non de la tête.

— Je lui ai écrit moi-même, en lui demandant sa signature, ajouta-t-elle avec embarras. Ses raisons ont été confuses. Il a toujours été fuyant en matière politique. Peut-être, dans sa situation de citoyen britannique assimilé, ne se sent-il pas très sûr de lui. D'autre part, en tant que polonais, il hait aussi bien l'Allemagne que la Russie, qui ont rayé son pays de la carte pendant des siècles. Enfin, je ne sais pas. Nous regrettons tous beaucoup son abstention. L'on peut être un grand écrivain et un homme timoré en matière politique. Tu le sais mieux que personne, Roger.

Casement acquiesça. Il se repentit d'avoir posé cette

question. Il aurait mieux valu ne rien savoir. L'absence de cette signature allait maintenant lui causer autant de tourments qu'il en avait eus en apprenant par son avocat Gavan Duffy qu'Edmund D. Morel n'avait pas non plus voulu signer la demande de commutation de peine. Son ami, son frère *Bulldog* ! Son compagnon de lutte en faveur des natifs du Congo s'était lui aussi dérobé, en alléguant des raisons de loyauté patriotique en temps de guerre.

— Que Conrad n'ait pas signé ne changera pas grand-chose, dit l'historienne. Son influence politique sur le gouvernement d'Asquith est nulle.

— Non, bien sûr que non, acquiesça Roger.

Cela n'avait peut-être pas d'importance pour le succès ou l'échec de la pétition, mais pour lui, dans son for intérieur, cela en avait. Il aurait été réconforté de se rappeler, dans ces accès de désespoir qui l'assaillaient dans sa cellule, qu'une personne de son prestige, admirée par tant de monde — y compris lui —, l'appuyait dans cette épreuve et lui faisait parvenir, par sa signature, un message de compréhension et d'amitié.

— Tu le connais depuis longtemps, n'est-ce pas ? demanda Alice, comme si elle devinait ses pensées.

— Vingt-six ans, exactement. Depuis juin 1890, au Congo. Il n'était pas encore écrivain. Bien que, si je ne m'abuse, il m'ait dit alors qu'il avait commencé à écrire un livre. *La folie Almayer*, sans doute, son premier roman publié. Il me l'a envoyé, dédicacé. Je conserve l'exemplaire quelque part. Il n'avait encore rien publié. C'était un marin. Son anglais était à peine intelligible, à cause de son fort accent polonais.

— Et il l'est resté, sourit Alice. Il parle toujours anglais avec cet accent atroce. Comme s'il « mâchait des cailloux », dit George Bernard Shaw. Mais il l'écrit de façon merveilleuse, que cela nous plaise ou non.

La mémoire de Roger lui restitua, intact, le souvenir de ce jour de juin 1890 où était arrivé à Matadi, dans la touffeur humide de l'été commençant, en nage, harcelé par les moustiques qui criblaient de piqûres sa peau d'étranger, ce jeune capitaine de la Marine marchande britannique. La trentaine, un front dégagé, une courte barbe noire, un corps robuste et des yeux enfoncés, il se nommait Konrad Korzeniowski et était polonais, naturalisé anglais depuis peu d'années. Embauché par la Société anonyme belge pour le Commerce avec le haut Congo, il venait servir comme capitaine de l'un des petits vapeurs qui faisaient la navette de marchandises et de commerçants entre Léopoldville-Kinshasa et les lointaines cataractes de Stanley Falls, à Kisangani. C'était sa première affectation comme capitaine de navire et il était plein d'illusions et de projets. Il arrivait au Congo imprégné de tous les mythes et fictions au coin desquels Léopold II avait frappé son profil de grand philanthrope et de grand monarque résolu à civiliser l'Afrique et à libérer les Congolais de l'esclavage, du paganisme et autres barbaries. Malgré sa longue expérience de navigation sur les mers d'Asie et d'Amérique, son don des langues et ses lectures, il y avait chez le Polonais quelque chose d'innocent et d'enfantin qui séduisit immédiatement Roger Casement. La sympathie avait été réciproque, car Korzeniowski, depuis le jour où ils firent connaissance jusqu'à trois semaines plus tard, où il partit en compagnie de trente porteurs par la piste des caravanes en direction de Léopoldville-Kinshasa, lieu de la prise de commandement de son bateau *Le Roi des Belges*, ne le quitta pas d'une semelle.

Ils avaient fait des promenades aux environs de Matadi, jusqu'à la désormais inexistante Vivi, l'éphémère première capitale de la colonie, dont il ne restait pas même les décombres, et jusqu'à l'embouchure du fleuve Mpozo, où, d'après la légende, les premiers rapides et les premières chutes de Livingstone Falls et du Chaudron du Diable avaient arrêté le Portugais Diogo Cão, quatre siècles auparavant. Dans la plaine de Lufundi, Roger Casement montra au jeune Polonais l'endroit où l'explorateur Henry Morton Stanley avait construit sa première maison, disparue des années plus tard dans un incendie. Mais, surtout, ils bavardèrent beaucoup et de beaucoup de choses, et, principalement, de ce qui se passait dans ce tout jeune État indépendant du Congo où Konrad venait de mettre les pieds, tandis que Roger y vivait déjà depuis six ans. Au bout de quelques jours d'amitié, le marin Polonais s'était fait sur le lieu où il venait travailler une idée bien différente de celle qu'il avait à son arrivée. Il avait été, comme il le dit à Roger en lui faisant ses adieux, au petit matin du samedi 28 juin 1890, avant de partir pour les monts de Cristal, « dépucelé. » Ce fut le terme qu'il employa, avec son accent sonore et rocailleux : « Vous m'avez dépucelé, Casement. Sur Léopold II, sur l'État indépendant du Congo. Peut-être même sur la vie. » Et il répéta, d'un ton dramatique : «Dépucelé. »

Ils s'étaient revus plusieurs fois, à l'occasion des voyages de Roger à Londres, et s'étaient écrit quelques lettres. Treize ans après leur première rencontre, en juin 1903, Casement, qui se trouvait en Angleterre, avait reçu une invitation de Joseph Conrad (il s'appelait maintenant ainsi et était devenu un écrivain prestigieux) à passer une fin de semaine à Pent Farm, sa petite maison de campagne à Hythe, dans le Kent. Le romancier y menait avec sa femme et son fils une vie frugale et solitaire. Roger gardait un souvenir chaleureux de ces deux jours auprès de l'écrivain. Celui-ci avait maintenant des fils argentés dans les cheveux et dans sa barbe épaisse, il avait grossi et acquis une certaine arrogance intellectuelle dans sa façon de s'exprimer. Mais avec lui il s'était montré remarquablement expansif. Quand Roger l'avait félicité pour son roman congolais, *Au cœur des ténèbres*, qu'il venait de lire et qui, lui avait-il dit, l'avait touché au plus profond car c'était la description la plus extraordinaire des horreurs que l'on vivait au Congo, Conrad avait tendu les mains pour l'arrêter.

— Vous auriez dû figurer comme co-auteur de ce livre, Casement, avait-il affirmé, en le serrant aux épaules. Je ne l'aurais jamais écrit sans votre aide. C'est vous qui m'avez dessillé les yeux. Sur l'Afrique, sur l'État indépendant du Congo. Et sur la bête féroce qu'est l'homme.

Restés seuls tous les deux après dîner — la discrète Mme Conrad, une femme de très modeste extraction, et leur fils s'étaient retirés pour la nuit —, l'écrivain, après son second petit verre de porto, avait déclaré à Roger que, pour ce qu'il faisait en faveur des indigènes congolais, il méritait d'être appelé « le Bartolomé de Las Casas britannique ». Cet éloge avait fait rougir Roger jusqu'aux oreilles. Comment se faisait-il que quelqu'un qui avait une si bonne opinion de lui, qui les avait tellement aidés, Edmund D. Morel et lui, dans leur campagne contre Léopold II, ait refusé de signer une pétition ne demandant que la commutation de sa peine de mort? En quoi cela pouvait-il le compromettre aux yeux du gouvernement?

Il se souvenait d'autres rencontres sporadiques avec Conrad, lors de ses visites à Londres. Une fois ce fut par hasard, à son club, le Wellington Club de Grosvenor Place, où il retrouvait des collègues du Foreign Office. L'écrivain avait insisté pour que Roger reste prendre un cognac avec lui, après le départ de ses compagnons. Ils avaient évoqué le lamentable état d'esprit du marin lorsque, six mois après son passage à Matadi, il y avait fait sa réapparition. Roger Casement travaillait toujours là, comme responsable des stocks et du transport. Konrad Korzeniowski n'était plus que l'ombre du jeune homme enthousiaste, débordant d'illusions, que Roger avait connu. Il avait pris un sérieux coup de vieux, avait les nerfs malades et des problèmes d'estomac, à cause des parasites. Les diarrhées continuelles l'avaient fait fondre. Aigri et pessimiste, il ne songeait qu'à retourner au plus vite à Londres, se mettre entre les mains de médecins dignes de ce nom.

— Je vois que la forêt n'a pas été clémente avec vous, Konrad. Ne vous en faites pas. La malaria est comme ça, elle tarde à s'en aller même si les fièvres ont disparu.

C'était une conversation d'après-dîner, sur la terrasse du bungalow qui servait à Roger de logis et de bureau. Il n'y avait ni lune ni étoiles dans la nuit de Matadi, mais il ne pleuvait pas et ils étaient bercés par le bourdonnement des insectes tandis qu'ils fumaient et buvaient à petites gorgées le verre qu'ils avaient dans les mains.

— Le pire, ça n'a pas été la forêt vierge, ce climat si malsain, les fièvres qui m'ont plongé dans une semi-inconscience près de deux semaines, s'était plaint le Polonais. Pas même l'épouvantable dysenterie qui m'a fait chier le sang cinq jours de suite. Le pire, le pire, Casement, ça a été d'être témoin des horreurs qui se passent quotidiennement dans ce maudit pays. Horreurs que commettent les démons noirs et les démons blancs, où qu'on tourne les yeux.

Konrad avait fait un voyage aller-retour sur le petit vapeur de la compagnie qu'il devait commander,

Le Roi des Belges, de Léopoldville-Kinshasa aux cataractes de Stanley. Tout s'était mal passé pour lui dans cette traversée vers Kisangani. Il avait été à deux doigts de se noyer parce que le canot où les rameurs inexpérimentés s'étaient fait prendre dans un tourbillon avait chaviré, près de Kinshasa. La malaria l'avait tenu cloué sur son étroite couchette par des accès de fièvre, sans la force de se lever. Il avait appris là que le précédent capitaine du *Roi des Belges* avait été assassiné à coups de flèches lors d'une querelle avec les membres d'une tribu. Un autre fonctionnaire de la Société anonyme belge pour le Commerce avec le haut Congo, que Konrad était allé recueillir dans un hameau perdu où il exploitait l'ivoire et le caoutchouc, était mort d'une maladie inconnue au cours du voyage. Mais ce n'étaient pas les misères physiques qui s'étaient acharnées sur sa personne qui mettaient le Polonais hors de lui.

— C'est la corruption morale, la corruption de l'âme, qui envahit tout dans ce pays, avait-il répété d'une voix sombre, caverneuse, comme saisi par une vision apocalyptique.

— J'ai tenté de vous mettre en garde, quand nous avons fait connaissance, lui avait rappelé Casement. Je regrette de n'avoir pas été plus explicite sur ce qui vous attendait dans le haut Congo.

Qu'est-ce qui l'avait affecté à ce point ? De découvrir que des pratiques aussi primitives que l'anthropophagie étaient encore en vigueur dans certaines communautés ? Que dans les tribus et les postes commerciaux continuaient à circuler des esclaves qui changeaient de maître pour quelques francs ? Que les prétendus libérateurs soumettaient les Congolais à des formes encore plus cruelles d'oppression et de servage ? Était-ce le spectacle du dos des indigènes lacéré par la chicotte qui l'avait bouleversé ? Ou de voir, pour la première fois de sa vie, un Blanc fouetter un Noir jusqu'à faire de son corps un enchevêtrement de blessures ? Il ne lui avait pas demandé de précisions, mais il fallait, sans aucun doute, que le capitaine du *Roi des Belges* ait été témoin de choses terribles pour renoncer ainsi à ses trois ans de contrat afin de regagner l'Angleterre au plus vite. En outre, il avait raconté à Roger qu'il avait eu, à Léopoldville-Kinshasa, à son retour de Stanley Falls, une violente altercation avec le directeur de la Société anonyme belge pour le Commerce avec le haut Congo, Camille Delcommune, qu'il avait traité de « barbare portant gilet et chapeau ». Il voulait à présent revenir à la civilisation, autrement dit, pour lui, l'Angleterre.

— Tu as lu *Au cœur des ténèbres* ? demanda Roger à Alice. Trouves-tu juste cette vision de l'être humain ?

— Elle ne l'est pas, je présume, répondit l'historienne. Nous en avons beaucoup discuté un mardi, quand le livre est sorti. Ce roman est une parabole selon laquelle l'Afrique rend barbares les Européens civilisés qui s'y rendent. Ton *Rapport sur le Congo* a plutôt montré le contraire. Que c'est nous, Européens, qui avons importé là-bas les pires barbaries. De plus, tu es resté vingt ans en Afrique, toi, sans devenir un sauvage. Tu es revenu, au contraire, plus civilisé que tu ne l'étais quand tu es parti d'ici convaincu des vertus du colonialisme et de l'Empire.

— Conrad disait qu'au Congo la corruption morale de l'être humain remontait à la surface. Celle des Blancs et celle des Noirs. *Au cœur des ténèbres* m'a souvent empêché de dormir. Je pense qu'il ne décrit ni le Congo, ni la réalité, ni l'histoire, mais l'enfer. Le Congo est un prétexte pour exprimer cette vision atroce que certains catholiques ont du mal absolu.

— Désolé de vous interrompre, dit le gardien en se tournant vers eux. Il est passé quinze minutes et l'autorisation pour les visites était de dix. Il faut vous quitter.

Roger tendit la main à Alice, mais, à sa grande surprise, elle lui ouvrit les bras. Elle le serra contre elle avec force.

— Nous continuerons à tout faire, tout, pour te sauver la vie, Roger, lui murmura-t-elle à l'oreille.

Et il pensa : « Pour qu'Alice se permette ces effusions, c'est qu'elle doit être certaine que le recours en grâce n'aura pas de suite favorable. »

En retournant à sa cellule, il était triste. Reverrait-il jamais Alice Stopford Green ? Que de choses elle représentait pour lui ! Personne n'incarnait autant que l'historienne sa passion pour l'Irlande, la dernière de ses passions, la plus intense, la plus récalcitrante, une passion qui l'avait consumé et l'enverrait probablement à la mort. « Je ne le regrette pas », se répéta-t-il. Les siècles d'oppression avaient provoqué tant de douleur en Irlande, tant d'injustice, que cela valait la peine de s'être sacrifié pour cette noble cause. Il avait échoué, sans doute. Le plan si soigneusement élaboré pour accélérer l'émancipation de l'Eire en associant l'Allemagne à sa lutte et en faisant coïncider avec le soulèvement nationaliste une action offensive de l'armée et de la marine du Kaiser contre l'Angleterre n'avait pas fonctionné comme il l'avait prévu. Il n'avait pas, non plus, été capable d'arrêter cette insurrection. Et, maintenant, Sean McDermott, Patrick Pearse, Éamonn Ceannt, Tom Clarke, Joseph Plunkett et combien d'autres avaient été fusillés. Des centaines de camarades pourriraient en prison Dieu sait combien d'années. Au moins, il restait leur exemple, comme disait avec une résolution farouche ce malheureux Joseph Plunkett, à Berlin. De dévouement, d'amour, de sacrifice, pour une cause semblable à celle qui l'avait fait lutter contre Léopold II au Congo, contre Julio C. Arana et les planteurs d'hévéas du Putumayo en Amazonie. La cause de la justice, celle du faible contre les abus des puissants et des despotes. Parviendrait-elle à effacer tout cela, la campagne qui le traitait de dégénéré et de traître ? Après tout, quelle importance ! L'essentiel se décidait là-haut, le dernier mot revenait à ce Dieu qui, depuis quelque temps, commençait enfin à avoir pitié de lui.

Allongé sur son grabat, les yeux fermés, il repensa à Joseph Conrad. Se serait-il senti mieux si l'ex-marin avait signé la pétition ? Ce n'était pas sûr. Qu'avait-il voulu lui dire, ce soir-là, dans sa petite maison du Kent, lorsqu'il avait affirmé : « Avant d'aller au Congo, je n'étais qu'un pauvre animal » ? La phrase l'avait impressionné, sans qu'il la comprenne entièrement. Que signifiait-elle ? Peut-être que ce qu'il avait fait, omis de faire, vu et entendu pendant ces six mois dans le moyen et le haut Congo avaient éveillé chez lui de profondes inquiétudes métaphysiques sur la condition humaine, sur le péché originel, sur le mal, sur l'Histoire. Cela, Roger était tout à fait à même de le comprendre. Lui aussi, le Congo l'avait humanisé, si être humain voulait dire connaître les extrêmes auxquels peuvent atteindre la cupidité, l'avarice, les préjugés, la cruauté. C'était cela, la corruption morale, oui : quelque chose qui n'existait pas chez les animaux, une exclusivité des humains. Le Congo lui avait révélé que ces choses-là faisaient partie de la vie. Il lui avait ouvert les yeux. L'avait « dépucelé », lui aussi, comme le Polonais. Il se rappela alors qu'il était arrivé en Afrique, à ses vingt ans, encore vierge. N'était-il pas injuste que la presse, comme l'avait dit le *sheriff* de Pentonville Prison, n'accuse que lui, au cœur de la vaste espèce humaine, d'être une ordure ?

Pour combattre la démoralisation qui le gagnait il essaya d'imaginer le plaisir que ce serait de prendre un long bain, dans une vraie baignoire, avec beaucoup d'eau et de savon, en serrant contre le sien un autre corps nu.

VI

Il quitta Matadi le 5 juin 1903, par le chemin de fer construit par Stanley et auquel il avait lui-même travaillé dans son jeune temps. Pendant les deux jours de voyage que dura le lent trajet jusqu'à Léopoldville, il pensa, de façon obsessionnelle, à une prouesse sportive de sa jeunesse : d'avoir été le premier Blanc à nager dans le plus grand fleuve de la piste des caravanes entre Manianga et Stanley Pool : le Nkissi. Il l'avait déjà fait, en totale inconscience, dans des fleuves plus petits du bas et moyen Congo, le Kwilu, le Lukungu, le Mpozo et le Lunzadi, où il y avait aussi des crocodiles, et il ne lui était rien arrivé. Mais le Nkissi était plus grand et impétueux, il avait près de cent mètres de large et était plein de tourbillons dus au voisinage de la grande cataracte. Les indigènes l'avaient prévenu que c'était imprudent, qu'il pouvait être entraîné et se fracasser contre les pierres. En effet, après quelques brasses, Roger s'était senti tiraillé par les jambes et emporté comme un fétu vers le centre des eaux par des courants contraires dont, malgré ses battements de pieds et ses énergiques mouvements de main, il n'arrivait pas à se dégager. Presque à bout de forces — il avait bu la tasse —, il était parvenu à s'approcher de la rive en se faisant rouler par une vague. Il s'était alors, tant bien que mal, agrippé à des rochers. Quand il eut grimpé la pente, il était couvert de griffures. Il crachait ses poumons.

Le voyage qu'il entreprenait enfin dura trois mois et dix jours. Roger devait penser par la suite que cette période avait changé sa manière d'être et qu'il était devenu un autre homme, plus lucide et plus réaliste qu'auparavant, sur le Congo, l'Afrique, les êtres humains, le colonialisme, l'Irlande et la vie. Mais que cette expérience cruciale avait fait de lui, aussi, un être plus enclin au malheur. Au cours des années qu'il lui restait à vivre il devait maintes fois se dire, dans ses moments de découragement, qu'il aurait mieux valu s'abstenir de faire au moyen et haut Congo ce voyage destiné à vérifier ce qu'il y avait de vrai dans les accusations de maltraitance envers les indigènes des zones caoutchoutières que lançaient à Londres certaines églises et ce journaliste, Edmund D. Morel, qui semblait avoir voué sa vie à critiquer Léopold II et l'État indépendant du Congo.

Pendant la première étape du voyage, entre Matadi et Léopoldville, il fut surpris de voir un paysage aussi vide, et des villages comme Tumba, où il dormit, ainsi que ceux éparpillés dans les vallées de Nsele et de Ndolo, qui naguère fourmillaient de gens, à présent quasiment déserts, avec de fantomatiques vieillards traînant les pieds dans des nuages de poussière, ou accroupis contre le tronc des arbres, les yeux fermés, comme s'ils étaient morts ou endormis.

Au long de ces trois mois et dix jours l'impression de dépeuplement et d'éclipse des gens, de disparition de villages et d'établissements où il s'était arrêté, avait passé la nuit, fait du commerce, il y avait quinze ou seize ans, se répéta avec une récurrence de cauchemar dans toutes les régions. Que ce soit sur les rives du Congo et de ses affluents ou dans l'intérieur, lors des incursions que faisait Roger pour recueillir le témoignage de missionnaires, de fonctionnaires, d'officiers et de soldats de la Force publique, et des indigènes qu'il pouvait interroger en lingala, kikongo et swahili, ou dans leurs propres dialectes, à l'aide d'interprètes. Où étaient passés les gens ? Sa mémoire ne le trompait pas. Il se rappelait comme si c'était la veille l'effervescence humaine, les bandes d'enfants, de femmes, d'hommes tatoués, aux incisives limées, portant des colliers de dents, parfois des lances et des masques, qui, à l'époque, l'entouraient, l'examinaient et le touchaient. Comment se faisait-il qu'ils aient disparu en si peu d'années ? Certains villages avaient cessé d'exister, dans d'autres la population s'était réduite à la moitié, au tiers et même au dixième. Il fut parfois en mesure d'établir des comparaisons précises. Lukolela, par exemple, comptait en 1884, quand Roger avait visité pour la première fois cette communauté populeuse, plus de cinq mille âmes. Maintenant, elle en comptait à peine trois cent cinquante-deux. Et, pour la plupart, dans un état misérable dû à l'âge ou aux maladies, de sorte qu'après l'inspection Casement tira la conclusion que seuls quatre-vingt-deux survivants étaient encore en mesure de travailler. Comment plus de quatre mille habitants de Lukolela étaient-ils partis en fumée ?

Les explications des agents du gouvernement, des employés des compagnies collectrices de caoutchouc et des officiers de la Force publique étaient toujours les mêmes : les Noirs mouraient comme des mouches à cause de la maladie du sommeil, de la variole, du typhus, des refroidissements, des pneumonies, des fièvres paludéennes et autres fléaux qui, du fait de la mauvaise alimentation, minaient ces organismes inaptes à résister aux maladies. C'était vrai, les épidémies faisaient des ravages. La maladie du sommeil, surtout, provoquée, comme on l'avait récemment découvert, par la mouche tsé-tsé, attaquait le sang et le cerveau, entraînant chez ses victimes une paralysie des membres et une léthargie irréversibles. Mais si, à ce stade de son voyage, Roger Casement continuait à demander les raisons du dépeuplement du Congo, ce n'était pas pour recevoir des réponses, mais pour confirmer que les mensonges qu'il entendait étaient des consignes que tous répétaient. Lui connaissait parfaitement la réponse. Le fléau qui avait fait se volatiliser une bonne partie des Congolais du moyen et haut Congo, c'étaient la cupidité, la cruauté, le caoutchouc, l'inhumanité d'un système, l'implacable exploitation des Africains par les colons européens.

À Léopoldville, il décida que, pour préserver son indépendance et ne pas se voir soumis à des pressions de la part des autorités, il n'utiliserait aucun moyen de transport officiel. Avec l'autorisation du Foreign Office, il loua à l'American Baptist Missionary Union l'*Henry Reed* et son équipage. La négociation fut lente, ainsi que l'approvisionnement en bois et en vivres pour le voyage. Son séjour à Léopoldville-Kinshasa dut se prolonger du 6 juin au 2 juillet, jour où ils entreprirent la remontée du fleuve. Ce ne fut pas une attente inutile. La liberté que lui donna ce voyage sur son propre bateau, en se glissant où bon lui semblait et en mouillant à sa guise, lui permit d'apprendre des choses qu'il n'aurait jamais découvertes en étant subordonné aux institutions coloniales. Et il n'aurait jamais pu avoir autant de conversations avec les Africains eux-mêmes, qui ne se hasardaient à l'approcher qu'après s'être assurés qu'il n'était accompagné d'aucun militaire ou autorité civile belges.

Léopoldville avait beaucoup grandi depuis le dernier séjour de Roger, il y avait six ou sept ans. Elle s'était remplie de maisons, d'entrepôts, de missions, de bureaux, de tribunaux, de douanes, d'inspecteurs, de juges, de comptables, d'officiers et de soldats, de boutiques et de marchés. Curés et pasteurs y pullulaient. Quelque chose dans cette ville naissante lui déplut d'emblée. Il n'y fut pas mal reçu. Du gouverneur et du commissaire aux pasteurs protestants et missionnaires catholiques à qui il rendit visite, en passant par les juges et inspecteurs qu'il alla saluer, tous l'accueillirent aimablement. Tous lui fournirent de bonne grâce les informations qu'il demandait, même si elles étaient, comme cela se confirma les semaines suivantes, évasives ou effrontément fausses. Mais il sentait quelque chose d'hostile et d'oppressant imprégner l'air et le nouveau profil que prenait la ville. En revanche Brazzaville, la proche capitale du Congo français, qui se dressait juste en face, sur l'autre rive du fleuve, et jusqu'où il poussa deux ou trois fois, lui fit une impression moins oppressante, et même agréable. Peut-être à cause de ses larges avenues, bien dessinées, et de la bonne humeur de ses habitants. Il n'y perçut pas la pesante atmosphère secrètement abominable de Léopoldville. Au cours des presque quatre semaines qu'il passa dans cette dernière, à négocier la location de l'*Henry Reed*, il obtint beaucoup d'informations, mais toujours avec la sensation que personne n'allait au fond du problème, que même les gens les mieux intentionnés lui cachaient quelque chose et se le cachaient à eux-mêmes, craignant de regarder en face une vérité accablante et accusatrice.

Son ami Herbert Ward lui dirait plus tard que c'était

là pur préjugé, que tout ce qu'il avait vu et entendu les semaines suivantes avait jeté une ombre rétroactive sur le souvenir de Léopoldville. D'ailleurs, sa mémoire ne devait pas garder que de mauvaises images de la ville fondée en 1881 par Henry Morton Stanley. Un matin, après une longue promenade dans la fraîcheur du jour, Roger était arrivé près de l'embarcadère. Là, soudain, son attention s'était fixée sur deux garçons basanés à moitié nus qui déchargeaient des barques, en chantant. Ils semblaient très jeunes. Ils portaient un léger pagne qui laissait deviner la forme de leurs fesses. Ils étaient tous deux minces, élastiques, et donnaient, par les mouvements rythmiques qu'ils faisaient en déchargeant les ballots, une impression de santé, d'harmonie et de beauté. Il les avait longuement contemplés. Il regrettait de ne pas avoir emporté son Kodak. Il aurait aimé les prendre en photo, pour se rappeler plus tard que tout n'était pas laid et sordide dans la Léopoldville qui émergeait.

Quand, le 2 juillet 1903, l'*Henry Reed* appareilla et fendit l'énorme et soyeuse lagune fluviale de Stanley Pool, Roger se sentit ému : l'on apercevait sur la rive française, dans l'air limpide du matin, de hautes dunes de sable qui lui rappelèrent les blanches falaises de Douvres. Des ibis aux grandes ailes survolaient la lagune, élégants et superbes, dorés par le soleil. La beauté du paysage persista, invariable, une bonne partie de la journée. De temps en temps les interprètes, porteurs et machettiers désignaient avec excitation les empreintes dans la boue d'éléphants, d'hippopotames, de buffles et d'antilopes. *John*, son bouledogue, heureux du voyage, courait d'un bord à l'autre de l'embarcation en lançant de brusques aboiements tonitruants. Mais en arrivant à Chumbiri, où ils mouillèrent pour ramasser du bois, *John*, changeant soudain d'humeur, fut pris de colère et s'arrangea pour mordre en quelques secondes un porc, une chèvre et le gardien de l'enclos que les pasteurs de la Société baptiste missionnaire avaient près de leur petite mission. Il fallut que Roger les dédommage en leur faisant des cadeaux.

À partir du deuxième jour de voyage, ils commencèrent à croiser de petits vapeurs et des barcasses chargés de paniers remplis de caoutchouc, qui descendaient le cours du Congo vers Léopoldville. Ce spectacle devait les accompagner tout le reste du voyage, de même que celui, de temps en temps, par-dessus les arbres de la rive, des poteaux du télégraphe en construction et des toits de hameaux dont, en les voyant approcher, les habitants partaient en hâte se réfugier dans la forêt. Si bien que par la suite, lorsqu'il voulait interroger les indigènes d'un village ou d'un autre, Roger dut se résoudre à dépêcher devant lui un interprète chargé d'expliquer aux habitants que le consul de Grande-Bretagne venait tout seul, sans aucun officier belge, se renseigner sur les problèmes et les besoins auxquels ils étaient confrontés.

Le troisième jour de voyage, il eut à Bolobo, où il y avait aussi une mission de la Société baptiste missionnaire, le premier avant-goût de ce qui l'attendait. Du groupe de missionnaires baptistes, la personne qui l'impressionna le plus, par son énergie, son intelligence et sa chaleur, fut la doctoresse Lily de Hailes. Grande, infatigable, ascétique, loquace, elle était au Congo depuis quatorze ans, parlait plusieurs dialectes locaux et dirigeait l'hôpital indigène avec autant de dévouement que d'efficacité. L'endroit était bondé. Tout en parcourant avec elle les hamacs, grabats et nattes où gisaient les patients, Roger lui demanda avec une fausse innocence pourquoi il y avait tant de victimes de blessures aux fesses, aux jambes et au dos. Miss Hailes le regarda avec indulgence.

— Ils sont victimes d'un fléau qui s'appelle la chicotte, monsieur le consul. Un fauve plus sanguinaire que le lion et le cobra. Il n'y a pas de chicottes à Boma et à Matadi ?

— On ne s'en sert pas aussi généreusement qu'ici.

La doctoresse Hailes avait dû avoir dans sa jeunesse une abondante chevelure rousse, mais, avec les années, elle s'était remplie de cheveux blancs et seules lui restaient quelques mèches de feu s'échappant du foulard dont elle couvrait sa tête. Le soleil avait brûlé son visage osseux, son cou et ses bras, mais ses yeux verts étaient restés jeunes et vifs, et brillaient d'une foi indomptable.

— Et, si vous voulez savoir pourquoi il y a tant de Congolais qui ont les mains et les parties génitales bandées, je peux aussi vous l'expliquer, ajouta Lily de Hailes, sur un ton de défi. C'est parce que les soldats de la Force publique leur ont coupé les mains et le sexe ou les leur ont écrasés à coups de machette. N'oubliez pas de mettre ça dans votre rapport. Ce sont des choses qu'on ne dit pas en Europe, quand on parle du Congo.

Ce soir-là, après avoir passé plusieurs heures à parler par l'intermédiaire d'interprètes avec les blessés et les malades de l'hôpital de Bolobo, Roger ne put dîner. Il se sentit désobligeant envers les pasteurs de la mission, dont la doctoresse Hailes, qui avaient préparé un poulet rôti en son honneur. Il s'excusa, disant qu'il ne se sentait pas bien. Il était certain, à la moindre bouchée, de vomir sur ses amphitryons.

— Si ce que vous avez vu vous a mis dans cet état, il n'est peut-être pas prudent d'avoir une entrevue avec le capitaine Massard, lui conseilla le chef de la mission. L'entendre est une expérience, hum, comment dire, pour estomacs bien accrochés.

— C'est pour ça que je suis venu au moyen Congo, messieurs.

Le capitaine Pierre Massard, de la Force publique, n'était pas détaché à Bolobo mais à Mbongo, où se trouvaient une garnison et un camp d'entraînement pour les Africains destinés à être soldats dans ce corps chargé de l'ordre et de la sécurité. Il était en tournée d'inspection et avait monté une petite tente de campagne à proximité de la mission. Les pasteurs l'invitèrent à s'entretenir avec le consul, non sans prévenir celui-ci que l'officier était connu à cent lieues à la ronde pour son caractère irascible. Les indigènes le surnommaient « Malu Malu » et parmi les sinistres exploits qu'on lui attribuait figurait celui d'avoir tué trois Africains indociles, qu'il avait fait aligner, d'un seul coup de revolver. Il n'était pas prudent de le provoquer, on pouvait s'attendre à n'importe quoi de sa part.

C'était un homme râblé et pas très grand, à la figure carrée et aux cheveux coupés ras, avec des dents tachées de nicotine et un petit sourire figé sur le visage. Il avait de tout petits yeux un peu bridés et une voix aiguë, presque féminine. Les pasteurs avaient disposé sur une table des gâteaux au manioc et des jus de mangue. Eux ne buvaient pas d'alcool, mais ils ne virent aucun inconvénient à ce que Casement aille chercher dans l'*Henry Reed* une bouteille de brandy et une autre de vin rosé. Le capitaine serra cérémonieusement la main à tout le monde, et gratifia Roger d'un salut baroque, assorti d'un « *Son Excellence, Monsieur le Consul** ». Ils trinquèrent, burent et allumèrent des cigarettes.

— Si vous permettez, capitaine Massard, j'aimerais vous poser une question, dit Roger.

— Quel bon français, monsieur le consul ! Où l'avez-vous appris ?

— J'ai commencé à l'apprendre en Angleterre, quand j'étais jeune. Mais, surtout, ici au Congo, où je vis depuis longtemps. Je dois le parler avec l'accent belge, j'imagine.

— Posez-moi toutes les questions qu'il vous plaira, dit Massard, en buvant une autre gorgée. Votre brandy est excellent, soit dit en passant.

Les quatre pasteurs baptistes étaient là, calmes et silencieux, comme pétrifiés. C'étaient des Nord-Américains, deux jeunes gens et deux plus âgés. La doctoresse Hailes était partie à l'hôpital. La nuit commençait à tomber et l'on entendait déjà le bourdonnement des insectes nocturnes. Pour éloigner les moustiques, un feu de bois avait été allumé, qui craquait doucement et fumait par moments.

— Je vais vous le dire en toute franchise, capitaine Massard, dit Casement, sans hausser la voix, très lentement. Ces mains écrasées et ces sexes coupés que j'ai vus à l'hôpital de Bolobo me semblent être une sauvagerie inacceptable.

— C'en est une, bien sûr que c'en est une, admit aussitôt l'officier, avec une grimace contrariée. Et pire que ça, monsieur le consul : du gâchis. Ces hommes mutilés ne pourront plus travailler, ou travailleront mal, pour un rendement quasi nul. Avec le manque de bras que nous avons ici, c'est un véritable crime. Trouvez-moi les gars qui ont fait ça et je leur ferai rendre l'âme sous la chicotte !

Il soupira, accablé par les niveaux d'imbécillité que pouvait atteindre le monde. Il reprit une gorgée de brandy et tira une longue bouffée de sa cigarette.

— Les lois ou les règlements permettent-ils de mutiler les indigènes ? demanda Roger Casement.

Le capitaine Massard eut un éclat de rire qui fit s'arrondir sa figure carrée et y creusa de comiques fossettes.

— C'est formellement interdit, affirma-t-il, sa main bataillant dans l'air contre quelque chose. Mais allez faire comprendre ce que sont les lois et les règlements à ces animaux à deux pattes. Vous ne les connaissez pas ? Vous qui vivez depuis si longtemps au Congo, vous devriez. Il est plus facile de faire comprendre les choses à une hyène ou à une tique qu'à un Congolais.

Il se remit à rire, mais, à l'instant, s'emporta. Maintenant son expression était dure et ses petits yeux bridés avaient presque disparu sous ses paupières gonflées.

— Je vais vous expliquer ce qui se passe et, alors, vous comprendrez, ajouta-t-il en soupirant, fatigué d'avance d'avoir à expliquer des choses aussi évidentes que deux et deux font quatre. Tout part d'un souci très simple, affirma-t-il, en recommençant à se battre, avec une furie accrue, contre l'ennemi ailé. La Force publique ne peut se permettre de jeter les munitions par la fenêtre. On ne peut pas laisser les soldats gaspiller les balles qu'on leur distribue à tuer des singes, des couleuvres et autres bestioles de merde qu'ils adorent se fourrer dans le bide, parfois tout crus. À l'instruction on leur apprend que les munitions, c'est seulement en cas de légitime défense qu'il faut les utiliser, et sous les ordres des officiers. Mais ces Noirs ont du mal à obéir aux ordres, malgré les coups de chicotte, et Dieu sait qu'ils en reçoivent. C'est la raison de la disposition. Vous comprenez, monsieur le consul ?

— Non, je ne comprends pas, capitaine, dit Roger. De quelle disposition parlez-vous ?

— Chaque fois qu'ils tirent, ils doivent couper la main ou le sexe de celui qu'ils ont abattu, expliqua le capitaine. Pour vérifier qu'ils ne font pas un mauvais usage des balles, en chassant. Une façon astucieuse d'éviter le gaspillage de munitions, pas vrai ?

Il se remit à soupirer et prit une autre gorgée de brandy. Puis cracha dans le vide.

— Eh bien, ça ne marche pas, se plaignit-il tout aussitôt, s'emportant de nouveau. Parce que ces saligauds ont trouvé le moyen de tourner la disposition. Vous ne devinez pas ?

— Aucune idée, dit Roger.

— Tout simplement en coupant les mains et le sexe aux vivants, pour nous faire croire qu'ils ont tiré contre des personnes, alors qu'ils l'ont fait contre des singes, des couleuvres et autres saletés qu'ils bouffent. Comprenez-vous maintenant pourquoi il y a à l'hôpital tous ces pauvres diables sans mains et sans quéquette ?

Il fit une longue pause et siffla le brandy qui restait dans son verre. Il eut l'air de s'attrister et renifla même à petits coups, comme sur le point de pleurer.

— Nous faisons ce que nous pouvons, monsieur le consul, ajouta le capitaine Massard, d'une voix chagrinée. Ça n'a rien de facile, vous pouvez me croire. Parce que non contents d'être des brutes, ces sauvages sont des faussaires de naissance. Ils mentent, trompent, sont dénués de sentiments et de principes. Même la peur ne leur ouvre pas la comprenette. Je vous assure que dans la Force publique les punitions infligées à ceux qui coupent mains et quéquette aux vivants pour se moquer du monde et continuer à chasser avec les munitions que leur donne l'État, ce n'est pas de la petite bière. Venez voir nos postes et vous le constaterez, monsieur le consul.

La conversation avec le capitaine Massard dura le

temps du feu qui crépitait à leurs pieds, deux heures au bas mot. Quand ils se dirent bonsoir, il y avait belle lurette que les quatre pasteurs baptistes étaient partis se coucher. L'officier et le consul avaient liquidé le brandy et le rosé. Ils étaient quelque peu éméchés, mais Roger Casement gardait sa lucidité. Des mois, des années plus tard, il aurait pu rapporter en détail les invectives et les aveux qu'il avait entendus, ainsi que la façon dont le visage carré du capitaine s'était progressivement congestionné sous l'effet de l'alcool. Il aurait, les semaines suivantes, beaucoup d'autres conversations avec des officiers de la Force publique, belges, italiens, français et allemands, et entendrait de leur bouche des choses terribles, mais dans sa mémoire se détacherait toujours comme la plus frappante, un symbole de la réalité congolaise, cette conversation, dans la nuit de Bolobo, avec le capitaine Massard. À partir d'un certain moment, l'officier était devenu sentimental. Il avait confié à Roger que sa femme lui manquait beaucoup. Il ne l'avait pas vue depuis deux ans et elle lui écrivait rarement. Peut-être qu'elle ne l'aimait plus. Peut-être qu'elle s'était mise à la colle avec un amant. Ce n'était pas étonnant. Cela arrivait à beaucoup d'officiers et de fonctionnaires qui, pour servir la Belgique et Sa Majesté le roi, venaient s'enterrer dans cet enfer, contracter des maladies, être mordus par des vipères, vivre sans le confort le plus élémentaire. Et pour quoi faire ? Pour toucher une paie ridicule, qui permettait à peine de mettre quatre sous de côté. Est-ce qu'on leur serait reconnaissant, après, de ces sacrifices, là-bas en Belgique ? Au contraire, il y avait dans la métropole un préjugé tenace contre les « coloniaux. » Les officiers et fonctionnaires qui revenaient de la colonie étaient mis sur la touche, tenus à l'écart, comme si, à force de côtoyer des sauvages, ils étaient devenus des sauvages eux aussi.

Quand le capitaine Pierre Massard avait dérivé vers la question sexuelle, Roger, d'avance mal à l'aise, avait failli prendre congé. Mais l'officier était déjà ivre et, pour ne pas le vexer ni provoquer un esclandre, il avait dû rester. Tout en l'écoutant, guetté par la nausée, il se disait qu'il n'était pas à Bolobo pour faire le justicier, mais pour enquêter et engranger des informations. Plus son rapport serait exact et complet, plus efficace serait sa contribution à la lutte contre ce mal institutionnalisé qu'était devenu le Congo. Le capitaine Massard avait pitié de ces jeunes lieutenants ou conscrits de l'armée belge qui arrivaient pleins d'illusions apprendre à ces malheureux à être des soldats. Et leur vie sexuelle, quoi ? Ils devaient laisser là-bas en Europe fiancées, épouses et maîtresses. Et ici, quoi ? Il n'y avait pas même de prostituées dignes de ce nom dans ces solitudes oubliées de Dieu et du monde. Rien que de sales Négresses pourries de vermine qu'il fallait être complètement rond pour s'envoyer, au risque de ramasser des morpions, une chaude-pisse ou un chancre. Lui, par exemple, il avait du mal. Il connaissait des fiascos, *nom de Dieu** ! Ça ne lui était jamais arrivé avant, en Europe. Des fiascos au lit, lui, Pierre Massard ! On ne pouvait même pas se fier à la fellation parce que, avec leur manie de se limer les dents, toutes ces Noires, une morsure à l'improviste et hop ! vous voilà châtré.

Il s'était pris la braguette à deux mains, se mettant à rire avec une grimace obscène. Voyant Massard si content de lui, Roger avait profité de l'occasion pour se lever.

— Il faut que je m'en aille, capitaine. Je pars demain à la première heure et je voudrais me reposer un peu.

Le capitaine lui avait serré la main machinalement, tout en continuant à parler, sans quitter son siège, la voix pâteuse et les yeux vitreux. En s'éloignant, Roger l'avait entendu murmurer dans son dos que choisir la carrière militaire avait été la grande erreur de sa vie, une erreur qu'il paierait le restant de ses jours.

Roger leva l'ancre le lendemain sur l'*Henry Reed*, en direction de Lukolela. Il y resta trois jours, à parler jour et nuit avec toutes sortes de gens : fonctionnaires, colons, contremaîtres, indigènes. Puis il avança jusqu'à Ikoko, où il pénétra dans le lac Mantumba. À proximité se trouvait cette énorme étendue de terre appelée « Domaine de la Couronne ». C'est sur son pourtour qu'opéraient les principales compagnies privées caoutchoutières, la Lulonga Company, l'ABIR Company et la Société anversoise du Commerce au Congo, qui avaient de vastes concessions dans toute la région. Il visita des douzaines de villages, quelques-uns au bord de l'immense lac et d'autres à l'intérieur de celui-ci. Pour atteindre ces derniers il fallait se déplacer sur de petits canots, à la rame ou à la perche, et cheminer des heures en pleine broussaille sombre et humide, que les indigènes ouvraient à coups de machette, ce qui, souvent, l'obligeait à patauger, de l'eau jusqu'à la taille, dans des terrains inondés et des bourbiers fétides au milieu de nuages de moustiques et de silencieuses silhouettes de chauves-souris. Il résista toutes ces semaines-là à la fatigue, aux difficultés naturelles et aux inclémences du temps sans se décourager, dans un état de fièvre spirituelle, comme ensorcelé, parce qu'il lui semblait s'enfoncer, au fil de chaque jour, de chaque heure, dans des couches de plus en plus profondes de souffrance et de malignité. L'enfer décrit par Dante dans sa *Divine Comédie* ressemblait-il à ça ? Il n'avait pas lu ce livre et, ces jours-là, il se jura d'en faire la lecture à la première occasion.

Les indigènes, qui, au début de son voyage, détalaient en courant sitôt qu'ils voyaient approcher l'*Henry Reed*, en croyant que le petit vapeur amenait des soldats, se mirent vite, au contraire, à s'avancer à sa rencontre et à lui envoyer des émissaires pour l'inviter dans leur village. Le bruit avait couru parmi eux que le consul de Grande-Bretagne parcourait la région en écoutant leurs plaintes et leurs demandes, aussi allaient-ils à lui avec des témoignages et des histoires pires les unes que les autres. Ils croyaient qu'il avait le pouvoir magique de redresser tout ce qui au Congo était tordu. C'est en vain qu'il leur expliquait que non. Qu'il n'avait aucun pouvoir. Il ferait un rapport sur ces crimes et ces injustices, et la Grande-Bretagne et ses alliés exigeraient du gouvernement belge qu'il mette fin aux abus et sanctionne les tortionnaires et les criminels. C'était tout ce qu'il pouvait faire. Le comprenaient-ils ? L'écoutaient-ils, même ? Ce n'était pas certain. Ils avaient un besoin si pressant de parler, de raconter les choses qui leur arrivaient, qu'ils ne lui prêtaient aucune attention. Ils déversaient tout précipitamment, avec rage et désespoir, les mots se bousculaient dans leur gorge. Les interprètes devaient les interrompre, leur demander de parler plus lentement pour pouvoir faire correctement leur travail.

Roger écoutait, en prenant des notes. Puis il écrivait des nuits entières sur ses fiches et ses cahiers ce qu'il avait entendu, pour que rien ne se perde de cette abomination. C'est à peine s'il touchait à la nourriture. Il était si angoissé par la crainte de voir s'égarer tous ces papiers griffonnés qu'il ne savait plus où les cacher, quelles précautions prendre. Il résolut de ne pas s'en séparer, les confiant aux épaules d'un porteur qui avait ordre de ne jamais le quitter d'un pas.

Il ne dormait presque pas et, quand ses yeux se fermaient d'eux-mêmes de fatigue, les cauchemars l'assaillaient, le faisant passer de la peur à l'hébétement, de visions sataniques à un état de désolation et de tristesse où tout perdait sens et raison d'être : famille, amis, idées, pays, sentiments, travail. Dans ces moments-là, il souffrait plus que jamais de l'absence de son ami Herbert Ward et de son enthousiasme contagieux pour toutes les manifestations de la vie, cette gaieté optimiste que rien ni personne ne pouvait abattre.

Plus tard, quand ce voyage fut terminé, qu'il eut écrit son rapport et quitté le Congo, et que ses vingt ans d'Afrique ne furent plus que mémoire, Roger Casement se dit souvent que si un seul mot devait résumer ce qui était à la racine de toutes les horreurs qui se commettaient là, c'était celui de cupidité. Cupidité de cet or noir dont, pour le malheur de leur peuple, étaient prodigues les forêts congolaises. Cette richesse était la malédiction qui pesait sur ces malheureux et, en l'état des choses, les ferait disparaître de la surface de la terre. Il avait abouti en ces trois mois et dix jours à la conclusion suivante : à moins que le caoutchouc ne tarisse le premier, ce seraient les Congolais qui cesseraient d'exister, avec ce système qui les anéantissait par centaines de mille.

Ces semaines-là, à partir de son entrée dans les eaux du lac Mantumba, ses souvenirs devaient se mélanger comme un jeu de cartes qu'on bat. S'il n'avait tenu dans ses cahiers un compte si minutieux de dates, lieux, témoignages et observations, tout cela aurait formé dans sa mémoire un désordre inextricable. Il fermait les yeux et, en un tourbillon vertigineux, apparaissaient et réapparaissaient ces corps d'ébène zébrés de cicatrices rougeâtres comme des vipères sur le dos, les fesses et les jambes, ces moignons d'enfants et de vieillards au bout de leurs bras raccourcis, ces visages émaciés, cadavériques, dont semblaient avoir été extraits la vie, la graisse, les muscles, pour n'y laisser que la peau, le crâne et ce masque figé qui exprimait, plus que la douleur, une stupéfaction infinie devant ce qu'on leur infligeait. Et c'était toujours la même chose, des constats qui se répétaient encore et encore dans tous les villages et hameaux où Roger Casement débarquait avec ses carnets, ses crayons et son Kodak.

Tout était simple et clair au départ. On avait assigné à chaque village des obligations précises : livrer des quotas hebdomadaires ou bimensuels de nourriture — manioc, volailles, viande d'antilope, porcs sauvages, chèvres ou canards — pour sustenter la garnison de la Force publique et les manœuvres qui ouvraient des chemins, plantaient les poteaux télégraphiques et construisaient embarcadères et entrepôts. Le village devait livrer, en plus de cela, une quantité précise de caoutchouc, recueilli dans des paniers tressés de lianes par les indigènes eux-mêmes. Les sanctions pour tout manquement à ces obligations étaient variables. Pour une livraison inférieure aux quantités stipulées de nourriture ou de caoutchouc, la peine était la chicotte, jamais moins de vingt coups, et parfois cinquante ou cent. Beaucoup des victimes se vidaient de leur sang et mouraient. Les indigènes qui s'enfuyaient — très peu — sacrifiaient leur famille car, dans ce cas, on retenait leur femme dans ces *maisons d'otages** que la Force publique avait installées dans toutes ses garnisons. Les femmes de fuyards y étaient fouettées, condamnées au supplice de la faim et de la soif, et parfois soumises à des tortures aussi raffinées que de leur faire ingurgiter leurs propres excréments ou ceux de leurs gardiens.

Pas même les dispositions mises en place par le pouvoir colonial — compagnies privées et propriétés du roi à parts égales — n'étaient respectées. Partout le système était violé et aggravé par les soldats et officiers chargés de le faire fonctionner, parce que dans chaque village les militaires et agents du gouvernement augmentaient les quotas, afin de garder pour eux une partie des vivres et quelques paniers de caoutchouc, ce qui leur permettait de petits trafics en les revendant.

Dans toutes les tribus visitées par Roger, les plaintes des chefs étaient identiques : si tous les hommes consacraient leur temps à recueillir du caoutchouc, comment pouvaient-ils aller à la chasse et cultiver le manioc et autres aliments pour donner à manger aux autorités, aux chefs d'équipe, aux gardiens et manœuvres ? En outre, les arbres à caoutchouc s'épuisaient, ce qui obligeait les collecteurs à s'enfoncer de plus en plus loin, dans des régions inconnues et inhospitalières où beaucoup avaient été attaqués par des léopards, des lions et des vipères. Il n'était pas possible de satisfaire toutes ces exigences, quels que soient leurs efforts.

Le 1er septembre 1903 Roger Casement eut trente-neuf ans. Il naviguait avec son équipage sur le fleuve Lopori. Ils avaient la veille dépassé le hameau d'Isi Isulo, sur les pentes de la montagne de Bongandanga. Cet anniversaire devait rester gravé au fer rouge dans sa mémoire, comme si Dieu, ou peut-être le diable, avait voulu lui démontrer ce jour-là qu'en matière de cruauté humaine il n'y avait pas de limites, qu'il était toujours possible d'aller plus loin dans l'invention de tortures pour son prochain.

Le jour s'était levé sous un ciel nuageux et menaçant, mais l'orage n'avait pas éclaté et toute la matinée l'atmosphère était restée chargée d'électricité. Roger s'apprêtait à déjeuner quand arriva à l'embarcadère improvisé où était amarré l'*Henry Reed* un moine trappiste, de la mission que son ordre possédait dans la localité de Coquilhatville : le père Hutot. Il était aussi grand et maigre qu'un personnage du Greco, avec une longue barbe blanche et des yeux où bouillonnait quelque chose qui pouvait être de la colère, de l'effroi ou de l'incrédulité, ou les trois à la fois.

— Je sais ce que vous faites dans ces parages, monsieur le consul, dit-il en tendant à Roger Casement une main squelettique. — Il s'exprimait dans un français précipité, mû par une exigence impérieuse. — Je vous prie de bien vouloir m'accompagner au village de Walla. Ce n'est qu'à une heure ou une heure et demie d'ici. Il faut que vous voyiez cela de vos yeux.

Il parlait comme en proie à la fièvre et aux tremblements du paludisme.

— Volontiers, *mon père**, acquiesça Casement. Mais, asseyez-vous, prenons un café et mangez quelque chose, d'abord.

Tout en déjeunant, le père Hutot expliqua au consul que les trappistes de la mission de Coquilhatville avaient l'autorisation de leur ordre pour enfreindre le strict régime de clôture auquel ils étaient soumis ailleurs, afin de venir en aide aux indigènes, « qui en ont tellement besoin, dans ce pays où Belzébuth a tout l'air d'être en train de l'emporter sur le Seigneur ».

Non seulement la voix du moine tremblait, mais aussi ses yeux, ses mains et son esprit. Ses paupières battaient sans cesse. Il portait une tunique grossière, tachée et mouillée, et ses pieds pleins de boue et d'égratignures étaient enfoncés dans des sandales à lanières. Le père Hutot était depuis près de dix ans au Congo. Cela en faisait huit qu'il parcourait de temps en temps les villages de la région. Il avait grimpé jusqu'au sommet du Bongandanga et vu de près un léopard qui, au lieu de lui sauter dessus, s'était écarté du sentier en remuant la queue. Il parlait les dialectes locaux et avait gagné la confiance des indigènes, en particulier ceux de Walla, « ces martyrs. »

Ils se mirent en marche le long d'un sentier étroit, entre de hautes frondaisons, interrompus de temps en temps par de minces ruisseaux. On entendait le chant d'invisibles oiseaux et parfois une bande de perroquets volait en criant au-dessus de leur tête. Roger remarqua que le moine avançait dans la forêt avec aisance, sans trébucher, comme s'il avait une longue habitude de ces marches à travers bois. Le père Hutot lui expliquait ce qui s'était passé à Walla. Comme le village, déjà très diminué, n'avait pu faire au complet la dernière livraison de nourriture, de caoutchouc et de bois, ni céder le nombre de bras exigé par les autorités, un détachement de trente soldats de la Force publique était arrivé, sous les ordres du lieutenant Tanville, de la garnison de Coquilhatville. À leur approche, tous les habitants s'étaient réfugiés dans la forêt. Mais les interprètes étaient allés les chercher, leur assurant qu'ils pouvaient revenir. Il ne leur arriverait rien, le lieutenant Tanville voulait seulement leur expliquer les nouvelles dispositions et négocier avec le village. Le chef de la tribu leur ordonna de rentrer. Sitôt fait, les soldats leur étaient tombés dessus. Hommes et femmes avaient été attachés aux arbres et fouettés. Une femme enceinte qui cherchait à se mettre à l'écart pour uriner avait été tuée d'un coup de fusil par un soldat qui avait cru qu'elle s'enfuyait. Dix autres femmes avaient été enfermées à la *maison d'otages** de Coquilhatville. Le lieutenant Tanville avait donné à Walla un délai d'une semaine pour compléter le quota, sous peine de fusiller les dix femmes et de brûler le village.

À son arrivée à Walla, peu de jours après cet événement, le père Hutot s'était trouvé devant un spectacle atroce. Pour pouvoir s'acquitter des contributions dont elles étaient redevables, les familles du village avaient vendu leurs enfants, garçons et filles, et deux des hommes leur femme, à des marchands ambulants qui faisaient la traite des esclaves à l'insu des autorités. Le trappiste pensait que le nombre de personnes vendues devait se monter à huit, peut-être davantage. Les indigènes étaient terrifiés. Ils avaient envoyé des gens acheter du caoutchouc et des vivres pour régler leur dette, mais ils n'étaient pas sûrs que l'argent de la vente suffise.

— Pouvez-vous croire que des choses pareilles puissent se passer ici-bas, monsieur le consul ?

— Oui, *mon père**. J'ai fini par croire tout ce qu'on me raconte d'atroce et de terrible. Si j'ai appris une chose au Congo, c'est qu'il n'existe pas de pire animal sanguinaire que l'être humain.

« Je n'ai vu pleurer personne à Walla », devait penser plus tard Roger Casement. Il n'avait pas, non plus, entendu quiconque se plaindre. Le village semblait habité par des automates, des êtres spectraux qui déambulaient dans la clairière, au milieu de la trentaine de cases aux murs en lattes de bois et au conique toit de palmes, au hasard, déboussolés, sans savoir où aller, oublieux de qui ils étaient, d'où ils étaient, comme si une malédiction était tombée sur le village, transformant ses habitants en fantômes. Mais des fantômes aux dos et aux fesses couverts de cicatrices toutes fraîches, certaines avec des traces de sang comme si les blessures étaient encore ouvertes.

Aidé par le père Hutot, qui parlait couramment le dialecte de la tribu, Roger fit son travail. Il interrogea chacun des villageois, hommes et femmes, les écoutant répéter ce qu'il avait déjà entendu et entendrait souvent par la suite. Ici aussi, à Walla, il fut surpris de n'entendre aucun de ces pauvres êtres se plaindre du principal : de quel droit ces étrangers étaient-ils venus les envahir, les exploiter et les maltraiter ? Ils n'allaient pas plus loin que l'immédiat : les quotas. Ces derniers étaient excessifs, il n'y avait pas de force humaine capable de réunir autant de caoutchouc, autant de nourriture et de céder autant de bras. Ils ne se plaignaient même pas des coups de fouet et des otages. Ils demandaient seulement qu'on leur rabaisse un peu les quotas pour pouvoir s'en acquitter et que, de cette façon, les autorités soient contentes des gens de Walla.

Roger resta cette nuit-là au village. Le lendemain, ses carnets bourrés de notes et de témoignages sous le bras, il fit ses adieux au père Hutot. Il avait décidé de modifier l'itinéraire prévu. Il retourna au lac Mantumba, monta à bord de l'*Henry Reed* et se dirigea vers Coquilhatville. C'était un gros village, aux rues de terre irrégulières, avec des villas éparpillées parmi des palmiers et de petits carrés de cultures maraîchères. À peine eut-il débarqué qu'il alla droit à la garnison de la Force publique, un vaste espace aux constructions rustiques, clôturé par une palissade de pieux jaunes.

Le lieutenant Tanville était absent, en mission de travail. Mais il fut reçu par le capitaine Marcel Junieux, chef de la garnison et responsable militaire de tous les comptoirs et postes de la Force publique dans la région. C'était un quadragénaire de haute taille, mince, musclé, la peau bronzée par le soleil et des cheveux déjà gris coupés ras. Il avait au cou une médaille de la Vierge et sur l'avant-bras un petit animal tatoué.

Il le fit entrer dans un bureau sommaire sur les murs duquel étaient fixés quelques fanions et une photo de Léopold II en uniforme de parade. Lui offrit une tasse de café. L'invita à s'asseoir devant sa minuscule table de travail couverte de carnets, de règles, de cartes et de crayons, sur une petite chaise branlante, qui menaçait de s'écrouler à chaque mouvement de Roger Casement. Le capitaine avait vécu dans son enfance en Angleterre, où son père avait des affaires, et parlait un bon anglais. C'était un officier de carrière qui avait demandé à venir comme volontaire au Congo, voilà cinq ans, « pour la patrie, monsieur le consul ». Ce fut dit avec une ironie acide.

Il était sur le point d'avoir de l'avancement et de rentrer en métropole. Il écouta Roger sans l'interrompre une seule fois, très sérieux et, en apparence, profondément concentré sur ce qu'il entendait. Son expression restait grave et impénétrable, aucun détail ne le faisait frémir. Roger fut précis et minutieux. Il établit très clairement quelles choses lui avaient été racontées et lesquelles il avait vues de ses propres yeux : les dos et fesses labourés, les témoignages de ceux qui avaient vendu leurs enfants pour compléter les quotas qu'ils n'avaient pu atteindre. Il expliqua que le gouvernement de Sa Majesté serait informé de ces horreurs, mais qu'il croyait de son devoir, en plus, de déposer, au nom du gouvernement qu'il représentait, sa protestation à l'encontre de la Force publique, pour des violences aussi atroces que celles de Walla. Lui, témoin oculaire, pouvait certifier que ce village était devenu un petit enfer. Quand il se tut, le visage du capitaine Junieux conservait son impassibilité. Il laissa passer un long moment, en silence. Enfin, faisant un petit mouvement de tête, il dit, avec douceur :

— Comme vous le savez sans doute, monsieur le

consul, nous autres, je veux dire la Force publique, nous ne faisons pas les lois. Nous nous bornons à les faire respecter.

Il avait un regard clair et direct, sans la moindre trace de malaise ou d'irritation.

— Je connais les lois et règlements qui régissent l'État indépendant du Congo, capitaine. Rien n'y autorise à mutiler les indigènes, à les fouetter jusqu'à les vider de leur sang, à retenir les femmes en otages pour que leur mari ne prenne pas la fuite et à pratiquer sur les villages des extorsions telles qu'elles obligent les mères à vendre leurs enfants pour pouvoir s'acquitter des quotas de vivres et de caoutchouc que vous en exigez.

— Nous ? fit le capitaine Junieux en exagérant sa surprise. — Il niait de la tête, ce qui faisait remuer le petit animal de son tatouage. — Nous, nous n'exigeons rien de personne. Nous recevons des ordres et nous les faisons exécuter, un point c'est tout. Ce n'est pas la Force publique qui fixe ces quotas, monsieur Casement. Ce sont les autorités politiques et les directeurs des compagnies concessionnaires. Nous sommes, nous, les exécutants d'une politique avec laquelle nous n'avons rien à voir. Personne ne nous a demandé notre avis. Si on l'avait fait, peut-être que les choses iraient mieux.

Il se tut et eut l'air rêveur, un moment. Par les grandes fenêtres munies de grillages métalliques, Roger voyait un terrain vague quadrangulaire et sans arbres où marchait au pas une compagnie de soldats africains, qui portaient des pantalons de coutil et avaient le torse et les pieds nus. Ils changeaient de direction sur l'ordre d'un sous-officier, avec des bottes, lui, une chemise kaki et un képi.

— Je ferai une enquête. Si le lieutenant Tanville a

commis ou couvert des exactions il sera puni, dit le capitaine. Les soldats aussi, bien entendu, s'ils ont exagéré avec la chicotte. C'est tout ce que je peux vous promettre. Le reste est hors de ma portée, du ressort de la justice. Changer ce système n'incombe pas aux militaires, mais aux juges et aux hommes politiques. Au gouvernement suprême. Cela, vous le savez aussi, j'imagine.

Dans sa voix pointait soudain un accent découragé.

— Rien ne me plairait davantage que de voir le système changer. Je n'aime pas, moi non plus, ce qui se passe ici. Ce que nous sommes obligés de faire offense mes principes. — Il toucha la petite médaille qu'il avait au cou. — Ma foi. Je suis quelqu'un de très catholique. Là-bas en Europe, je me suis toujours efforcé d'agir en accord avec mes convictions. Ici au Congo, ce n'est pas possible, monsieur le consul. C'est la triste vérité. Aussi je suis très content de retourner en Belgique. Et je ne suis pas près de remettre les pieds en Afrique, je vous assure.

Le capitaine Junieux se leva de son bureau, s'approcha d'une des fenêtres. Tournant le dos au consul, il resta silencieux un bon moment, à observer ces recrues qui n'arrivaient jamais à marcher au pas cadencé, trébuchaient et formaient des rangs zigzagants.

— S'il en est ainsi, vous pourriez faire quelque chose pour mettre fin à ces crimes, murmura Roger Casement. Ce n'est pas pour ça que nous sommes venus en Afrique, nous Européens.

— Ah, non ? — Le capitaine Junieux se retourna pour le regarder et le consul remarqua que l'officier avait légèrement pâli. — Nous sommes venus pour quoi faire, alors ? Je sais : pour apporter la civilisation, le christianisme et le libre commerce. Vous croyez encore à ça, monsieur Casement ?

— Plus du tout, répliqua aussitôt Roger Casement. J'y croyais avant, oui. De tout mon cœur. J'y ai cru longtemps, avec toute la naïveté du garçon idéaliste que j'étais. Que l'Europe venait en Afrique sauver les vies et les âmes, civiliser les sauvages. Je sais maintenant que je me suis trompé.

Le capitaine Junieux changea d'expression et il sembla à Roger que, soudain, le visage de l'officier avait troqué son masque hiératique contre un autre plus humain. Et même qu'il le regardait avec la sympathie compatissante que l'on réserve aux simples d'esprit.

— J'essaie de me racheter de ce péché de jeunesse, capitaine. C'est pourquoi j'ai poussé jusqu'à Coquilhatville. C'est la raison qui me fait tenir le compte, dans le plus grand détail, des abus commis ici au nom de la prétendue civilisation.

— Je vous souhaite bonne chance, monsieur le consul, se moqua avec un sourire le capitaine Junieux. Mais, si je peux vous parler franchement, j'ai bien peur que vous n'en ayez guère. Nulle force humaine n'est capable de changer ce système. Il est trop tard pour cela.

— Si vous permettez, j'aimerais visiter la prison et la *maison d'otages**, où vous avez parqué les femmes en provenance de Walla, dit Roger, changeant brusquement de sujet.

— Vous pouvez visiter tout ce que vous voudrez, acquiesça l'officier. Vous êtes ici chez vous. Juste un mot : je voudrais vous rappeler ce que je vous ai déjà dit. Ce n'est pas nous qui avons inventé l'État indépendant du Congo. Nous nous contentons de le faire fonctionner. Et nous sommes, nous aussi, ses victimes.

La prison était un hangar en bois et en briques, sans fenêtres, avec une seule entrée, gardée par deux soldats indigènes armés de fusils. Il y avait une douzaine d'hommes, des vieillards pour certains, à moitié nus, couchés à même le sol, et deux d'entre eux attachés à des anneaux fixés au mur. Ce n'est pas le visage abattu ou inexpressif de ces squelettes silencieux dont les yeux le suivirent dans tous ses déplacements à l'intérieur du bâtiment qui le choqua le plus. Mais l'odeur d'urine et d'excréments.

— Nous avons essayé de leur inculquer qu'il fallait faire leurs besoins dans ces seaux. — Le capitaine devinait sa pensée, montrant un récipient. — Mais ils n'ont pas l'habitude. Ils préfèrent par terre. Tant pis pour eux. Ils se fichent de l'odeur. Peut-être qu'ils ne la sentent même pas.

La *maison d'otages** était un local plus petit, mais le spectacle était plus dramatique du fait qu'il était bondé, au point que Roger eut peine à circuler au milieu de ces corps entassés et à demi nus. L'espace était si étroit que beaucoup de femmes ne pouvaient ni s'asseoir ni s'allonger, et devaient rester debout.

— C'est exceptionnel, expliqua le capitaine Junieux, avec un geste circulaire. Il n'y en a jamais autant. Cette nuit, pour qu'elles puissent dormir, nous en transférerons la moitié dans une des chambrées.

Là aussi l'odeur d'urine et d'excréments était insoutenable. Certaines femmes étaient très jeunes, presque des fillettes. Elles avaient toutes le même regard perdu, somnambule, au-delà de la vie, que Roger devait voir chez tant de Congolaises au cours de ce voyage. Une des otages portait un nouveau-né dans ses bras, si immobile qu'il semblait mort.

— Quel est votre critère pour les relâcher? demanda le consul.

— Ce n'est pas moi qui décide mais un magistrat, monsieur. Il y en a trois, à Coquilhatville. Un seul critère : quand les maris fournissent les quotas qu'ils doivent, ils peuvent reprendre leur femme.

— Et s'ils ne le font pas ?

Le capitaine haussa les épaules.

— Quelques-unes parviennent à s'évader, dit-il, sans le regarder, en baissant la voix. D'autres, les soldats les emmènent et en font leur femme. Ce sont celles qui ont le plus de chance. Certaines deviennent folles et se tuent. Il y en a qui meurent de chagrin, de choléra et de faim. Vous avez vu, elles n'ont presque rien à manger. Mais ce n'est pas notre faute. Je ne touche même pas assez de vivres pour les soldats. À plus forte raison pour les prisonniers. Nous faisons parfois de petites collectes, entre officiers, pour améliorer l'ordinaire. Voilà comment sont les choses. Je suis le premier à regretter qu'il n'en aille pas autrement. Si vous pouvez faire en sorte que ça change, la Force publique vous sera reconnaissante.

Roger Casement alla rendre visite aux trois magistrats belges de Coquilhatville, mais ne fut reçu que par un seul d'entre eux. Les deux autres inventèrent des prétextes pour l'éviter. *Maître** Duval, en revanche, un pimpant quinquagénaire dodu qui, malgré la chaleur tropicale, portait gilet, poignets glacés et redingote à léontine, l'introduisit dans son bureau désert et lui offrit une tasse de thé. Il l'écouta avec courtoisie, en transpirant copieusement. Il s'épongeait de temps en temps le visage avec un mouchoir déjà trempé de sueur. Il manifestait sa réprobation en ponctuant de hochements de tête, avec une expression chagrine, ce que le consul lui exposait. Quand celui-ci eut terminé, il lui demanda de coucher tout cela par écrit. Il pourrait ainsi faire remonter un réquisitoire au tribunal dont il était membre, aux fins d'obtenir l'ouverture d'une enquête en bonne et due forme sur ces déplorables épisodes. Bien que peut-être, rectifia *maître** Duval, un doigt pensif sous le menton, vaudrait-il mieux que monsieur le consul fasse remonter ce rapport au tribunal supérieur, maintenant sis à Léopoldville. Étant une instance plus haute et plus influente, il pouvait agir plus efficacement dans toute la colonie. Non seulement pour remédier à cet état de choses, mais également pour dédommager par des compensations économiques les familles des victimes et les victimes elles-mêmes. Roger lui dit qu'il allait le faire. Il prit congé, convaincu que *maître** Duval ne bougerait pas le petit doigt et le tribunal supérieur de Léopoldville non plus. Mais il ferait, malgré tout, remonter son rapport.

L'après-midi, alors qu'il était sur le départ, un indigène vint lui dire que les moines de la mission trappiste désiraient le voir. Il retrouva là-bas *le père** Hutot. Les moines — une demi-douzaine — voulaient lui demander de faire sortir clandestinement, sur son petit vapeur, une poignée de fuyards qu'ils cachaient dans la Trappe depuis des jours. Ils venaient tous du village de Bonginda — plus haut sur le Congo — où, pour non-satisfaction aux quotas de caoutchouc, la Force publique avait mené une opération punitive aussi dure que celle de Walla.

La Trappe de Coquilhatville était une grande maison de pierre, de terre et de bois à deux étages qui, extérieurement, ressemblait à un fortin. Ses fenêtres étaient murées. L'abbé, Dom Jesualdo, d'origine portugaise, était déjà très âgé, de même que deux autres moines, ratatinés et comme perdus dans leurs tuniques blanches, avec des scapulaires et de grossières ceintures de cuir. Les plus vieux seulement étaient moines, les autres étaient des frères lais. Tous, à l'instar du père Hutot, avaient cette maigreur quasi squelettique qui était comme l'emblème des trappistes de l'endroit. À l'intérieur, le local était lumineux, car seuls la chapelle, le réfectoire et le dortoir des moines possédaient un toit. Il y avait un jardin, un potager. Une basse-cour avec des volailles, un cimetière et une cuisine munie d'un vaste fourneau.

— Quel délit ont commis ces gens que vous me demandez de sortir d'ici en cachette des autorités ?

— Celui d'être pauvres, monsieur le consul, dit Dom Jesualdo, avec tristesse. Vous le savez parfaitement. Vous venez de voir à Walla ce que cela signifie d'être pauvre, humble et congolais.

Casement acquiesça. C'était certainement un acte miséricordieux de rendre le service que les trappistes lui demandaient. Mais il hésitait. En tant que diplomate, faire sortir clandestinement des gens qui fuyaient la justice, même poursuivis pour des raisons indues, était quelque chose de risqué, cela pouvait compromettre la Grande-Bretagne et dénaturer complètement la mission d'information qu'il réalisait pour le Foreign Office.

— Puis-je les voir et parler avec eux ?

Dom Jesualdo fit signe que oui. *Le père** Hutot sortit et revint presque immédiatement avec le groupe. Ils étaient sept, tous des hommes, sauf trois petits garçons. Tous avaient la main gauche coupée ou écrasée à coups de culasse. Et des zébrures de chicotte sur la poitrine et dans le dos. Le chef du groupe se nommait Mansunda et arborait un panache de plumes et une kyrielle de colliers en dents d'animaux ; son visage portait d'anciennes scarifications des rites d'initiation de sa tribu. Le père Hutot servit d'interprète. Le village de Bonginda avait manqué deux fois consécutives aux livraisons de caoutchouc — il ne restait plus une goutte de latex dans les arbres du secteur — auprès des émissaires de la Compagnie Lulonga, concessionnaire de la région. Alors les sentinelles africaines postées dans le village par la Force publique s'étaient mises à fouetter et à couper mains et pieds. La colère avait mis le peuple en ébullition et, se mutinant, il avait tué un des gardes, tandis que les autres prenaient la fuite. Quelques jours plus tard, le village avait été occupé par une colonne de la Force publique qui avait mis le feu à toutes les maisons, tué bon nombre d'habitants, hommes et femmes, en brûlant certains à l'intérieur de leur case, et emmenant le reste à la prison de Coquilhatville et à la *maison d'otages**. Mansunda, le « cacique », pensait que ses compagnons et lui étaient les seuls rescapés, grâce aux trappistes. Si la Force publique s'emparait d'eux, ils seraient victimes de représailles pour l'exemple, de même que les autres, car au Congo l'insoumission d'indigènes était toujours sanctionnée par l'extermination de toute la communauté.

— C'est bon, *mon père**, dit Casement. Je vais les prendre avec moi sur l'*Henry Reed*, pour les éloigner d'ici. Mais seulement jusqu'à la rive française la plus proche.

— Dieu vous le rendra, monsieur le consul, dit *le père** Hutot.

— Je ne sais pas, *mon père**, répondit le consul. Vous et moi violons la loi, dans ce cas précis.

— La loi des hommes, rectifia le trappiste. Si nous la transgressons, c'est justement pour être fidèles à la loi de Dieu.

Roger Casement partagea avec les moines leur frugal dîner végétarien. Il bavarda longuement avec eux. Dom Jesualdo fit plaisamment remarquer que les trappistes étaient en train de violer, en son honneur, la règle de silence à laquelle ils étaient soumis. Il trouva moines et frères lais accablés et vaincus par ce pays, tout comme lui-même. Comment avait-on pu en arriver là ? se demanda-t-il, à haute voix, en leur présence. Et il leur raconta que, dix-neuf ans auparavant, il était arrivé en Afrique plein d'enthousiasme, persuadé que l'entreprise coloniale allait apporter une vie digne aux Africains. Comment se pouvait-il que la colonisation soit devenue cet horrible pillage, cette inhumanité vertigineuse où des gens qui se disaient chrétiens torturaient, mutilaient, tuaient des êtres sans défense et les soumettaient à des cruautés aussi atroces, enfants et vieillards compris ? N'étions-nous pas venus ici, nous Européens, mettre un point final à la traite et apporter la religion de justice et de charité ? Parce que ce qui se passait ici était encore pire que la traite des esclaves, n'est-ce pas ?

Les moines le laissèrent s'épancher, sans ouvrir la bouche. Était-ce que, contrairement à ce qu'avait dit l'abbé, ils ne voulaient pas enfreindre la règle de silence ? Non : ils doutaient et souffraient autant que lui pour le Congo.

— Les voies de Dieu sont impénétrables pour de pauvres pécheurs comme nous, monsieur le consul, soupira Dom Jesualdo. L'important, c'est de ne pas tomber dans le désespoir. De ne pas perdre la foi. Qu'il y ait ici des hommes comme vous nous donne du courage, nous rend l'espoir. Nous vous souhaitons bonne chance dans votre mission. Dans nos prières nous demanderons à Dieu de vous permettre de faire quelque chose pour cette malheureuse humanité.

Les sept fugitifs montèrent à bord de l'*Henry Reed* à l'aube du lendemain, dans un coude du fleuve, alors que le petit vapeur se trouvait déjà à quelque distance de Coquilhatville. Les trois jours qu'ils furent avec lui, Roger se trouva dans un état de tension et d'angoisse. Il avait donné à l'équipage une vague explication pour justifier la présence des sept indigènes mutilés, mais il avait l'impression que les hommes se méfiaient et regardaient d'un œil suspicieux le groupe, avec lequel ils n'avaient pas de communication. À la hauteur d'Irebu, l'*Henry Reed* se rapprocha de la rive française du fleuve Congo et cette nuit-là, pendant le sommeil de l'équipage, sept silhouettes silencieuses se glissèrent et disparurent dans la broussaille de la berge. Personne, ensuite, ne demanda au consul où ils étaient passés.

C'est à ce stade de son voyage que Roger commença à se sentir mal. Moralement, psychologiquement, mais pas seulement. Son corps lui aussi accusait les effets du manque de sommeil, des piqûres d'insectes, de l'effort physique démesuré, et peut-être, surtout, de son état d'esprit où la rage succédait à la démoralisation, la volonté de faire son travail à la prémonition que son rapport non plus ne servirait à rien parce que, là-bas à Londres, les bureaucrates du Foreign Office et les hommes politiques au service de Sa Majesté décideraient qu'il était imprudent de se mettre à dos un allié tel que Léopold II, que publier un *report* contenant des accusations aussi sérieuses aurait des conséquences fâcheuses pour la Grande-Bretagne puisque cela équivaudrait à jeter la Belgique dans les bras de l'Allemagne. Les intérêts de l'Empire n'étaient-ils pas plus importants que les pleurnicheries de sauvages à moitié nus qui adoraient des félins et des serpents, et étaient anthropophages ?

Faisant des efforts surhumains pour maîtriser les vagues d'abattement, les maux de tête, les nausées, la décomposition physique — il sentait qu'il maigrissait parce qu'il avait dû faire de nouveaux trous à sa ceinture —, il continua à visiter des villages, des établissements, des comptoirs, à interroger villageois, fonctionnaires, employés, sentinelles, collecteurs de caoutchouc, et à surmonter tant bien que mal le spectacle quotidien des corps martyrisés par les coups de fouet, des mains coupées, et les cauchemardesques histoires d'assassinats, d'emprisonnements, de chantages et de disparitions. Il en vint à penser que cette souffrance généralisée des Congolais imprégnait l'air, le fleuve et la végétation alentour d'une odeur particulière, une pestilence qui n'était pas seulement physique, mais aussi spirituelle, métaphysique.

« Je crois que je suis en train de perdre la tête, ma chère Gee », écrivit-il à sa cousine Gertrude du comptoir de Bongandanga, le jour où il décida de faire demi-tour et de retourner vers Léopoldville. « J'ai entrepris aujourd'hui de rentrer à Boma. D'après mes plans, j'aurais dû poursuivre mon voyage dans le haut Congo encore une quinzaine de jours. Mais, en vérité, j'ai déjà plus de documentation qu'il n'en faut pour montrer dans mon rapport les choses qui se passent ici. Je crains fort, à scruter plus longtemps les abîmes de méchanceté et d'ignominie où peuvent descendre les hommes, de n'être même pas capable d'écrire mon *report*. Je suis au bord de la folie. Un être humain normal ne peut se plonger tant de mois dans cet enfer sans y laisser sa santé, sans succomber à un dérangement mental. Certaines nuits, dans mes insomnies, je sens que c'est mon cas. Quelque chose se désagrège dans mon cerveau. Je vis dans une angoisse constante. Si je continue à me frotter à ce qui se passe ici, je finirai moi aussi par administrer des coups de chicotte, par couper des mains et assassiner des Congolais du matin au soir sans le moindre état d'âme, ni en avoir l'appétit coupé. Parce que c'est ce qui arrive aux Européens dans ce maudit pays. »

Cependant, cette très longue lettre ne portait pas

principalement sur le Congo, mais sur l'Irlande. « Voilà, Gee chérie, encore un symptôme de folie vas-tu te dire, mais ce voyage dans les profondeurs du Congo m'a servi à découvrir mon propre pays. À comprendre sa situation, son destin, sa réalité. Je n'ai pas seulement trouvé dans ces forêts le véritable visage de Léopold II. J'y ai aussi trouvé mon moi véritable : l'incorrigible Irlandais. Quand nous nous reverrons tu vas avoir une surprise, Gee. Tu auras du mal à reconnaître ton cousin Roger. J'ai l'impression d'avoir changé de peau, comme certains ophidiens, de mentalité et peut-être même d'âme. »

C'était vrai. Pendant tous les jours qu'il fallut à l'*Henry Reed* pour descendre le Congo jusqu'à Léopoldville-Kinshasa, où il jeta finalement l'ancre dans la soirée du 15 septembre 1903, c'est à peine si le consul échangea deux mots avec l'équipage. Il restait enfermé dans son étroite cabine, ou, si le temps le permettait, prostré dans le hamac de la poupe, le fidèle *John* accroupi à ses pieds, immobile et attentif, comme si la morosité où son maître était plongé avait déteint sur lui.

La seule pensée du pays de son enfance et de sa jeunesse, pour lequel au cours de ce voyage il avait été soudain pris d'une profonde nostalgie, chassait de sa tête ces images de l'horreur congolaise acharnées à le détruire moralement et à perturber son équilibre psychique. Il se remémorait ses premières années à Dublin, gâté et protégé par sa mère, ses années de collège à Ballymena et ses visites au château hanté de Galgorm, ses promenades avec sa sœur Nina dans la campagne au nord d'Antrim (si douce comparée à la brousse africaine !) et le bonheur que lui donnaient ces excursions vers les pics qui escortaient Glenshesk, son préféré parmi les neuf *glens* du comté, ces sommets balayés par le vent d'où il voyait parfois le vol des aigles aux grandes ailes déployées et à la crête dressée, défiant le ciel.

L'Irlande n'était-elle pas aussi une colonie, comme le Congo ? C'était une vérité qu'il s'était, pourtant, si longtemps entêté à ne pas accepter, et que son père et tant d'autres Irlandais de l'Ulster rejetaient avec une indignation aveugle. Pourquoi ce qui était mauvais pour le Congo serait-il bon pour l'Irlande ? Les Anglais n'avaient-ils pas envahi l'Eire ? Ne l'avaient-ils pas incorporée de force à l'Empire, sans consulter les gens envahis et occupés, exactement comme les Belges avec les Congolais ? Le temps passant, cette violence s'était atténuée, mais l'Irlande restait une colonie, dont la souveraineté avait disparu du fait d'un voisin plus fort. Cette réalité, beaucoup d'Irlandais refusaient de la voir. Que dirait son père d'entendre pareilles choses de sa bouche ? Brandirait-il sa petite « chicotte » ? Et sa mère ? Serait-elle scandalisée, Anne Jephson, de savoir que dans les solitudes du Congo son fils était en train de devenir, sinon en action, du moins en pensée, un nationaliste ? Au cours de ces après-midi solitaires, au milieu des eaux marron charriant feuilles, branches et troncs du fleuve Congo, Roger Casement prit une décision : sitôt rentré en Europe il se procurerait une bonne collection de livres consacrés à l'histoire et à la culture de l'Eire, qu'il connaissait si mal.

Il resta trois courtes journées à Léopoldville, sans chercher à voir personne. Dans l'état où il se trouvait, il n'avait pas le courage de rendre visite aux autorités ni à ses connaissances et d'avoir à leur parler — en leur mentant, bien entendu — de son voyage au moyen et haut Congo et de ce qu'il avait vu ces derniers mois. Il envoya un télégramme chiffré au Foreign Office, annonçant qu'il avait la matière suffisante pour confirmer les dénonciations de maltraitance sur les indigènes. Il demandait l'autorisation de se rendre dans la possession portugaise voisine pour écrire son rapport plus tranquillement qu'à Boma, où il serait soumis aux obligations du service consulaire. Et il rédigea une longue dénonciation, qui était aussi une protestation formelle, sur les événements de Walla, réclamant une enquête et des sanctions pour les responsables, et adressée à l'étude du tribunal supérieur de Léopoldville-Kinshasa. Il alla la déposer personnellement. Un fonctionnaire circonspect lui promit de tout transmettre à l'avoué, *maître** Leverville, dès que ce dernier rentrerait d'une chasse à l'éléphant avec le directeur du Bureau de l'Enregistrement commercial de la ville, M. Clothard.

Roger Casement prit le chemin de fer pour Matadi, où il ne passa que la nuit. De là, il descendit jusqu'à Boma dans un petit vapeur cargo. Il trouva au bureau consulaire un gros tas de correspondance et un télégramme de ses supérieurs l'autorisant à aller à Luanda rédiger son rapport. Il était urgent qu'il l'écrive, et avec le plus de détails possible. En Angleterre, la campagne de dénonciations contre l'État indépendant du Congo battait son plein et les principaux journaux y participaient, confirmant ou contestant les « atrocités ». Aux dénonciations de l'Église baptiste s'étaient ajoutées, depuis longtemps, celles du journaliste britannique d'origine française Edmund D. Morel, ami secret et complice de Roger Casement. Ses publications faisaient grand bruit à la Chambre des Communes, ainsi que dans l'opinion publique. Il y avait déjà eu un débat sur la question au Parlement. Le Foreign Office et le chancelier lord Lansdowne en personne attendaient avec impatience le témoignage de Roger Casement.

À Boma, comme il l'avait fait à Léopoldville-Kinshasa, Roger évita dans la mesure du possible les gens du gouvernement, enfreignant même le protocole, pour la première fois de toutes ses années de service consulaire. Au lieu de rendre visite au gouverneur général il lui envoya une lettre, avec ses excuses de ne pas aller lui présenter ses respects en personne, sous couvert de problèmes de santé. Il ne joua pas une seule fois au tennis, ni au billard, ni aux cartes, ne lança ni n'accepta aucune invitation à déjeuner ou à dîner. Il n'alla même pas nager le matin de bonne heure dans les nappes d'eau dormante du fleuve, comme c'était son habitude de le faire presque tous les jours, y compris par mauvais temps. Il ne voulait voir personne, ni mener de vie sociale. Il ne voulait pas, surtout, s'entendre demander des nouvelles de son voyage et se voir obligé de mentir. Il était persuadé qu'il ne pourrait jamais décrire avec sincérité, à ses amis et relations de Boma, ce qu'il pensait de toutes les choses qu'il avait vues, vécues et entendues au moyen et haut Congo ces quatorze dernières semaines.

Il consacra tout son temps à traiter les affaires consulaires les plus urgentes et à préparer son voyage à Cabinda et Luanda. Il espérait qu'en quittant le Congo, fût-ce pour une autre possession coloniale, il se sentirait moins accablé, plus libre. Il tenta plusieurs fois de se mettre à écrire un brouillon du rapport, mais sans y parvenir. Ce n'était pas seulement son découragement qui l'en empêchait ; une crampe faisait se contracter sa main droite sitôt que sa plume commençait à glisser sur le papier. Ses hémorroïdes revenaient l'ennuyer. Il ne mangeait presque pas et ses deux domestiques, Charlie et Mawuku, lui disaient, soucieux de sa mauvaise santé, d'appeler le médecin. Mais, malgré l'inquiétude qu'il avait lui-même de ses insomnies, son manque d'appétit et ses malaises physiques, il n'en fit rien, parce que voir le docteur Salabert aurait signifié parler, se rappeler, raconter toutes ces choses que pour le moment il désirait seulement oublier.

Le 28 septembre, il prit avec Charlie un bateau en direction de Banana et de là, le lendemain, un autre petit vapeur les mena à Cabinda. *John* le bouledogue resta avec Mawuku. Mais même les quatre jours qu'il passa dans cette localité où il connaissait des gens avec lesquels il dîna et qui, ignorant son voyage au haut Congo, ne l'obligèrent pas à parler de ce qu'il ne voulait pas dire, il ne retrouva ni sa tranquillité ni son assurance. Ce n'est qu'à Luanda, où il arriva le 3 octobre, qu'il commença à se sentir mieux. Le consul anglais, Mr Briskley, une personne discrète et serviable, lui procura un petit bureau dans ses locaux. Là, il put enfin travailler matin et soir à tracer les grandes lignes de son *report*.

Mais il ne se mit à aller vraiment bien, à redevenir l'homme qu'il était, que trois ou quatre jours après son arrivée à Luanda, un midi, assis à une table du vieux Café de Paris, où il allait manger un morceau après avoir travaillé toute la matinée. Il jetait un coup d'œil sur un vieux journal de Lisbonne lorsqu'il remarqua, dans la rue d'en face, plusieurs indigènes à moitié nus qui déchargeaient une grande charrette pleine de ballots d'un produit agricole quelconque, peut-être du coton. L'un d'eux, le plus jeune, était très beau. Il avait un corps long et athlétique, avec des muscles que l'effort faisait saillir sur son dos, ses jambes et ses bras. Sa peau noire, légèrement bleutée, brillait de sueur. Au rythme de ses mouvements lorsqu'il se déplaçait, son chargement à l'épaule, de la charrette à l'intérieur du hangar, la légère pièce de tissu drapée autour de ses hanches s'ouvrait et laissait entrevoir son sexe, pendant, rougeâtre et plus grand que la normale. Roger ressentit une vague de chaleur et le désir urgent de photographier le séduisant portefaix. Cela ne lui était pas arrivé depuis des mois. Une pensée l'anima : « Je redeviens moi-même. » Dans le petit carnet qu'il portait toujours sur lui, il nota : « Très beau et énorme. Je l'ai suivi et convaincu. Nous nous sommes embrassés à l'abri des fougères géantes d'une clairière. Il a été mien, j'ai été sien. J'ai hurlé. » Il respira profondément, avec fièvre.

À son retour l'après-midi, Mr Briskley lui remit un télégramme du Foreign Office. Le chancelier en personne, lord Lansdowne, lui ordonnait de rentrer immédiatement en Angleterre, pour rédiger à Londres même son *Rapport sur le Congo.* Roger dîna de bon appétit, ce soir-là.

Avant de prendre le *Zaïre*, qui ne partit de Luanda pour l'Angleterre, avec escale à Lisbonne, que le 6 novembre, il écrivit une longue lettre à Edmund D. Morel. Il correspondait secrètement avec lui depuis quelque six mois. Il ne le connaissait pas en chair et en os. Il avait appris son existence, d'abord, par une lettre d'Herbert Ward qui admirait le journaliste, puis en entendant à Boma des fonctionnaires belges et des gens de passage commenter les virulents articles débordant de critiques envers l'État indépendant du Congo que Morel, qui habitait Liverpool, publiait en dénonçant les exactions dont étaient victimes les indigènes de la colonie africaine. Discrètement, par l'intermédiaire de sa cousine Gertrude, il s'était procuré quelques fascicules édités par Morel. Impressionné par le sérieux de ses accusations, Roger lui avait écrit, dans un geste audacieux, lui faisant parvenir sa lettre par Gee. Il lui disait qu'il vivait en Afrique depuis déjà longtemps, et pouvait lui donner des informations de première main pour sa juste campagne, avec laquelle il se solidarisait. Sa condition de diplomate britannique l'empêchant de le faire ouvertement, il leur faudrait prendre des précautions dans leur correspondance afin de lui éviter d'être identifié comme son informateur de Boma. Dans la lettre qu'il écrivit de Luanda à Morel, Roger lui résumait sa dernière expérience et lui disait que, dès son arrivée en Europe, il prendrait contact avec lui. Rien ne pouvait lui faire plus plaisir que de connaître en personne le seul Européen semblant avoir claire conscience de la responsabilité du Vieux Continent dans la transformation du Congo en enfer.

Pendant ce voyage vers Londres, Roger retrouva l'énergie, l'enthousiasme, l'espoir. Il renoua avec la certitude de l'utilité de son rapport pour mettre fin à ces horreurs. L'impatience avec laquelle le Foreign Office attendait ce travail en était la preuve. Les faits étaient d'une telle dimension que le gouvernement britannique devrait agir, exiger des changements radicaux, convaincre ses alliés, révoquer cette insensée concession personnelle à Léopold II d'un continent de la taille du Congo. Malgré les tempêtes qui secouèrent le *Zaïre* entre São Tomé et Lisbonne, et plongèrent dans le mal de mer et les vomissements la moitié de l'équipage, Roger Casement s'arrangea pour continuer à rédiger son rapport. Aussi discipliné que naguère et penché sur sa tâche avec un zèle apostolique, il s'efforçait d'écrire de la façon la plus précise et la plus sobre possible, sans tomber dans le sentimentalisme ni dans des considérations subjectives, de s'en tenir à la description impartiale de ce qu'il avait pu observer. Son efficacité et son pouvoir de persuasion seraient d'autant plus grands qu'il serait exact et concis.

Il arriva à Londres par un 1er décembre glacial. C'est à peine s'il entrevit cette ville pluvieuse, froide et fantomatique car, une fois qu'il eut posé ses bagages dans son appartement de Philbeach Gardens, à Earl's Court, et jeté un coup d'œil sur la correspondance accumulée, il dut courir au Foreign Office. Pendant trois jours se succédèrent sans désemparer réunions et entretiens. Il en fut très impressionné. Aucun doute, le Congo était au centre de l'actualité depuis ce débat au Parlement. Les dénonciations de l'Église baptiste et la campagne d'Edmund D. Morel avaient fait de l'effet. Tout le monde exigeait que le gouvernement se prononce. Celui-ci, auparavant, comptait sur son *report.* Roger Casement découvrit que les circonstances avaient fait de lui, à son insu, un homme important. Au cours de ses deux exposés, d'une heure chacun, devant des fonctionnaires du ministère — à l'un d'eux assistaient le commissaire aux Affaires africaines et le vice-Premier ministre —, il remarqua l'effet de ses paroles sur l'auditoire. Les regards incrédules du début faisaient place, lorsqu'il répondait aux questions en apportant de nouvelles précisions, à une expression de dégoût et d'effroi.

On lui attribua un bureau dans un endroit tranquille de Kensington, loin du Foreign Office, et l'on mit à sa disposition un jeune dactylographe efficace, Mr Joe Pardo. Il commença à lui dicter son rapport le vendredi 4 décembre. Le bruit avait couru que le consul de Grande-Bretagne au Congo était arrivé à Londres, avec un document exhaustif sur la colonie, et l'Agence Reuters, *The Spectator, The Times* et divers correspondants de presse des États-Unis cherchèrent à l'interviewer. Mais lui, en accord avec ses supérieurs, déclara qu'il ne parlerait avec les journalistes qu'une fois que le gouvernement se serait prononcé sur la question.

Les jours suivants il ne cessa de travailler à son *report* du matin au soir, ajoutant, retranchant, remaniant le texte, relisant encore et toujours ses carnets de notes du voyage, qu'il connaissait déjà par cœur. À midi il mangeait à peine un sandwich et tous les soirs dînait de bonne heure à son club, le Wellington. Herbert Ward l'y rejoignait parfois. Cela lui faisait du bien de bavarder avec son vieil ami. Une fois celui-ci le traîna à son studio, au 53 Chester Square, afin de le distraire en lui montrant ses rudes sculptures inspirées de l'Afrique. Une autre fois, pour lui faire oublier quelques heures sa préoccupation obsessionnelle, Herbert l'obligea à sortir s'acheter une de ces vestes à la mode, à petits carreaux, une casquette à la française et des chaussures avec des empeignes artificielles blanches. Puis il l'emmena déjeuner à l'endroit préféré des intellectuels et artistes londoniens, l'Eiffel Tower Restaurant. Ce furent ses seules distractions pendant tous ces jours.

Depuis son arrivée, il avait demandé au Foreign Office l'autorisation de rencontrer Morel, sous le prétexte de devoir confronter avec le journaliste quelques-unes de ses propres informations. Il obtint cette autorisation le 9 décembre. Et, le lendemain, Roger Casement et Edmund D. Morel se virent pour la première fois. Au lieu de se serrer la main, ils s'embrassèrent. Ils causèrent, dînèrent ensemble au Comedy, allèrent à l'appartement de Roger à Philbeach Gardens et y passèrent le reste de la nuit à boire du cognac, bavarder, fumer et discuter jusqu'au moment où ils découvrirent à travers les persiennes les premières lueurs du jour. Ils avaient derrière eux douze heures de dialogue ininterrompu. Tous deux devaient dire, par la suite, que cette rencontre avait été la plus importante de leur vie.

Ils ne pouvaient être plus différents. Roger était très

grand et très mince, et Morel plutôt petit, trapu, avec une tendance à l'embonpoint. À chacune de leurs entrevues, Casement eut toujours l'impression que son ami était à l'étroit dans ses complets. Roger avait un peu plus de trente-neuf ans, mais, malgré les effets du climat africain et des fièvres paludéennes sur son physique, il semblait, peut-être en raison de sa mise soignée, plus jeune que Morel, qui n'en avait que trente-deux et, joli garçon dans sa jeunesse, était maintenant vieilli, avec des cheveux coupés à la diable, déjà gris, tout comme ses moustaches de phoque, et des yeux brûlants un peu exorbités. Il leur suffit de se voir pour s'entendre et — ils n'auraient pas trouvé le mot excessif — s'aimer.

De quoi parlèrent-ils sans interruption pendant ces douze heures extraordinaires ? Beaucoup de l'Afrique, bien sûr, mais aussi de leurs familles respectives, de leur enfance, leurs rêves, leurs idéaux et leurs aspirations d'adolescents, et de la façon dont le Congo s'était inopinément installé au cœur de leur vie, pour les transformer de la tête aux pieds. Roger s'émerveilla de ce que quelqu'un n'y ayant jamais mis les pieds connaisse si bien ce pays. Sa géographie, son histoire, sa population, ses problèmes. Il fut fasciné d'entendre Morel lui raconter comment, il y avait déjà longtemps, l'obscur employé qu'il était à l'Elder Dempster Line (l'entreprise même où Roger avait travaillé dans sa jeunesse, à Liverpool), chargé au port d'Anvers de contrôler les bateaux et de délivrer les connaissements de leur chargement, avait conçu des soupçons en s'avisant que le prétendu libre commerce instauré par Sa Majesté Léopold II entre l'Europe et l'État indépendant du Congo était, non seulement asymétrique, mais une véritable farce. Quelle sorte de libre commerce était-ce, que celui où les bateaux en provenance du

Congo déchargeaient dans le grand port flamand des tonnes de caoutchouc et des quantités d'ivoire, d'huile de palme, de minéraux et de peaux, et ne repartaient chargés que de fusils, de chicottes et de caisses de verroterie ?

C'est ainsi que Morel avait commencé à s'intéresser au Congo, à enquêter, à interroger ceux qui y allaient ou revenaient en Europe, commerçants, fonctionnaires, voyageurs, pasteurs, prêtres, aventuriers, soldats, policiers, et à lire tout ce qui lui tombait sous la main au sujet de cet immense pays dont il finit par connaître les infortunes sur le bout des doigts, comme s'il avait fait des dizaines de voyages d'inspection semblables à celui de Roger Casement au moyen et haut Congo. Alors, sans renoncer encore à son emploi dans la Compagnie, il s'était mis à écrire lettres et articles dans des revues et des journaux de Belgique et d'Angleterre, au début sous un pseudonyme puis signés de son nom, dénonçant ce qu'il découvrait et démentant, faits et témoignages à l'appui, l'idyllique image du Congo que les gratte-papier au service de Léopold II présentaient au monde. Il poursuivait ce combat depuis des années, sans se lasser de publier articles, fascicules et livres, de parler dans des églises, des centres culturels, des organisations politiques. Sa campagne avait pris. Il avait désormais de nombreux collaborateurs. « Cela aussi, c'est l'Europe », pensa à plusieurs reprises Roger Casement, ce 10 décembre. « Pas seulement les colons, les policiers et les criminels que nous envoyons en Afrique. L'Europe, c'est aussi cet esprit intègre et exemplaire : Edmund D. Morel. »

À partir de ce jour-là, ils se virent souvent et poursuivirent ces dialogues qui tous deux les exaltaient. Ils se donnèrent des pseudonymes affectueux : Roger était

Tiger et Edmund *Bulldog*. Au cours de l'une de ces conversations surgit l'idée de créer la fondation Congo Reform Association. L'un et l'autre furent surpris du large appui reçu par leur recherche de parrainages et d'adhésions. À la vérité, fort peu des hommes politiques, journalistes, écrivains, religieux et figures en vue à qui ils demandèrent leur aide pour l'association la leur refusèrent. C'est ainsi que Roger Casement avait connu Alice Stopford Green. Herbert Ward la lui avait présentée. Elle fut une des premières à donner de l'argent, son nom et son temps à l'association. Joseph Conrad le fit aussi, imité par beaucoup d'intellectuels et d'artistes. Ils réunirent des fonds, des noms respectables et très vite commencèrent les activités publiques, dans des églises, des centres culturels et humanitaires, présentant des témoignages, organisant des débats, distribuant des brochures pour ouvrir les yeux de l'opinion publique sur la véritable situation du Congo. Roger Casement, par sa condition de diplomate, ne pouvait figurer officiellement au comité directeur de l'association, mais il lui consacra tout son temps libre, une fois qu'il eut enfin remis son rapport au Foreign Office. Il donna à l'association une partie de ses économies et de son salaire, et écrivit des lettres, rendit des visites à une foule de personnes et obtint de bon nombre de diplomates et hommes politiques qu'ils deviennent, eux aussi, des promoteurs de la cause défendue par Morel et par lui.

Après toutes ces années, en pensant à ces fébriles semaines de fin 1903 et début 1904, Roger Casement se dirait finalement que le plus important, pour lui, n'avait pas été la popularité qu'il avait acquise avant même que le gouvernement de Sa Majesté eût publié son *Rapport*, et encore plus ensuite, quand les agents au service de Léopold II s'étaient mis à l'attaquer dans la presse comme ennemi et calomniateur de la Belgique, mais d'avoir fait la connaissance, grâce à Morel, à l'association et à Herbert, d'Alice Stopford Green, dont, dès lors, il deviendrait un ami intime et, comme il s'en vantait, un élève. Il y avait eu d'emblée entre eux une entente et une sympathie que le temps ne ferait qu'approfondir.

La deuxième ou la troisième fois qu'ils avaient été seuls, Roger avait ouvert son cœur à sa toute nouvelle amie, comme l'aurait fait un croyant à son confesseur. À elle, irlandaise de famille protestante comme lui, il avait osé dire ce qu'il n'avait encore jamais dit à personne : que là-bas, au Congo, en côtoyant l'injustice et la violence, il avait découvert le grand mensonge qu'était le colonialisme et commencé à se sentir un « Irlandais », c'est-à-dire le citoyen d'un pays occupé et exploité par un Empire qui avait vidé l'Irlande de son sang et de son âme. Il était honteux de tant de choses qu'il avait dites et crues, sur la foi des enseignements paternels. Et il avait le ferme propos de s'amender. Maintenant que, grâce au Congo, il avait découvert l'Irlande, il voulait être irlandais pour de vrai, connaître son pays, s'approprier sa tradition, son histoire et sa culture.

Affectueuse, un peu maternelle — elle avait dix-sept ans de plus que lui —, Alice lui reprochait parfois ses élans d'enthousiasme proprement enfantins, lui déjà quadragénaire, mais l'aidait de ses conseils, de ses livres, d'entretiens qui étaient pour lui des cours magistraux, tandis qu'ils prenaient le thé avec des biscuits ou des *scones* à la crème fraîche et à la marmelade. Ces premiers mois de 1904, Alice Stopford Green avait été son amie, son mentor, son introductrice dans un très ancien passé où histoire, mythe et légende — la réalité, la religion et la fiction — se confondaient pour construire la tradition d'un peuple qui conservait toujours, malgré l'effort de dénationalisation de l'Empire, sa langue, sa manière d'être, ses coutumes, quelque chose dont tout Irlandais, protestant ou catholique, croyant ou incrédule, libéral ou conservateur, devait se sentir fier et obligé de le défendre. Rien n'avait tant contribué à apaiser l'esprit de Roger, à le guérir de ces blessures morales causées par son voyage au haut Congo, que d'avoir noué cette amitié avec Morel et avec Alice. Un jour, en faisant ses adieux à Roger qui, ayant demandé au Foreign Office un congé de trois mois, était sur le point de partir à Dublin, l'historienne lui avait dit :

— Te rends-tu compte que tu es devenu une célébrité, Roger ? Tout le monde parle de toi, ici à Londres.

Ce n'était pas quelque chose susceptible de le flatter car il n'avait jamais été vaniteux. Mais Alice disait la vérité. La publication de son *Rapport* par le gouvernement britannique avait eu une énorme répercussion dans la presse, au Parlement, dans la classe politique et l'opinion publique. Les attaques dont il était l'objet dans les journaux officiels en Belgique et dans les gazettes anglaises favorables à Léopold II n'avaient servi qu'à fortifier son image de grand lutteur humanitaire et champion de la justice. Il avait été interviewé dans les organes de presse, convié à parler dans des manifestations publiques et des clubs privés, avait reçu une pluie d'invitations des salons libéraux et anticolonialistes, et quantité d'entrefilets et d'articles portaient aux nues son *Rapport* et son engagement pour la cause de la justice et de la liberté. La campagne pour le Congo avait pris un nouvel essor. La presse, les églises, les secteurs les plus avancés de la société anglaise, horrifiés par les révélations du *Rapport*, exigeaient que la Grande-Bretagne demande à ses alliés de révoquer cette décision des pays occidentaux de confier le Congo au roi des Belges.

Accablé par cette renommée subite — on le reconnaissait au théâtre et au restaurant, et on le montrait du doigt dans la rue avec sympathie —, Roger Casement était parti en Irlande. Il avait séjourné quelques jours à Dublin, mais gagné bientôt l'Ulster, l'Antrim du Nord, jusqu'à Magherintemple House, la maison familiale de son enfance et de son adolescence. L'héritier en était son oncle et homonyme Roger, fils de son grand-oncle John, décédé en 1902. Sa grand-tante Charlotte vivait encore. Elle l'avait reçu très affectueusement, et aussi le reste de sa famille, cousins et neveux. Mais il sentait qu'une distance invisible avait surgi entre lui et ses parents paternels, qui restaient fermement anglophiles. Néanmoins le paysage de Magherintemple, la grande bâtisse de pierre grise, entourée d'érables résistant au sel et aux vents, pour la plupart couverts de lierre, les peupliers, les ormes et les pêchers dominant les prés où paressaient les moutons, et, au-delà de la mer, la vision de l'île de Rathlin et de la petite ville de Ballycastle avec ses maisons blanches comme neige, l'avaient ému jusqu'à la moelle. De parcourir les étables, le verger au dos de la maison, les vastes chambres aux murs décorés de ramures de cerf, ou bien les vénérables hameaux de Cushendun et Cushendal, où étaient enterrées plusieurs générations d'ancêtres, faisait resurgir les souvenirs de son enfance et le remplissait de nostalgie. Mais ses nouvelles idées sur son pays, ses nouveaux sentiments, avaient fait de ce séjour, qui devait se prolonger de longs mois, une autre grande aventure pour lui. Une aventure, contrairement à son voyage dans le haut Congo, agréable, stimulante et qui lui avait donné l'impression, en la vivant, d'être en train de muer, de changer de peau.

Il avait emporté plein de livres, grammaires et essais, recommandés par Alice, et passé beaucoup de temps à faire des lectures sur les traditions et les légendes irlandaises. Il avait essayé d'apprendre le gaélique, d'abord tout seul, et, en constatant qu'il n'y arriverait jamais, avec l'aide d'un professeur, avec qui il prenait des leçons deux fois par semaine.

Mais surtout, il s'était mis à fréquenter des gens nouveaux du comté d'Antrim qui, tout en étant de l'Ulster et protestants comme lui, n'étaient pas unionistes. Ils voulaient, au contraire, préserver la personnalité de l'ancienne Irlande, luttaient contre l'anglicisation du pays, défendaient le retour au vieil irlandais, aux chansons et coutumes traditionnelles, s'opposaient au recrutement d'Irlandais dans l'armée britannique et rêvaient d'une Irlande à part, préservée du destructeur industrialisme moderne, qui vivrait une existence bucolique et rurale, émancipée de l'Empire britannique. C'est ainsi que Roger Casement s'était lié avec la Gaelic League, qui militait en faveur de la langue irlandaise et de la culture de l'Irlande, et dont le *motto* était Sinn Féin (« Nous seuls »). À sa fondation, à Dublin, en 1893, son président Douglas Hyde avait dans son discours rappelé à l'auditoire que, jusqu'alors, « seuls six livres en gaélique avaient été publiés ». Roger Casement avait fait la connaissance du successeur de Hyde, Eoin MacNeill, professeur d'Histoire ancienne et médiévale de l'Irlande au University College, avec qui il s'était lié d'amitié. Il avait assisté à des lectures, des conférences, des récitals, des marches, des concours scolaires et à l'érection de monuments à des héros nationalistes, que patronnait le Sinn Féin. Et s'était mis à écrire dans ses publications des articles politiques défendant la culture irlandaise sous le pseudonyme de *Shan van Vocht* (« La pauvre petite vieille »), tiré d'une ancienne ballade irlandaise qu'il aimait à fredonner. Il s'était en même temps beaucoup rapproché d'un groupe de femmes, dont la châtelaine de Galgorm Rose Maud Young, Ada MacNeill et Margaret Dobbs, qui parcouraient les villages d'Antrim en recueillant de vieilles légendes du folklore irlandais. Il avait entendu grâce à elles, dans une foire, un *seanchai* ou conteur ambulant, tout en ne saisissant que quelques mots de ce qu'il disait.

Dans une discussion à Magherintemple House avec son oncle Roger, Casement, avec exaltation, avait un soir affirmé : « En tant qu'irlandais, je hais l'Empire britannique. »

Il avait le lendemain reçu une lettre du duc d'Argyll l'informant que le gouvernement de Sa Majesté avait décidé de lui accorder la décoration Companion of St. Michael and St. George pour ses excellents services rendus au Congo. Roger s'était excusé de ne pouvoir assister à la cérémonie d'investiture en alléguant qu'une blessure au genou l'empêcherait de s'agenouiller devant le roi.

VII

— Vous me haïssez, impossible de le cacher, dit Roger Casement.

Le *sheriff,* après un moment de surprise, acquiesça, avec une grimace qui décomposa un instant son visage bouffi.

— Je n'ai pas de raison de le cacher, murmura-t-il. Mais vous vous trompez. Je ne vous hais pas. Je vous méprise. C'est tout ce que méritent les traîtres.

Ils marchaient dans le couloir aux briques noircies vers le parloir, où le condamné était attendu par l'aumônier catholique, le père Carey. Par les lucarnes grillagées Casement apercevait de grosses taches de nuages sombres et boursouflés. Pleuvait-il dehors, sur Caledonian Road et ce Roman Way qui avait dû voir défiler il y a des siècles, dans ces forêts pleines d'ours, les premières légions romaines ? Il imagina les éventaires du marché voisin, au milieu du grand parc d'Islington, trempés et secoués par l'orage, et eut un pincement d'envie en pensant aux gens qui achetaient et vendaient protégés par leurs imperméables ou leurs parapluies.

— Vous avez eu tout ce qu'on peut avoir, grogna dans son dos le *sheriff*. Une carrière diplomatique. Des décorations. Le roi vous a anobli. Et vous, vous êtes allé vous vendre aux Allemands. Un beau salaud. Et ingrat, avec ça.

Le *sheriff* fit une pause et Roger crut l'entendre soupirer.

— Chaque fois que je pense à mon pauvre fils mort là-bas, dans les tranchées, je me dis que vous êtes un de ses assassins, monsieur Casement.

— Je suis désolé que vous ayez perdu un fils, répliqua Roger, sans se retourner. Vous n'allez pas me croire, mais je n'ai encore tué personne.

— Vous n'aurez plus le temps de le faire, trancha le *sheriff*. Dieu merci.

Ils étaient arrivés à la porte du parloir. Le *sheriff* resta à l'extérieur, avec le geôlier de faction. Seules les visites des aumôniers étaient privées, pour toutes les autres il y avait toujours dans la pièce le *sheriff* ou le gardien, et parfois les deux. Roger se réjouit de voir la silhouette élancée du religieux. *Father* Carey s'avança à sa rencontre et lui serra la main.

— J'ai demandé la vérification et j'ai la réponse, lui annonça-t-il en souriant. Votre souvenir était exact. En effet, vous avez été baptisé tout enfant dans la paroisse de Rhyl, au pays de Galles. Cela figure au registre paroissial. C'était en présence de votre mère et de deux tantes à elle. Vous n'avez pas besoin d'être à nouveau reçu dans l'Église catholique. Vous y avez toujours été.

Roger Casement acquiesça. Cette très lointaine impression qui l'avait accompagné toute sa vie était donc juste. Sa mère l'avait fait baptiser à l'insu de son père, en profitant d'un de ses voyages au pays de Galles. Il se réjouit de la complicité que ce secret établissait avec Anne Jephson. Et aussi de se sentir par là plus en accord avec lui-même, avec sa mère, avec l'Irlande.

Comme si son rapprochement du catholicisme était une conséquence naturelle de tout ce qu'il avait fait et essayé de faire ces dernières années, y compris ses erreurs et ses échecs.

— J'ai lu Thomas a Kempis, père Carey, dit-il. Jusque-là, je me concentrais sur la lecture à grand-peine. Mais ces derniers jours j'y suis parvenu. Plusieurs heures d'affilée à chaque fois. *L'Imitation de Jésus-Christ* est un très beau livre.

— Quand j'étais au séminaire nous avons beaucoup lu Thomas a Kempis, approuva le prêtre. *L'Imitation de Jésus-Christ*, surtout.

— Je me sens plus serein quand j'arrive à m'absorber dans ces pages, dit Roger. Comme si je m'envolais de ce monde et entrais dans un autre, dépourvu de soucis, une réalité purement spirituelle. Le père Crotty avait raison de nous le recommander si chaudement, là-bas en Allemagne. Il n'aurait jamais imaginé dans quelles circonstances je lirais son cher Thomas a Kempis.

On avait récemment installé un petit banc dans le parloir. Ils s'y assirent. Leurs genoux se touchaient. *Father* Carey était depuis plus de vingt ans aumônier des prisons à Londres et il avait accompagné jusqu'au bout nombre de condamnés à mort. Ce commerce constant avec les populations carcérales n'avait pas durci son caractère. C'était un homme pondéré et attentif, et Roger l'avait pris en sympathie dès leur première rencontre. Il ne se rappelait pas l'avoir jamais entendu dire la moindre chose qui puisse le blesser ; au contraire, il était d'une extrême délicatesse dans ses questions ou ses conversations avec lui. À ses côtés, Roger se sentait toujours bien. Le père Carey était grand, osseux, quasi squelettique, avec une peau très blanche et une barbiche pointue, grisonnante, qui couvrait en partie son menton. Il avait toujours les yeux humides, comme s'il venait de pleurer, même quand il riait.

— Comment était le père Crotty ? lui demanda-t-il. Je vois que vous faisiez bon ménage, en Allemagne.

— Je lui dois de ne pas être devenu fou ces mois-là, au camp de Limburg, acquiesça Roger. Il était très différent de vous, physiquement. Plus petit, plus robuste et, au lieu de votre pâleur, il avait un teint coloré qui s'empourprait au premier verre de bière. Mais, d'un autre point de vue, il vous ressemblait beaucoup. Par la générosité, je veux dire.

Le père Crotty était un dominicain irlandais que le Vatican avait envoyé de Rome au camp de prisonniers installé par les Allemands à Limburg. Son amitié avait été pour Roger une planche de salut pendant ces mois de 1915 et de 1916 où il essayait de recruter, parmi les prisonniers, des volontaires pour la Brigade irlandaise.

— C'était un homme vacciné contre le découragement, dit Roger. Je l'ai accompagné visiter les malades, administrer les sacrements, faire dire le chapelet aux prisonniers de Limburg. Un nationaliste, lui aussi. Mais moins passionné que moi, *father* Carey.

Celui-ci sourit.

— Ne croyez pas que le père Crotty ait essayé de m'amener au catholicisme, ajouta Roger. Il était très soucieux, dans nos conversations, de ne pas me donner à penser qu'il voulait me convertir. Ça m'est venu tout seul, là-dedans. — Il se toucha la poitrine. — Je n'ai jamais été très religieux, je vous l'ai dit. Après la mort de ma mère, la religion était devenue pour moi quelque chose de mécanique et de secondaire. C'est seulement à partir de 1903, de ce voyage de trois mois et dix jours à l'intérieur du Congo, je vous l'ai raconté, que j'ai recommencé à prier. Quand j'ai cru que j'allais perdre la raison devant tant de souffrance. J'ai découvert là qu'un être humain ne peut vivre sans la foi.

Il sentit que sa voix allait se briser et se tut.

— Il vous avait beaucoup parlé de Thomas a Kempis ?

— Il avait pour lui une grande dévotion, acquiesça Roger. Il m'a offert son exemplaire de *L'Imitation.* Mais je n'ai pu le lire alors. Je n'avais pas la tête à ça, avec tous les soucis de ces jours-là. J'ai laissé cet exemplaire en Allemagne, dans une valise avec mes affaires. Dans le sous-marin il était interdit d'emporter des bagages. Heureusement que vous m'en avez procuré un autre. Je crains de ne pas avoir le temps de le terminer.

— Le gouvernement anglais n'a encore rien décidé, le reprit le religieux. Vous ne devez pas perdre espoir. Il y a dehors beaucoup de gens qui vous aiment et font d'énormes efforts pour que le recours en grâce soit entendu.

— Je le sais, *father* Carey. De toute façon, j'aimerais que vous me prépariez. Je voudrais être accepté dans les règles par l'Église. Recevoir les sacrements. Me confesser. Communier.

— Je suis là pour ça, Roger. Je vous assure que vous êtes déjà largement préparé.

— J'ai un doute qui m'angoisse beaucoup, dit Roger, en baissant la voix comme si quelqu'un d'autre pouvait l'entendre. Ma conversion au Christ n'aura-t-elle pas l'air inspirée par la peur ? La vérité, *father* Carey, c'est que j'ai peur. Très peur.

— Le Christ est plus sage que vous et moi, affirma le religieux. Je ne crois pas qu'Il voie du mal à ce qu'un homme ait peur. Lui a eu peur, j'en suis sûr, sur le chemin du Golgotha. C'est la chose la plus humaine qui soit, n'est-ce pas ? Nous avons tous peur, c'est dans notre nature. Il suffit d'un peu de sensibilité pour se sentir parfois impuissant et effrayé. Votre rapprochement de l'Église est pur, Roger. Je le sais.

— Je n'ai jamais eu peur de la mort, jusqu'à présent. Je l'ai souvent vue de près. Au Congo, lors d'expéditions dans des régions inhospitalières, infestées de fauves. En Amazonie, sur des fleuves pleins de tourbillons, et entouré de hors-la-loi. Et récemment, en quittant le sous-marin, en baie de Tralee, à Banna Strand, quand notre canot s'est retourné et que nous avons cru nous noyer. J'ai souvent senti la mort toute proche. Et je n'ai pas eu peur. Mais maintenant, si.

Sa voix s'étrangla et il ferma les yeux. Depuis quelques jours, ces accès de terreur lui donnaient l'impression que son sang se glaçait, que son cœur s'arrêtait. Tout son corps s'était mis à trembler. Il faisait des efforts pour se maîtriser, sans résultat. Il entendait ses dents claquer et à la panique s'ajoutait maintenant la honte. Quand il rouvrit les yeux, il vit que le père Carey avait les mains jointes et les yeux clos. Il priait en silence, bougeant à peine les lèvres.

— C'est passé, murmura-t-il, confus. Je vous demande pardon.

— Ne soyez pas gêné pour moi. Il est humain d'avoir peur, de pleurer.

Il avait retrouvé son calme. Il régnait un grand silence à Pentonville Prison, comme si les condamnés et les geôliers de ses trois énormes pavillons, ces cubes au toit à deux pentes, étaient morts ou endormis.

— Je vous remercie de ne pas m'avoir interrogé sur ces cochonneries qu'on raconte sur moi, semble-t-il, *father* Carey.

— Je ne les ai pas lues, Roger. Quand quelqu'un a essayé de m'en parler, je l'ai fait taire. Je ne sais même pas de quoi il s'agit. Et je ne veux pas le savoir.

— Je ne le sais pas non plus, sourit Roger. Ici on ne peut pas lire les journaux. Un assistant de mon avocat m'a dit qu'elles étaient si scandaleuses qu'elles compromettaient le recours en grâce. Des perversions, des vices abominables, à ce qu'il paraît.

Le père Carey l'écoutait avec sa paisible expression habituelle. La première fois qu'ils s'étaient entretenus à Pentonville Prison il avait raconté à Roger que ses grands-parents paternels parlaient entre eux le gaélique, mais qu'ils passaient à l'anglais en voyant s'approcher leurs enfants. Le prêtre non plus n'avait pu apprendre l'ancien irlandais.

— Je crois qu'il vaut mieux ne pas savoir de quoi on m'accuse. Alice Stopford Green pense que c'est une opération montée par le gouvernement pour contrecarrer la sympathie qui se manifeste dans maints secteurs pour le recours en grâce.

— On ne peut rien exclure en matière de politique, dit le religieux. Ce n'est pas la plus honnête des activités humaines.

L'on frappa de petits coups discrets à la porte, celle-ci s'ouvrit et le visage rebondi du *sheriff* apparut :

— Plus que cinq minutes, père Carey.

— Le directeur de la prison m'a accordé une demi-heure. Il ne vous a pas prévenu ?

Le *sheriff* eut l'air surpris.

— Si vous le dites, je vous crois, s'excusa-t-il. Veuillez pardonner l'interruption, alors. Il vous reste encore vingt minutes.

Il disparut et la porte se referma.

— Il y a des nouvelles de l'Irlande ? demanda Roger, de façon un peu abrupte, comme s'il avait soudain voulu changer de sujet.

— Les exécutions sommaires ont cessé, apparemment. L'opinion publique, pas seulement là-bas, ici aussi en Angleterre, les a fortement critiquées. Le gouvernement vient d'annoncer que toutes les personnes arrêtées pendant l'Insurrection de Pâques passeraient devant les tribunaux.

Roger Casement eut un moment de distraction. Il regardait la petite fenêtre du mur, elle aussi grillagée. On ne voyait qu'un minuscule carré de ciel grisâtre et il pensait à cet énorme paradoxe d'avoir été jugé et condamné parce qu'il aurait apporté des armes en vue d'une tentative de sécession violente en Irlande, alors qu'il n'avait, en réalité, entrepris ce voyage risqué, peut-être absurde, d'Allemagne jusqu'aux côtes de Tralee, que pour tenter d'éviter ce soulèvement dont, sitôt connue la nouvelle de sa préparation, il avait été certain qu'il était voué à l'échec. Toute l'Histoire serait-elle ainsi ? Celle qu'on apprenait à l'école ? Celle écrite par les historiens ? Une construction plus ou moins idyllique, rationnelle et cohérente de ce qui, dans la réalité pure et dure, avait été un chaotique et arbitraire enchevêtrement de plans, de hasards, d'intrigues, d'événements fortuits, de coïncidences, d'intérêts multiples, ayant entraîné changements, bouleversements, avancées et reculs, toujours inattendus et surprenants par rapport à ce qui avait été anticipé ou vécu par les protagonistes.

— Je passerai probablement à l'Histoire comme l'un des responsables de l'Insurrection de Pâques, dit-il, avec ironie. Vous et moi savons que je suis venu ici au péril de ma vie pour tenter d'arrêter cette rébellion.

— Bon, vous et moi et quelqu'un d'autre, dit en riant *father* Carey, un doigt pointé vers le haut.

— Je me sens enfin mieux, rit aussi Roger. Voilà la crise de panique passée. J'ai souvent vu des gens en Afrique, tant des Noirs que des Blancs, tomber dans de brusques accès de désespoir. En pleine brousse, quand on perdait le chemin. Quand on pénétrait sur un territoire que les porteurs africains considéraient comme ennemi. Au milieu du fleuve, quand une barque chavirait. Ou dans les villages, parfois, lors des cérémonies avec danses et chants dirigées par les sorciers. Maintenant je sais ce que sont ces états d'hallucination provoqués par la peur. La transe mystique est-elle ainsi ? Cette suspension de soi-même, de tous les réflexes corporels, que produit la rencontre avec Dieu ?

— Ce n'est pas impossible, dit le père Carey. C'est le même chemin, peut-être, que parcourent les mystiques et tous ceux qui vivent ces états de transe. Les poètes, les musiciens, les sorciers.

Ils restèrent silencieux un long moment. De temps en temps, furtivement, Roger regardait le prêtre du coin de l'œil et le voyait immobile, les yeux fermés. « Il prie pour moi, pensait-il. C'est un homme compatissant. Ce doit être terrible de passer sa vie à aider ceux qui vont mourir sur l'échafaud. » Sans avoir jamais mis les pieds au Congo ni en Amazonie, le père Carey devait être aussi au fait que lui des vertigineux extrêmes que pouvaient atteindre la cruauté et le désespoir chez les êtres humains.

— J'ai été longtemps indifférent à la religion, dit-il très lentement, comme se parlant à lui-même, mais je n'ai jamais cessé de croire en Dieu. En un principe général de la vie. En revanche, *father* Carey, je me suis souvent demandé avec effroi : « Comment Dieu peut-il permettre de telles choses ? », « Quelle sorte de Dieu est-ce, pour tolérer que tant de milliers d'hommes, de femmes et d'enfants subissent de pareilles horreurs ? » C'est difficile à comprendre, n'est-ce pas ? Vous, qui avez dû voir tant de choses dans les prisons, ne vous arrive-t-il pas de vous poser ces questions-là ?

Le père Carey avait ouvert les yeux et l'écoutait

avec son respect coutumier, sans acquiescer ni protester.

— Ces pauvres gens fouettés, mutilés, ces enfants aux mains et aux pieds coupés, mourant de faim et de maladies, récita Roger. Ces êtres pressurés jusqu'à la dernière extrémité et, pour finir, assassinés. Des milliers, des dizaines, des centaines de mille. Par des hommes ayant reçu une éducation chrétienne. Je les ai vus aller à la messe, prier, communier, avant et après les crimes qu'ils commettaient. Je me suis souvent cru au bord de la folie, père Carey. J'ai peut-être, ces années-là, en Afrique, au Putumayo, perdu la raison. Et tout ce qui m'est arrivé après a été l'œuvre de quelqu'un qui, bien que sans s'en rendre compte, était vraiment fou.

Cette fois encore l'aumônier garda le silence. Il l'écoutait du même air affable et avec cette patience dont Roger lui avait toujours été reconnaissant.

— Curieusement, je crois que c'est au Congo, au milieu de ces périodes de démoralisation absolue, quand je me demandais comment Dieu pouvait permettre tous ces crimes, que j'ai recommencé à m'intéresser à la religion, poursuivit-il. Parce que les seules personnes qui avaient l'air d'avoir gardé leur intégrité, c'étaient quelques pasteurs baptistes et quelques missionnaires catholiques. Pas tous, bien entendu. Beaucoup ne voulaient pas voir plus loin que le bout de leur nez. Mais certains faisaient leur possible pour mettre fin aux injustices. Des êtres héroïques, en vérité.

Il se tut. Se rappeler le Congo et le Putumayo lui faisait mal : cela remuait la fange qu'il avait dans la tête, convoquait des images qui le jetaient dans l'angoisse.

— Injustices, supplices, crimes, murmura le père Carey. Le Christ ne les a-t-il pas soufferts dans sa propre chair ? Lui peut partager votre état mieux que personne, Roger. Bien sûr qu'il m'arrive parfois ce qui vous arrive. Comme à tous les croyants, j'en suis certain. Il est difficile de comprendre certaines choses, évidemment. Notre capacité de compréhension est limitée. Nous sommes faillibles, imparfaits. Cependant, je peux vous dire une chose. Vous avez commis bien des erreurs, comme tous les êtres humains. Mais, en ce qui concerne le Congo, l'Amazonie, vous n'avez rien à vous reprocher. Votre travail a été généreux et courageux. Vous avez ouvert les yeux de beaucoup de gens, aidé à corriger de grandes injustices.

« Tout le bien que j'ai pu faire, cette campagne lancée pour ruiner ma réputation est en train de le détruire », pensa-t-il. C'était un sujet qu'il préférait ne pas aborder, qu'il chassait de son esprit chaque fois qu'il revenait. Ce qu'il y avait de bien dans les visites du père Carey, c'était qu'il ne parlait avec l'aumônier que de ce qu'il voulait. La discrétion du religieux était entière, il semblait deviner tout ce qui pouvait contrarier Roger et l'évitait. Il leur arrivait de rester de longs moments sans échanger un mot. Et la seule présence du prêtre l'apaisait. À son départ, Roger était, pour quelques heures, serein et résigné.

— Si le pourvoi est rejeté, m'accompagnerez-vous jusqu'à la fin ? demanda-t-il, sans le regarder.

— Naturellement, dit le père Carey. Mais il ne faut pas y penser. Rien n'est encore décidé.

— Je le sais, *father* Carey. Je n'ai pas perdu espoir. Mais cela me fait du bien de savoir que vous serez là, à mes côtés. Votre compagnie me donnera du courage. Je ne ferai pas de scène lamentable, je vous le promets.

— Voulez-vous que nous priions ensemble ?

— Parlons encore un peu, si cela ne vous fait rien. Ce sera la dernière question que je vous poserai à ce sujet. Si on m'exécute, mon corps pourra-t-il être transporté en Irlande et enterré là-bas ?

Il sentit l'aumônier hésiter et le regarda. *Father* Carey avait un peu pâli. Il le vit secouer la tête, mal à l'aise.

— Non, Roger. Si cela arrive, vous serez enterré dans le cimetière de la prison.

— En terre ennemie, murmura Roger, s'essayant à une plaisanterie qui tomba à plat. Dans un pays que j'ai fini par haïr autant que j'ai pu l'aimer et l'admirer quand j'étais jeune.

— Haïr ne sert à rien, soupira le père Carey. La politique de l'Angleterre peut être mauvaise. Mais il y a beaucoup d'Anglais honnêtes et respectables.

— Je le sais parfaitement, père. Je me le dis chaque fois que je déborde de haine envers ce pays. C'est plus fort que moi. Peut-être est-ce parce que, dans mon adolescence, j'ai cru aveuglément à l'Empire, à la mission civilisatrice de l'Angleterre. Vous vous seriez moqué de moi si vous m'aviez connu à l'époque.

Le prêtre acquiesça et Roger eut soudain un petit rire.

— Il paraît que les convertis sont les pires, et j'en fais partie, ajouta-t-il. Mes amis me l'ont toujours reproché. D'être trop passionné, je veux dire.

— L'incorrigible Irlandais des contes, dit le père Carey, en souriant. C'est ce que me disait ma mère, quand je faisais des miennes. « Voilà l'incorrigible Irlandais qui montre le bout de l'oreille. »

— Si vous voulez, maintenant nous pouvons prier, père.

Father Carey acquiesça. Il ferma les yeux, joignit les mains, et se mit à marmotter à voix très basse un Notre-Père, puis des Ave Maria. Roger lui aussi ferma les yeux et pria, en silence. Il le fit un certain temps de façon machinale, sans se concentrer, des images diverses voltigeant dans sa tête. Jusqu'au moment où il se laissa peu à peu absorber par la prière. Quand le *sheriff* frappa à la porte du parloir et entra pour annoncer qu'il leur restait cinq minutes, Roger était en pleine concentration.

Chaque fois qu'il priait il se rappelait sa mère, cette silhouette gracile, vêtue de blanc, coiffée d'un grand chapeau de paille avec un ruban bleu qui flottait au vent, en train de marcher sous les arbres, au milieu des champs. Étaient-ils au pays de Galles, en Irlande, au comté d'Antrim, à Jersey ? Il ne savait où, mais le paysage était aussi beau que le sourire qui resplendissait sur le visage d'Anne Jephson. Comme le petit Roger se sentait fier de tenir cette douce main tendre qui lui donnait tant de sécurité et de joie ! De prier ainsi représentait un baume merveilleux, qui le rendait à cette enfance où, par la présence de sa mère, tout n'était dans la vie que bonheur et beauté.

Le père Carey lui demanda s'il voulait faire passer un message à quelqu'un, s'il pouvait lui apporter quelque chose à sa prochaine visite, dans deux jours.

— Tout ce que je veux, c'est vous revoir, père. Vous ne savez pas le bien que j'éprouve à vous parler et vous écouter.

Ils se séparèrent en se serrant la main. Dans le long couloir humide, sans l'avoir prémédité, Roger Casement s'entendit dire au *sheriff* :

— Je suis vraiment désolé de la mort de votre fils. Je n'ai pas eu d'enfants. Mais j'imagine qu'il n'y a pas de douleur plus terrible dans la vie.

Le *sheriff* fit un petit bruit avec sa gorge mais ne répondit pas. Dans sa cellule, Roger s'allongea sur son grabat et prit dans ses mains *L'Imitation de Jésus-Christ.* Mais il ne put se concentrer sur la lecture. Les lettres dansaient sous ses yeux et dans sa tête tournoyaient des images en une ronde folle. Sans cesse apparaissait la silhouette d'Anne Jephson.

Comment aurait été sa vie si sa mère, au lieu de mourir si jeune, avait vécu tandis qu'il devenait adolescent, puis homme ? Il n'aurait probablement pas entrepris l'aventure africaine. Il serait resté en Irlande, ou à Liverpool, aurait fait une carrière bureaucratique et coulé des jours dignes, obscurs et confortables, avec femme et enfants. Il se sourit à lui-même : non, une telle existence n'était pas son genre. Celle qu'il avait menée, malgré toutes ses difficultés, était préférable. Il avait vu le monde, son horizon s'était énormément élargi, lui faisant mieux comprendre la vie, la réalité humaine, le tréfonds du colonialisme, la tragédie de tant de peuples du fait de cette aberration.

Si l'aérienne Anne Jephson avait vécu il n'aurait pas découvert la triste et belle histoire de l'Irlande, celle qu'on ne lui avait jamais enseignée à la Ballymena High School, cette histoire que l'on cachait encore aux enfants et adolescents d'Antrim du Nord. À ces derniers on faisait croire que l'Irlande était un pays barbare sans passé digne de mémoire, élevé à la civilisation par l'occupant, éduqué et modernisé par l'Empire qui l'avait dépouillé de sa tradition, de sa langue et de sa souveraineté. Tout cela, il l'avait appris là-bas en Afrique, où il n'aurait jamais passé les meilleures années de sa jeunesse et de sa première maturité, ni n'aurait jamais fini par éprouver tant de fierté pour le pays qui l'avait vu naître et tant de colère pour ce qu'en avait fait la Grande-Bretagne, si sa mère était restée en vie.

Étaient-ils justifiés, les sacrifices de ces vingt années africaines, de ses sept ans en Amérique du Sud, de son année et quelque au cœur des forêts amazoniennes, de ses dix-huit mois de solitude, de maladie et de frustrations en Allemagne ? L'argent n'avait jamais eu pour lui beaucoup d'importance, mais n'était-il pas absurde qu'après avoir travaillé toute sa vie à ce point, il se retrouve maintenant pauvre comme Job ? À en croire le dernier relevé, son compte bancaire se montait à dix livres sterling. Il n'avait jamais su économiser. Il avait dépensé tous ses revenus pour les autres — ses trois frères et sœur, des associations humanitaires comme la Congo Reform Association et des institutions nationalistes irlandaises comme St. Enda's School et la Gaelic League, auxquelles il avait longtemps versé intégralement ses salaires. Pour pouvoir soutenir ces causes il avait vécu avec une grande austérité, logeant pendant de longues périodes, par exemple, dans des pensions très bon marché, qui n'étaient pas à la hauteur de son rang (avaient insinué ses collègues du Foreign Office). Personne ne se rappellerait ces dons, ces cadeaux, ces aides, maintenant qu'il avait échoué. On ne se rappellerait que sa défaite finale.

Mais ce n'était pas le pire. Maudite soit-elle, elle refaisait surface, la satanée pensée. Dégénérescence, perversions, vices, une ordure humaine. C'était ça que le gouvernement anglais voulait voir rester de lui. Et non les maladies que les rigueurs de l'Afrique lui avaient infligées, la jaunisse, les fièvres paludéennes qui avaient miné son organisme, l'arthrite, les opérations des hémorroïdes, ces problèmes rectaux qui l'avaient tant tourmenté et humilié depuis la première fois où il avait dû se faire opérer d'une fistule à l'anus, en 1893. « Vous avez trop tardé, cette opération aurait été toute simple, il y a trois ou quatre mois. Maintenant, c'est grave. — Je vis en Afrique, docteur, à Boma, un patelin où mon médecin est un alcoolique invétéré à qui le delirium tremens fait trembler les mains. Allais-je me faire opérer par le docteur Salabert, dont la science médicale est inférieure à celle d'un sorcier bakongo? » Il en avait souffert presque toute sa vie. Ces derniers mois, au camp allemand de Limburg, une hémorragie l'avait contraint à se faire faire une suture par un médecin militaire brusque et renfrogné. Quand il s'était décidé à accepter la responsabilité d'enquêter sur les atrocités commises par les caoutchoutiers en Amazonie, il était déjà un homme très malade. Il savait que cet énorme effort lui prendrait des mois et ne lui vaudrait que des problèmes, et il l'avait pourtant assumé, en pensant qu'il rendait service à la justice. Cela aussi serait balayé, s'il était exécuté.

Était-il vrai que *father* Carey avait refusé de lire les choses scandaleuses que la presse lui attribuait? C'était un homme bon et solidaire, l'aumônier. S'il devait mourir, l'avoir à ses côtés l'aiderait à garder sa dignité jusqu'au dernier instant.

La démoralisation l'envahissait de la tête aux pieds. Elle faisait de lui un être aussi handicapé que ces Congolais attaqués par la mouche tsé-tsé que la maladie du sommeil empêchait de bouger bras, pieds et lèvres, et même de garder les yeux ouverts. Les empêchait-elle aussi de penser? Lui, malheureusement, ces crises de démoralisation aiguisaient sa lucidité, transformaient son cerveau en un brasier crépitant. Ces pages de son journal remises à la presse par le porte-parole de l'Amirauté, et qui avaient tellement horrifié le stagiaire au poil roux de *maître* Gavan Duffy, étaient-elles réelles ou falsifiées? Il pensa à la stupidité qui faisait partie intégrante de la nature humaine, et aussi, bien entendu, de Roger Casement. Il était très minutieux et avait la réputation, comme diplomate, de ne prendre une initiative, de ne faire le moindre pas qu'après avoir prévu toutes les conséquences possibles. Et le voilà tombé, maintenant, dans un piège stupide dressé par lui-même tout au long de sa vie, fournissant à ses ennemis une arme pour le couvrir d'ignominie.

Avec effroi, il se rendit compte qu'il riait aux éclats.

AMAZONIE

VIII

Le dernier jour du mois d'août 1910, quand Roger Casement atteignit Iquitos au terme de six semaines et quelques d'un épuisant voyage qui les avait menés, les membres de la Commission et lui, de l'Angleterre au fin fond de l'Amazonie péruvienne, sa vieille infection aux yeux avait empiré, tout comme son arthrite et son état général de santé. Mais, fidèle à son caractère stoïque (« sénéquiste », le qualifiait Herbert Ward), à aucun moment de ce voyage il n'avait laissé deviner ses ennuis de santé ; bien au contraire, il s'était efforcé de relever le moral de ses compagnons en les aidant à résister à leurs souffrances. Atteint de dysenterie, le colonel R.H. Bertre, à l'escale de Madère, avait dû faire demi-tour et rentrer en Angleterre. Celui qui résistait le mieux, pour avoir vécu au Mozambique et bien connaître l'agriculture africaine, était Louis Barnes. Walter Folk, le botaniste expert en caoutchouc, souffrait de la chaleur et avait des névralgies. Seymour Bell redoutait la déshydratation et avait toujours à la main une bouteille d'eau qu'il buvait à petites gorgées. Henry Fielgald, qui avait séjourné en Amazonie l'année précédente, envoyé par la compagnie de Julio C. Arana, dispensait des conseils pour se prémunir contre les moustiques et les « mauvaises tentations » d'Iquitos.

Il est vrai que celles-ci abondaient. Dans cette ville minuscule et si peu attrayante, en fait un immense bidonville boueux aux constructions rustiques, terre et bois, et toit de palme, avec quelques édifices d'un matériau plus noble et toit de calamine, et de vastes demeures à la façade ornée d'azulejos importés du Portugal, proliféraient, pour incroyable que cela paraisse, bars, tavernes, tripots et bordels, et les prostituées de toute race et couleur arpentaient impudemment le haut du pavé dès les premières heures du jour. Le paysage, en revanche, était superbe. Iquitos était située au bord d'un affluent de l'Amazone, le Nanay, entourée d'une végétation luxuriante avec de très hauts arbres, bercée du babil permanent de la futaie et des eaux fluviales aux mille teintes changeantes sous la course du soleil. Mais rares étaient les trottoirs et les rues asphaltées, des rigoles charriaient excréments et ordures, dégageant une pestilence qui, le soir venu, devenait épaisse et nauséeuse ; et la musique des bars, bordels et salles de jeux tournait à plein régime vingt-quatre heures sur vingt-quatre. Mr Stirs, le consul de Grande-Bretagne, qui les accueillit à l'embarcadère, invita Roger à loger chez lui. La Compagnie avait prévu une résidence pour les membres de la Commission. Ce même soir, le préfet d'Iquitos, M. Rey Lama, donnait un dîner en leur honneur.

C'était peu après midi et Roger, préférant se reposer plutôt que de déjeuner, se retira dans sa chambre. On lui avait préparé une simple pièce aux murs tapissés de tissus indigènes à dessins géométriques, avec une petite terrasse d'où l'on apercevait un bout de fleuve. Le bruit de la rue était moindre ici. Il s'étendit sans même ôter sa veste ni ses bottes, et tout aussitôt s'endormit.

Envahi d'une sensation de paix qu'il n'avait pas connue au cours de son périple d'un mois et demi.

Il ne rêva pas des quatre ans qu'il venait d'effectuer comme consul au Brésil — à Santos, dans l'État de Pará et à Rio de Janeiro —, mais de cette année et demie qu'il avait passée en Irlande entre 1904 et 1905, après ces mois de surexcitation et de va-et-vient déments, tandis que le gouvernement britannique préparait la publication de son *Rapport sur le Congo*, avec le scandale qui s'en était ensuivi et avait fait de lui un héros et un pestiféré, sur qui pleuvaient tout à la fois les éloges de la presse libérale ou des organisations humanitaires et les diatribes des plumitifs de Léopold II. Pour échapper à cette publicité, tandis que le Foreign Office décidait de sa nouvelle affectation — après ce *Rapport* il était impensable que « l'homme le plus détesté de l'Empire belge » remette les pieds au Congo —, Roger Casement était parti en Irlande pour se faire oublier. Sans passer inaperçu, il avait esquivé, néanmoins, cette curiosité envahissante qui, à Londres, rendait impossible toute vie privée. Les mois passés là lui avaient permis de redécouvrir son pays et de s'immerger dans une Irlande qu'il n'avait connue que par des conversations, des lectures ou l'imagination, fort différente de celle de son enfance avec ses parents, ou de son adolescence auprès de son grand-oncle et de ses autres parents du côté paternel ; une Irlande qui n'était pas à la traîne et dans l'ombre de l'Empire britannique, une Irlande qui luttait pour recouvrer sa langue, ses traditions, ses coutumes. « Cher Roger, te voilà devenu un patriote irlandais ! » lui avait écrit sa cousine Gee en le mettant en boîte. « Je récupère le temps perdu », lui avait-il répondu.

Ces mois durant il avait fait une longue randonnée dans les comtés de Donegal et de Galway, prenant géographiquement le pouls de sa patrie captive, observant en amoureux l'austérité de sa campagne désertique et de sa côte sauvage, bavardant avec ses pêcheurs, êtres intemporels, fatalistes, indomptables, et ses paysans frugaux et laconiques. Il avait connu maints Irlandais « de l'autre bord », des catholiques et quelques protestants qui, comme Douglas Hyde, fondateur de la National Literary Society, œuvraient à la renaissance de la culture irlandaise, s'attachant à restituer le nom originel des lieux et des bourgs, ressuscitant les anciennes chansons d'Eire, les vieilles danses, le filage et la broderie traditionnels du *tweed* et du lin. Lorsqu'il avait reçu sa nomination au consulat de Lisbonne, il avait retardé indéfiniment son départ, en invoquant des raisons de santé, pour pouvoir assister au premier Feis na nGleann (Festival des Glens), en Antrim, auquel avaient afflué près de trois mille personnes. Pendant ces journées, Roger avait eu bien des fois les yeux humides en entendant les joyeuses mélodies interprétées à la cornemuse et chantées en chœur, ou en écoutant — sans comprendre ce qu'ils disaient — les conteurs qui rapportaient en gaélique les poèmes épiques et les légendes qui plongeaient dans la nuit médiévale. Il avait même vu une compétition de *hurling*, ce sport centenaire, disputée lors de ce festival où Roger fit la connaissance d'hommes politiques et d'écrivains nationalistes tels que sir Horace Plunkett, Bulmer Hobson, Stephen Gwynn ; et il avait retrouvé ces amies qui, à l'instar d'Alice Stopford Green, luttaient en faveur de la culture irlandaise : Ada MacNeill, Margaret Dobbs, Alice Milligan, Agnes O'Farrelly et Rose Maud Young.

Il consacrait dès lors une partie de ses économies et de ses revenus aux associations et aux écoles des frères Pearse, où l'on enseignait le gaélique, et à des revues nationalistes auxquelles il collaborait sous un pseudonyme. Lors de la fondation, en 1904, du Sinn Féin par Arthur Griffith, Roger Casement avait pris contact avec lui, lui avait proposé sa collaboration et s'était abonné à toutes ses publications. Les idées de ce journaliste rejoignaient celles de Bulmer Hobson, qui devint l'ami de Roger. Il fallait créer, en marge des institutions coloniales, une infrastructure irlandaise (écoles, entreprises, banques, industries) qui, peu à peu, remplacerait celle que l'Angleterre imposait. Ainsi donc les Irlandais prendraient peu à peu conscience de leur propre destin. Il fallait boycotter les produits britanniques, refuser le paiement des impôts, remplacer les sports anglais comme le cricket et le football par des sports nationaux, et de même pour la littérature ou le théâtre. En sorte que l'Irlande se détacherait progressivement et pacifiquement de la tutelle coloniale.

Et Roger, sur les conseils d'Alice, outre d'abondantes lectures sur le passé de l'Irlande avait tenté à nouveau d'apprendre le gaélique en recourant à un professeur, mais en faisant peu de progrès. En 1906, le nouveau ministre des Affaires étrangères, sir Edward Grey, du Parti libéral, lui avait proposé un poste de consul à Santos, au Brésil. Roger l'avait accepté, non de gaieté de cœur, mais parce que son mécénat pro-irlandais avait épuisé son petit patrimoine et qu'il vivait à crédit : il lui fallait impérativement gagner sa vie.

C'est peut-être le peu d'enthousiasme mis à reprendre sa carrière diplomatique qui avait contribué à faire de ces quatre années au Brésil — 1906-1910 — une expérience frustrante. Il n'avait jamais pu s'accoutumer tout à fait à ce vaste pays, en dépit de ses beautés naturelles et des bons amis qu'il avait réussi à avoir à Santos, dans l'État de Pará et à Rio de Janeiro. Ce qui l'avait le plus déprimé c'est que, contrairement au Congo où, en dépit des difficultés, il avait toujours eu l'impression d'œuvrer à quelque chose de transcendant, qui débordait le cadre consulaire, à Santos son activité principale le mettait en contact avec les marins britanniques qui, en état d'ivresse, cherchaient la bagarre et qu'il devait tirer de prison en payant leurs amendes avant de les renvoyer en Angleterre. Dans l'État de Pará il avait entendu parler pour la première fois de violences dans les zones caoutchoutières. Mais le ministère lui avait ordonné de se concentrer sur l'inspection de l'activité portuaire et commerciale. Son travail consistait à enregistrer le mouvement des bateaux et à faciliter les démarches des Anglais venus là dans l'intention d'acheter et de vendre. Mais c'est à Rio de Janeiro qu'il en avait vu de dures, en 1909. Le climat avait exacerbé tous ses maux et y avait ajouté quelques allergies qui ruinaient son sommeil. Il avait choisi alors d'aller vivre à quatre-vingts kilomètres de la capitale, à Petrópolis, située sur des hauteurs où la chaleur et l'humidité étaient moindres, et les nuits plus fraîches. Mais ses allées et venues quotidiennes en train pour se rendre à son bureau avaient représenté pour lui un cauchemar.

Dans son somme il se rappela avec insistance qu'en septembre 1906, avant de partir pour Santos, il avait écrit un long poème épique « Le rêve du Celte », sur le passé mythique de l'Irlande, et un pamphlet politique, rédigé en collaboration avec Alice Stopford Green et Bulmer Hobson, *Les Irlandais et l'armée anglaise*, rejetant l'idée que les Irlandais puissent être recrutés dans l'armée britannique.

Les piqûres des moustiques le réveillèrent, le tirant de sa délicieuse sieste et le replongeant dans le crépuscule amazonien. Les nuages laissaient apparaître un arc-en-ciel. Il se sentait mieux : son œil brûlait moins et les douleurs arthritiques avaient diminué. Se doucher chez Mr Stirs se révéla assez compliqué : la pomme d'arrosoir sortait d'un récipient qu'un domestique emplissait de seaux d'eau tandis que Roger se savonnait et se rinçait. L'eau était à une température tempérée qui le fit penser au Congo. Quand il descendit de l'étage, le consul l'attendait à la porte, prêt à le conduire chez le préfet Rey Lama.

Ils durent parcourir quelques centaines de mètres, dans les bourrasques d'un vent de terre qui obligeait Roger à garder les yeux mi-clos. Ils trébuchaient dans la pénombre sur les ornières de la rue, les pierres et les détritus. Le bruit avait augmenté. Chaque fois qu'ils passaient devant la porte d'un bar la musique devenait tonitruante et l'on entendait les cris et les disputes des soûlards. Mr Stirs, un homme âgé, veuf et sans enfants, était depuis une demi-douzaine d'années à Iquitos et semblait las et sans illusions.

— Quelle est l'attitude de la ville envers notre Commission ? demanda Roger Casement.

— Franchement hostile, répondit aussitôt le consul. Je suppose que vous le savez déjà, la moitié d'Iquitos vit de M. Arana. Ou plutôt, des entreprises de M. Julio C. Arana. Les gens se doutent bien que la Commission est animée de mauvaises intentions contre celui qui leur donne travail et subsistance.

— Pouvons-nous espérer un soutien des autorités ?

— Ah ça non, plutôt des bâtons dans les roues, mon cher Casement. Les autorités d'Iquitos dépendent aussi de M. Arana. Ni le préfet, ni les juges, ni les militaires ne reçoivent leurs émoluments du gouvernement depuis plusieurs mois. Sans M. Arana ils mourraient de faim. Il faut savoir que Lima est plus loin d'Iquitos que New York et Londres, par manque de transport. Dans le meilleur des cas il faut compter deux mois de voyage.

— Ce sera plus compliqué que je ne le pensais, fit Roger.

— Vous et votre Commission devez être très prudents, ajouta le consul, maintenant hésitant et baissant la voix. Pas ici à Iquitos, mais là-bas, au Putumayo. Dans ces régions reculées tout pourrait vous arriver. C'est un monde barbare, sans loi ni ordre. Ni plus ni moins que le Congo, j'imagine.

La préfecture d'Iquitos se trouvait sur la place d'Armes, un grand terrain sans arbres ni fleurs où, indiqua le consul en lui montrant une curieuse structure en fer qui semblait un Meccano à moitié monté, on construisait une maison d'Eiffel (« Oui, Eiffel lui-même, celui de la tour de Paris »). Un caoutchoutier prospère l'avait achetée en Europe pour la ramener à Iquitos en pièces détachées et maintenant on la remontait pour en faire le meilleur club social de la ville.

La préfecture occupait presque un demi-pâté de maisons. C'était une bâtisse vétuste sans goût ni grâce, à un seul étage, avec de grandes pièces et des fenêtres grillagées, partagée en deux ailes, l'une destinée aux bureaux et l'autre servant de résidence au préfet. M. Rey Lama, un homme de haute taille, cheveux blancs et grande moustache calamistrée, allait en bottes, culotte de cavalier, chemise boutonnée au col, avec une étrange casaque aux passements brodés. Il parlait un peu anglais et souhaita la bienvenue à Roger Casement d'un air excessivement cordial, avec une rhétorique ampoulée. Les membres de la Commission étaient déjà tous là, fagotés dans leur veston de cérémonie et dégoulinants de sueur. Le préfet présenta Roger aux autres invités : des magistrats de la cour suprême, le colonel Arnáez, commandant la garnison, le père Urrutia, supérieur des augustins, M. Pablo Zumaeta, directeur général de la Peruvian Amazon Company et quatre ou cinq autres personnes, des commerçants, le directeur des douanes, le patron d'*El Oriental*. Il n'y avait pas une seule femme dans le groupe. Il entendit sauter un bouchon de champagne. On lui offrit un verre d'un vin blanc mousseux qui, bien que tiède, lui sembla de bonne qualité, sans doute français.

On avait dressé la table dans un grand patio, éclairé par des lampes à huile. Une foule de domestiques indigènes, pieds nus et avec des tabliers blancs, servaient des amuse-gueule et apportaient les plats. C'était une nuit douce et dans le ciel scintillaient quelques étoiles. Roger fut surpris de sa facilité à comprendre le parler du Loreto, un espagnol un peu syncopé et musical où il reconnut des expressions brésiliennes. Il fut soulagé : il allait pouvoir mieux comprendre ce qu'il entendrait au cours de son déplacement et cela, malgré la présence d'un interprète, faciliterait son enquête. Autour de lui, à table, où l'on venait de leur servir une grasse soupe de tortue qu'il avala avec difficulté, il y avait plusieurs conversations à la fois, en anglais, en espagnol, en portugais, avec des interprètes qui les interrompaient en imposant des parenthèses de silence. Soudain, le préfet, assis en face de Roger et le regard déjà allumé sous l'effet du vin et de la bière, claqua des mains. Tout le monde se tut. Il porta un toast aux nouveaux venus. Il leur souhaita un heureux séjour et une mission pleine de succès en ajoutant qu'ils ne manqueraient pas d'apprécier l'hospitalité amazonienne. « Du Loreto et tout spécialement d'Iquitos », ajouta-t-il.

Dès qu'il se rassit, il s'adressa à Roger d'une voix

assez haute pour que cessent les conversations particulières et que s'en engage une autre, avec la participation de la vingtaine de convives.

— Me permettez-vous de vous poser une question, cher monsieur le consul ? Quel est au juste l'objectif de votre voyage et de cette Commission ? Sur quoi venez-vous enquêter, ici ? Ne le prenez pas mal, bien au contraire. Mon désir, et celui de toutes les autorités, est de vous aider. Mais nous devons savoir pourquoi la Couronne britannique vous envoie. C'est, certes, un grand honneur pour l'Amazonie, et nous voudrions nous en montrer dignes.

Roger Casement avait presque tout compris de ce qu'avait dit Rey Lama, mais il attendit, patiemment, que l'interprète ait traduit ses paroles en anglais.

— Comme vous le savez sans doute, en Angleterre et en Europe l'on a dénoncé des atrocités qui auraient été commises contre les indigènes, expliqua-t-il calmement. Des tortures, des assassinats, de très graves accusations. La principale compagnie caoutchoutière de la région, celle de M. Julio C. Arana, la Peruvian Amazon Company est, je crois que vous le savez, une compagnie anglaise, cotée en Bourse à Londres. Ni le gouvernement ni l'opinion publique ne toléreraient en Grande-Bretagne qu'une compagnie anglaise viole ainsi les lois humaines et divines. La raison d'être de notre voyage est de vérifier ce qu'il y a de vrai dans ces accusations. La Commission est dépêchée par la Compagnie de M. Julio C. Arana elle-même. Moi, par le gouvernement de Sa Majesté.

Un silence glacial s'était abattu sur le patio depuis que Roger Casement avait ouvert la bouche. Le bruit de la rue semblait avoir diminué. On notait une curieuse immobilité, comme si tous ces messieurs qui, l'instant auparavant, buvaient, mangeaient, bavardaient, remuaient et gesticulaient, avaient été atteints d'une paralysie soudaine. Roger voyait tous les regards tournés vers lui. Un climat de suspicion et de désapprobation avait remplacé l'atmosphère cordiale.

— La Compagnie de Julio C. Arana est disposée à collaborer pour défendre sa bonne réputation, dit, en criant presque, M. Pablo Zumaeta. Nous n'avons rien à cacher. Le bateau qui vous emmène au Putumayo est le meilleur de notre entreprise. Là-bas vous aurez toute latitude pour constater de vos propres yeux l'infamie de ces calomnies.

— Nous vous en sommes reconnaissants, monsieur, acquiesça Roger Casement.

Et à ce même moment, dans une impulsion inhabituelle chez lui, il décida de soumettre ses amphitryons à un test qui, il en était sûr, déclencherait des réactions instructives pour lui et les commissionnaires. Sur le ton naturel qu'il aurait pris pour parler de tennis ou de la pluie et du beau temps, il posa cette question :

— À propos, messieurs. Savez-vous si le journaliste Benjamín Saldaña Roca, j'espère prononcer correctement son nom, se trouve à Iquitos ? Serait-il possible de parler avec lui ?

Sa question fit l'effet d'une bombe. L'assistance échangeait des regards de surprise et de mécontentement. Un long silence suivit ses paroles, comme si personne n'osait aborder un sujet aussi épineux.

— Mais, comment ? s'écria enfin le préfet, en exagérant théâtralement son indignation. Le nom de ce maître chanteur est parvenu jusqu'à Londres ?

— En effet, monsieur, acquiesça Roger Casement. Les dénonciations de M. Saldaña Roca et celles de l'ingénieur Walter Hardenburg ont fait éclater à Londres le scandale, sur l'exploitation du caoutchouc au Putumayo. Personne n'a répondu à ma question : M. Saldaña Roca se trouve-t-il à Iquitos ? Pourrai-je le voir ?

Il y eut à nouveau un long silence. La gêne de l'assistance était évidente. Finalement le supérieur des augustins prit la parole :

— Personne ne sait où il se trouve, monsieur, dit le père Urrutia, dans un espagnol châtié qui tranchait sur celui des Loretans et que Roger avait plus de mal à comprendre. Il a disparu d'Iquitos voici un bout de temps. On dit qu'il est à Lima.

— S'il ne s'était pas enfui, on l'aurait lynché, ici à Iquitos, affirma un vieillard, en agitant un poing colérique.

— Iquitos est une terre de patriotes, s'écria Pablo Zumaeta. Personne ne pardonne à cet individu d'avoir inventé ces saloperies pour discréditer le Pérou et enfoncer l'entreprise qui a apporté le progrès à l'Amazonie.

— Il l'a fait parce que l'escroquerie qu'il avait montée a fait long feu, ajouta le préfet. Vous a-t-on informés que Saldaña Roca, avant de publier ces infamies, avait essayé de soutirer de l'argent à la Compagnie de M. Arana ?

— Devant notre fin de non-recevoir, il a publié tous ces bobards sur le Putumayo, affirma Pablo Zumaeta. Il est en procès pour diffamation, calomnie et tentative d'extorsion de fonds, et c'est la prison qui l'attend. C'est pour cela qu'il a pris la fuite.

— Rien de tel que d'être sur le terrain pour s'informer des choses, avança Roger Casement en guise de commentaire.

Les conversations particulières eurent raison de la conversation générale. Le dîner se poursuivit avec un plat de poissons amazoniens, dont l'un, la *gamitana*, sembla à Casement d'une chair délicate et savoureuse. Mais les épices lui brûlèrent la bouche.

À la fin du repas, après avoir pris congé du préfet, il s'entretint brièvement avec ses amis de la Commission. Selon Seymour Bell, il avait été imprudent d'aborder abruptement l'affaire du journaliste Saldaña Roca, qui irritait tellement les notables d'Iquitos. Mais Louis Barnes le félicita car, dit-il, cela leur avait permis d'apprécier la réaction violente de ces gens à l'encontre du journaliste.

— Dommage que nous ne puissions parler avec lui, répondit Casement. J'aurais aimé le connaître.

Ils s'en allèrent tous ; Roger et le consul reprirent le même chemin par lequel ils étaient venus de la maison de ce dernier. Brouhaha, bringue, chants, danses, alcool à flots et bagarres d'ivrognes étaient allés croissant. Roger fut surpris par la multitude de gosses — déguenillés, à moitié nus, sans chaussures — postés aux portes des bars et des bordels, épiant d'un œil coquin ce qui se passait à l'intérieur. Il y avait aussi beaucoup de chiens fouillant les ordures.

— Ne perdez pas votre temps à le chercher, vous n'allez pas le trouver, dit Mr Stirs. Saldaña Roca est très probablement mort.

Roger Casement n'en fut pas surpris. Il se doutait bien, lui aussi, depuis qu'il avait vu la violence verbale déchaînée au seul nom du journaliste, que sa disparition était définitive.

— Vous l'avez connu ?

Le consul avait un crâne dégarni, qui brillait comme s'il était couvert de petites gouttes d'eau. Il avançait lentement, en tâtant de sa canne la boue du sol, craignant peut-être de marcher sur un serpent ou un rat.

— Nous avons échangé quelques mots deux ou trois fois, dit Mr Stirs. C'était un petit bonhomme un peu contrefait. Ce qu'on appelle ici un *cholo*, un *cholito*. C'est-à-dire un métis. Les *cholos* sont souvent doux et obséquieux. Mais pas Saldaña Roca. Il était brusque, très sûr de lui. Avec ce regard fixe de ceux qui ont la foi, les fanatiques, et qui, à vrai dire, me rendent toujours très nerveux. Je ne suis pas porté à ce genre de choses. Et je ne tiens pas en haute estime les martyrs, monsieur Casement. Pas plus que les héros. Ces gens qui s'immolent pour la vérité ou la justice font souvent plus de mal que celui qu'ils entendent réparer.

Roger Casement ne dit rien : il essayait de s'imaginer ce petit homme, au physique disgracieux mais au cœur et à la volonté comparables à ceux d'Edmund D. Morel. Un martyr et un héros, oui. Il l'imaginait encrant de ses propres mains les planches métalliques de ses hebdomadaires *La Felpa* et *La Sanción*. Il devait les imprimer sur une petite presse artisanale qui, sans doute, fonctionnait dans un coin de sa maison. Sa modeste demeure devait aussi tenir lieu de rédaction et d'administration de ses deux feuilles de chou.

— J'espère que vous ne prendrez pas mal mes propos, s'excusa le consul de Grande-Bretagne, regrettant soudain ce qu'il venait de dire. M. Saldaña Roca a eu, bien sûr, le grand courage de dénoncer ces pratiques. Un homme téméraire, quasiment suicidaire, qui a déposé une plainte judiciaire contre la Maison Arana pour tortures, enlèvements, flagellations et crimes dans les plantations d'hévéas du Putumayo. Ce n'était sûrement pas quelqu'un de naïf. Il savait fort bien ce qui allait lui arriver.

— Que lui est-il arrivé ?

— Ce qui était prévisible, dit Mr Stirs, sans la moindre émotion. On a brûlé son imprimerie de la rue Morona. Vous pouvez encore la voir, toute calcinée.

On a fait feu contre sa maison, aussi. Les impacts des balles sont encore visibles, rue Próspero. Il a dû retirer son fils du collège des pères augustins, parce que ses camarades lui rendaient la vie impossible. Il s'est vu obligé de mettre sa famille à l'abri dans un lieu secret, Dieu sait où, parce qu'il en allait de leur vie. Il a dû suspendre la publication de ses deux petits journaux parce que plus personne ne lui confiait le moindre entrefilet et qu'aucune imprimerie d'Iquitos n'acceptait de les imprimer. On a tiré sur lui deux fois dans la rue, à titre d'avertissement. Les deux fois il en a réchappé par miracle. L'une d'elles l'a laissé boiteux, une balle incrustée dans le mollet. C'est en février 1909 qu'on l'a vu pour la dernière fois, sur les quais. On le traînait brutalement vers le fleuve. Il avait le visage tuméfié sous les coups que lui avait assénés toute une bande. On l'a fait grimper dans une embarcation en direction de Yurimaguas. Et on n'en a plus entendu parler. Il est possible qu'il ait réussi à s'enfuir jusqu'à Lima. Je l'espère. Mais peut-être bien, aussi, qu'on l'a jeté dans le fleuve, pieds et poings liés et avec ses blessures saignantes, pour laisser les piranhas lui régler son compte. Auquel cas, ses os, la seule chose que ne mangent pas ces bestioles, ont dû à cette heure atteindre l'Atlantique. Je suppose que je ne vous apprends rien. Vous avez dû connaître au Congo des histoires semblables, ou pires.

Ils étaient arrivés à la maison du consul. Celui-ci alluma la petite lampe dans le hall d'entrée et proposa à Casement un doigt de porto. Ils sortirent sur la véranda et grillèrent une cigarette. La lune avait disparu derrière des nuages, mais il y avait encore des étoiles dans le ciel. Au lointain brouhaha des rues se mêlaient le bourdonnement synchrone des insectes et le clapotement des eaux contre les branches et les joncs du rivage.

— Ça lui a servi à quoi, tout ce courage, au pauvre Benjamín Saldaña Roca ? pensa à voix haute le consul, en haussant les épaules. À rien du tout. Il a fait le malheur de sa famille et, si ça se trouve, il y a laissé sa peau. Et nous, ici, nous avons perdu ces deux hebdomadaires, *La Felpa* et *La Sanción*, qu'on avait plaisir à lire chaque semaine, avec tous leurs potins mondains.

— Je ne crois pas que son sacrifice ait été complètement inutile, le corrigea Roger Casement, d'une voix douce. Sans Saldaña Roca, nous ne serions pas ici. À moins, bien sûr, que vous ne pensiez que notre mission non plus ne servira à rien.

— À Dieu ne plaise, s'écria le consul. Vous avez raison. Tout ce scandale là-bas, aux États-Unis, en Europe. Oui, c'est Saldaña Roca qui a tout déclenché avec ses dénonciations. Et ensuite, il y a eu Walter Hardenburg. J'ai dit une bêtise. J'espère que votre présence ici servira à quelque chose et que les choses changeront. Excusez-moi, monsieur Casement. À force de vivre tant d'années en Amazonie, je suis devenu un peu sceptique sur l'idée de progrès. À Iquitos, on finit par ne croire à rien de tout ça. Et l'on ne croit surtout pas qu'un jour la justice puisse faire reculer l'injustice. Il est peut-être temps pour moi de retourner en Angleterre et de prendre un bain d'optimisme anglais. Je vois bien que toutes ces années passées à servir la Couronne au Brésil, pour incroyable que ce soit, ne vous ont pas rendu pessimiste. Vous êtes admirable. Je vous envie.

Après qu'ils se furent souhaité bonne nuit et retirés dans leur chambre, Roger resta éveillé un long moment. Avait-il bien fait d'accepter cette mission ? Quand, quelques mois plus tôt, sir Edward Grey, le ministre des Affaires étrangères, l'avait fait appeler et lui avait dit : « Le scandale sur les crimes du Putumayo a dépassé les bornes. L'opinion publique exige du gouvernement qu'il fasse quelque chose. Je ne vois nul autre que vous pour vous y rendre. Accompagné d'une commission d'enquête, composée de gens indépendants que la Peruvian Amazon Company elle-même a décidé d'envoyer. Mais je veux que vous, bien que voyageant avec eux, vous prépariez un rapport personnel pour le gouvernement. Vous jouissez d'un grand prestige pour ce que vous avez fait au Congo. Vous êtes un spécialiste en atrocités. Vous ne pouvez refuser », sa première réaction avait été de chercher une excuse et de dire non. Mais en réfléchissant ensuite, il s'était dit que, de par son travail au Congo précisément, il avait l'obligation morale d'accepter. Avait-il bien fait ? Le scepticisme de Mr Stirs lui semblait un mauvais présage. De temps en temps, l'expression de sir Edward Grey, « spécialiste en atrocités », résonnait dans sa tête.

Contrairement au consul, il croyait que Benjamín Saldaña Roca avait rendu un grand service à l'Amazonie, à son pays, à l'humanité. Les accusations du journaliste dans *La Sanción, Hebdomadaire commercial, politique et littéraire,* étaient ce qu'il avait lu en premier sur les exploitations d'hévéas du Putumayo, après sa conversation avec sir Edward, qui lui avait donné quatre jours pour se décider à voyager avec la commission d'enquête. Aussitôt après, le Foreign Office avait mis entre ses mains une liasse de documents, parmi lesquels se détachaient deux témoignages directs de personnes qui s'étaient trouvées dans cette région : les articles de l'ingénieur américain Walter Hardenburg dans l'hebdomadaire londonien *Truth* et les articles de Benjamín Saldaña Roca, partiellement traduits en anglais par The Anti-Slavery and Aborigines' Protection Society, une institution humanitaire.

Sa première réaction avait été d'incrédulité : ce journaliste, en partant de faits réels, avait exagéré de telle sorte les exactions que ses articles sonnaient faux, voire révélaient une imagination quelque peu sadique. Mais immédiatement, Roger se rappela que telle avait été la réaction de beaucoup d'Anglais, d'Européens et d'Américains, quand Morel et lui avaient rendu publiques les iniquités perpétrées dans l'État indépendant du Congo : l'incrédulité. C'est ainsi que se défendait l'être humain contre tout ce qui montrait les indescriptibles cruautés auxquelles il pouvait se livrer, excité par la cupidité et les mauvais instincts dans un monde sans loi. Si ces horreurs s'étaient produites au Congo, pourquoi ne pouvaient-elles pas se passer aussi en Amazonie ?

Pris d'angoisse, il quitta son lit et alla s'asseoir sur la terrasse. Le ciel était sombre et les étoiles avaient disparu aussi. Il y avait moins de lumières en direction de la ville, mais le brouhaha persistait. Si les accusations de Saldaña Roca portaient sur des choses vraies, il était fort probable, comme le croyait le consul, que le journaliste ait fini dans les eaux du fleuve, pieds et poings liés, et perdant son sang pour attiser l'appétit des piranhas. Les propos fatalistes et cyniques de Mr Stirs l'irritaient. Comme si tout cela n'arrivait pas en raison de la cruauté des gens, mais du fait d'une détermination fatidique, comme le mouvement des astres ou le phénomène des marées. Il avait qualifié cet homme de « fanatique ». Un fanatique de la justice ? Oui, assurément. Un téméraire. Un homme modeste, sans argent ni influences. Un Morel amazonien. Un croyant, peut-être ? Il l'avait fait parce qu'il croyait que le monde, la société, la vie, ne pouvaient tolérer cette honte. Roger pensa à sa jeunesse, quand l'expérience de la méchanceté et de la souffrance, en Afrique, l'avait rempli de ce même sentiment justicier, de cette volonté pugnace de faire quelque chose pour améliorer le monde. Il éprouvait un sentiment fraternel pour Saldaña Roca. Il aurait aimé lui serrer la main, être son ami, lui dire : « Vous avez fait quelque chose de beau et de noble de votre vie, monsieur. »

S'était-il rendu là-bas, au Putumayo, dans la gigantesque région où opérait la Compagnie de Julio C. Arana ? S'était-il jeté lui-même dans la gueule du loup ? Ses articles ne le disaient pas mais la précision des noms, des lieux et des dates indiquait que Saldaña Roca avait été témoin oculaire de ce qu'il rapportait. Roger avait tant lu et relu les témoignages de Saldaña Roca et de Walter Hardenburg qu'il lui semblait parfois avoir été là, en personne.

Il ferma les yeux et vit l'immense région, divisée en comptoirs, dont les principaux étaient La Chorrera et El Encanto, chacun d'eux avec son chef. « Ou, pour mieux dire, son monstre. » C'est ce que pouvaient être, et rien d'autre, des gens comme Víctor Macedo et Miguel Loaysa, par exemple. Qui s'étaient tous deux illustrés au milieu de l'année 1903 par leur forfait le plus mémorable. Près de huit cents Indiens Ocaimas étaient venus à La Chorrera remettre leurs paniers avec les boules du caoutchouc recueilli dans les forêts. Après les avoir pesées et stockées, le sous-administrateur de La Chorrera, Fidel Velarde, ayant désigné à son chef, Víctor Macedo, qui se trouvait là avec Miguel Loaysa, d'El Encanto, les vingt-cinq Ocaimas à l'écart du groupe parce qu'ils n'avaient pas fourni le quota minimum de latex auquel ils étaient astreints, Macedo et Loaysa avaient décidé de donner une bonne leçon à ces sauvages. Signalant à leurs contremaîtres

— les Noirs de la Barbade — de tenir en respect le reste des Ocaimas avec leurs mausers, ils avaient ordonné aux *muchachos* d'envelopper ces vingt-cinq-là dans des sacs imbibés de pétrole. Auxquels ils avaient mis le feu. Hurlant et transformés en torches humaines, quelques-uns avaient réussi à éteindre les flammes en se roulant dans la terre, mais au prix de terribles brûlures. Ceux qui s'étaient jetés dans le fleuve comme des bolides en feu s'étaient noyés. Macedo, Loaysa et Velarde avaient achevé les blessés au revolver. Chaque fois qu'il évoquait cette scène, Roger avait envie de vomir.

Selon Saldaña Roca les administrateurs faisaient cela pour l'exemple, mais, aussi, comme un jeu. Ils aimaient ça. Faire souffrir, rivaliser de cruauté, était un vice qu'ils avaient contracté à force de pratiquer le fouet, les coups, les tortures. Souvent, quand ils étaient soûls, ils cherchaient des prétextes pour ces jeux sanglants. Saldaña Roca citait une lettre de l'administrateur de la Compagnie à Miguel Flores, chef de comptoir, le critiquant de « tuer des Indiens par pur sport » alors qu'il savait qu'il y avait un manque de bras et lui rappelant qu'on ne devait recourir à ces excès qu'« en cas de nécessité ». La réponse de Miguel Flores était pire que l'accusation : « Je proteste parce que, ces deux derniers mois, il n'est mort dans mon comptoir que quarante Indiens. »

Saldaña Roca énumérait les différents types de punition selon les fautes commises par les indigènes : coups de fouet, application du cep ou chevalet de torture, oreilles ou nez coupés, mains et pieds tranchés, et même assassinat. Pendus, exécutés par balles, brûlés ou noyés dans le fleuve. À Matanzas, assurait-il, il y avait plus de restes d'indigènes qu'en aucun autre comptoir. Il n'était pas possible de faire le calcul, mais les ossements devaient correspondre à des centaines, voire des milliers de victimes. Le responsable de Matanzas était Armando Normand, un jeune Anglo-Bolivien d'à peine vingt-deux ou vingt-trois ans. Il disait avoir fait ses études à Londres. Sa cruauté était devenue un « mythe infernal » parmi les Huitotos, qu'il avait décimés. À Abisinia, la Compagnie avait infligé une amende à l'administrateur Abelardo Agüero et à son second, Augusto Jiménez, parce qu'ils s'amusaient à faire du tir en prenant les Indiens pour cibles, tout en sachant que de la sorte ils sacrifiaient de façon irresponsable des bras utiles à l'entreprise.

Malgré la distance qui les séparait, Roger Casement pensa une fois de plus que le Congo et l'Amazonie étaient unis par un cordon ombilical. Les horreurs se répétaient, avec des variantes minimes, sous l'inspiration du lucre, péché originel qui accompagnait l'être humain depuis sa naissance, inspirateur secret de ses méchancetés infinies. Ou est-ce qu'il y avait quelque chose d'autre ? Le diable aurait-il gagné l'éternel combat ?

Le lendemain une journée très intense l'attendait. Le consul avait localisé à Iquitos trois Noirs de la Barbade à la nationalité britannique. Ils avaient travaillé plusieurs années dans les plantations d'hévéas d'Arana et accepté d'être interrogés par la Commission si on les rapatriait ensuite.

Bien qu'ayant fort peu dormi, il se réveilla aux premières clartés. Il ne se sentait pas mal. Il se lava, s'habilla, se coiffa d'un panama, prit son appareil photo et sortit de chez le consul sans le voir pas plus que ses domestiques. Dehors, le soleil pointait dans un ciel limpide et il commençait à faire chaud. À midi, Iquitos serait une fournaise. Il y avait foule dans la rue et le petit et bruyant tramway, peint en rouge et bleu, circulait déjà. De temps en temps des vendeurs ambulants indiens, aux yeux bridés, à la peau jaune et au visage et aux bras peinturlurés de figures géométriques, lui proposaient fruits, boissons, animaux vivants — singes, perroquets et petits lézards — ou flèches, massues et sarbacanes. Beaucoup de bars et de restaurants étaient encore ouverts mais avec peu de clients. On voyait des ivrognes affalés sous les toits de palmes et des chiens fouillant les ordures. « Cette ville est un trou dégueulasse et pestilentiel », pensa-t-il. Il fit une longue promenade dans les rues de terre battue, traversant la place d'Armes où il reconnut la préfecture, et déboucha sur le môle aux rampes de pierre, une jolie promenade d'où l'on apercevait l'immense fleuve avec ses îles flottantes et, au loin, brillant sous le soleil, la file de hauts arbres de l'autre rive. Au bout du môle, où celui-ci disparaissait sous un berceau de verdure au pied duquel se trouvait un embarcadère, il aperçut des garçons, les pieds nus et ne portant qu'un pantalon court, clouant des pieux. Ils avaient mis des bonnets en papier pour se protéger du soleil.

Ils n'avaient pas l'air d'Indiens, mais plutôt de *cholos*. L'un deux, qui ne devait pas avoir vingt ans, avait un torse harmonieux, avec des muscles qui saillaient à chaque coup de marteau. Après avoir hésité un moment, Roger s'approcha de lui en montrant son appareil photo.

— Vous me permettez de vous prendre en photo ? lui demanda-t-il en portugais. Je peux payer.

Le garçon le regarda, sans comprendre.

Il lui répéta deux fois sa question en son mauvais espagnol, et puis le garçon sourit. Il baragouina aux autres quelque chose que Roger ne devina pas. Il se retourna enfin vers lui et lui demanda en faisant claquer ses doigts : « Combien ? » Roger fouilla ses poches et en tira une poignée de monnaie. Les yeux du garçon les examinèrent, pour les compter.

Il prit plusieurs clichés, entre les rires et les railleries de ses amis, en lui faisant enlever son bonnet de papier, lever les bras, montrer ses muscles et prendre la pose du discobole. Pour cela il dut toucher un instant le bras du garçon. Il sentit qu'il avait les mains moites de chaleur et de nervosité. Il cessa de prendre ses photos en remarquant qu'il était entouré de gosses haillonneux qui l'observaient comme un oiseau rare. Il tendit ses pièces au garçon et regagna à la hâte le consulat.

Ses amis de la Commission, assis à table, déjeunaient avec le consul. Il se joignit à eux, en leur expliquant qu'il débutait toujours sa journée en faisant une bonne promenade. Tandis qu'ils buvaient une tasse de café lavasse et doucereux, en mangeant du manioc frit, Mr Stirs leur expliqua qui étaient ces gens de la Barbade. Il commença par les prévenir que tous trois avaient travaillé au Putumayo, mais qu'ils avaient fini par être en mauvais termes avec la Compagnie d'Arana. Ils s'étaient sentis trompés et escroqués par la Peruvian Amazon Company, de sorte que leur témoignage serait chargé de ressentiment. Il leur suggéra de ne pas faire comparaître ces hommes devant la Commission au grand complet parce qu'ils se sentiraient intimidés et n'ouvriraient pas la bouche. Ils décidèrent de se partager en groupes de deux ou trois pour cette comparution.

Roger Casement se mit avec Seymour Bell qui, comme il s'y attendait, déclara dès le début de l'entretien avec le premier témoin, alléguant son problème de déshydratation, qu'il ne se sentait pas bien et partit, le laissant seul avec cet ancien contremaître de la Maison Arana.

Il s'appelait Eponim Thomas Campbell et n'était pas sûr de son âge, mais ne croyait pas avoir plus de trente-cinq ans. C'était un Noir à la longue chevelure bouclée où brillaient quelques cheveux blancs. Il portait une blouse délavée ouverte sur la poitrine jusqu'au nombril, un pantalon en toile écrue qui ne lui arrivait qu'aux chevilles, tenu à la taille par un bout de ficelle. Il allait sans chaussures et ses énormes pieds, aux ongles longs et avec beaucoup de croûtes, semblaient de pierre. Son anglais était plein d'expressions locales que Roger avait du mal à comprendre. Et mêlé, parfois, de mots portugais et espagnols.

Usant d'un langage simple, Roger l'assura que son témoignage serait confidentiel et qu'en aucun cas il ne serait inquiété pour ses déclarations. Lui-même ne prendrait aucune note, se bornant à l'écouter. Il lui demandait seulement une information véridique sur ce qui se passait au Putumayo.

Ils étaient assis sur la petite terrasse qui donnait sur la chambre de Casement ; sur la petite table, devant le banc qu'ils partageaient, il y avait une carafe avec du jus de papaye et deux verres. Eponim Thomas Campbell avait été engagé voici sept ans à Bridgetown, la capitale de la Barbade, avec dix-huit autres habitants de l'île par M. Lizardo Arana, frère de don Julio César, pour travailler comme contremaître dans un des comptoirs du Putumayo. Et c'est là qu'avait commencé la tromperie parce que, lorsqu'on l'avait engagé, on ne lui avait jamais dit qu'il aurait à consacrer une bonne partie de son temps aux « raids ».

— Expliquez-moi ce que sont les « raids », dit Casement.

Aller à la chasse aux Indiens dans leurs villages pour qu'ils viennent recueillir le caoutchouc sur les terres de la Compagnie. De toutes les ethnies : Huitotos, Ocaimas, Muinanes, Nonuyas, Andoques, Rezígaros ou Boras. Tous ceux qu'on trouvait dans la région. Parce que tous, sans exception, étaient réticents à aller recueillir le latex. Il fallait les y obliger. Les « raids » exigeaient de très longues expéditions et, parfois, pour un résultat nul. Ils se pointaient dans les villages et les trouvaient déserts. Leurs habitants s'étaient enfuis. D'autres fois non, heureusement. Ils les chassaient au fusil pour leur faire peur et pour qu'ils ne résistent pas, mais eux se défendaient avec leurs sarbacanes et leurs bâtons. Il fallait se bagarrer. Ensuite on emmenait, enchaînés par le cou, ceux qui étaient capables de marcher, hommes et femmes. Les plus vieux et les nouveau-nés étaient abandonnés pour ne pas retarder la marche. Eponim n'avait jamais commis les cruautés gratuites d'Armando Normand, tout en ayant travaillé sous ses ordres pendant deux ans à Matanzas, où M. Normand était administrateur.

— Des cruautés gratuites, l'interrompit Roger. Donnez-moi quelques exemples.

Eponim se tortilla sur son banc, mal à l'aise. Ses grands yeux s'agitaient dans leur orbite blanche.

— M. Normand avait ses excentricités, murmura-t-il en détournant les yeux. Quand quelqu'un se comportait mal. Ou pour mieux dire, quand il ne se comportait pas comme il l'espérait. Il noyait ses enfants dans le fleuve, par exemple. Lui-même. De ses propres mains, je veux dire.

Il marqua une pause et expliqua que, lui, les excentricités de M. Normand le rendaient nerveux. D'une personne aussi bizarre on pouvait tout attendre, même qu'il soit capable un jour, par caprice, de vider son revolver sur la personne la plus proche. Aussi avait-il demandé à changer de comptoir. Quand on l'avait affecté à Último Retiro, dont l'administrateur était M. Alfredo Montt, Eponim avait dormi plus tranquille.

— Avez-vous dû par hasard, dans l'exercice de vos fonctions, tuer des Indiens ?

Roger vit les yeux de cet homme le regarder, se détourner, puis le regarder à nouveau.

— Cela faisait partie du travail, admit-il, en haussant les épaules. Des contremaîtres et des *muchachos*, qu'on appelle aussi *racionales*. Au Putumayo on répand beaucoup de sang. Les gens finissent par s'habituer. La vie là-bas consiste à tuer et à mourir.

— Me diriez-vous combien de gens vous avez dû tuer, monsieur Thomas ?

— Je n'en ai jamais tenu le compte, répondit vivement Eponim. Je faisais le travail que je devais faire et j'essayais de tourner la page. J'ai rempli ma tâche. C'est pourquoi je soutiens que la Compagnie s'est mal comportée envers moi.

Il se plongea dans un long et confus monologue contre ses anciens employeurs. Ceux-ci l'accusaient d'avoir été mêlé à la vente d'une cinquantaine de Huitotos à une plantation d'hévéas appartenant à des Colombiens, les Iriarte, à qui la Compagnie de M. Arana disputait toujours sa main-d'œuvre. Or c'était un mensonge. Eponim jurait ses grands dieux qu'il n'avait rien eu à voir dans la disparition de ces Huitotos de Último Retiro qui, on l'avait su après, étaient réapparus au travail chez les Colombiens. C'est l'administrateur lui-même de ce comptoir, Alfredo Montt, qui les avait vendus. Un homme cupide et avare. Pour dissimuler sa faute il les avait dénoncés, lui, ainsi que Dayton Cranton et Simbad Douglas. C'était une pure calomnie. La Compagnie avait cru l'administrateur et les trois contremaîtres avaient dû prendre la fuite. En passant par de terribles épreuves pour arriver à Iquitos.

Les chefs de la Compagnie, au Putumayo, avaient donné l'ordre aux *racionales* de tuer les trois Barbadiens, où qu'ils soient. Maintenant, Eponim et ses deux compagnons vivaient de la mendicité et de petits boulots. La Compagnie refusait de payer leur billet de retour à la Barbade. Elle les avait dénoncés pour abandon de leur travail et le juge d'Iquitos avait évidemment donné raison à la Maison Arana.

Roger lui promit que son gouvernement se chargerait de les rapatrier, lui et ses deux collègues, puisqu'ils étaient citoyens britanniques.

Épuisé, il s'écroula sur son lit dès le départ d'Eponim Thomas Campbell. Il transpirait, tout son corps lui faisait mal et il éprouvait ce malaise intermittent qui le tourmentait peu à peu, organe par organe, de la tête aux pieds. Le Congo. L'Amazonie. N'y avait-il donc aucune limite à la souffrance humaine ? Le monde était rempli de ces enclaves de sauvagerie qui l'attendaient au Putumayo. Combien ? Des centaines, des milliers, des millions ? Pouvait-on venir à bout de cette hydre ? On lui coupait la tête à un endroit et elle réapparaissait dans un autre, plus sanguinaire et horrifiante. Il s'endormit.

Il rêva à sa mère, sur un lac du pays de Galles. Un soleil, pâle et retenu, brillait entre les feuilles des hauts chênes quand il vit, agité et le cœur battant, apparaître le jeune homme musclé qu'il avait photographié ce matin sur le quai d'Iquitos. Que faisait-il sur ce lac gallois ? Ou était-ce un lac irlandais, dans l'Ulster ? La silhouette élancée d'Anne Jephson disparut. Son trouble ne venait pas de la tristesse ou de la pitié provoquée chez lui par cette humanité en esclavage au Putumayo, mais de l'impression que, sans se faire voir, Anne Jephson rôdait aux alentours, l'épiant depuis cette futaie circulaire. La crainte, pourtant, n'atténuait pas la croissante excitation avec laquelle il voyait s'approcher le garçon d'Iquitos. Son torse dégoulinait de cette eau du fleuve d'où il venait d'émerger comme un dieu lacustre. À chaque pas ses muscles saillaient et son visage affichait un sourire insolent qui le fit frémir et gémir dans son sommeil. Quand il se réveilla, il vit avec dégoût qu'il avait éjaculé. Il se lava et changea de pantalon et de caleçon. Il se sentait honteux, incertain.

Il trouva les membres de la Commission accablés par les témoignages qu'ils venaient de recevoir des Barbadiens Dayton Cranton et Simbad Douglas. Les ex-contremaîtres avaient été aussi crus dans leurs déclarations qu'Eponim avec Roger Casement. Ce qui les épouvantait le plus était que Dayton et Simbad semblaient avoir avant tout l'obsession de démentir qu'ils aient « vendu » ces cinquante Huitotos aux caoutchoutiers colombiens.

— Ils se moquaient éperdument des coups de fouet, des mutilations ou des assassinats, répétait le botaniste Walter Folk, qui n'avait pas la moindre idée de la méchanceté suscitée par la cupidité. Pareilles horreurs leur semblent la chose la plus naturelle au monde.

— Je n'ai pu supporter toute la déclaration de Simbad, avoua Henry Fielgald. J'ai dû sortir pour aller vomir.

— Vous avez lu la documentation rassemblée par le Foreign Office, leur rappela Roger Casement. Croyiez-vous que les accusations de Saldaña Roca et de Hardenburg étaient purement imaginaires ?

— Imaginaires, non, répliqua Walter Folk. Mais excessives, oui.

— Après cet apéritif, je me demande ce que nous allons trouver au Putumayo, dit Louis Barnes.

— Ils auront pris leurs précautions, suggéra le botaniste. Ils nous montreront une réalité très maquillée.

Le consul les interrompit pour leur annoncer que le déjeuner était servi. Mais à part lui, qui mangea avec appétit du poisson — un *sábalo* — accommodé avec des cœurs de palmier et enveloppé dans des feuilles de maïs, les commissionnaires goûtèrent à peine une bouchée. Ils restaient silencieux, absorbés par le souvenir des récents entretiens.

— Ce voyage sera une descente aux enfers, prophétisa Seymour Bell, qui venait de les rejoindre et, se tournant vers Roger Casement : Vous êtes déjà passé par là. On peut donc survivre.

— Les blessures tardent à cicatriser, fit remarquer Roger.

— Nous n'en sommes pas là, messieurs, dit pour leur remonter le moral Mr Stirs, qui mangeait de fort bonne humeur. Une bonne sieste tropicale et vous serez d'attaque. Avec les autorités et les chefs de la Peruvian Amazon Company cela ira mieux qu'avec ces Noirs, vous verrez.

Au lieu de faire la sieste, Roger, assis devant le petit guéridon tenant lieu de table de chevet, écrivit dans son carnet de notes tout ce qu'il se rappelait de sa conversation avec Eponim Thomas Campbell et fit des résumés des témoignages que la Commission avait recueillis des deux autres Barbadiens. Après quoi, sur une feuille à part, il nota les questions qu'il poserait ce soir au préfet Rey Lama et au directeur de la Compagnie, Pablo Zumaeta, qui, lui avait révélé Mr Stirs, était le beau-frère de Julio C. Arana.

Le préfet les reçut dans son bureau et leur offrit de la bière, des jus de fruit et du café. Il avait fait apporter des chaises et leur distribua des éventails de paille pour se faire de l'air. Il portait encore sa culotte de cavalier et ses bottes de la veille, mais il avait échangé son gilet brodé contre une veste blanche en lin et une chemise boutonnée jusqu'au cou, comme les blousons russes. Il avait un air distingué avec ses tempes argentées et ses gestes élégants. Il leur apprit qu'il était diplomate de carrière, qu'il avait été en poste plusieurs années en Europe et avait assumé cette préfecture de par l'exigence du président de la République lui-même — il montra au mur la photographie d'un homme petit et élégant, portant frac et chapeau melon, une écharpe en travers de la poitrine — Augusto B. Leguía.

— Qui vous transmet par mon intermédiaire ses plus cordiales salutations, ajouta-t-il.

— Que c'est agréable de vous entendre parler anglais, monsieur le préfet, répondit Casement, nous pouvons nous passer d'interprète.

— Mon anglais est très mauvais, l'interrompit avec coquetterie Rey Lama. Vous allez devoir être indulgents.

— Le gouvernement britannique est désolé de voir rejetée sa requête pour l'ouverture d'une enquête par le gouvernement du président Leguía sur les plaintes au Putumayo...

— Une action judiciaire est en cours, monsieur Casement, le coupa le préfet. Mon gouvernement n'a pas eu besoin de Sa Majesté pour l'entreprendre. Aussi a-t-il désigné un juge spécial qui est en route pour Iquitos. Un magistrat distingué : le juge Carlos A. Valcárcel. Vous savez que les distances entre Lima et Iquitos sont immenses.

— Mais, dans ce cas, pourquoi envoyer un juge depuis Lima, intervint Louis Barnes. N'y a-t-il pas de juges à Iquitos ? Hier, lors du dîner en notre honneur, vous nous avez présenté quelques magistrats.

Roger Casement vit Rey Lama lancer sur Barnes un regard de pitié, de ceux qu'on réserve à un enfant qui n'a pas atteint l'âge de raison ou à un adulte imbécile.

— Cette conversation restera entre nous, n'est-ce pas, messieurs ? fit-il enfin.

Toutes les têtes acquiescèrent. Le préfet hésita encore avant de répondre.

— Que mon gouvernement dépêche un juge depuis Lima pour enquêter, c'est une preuve de sa bonne foi, expliqua-t-il. Il aurait été plus facile de demander à un juge d'instruction local de le faire. Mais, alors...

Il se tut, gêné.

— Vous me comprenez à demi-mot, ajouta-t-il.

— Voulez-vous dire qu'aucun juge d'Iquitos n'oserait affronter la Compagnie Arana ? demanda Roger Casement, d'une voix douce.

— Nous ne sommes pas ici dans un pays prospère et cultivé comme l'Angleterre, messieurs, murmura le préfet, attristé, en avalant d'un trait son verre d'eau. Si une personne met des mois à venir ici depuis Lima, les émoluments des magistrats, des autorités, des militaires, des fonctionnaires

tardent encore plus. Ou, tout bonnement, n'arrivent jamais. Et de quoi vont vivre ces gens-là en attendant leur solde ?

— De la générosité de la Peruvian Amazon Company ? suggéra le botaniste Walter Folk.

— Ne me faites pas dire ce que je n'ai pas dit, sursauta Rey Lama en mettant sa main en avant. La Compagnie Arana avance leur salaire aux fonctionnaires à titre de prêt. Ces sommes doivent être remboursées, en principe, avec des intérêts modiques. Ce n'est pas un cadeau. Il n'y a pas corruption. C'est un accord honorable avec l'État. Mais, même ainsi, il est naturel que les magistrats qui vivent grâce à ces prêts ne soient pas tout à fait impartiaux s'agissant de la Compagnie Arana. Vous le comprenez, n'est-ce pas ? Le gouvernement a envoyé un juge depuis Lima afin d'effectuer une enquête absolument indépendante. N'est-ce pas la meilleure démonstration qu'il est attaché à faire toute la vérité ?

Les commissionnaires burent leur verre d'eau ou de bière, troublés et démoralisés. « Combien parmi eux vont maintenant chercher un prétexte pour retourner en Europe ? » pensait Roger. Ils ne soupçonnaient rien de tout cela, assurément. À l'exception, peut-être, de Louis Barnes, qui avait vécu en Afrique, les autres n'imaginaient pas que dans le reste du monde tout ne fonctionnait pas sur le même mode que dans l'Empire britannique.

— Y a-t-il des autorités dans la région que nous allons visiter ? demanda Roger.

— À l'exception d'inspecteurs qui passent par là tous les trente-six du mois, aucune, dit Rey Lama. C'est une région très reculée. Jusqu'à ces dernières années, c'était une forêt vierge, peuplée seulement de tribus sauvages. Quelle autorité le gouvernement pouvait-il y envoyer ? Et pourquoi ? Pour se faire manger par les cannibales ? S'il y a maintenant là-bas une vie commerciale, du travail, un début de modernité, on le doit à Julio C. Arana et à ses frères. Vous devez tenir compte de cela, aussi. Ils ont été les premiers à conquérir ces terres péruviennes pour le Pérou. Sans la compagnie, tout le Putumayo aurait déjà été occupé par la Colombie, qui louche volontiers sur cette région. Vous ne pouvez écarter cet aspect, messieurs. Le Putumayo n'est pas l'Angleterre. C'est un monde isolé, lointain, de païens qui, lorsqu'ils ont des jumeaux ou des enfants avec quelque défaut physique, les noient dans le fleuve. Julio C. Arana a été un pionnier, il a apporté là des bateaux, des médicaments, la religion catholique, des vêtements, la langue espagnole. Les abus doivent être sanctionnés, bien sûr. Mais, ne l'oubliez pas, il s'agit d'une terre qui fait des envieux. Ne trouvez-vous pas étrange que, d'après les accusations de M. Hardenburg, tous les caoutchoutiers péruviens soient des monstres et les Colombiens des anges pleins de compassion pour les indigènes ? J'ai lu les articles de la revue *Truth*. Ne trouvez-vous pas la chose curieuse ? Quelle chance pour les Colombiens, si soucieux de s'emparer de ces terres, d'avoir trouvé un défenseur tel que M. Hardenburg qui n'a vu que violence et exactions parmi les Péruviens, et pas un seul cas semblable chez les Colombiens. Il a travaillé, avant de venir au Pérou, aux chemins de fer de la Vallée du Cauca, rappelez-vous. Ne pourrait-il s'agir d'un agent secret ?

Il haletait, fatigué, et finit par prendre un verre de bière. Il les regarda, l'un après l'autre, avec un regard qui semblait dire : « Un point pour moi, n'est-ce pas ? »

— Des coups de fouet, des mutilations, des viols et des assassinats, murmura Henry Fielgald. C'est cela que vous appelez apporter la modernité au Putumayo, monsieur le préfet ? Il n'y a pas que Hardenburg à avoir porté témoignage. Il y a aussi Saldaña Roca, votre compatriote. Trois contremaîtres de la Barbade, que nous avons interrogés ce matin, ont confirmé ces horreurs. Eux-mêmes reconnaissent en avoir commis.

— Alors ils doivent être punis, affirma le préfet. Et ils l'auraient été si au Putumayo il y avait des juges, des policiers, des autorités. Pour l'heure il n'y a rien de tout cela, excepté la barbarie. Je ne défends personne. Je n'excuse personne. Allez-y. Voyez de vos propres yeux. Jugez par vous-mêmes. Mon gouvernement aurait pu vous interdire l'entrée au Pérou, car nous sommes un pays souverain et la Grande-Bretagne n'a pas à s'immiscer dans nos affaires. Mais il ne l'a pas fait. Au contraire, il m'a donné des instructions pour vous accorder toutes facilités. Le président Leguía est un grand admirateur de l'Angleterre, messieurs. Il voudrait que le Pérou soit un jour un grand pays, comme le vôtre. C'est pour cela que vous êtes ici, libres de vous rendre partout et de vérifier tout.

Il se mit à pleuvoir à verse. La clarté baissa et le tambourinement de l'eau contre la calamine était si fort qu'on aurait dit que la toiture allait s'effondrer et les trombes d'eau tomber sur eux. Rey Lama avait adopté un air mélancolique.

— J'ai une épouse et quatre enfants que j'adore, dit-il dans un sourire chagriné. Voilà un an que je ne les vois pas et Dieu sait si je les reverrai. Mais, quand le président Leguía m'a demandé de venir servir mon pays, dans ce coin perdu, je n'ai pas hésité. Je ne suis pas ici pour défendre des criminels, messieurs. Tout au contraire. Je vous demande seulement de comprendre que ce n'est pas pareil de travailler, commercer, monter une industrie au cœur de l'Amazonie, que de le faire en Angleterre. Si un jour cette forêt atteint le niveau de vie d'Europe occidentale ce sera grâce à des hommes comme Julio. C. Arana.

Ils restèrent encore un long moment dans le bureau du préfet. Ils lui posèrent maintes questions et il répondit à toutes, parfois de façon évasive et parfois tout crûment. Roger Casement n'arrivait pas à se faire une idée claire du personnage. Il le voyait tantôt comme un homme cynique jouant un rôle, tantôt comme un brave homme, accablé de responsabilités, et qui essayait de s'en sortir le mieux possible. Une chose était sûre : Rey Lama savait que ces atrocités existaient et cela ne lui plaisait pas, mais son travail exigeait de lui de les minimiser de son mieux.

Lorsqu'ils prirent congé du préfet la pluie avait cessé. Dans la rue, les toits des maisons dégouttaient encore et il y avait partout des mares où barbotaient les crapauds ; l'air s'était peuplé de frelons et de moustiques qui les criblèrent de piqûres. La tête basse et en silence, ils se dirigèrent vers la Peruvian Amazon Company, une vaste demeure au toit de tuiles et à la façade ornée d'azulejos, où les attendait le directeur général, Pablo Zumaeta, pour l'ultime rencontre de ce jour. Il leur restait quelques minutes, de sorte qu'ils firent un tour sur le grand terrain vague qu'était la place d'Armes. Ils contemplèrent, curieux, la maison métallique de l'ingénieur Gustave Eiffel, déployant à l'air libre ses vertèbres de fer comme le squelette d'un animal antédiluvien. Les bars et les restaurants des alentours étaient déjà ouverts, la musique et le brouhaha assourdissaient le crépuscule d'Iquitos.

La Peruvian Amazon Company, dans la rue du Pérou, à quelques mètres de la place d'Armes, était la construction la plus grande et la plus solide d'Iquitos. À deux étages, construite en béton et structure métallique, elle avait des murs peints en vert clair ; dans la petite salle jouxtant son bureau, où Pablo Zumaeta les reçut, il y avait un ventilateur aux larges pales de bois suspendu au plafond, immobile, attendant l'électricité. Malgré la forte chaleur, M. Zumaeta, qui devait frôler la cinquantaine, portait un complet sombre avec un gilet fantaisie, un nœud papillon et des bottines lustrées. Il tendit la main cérémonieusement à chacun et demanda à tous, dans un espagnol marqué par le chantant accent amazonien que Roger Casement avait appris à identifier, s'ils étaient bien logés, si Iquitos était accueillante envers eux, s'ils avaient besoin de quelque chose. Il répéta à tous qu'il avait reçu l'ordre, câblé de Londres par M. Julio C. Arana en personne, de leur donner toute facilité pour le succès de leur mission. En nommant Arana, le directeur de la Peruvian Amazon

Company fit une courbette devant le grand portrait accroché à l'un des murs.

Tandis que des domestiques indiens, nu-pieds et en veston blanc, passaient des plateaux avec des boissons, Casement contempla un moment le visage sérieux, carré, brun, au regard pénétrant, du maître de la Peruvian Amazon Company. Arana avait la tête couverte d'un béret français et son costume semblait coupé par l'un des bons tailleurs parisiens ou, peut-être, du Savile Row de Londres. Était-il vrai que ce tout-puissant roi du caoutchouc, avec des résidences à Biarritz, Genève et dans les jardins de Kensington Road à Londres, avait commencé sa carrière en vendant des chapeaux de paille dans les rues de Rioja, ce village perdu de la forêt amazonienne où il était né ? Son regard révélait bonne conscience et grande satisfaction de soi-même.

Pablo Zumaeta, recourant à l'interprète, leur annonça que le meilleur bateau de la Compagnie, le *Liberal*, se tenait prêt à les embarquer. Il avait mis à leur disposition le capitaine le plus averti des eaux de l'Amazonie et le meilleur équipage. Même ainsi, la navigation jusqu'au Putumayo exigerait d'eux des sacrifices. Elle durait entre huit et dix jours, selon le temps. Et, avant qu'aucun des membres de la Commission n'ait eu le temps de lui poser la moindre question, il se dépêcha de remettre à Roger Casement une liasse de papiers, dans un cartable :

— Je vous ai préparé cette documentation, en devançant quelques-unes de vos préoccupations, expliqua-t-il. Ce sont les dispositions de la Compagnie adressées aux administrateurs, chefs, sous-chefs et contremaîtres de comptoirs concernant le traitement du personnel.

Zumaeta dissimulait sa nervosité en élevant la voix et en gesticulant. Tandis qu'il exhibait ces papiers pleins d'inscriptions, de cachets et de signatures, il énumérait ce qu'ils contenaient sur un ton et avec des gestes d'orateur de foire :

— Interdiction absolue d'administrer des châtiments physiques aux indigènes, à leurs épouses, enfants et parents, et de les offenser en parole ou en actes. Les réprimander et les conseiller sévèrement quand ils auront commis une faute avérée. Selon la gravité de la faute, ils pourront être mis à l'amende ou, en cas de faute très grave, renvoyés. Si la faute a des connotations délictueuses, les transférer à l'autorité compétente la plus proche.

Il s'attarda à résumer les indications, visant — il le répétait sans cesse — à éviter les « abus contre les indigènes ». Il faisait des parenthèses pour expliquer que, « les êtres humains étant ce qu'ils sont », les employés violaient parfois ces dispositions. Quand cela se produisait, la Compagnie sanctionnait le responsable.

— L'important c'est que nous faisons notre possible, et même l'impossible, pour éviter que l'on commette des abus dans les plantations d'hévéas. S'il y en a eu, cela a été exceptionnel, l'œuvre de quelque brebis égarée qui n'a pas respecté notre politique envers les indigènes.

Il s'assit. Il avait beaucoup parlé et avec tant d'énergie qu'on le sentait épuisé. Il essuya la sueur de son visage avec un mouchoir déjà tout humide.

— Trouverons-nous au Putumayo les chefs de comptoir incriminés par Saldaña Roca et par l'ingénieur Hardenburg, ou bien auront-ils pris la fuite ?

— Aucun de nos employés n'a fui, s'indigna le directeur de la Peruvian Amazon Company. Pourquoi l'auraient-ils fait ? À cause des calomnies de deux maîtres chanteurs qui, n'ayant pu nous soutirer de l'argent, ont inventé ces infamies ?

— Mutilations, assassinats, coups de fouet, récita Roger Casement. De dizaines, voire de centaines de personnes. Ce sont des accusations qui ont ému tout le monde civilisé.

— Moi aussi j'en aurais été ému si cela avait été vrai, protesta, indigné, Pablo Zumaeta. Ce qui me trouble maintenant, c'est que des gens cultivés et intelligents comme vous accordent crédit à ce tissu de mensonges sans une enquête préalable.

— Nous allons la faire sur le terrain, lui rappela Roger Casement. Très sérieusement, soyez-en sûr.

— Croyez-vous qu'Arana, que moi, que les administrateurs de la Peruvian Amazon Company sommes suicidaires au point de tuer des indigènes ? Ne savez-vous pas que le problème numéro un des caoutchoutiers est le manque de saigneurs d'hévéa ? Chaque travailleur est précieux pour nous. Si ces massacres étaient vrais, il ne resterait plus un seul Indien au Putumayo. Ils auraient tous décampé, n'est-ce pas ? Personne ne veut vivre là où l'on fouette, mutile et tue. Cette accusation est d'une imbécillité incommensurable, monsieur Casement. Si les indigènes s'enfuient, nous sommes ruinés et l'industrie du caoutchouc s'effondre. Cela nos employés, là-bas, le savent. C'est pourquoi ils s'efforcent de traiter convenablement les sauvages.

Il regarda les membres de la Commission, un par un. Il était toujours indigné, mais, maintenant, triste aussi. Il faisait des grimaces comme s'il allait pleurer.

— Ce n'est pas facile de bien les traiter, de les satisfaire, avoua-t-il, en baissant la voix. Ils sont très primitifs. Savez-vous ce que cela signifie ? Certaines tribus sont cannibales. Nous ne pouvons pas permettre cela, n'est-ce pas ? Ce n'est pas chrétien, ni humain. Nous interdisons cette pratique et alors, parfois, ils se fâchent et agissent comme ce qu'ils sont : des sauvages. Devons-nous les laisser noyer les enfants qui naissent avec des difformités ? Le bec-de-lièvre, par exemple. Non, parce que l'infanticide n'est pas chrétien, non plus, n'est-ce pas ? Enfin, vous le verrez de vos propres yeux. Vous comprendrez alors combien injuste est l'Angleterre envers Julio C. Arana et une Compagnie qui, au prix d'immenses sacrifices, transforme ce pays.

Roger Casement pensa un moment que Pablo Zumaeta allait verser de grosses larmes. Mais il se trompait. Le directeur leur adressa un sourire amical.

— J'ai beaucoup parlé, mais maintenant c'est votre tour, fit-il en s'excusant. Posez-moi les questions que vous voudrez et j'y répondrai franchement. Nous n'avons rien à cacher.

Pendant près d'une heure, les membres de la Commission interrogèrent le directeur général de la Peruvian Amazon Company. Il leur répondait par de longues tirades qui, parfois, déroutaient l'interprète, qui lui faisait répéter des mots et des phrases. Roger n'intervint pas dans l'interrogatoire et, à plusieurs reprises, son esprit fut ailleurs. Il était évident que Zumaeta ne dirait jamais la vérité, qu'il nierait tout, qu'il répéterait les arguments que la Compagnie d'Arana avait utilisés à Londres pour répondre aux critiques des journaux. Il y avait, peut-être, des abus occasionnels commis par des individus excessifs, mais ce n'était pas la politique de la Peruvian Amazon Company de torturer, d'asservir et encore moins de tuer les indigènes. La loi l'interdisait et il aurait été fou de terroriser les ouvriers, qui faisaient tant défaut au Putumayo. Roger se sentait, dans l'espace et dans le temps, transporté au Congo. Les mêmes horreurs, le même mépris de la vérité. La différence était que Zumaeta parlait en espagnol et les fonctionnaires belges en français. Ils niaient l'évidence avec la même désinvolture parce qu'ils croyaient, les uns et les autres, que saigner l'arbre à caoutchouc et gagner de l'argent était un idéal chrétien qui justifiait les pires forfaits à l'encontre de ces païens qui, naturellement, étaient toujours anthropophages et assassins de leurs propres enfants.

Quand ils quittèrent le siège de la Peruvian Amazon Company, Roger accompagna ses collègues jusqu'à la maisonnette où ils étaient logés. Au lieu de revenir directement chez le consul de Grande-Bretagne, il fit un tour dans Iquitos, sans but. Il avait toujours aimé marcher, seul ou en compagnie de quelque ami, au début et à la fin du jour. Il pouvait le faire des heures durant, mais dans les rues non asphaltées d'Iquitos il trébuchait souvent sur des trous et des flaques pleins d'eau, où coassaient les grenouilles. Le brouhaha était insupportable. Bars, restaurants, bordels, salles de bal et tripots étaient bondés de gens qui buvaient, mangeaient, dansaient ou discutaient. Et, à toutes les portes, des grappes de gosses à moitié nus, qui se rinçaient l'œil. Il vit disparaître à l'horizon les derniers éclats du crépuscule et fit le reste de sa promenade dans l'obscurité, dans des rues éclairées de loin en loin par les lumières des bars. Il se rendit compte qu'il était arrivé à ce terrain quadrangulaire qui portait le nom pompeux de place d'Armes. Il en fit le tour et entendit soudain quelqu'un, assis sur un banc, le saluer en portugais : « *Boa noite, senhor Casement.* » C'était le père Ricardo Urrutia, supérieur des augustins d'Iquitos, qu'il avait vu lors du dîner offert par le préfet. Il s'assit à côté de lui sur le banc de bois.

— Quand il ne pleut pas, il est agréable de sortir

contempler les étoiles et respirer un peu d'air frais, dit l'augustin en portugais. À condition de se boucher les oreilles, pour ne pas entendre ce bruit infernal. On vous aura déjà parlé de cette maison en fer que s'est achetée en Europe un caoutchoutier à moitié fou, et que l'on monte dans ce coin. Elle a été exhibée à Paris, lors de la Grande Exposition de 1889, semble-t-il. On dit que ce sera un club social. Vous imaginez la fournaise, une maison métallique sous le climat d'Iquitos ? Pour le moment c'est un repaire de chauves-souris. Des dizaines d'entre elles dorment là, suspendues par les pattes.

Roger Casement lui dit de parler en espagnol, qu'il le comprenait. Mais le père Urrutia, qui avait passé plus de dix années de sa vie parmi les augustins de Ceará, au Brésil, préféra poursuivre en portugais. Il était depuis moins d'un an en Amazonie péruvienne.

— Je sais bien que vous n'êtes jamais allé dans les plantations d'hévéas de M. Arana. Mais vous savez sans doute beaucoup de choses sur ce qui s'y passe. Puis-je vous demander votre opinion ? Y a-t-il du vrai dans ces accusations de Saldaña Roca et de Walter Hardenburg ?

Le prêtre soupira.

— Cela se pourrait, malheureusement, monsieur Casement, murmura-t-il. Nous sommes ici très loin du Putumayo. À mille ou mille deux cents kilomètres au moins. Si, bien que nous soyons dans une ville avec des autorités civiles et militaires, un préfet, de la police, il se produit les choses que nous savons, que ne se passera-t-il pas là-bas où il n'y a que les employés de la Compagnie ?

Il soupira à nouveau, avec angoisse maintenant.

— Ici le grand problème est l'achat et la vente de fillettes indigènes, dit-il d'une voix douloureuse. Nous avons beau nous efforcer de trouver une solution, rien n'y fait.

« Le Congo, toujours. Le Congo, partout. »

— Vous avez entendu parler des fameux « raids », ajouta l'augustin. Ces prises d'assaut des villages indigènes pour capturer des saigneurs d'hévéas. Les assaillants ne s'emparent pas seulement des hommes, mais aussi des enfants, garçons et filles. Pour les vendre ici. Ils les emmènent parfois jusqu'à Manaus où, semble-t-il, ils obtiennent un meilleur prix. À Iquitos, une famille achète une gosse comme domestique pour tout au plus vingt ou trente soles. Toutes les familles en ont une, deux, cinq. En réalité, des esclaves. Qui travaillent jour et nuit, qui dorment avec les animaux, qui sont battues pour n'importe quel motif, et en outre, bien sûr, servent à l'initiation sexuelle des fils de la famille.

Il poussa un nouveau soupir, haletant.

— Ne peut-on faire jouer les autorités ?

— En principe on pourrait, dit le père Urrutia. L'esclavage a été aboli au Pérou voici plus d'un demi-siècle. On pourrait avoir recours à la police et aux juges. Mais voilà, ils ont eux-mêmes leurs bonniches achetées. Et puis, que feraient les autorités des fillettes qu'on aurait rachetées ? Elles les garderaient pour elles ou les vendraient, pour sûr. Et pas toujours à des familles. Peut-être bien aux bordels, pour ce que vous imaginez.

— Il n'y a pas moyen de leur faire regagner leurs tribus ?

— Les tribus de par ici n'existent presque plus. Les parents ont été enlevés et traînés dans les plantations d'hévéas. On ne saurait où les conduire. À quoi bon sauver ces pauvres créatures ? Dans ces conditions, c'est un moindre mal qu'elles restent dans les familles.

Certaines les traitent bien et leur manifestent quelque tendresse. Vous trouvez cela monstrueux ?

— Monstrueux, répéta Roger Casement.

— Moi aussi et nous tous, dit le père Urrutia. Nous passons des heures à la mission, à nous creuser la cervelle pour trouver une solution. En pure perte. Nous avons fait une démarche, à Rome, pour essayer de faire venir des religieuses qui ouvriraient ici une école pour ces fillettes. Pour qu'elles reçoivent au moins quelque instruction. Mais les familles accepteront-elles de les envoyer à l'école ? Fort peu, en tout cas. Elles les considèrent comme de petits animaux.

Et il se remit à soupirer. Il avait parlé avec tant d'amertume que Roger, contaminé par le chagrin du religieux, eut envie de retourner chez le consul de Grande-Bretagne. Il se leva.

— Vous pouvez faire quelque chose, vous, monsieur Casement, lui dit le père Urrutia en guise d'adieu, lui serrant la main. C'est une sorte de miracle qui s'est produit. Je veux parler de ces dénonciations, du scandale en Europe. De la venue de cette Commission au Loreto. Si quelqu'un peut aider ces pauvres gens, c'est vous tous. Je prierai pour que vous reveniez sains et saufs du Putumayo.

Roger rentra très lentement, sans regarder ce qui se passait dans les bars et les bordels d'où sortaient des cris, des chants, des airs de guitare. Il pensait à ces enfants arrachés à leur tribu, séparés de leur famille, jetés comme de la marchandise au fond d'une barque, amenés à Iquitos, vendus pour vingt ou trente soles à une famille où ils passeraient leur vie à balayer, frotter, cuisiner, nettoyer les chiottes, laver le linge sale, insultés, battus et parfois violés par le patron ou les fils du patron. Toujours la même histoire. Une histoire sans fin.

IX

Quand la porte de la cellule s'ouvrit et qu'il vit à l'entrée l'épaisse silhouette du *sheriff*, Roger Casement pensa qu'il avait de la visite — Gee ou Alice, peut-être — mais le geôlier, au lieu de lui faire signe de se lever et de le suivre au parloir, demeura planté là à le regarder d'une étrange manière, sans rien dire. « Ils ont rejeté mon recours en grâce », pensa-t-il. Il resta allongé, persuadé que s'il se levait le tremblement de ses jambes le ferait s'écrouler à terre.

— Vous voulez toujours une douche ? demanda le *sheriff*, la voix lente et froide.

« Mes dernières volontés ? pensa-t-il. Après la douche, l'échafaud. »

— Cela va à l'encontre du règlement, murmura le *sheriff*, avec une certaine émotion. Mais c'est aujourd'hui le premier anniversaire de la mort de mon fils en France. Je veux dédier à sa mémoire un acte de compassion.

— Je vous en suis reconnaissant, dit Roger, en se levant.

Quelle mouche avait piqué le *sheriff* ? Depuis quand se montrait-il aimable avec lui ?

Le sang de ses veines, figé lorsqu'il avait vu apparaître le geôlier à la porte de sa cellule, lui sembla circuler à nouveau dans son corps. Il sortit dans le long couloir écaillé et suivit le geôlier obèse jusqu'aux bains, une grande pièce sombre, avec l'alignement contre une paroi de cuvettes de cabinet ébréchées, une rangée de douches sur le mur opposé et des box en ciment brut d'où sortait un tube rouillé versant l'eau. Le *sheriff* resta debout, à l'entrée du lieu, tandis que Roger se déshabillait, accrochait son uniforme bleu et son bonnet de détenu à un clou du mur et passait dans la douche. Sous le jet glacé un frisson le parcourut des pieds à la tête, en même temps qu'une sensation de joie et de gratitude l'envahissait. Il ferma les yeux et, avant de se frotter les bras et les jambes avec le savon pêché dans l'une des boîtes en caoutchouc collées au mur, il prit le temps de sentir l'eau glisser sur son corps. Il était content et exalté. Cette douche le lavait non seulement de la crasse accumulée sur son corps depuis tant de jours, mais aussi de ses angoisses et de ses remords. Il se savonna et se rinça longuement, jusqu'au moment où le *sheriff* lui indiqua de loin, en frappant dans ses mains, qu'il fallait se presser. Roger s'essuya avec ses propres vêtements qu'il enfila. N'ayant pas de peigne, il lissa ses cheveux de la main.

— Je ne vous remercierai jamais assez pour cette douche, *sheriff*, dit-il sur le chemin du retour à sa cellule. Vous m'avez rendu la vie, la santé.

Le geôlier lui répondit d'un murmure inintelligible.

En retrouvant son grabat, Roger tenta de reprendre la lecture de *L'Imitation de Jésus-Christ*, de Thomas a Kempis, mais, incapable de se concentrer, il reposa le livre par terre.

Il pensa au capitaine Robert Monteith, son assistant et ami pendant les six derniers mois passés en Allemagne. Quel homme magnifique ! Loyal, efficace et héroïque. Il avait été son compagnon de voyage et d'avatars dans le sous-marin allemand U-19 qui les avait conduits, avec le sergent Daniel Julian Bailey, alias Julian Beverly, jusqu'à la côte de Tralee, en Irlande, où tous trois avaient failli périr noyés parce qu'ils ne savaient pas ramer. Ils ne savaient pas ramer ! C'était un fait : de petites bêtises pouvaient se mêler aux grandes affaires et les faire capoter. Il se rappela cette aube grise et pluvieuse, la mer crêpelée et la brume épaisse de ce vendredi saint 21 avril 1916, et eux trois, dans le ballottant canot à trois rames sur lequel les avait laissés le sous-marin allemand avant de disparaître dans la brume. « Bonne chance ! » leur avait crié le capitaine Raimund Weissbach en guise d'adieu. Il ressentit à nouveau l'horrible impression d'impuissance de tous trois, essayant de maîtriser ce canot cabré sur les flots, balancé par la houle, et l'incapacité des rameurs improvisés à le redresser en direction de la côte, dont aucun ne savait où elle était. L'esquif tournoyait et sautait, montant et descendant, traçant des cercles de rayon variable et, comme aucun des trois ne parvenait à les éviter, les vagues, frappant l'embarcation sur le côté, la secouaient de telle sorte qu'elle semblait devoir chavirer à tout moment. Et c'est ce qui était arrivé. Pendant quelques minutes les trois hommes avaient été près de se noyer. Ils se démenaient en avalant l'eau salée, puis avaient fini par redresser le canot et, en s'aidant les uns les autres, par y remonter. Roger se rappela le courageux Monteith, avec sa main infectée après l'accident qu'il avait eu en Allemagne, dans le port de Heligoland, alors qu'il essayait d'apprendre à conduire une vedette. Ils avaient débarqué là pour changer de sous-marin parce que l'U-2 sur lequel ils avaient embarqué à Wilhelmshaven avait eu une avarie. Cette blessure l'avait tourmenté toute la semaine de voyage entre Heligoland et Tralee Bay. Roger, qui avait fait la traversée avec un affreux mal de mer et dans les vomissements, incapable d'avaler une bouchée ni de se lever de son étroite couchette, se rappelait la patience stoïque de Monteith avec sa main enflée. Les anti-inflammatoires que lui avaient appliqués les marins allemands de l'U-19 n'avaient servi à rien. Sa main avait continué à suppurer et le capitaine Weissbach, commandant de l'U-19, avait prédit que, si on ne le soignait pas dès son arrivée, c'était la gangrène assurée.

La dernière fois qu'il avait vu le capitaine Robert Monteith, c'était dans les ruines du McKenna's Fort, ce même petit matin du 21 avril, quand ses deux compagnons avaient décidé que Roger resterait caché là, tandis qu'ils iraient demander de l'aide auprès des Volontaires de Tralee. Ils l'avaient décidé car c'était lui qui risquait le plus d'être reconnu par les soldats — la proie la plus convoitée par les chiens de garde de l'Empire — et parce que Roger était à bout de forces. Malade et affaibli, il était tombé à terre à deux reprises, épuisé, restant, la seconde fois, plusieurs minutes évanoui. Ses amis l'avaient laissé entre les ruines du fort McKenna avec un revolver et un balluchon de linge, après lui avoir serré les mains. Roger se rappela comment, en voyant les hirondelles tournoyer autour de lui, en entendant leurs criaillements, en découvrant qu'il était entouré de ces violettes sauvages poussant sur les sables de Tralee Bay, il avait pensé qu'il avait enfin atteint l'Irlande. Et ses yeux s'étaient emplis de larmes. Le capitaine Monteith, en partant, lui avait fait le salut militaire. C'était un homme de petite taille, trapu, robuste, agile et infatigable, patriote irlandais jusqu'à la moelle des os, et, pendant les six mois qu'ils avaient passés ensemble en Allemagne, Roger ne l'avait jamais entendu se plaindre ni n'avait noté le moindre signe de faiblesse chez son adjoint, malgré les échecs qu'il avait connus au camp de Limburg du fait de la résistance — pour ne pas dire la franche hostilité — des prisonniers à s'enrôler dans la Brigade irlandaise que Roger avait voulu constituer afin de lutter aux côtés de l'Allemagne (« mais non sous ses ordres ») pour l'indépendance de l'Irlande.

Il était trempé jusqu'aux os, la main enflée et ensanglantée mal enveloppée dans son pansement qui s'était défait, et l'air extrêmement fatigué. En avançant à grands pas énergiques, Monteith et le sergent Daniel Bailey, qui boitait, s'étaient perdus dans la brume en direction de Tralee. Robert Monteith avait-il pu y parvenir sans être capturé par les officiers de la Royal Irish Constabulary ? Avait-il réussi à Tralee à prendre contact avec les gens de l'IRB (Irish Republican Brotherhood) ou les Volontaires ? Il ne sut jamais quand ni où le sergent Daniel Bailey avait été capturé. Son nom n'avait jamais été cité dans les longs interrogatoires auxquels Roger avait été soumis, d'abord au tribunal de l'Amirauté, par les chefs de l'Intelligence Service, puis par Scotland Yard. Roger avait été consterné de voir soudain apparaître Daniel Bailey au procès pour trahison comme témoin à charge du procureur général. Dans sa déposition, pleine de mensonges, Monteith n'avait pas été une seule fois nommé. Était-il donc en liberté, ou l'avait-on tué ? Roger pria Dieu que le capitaine soit à cette heure même sain et sauf, caché dans quelque coin d'Irlande. Ou avait-il pris part à l'Insurrection de Pâques et péri comme tant d'Irlandais anonymes luttant dans cette aventure aussi héroïque qu'échevelée ? C'était le plus probable. Qu'il se soit trouvé au bureau de poste de Dublin à faire le coup de feu, aux côtés de son Tom Clarke tant admiré, jusqu'à ce qu'une balle ennemie ait mis fin à sa vie exemplaire.

La sienne aussi avait été une aventure échevelée. De croire qu'en venant d'Allemagne en Irlande il allait pouvoir couper court, à lui tout seul, au moyen d'arguments pragmatiques et rationnels, à l'Insurrection de Pâques planifiée en grand secret par le Military Council des Irish Volunteers — Tom Clarke, Sean McDermott, Patrick Pearse, Joseph Plunkett et quelques autres — alors que le président des Volontaires irlandais, le professeur Eoin MacNeill, n'en avait pas même été informé, n'était-ce pas une autre chimère délirante ? « La raison ne convainc ni les mystiques ni les martyrs », pensa-t-il. Roger avait été partie prenante et témoin des longues et intenses discussions au sein des Irish Volunteers sur sa thèse selon laquelle la seule façon de voir réussir une action armée des nationalistes irlandais contre l'Empire britannique était de la faire coïncider avec une offensive militaire allemande qui aurait immobilisé le gros de sa puissance militaire. Le jeune Plunkett et lui en avaient débattu des heures durant à Berlin, sans parvenir à un accord. Était-ce parce que les responsables du conseil militaire n'avaient jamais partagé sa conviction, que l'IRB et les Volontaires qui avaient préparé le soulèvement lui avaient caché leurs plans jusqu'au dernier moment ? Quand, enfin, l'information lui était parvenue à Berlin, Roger savait déjà que l'Amirauté allemande avait écarté une offensive navale contre l'Angleterre. Quand les Allemands avaient accepté d'envoyer des armes aux insurgés, il avait eu à cœur de se rendre en personne en Irlande pour accompagner l'armement, avec l'intention secrète de persuader les dirigeants que, sans une offensive militaire allemande simultanée, le soulèvement serait un sacrifice inutile.

Sur ce point, il ne s'était pas trompé. Selon toutes les nouvelles qu'il avait pu recueillir ici et là depuis les jours de son procès, l'Insurrection avait été un geste héroïque mais soldé par le massacre des dirigeants les plus courageux de l'IRB et des Volontaires, et l'emprisonnement de centaines de révolutionnaires. La répression allait maintenant être interminable, et l'indépendance de l'Irlande une fois de plus reculée. Triste, triste histoire !

Il avait un goût amer dans la bouche. Une autre erreur grave avait été de se faire trop d'illusions sur l'Allemagne. Il se rappela la discussion avec Herbert Ward, à Paris, la dernière fois qu'il l'avait vu. Son meilleur ami en Afrique depuis qu'ils s'étaient connus, jeunes tous deux et avides d'aventures, se méfiait de tous les nationalismes. C'était un des rares Européens cultivés et sensibles en terre africaine, et Roger avait beaucoup appris de lui. Ils échangeaient des livres, commentaient leurs lectures, parlaient et discutaient musique, peinture, poésie et politique. Herbert rêvait déjà de n'être un jour qu'un artiste, et tout le temps qu'il pouvait dérober à son travail, il le consacrait à modeler et sculpter dans le bois des types humains africains. Tous deux avaient sévèrement critiqué les exactions et les crimes du colonialisme et quand Roger était devenu une figure publique et la cible d'attaques après son *Rapport sur le Congo*, Herbert et Sarita, sa femme, déjà installés à Paris, et lui désormais prestigieux sculpteur de bronzes, toujours inspirés par l'Afrique, furent ses défenseurs les plus enthousiastes. Ils le furent aussi quand son *Rapport sur le Putumayo*, dénonçant les crimes commis par les caoutchoutiers de cette région contre les indigènes, avait provoqué un autre scandale autour de la figure de Casement. Herbert, même, avait montré au début de la sympathie pour la conversion nationaliste de Roger, tout en le plaisantant souvent, dans sa correspondance, sur les dangers du « fanatisme patriotique » et en lui rappelant la phrase du docteur Johnson selon laquelle « le patriotisme est le dernier refuge des canailles ». Mais l'Allemagne fut la pierre d'achoppement de leur entente. Herbert avait toujours rejeté avec la dernière énergie l'opinion positive et flatteuse que Roger avait du chancelier Bismarck, l'unificateur des états allemands, et de l'« esprit prussien », que lui trouvait rigide, autoritaire, grossier, incompatible avec l'imagination et la sensibilité, plus adapté aux casernes et à la hiérarchie militaire qu'à la démocratie et aux arts. Quand, en pleine guerre, il avait appris, par les révélations des journaux anglais, que Roger Casement était parti à Berlin conspirer avec l'ennemi, il lui avait fait parvenir une lettre, par l'intermédiaire de sa sœur Nina, mettant fin à leur amitié de tant d'années. Dans ce même courrier il lui faisait savoir que leur fils aîné, un jeune homme de dix-neuf ans, venait de mourir au front.

Combien d'autres amis avait-il perdus, des gens qui, comme Herbert et Sarita Ward, l'appréciaient et l'admiraient, mais le tenaient maintenant pour un traître ? Même Alice Stopford Green, son amie et professeur, avait été choquée par son voyage à Berlin, encore qu'après sa capture elle n'ait plus jamais mentionné leur divergence d'opinion. Combien d'autres personnes devaient maintenant être dégoûtées par les vilenies supposées que lui imputait la presse anglaise ? Une crampe à l'estomac l'obligea à se recroqueviller sur son grabat. Il demeura ainsi un bon moment, jusqu'à ce que disparaisse cette impression d'avoir dans le ventre une pierre qui lui écrasait les entrailles.

Pendant ces dix-huit mois en Allemagne il s'était bien des fois demandé s'il ne s'était pas trompé. Non, au contraire, les faits avaient confirmé toutes ses thèses, quand le gouvernement allemand avait rendu publique cette déclaration — en grande partie rédigée par lui — manifestant sa solidarité avec l'idée de la souveraineté irlandaise et sa volonté d'aider les Irlandais à recouvrer leur indépendance ravie par l'Empire britannique. Mais ensuite, après ses longues attentes à Unter der Linden pour être reçu par les autorités berlinoises, leurs promesses non tenues, ses maladies, ses échecs avec la Brigade irlandaise, il s'était mis à douter.

Il sentit son cœur battre plus fort, comme à chaque fois qu'il se rappelait ces journées glaciales, avec tempêtes et tourbillons de neige, quand, enfin, après tant de démarches, il avait réussi à s'adresser aux 2200 prisonniers irlandais au camp de Limburg. Il leur avait soigneusement expliqué, en répétant un discours qui avait mûri dans sa tête au long des mois, qu'il ne s'agissait pas de « passer dans le camp ennemi », absolument pas. La Brigade irlandaise ne ferait pas partie de l'armée allemande. Ce serait un corps militaire indépendant, avec ses propres officiers, qui combattrait pour l'indépendance de l'Irlande contre son colonisateur et oppresseur, « avec, mais pas dans » les forces armées allemandes. Ce qui lui faisait le plus mal, cet acide qui rongeait sans cesse son esprit, ce n'était pas que sur 2200 prisonniers seule une cinquantaine s'était inscrite dans la Brigade. C'était l'hostilité avec laquelle avait été accueillie sa proposition, les cris et les murmures où il avait nettement perçu les mots de « traître », « jaune », « vendu », « pourri », par lesquels beaucoup de prisonniers lui manifestaient leur mépris, et, pour finir, les crachats et les tentatives d'agression dont il avait été victime la troisième fois qu'il avait tenté de leur parler. (Tenté, parce qu'il n'avait pu prononcer que les premières phrases avant d'être réduit au silence par les sifflets et les insultes.) Et l'humiliation qui avait été la sienne quand il avait été sauvé d'une possible agression, peut-être d'un lynchage, par les soldats allemands de l'escorte, qui lui avaient fait quitter la place au pas de course.

Quel rêveur et quel naïf il faisait, en pensant que les prisonniers irlandais s'engageraient dans cette Brigade équipée, vêtue — même si Roger Casement lui-même avait dessiné l'uniforme —, nourrie et assistée par l'armée allemande contre laquelle ils venaient de combattre, qui les avait gazés dans les tranchées de Belgique, qui avait tué, mutilé et blessé tant de leurs compagnons, et qui les retenait maintenant derrière les barbelés ! Il fallait comprendre les circonstances, être souple, se rappeler ce que ces prisonniers irlandais avaient subi et perdu, et ne pas leur en tenir rigueur. Mais ce choc brutal avec une réalité à laquelle il ne s'attendait pas avait été très dur pour Roger Casement. Se répercutant dans son corps autant que dans son esprit car, aussitôt, les fièvres qui le tiendraient si longtemps au lit avaient commencé, et l'avaient presque épuisé.

Pendant ces mois, la loyauté et l'affection zélées du capitaine Robert Monteith avaient été un baume sans lequel il n'aurait probablement pas survécu. Sans que les difficultés et les frustrations surgies de tous côtés entament — apparemment du moins — sa conviction que la Brigade irlandaise conçue par Roger Casement finirait par être une réalité et compterait dans ses rangs la plupart des prisonniers irlandais, le capitaine Monteith avait entrepris avec enthousiasme de diriger l'entraînement de la cinquantaine de volontaires auxquels le gouvernement allemand avait cédé un petit camp, à Zossen, près de Berlin. Et il avait même réussi à en recruter un peu plus. Tous portaient l'uniforme de la Brigade conçu par Roger, même Monteith. Ils vivaient sous des tentes de campagne, faisaient des marches, des manœuvres et des exercices de tir au fusil et au pistolet, mais avec des balles à blanc. La discipline était stricte et, outre les exercices, la pratique militaire et les sports, Monteith avait insisté pour que Roger Casement fasse régulièrement aux brigadistes des causeries sur l'histoire de l'Irlande, sa culture, son idiosyncrasie et les perspectives qui se présenteraient pour l'Eire une fois acquise son indépendance.

Qu'aurait dit le capitaine Robert Monteith s'il avait vu se succéder au procès comme témoins à charge de l'accusation cette poignée d'ex-prisonniers irlandais du camp de Limburg — libérés grâce à un échange de prisonniers — et, parmi eux, nul autre que le sergent Daniel Bailey lui-même ? Tous, en réponse aux questions du procureur général, avaient juré que Roger Casement, entouré d'officiers de l'armée allemande, les avait exhortés à rejoindre les rangs de l'ennemi, en leur faisant miroiter comme appât la perspective de la liberté, d'une solde et de futurs gains. Et tous avaient corroboré ce mensonge flagrant : à savoir que les prisonniers irlandais qui avaient cédé à ses instances et s'étaient enrôlés dans la Brigade avaient immédiatement reçu une meilleure nourriture, plus de couvertures et un régime plus souple de permissions. Le capitaine Robert Monteith ne s'en serait pas montré indigné. Il aurait dit, une fois de plus, que ces compatriotes étaient aveugles, ou plutôt aveuglés par la mauvaise éducation, par l'ignorance et la confusion dans lesquelles l'Empire maintenait l'Eire, en leur dissimulant leur véritable condition de peuple occupé et opprimé depuis trois siècles. Il ne fallait pas désespérer, tout cela était en train de changer. Et, peut-être, comme il l'avait fait tant de fois à Limburg et à Berlin, raconterait-il à Roger Casement, pour lui remonter le moral, avec quel enthousiasme, quelle générosité, les jeunes Irlandais — paysans, ouvriers, pêcheurs, artisans, étudiants — s'étaient enrôlés dans les rangs des Irish Volunteers depuis que cette organisation avait été fondée, lors d'un grand meeting à la Rotonde de Dublin le 25 novembre 1913, en réponse à la militarisation des unionistes de l'Ulster, menés par sir Edward Carson, qui menaçaient ouvertement de ne pas respecter la loi si le Parlement britannique approuvait le Home Rule, l'autonomie pour l'Irlande. Le capitaine Robert Monteith, ancien officier de l'armée britannique, pour laquelle il avait combattu dans la guerre des Boers, en Afrique du Sud, où il avait été blessé à deux reprises, avait été l'un des premiers à s'enrôler dans les Volontaires. C'est à lui qu'avait été confiée la préparation militaire des recrues. Roger, qui avait assisté à cet émouvant meeting de la Rotonde et été l'un des trésoriers des fonds pour l'achat d'armes, choisi pour ce poste d'extrême confiance par les leaders des Irish Volunteers, ne se souvenait pas d'avoir connu alors Monteith. Mais ce dernier assurait lui avoir serré la main en lui disant sa fierté de voir un Irlandais dénoncer aux yeux du monde les crimes commis contre les aborigènes au Congo et en Amazonie.

Il se rappela les longues promenades qu'il faisait avec Monteith aux alentours du camp de Limburg ou dans les rues de Berlin, parfois à l'aube pâle et froide, parfois au crépuscule dans les premières ombres de la nuit, en parlant jusqu'à l'obsession de l'Irlande. Malgré l'amitié qui était née entre eux, il n'avait jamais réussi à ce que Monteith le traite avec la légèreté qu'on a envers un ami. Le capitaine s'adressait toujours à lui comme à son supérieur politique et militaire, lui cédant la droite sur le trottoir, lui ouvrant les portes, lui approchant sa chaise et le saluant, avant ou après lui avoir serré la main, en claquant des talons et en portant martialement la main à son képi.

Le capitaine Monteith avait entendu parler pour la première fois de la Brigade irlandaise que voulait mettre sur pied Roger Casement en Allemagne de la bouche de Tom Clarke, le discret leader de l'IRB et des Irish Volunteers, et il s'était immédiatement proposé pour aller travailler avec lui. Monteith se trouvait alors confiné à Limerick par l'armée britannique, puni après qu'on eut découvert qu'il dispensait une instruction militaire clandestine aux Volontaires. Tom Clarke avait consulté les autres dirigeants et sa proposition avait été acceptée. Son parcours, que Monteith avait raconté à Roger dans les moindres détails dès qu'ils s'étaient vus en Allemagne, avait connu autant d'avatars qu'un roman d'aventures. Accompagné de son épouse afin d'occulter le contenu politique de son voyage, Monteith était parti de Liverpool pour New York en septembre 1915. Là, les dirigeants nationalistes irlandais l'avaient mis en contact avec le Norvégien Eivind Adler Christensen (en se le rappelant, Roger sentit son estomac se tordre), qui, au port de Hoboken, l'avait introduit en cachette dans un bateau qui devait partir aussitôt pour Christiania, la capitale de la Norvège. L'épouse de Monteith était restée à New York. Christensen l'avait fait voyager en passager clandestin, le faisant changer souvent de cabine et passer de longues heures caché dans les soutes du navire où le Norvégien lui apportait à boire et à manger. Le bateau avait été arraisonné par la Royal Navy en pleine traversée. Un peloton de marins anglais était monté à bord pour vérifier les papiers de l'équipage et des passagers, à la recherche d'espions. Les cinq jours que les marins anglais avaient mis à fouiller le navire, Monteith avait sauté d'une cachette à l'autre — restant parfois accroupi dans des toilettes sous des ballots de linge, et d'autres fois plongé dans un baril de brai — sans être découvert. Pour finir par débarquer clandestinement à Christiania. Sa traversée des frontières suédoise et danoise pour entrer en Allemagne n'avait pas été moins romanesque et l'avait obligé à user de divers déguisements, dont l'un de femme. Quand il était enfin parvenu à Berlin, il avait découvert que le chef qu'il venait servir, Roger Casement, se trouvait en Bavière, malade. Sans plus attendre il avait pris aussitôt le train pour se rendre à l'hôtel bavarois où le malade était en convalescence, et, claquant des talons et la main au front, il s'était présenté sur cette phrase : « C'est le moment le plus heureux de ma vie, sir Roger. »

La seule fois où Casement se rappelait avoir été en désaccord avec le capitaine Robert Monteith, c'était cet après-midi au camp militaire de Zossen, après une causerie de Casement devant les membres de la Brigade irlandaise. Ils prenaient une tasse de thé à la cantine quand Roger, pour une raison qu'il ne se rappelait pas, avait mentionné Eivind Adler Christensen. Le visage du capitaine s'était tordu sur une moue contrariée.

— Je vois bien que vous ne gardez pas un bon souvenir de Christensen, l'avait-il blagué. Vous lui en voulez toujours de vous avoir fait voyager comme passager clandestin de New York jusqu'en Norvège ?

Monteith ne souriait pas. Il était devenu très sérieux.

— Non, monsieur, avait-il marmonné entre ses dents. Pas pour ça.

— Alors pourquoi ?

Monteith avait hésité, mal à l'aise.

— Parce que j'ai toujours pensé que le Norvégien était un espion de l'Intelligence Service.

Roger se souvint que cette phrase lui avait fait l'effet d'un coup de poing à l'estomac.

— Avez-vous quelque preuve de ce que vous avancez ?

— Aucune, monsieur, c'est une simple intuition.

Casement l'avait blâmé et lui avait ordonné de ne plus relancer semblable accusation sans avoir de preuves. Le capitaine avait balbutié ses excuses. Maintenant, Roger aurait donné n'importe quoi pour voir Monteith, ne fût-ce que quelques instants, et lui demander pardon de l'avoir réprimandé cette fois-là : « Vous aviez tout à fait raison, mon ami. Votre intuition ne vous avait pas trompé. Eivind est pire qu'un espion, c'est le diable incarné. Et moi, un imbécile et un naïf pour avoir cru en lui. »

Eivind, une autre de ses grandes erreurs dans cette ultime étape de sa vie. Tout autre que ce « grand enfant » qu'il était, comme le lui avaient dit parfois Alice Stopford Green et Herbert Ward, aurait remarqué quelque chose de suspect dans la façon dont cette incarnation de Lucifer était entrée dans sa vie. Mais pas Roger. Qui avait cru à une rencontre fortuite, à un effet du hasard.

Cela s'était produit en juillet 1914, le jour même où il était arrivé à New York afin de promouvoir les Irish Volunteers parmi les communautés irlandaises des États-Unis, d'obtenir appui et armes, et de s'entretenir avec les leaders nationalistes de la filiale nord-américaine de l'IRB, appelée Clan na Gael, les combattants vétérans John Devoy et Joseph McGarrity. Il était sorti faire un tour dans Manhattan, désertant sa petite chambre d'hôtel humide et étouffante sous l'été new-yorkais, quand il avait été abordé par un jeune homme blond et beau comme un dieu viking, dont la sympathie, le charme et l'aplomb l'avaient aussitôt séduit.

Eivind était grand, athlétique, la démarche féline, le regard bleu profond et un sourire à la fois angélique et canaille. Il n'avait pas un centime et le lui avait fait savoir avec une moue comique, en lui montrant ses poches vides. Roger l'avait invité à boire une bière et à manger un brin. Et il avait cru tout ce que le Norvégien lui avait raconté : qu'il avait vingt-quatre ans et était parti de chez lui, la Norvège, à l'âge de douze ans. En voyageant comme clandestin il s'était débrouillé pour arriver à Glasgow. Depuis lors, il avait travaillé comme soutier dans des bateaux scandinaves et anglais sur toutes les mers du monde. Maintenant, en rade à New York, il vivotait comme il pouvait.

Et Roger l'avait cru ! Sur son étroit grabat, il se recroquevilla douloureusement, saisi par une autre de ces crampes d'estomac qui lui coupaient le souffle. Ces crampes survenaient dans ses moments de grande tension nerveuse. Il se retint de pleurer. Chaque fois qu'il se prenait à avoir pitié et honte de lui-même au point d'avoir les larmes aux yeux, il se sentait ensuite déprimé et dégoûté. Il n'avait jamais été un sentimental enclin à afficher ses émotions, il avait toujours su dissimuler le tumulte de ses sentiments sous un masque de parfaite sérénité. Mais son caractère était devenu différent depuis qu'il était arrivé à Berlin accompagné d'Eivind Adler Christensen le dernier jour d'octobre 1914. Son changement avait-il été tributaire de sa maladie, de son corps brisé, de ses nerfs usés ? Ces derniers mois en Allemagne surtout, quand, malgré tout l'enthousiasme que voulait lui communiquer le capitaine Robert Monteith, il avait compris que son projet de Brigade irlandaise avait échoué, commencé à sentir que le gouvernement allemand n'avait plus confiance en lui (en le prenant peut-être pour un espion britannique) et enfin su que sa dénonciation du complot présumé du consul britannique Findlay en Norvège pour le tuer n'avait pas la répercussion internationale qu'il espérait. Le coup de grâce avait été de découvrir que ses compagnons de l'IRB et des Irish Volunteers en Irlande lui avaient caché jusqu'au dernier moment leurs plans pour l'Insurrection de Pâques. (« Il fallait qu'ils prennent des précautions, pour raisons de sécurité », l'avait tranquillisé Robert Monteith.) Ils s'étaient efforcés, en outre, de le faire rester en Allemagne et lui avaient interdit d'aller les rejoindre. (« Ils pensent à votre santé, monsieur », les excusait Monteith.) Non, ils ne pensaient pas à sa santé. Eux aussi se méfiaient de lui parce qu'ils savaient qu'il était contre une action armée si elle ne coïncidait pas avec une offensive guerrière allemande. Monteith et lui avaient pris ce sous-marin allemand en contrevenant aux ordres des dirigeants nationalistes.

Mais, de tous ses échecs, le plus grand avait été d'avoir mis une confiance tellement aveugle et stupide en Eivind/Lucifer. Celui-ci l'avait accompagné à Philadelphie, pour rencontrer Joseph McGarrity. Et il était resté à ses côtés, à New York, lors du meeting organisé par John Quinn où Roger avait pris la parole devant un auditoire plein de membres de l'Ancien Ordre des Hiberniens, et, aussi, lors du défilé à Philadelphie, le 2 août, de plus de mille Irish Volunteers, que Roger avait harangués au milieu d'applaudissements nourris.

Dès le premier moment, il avait noté la méfiance que Christensen soulevait chez les dirigeants nationalistes des États-Unis. Mais il avait été si énergique, les assurant qu'ils devaient se fier à la discrétion et à la loyauté d'Eivind comme à lui-même, que les dirigeants de l'IRB/Clan na Gael avaient fini par accepter la présence du Norvégien dans toutes les activités publiques de Roger (pas dans les réunions politiques privées) aux États-Unis. Et ils avaient consenti à le voir se rendre avec lui, en tant qu'adjoint, à Berlin.

Et le plus extraordinaire, c'est que même l'étrange épisode de Christiania n'avait pas éveillé les soupçons de Roger. Ils venaient d'arriver dans la capitale norvégienne, sur le chemin de l'Allemagne, quand, le jour même de leur arrivée, Eivind, qui était sorti faire une promenade tout seul, avait été — à ce qu'il lui avait raconté — abordé par des inconnus, enlevé et conduit de force au consulat britannique au 79 Drammensveien. Là, il avait été interrogé par le consul en personne, Mr Mansfeldt de Cardonnel Findlay. Qui lui avait offert de l'argent pour révéler l'identité et les intentions de l'homme qu'il accompagnait en Norvège. Eivind avait juré à Roger qu'il n'avait rien révélé du tout et qu'on l'avait relâché après qu'il eut promis au consul de se renseigner sur ce qu'ils voulaient savoir de ce monsieur dont il ignorait tout, et qu'il accompagnait comme simple guide dans une ville — dans un pays — que cet homme ne connaissait pas.

Et Roger avait gobé ce mensonge fantastique sans penser une seule seconde qu'il était victime d'un traquenard ! Il était tombé dans le panneau comme un enfant idiot !

Eivind Adler Christensen travaillait-il déjà, alors, pour les services britanniques ? Le capitaine de vaisseau Reginald Hall, chef des services secrets de la Marine britannique, et Basil Thomson, chef du Département d'Enquête criminelle de Scotland Yard, ses interrogateurs depuis qu'on l'avait transféré comme détenu à Londres — il avait eu avec eux de très longs échanges cordiaux — lui avaient fourni des indications contradictoires sur le Scandinave. Mais Roger ne se faisait aucune illusion à son sujet. Il avait maintenant la certitude qu'il était absolument faux qu'Eivind ait été enlevé dans les rues de Christiania et emmené de force chez ce consul au nom pompeux : Mansfeldt de Cardonnel Findlay. Ses interrogateurs lui avaient montré, pour le démoraliser sans doute — il avait bien vu qu'il s'agissait de deux fins psychologues —, le rapport du consul britannique dans la capitale norvégienne à son chef du Foreign Office, sur l'arrivée intempestive au consulat, au 79 Drammensveien, d'Eivind Adler Christensen, exigeant de parler avec le consul en personne. Et comment il avait révélé à ce dernier, quand le diplomate avait accepté de le recevoir, qu'il accompagnait un dirigeant nationaliste irlandais qui se rendait en Allemagne avec un faux passeport et sous l'identité fallacieuse de James Landy. Il avait demandé de l'argent en échange de cette information et le consul lui avait remis vingt-cinq couronnes. Eivind lui avait proposé de continuer à lui fournir des informations privées et secrètes sur ce personnage gardant l'incognito, à condition d'être rétribué avec largesse par le gouvernement anglais.

Par ailleurs, Reginald Hall et Basil Thomson avaient fait savoir à Roger que tous ses mouvements en Allemagne — entrevues avec hauts fonctionnaires, militaires et ministres du gouvernement, au ministère des Affaires étrangères de la Wilhelmstrasse, ainsi que ses rencontres avec des prisonniers irlandais à Limburg — avaient été enregistrés avec une grande précision par l'Intelligence Service. De sorte qu'Eivind, en même temps qu'il feignait de comploter avec Roger, en préparant un piège au consul Mansfeldt de Cardonnel Findlay, avait continué à communiquer au gouvernement anglais tout ce que Casement disait, faisait, écrivait, qui il recevait et qui il allait voir pendant son séjour allemand. « J'ai été un imbécile et je mérite mon sort », se répéta-t-il pour la énième fois.

Là-dessus la porte de sa cellule s'ouvrit. On lui apportait son déjeuner. Était-ce déjà midi ? Plongé dans ses souvenirs, il n'avait pas vu passer la matinée. Si tous les jours pouvaient être ainsi, quelle merveille ! Il toucha à peine au bouillon fade et au brouet de choux au poisson. Lorsque le gardien vint remporter ses écuelles, Roger lui demanda la permission d'aller laver son seau de déjections. Une fois par jour, en effet, on lui permettait d'aller aux latrines pour le vider et le rincer. De retour dans sa cellule, il s'allongea à nouveau sur son grabat. Le beau visage souriant d'enfant espiègle d'Eivind/Lucifer revint à sa mémoire et, avec lui, le découragement et le flot d'amertume. Il l'entendit murmurer « Je t'aime » à son oreille et il lui sembla qu'il s'enroulait à lui et l'étreignait. Il s'entendit gémir.

Il avait beaucoup voyagé, vécu des expériences intenses, connu toutes sortes de gens, enquêté sur des crimes atroces contre des peuples primitifs et des communautés indigènes des deux continents. Comment était-il possible d'être encore stupéfait par une personnalité aussi fourbe, aussi cynique et vile que celle de ce Lucifer scandinave ? Qui lui avait menti, l'avait systématiquement abusé en même temps que, se montrant souriant, serviable et affectueux, il l'accompagnait comme un chien fidèle, le servait, s'intéressait à sa santé, allait lui acheter des médicaments, appelait le médecin, lui prenait la température. Mais qui lui soutirait aussi tout l'argent qu'il pouvait. Et s'inventait ensuite ces voyages en Norvège sous prétexte d'aller voir sa mère ou sa sœur, alors qu'il courait au consulat rendre compte des activités conspiratrices, politiques et militaires de son chef et amant. Et qui se faisait tout autant payer là aussi pour ces délations. Et lui qui croyait être maître du jeu ! Roger avait instruit Eivind, puisque les Britanniques voulaient le tuer — selon le

Norvégien le consul Manfeldt de Cardonnel Findlay le lui avait littéralement affirmé —, pour qu'il abonde dans le sens de ce dernier, jusqu'à obtenir des preuves des intentions criminelles des fonctionnaires britanniques à son endroit. Cela aussi Eivind l'avait-il fait savoir au consul et pour combien de couronnes ou de livres sterling ? Et c'est pourquoi ce que Roger avait cru être une opération publicitaire accablante contre le gouvernement britannique — dénoncer publiquement son intention d'assassiner ses adversaires en violant la souveraineté de pays tiers — n'avait pas eu la moindre répercussion. Sa lettre ouverte à sir Edward Grey, dont il avait envoyé copie à tous les gouvernements représentés à Berlin, n'avait même pas fait l'objet d'un accusé de réception d'une seule ambassade.

Mais le pire — Roger sentit à nouveau son estomac se nouer — était venu ensuite, à la fin des longs interrogatoires à Scotland Yard, quand il croyait que Eivind/Lucifer ne reviendrait pas s'infiltrer dans ces dialogues. Le coup de grâce ! Le nom de Roger Casement faisait la une de la presse d'Europe et du monde — un diplomate britannique anobli et décoré par la Couronne allait être jugé pour haute trahison — et la nouvelle de son procès imminent s'étalait partout. C'est alors qu'au consulat britannique de Philadelphie Eivind Adler Christensen s'était présenté pour proposer, par l'intermédiaire du consul, de se rendre en Angleterre afin de déposer contre Casement, à la condition que le gouvernement anglais prenne en charge ses frais de voyage et de séjour « et qu'il reçoive une rémunération acceptable ». Roger n'avait pas douté une seconde de l'authenticité de ce rapport du consul de Grande-Bretagne à Philadelphie que lui avaient montré Reginald Hall et Basil Thomson. Par chance, le blond visage du Luzbel scandinave n'était pas apparu au banc des témoins pendant les quatre jours du procès à Old Bailey. Parce qu'en le voyant Roger n'aurait peut-être pas pu contenir sa rage et son envie de lui tordre le cou.

Était-ce là la face, l'esprit, la malice vipérine du péché originel ? Lors de l'une de ses conversations avec Edmund D. Morel, alors qu'ils se demandaient tous deux comment il se pouvait que des gens qui avaient reçu une éducation chrétienne, des personnes cultivées et civilisées, soient auteurs et complices de ces crimes épouvantables sur lesquels tous deux avaient enquêté au Congo, Roger avait dit : « Quand on a épuisé les explications historiques, sociologiques, psychologiques et culturelles, il reste encore un vaste champ de ténèbres pour arriver à la racine du mal chez les êtres humains, *Bulldog*. Si tu veux le comprendre, il y a un seul moyen, cesser de raisonner et s'en remettre à la religion : c'est ça le péché originel. — Cette explication n'explique rien, *Tiger*. » Ils avaient discuté un long moment, sans arriver à aucune conclusion. Morel affirmait : « Si la raison ultime de la malignité est le péché originel, alors il n'y a pas de solution. Si nous, les hommes, sommes faits pour le mal et le portons en notre âme, pourquoi alors lutter afin de remédier à ce qui est irrémédiable ? »

Il ne fallait pas tomber dans le pessimisme, le *Bulldog* avait raison. Tous les êtres humains ne s'appelaient pas Eivind Adler Christensen. Il y en avait d'autres, nobles, idéalistes, bons et généreux, comme le capitaine Robert Monteith et Morel lui-même. Roger s'attrista. Le *Bulldog* n'avait signé aucune des pétitions en sa faveur. Sans doute désapprouvait-il que son ami (ex-ami, maintenant, comme Herbert Ward ?) ait pris parti pour l'Allemagne. Bien que lui, Casement, ait été contre la guerre et mené une campagne pacifiste qui lui avait valu un procès, Morel ne lui pardonnait sans doute pas son adhésion au Kaiser. Peut-être le tenait-il aussi pour un traître. Comme Conrad.

Roger soupira. Il avait perdu beaucoup d'amis admirables et chers, comme ces deux-là. Combien d'autres avaient-ils dû lui tourner le dos ! Mais, malgré tout, il n'avait pas changé de façon de penser. Non, il ne s'était pas trompé. Il croyait toujours que, dans ce conflit, si l'Allemagne gagnait, l'Irlande serait plus près de l'indépendance. Et qu'elle s'en éloignerait si la victoire favorisait l'Angleterre. Il avait fait ce qu'il avait fait, non pour l'Allemagne, mais pour l'Irlande. Des hommes aussi lucides et intelligents que Ward, Conrad et Morel ne pouvaient-ils le comprendre ?

Le patriotisme aveuglait la lucidité. Alice avait affirmé cela dans un débat houleux, au cours d'une de ces veillées dans sa maison de Grosvenor Road que Roger se rappelait toujours avec tant de nostalgie. Qu'avait dit au juste l'historienne ? « Nous ne devons pas laisser le patriotisme nous ôter la lucidité, la raison, l'intelligence. » Quelque chose comme ça. Mais alors, il se rappela le coup de griffe ironique qu'avait lancé George Bernard Shaw à tous les nationalistes irlandais présents : « Ce sont des choses inconciliables, Alice. Ne vous y trompez pas : le patriotisme est une religion, il est fâché avec la lucidité. C'est de l'obscurantisme pur, un acte de foi. » Il l'avait dit avec cette ironie moqueuse qui mettait toujours mal à l'aise ses interlocuteurs, parce que tous devinaient que, sous ce que le dramaturge disait de façon bonasse, il y avait toujours une intention démolisseuse. « Acte de foi », dans la bouche de ce sceptique, de cet incrédule, voulait dire « superstition, supercherie », ou pire encore. Cependant, cet homme qui ne croyait en rien et déblatérait contre tout était un grand écrivain et il avait porté le prestige des lettres irlandaises plus haut qu'aucun autre de sa génération. Comment pouvait-on construire une grande œuvre sans être un patriote, sans sentir cette profonde consanguinité avec la terre de ses ancêtres, sans aimer et s'émouvoir de l'antique lignée que l'on avait derrière soi ? C'est pourquoi, à devoir choisir entre deux grands créateurs, Roger préférait secrètement Yeats à Shaw. Celui-là assurément était un patriote, il avait nourri sa poésie et son théâtre des vieilles légendes irlandaises et celtes, en les refondant, en les renouvelant, en montrant qu'elles étaient vivantes et pouvaient féconder la littérature du présent. Un instant plus tard il se repentit d'avoir pensé de la sorte. Comment pouvait-il être aussi ingrat envers George Bernard Shaw : parmi les grandes figures intellectuelles de Londres, en dépit de son scepticisme et de ses chroniques contre le nationalisme, nul ne s'était manifesté de façon plus explicite et plus courageuse que lui pour défendre Roger Casement. C'est lui qui avait conseillé une ligne de défense à son avocat que, malheureusement, ce pauvre Serjeant A. M. Sullivan, cette nullité cupide, n'avait pas suivie, et, après la sentence, George Bernard Shaw avait écrit des articles et signé des manifestes en faveur de la commutation de la peine. Il n'était pas indispensable d'être patriote et nationaliste pour se montrer généreux et courageux.

De s'être rappelé ne fût-ce qu'un instant Serjeant A. M. Sullivan le démoralisa, lui fit se rappeler son procès pour haute trahison à Old Bailey, ces quatre jours sinistres de la fin juin 1916. Il n'avait été nullement facile de trouver un plaideur pour le défendre devant le Haut Tribunal. Tous ceux que *maître* George Gavan Duffy, sa famille et ses amis avaient contactés à Dublin et à Londres s'étaient récusés sous divers prétextes. Personne ne voulait défendre un traître à la patrie en temps de guerre. Finalement, l'Irlandais Serjeant A. M. Sullivan, qui n'avait jamais défendu personne devant un tribunal londonien, avait accepté. En exigeant, pour cela oui, une somme élevée que sa sœur Nina et Alice Stopford Green avaient dû réunir au moyen de dons de sympathisants à la cause irlandaise. À l'encontre des vœux de Roger, qui voulait assumer ouvertement sa responsabilité de rebelle et de combattant indépendantiste, et utiliser ce procès comme une plate-forme afin de proclamer le droit de l'Irlande à la souveraineté, l'avocat Sullivan avait imposé une défense légaliste et formelle, contournant l'aspect politique pour soutenir que le statut d'Edouard III sous lequel on jugeait Casement concernait seulement des activités de trahison commises sur le territoire de la Couronne et non à l'étranger. Les actes que l'on imputait à l'accusé ayant eu lieu en Allemagne, Casement ne pouvait par conséquent être considéré comme un traître à l'Empire. Roger n'avait jamais cru au succès de cette stratégie de défense. Pour comble, le jour où il avait présenté sa plaidoirie, Serjeant Sullivan avait offert un spectacle lamentable. Dès le début de sa plaidoirie il avait été pris d'agitation, de convulsions, et, saisi d'une pâleur cadavérique, s'était écrié : « Messieurs les juges : je n'en peux plus ! » avant de s'écrouler dans la salle d'audience, évanoui. L'un de ses assesseurs avait dû conclure la plaidoirie. Encore heureux que Roger, dans sa déclaration finale, ait pu assumer sa propre défense, se déclarant rebelle, défendant le soulèvement de Pâques, réclamant l'indépendance de sa patrie et se disant fier de l'avoir servie. Il s'enorgueillissait de ce texte qui, pensait-il, le justifierait au regard des générations futures.

Quelle heure était-il ? Il n'avait pu s'habituer à ne pas savoir l'heure qu'il était. Ces murs de Pentonville

Prison étaient si épais qu'il avait beau tendre l'oreille, il n'avait jamais pu entendre les bruits de la rue : cloches, moteurs, cris, voix, sifflets. Le brouhaha du marché d'Islington, l'entendait-il vraiment ou l'inventait-il ? Il ne le savait plus. Rien. Silence étrange, sépulcral, que celui de ce moment, qui semblait suspendre le temps, la vie. Les seuls bruits qui filtraient jusqu'à sa cellule provenaient de l'intérieur de la prison : pas étouffés dans le couloir contigu, portes métalliques s'ouvrant et se fermant, voix nasillarde du *sheriff* donnant des ordres à quelque gardien. Maintenant, aucun bruit ne lui parvenait, même de l'intérieur de Pentonville Prison. Le silence l'angoissait, l'empêchait de penser. Il tenta de reprendre la lecture de *L'Imitation de Jésus-Christ*, de Thomas a Kempis, mais ne put se concentrer et reposa le livre par terre. Il essaya de prier, mais la prière lui sembla si mécanique qu'il l'interrompit. Il resta un bon moment immobile, tendu, troublé, l'esprit vide et le regard fixé sur un point du plafond qui avait l'air humide, comme s'il y avait des infiltrations, jusqu'à s'endormir.

Il eut un sommeil tranquille, qui le mena aux forêts amazoniennes, par un matin lumineux et ensoleillé. La brise qui soufflait sur le pont du bateau atténuait les ravages de la chaleur. Il n'y avait pas de moustiques et il se sentait paisible, sans cette brûlure aux yeux qui le tourmentait tellement ces derniers temps, une infection qui semblait invulnérable aux collyres et bains oculaires des ophtalmologistes, sans les douleurs musculaires de l'arthrite ni le feu des hémorroïdes qui lui faisait parfois l'effet d'un tison pénétrant ses entrailles, et sans avoir non plus les pieds gonflés. Il ne souffrait plus d'aucun de ces malaises, aucune de ces maladies ou infirmités, séquelles de ses vingt ans d'Afrique. Il était jeune à nouveau et avait envie de faire ici, dans cet immense fleuve Amazone dont il n'apercevait même pas les berges, une de ces folies qu'il avait tant de fois faites en Afrique : se déshabiller et plonger du haut du bateau dans ces eaux verdâtres, pleines d'algues et d'écume. Il sentirait l'impact de l'eau tiède et épaisse sur tout son corps, une sensation bienfaisante, lustrale, tandis qu'il remontait à la surface et émergeait, et se mettait à nager à longues brasses, glissant avec la facilité et l'élégance d'un dauphin, au flanc du navire. Du haut du pont le capitaine et quelques passagers devaient lui faire signe, à grands gestes, de remonter à bord, sous peine de mourir noyé ou dévoré par quelque *yacumama*, ces serpents fluviaux qui avaient parfois dix mètres de long et pouvaient déglutir un homme entier.

Était-il près de Manaus ? De Tabatinga ? Du Putumayo ? D'Iquitos ? En amont ou en aval du fleuve ? Quelle importance ? L'essentiel était qu'il se sentait mieux qu'il ne se rappelait l'avoir été depuis longtemps, et, tandis que le bateau glissait lentement sur cette surface glauque, le ronronnement du moteur berçant ses pensées, Roger passait une fois de plus en revue ce que serait son destin, maintenant qu'il avait enfin renoncé à la diplomatie et récupéré sa totale liberté. Il renoncerait à son appartement londonien d'Ebury Street et s'en irait en Irlande. Il partagerait son temps entre Dublin et l'Ulster. Il ne vouerait pas toute sa vie à la politique. Il réserverait une heure par jour, un jour par semaine, une semaine par mois à l'étude. Il reprendrait l'apprentissage de l'irlandais et surprendrait un jour Alice en s'adressant à elle dans un gaélique fluide. Et les heures, journées et semaines consacrées à la politique se concentreraient sur la grande politique, celle qui intéressait le dessein prioritaire et central — l'indépendance de l'Irlande et la lutte contre le colonialisme —, et il refuserait de perdre son temps en intrigues, rivalités, émulations des politicards avides de se gagner de petits espaces de pouvoir, au parti, dans la cellule, dans la brigade, au risque d'oublier, voire de saboter leur tâche primordiale. Il voyagerait beaucoup en Irlande, en faisant de grandes excursions dans les *glens* d'Antrim, au Donegal, en Ulster, à Galway, dans des lieux écartés et isolés comme la province du Connemara et Tory Island où les pêcheurs ne savaient pas l'anglais et ne s'exprimaient qu'en gaélique, et il s'entendrait à merveille avec ces paysans, artisans, pêcheurs qui, par leur stoïcisme, leur labeur et leur patience, avaient résisté à l'écrasante présence du colonisateur, conservant leur langue, leurs coutumes et leurs croyances. Il les écouterait, apprendrait d'eux, écrirait des essais et des poèmes sur la geste silencieuse et héroïque, vieille de tant de siècles, de ces gens humbles grâce auxquels l'Irlande n'avait pas disparu et était encore une nation.

Un bruit métallique le tira de ce rêve délicieux. Il ouvrit les yeux. Le geôlier était entré et lui tendit l'écuelle de soupe de semoule avec un bout de pain qui était son dîner de chaque soir. Il fut sur le point de lui demander l'heure, mais il se retint parce qu'il savait qu'il ne lui répondrait pas. Il émietta son pain et le jeta dans la soupe, qu'il but à longues cuillerées espacées. Un autre jour s'était écoulé et le lendemain serait peut-être décisif.

X

La veille de son départ sur le *Liberal* pour le Putumayo, Roger Casement décida de parler franchement avec Mr Stirs. Depuis dix jours qu'il était à Iquitos il avait eu maintes conversations avec le consul anglais, sans oser aborder la question. Il savait que sa mission lui avait valu beaucoup d'ennemis, non seulement à Iquitos, mais dans toute la région amazonienne ; il était absurde de se mettre en froid, par-dessus le marché, avec un collègue qui pourrait lui être d'une grande utilité dans les jours et les semaines à venir, en cas de problème sérieux avec les caoutchoutiers. Mieux valait ne pas mentionner ce sujet scabreux.

Et pourtant, ce soir-là, tandis que le consul et lui prenaient leur habituel verre de porto dans le salon de Mr Stirs, en écoutant l'averse tambouriner sur le toit de calamine et les trombes d'eau secouer les vitres et la balustrade de la terrasse, Roger abandonna sa prudence.

— Quelle opinion avez-vous du père Ricardo Urrutia, Mr Stirs ?

— Le supérieur des augustins ? Je le fréquente peu, mais mon opinion est plutôt bonne. Vous l'avez pas mal vu ces derniers jours, non ?

Le consul devinait-il qu'ils s'engageaient dans des sables mouvants ? Il y avait dans ses petits yeux saillants une lueur inquiète. Sa calvitie luisait sous les reflets de la lampe à huile qui grésillait sur la table basse au centre de la pièce. L'éventail dans sa main droite avait cessé son va-et-vient.

— Voilà, le père Urrutia est ici depuis un an à peine et n'est pas sorti d'Iquitos, dit Casement. Aussi, sur ce qui se passe dans les exploitations de caoutchouc du Putumayo, ne sait-il pas grand-chose. En revanche, il m'a beaucoup parlé d'un autre drame humain dans la ville.

Le consul sirota une gorgée de porto. Il recommença à s'éventer et Roger eut l'impression que son visage rond avait légèrement rougi. Dehors, la tempête faisait rage, avec de longs et sourds roulements de tonnerre et parfois un éclair illuminait une seconde l'obscurité de la forêt.

— Celui des petits garçons et des petites filles volés dans les tribus, poursuivit Roger. Amenés ici et vendus à des familles pour vingt ou trente soles.

M. Stirs demeura muet, à l'observer. Il s'éventait maintenant avec furie.

— D'après le père Urrutia, presque tous les domestiques d'Iquitos ont été volés et vendus, ajouta Casement. — Et, regardant le consul droit dans les yeux : — C'est exact ?

Mr Stirs poussa un soupir prolongé et s'agita sur son fauteuil à bascule, sans cacher l'antipathie qu'il éprouvait. Son visage semblait dire : « Vous ne pouvez pas savoir comme je suis content que vous partiez demain au Putumayo. Fasse le ciel que nous n'ayons plus à nous croiser, monsieur Casement. »

— Ces choses n'arrivaient-elles pas au Congo ? répondit-il, évasif.

— Elles arrivaient, en effet, mais pas aussi couramment qu'ici. Permettez-moi une impertinence. Les quatre domestiques que vous avez, les avez-vous engagés ou achetés ?

— J'en ai hérité, dit sèchement le consul de Grande-Bretagne. Ils faisaient partie de la maison, quand mon prédécesseur, le consul Cazes, est rentré en Angleterre. On ne peut pas dire que je les aie engagés parce que, ici à Iquitos, ça ne se fait pas. Ils sont tous les quatre analphabètes et ne sauraient ni lire ni signer un contrat. Ils ont dans cette maison le gîte et le couvert, c'est moi qui les habille, et je leur donne même des pourboires, ce qui, croyez-moi, ne court pas les rues par ici. Ils sont tous libres de me quitter le jour où ils voudront. Parlez avec eux et demandez-leur s'ils aimeraient chercher du travail ailleurs. Vous verrez leur réaction, monsieur Casement.

Ce dernier acquiesça et but une gorgée de porto.

— Je ne voulais pas vous offenser, s'excusa-t-il. J'essaie de comprendre dans quel pays je me trouve, les valeurs et coutumes d'Iquitos. Loin de moi l'intention de jouer à vos yeux les inquisiteurs.

L'expression du consul était hostile, à présent. Il s'éventait au ralenti et, en plus de la haine, il y avait dans ses yeux de l'appréhension.

— Non, pas les inquisiteurs, les justiciers, le corrigea-t-il, avec une nouvelle moue de déplaisir. Ou, si vous préférez, les héros. Je vous ai déjà dit que je n'aime pas les héros. Ne prenez pas mal ma franchise. De toute façon, ne vous faites pas d'illusions. Vous n'allez pas changer ce qui se passe ici, monsieur Casement. Et le père Urrutia non plus. Dans un certain sens, ces enfants ont de la chance. D'être domestiques, je veux dire. Ce serait mille fois pire pour eux de grandir dans les tribus, mangeant leurs poux, mourant de paludisme et autres saletés avant l'âge de dix ans, ou travaillant comme des bêtes dans les plantations de caoutchouc. Ils vivent mieux ici. Je sais que je vous choque sans doute avec mon pragmatisme.

Roger Casement ne répondit rien. Il savait ce qu'il voulait savoir. Et, aussi, qu'il venait probablement de se faire, en la personne du consul de Grande-Bretagne à Iquitos, un nouvel ennemi dont il lui faudrait se garder.

— Je suis venu ici servir mon pays dans le domaine des activités consulaires, ajouta Mr Stirs, en regardant sur le sol le tapis de vannerie. Je m'acquitte de mes tâches avec conscience, croyez-moi. Les ressortissants britanniques, qui sont peu nombreux, je les connais, les défends et les aide chaque fois que le besoin s'en fait sentir. Je fais mon possible pour encourager le commerce entre l'Amazonie et l'Empire britannique. Je tiens mon gouvernement informé du mouvement commercial, des bateaux qui vont et viennent, des incidents de frontière. Il n'entre pas dans mes attributions de combattre l'esclavage ou les abus commis par les métis ou les Blancs du Pérou sur les Indiens de l'Amazone.

— Je regrette de vous avoir offensé, monsieur Stirs. N'en parlons plus.

Roger se leva, souhaita une bonne nuit au maître de maison et se retira dans sa chambre. La tempête s'était calmée mais il pleuvait encore. Sa petite terrasse était trempée. Il y avait une odeur dense de plantes et de terre humide. La nuit était sombre et la rumeur des insectes intense, comme s'ils n'étaient pas seulement dans la forêt mais à l'intérieur de la pièce. Avec la bourrasque, il était tombé une autre pluie, celle de ces scarabées noirs que l'on appelait *vinchucas*. Demain leurs cadavres tapisseraient la terrasse et, s'il en écrasait, ils craqueraient comme des noix et tacheraient le sol d'un sang brunâtre. Il se déshabilla, mit son pyjama et se glissa dans son lit, sous la moustiquaire.

Il avait été imprudent, bien sûr. Offenser le consul, un pauvre homme, peut-être un brave homme, qui espérait seulement arriver à la retraite sans se compliquer l'existence, retourner en Angleterre et s'enterrer en cultivant son jardin dans le cottage du Surrey qu'il avait dû payer peu à peu avec ses économies. C'est ce que lui aurait dû faire, moins de maladies accableraient son corps et moins d'angoisses son âme.

Il se souvint de sa violente discussion sur le *Huayna*, le bateau qui l'avait mené de Tabatinga, à la frontière entre Pérou et Brésil, jusqu'à Iquitos, avec le caoutchoutier Víctor Israel, Juif de Malte, établi depuis des années en Amazonie et avec lequel il avait eu de longs entretiens très distrayants sur le pont du bateau. Víctor Israel portait des vêtements extravagants, des déguisements aurait-on dit, parlait un anglais impeccable et racontait avec esprit sa vie aventureuse semblant tout droit sortie d'un roman picaresque, pendant qu'ils jouaient au poker, en buvant de petits verres de cognac, que le caoutchoutier adorait. Il avait la fâcheuse habitude de tirer sur les flamants roses qui survolaient le bateau avec un gros pistolet d'une autre époque, mais, heureusement, ne touchait sa cible que rarement. Jusqu'au jour où, Roger ne se rappelait plus à quel propos, Víctor Israel avait fait l'apologie de Julio C. Arana. Cet homme était en train de tirer l'Amazonie de la sauvagerie et de l'intégrer au monde moderne. Il avait défendu les « raids », grâce auxquels, disait-il, il y avait encore des bras pour collecter le caoutchouc. Car le grand problème de la forêt, c'était le manque de travailleurs disposés à recueillir la précieuse substance dont le Créateur avait bien voulu doter cette région et bénir les Péruviens. Cette « manne du ciel » était gâchée par la paresse et la stupidité de ces sauvages qui refusaient de travailler à la collecte du latex et obligeaient les caoutchoutiers à aller dans les tribus les ramener de force. Ce qui signifiait une grosse perte de temps et d'argent pour les entreprises.

— Bon, c'est une façon de voir les choses, l'avait tranquillement interrompu Roger Casement. Il y en a aussi une autre.

Víctor Israel était très grand, d'une minceur extrême, avec des mèches blanches dans une épaisse chevelure raide qui lui arrivait aux épaules. Il avait une barbe de plusieurs jours sur son long visage osseux et de petits yeux triangulaires, quelque peu méphistophéliques, qui fixèrent Roger Casement d'un air déconcerté. Il portait un gilet rouge et, par-dessus, des bretelles, avec une écharpe de fantaisie posée sur ses épaules.

— Que voulez-vous dire ?

— Je pense au point de vue de ceux que vous traitez de sauvages, avait expliqué Casement, sur le ton bon enfant de qui parle de la pluie et du beau temps, ou des moustiques. Mettez-vous un instant à leur place. Ils sont là, dans leur village, où ils ont vécu des années ou des siècles. Un beau jour débarquent des messieurs blancs ou métis, armés de fusils et de revolvers, qui les forcent à abandonner famille, cultures, maison, pour aller collecter le caoutchouc à des dizaines ou des centaines de kilomètres, au profit d'étrangers n'ayant pour toute raison que la force dont ils disposent. Partiriez-vous avec plaisir recueillir le fameux latex, don Víctor ?

— Moi je ne suis pas un sauvage qui vit nu, adore la *yacumama* et noie ses gosses dans le fleuve s'ils naissent avec un bec-de-lièvre, avait répliqué le caoutchoutier, en éclatant d'un rire sardonique qui soulignait sa réprobation. Mettez-vous sur le même plan les cannibales d'Amazonie et nous, pionniers, entrepreneurs et commerçants, qui travaillons dans des conditions héroïques et risquons notre vie pour faire de ces forêts une terre civilisée ?

— Peut-être avons-nous tous les deux une idée différente de la civilisation, mon ami, avait dit Roger Casement, toujours de ce petit ton bonhomme qui avait l'air d'irriter prodigieusement Víctor Israel.

Le botaniste Walter Folk et Henry Fielgald se trouvaient à la même table de poker, tandis que les autres membres de la Commission se reposaient dans leurs hamacs. C'était une nuit paisible et tiède, et la pleine lune illuminait les eaux de l'Amazone d'un éclat argenté.

— J'aimerais connaître votre idée de la civilisation, avait déclaré Víctor Israel. Ses yeux et sa voix jetaient des éclairs. Son irritation était telle que Roger s'était demandé si le caoutchoutier n'allait pas empoigner soudain l'antique pistolet qu'il avait dans sa cartouchière pour tirer sur lui.

— C'est, en gros, celle d'une société où l'on respecte la propriété privée et la liberté individuelle, avait-il expliqué, très calmement, tous ses sens en alerte au cas où Víctor Israel tenterait de l'agresser. Par exemple, les lois britanniques interdisent aux colons d'occuper les terres des indigènes dans les colonies. Elles interdisent aussi, sous peine d'emprisonnement, d'user de la force contre ces mêmes indigènes, s'ils refusent de travailler dans les mines ou les champs. Vous n'avez pas, vous, cette idée de la civilisation. Je me trompe peut-être ?

La maigre poitrine de Víctor Israel montait et descendait sous son étrange chemise à manches bouffantes qu'il portait boutonnée jusqu'au cou et son gilet rouge. Il avait passé les pouces dans ses bretelles et ses petits yeux triangulaires injectés de sang flamboyaient. Sa bouche ouverte laissait voir une rangée de dents irrégulières tachées de nicotine.

— D'après ce critère, avait-il affirmé en persiflant, nous les Péruviens devrions laisser l'Amazonie croupir à l'âge de pierre pour les siècles des siècles. Afin de ne pas offenser ces païens et ne pas occuper ces terres dont ils ne savent que faire vu leur paresse et leur refus de travailler. Gaspiller une richesse qui pourrait élever le niveau de vie des Péruviens et faire du Pérou un pays moderne. Voilà ce que la Couronne britannique propose pour ce pays, monsieur Casement ?

— L'Amazonie est une grande réserve de richesses, sans doute, avait acquiescé Casement, sans se troubler. Il est tout à fait juste que le Pérou les mette à profit. Mais sans exploiter les indigènes, sans les prendre en chasse comme des bêtes ni les faire travailler comme des esclaves. Plutôt en les intégrant à la civilisation au moyen d'écoles, d'hôpitaux, d'églises.

Víctor Israel s'était mis à rire, tressautant comme un pantin à ressorts.

— Dans quel monde vivez-vous, monsieur le consul ! s'était-il exclamé, en levant de façon théâtrale ses mains aux longs doigts squelettiques. On voit que vous ne vous êtes jamais frotté à un cannibale. Savez-vous combien de chrétiens ont été mangés par ceux d'ici ? Combien de Blancs et de métis ils ont tués avec leurs lances et leurs flèches empoisonnées ? Combien de têtes ils ont réduites à la façon des Shapras ? Nous reparlerons de tout ça quand vous aurez un peu plus d'expérience de la barbarie.

— J'ai vécu près de vingt ans en Afrique et je

n'ignore pas ce genre de choses, monsieur Israel, lui avait assuré Casement. Soit dit en passant, j'ai connu là-bas beaucoup de Blancs qui pensaient comme vous.

Pour éviter de voir le débat tourner carrément à l'aigre, Walter Folk et Henry Fielgald avaient orienté la conversation vers des sujets moins épineux. Ce soir, dans son insomnie, après ces dix jours à Iquitos passés à interroger des gens de toute condition, à prendre en note des douzaines d'opinions recueillies ici et là auprès d'autorités, de juges, de militaires, de patrons de restaurants, pêcheurs, proxénètes, vagabonds, prostituées et employés de bordels et de bars, Roger Casement se dit que l'écrasante majorité des Blancs et des métis d'Iquitos, Péruviens et étrangers, pensaient comme Víctor Israel. Pour eux les indigènes d'Amazonie n'étaient pas, à proprement parler, des êtres humains, mais une forme inférieure et méprisable de l'existence, plus proche des animaux que des gens civilisés. C'est pourquoi il était légitime de les exploiter, de les fouetter, de les séquestrer, de les emmener de force dans les exploitations de caoutchouc, ou, s'ils résistaient, de les tuer comme on abat un chien qui a la rage. C'était une vision si généralisée de l'indigène que, ainsi que le disait le père Ricardo Urrutia, personne ne s'étonnait que les domestiques d'Iquitos soient des enfants volés et vendus aux familles du Loreto pour l'équivalent d'une ou deux livres sterling. L'angoisse l'obligea à ouvrir la bouche et à respirer profondément jusqu'à emplir d'air ses poumons. Si, sans sortir de cette ville, il avait vu et appris tout cela, que ne verrait-il pas au Putumayo ?

Les membres de la Commission partirent d'Iquitos dans la matinée du 14 septembre 1910. Roger emmenait comme interprète Frederick Bishop, l'un des Barbadiens qu'il avait interrogés. Bishop parlait l'espagnol et assurait qu'il pouvait comprendre et se faire comprendre dans les deux dialectes les plus pratiqués par les indigènes des exploitations : le bora et le huitoto. Le *Liberal*, le plus grand de la flotte de quinze bateaux de la Peruvian Amazon Company, était bien conservé. Il disposait de petites cabines où les voyageurs pouvaient s'installer deux par deux. Il y avait des hamacs à la proue et à l'arrière pour ceux qui préféraient dormir à la belle étoile. Bishop redoutait de retourner au Putumayo et avait demandé à Roger Casement de lui certifier par écrit que la Commission le protégerait pendant le voyage et le ferait rapatrier ensuite à la Barbade par le gouvernement britannique.

La navigation d'Iquitos à La Chorrera, capitale de l'énorme territoire entre les fleuves Napo et Caquetá où opérait la Peruvian Amazon Company de Julio C. Arana, dura huit jours de chaleur, de nuages de moustiques, d'ennui et de monotonie du paysage et des bruits. Le bateau descendit l'Amazone, dont la largeur à partir d'Iquitos croissait jusqu'à rendre ses bords invisibles, passa à Tabatinga la frontière du Brésil et continua à descendre au fil du Yavarí, pour ensuite revenir au Pérou par l'Igaraparaná. Sur ce tronçon, les rives se rapprochaient et parfois les lianes et les branches des grands arbres survolaient le pont du navire. L'on entendait et voyait des bandes de perroquets crier en zigzaguant dans la forêt, ou de flegmatiques flamants roses prendre le soleil sur quelque îlot, en équilibre sur une patte, d'énormes carapaces de tortues dont la couleur brune se détachait sur des eaux un peu moins foncées, et, parfois, le dos hérissé d'un caïman somnolant dans la vase de la berge, vers qui fusaient des coups de fusil ou de revolver tirés du bateau.

Roger Casement passa une bonne partie du trajet à mettre de l'ordre dans ses notes et cahiers d'Iquitos et à élaborer un plan de travail pour les mois qu'il allait passer sur les domaines de Julio C. Arana. Selon les instructions du Foreign Office il devait se borner à interroger les Barbadiens qui travaillaient dans les comptoirs, parce qu'ils étaient citoyens britanniques, et laisser en paix les employés péruviens et d'autres nationalités, pour ne pas froisser la susceptibilité du gouvernement du Pérou. Mais il n'avait pas l'intention de respecter ces limites. Son enquête serait boiteuse, manchote et borgne de surcroît, s'il ne s'informait pas aussi auprès des directeurs de comptoir, de leurs *muchachos* ou *racionales* — Indiens hispanisés chargés de la surveillance des travaux et de l'application des sanctions — et des indigènes eux-mêmes. C'était la seule manière d'avoir une vision exacte de la façon dont la Compagnie de Julio C. Arana violait les lois et la morale dans ses relations avec les natifs.

À Iquitos, Pablo Zumaeta avait avisé les membres de la Commission que, sur les instructions d'Arana, la Compagnie les avait fait précéder au Putumayo par l'un de ses principaux cadres, M. Juan Tizón, chargé de les accueillir et de faciliter leurs déplacements et leur travail. Les commissionnaires avaient supposé que la raison véritable du voyage de Tizón au Putumayo était d'effacer toute trace des exactions et de leur offrir une image maquillée de la réalité.

Ils arrivèrent à La Chorrera le 22 septembre 1910, à la mi-journée. Le nom de l'endroit venait des torrents — *chorros* — et cataractes provoqués par un brusque rétrécissement du lit du fleuve, spectacle superbe et fracassant d'écume, de bruit, de roches humides et de tourbillons qui rompaient la monotonie du cours de l'Igaraparaná, l'affluent sur les rives duquel se trouvait le quartier général de la Peruvian Amazon Company. Pour parvenir de l'embarcadère jusqu'aux bureaux et aux logis de La Chorrera, il fallait grimper une côte escarpée, glaiseuse et embroussaillée. Les bottes des voyageurs s'enfonçaient dans la boue et ils devaient, pour ne pas tomber, s'appuyer parfois sur les porteurs indiens qui transportaient les bagages. Tout en saluant ceux qui venaient les accueillir, Roger, avec un petit frisson, s'aperçut qu'un sur trois ou quatre des indigènes à moitié nus qui portaient les paquets ou les regardaient avec curiosité depuis la berge, se frappant les bras du plat de leurs mains pour éloigner les moustiques, avait sur le dos, les fesses et les cuisses des cicatrices qui ne pouvaient être que de coups de fouet. Le Congo, oui, le Congo partout.

Juan Tizón était un homme de haute taille, habillé de blanc, aux manières aristocratiques, très courtois, qui parlait suffisamment l'anglais pour s'entendre avec lui. Il devait friser la cinquantaine et l'on sentait d'une lieue, à son visage soigneusement rasé, sa petite moustache bien taillée, ses mains fines et sa mise soignée, qu'il n'était pas dans son élément, ici en pleine forêt, qu'il était un homme de bureau, de salons, un citadin. Il leur souhaita la bienvenue en anglais et en espagnol, et les présenta à son accompagnateur, dont le seul nom fit naître chez Roger de la répulsion : Víctor Macedo, chef de La Chorrera. Celui-là, au moins, n'avait pas pris la fuite. Les articles de Saldaña Roca et d'Hardenburg dans la revue *Truth* de Londres le désignaient comme l'un des plus sanguinaires lieutenants d'Arana au Putumayo.

Pendant qu'ils escaladaient la pente, il l'observa. C'était un homme d'âge indéfinissable, trapu, plutôt petit, un *cholo* blanchi mais avec les traits un peu orientaux d'un indigène, nez aplati, bouche aux lèvres très épaisses toujours entrouvertes qui laissaient voir deux ou trois dents en or, l'expression dure de quelqu'un tanné par le grand air. Il avait un regard légèrement oblique, comme s'il cherchait à éviter l'éclat du soleil ou craignait de regarder les gens en face. Tizón ne portait pas d'arme, mais Víctor Macedo avait un revolver en évidence à la ceinture de son pantalon.

Il y avait sur le vaste terre-plein des constructions de bois sur pilotis — de gros troncs d'arbres ou des colonnes de ciment — avec des balustrades au premier étage, des toits de calamine pour les plus grandes ou, pour les plus petites, de palmes tressées. Tizón leur expliquait tout en montrant — « Ici se trouvent les bureaux », « Là, ce sont des dépôts pour le caoutchouc », « C'est dans cette maison que vous serez logés » — mais Roger l'entendait à peine. Il observait les groupes d'indigènes à moitié ou totalement nus qui jetaient sur eux un coup d'œil indifférent ou évitaient de les regarder : hommes, femmes et enfants malingres, certains le visage et le torse peints, aux jambes aussi maigres que des roseaux, à la peau pâle, jaunâtre, et, parfois, avec des incisions et des pendentifs aux lèvres et aux oreilles qui lui rappelèrent les indigènes africains. Mais ici il n'y avait pas de Noirs. Les rares mulâtres et café au lait qu'il aperçut portaient des pantalons et de courtes bottes, et faisaient sans doute partie du contingent de la Barbade. Il en compta quatre. Les *muchachos* ou *racionales*, il les reconnut tout de suite car, bien qu'Indiens et nu-pieds, ils s'étaient coupé les cheveux, se coiffaient comme les « chrétiens », portaient pantalons et casaques, et avaient bâtons et fouets accrochés à la ceinture.

Tandis que les membres de la Commission durent loger à deux dans les chambres, Roger Casement eut le privilège d'en avoir une pour lui seul. C'était une pièce étroite, avec un hamac en guise de lit, et un meuble pouvant servir à la fois de malle et de bureau. Sur une petite table se trouvaient une cuvette, un broc d'eau et une glace. On lui expliqua qu'au rez-de-chaussée, à côté de l'entrée, il y avait une fosse septique et des douches. À peine installé et ses affaires déposées, avant de s'asseoir pour le repas, Roger déclara à Juan Tizón qu'il voulait commencer dès l'après-midi à interroger tous les Barbadiens présents à La Chorrera.

À ce moment-là il avait déjà dans le nez cette odeur rance et pénétrante, oléagineuse, semblable à celle des plantes et des feuilles pourries. Elle imprégnait tous les coins de La Chorrera et devait l'accompagner jour et nuit les trois mois que dura son voyage au Putumayo, une odeur à laquelle il ne s'habitua jamais, qui le fit vomir et lui donnait la nausée, une pestilence qui semblait venir de l'air, de la terre, des objets et des êtres humains, et qui deviendrait dès lors, pour Roger Casement, le symbole de la malignité et de la souffrance que cette gomme excrétée par les arbres de l'Amazonie avait exacerbées à un point vertigineux. « C'est curieux, avait-il dit à Juan Tizón, le jour de son arrivée, au Congo je me suis souvent trouvé dans des exploitations et des dépôts de caoutchouc. Mais, autant que je m'en souvienne, le latex congolais ne dégageait pas une odeur si puissante et si désagréable. — Ce sont des variétés différentes, lui avait expliqué Tizón, celui-ci sent plus fort et il est aussi plus résistant que l'africain. Dans les balles qui partent en Europe on met du talc pour atténuer la pestilence. »

Le nombre de Barbadiens était de 196 pour toute la région du Putumayo, mais il n'y en avait que six à La Chorrera. Deux d'entre eux refusèrent d'emblée de parler avec Roger, malgré l'assurance que celui-ci leur donna, par l'intermédiaire de Bishop, que leur témoignage se ferait en privé, qu'ils ne seraient en aucun cas poursuivis pour ce qu'ils pourraient dire, et que lui s'occuperait personnellement de leur faire regagner la Barbade s'ils ne voulaient pas continuer à travailler pour la Compagnie d'Arana.

Les quatre qui acceptèrent de témoigner se trouvaient au Putumayo depuis près de sept ans et avaient servi la Peruvian Amazon Company dans divers comptoirs comme contremaîtres, un poste intermédiaire entre les chefs et les *muchachos* ou *racionales*. Le premier avec lequel il s'entretint, Donal Francis, un grand Noir râblé qui boitait et avait une taie à un œil, était si nerveux et si méfiant que Roger supposa tout de suite qu'il n'en tirerait pas grand-chose. Il répondait par monosyllabes et nia toutes les accusations. Selon lui, à La Chorrera chefs, employés et « même sauvages » s'entendaient parfaitement. Il n'y avait jamais eu de problèmes, et de violences encore moins. On l'avait bien endoctriné sur ce qu'il convenait de dire et de faire devant la Commission.

Roger transpirait copieusement. Il buvait de l'eau à petites gorgées. Seraient-ils aussi inutiles que celui-ci, les autres entretiens avec les Barbadiens du Putumayo ? Ils ne le furent pas. Philip Bertie Lawrence, Seaford Greenwich et Stanley Sealy, surtout ce dernier, après avoir surmonté une prévention initiale et reçu la promesse de Roger, au nom du gouvernement britannique, qu'ils seraient rapatriés à la Barbade, se mirent à parler, à tout raconter et à s'accuser eux-mêmes avec une véhémence parfois frénétique, comme impatients de décharger leur conscience. Stanley Sealy illustra son témoignage de tels exemples, de telles précisions que, malgré sa longue expérience des atrocités humaines, Casement en eut à certains moments le cœur retourné et une angoisse qui lui permettait à peine de respirer. Lorsque le Barbadien cessa de parler, il faisait déjà nuit. Le bourdonnement des insectes nocturnes était assourdissant, comme s'ils étaient des milliers à voltiger alentour. Ils étaient assis sur un banc de bois, sur la terrasse à côté de la chambre de Roger. Ils avaient fumé à eux deux un paquet de cigarettes. Dans l'obscurité croissante, Roger ne pouvait plus voir les traits de ce mulâtre de petite taille qu'était Stanley Sealy, seulement le contour de sa tête et ses bras musclés. Il était à La Chorrera depuis peu de temps, après avoir travaillé deux ans au comptoir d'Abisinia, comme bras droit des chefs Abelardo Agüero et Augusto Jiménez, et, avant, à Matanzas, avec Armando Normand. Ils restaient silencieux. Roger sentait les piqûres des moustiques sur son visage, son cou et ses bras, mais il n'avait pas le courage de les chasser.

Soudain, il se rendit compte que Sealy était en train de pleurer. Il avait porté les mains à son visage et sanglotait tout bas, avec des soupirs qui gonflaient sa poitrine. Roger voyait des larmes briller dans ses yeux.

— Crois-tu en Dieu ? lui demanda-t-il. Es-tu quelqu'un de religieux ?

— Je l'ai été enfant, je crois, gémit le mulâtre d'une voix entrecoupée. Ma marraine m'amenait à l'église le dimanche, là-bas à St. Patrick, le village où je suis né. Maintenant, je ne sais pas.

— Je te le demande parce que peut-être cela t'aiderait, si tu parlais à Dieu. Je ne te dis pas de le prier, mais de lui parler. Essaie. Avec la même franchise que celle que tu as eue avec moi. Raconte-lui ce que tu ressens, pourquoi tu pleures. Lui peut mieux t'aider que moi, en tout cas. Moi je ne sais pas comment faire. Je me sens aussi désorienté que toi, Stanley.

Tout comme Philip Bertie Lawrence et Seaford Greenwich, Stanley Sealy était disposé à répéter son témoignage devant les membres de la Commission et, même, devant M. Juan Tizón. À condition de rester auprès de Casement et de faire avec lui le voyage à Iquitos et ensuite à la Barbade.

Roger entra dans sa chambre, alluma les lampes à huile, ôta sa chemise et se lava le torse, les aisselles et le visage avec l'eau de la cuvette. Il aurait aimé prendre une douche, mais il lui aurait fallu descendre et le faire au grand air, et il savait que son corps serait dévoré par les moustiques qui, le soir, se multipliaient en nombre et en férocité.

Il descendit dîner au rez-de-chaussée, dans une salle à manger également éclairée par des quinquets. Juan Tizón et ses compagnons de voyage étaient en train de boire un whisky tiède et coupé d'eau. Ils bavardaient debout, tandis que trois ou quatre serviteurs indigènes, à demi nus, apportaient des poissons frits ou au four, du manioc bouilli, des patates douces et de la farine de maïs dont ils saupoudraient les aliments comme le faisaient les Brésiliens avec la *farinha*. D'autres chassaient les mouches avec des éventails de paille.

— Comment cela a-t-il été avec les Barbadiens ? lui demanda Juan Tizón, en lui tendant un verre de whisky.

— Mieux que je ne m'y attendais, monsieur Tizón. Je craignais des réticences. Mais, au contraire. Trois d'entre eux m'ont parlé en toute franchise.

— J'espère que vous partagerez avec moi les plaintes que vous recevrez, dit Tizón, moitié en plaisantant moitié sérieusement. La Compagnie est prête à tous les changements nécessaires, et à des améliorations. Telle a toujours été la politique de M. Arana. Bon, j'imagine que vous avez faim. À table, messieurs !

Ils s'assirent et commencèrent à se servir des différents plats. Les membres de la Commission avaient passé l'après-midi à parcourir les installations de La Chorrera et, par l'intermédiaire de Bishop, à discuter avec les employés de l'administration et des dépôts. Ils avaient tous l'air fatigués et peu désireux de parler. Leurs expériences ce premier jour auraient-elles été aussi déprimantes que les siennes ?

Juan Tizón leur offrit du vin mais, comme il les avait prévenus que, du fait du transport et du climat, le vin français avait tendance à se troubler et parfois à s'aigrir, ils préférèrent tous continuer au whisky.

Au milieu du repas, Roger commenta, en regardant les Indiens qui faisaient le service :

— J'ai vu beaucoup d'Indiens et d'Indiennes de La Chorrera avec des cicatrices sur le dos, les fesses et les cuisses. Cette jeune fille, par exemple. Combien de coups reçoivent-ils, communément, quand on les fouette ?

Il se fit un silence général, où s'accentuèrent le grésillement des lampes à huile et le bourdonnement des insectes. Tout le monde regardait Juan Tizón, avec sérieux.

— Ces cicatrices, ils se les font la plupart du temps eux-mêmes, affirma celui-ci, mal à l'aise. Ils ont dans leurs tribus ces rites d'initiation assez barbares, vous savez, comme de se faire des trous sur le visage, les lèvres, les oreilles, le nez, pour y introduire des anneaux, des dents et toutes sortes de pendentifs. Je ne nie pas que certaines puissent être le fait de contremaîtres qui n'ont pas respecté les dispositions de la Compagnie. Notre règlement interdit catégoriquement les châtiments physiques.

— Ce n'était pas le but de ma question, monsieur Tizón, s'excusa Casement. C'était plutôt que, malgré toutes ces cicatrices, je n'ai vu aucun Indien avec la marque de la Compagnie sur le corps.

— Je ne sais pas ce que vous voulez dire, répliqua Tizón, posant sa fourchette.

— Les Barbadiens m'ont expliqué que de nombreux indigènes sont marqués aux initiales de la Compagnie : CA, c'est-à-dire Casa Arana. Comme les vaches, les chevaux et les porcs. Pour éviter qu'ils ne s'enfuient ou soient volés par les caoutchoutiers colombiens. Eux-mêmes en ont marqué beaucoup. Parfois au feu et parfois au couteau. Mais je n'en ai encore vu aucun avec cette marque. Où sont-ils passés, monsieur ?

Juan Tizón perdit d'un coup son maintien et ses manières élégantes. Il était tout congestionné et tremblait d'indignation.

— Je ne vous permets pas de me parler sur ce ton, s'exclama-t-il, mélangeant l'anglais et l'espagnol. Je suis là pour faciliter votre travail, et non pour essuyer vos ironies.

Roger Casement acquiesça, sans se troubler.

— Je vous demande pardon, je n'ai pas voulu vous offenser, dit-il, calmement. Il se trouve que, tout en ayant été témoin au Congo de cruautés indicibles, celle de marquer des êtres humains au feu ou au couteau, je ne l'avais encore jamais vue. Je suis certain que vous n'êtes pas responsable de cette atrocité.

— Bien sûr que je ne suis responsable d'aucune atrocité ! se remit à crier Tizón, en gesticulant. — Il était hors de lui, ses yeux roulaient dans leur orbite. — S'il s'en commet, ce n'est pas la faute de la Compagnie. Vous ne voyez pas dans quel endroit nous sommes, monsieur Casement ? Ici il n'y a pas d'autorités, ni police, ni juges, ni personne. Ceux qui travaillent ici, comme chefs, contremaîtres, ou auxiliaires, ne sont pas des gens éduqués, mais, dans bien des cas, des analphabètes, des aventuriers, des hommes rudes, endurcis par la forêt. Parfois, ils tombent dans des forfaits terrifiants pour un civilisé. Je le sais parfaitement. Nous faisons ce que nous pouvons, croyez-moi. M. Arana est d'accord avec vous. Tous ceux qui auront commis ces excès seront renvoyés. Je ne suis pour ma part complice d'aucune injustice, monsieur Casement. J'ai un nom respectable, une famille honorablement connue dans ce pays, je suis un catholique qui observe sa religion.

Roger pensa que Juan Tizón croyait probablement ce qu'il disait. Un brave homme qui, à Iquitos, Manaus, Lima ou Londres se lavait les mains de ce qui se passait ici. Il devait maudire l'heure où il avait pris la fantaisie à Julio C. Arana de l'envoyer dans ce trou perdu s'acquitter de cette tâche ingrate et endurer mille inconforts et mauvais moments.

— Nous devons travailler ensemble, collaborer, répétait Tizón, un peu plus calme, avec force mouvements de mains. Ce qui va mal sera corrigé. Les employés qui auront commis des atrocités seront sanctionnés. Parole d'honneur ! Je ne vous demande qu'une chose, c'est de voir en moi un ami, quelqu'un qui est de votre côté.

Peu après, Juan Tizón déclara qu'il se sentait un peu indisposé et préférait se retirer. Il leur souhaita bonne nuit et s'en alla.

Seuls les membres de la Commission restèrent autour de la table.

— Marqués comme des bêtes ? murmura le botaniste Walter Folk, d'un air sceptique. Cela peut-il être vrai ?

— Trois des quatre Barbadiens que j'ai interrogés aujourd'hui me l'ont assuré, affirma Casement. Stanley Sealy dit qu'il l'a fait en personne, au comptoir d'Abisinia, sur ordre de son chef, Abelardo Agüero. Mais même cette affaire de marquage ne me semble pas le pire. J'ai entendu cet après-midi des choses encore plus terribles.

Ils poursuivirent leur conversation, sans plus toucher à la nourriture, jusqu'à la dernière goutte des deux bouteilles de whisky qu'il y avait sur la table. Les commissionnaires étaient impressionnés par les cicatrices sur le dos des indigènes et par le cep ou chevalet de torture qu'ils avaient découvert dans un des dépôts de La Chorrera où l'on stockait le caoutchouc. En présence de M. Tizón, qui avait passé un mauvais quart d'heure, Bishop leur avait expliqué comment fonctionnait cette armature de bois et de cordes où l'indigène était introduit et comprimé, à croupetons. Il ne pouvait bouger ni bras ni jambes. On le torturait en resserrant les barres de bois ou en le suspendant en l'air. Bishop avait précisé que le cep se trouvait toujours au centre du terre-plein dans tous les comptoirs. Ils avaient demandé à l'un des *racionales* du dépôt à quel moment on avait amené là cet appareil. Le *muchacho* leur avait expliqué que c'était seulement la veille de leur arrivée.

Ils décidèrent que l'audition devant la Commission de Philip Bertie Lawrence, Seaford Greenwich et Stanley Sealy aurait lieu le lendemain. Seymour Bell suggéra que Juan Tizón pourrait y assister. Il y eut des opinions divergentes, surtout celle de Walter Folk, qui craignait, devant le haut responsable, une rétractation de leurs déclarations de la part des Barbadiens.

Roger Casement ne ferma pas l'œil de la nuit. Il resta à prendre des notes sur ses dialogues avec les Barbadiens, jusqu'à ce que la lampe s'éteigne, une fois l'huile épuisée. Il se coucha dans son hamac et fut en proie à une longue insomnie, avec des moments où il s'endormait et des réveils à chaque instant, os et muscles endoloris, impuissant à se libérer de l'anxiété qui le tenaillait.

Et la Peruvian Amazon Company était une compagnie britannique ! Parmi les membres de son conseil d'administration figuraient des personnalités aussi respectées du monde des affaires et de la City que sir John Lister-Kaye, le baron de Souza-Deiro, John Russell Gubbins et Henry M. Read. Que diraient ces associés de Julio C. Arana quand ils liraient, dans le rapport qu'il présenterait au gouvernement, que l'entreprise qu'ils avaient cautionnée de leur nom et soutenue par leur argent pratiquait l'esclavage, se procurait des collecteurs de caoutchouc et des serviteurs au moyen de « raids » exécutés par des brutes armées qui capturaient hommes, femmes et enfants indigènes et les traînaient aux caoutchouteries où on les exploitait de façon inique, les suspendant au cep, les marquant au feu et au couteau et les fouettant jusqu'au sang s'ils n'apportaient pas le quota minimum de trente kilos de caoutchouc tous les trois mois. Roger s'était trouvé dans les bureaux de la Peruvian Amazon Company à Salisbury House, E.C., au cœur financier de Londres. Des locaux spectaculaires, avec un paysage de Gainsborough au mur, des secrétaires en uniforme, des bureaux couverts de tapis, des canapés en cuir pour les visiteurs et un essaim de *clerks*, en pantalons à rayures, redingotes noires et chemises à col dur d'un blanc immaculé assorties de petites cravates bouffantes, qui tenaient des comptes, envoyaient et recevaient des télégrammes, vendaient et encaissaient les livraisons de caoutchouc talqué et odorant dans toutes les villes industrielles d'Europe. Et, à l'autre bout du monde, au Putumayo, des Huitotos, Ocaimas, Muinanes, Nonuyas, Andoques, Rezígaros et Boras qui se trouvaient en voie d'extinction sans que personne ne bouge le petit doigt pour remédier à cet état de choses.

« Pourquoi ces indigènes n'ont-ils pas tenté de se

révolter ? » avait demandé, au cours du dîner, le botaniste Walter Folk. Qui avait ajouté : « C'est vrai qu'ils n'ont pas d'armes à feu. Mais nombreux comme ils sont, ils pourraient se rebeller et, fût-ce au prix de quelques morts, submerger leurs tortionnaires sous la masse. » Roger lui répondit que ce n'était pas aussi simple. Ils ne se révoltaient pas plus que les Congolais en Afrique, et pour les mêmes raisons. Ou alors, exceptionnellement, de façon très localisée et sporadique, par des actes de suicide d'un individu ou d'un petit groupe. En effet, quand le système d'exploitation était à ce point extrême, il détruisait les esprits encore plus que les corps. La violence dont ils étaient victimes abolissait la volonté de résistance, l'instinct de survie, et transformait les indigènes en automates paralysés par la confusion et la terreur. Beaucoup, au lieu de voir que ce qui leur arrivait provenait, concrètement et spécifiquement, de la méchanceté des hommes, l'interprétaient comme un cataclysme mythique, une malédiction des dieux, un châtiment divin auquel ils ne pouvaient échapper.

Cependant, ici au Putumayo, Roger avait découvert dans les documents sur l'Amazonie qu'il consultait, que, quelques années plus tôt, une tentative de soulèvement avait éclaté, au comptoir d'Abisinia, où se trouvaient les Boras. C'était un sujet que personne ne voulait aborder. Tous les Barbadiens l'avaient évité. Le jeune cacique bora de l'endroit, appelé Katenere, avait une nuit, appuyé par un petit groupe de sa tribu, volé les carabines des chefs et des *racionales*, et assassiné Bartolomé Zumaeta (parent de Pablo Zumaeta) qui, au cours d'une beuverie, avait violé sa femme, le cacique se perdant ensuite dans la forêt. La Compagnie avait mis sa tête à prix. Plusieurs expéditions étaient parties à sa recherche. Pendant près de deux ans, elles n'avaient pu lui mettre la main dessus. Finalement, une battue de chasseurs, guidée par un indicateur indien, cerna la cabane où Katenere était caché avec sa femme. Le cacique avait réussi à échapper, mais sa femme fut capturée. Le chef Vásquez lui-même l'avait violée, en public, et l'avait enserrée au cep sans rien lui donner à boire ni à manger. Ainsi plusieurs jours durant. De temps en temps, il la faisait fouetter. Finalement, le cacique réapparut un soir. Sans doute avait-il épié, depuis les fourrés, les tortures de sa femme. Il avait traversé le terre-plein, jeté sa carabine à terre et s'était agenouillé en geste de soumission près du cep où son épouse agonisait ou était déjà morte. Vásquez cria aux *racionales* de ne pas tirer. Et lui-même arracha les yeux de Katenere avec un fil de fer. Puis le fit brûler vif, en même temps que sa femme, devant les indigènes des environs disposés en cercle. Les choses s'étaient-elles passées ainsi ? Roger pensait que cette fin d'un romantisme terrifiant avait été machinée pour satisfaire l'appétit d'horreur si courant dans ces terres chaudes. Mais au moins, il restait ce symbole et cet exemple : un indigène s'était révolté, avait fait payer son tortionnaire et était mort en héros.

Dès les premières lueurs de l'aube, il quitta le bâtiment où il logeait et descendit la côte vers le fleuve. Il se baigna nu, après avoir trouvé une petite poche où l'on pouvait résister au courant. L'eau froide lui fit l'effet d'un massage. Quand il se rhabilla, il se sentait frais et ragaillardi. En revenant à La Chorrera il fit un détour pour parcourir le secteur où se trouvaient les cabanes des Huitotos. Les huttes, éparpillées au milieu de cultures de manioc, de maïs et de bananiers, étaient rondes, avec des murs en bois de palmier tenus par des lianes et une toiture en palmes tressées qui balayaient le sol. Il vit des femmes squelettiques portant des enfants — aucune ne répondit à ses saluts —, mais n'aperçut aucun homme. Quand il atteignit son bungalow, une femme indigène rangeait dans sa chambre à coucher les vêtements qu'il lui avait donnés à laver le jour de son arrivée. Il lui demanda combien il lui devait mais la femme — jeune, avec des rayures vertes et bleues sur le visage — le regarda sans comprendre. Il demanda à Frederick Bishop de lui poser la question. Ce qu'il fit, en huitoto, mais la femme sembla ne toujours pas comprendre.

— Vous ne lui devez rien, dit Bishop. L'argent n'a pas cours ici. De plus, c'est une des femmes du chef de La Chorrera, Víctor Macedo.

— Il en a combien ?

— Actuellement, cinq, expliqua le Barbadien. Quand je travaillais ici, il en avait au moins sept. Il en a changé. C'est ce qu'ils font tous.

Il rit et fit une plaisanterie que Roger Casement n'apprécia guère :

— Sous ce climat, les femmes sont vite usées. Il faut en changer tout le temps, comme de chemise.

Les deux semaines suivantes qu'il passa avec la Commission à La Chorrera, avant de se rendre tous au comptoir d'Occidente, Roger Casement se les rappellerait comme les plus affairées et les plus intenses de son voyage. Ses délassements consistaient à se baigner dans le fleuve, les poches d'eau ou les cataractes les moins torrentueuses, ainsi qu'à faire de longues promenades en forêt, à prendre beaucoup de photos et, tard dans la nuit, à jouer au bridge avec ses compagnons. À vrai dire, il passait la majeure partie de ses journées à enquêter, prendre des notes, interroger les gens du cru ou échanger des impressions avec ses compagnons.

Contrairement à ce que ces derniers redoutaient,

Philip Bertie Lawrence, Seaford Greenwich et Stanley Sealy ne furent pas intimidés devant la Commission en séance plénière et en présence de Juan Tizón. Ils confirmèrent tout ce qu'ils avaient raconté à Roger Casement et amplifièrent leurs témoignages en révélant de nouveaux crimes de sang, de nouvelles exactions. Parfois, lors de ces interrogatoires, Roger voyait un membre de la Commission pâlir comme s'il allait s'évanouir.

Juan Tizón demeurait muet, assis derrière eux, sans ouvrir la bouche. Il prenait des notes sur de petits carnets. Les premiers jours, après les interrogatoires, il essaya d'atténuer et de contester les témoignages sur les tortures, les assassinats et les mutilations. Mais, à partir du troisième ou quatrième jour, son attitude se modifia. Il demeurait silencieux à l'heure des repas, touchait à peine à la nourriture et répondait par monosyllabes ou grognements quand on lui adressait la parole. Le cinquième jour, alors qu'ils prenaient un verre avant de dîner, il explosa. Les yeux injectés de sang, il s'adressa à tous ceux qui étaient là :

— Cela va au-delà de tout ce que j'ai jamais pu imaginer. Je vous jure sur l'âme de ma sainte mère, sur mon épouse et mes enfants, sur ce que j'aime le plus au monde, que tout cela est pour moi une surprise absolue. J'éprouve une horreur aussi grande que la vôtre. Je suis malade de ce que nous entendons. Il est possible qu'il y ait des exagérations dans les dénonciations de ces Barbadiens, qui voudraient peut-être se gagner vos bonnes grâces. Mais même ainsi, il n'y a pas de doute, on a commis ici des crimes intolérables, monstrueux, qui doivent être dénoncés et punis. Je vous jure que...

Sa voix s'étrangla et il chercha une chaise pour s'asseoir. Il resta longtemps la tête basse, son verre à la main. Il balbutia que Julio C. Arana ne pouvait se douter de ce qui se passait ici, pas plus que ses principaux collaborateurs à Iquitos, Manaus ou Londres. Il serait, sinon, le premier à exiger qu'on porte remède à tout cela. Roger, impressionné par la première partie de ce qu'il leur avait dit, pensa que Tizón était maintenant moins spontané. Et que, comme c'était humain, il pensait à sa situation, à sa famille et à son avenir. En tout cas, à partir de ce jour, Juan Tizón sembla cesser d'être un haut fonctionnaire de la Peruvian Amazon Company pour devenir un membre de la Commission. Il collaborait avec eux avec zèle et diligence, leur apportant souvent de nouvelles informations. Et il leur demandait tout le temps de prendre des précautions. Il était devenu timoré et épiait, soupçonneux, son entourage. Sachant ce qui se passait ici, il pensait que la vie de chacun était en danger, surtout celle du consul général. Il était toujours sur ses gardes. Il craignait que les Barbadiens n'aillent révéler à Víctor Macedo ce qu'ils avaient avoué. S'ils le faisaient, on ne pouvait écarter que cet individu, avant d'être traîné devant les tribunaux ou livré à la police, leur tende un traquenard pour dire ensuite qu'ils avaient péri aux mains des sauvages.

La situation prit un tour décisif un matin où Roger Casement entendit quelqu'un frapper discrètement à sa porte. Il faisait encore sombre. Il alla ouvrir et aperçut à l'entrée une silhouette qui n'était pas celle de Frederick Bishop. Il s'agissait de Donal Francis, le Barbadien qui s'était entêté à dire que tout ici était normal. Il parlait à voix basse, l'air effrayé. Il avait réfléchi et voulait maintenant lui dire la vérité. Roger le fit entrer. Ils bavardèrent assis par terre, car Donal craignait que sur la terrasse on puisse les entendre.

Il l'assura qu'il lui avait menti par crainte de Víctor

Macedo. Celui-ci l'avait menacé : s'il révélait aux Anglais ce qui se passait ici, il ne remettrait plus les pieds à la Barbade et, une fois que ces gens-là seraient partis, après lui avoir coupé les testicules, il l'attacherait nu à un arbre pour que les fourmis de feu le dévorent. Roger le tranquillisa. Il serait rapatrié à Bridgetown, tout comme les autres Barbadiens. Mais il ne voulut pas écouter ce nouveau témoignage en privé, de sorte que Francis dut s'exécuter devant les commissionnaires et Tizón.

Il s'exprima donc ce même jour, dans la salle à manger, où se tenaient les séances de travail. Il montrait beaucoup de peur. Ses yeux tournaient dans leur orbite, il mordait ses grosses lèvres et, parfois, ne trouvait plus ses mots. Il parla près de trois heures. Le moment le plus dramatique de ses aveux intervint quand il évoqua l'histoire de deux Huitotos qui, deux mois plus tôt, s'étaient plaints d'être malades pour justifier la quantité ridicule de caoutchouc qu'ils avaient collectée, et alors là Víctor Macedo lui avait ordonné, ainsi qu'à un *muchacho* appelé Joaquín Piedra, de les plonger, pieds et mains liés, dans le fleuve et de les maintenir sous l'eau jusqu'à les noyer. Il avait remis ensuite les corps aux *racionales* qui les avaient traînés dans la forêt pour y être dévorés par les bêtes. Donal proposa de les mener jusqu'à l'endroit où l'on pouvait trouver encore les ossements et les restes de ces deux Huitotos.

Le 28 septembre, Casement et les membres de la Commission quittèrent La Chorrera sur le canot *Veloz* de la Peruvian Amazon Company, en direction d'Occidente. Ils remontèrent le fleuve Igaraparaná plusieurs heures durant, en faisant escale, pour manger quelque chose, aux comptoirs de Victoria et de Naimenes où était stocké le caoutchouc, dormirent à même le sol de l'embarcation et le lendemain, après trois autres heures de navigation, relâchèrent à l'embarcadère d'Occidente. Ils furent reçus par le chef du comptoir, Fidel Velarde, et ses adjoints, Manuel Torrico, Rodríguez et Acosta. « Ils ont tous le visage et l'allure de tueurs et de hors-la-loi », pensa Roger Casement. Ils étaient armés de pistolets et de carabines Winchester. En suivant sûrement des instructions, ils se montrèrent obséquieux envers les nouveaux venus. Juan Tizón, une fois de plus, leur recommanda la prudence. Ils ne devaient en aucun cas révéler à Velarde et à ses *muchachos* les choses qu'ils venaient d'apprendre.

Occidente était un campement plus petit que La Chorrera et clôturé par une palissade de pieux effilés comme des lances. Des *racionales* armés de carabines surveillaient les entrées.

— Pourquoi le comptoir est-il à ce point protégé ? demanda Roger à Juan Tizón. On s'attend à une attaque des Indiens ?

— Des Indiens, non. Bien qu'on ne sache jamais si un autre Katenere ne va pas surgir. Mais plutôt des Colombiens, qui convoitent ces territoires.

Fidel Velarde disposait à Occidente de cinq cent trente indigènes, la plupart desquels se trouvaient à cette heure dans la forêt, à recueillir le caoutchouc. Ils rapportaient leur collecte tous les quinze jours puis retournaient s'enfoncer dans la forêt pour deux autres semaines. Femmes et enfants restaient là, dans un hameau qui s'étendait sur les pentes du fleuve, en dehors de la palissade. Velarde ajouta que les Indiens offriraient ce soir une fête aux « amis visiteurs. »

Il les conduisit à la maison où ils logeraient, une construction quadrangulaire montée sur pilotis, à deux étages, aux portes et fenêtres couvertes de treillis pour se protéger des moustiques. À Occidente l'odeur de caoutchouc qui montait des dépôts et imprégnait l'air était aussi forte qu'à La Chorrera. Roger se réjouit de découvrir qu'il dormirait ici dans un lit au lieu d'un hamac. Un grabat, plutôt, avec un matelas de graines, où il pourrait au moins garder une position plane. Le hamac avait aggravé, en effet, ses douleurs musculaires et ses insomnies.

La fête eut lieu en début de soirée, dans une clairière proche du hameau huitoto. Un essaim d'indigènes avaient amené là tables, chaises, marmites avec nourriture et boissons pour les étrangers. Ils les attendaient, disposés en cercle, très sérieux. Le ciel était dégagé et l'on ne percevait pas la moindre menace de pluie. Mais ni le beau temps ni le spectacle de l'Igaraparaná fendant la plaine avec son épaisse forêt et zigzaguant autour d'eux ne réussirent à réjouir Roger Casement. Il savait qu'ils allaient assister à un spectacle triste et déprimant. Trois ou quatre dizaines d'Indiens — des très vieux ou des enfants — et d'Indiennes — généralement assez jeunes —, nus pour certains ou alors revêtus de la *cushma* ou tunique que portaient beaucoup de natifs que Roger avait vus à Iquitos, dansèrent en formant une ronde, au rythme du manguaré, ce tambour fait d'un tronc d'arbre évidé, que les Huitotos cognent avec des maillets à pointe de caoutchouc en produisant des sons rauques et prolongés qui, disait-on, portaient des messages et leur permettaient de communiquer à grande distance. Les rangées de danseurs avaient des sonnailles de graines aux chevilles et aux bras, qui cliquetaient sous leurs petits sauts arythmiques. Ils chantonnaient en même temps des mélodies monotones, avec un accent d'amertume qui s'accordait à leurs visages sérieux, renfrognés, craintifs ou indifférents.

Plus tard, Casement demanda à ses camarades s'ils

avaient remarqué le grand nombre d'Indiens qui portaient des cicatrices au dos, aux fesses et aux jambes. Il y eut un semblant de discussion entre eux sur le pourcentage de danseurs huitotos portant des marques de fouet. Roger l'estimait à quatre-vingts pour cent, Fielgald et Folk à pas plus de soixante. Mais tous avaient été impressionnés par un enfant qui n'avait que la peau et les os, et portait des brûlures sur tout le corps et une partie du visage. Ils demandèrent à Frederick Bishop de se renseigner pour savoir si ces marques étaient dues à un accident ou à des punitions et des tortures.

Ils s'étaient proposé de vérifier dans ce comptoir, en détail, comment fonctionnait le système d'exploitation. Ils commencèrent le lendemain matin, très tôt, après le petit déjeuner. Dès le début de leur visite aux dépôts de caoutchouc, guidés par Fidel Velarde en personne, ils découvrirent de manière fortuite que les balances sur lesquelles on pesait le caoutchouc étaient truquées. Seymour Bell avait eu l'idée de monter sur l'une d'elles, car, comme il était hypocondriaque, il croyait avait perdu du poids. Son sang ne fit qu'un tour. Mais comment était-ce possible ? Il avait près de dix kilos de moins ! Pourtant, cela ne se voyait pas, il aurait dû perdre son pantalon et flotter dans ses vêtements. Casement se pesa aussi et encouragea ses compagnons, ainsi que Juan Tizón, à en faire autant. Ils avaient tous plusieurs kilos de moins que leur poids normal. Pendant le déjeuner, Roger demanda à Tizón s'il croyait que toutes les balances de la Peruvian Amazon Company au Putumayo étaient faussées comme celles d'Occidente pour faire croire aux Indiens qu'ils avaient recueilli moins de caoutchouc. Tizón, qui n'était plus guère en humeur de mentir, se borna à hausser les épaules :

— Je ne le sais pas, messieurs. Tout ce que je sais c'est qu'ici tout est possible.

Contrairement à La Chorrera, où on l'avait caché dans un magasin, à Occidente le cep était au centre même du terre-plein autour duquel se trouvaient les habitations et les dépôts. Roger demanda aux adjoints de Fidel Velarde de le mettre dans cet appareil de torture. Il voulait savoir ce que l'on ressentait dans cette cage étroite. Rodríguez et Acosta hésitèrent, mais comme Juan Tizón l'autorisait, ils demandèrent à Casement de se ramasser sur lui-même et, le poussant de leurs mains, ils l'enserrèrent dans le cep. Il fut impossible de verrouiller les planches qui serraient les jambes et les bras, parce qu'il avait les extrémités trop grosses, de sorte qu'ils se bornèrent à les joindre. En revanche, ils purent fermer les crochets enserrant le cou, et qui, sans l'étouffer tout à fait, l'empêchaient presque de respirer. Il ressentait une douleur très vive dans le corps et il lui sembla impossible pour un être humain de résister des heures dans cette position et avec cette pression sur le dos, l'estomac, la poitrine, les jambes, le cou et les bras. Quand il se retrouva dehors, avant de recouvrer l'aisance de ses mouvements, il dut s'appuyer un bon moment sur l'épaule de Louis Barnes.

— Pour quelle sorte de fautes met-on les Indiens au cep ? demanda-t-il le soir au chef d'Occidente.

Fidel Velarde était un métis plutôt joufflu, avec une grosse moustache de phoque et de grands yeux saillants. Il portait un chapeau à large bord, de hautes bottes et un ceinturon plein de balles.

— Quand ils commettent de très graves fautes, expliqua-t-il, en traînant sur chaque mot. Quand ils tuent leurs enfants, défigurent leurs femmes dans leur soûlerie ou commettent des vols et n'avouent pas où ils ont caché leur larcin. Nous ne recourons pas systématiquement au cep. À de rares occasions. Les Indiens d'ici se comportent généralement bien.

Il le disait sur un ton mi-badin mi-moqueur, en fixant un par un les commissionnaires d'un regard soutenu et méprisant, qui semblait leur dire : « Je me vois contraint de dire ces choses-là mais, je vous en prie, ne me croyez pas. » Son attitude révélait une telle suffisance, un tel mépris pour le reste des êtres humains que Roger Casement essayait d'imaginer la peur paralysante que devait inspirer aux indigènes cet impitoyable personnage, avec son pistolet à la ceinture, sa carabine à l'épaule et son ceinturon plein de balles. Peu après, un des cinq Barbadiens d'Occidente avoua devant la Commission avoir vu, une nuit de beuverie, Fidel Velarde et Alfredo Montt, alors chef du comptoir Último Retiro, parier à qui couperait le plus vite et le plus proprement l'oreille d'un Huitoto mis au cep. Velarde avait réussi à trancher une oreille d'un seul coup de sa machette, mais Montt, qui était complètement ivre et dont les mains tremblaient, au lieu de lui couper l'autre oreille lui asséna son coup de machette en plein crâne. À la fin de cette séance, Seymour Bell eut une crise. Il avoua à ses compagnons qu'il n'en pouvait plus. Sa voix se brisait, ses yeux étaient rouges et pleins de larmes. Ils en avaient vu et entendu assez pour savoir qu'il régnait ici la barbarie la plus atroce. Cela n'avait pas de sens de continuer à enquêter dans ce monde d'inhumanité et de cruauté psychopathe. Il proposa de mettre fin au voyage et de retourner aussitôt en Angleterre.

Roger répondit qu'il ne s'opposerait pas au départ des autres, mais que lui resterait au Putumayo, en accord avec le plan prévu, à enquêter sur quelques comptoirs supplémentaires. Il voulait que son rapport soit copieux et documenté, pour avoir plus d'impact. Il leur rappela que tous ces crimes étaient commis par une compagnie britannique, au conseil d'administration de laquelle figuraient des personnalités anglaises très respectables, et que les actionnaires de la Peruvian Amazon Company s'en mettaient plein les poches, grâce à ce qui se passait ici. Il fallait mettre fin à ce scandale et sanctionner les coupables. Pour y parvenir, son rapport devait être exhaustif et contondant. Ses arguments convainquirent les autres, même Seymour Bell, pourtant si démoralisé.

Pour soulager le malaise provoqué chez tous par ce pari de Fidel Velarde et Alfredo Montt, ils décidèrent de prendre un jour de repos. Le lendemain matin, au lieu de poursuivre leurs enquêtes et interrogatoires, ils allèrent se baigner dans le fleuve. Ils passèrent des heures à chasser des papillons au filet tandis que le botaniste Walter Folk explorait les bois en quête d'orchidées. Papillons et orchidées abondaient dans cette zone autant que moustiques et chauves-souris qui venaient la nuit, dans leur vol silencieux, mordre chiens, poules et chevaux du comptoir, leur inoculant parfois la rage, ce qui obligeait à tuer les bêtes et à les brûler pour éviter une épidémie.

Casement et ses compagnons s'émerveillèrent de la variété, la taille et la beauté des papillons qui voletaient aux approches du fleuve. Il y en avait de toute forme et de toute couleur, et leurs battements d'ailes graciles, ainsi que les taches de lumière qu'ils renvoyaient en se posant sur une feuille ou une plante, éblouissaient l'air de notes délicates, rachetant cette laideur morale qu'ils découvraient à chaque pas, comme si cette terre de cruauté, de cupidité et de douleur avait été sans fond.

Walter Folk fut surpris de la quantité d'orchidées

qui pendaient aux grands arbres, avec leurs couleurs élégantes et exquises, illuminant tout alentour. Il ne les coupait pas et interdisait à ses compagnons de les cueillir. Il passait de longs moments à les contempler à la loupe, prenant des notes et les photographiant.

À Occidente Roger Casement put se faire une idée assez complète du système de fonctionnement de la Peruvian Amazon Company. Il y avait peut-être eu à ses débuts quelque accord entre les caoutchoutiers et les tribus. Mais c'était de l'histoire ancienne car, maintenant, les indigènes ne voulaient plus aller dans la forêt recueillir le caoutchouc. De là, les « raids » perpétrés par les chefs et leurs *muchachos*. On ne payait pas de salaire et les indigènes ne recevaient pas un centime. Le magasin les fournissait en instruments de collecte — couteaux pour inciser les arbres, boîtes pour recueillir le latex, paniers pour entasser les boules de caoutchouc —, et en objets domestiques, graines, linge, lampes et quelques aliments. Les prix étaient fixés par la Compagnie, de sorte que l'indigène soit toujours en dette et travaille le restant de ses jours afin d'amortir celle-ci. Comme les chefs n'avaient pas de solde mais des commissions sur le caoutchouc recueilli dans chaque comptoir, leurs exigences pour obtenir le maximum de latex étaient implacables. Chaque collecteur restait quinze jours dans la forêt, laissant sa femme et ses enfants en qualité d'otages. Les chefs et les *racionales* disposaient d'eux à discrétion, pour le service domestique ou leurs appétits sexuels. Ils avaient tous de véritables sérails — beaucoup de fillettes qui n'avaient pas atteint la puberté — qu'ils échangeaient à leur guise, ce qui n'empêchait pas, par jalousie, certains règlements de comptes au pistolet ou au couteau. Tous les quinze jours les collecteurs revenaient au comptoir avec leur caoutchouc. Celui-ci était pesé sur les balances truquées. Si au bout de trois mois ils ne complétaient pas les trente kilos, ils recevaient des punitions qui allaient du fouet au cep, aux oreilles et nez tranchés, ou, dans les cas extrêmes, à la torture et à l'assassinat de la femme et des enfants, et du collecteur lui-même. Les cadavres n'étaient pas enterrés mais livrés aux bêtes de la forêt. Tous les trois mois les canots et les vapeurs de la Compagnie venaient chercher le caoutchouc qui, entre-temps, avait été fumé, lavé et talqué. Les bateaux transportaient tantôt leur chargement du Putumayo à Iquitos et tantôt directement à Manaus pour y être exporté vers l'Europe et les États-Unis.

Roger Casement put constater qu'un grand nombre de *racionales* ne faisaient pas le moindre travail productif. Ils étaient purement et simplement geôliers, tortionnaires et exploiteurs des indigènes. Ils restaient tout le jour affalés, à fumer, boire et s'amuser, à jouer au ballon, à se raconter des blagues ou à donner des ordres. C'est sur les indigènes que retombait tout le travail : construire des habitations, réparer les toitures endommagées par les pluies, remettre en état le sentier qui descendait à l'embarcadère, laver, nettoyer, porter, cuisiner, déplacer des choses ici ou là et, dans le peu de temps de libre qu'il leur restait, travailler à leurs lopins de terre sans lesquels ils n'auraient pas eu de quoi manger.

Roger comprenait l'état d'esprit de ses compagnons. Si lui, qui, après vingt ans d'Afrique, croyait avoir tout vu, était malade de ce qui se passait ici, en avait les nerfs brisés, avec des moments d'abattement total, quelle ne devait pas être la réaction de ceux qui avaient le plus souvent vécu dans un monde civilisé et pensaient qu'il en allait ainsi dans le reste du monde, avec des sociétés régies par des lois, des églises, des polices, des mœurs et une morale qui empêchait les êtres humains de se comporter comme des bêtes ?

Roger voulait rester au Putumayo pour que son rapport soit le plus complet possible, mais pas seulement pour cela. Une autre raison était la curiosité qu'il éprouvait de connaître en personne ce personnage qui, selon tous les témoignages, était le paradigme de la cruauté de ce monde : Armando Normand, le chef de Matanzas.

Il avait entendu à Iquitos des anecdotes, des commentaires et des allusions à ce nom toujours associé à de telles méchancetés et ignominies qu'il en était obsédé, au point d'avoir des cauchemars dont il se réveillait en sueur et le cœur battant. Il était sûr que bien des choses qu'il avait entendues de la bouche des Barbadiens sur Normand étaient des exagérations attisées par l'imagination enflammée si fréquente chez les gens de ces terres. Mais, même ainsi, que cet individu ait pu susciter pareille mythologie montrait bien qu'il s'agissait d'un être qui, pour impossible que cela semble, dépassait encore en sauvagerie des scélérats tels qu'Abelardo Agüero, Alfredo Montt, Fidel Velarde, Elías Martinengui et d'autres de cet acabit.

Personne ne savait au juste de quelle nationalité il était — péruvienne ? bolivienne ? anglaise ? — mais tous étaient d'accord pour dire qu'il n'avait pas trente ans et qu'il avait fait ses études en Angleterre. Juan Tizón avait entendu dire qu'il avait un diplôme de comptable d'une école londonienne.

Apparemment il était petit, mince et très laid. Selon le Barbadien Joshua Dyall, il émanait de sa petite personne insignifiante une « force maligne » qui faisait trembler celui qui s'approchait de lui et son regard, pénétrant et glacial, ressemblait à celui d'une vipère. Dyall assurait que non seulement les Indiens, mais aussi les *muchachos* et même les contremaîtres ne se sentaient pas en sécurité à côté de lui. Car à tout moment Armando Normand pouvait ordonner ou exécuter lui-même quelque férocité à faire se dresser les cheveux sur la tête sans se départir de son indifférence dédaigneuse envers tout ce qui l'entourait. Dyall avoua à Roger et à la Commission qu'au comptoir de Matanzas, Normand lui avait un jour ordonné d'assassiner cinq Andoques, punis pour n'avoir pas respecté les quotas de caoutchouc. Dyall avait tué les deux premiers au revolver, mais le chef avait ordonné que, les deux suivants, il fallait d'abord leur écraser les testicules avec une pierre meulière et les achever à coups de bâton. Quant au dernier, il le lui avait fait étrangler de ses mains. Pendant toute l'opération il était resté assis sur un tronc d'arbre, à fumer et observer, sans que son visage rougeaud perde un seul instant son expression indolente.

Un autre Barbadien, Seaford Greenwich, qui avait travaillé quelques mois avec Armando Normand à Matanzas, raconta que le sujet de conversation favori des *racionales* du comptoir était cette manie du chef de mettre du piment moulu ou des piments entiers dans le sexe de ses petites concubines pour les entendre crier sous la brûlure. D'après Greenwich ce n'est qu'ainsi qu'il s'excitait et pouvait les prendre. À une certaine époque, toujours selon le Barbadien, Normand, au lieu de mettre au cep ceux qu'il punissait, les hissait avec une chaîne en haut d'un grand arbre et les laissait tomber pour voir comment, en s'écrasant à terre, ils se brisaient tête et os ou se tranchaient la langue de leurs dents. Un autre contremaître qui avait servi sous les ordres de Normand affirma devant la Commission que les Andoques avaient plus peur de son chien que de lui, parce qu'il avait dressé un dogue à mordre et déchirer les chairs de l'Indien sur qui il le lançait.

Toutes ces horreurs pouvaient-elles être vraies ? Roger Casement se disait, en relisant ses notes, que, dans la longue liste des êtres infâmes qu'il avait connus au Congo, de ceux que le pouvoir et l'impunité avaient rendus monstrueux, aucun n'arrivait à la cheville de cet individu. Il éprouvait une curiosité un peu perverse de le connaître, de l'entendre parler, de le voir agir et de savoir d'où il sortait. Et de ce qu'il pouvait dire des forfaits qu'on lui attribuait.

D'Occidente, Roger Casement et ses amis se transportèrent, toujours dans le canot *Veloz*, au comptoir Último Retiro. Il était plus petit que les précédents et avait lui aussi l'aspect d'une forteresse, avec sa palissade et ses gardes armés autour de la modeste poignée de bâtiments. Les Indiens lui semblèrent plus primitifs et sauvages que les Huitotos. Ils allaient à moitié nus, avec des pagnes qui leur couvraient à peine le sexe. C'est là que Roger remarqua pour la première fois deux indigènes portant sur les fesses la marque de la compagnie : CA. Ils semblaient plus vieux que la plupart des autres. Il essaya de parler avec eux, mais ils ne comprenaient ni l'espagnol, ni le portugais, ni le huitoto de Frederick Bishop. Parcourant plus tard Último Retiro, ils découvrirent d'autres Indiens marqués. Un employé du comptoir leur apprit qu'au moins un tiers des indigènes du coin portaient la marque CA sur le corps. La pratique avait été suspendue depuis quelques semaines, quand la Peruvian Amazon Company avait accepté la venue de la Commission au Putumayo.

Pour arriver du fleuve à Último Retiro il fallait grimper une côte trempée de boue par les pluies, où les jambes s'enfonçaient jusqu'aux genoux. Quand Roger put retirer ses chaussures et s'étendre sur son grabat tous ses os lui faisaient mal. Sa conjonctivite était revenue. Avec un œil qui lui piquait et pleurait tellement qu'après y avoir mis le collyre il l'avait bandé. Ainsi resta-t-il plusieurs jours, tel un pirate, un bandeau sur l'œil protégé par une compresse humide. Comme ces précautions ne suffisaient pas à le guérir de l'inflammation et du larmoiement, dès lors et jusqu'à la fin de son voyage, aussitôt qu'il cessait de travailler —c'était rare —, il courait s'étendre sur son hamac ou son grabat et restait les deux yeux bandés avec des compresses d'eau tiède. Les douleurs s'atténuaient de la sorte. Pendant ces temps de repos et la nuit — il dormait à peine quatre ou cinq heures —, il essayait d'organiser mentalement le rapport qu'il allait rédiger pour le Foreign Office. Les lignes générales en étaient claires. D'abord, un tableau des conditions du Putumayo quand les pionniers étaient venus s'y installer, vingt ans plus tôt, envahissant les terres des tribus. Et comment, désespérant de trouver des bras, ils avaient entrepris leurs « raids », sans crainte d'être sanctionnés parce qu'il n'y avait dans ces endroits ni police ni justice. Ils étaient, eux, la seule autorité, forte de leurs armes à feu, contre qui les frondes, les lances et les sarbacanes avaient peu d'effet.

Il devait, en deuxième lieu, décrire avec clarté le système d'exploitation du caoutchouc fondé sur le travail d'esclave des indigènes et attisé par la cupidité des chefs qui, travaillant au pourcentage du caoutchouc recueilli, usaient des châtiments physiques, des mutilations et des assassinats pour augmenter la production. L'impunité et leur pouvoir absolu avaient développé chez ces individus des tendances sadiques qui, ici, pouvaient se donner libre cours contre des personnes privées de tous les droits.

Son rapport serait-il de quelque utilité? Oui sans

doute, du moins pour que la Peruvian Amazon Company soit sanctionnée. Le gouvernement britannique demanderait aux autorités péruviennes de traduire devant les tribunaux les responsables de ces crimes. Le président Augusto B. Leguía aurait-il le courage de le faire ? Juan Tizón disait que oui et que le scandale éclaterait à Lima tout autant qu'à Londres dès qu'on saurait ce qui se passait là. L'opinion publique exigerait qu'on punisse les coupables. Mais Roger se posait des questions. Que pouvait faire le gouvernement péruvien au Putumayo, où il n'avait pas un seul représentant et où la Compagnie de Julio C. Arana se flattait, à juste titre, d'être, avec ses bandes d'assassins, ce qui préservait la souveraineté du Pérou sur ces terres ? On n'en resterait donc qu'au stade de la gesticulation rhétorique. Le martyre des communautés indigènes d'Amazonie se poursuivrait, jusqu'à l'extinction de celles-ci. Cette perspective le déprimait. Mais, au lieu de le paralyser, cela l'incitait à faire encore plus d'efforts, à enquêter, à rencontrer des témoins et à écrire. Il avait déjà un tas de fiches et de cahiers rédigés de son écriture claire et directe.

De Último Retiro ils se rendirent à Entre Ríos, par voie fluviale et terrestre, ce qui les amena à se déplacer toute une journée dans la brousse. L'idée avait enchanté Roger Casement : ce contact corporel avec la nature sauvage lui ferait revivre ses années de jeunesse, ses longues expéditions sur le continent africain. Mais, bien qu'à parcourir douze heures durant la forêt vierge, s'enfonçant parfois dans la boue jusqu'à la taille, dérapant sur des buissons qui dissimulaient des pentes et franchissant certains secteurs sur des canots qui, propulsés par les perches des indigènes, glissaient sur de minces poches d'eau et sous un feuillage si épais qu'il assombrissait le soleil, il ait souvent senti l'excitation et la joie d'autrefois, l'expérience lui avait surtout servi à constater le passage du temps et l'usure de son corps. Ce n'était pas seulement la douleur aux bras, au dos et aux jambes, mais aussi la fatigue invincible contre laquelle il devait lutter en faisant des efforts surhumains pour que ses compagnons ne le remarquent pas. Louis Barnes et Seymour Bell en furent si épuisés qu'à mi-parcours, ils durent être portés sur des hamacs, chacun par quatre des vingt indigènes qui composaient l'escorte. Roger observa, impressionné, avec quelle aisance se déplaçaient ces Indiens aux jambes si minces et à l'aspect squelettique, en portant sur leurs épaules bagages et provisions, sans manger ni boire des heures durant. À l'une des haltes, Juan Tizón accéda à la demande de Casement et ordonna de partager plusieurs boîtes de sardines entre les indigènes.

Ils virent, chemin faisant, des bandes de perroquets, de ces singes joueurs aux yeux si vifs appelés capucins, toutes sortes d'oiseaux, et des iguanes aux yeux chassieux dont la peau rugueuse se confondait avec les branches et les troncs où ils s'aplatissaient. Et aussi, une reine-victoria, ces immenses feuilles circulaires qui flottaient sur les lagunes comme des radeaux.

Ils touchèrent Entre Ríos au crépuscule. Le comptoir était sous le choc de la mort d'une indigène qui s'était éloignée du campement pour aller accoucher au bord du fleuve, toute seule comme elles font, et qui avait été dévorée par un jaguar. Une battue de chasseurs sur les traces du jaguar, avec à sa tête le chef, venait de rentrer, bredouille. Ce chef s'appelait Andrés O'Donnell. Il était jeune et de belle allure ; il disait que son père était irlandais, mais Roger, après l'avoir interrogé, nota chez lui une telle confusion quant à ses ancêtres et l'Irlande, qu'il estima que c'était plutôt le grand-père ou l'aïeul de O'Donnell qui avait été le premier Irlandais de la famille à fouler la terre péruvienne. Il fut chagriné qu'un descendant d'Irlandais soit un des lieutenants d'Arana au Putumayo, bien que, selon les témoignages, il ait eu l'air moins sanguinaire que d'autres chefs : on l'avait bien vu fouetter des indigènes et leur voler leurs femmes ou leurs filles pour son harem personnel — il avait sept femmes vivant avec lui et une nuée de gosses —, mais ses états de service ne laissaient apparaître aucun meurtre de ses mains ni même d'ordre d'exécution. On trouvait le cep, en revanche, dans un endroit visible d'Entre Ríos, et tous les *muchachos* et Barbadiens avaient le fouet à la taille, parfois utilisé comme ceinture de pantalon. Et un grand nombre d'Indiens et d'Indiennes arboraient des cicatrices au dos, aux jambes et aux fesses.

Malgré les exigences de sa mission officielle de n'interroger que les citoyens britanniques travaillant pour le compte de la Compagnie d'Arana, c'est-à-dire les Barbadiens, à partir d'Occidente Roger se mit à interroger aussi les *racionales* disposés à répondre à ses questions. Cette pratique, à Entre Ríos, s'étendit à toute la Commission. Pendant leur séjour là, outre les trois Barbadiens au service d'Andrés O'Donnell comme contremaîtres, le chef lui-même et bon nombre de ses *muchachos* acceptèrent de porter témoignage.

Il en allait presque toujours ainsi. Au début, ils étaient tous réticents, évasifs et mentaient effrontément. Mais il suffisait d'un lapsus, d'une imprudence involontaire révélant le monde de vérités qu'ils cachaient, pour que tout aussitôt ils se mettent à parler et à en dire plus qu'on ne le leur demandait, s'impliquant eux-mêmes comme preuve de la véracité de ce qu'ils rapportaient. Mais malgré plusieurs tentatives, Roger ne put recueillir le témoignage direct d'aucun Indien.

Le 16 octobre 1910, tandis que ses compagnons de

la Commission et lui — accompagnés de Juan Tizón, de trois Barbadiens et d'une vingtaine d'Indiens muinanes, menés par leur *curaca,* le chef de la communauté, qui portaient le chargement — se dirigeaient à travers la forêt, sur un étroit sentier, du comptoir d'Entre Ríos à celui de Matanzas, Roger Casement nota dans son journal une idée qui avait trotté dans sa tête depuis qu'il avait débarqué à Iquitos : « Je suis parvenu à la conviction absolue que la seule façon pour les indigènes du Putumayo de sortir de la condition misérable à laquelle ils ont été réduits, c'est de se dresser en armes contre leurs maîtres. C'est une illusion dépourvue de toute réalité de croire, comme Juan Tizón, que cette situation changera lorsque l'État péruvien s'imposera ici et qu'il y aura des autorités, des juges et des policiers pour faire respecter les lois qui interdisent la servitude et l'esclavage au Pérou depuis 1854. Les feront-ils respecter comme à Iquitos, où les familles achètent pour vingt ou trente soles les filles et les garçons volés par les trafiquants ? Feront-ils respecter les lois, ces juges, ces policiers, ces autorités qui reçoivent leurs salaires de la Casa Arana parce que l'État n'a pas de quoi les payer ou parce que les bandits et les bureaucrates extorquent l'argent en chemin ? Dans cette société l'État est un rouage inséparable de la machine d'exploitation et d'extermination. Les indigènes ne doivent rien attendre de semblables institutions. S'ils veulent être libres ils doivent conquérir leur liberté avec leurs bras et leur courage. Comme le cacique bora Katenere. Mais sans se sacrifier pour des raisons sentimentales, comme lui. En luttant jusqu'au bout. » Tandis qu'absorbé par ces phrases qu'il avait couchées sur son journal, il marchait à grands pas, en s'ouvrant un passage avec sa machette entre les lianes, les fourrés, les troncs et les branches obstruant le chemin, il en vint à penser le soir : « Nous, les Irlandais, sommes comme les Huitotos, les Boras, les Andoques et les Muinanes du Putumayo. Colonisés, exploités et condamnés à l'être toujours si nous continuons à faire confiance aux lois, aux institutions et aux gouvernements de l'Angleterre pour atteindre à la liberté. On ne nous la donnera jamais. Pourquoi le ferait-il, cet Empire qui nous colonise, s'il ne sent pas une pression irrésistible qui l'oblige à le faire ? Cette pression ne peut venir que des armes. » Cette idée que, les jours, les semaines, les mois et les années à venir, il allait polir et renforcer, et selon laquelle l'Irlande, comme les Indiens du Putumayo, si elle voulait être libre devrait se battre pour y parvenir, l'absorba de telle sorte pendant les huit heures du trajet, qu'il oublia même de penser que dans très peu de temps il allait connaître en personne le chef de Matanzas : Armando Normand.

Matanzas était située sur les rives du fleuve Cahuinari, un affluent du Caquetá, et pour y parvenir il fallait escalader une côte escarpée que les fortes pluies tombées peu avant son arrivée avaient transformée en un torrent de boue. Seuls les Muinanes purent la gravir sans tomber. Les autres glissaient, roulaient, se relevaient couverts de terre et d'ecchymoses. Sur le terre-plein, également protégé par une palissade de roseaux, des indigènes jetèrent de grands seaux d'eau sur les voyageurs pour les nettoyer de leur boue.

Le chef n'était pas là. Il dirigeait un « raid » contre cinq indigènes fugitifs qui, semble-t-il, avaient réussi à franchir la frontière colombienne, toute proche. Il y avait cinq Barbadiens à Matanzas et tous cinq, parfaitement informés de sa venue et de sa mission, traitèrent avec beaucoup de respect « monsieur le consul ». Ils les conduisirent à leurs habitations. Roger Casement, Louis Barnes et Juan Tizón furent installés dans une grande baraque en bois, à toit de palme et fenêtres grillagées qui, leur dirent-ils, était la maison de Normand et de ses femmes quand ils étaient à Matanzas. Mais sa demeure habituelle se trouvait à La China, un petit campement à deux kilomètres en amont, où il était interdit aux Indiens d'approcher. C'est là que vivait le chef entouré de ses *racionales* armés, car il craignait d'être victime d'une tentative d'assassinat de la part des Colombiens, qui l'accusaient de ne pas respecter la frontière et de la traverser dans ses « raids » pour enlever des porteurs ou capturer des déserteurs. Les Barbadiens leur expliquèrent qu'Armando Normand emmenait toujours avec lui les jeunes femmes de son harem parce qu'il était très jaloux.

Il y avait à Matanzas des Boras, des Andoques et des Muinanes, mais pas de Huitotos. Presque tous les indigènes portaient des cicatrices de fouet et au moins une douzaine d'entre eux la marque de la Casa Arana sur les fesses. Le cep se trouvait au centre du terre-plein, sous cet arbre, boursouflé de furoncles et de plantes parasites, appelé *lupuna*, vénéré et redouté par toutes les tribus de la région.

Dans sa chambre, qui était sans doute celle de Normand, Roger vit des photos jaunies où apparaissait le visage enfantin de cet homme, un diplôme de The London School of Book-keepers de l'année 1903, et un autre, antérieur, d'une Senior School. C'était donc vrai : il avait fait ses études en Angleterre et possédait un titre de comptable.

Armando Normand revint à Matanzas à la nuit tombante. Par sa petite fenêtre grillagée, Roger le vit passer, dans l'éclat des lanternes, petit, mince et presque aussi chétif qu'un indigène, suivi de *muchachos* à la mine patibulaire, armés de winchesters et de revolvers, ainsi que de huit ou dix femmes drapées dans leur *cushma* ou tunique amazonienne, pour pénétrer aussitôt dans la maison voisine.

Pendant la nuit Roger se réveilla plusieurs fois, dans l'angoisse et la pensée de l'Irlande. Il éprouvait la nostalgie de son pays. Il y avait vécu si peu et, pourtant, il se sentait de plus en plus solidaire de son destin et de ses souffrances. Depuis qu'il avait pu voir de près le calvaire d'autres peuples colonisés, plus que jamais la situation de l'Irlande lui faisait mal. Il était pressé d'en finir avec ce travail, d'achever son rapport sur le Putumayo, de le remettre au Foreign Office et de rentrer en Irlande travailler, maintenant sans aucune distraction, avec ces compatriotes idéalistes et voués à la cause de leur émancipation. Il récupérerait le temps perdu, se plongerait dans l'Eire, étudierait, agirait, écrirait et par tous les moyens à sa portée tâcherait de convaincre les Irlandais que, s'ils voulaient la liberté, il leur faudrait la conquérir avec détermination et sacrifice.

Le lendemain matin, quand il descendit déjeuner, Armando Normand était déjà là, assis devant une table avec des fruits, du manioc qui remplaçait le pain et des tasses de café. Il était en effet très petit de taille et malingre, avec un visage d'enfant vieilli et un regard bleu, fixe et dur, qui apparaissait et disparaissait sous ses battements de paupières permanents. Il portait des bottes, une casaque bleue et une chemise blanche sous un gilet de cuir, avec un crayon et un carnet dépassant de l'une de ses poches. Il avait un revolver à la ceinture.

Il parlait un anglais parfait, avec un étrange accent que Roger ne put identifier. Cet homme le salua d'une courbette presque imperceptible, sans dire un mot. Il fut très économe en paroles, s'exprimant presque par monosyllabes, pour le renseigner sur sa vie à Londres et préciser sa nationalité — « disons que je suis péruvien » — et il répondit avec une certaine morgue quand Roger lui dit que les membres de la Commission et lui avaient été impressionnés de voir que, sur les domaines d'une compagnie britannique, on maltraitait les indigènes de façon inhumaine.

— Si vous viviez ici, vous penseriez différemment, fit-il sèchement, sans s'émouvoir le moins du monde, ajoutant après une petite pause : Les animaux, on ne peut les traiter comme des êtres humains. Une *yacumama*, un jaguar, un puma n'entendent pas raison. Les sauvages non plus. Enfin, je sais bien, des étrangers qui ne sont ici que de passage, on ne peut les convaincre.

— J'ai vécu vingt ans en Afrique, et je ne suis pas devenu un monstre, dit Casement. Alors que c'est ce que vous êtes devenu, monsieur Normand. Nous avons entendu parler de vous tout au long du voyage. Les horreurs qu'on raconte sur votre compte au Putumayo dépassent l'entendement. Le saviez-vous ?

Armando Normand ne broncha pas. En le regardant toujours de ce regard blanc et inexpressif, il se borna à hausser les épaules et cracha par terre.

— Puis-je vous demander combien d'hommes et de femmes vous avez tués ? lui lança Roger à brûle-pourpoint.

— Tous ceux qu'il a fallu, rétorqua le chef de Matanzas sans changer de ton et en se levant. Excusez-moi, j'ai du travail.

Le dégoût que Roger éprouvait pour ce petit homme était si fort qu'il décida de ne pas l'interroger personnellement et de laisser cette tâche aux membres de la Commission. Cet assassin ne leur dirait qu'une kyrielle de mensonges. Il préféra entendre les Barbadiens et les *racionales* qui acceptèrent de témoigner. Il le fit matin et soir, en consacrant le reste de sa journée à développer avec plus de soin ce qu'il notait pendant ces entretiens. Le matin, il descendait plonger dans le fleuve, prenait quelques photos et ensuite n'arrêtait pas de travailler jusqu'à la nuit. Il s'affalait alors sur son grabat, rompu de fatigue. Son sommeil était entrecoupé et fébrile. Il remarquait qu'il maigrissait de jour en jour.

Il était fatigué et en avait assez. Ayant déjà connu cela au Congo, il se mit à redouter que la succession affolante de crimes, de violences et d'horreurs de toute sorte qu'il découvrait chaque jour n'affecte son équilibre mental. La santé de son esprit pourrait-elle résister à tout cet effroi quotidien ? La pensée que peu de gens en Angleterre croiraient que les « Blancs » et les « métis » du Putumayo pouvaient en arriver à cette sauvagerie extrême le démoralisait. Il serait une fois de plus accusé d'exagération et de préjugé, et de grossir les exactions pour donner un aspect plus dramatique à son rapport. Ce n'est pas seulement le traitement inique contre les indigènes qui le tenait dans cet état. Mais de savoir qu'après avoir vu, entendu et été témoin de ce qui se passait ici, il n'aurait plus jamais la vision optimiste de la vie qu'il connaissait dans sa jeunesse.

Quand il apprit qu'une expédition de porteurs allait partir de Matanzas pour apporter le caoutchouc recueilli ces trois derniers mois au comptoir d'Entre Ríos et de là à Puerto Peruano pour être embarqué vers l'étranger, il annonça à ses compagnons qu'il l'accompagnerait. La Commission pouvait rester là afin d'achever l'inspection et les entretiens. Ses amis étaient aussi épuisés et déprimés que lui. Ils lui racontèrent que l'attitude insolente d'Armando Normand avait changé d'un coup quand ils lui avaient fait savoir que « monsieur le consul » avait reçu mission de venir enquêter sur les atrocités du Putumayo de sir Edward Grey lui-même, chancelier de l'Empire britannique, et que les assassins et tortionnaires, en tant qu'employés d'une compagnie anglaise, pouvaient être traduits devant les tribunaux d'Angleterre. Surtout s'ils avaient la nationalité anglaise ou prétendaient l'acquérir, comme ce pouvait être son cas. Ou bien être remis aux mains des gouvernements péruvien ou colombien pour être jugés sur place. Après avoir entendu cela, Normand avait adopté une attitude soumise et servile envers la Commission. Il niait ses crimes et leur avait assuré qu'à partir de maintenant, les erreurs du passé ne seraient plus commises : les indigènes seraient bien nourris, soignés en cas de maladie, rémunérés pour leur travail et traités comme des êtres humains. Il avait fait coller une affiche au centre du terre-plein proclamant ces intentions. C'était ridicule car les indigènes, tous analphabètes, ne pouvaient la lire, pas plus que la plupart des *racionales*. C'était au seul usage des commissionnaires.

Le voyage à pied, à travers la forêt, de Matanza à Entre Ríos, en compagnie des quatre-vingts indigènes — Boras, Andoques et Muinanes — qui transportaient sur leurs épaules le caoutchouc recueilli par les gens d'Armando Normand, allait être un des souvenirs les plus épouvantables du premier voyage au Pérou de Roger Casement. Ce n'était pas Normand qui commandait l'expédition, mais Negretti, un de ses lieutenants, un métis aux yeux bridés et aux dents en or qui se fouillait tout le temps la bouche avec un cure-dents et dont la voix de stentor faisait trembler, sursauter, se hâter, le visage défiguré par la peur, l'armée de squelettes couverts de plaies, de marques et de cicatrices, parmi laquelle beaucoup de femmes et d'enfants, certains en bas âge, de l'expédition. Negretti portait un fusil à l'épaule, un revolver au ceinturon et un fouet. Le jour du départ, Roger lui demanda l'autorisation de le photographier et Negretti accepta, en riant. Mais son sourire s'effaça quand Casement l'avertit, en pointant du doigt son fouet :

— Si je vous vois l'utiliser contre les indigènes, je vous livrerai personnellement à la police d'Iquitos.

Negretti eut l'air totalement déconcerté. Au bout d'un moment, il marmonna :

— Avez-vous quelque autorité dans la Compagnie ?

— J'ai l'autorité que m'a confiée le gouvernement anglais pour enquêter sur les exactions commises au Putumayo. Vous savez que la Peruvian Amazon Company pour laquelle vous travaillez est britannique, n'est-ce pas ?

L'homme, décontenancé, finit par s'éloigner. Et Casement ne le vit jamais fouetter les porteurs, seulement crier après eux pour qu'ils se dépêchent ou les accabler d'injures et d'insultes quand ils laissaient tomber les « boudins » de caoutchouc qu'ils portaient sur l'épaule et la tête parce que leurs forces faiblissaient ou qu'ils trébuchaient.

Roger avait amené avec lui trois Barbadiens, Bishop, Sealey et Lane. Les neuf autres qui les accompagnaient restèrent avec la Commission. Casement avait recommandé à ses amis de ne jamais s'éloigner de ces témoins parce qu'ils couraient le risque d'être intimidés ou subornés par Normand et ses comparses pour les faire se rétracter de leurs témoignages, voire assassinés.

Le plus pénible dans cette expédition, ce n'étaient pas les grosses mouches bleues bourdonnantes, qui les criblaient de piqûres jour et nuit, ni les orages qui, parfois, leur tombaient dessus en les trempant, et transformaient le sol en ruisselets glissants d'eau, de boue, de feuilles et d'arbres morts, ni même l'inconfort du campement qu'ils dressaient la nuit pour dormir tant bien que mal après avoir dîné d'une boîte de sardines ou de soupe et bu au thermos quelques traits de whisky ou de thé. Ce qu'il y avait de terrible, torture qui lui donnait remords et mauvaise conscience, c'était de voir ces indigènes nus, pliés en deux sous le poids des « boudins » de caoutchouc, que Negretti et ses *muchachos* faisaient avancer à grands cris, les pressant toujours, avec des haltes très espacées, et sans rien leur donner à manger. Quand il demanda à Negretti pourquoi les rations n'étaient pas partagées avec les indigènes, le contremaître le regarda comme s'il ne comprenait pas. Quand Bishop lui expliqua la question, Negretti affirma, sans aucune vergogne :

— Ils n'aiment pas ce que nous mangeons, nous les chrétiens. Ils ont leur propre bouffe.

Mais ils n'en avaient aucune, parce qu'on ne pouvait taxer de nourriture les petites poignées de farine de manioc qu'ils portaient parfois à leur bouche, ou les tiges de plantes et les feuilles qu'ils roulaient soigneusement avant de les avaler. Ce qui paraissait incompréhensible à Roger, c'était comment des gosses de dix ou douze ans pouvaient porter pendant des heures et des heures ces « boudins » qui ne pesaient — il les avait soulevés — jamais moins de vingt kilos, et parfois trente, ou davantage encore. Le premier jour de marche un adolescent bora s'écroula soudain, écrasé par sa charge. Il se plaignait faiblement quand Roger essaya de le ranimer en lui faisant boire une petite boîte de soupe. Les yeux du gosse montraient une peur animale. Deux ou trois fois il tenta de se lever, sans y parvenir. Bishop lui expliqua :

— S'il a tellement peur, c'est parce que, si vous n'étiez pas là, Negretti l'achèverait d'une balle dans la peau pour servir de leçon aux autres païens et les empêcher de s'évanouir.

Le garçon n'était pas en état de se relever, si bien qu'on l'abandonna sur la piste. Roger lui laissa deux boîtes de conserve et son parapluie. Il comprit alors pourquoi ces êtres chétifs pouvaient porter de tels poids : par peur d'être assassinés s'ils osaient défaillir. La terreur démultipliait leurs forces.

Le second jour une vieille femme s'écroula morte d'un coup, alors qu'elle essayait de grimper une côte avec trente kilos de caoutchouc sur le dos. Negretti, après s'être assuré qu'elle était sans vie, se hâta de répartir les deux « boudins » de la morte entre d'autres indigènes, avec une moue de dégoût et en se raclant la gorge.

À Entre Ríos, dès qu'il se fut baigné et reposé un peu, Roger s'empressa de noter sur ses cahiers les péripéties et réflexions du voyage. Une idée le hantait, une idée qui, les jours, les semaines et les mois suivants, reviendrait comme une obsession et lui dicterait peu à peu sa conduite : « Nous ne devons pas permettre que la colonisation arrive à châtrer l'esprit des Irlandais comme elle a châtré celui des indigènes de l'Amazonie. Il faut agir maintenant, une bonne fois, avant qu'il ne soit trop tard et que nous soyons devenus des automates. »

Tout en attendant l'arrivée de la Commission, il ne perdit pas de temps. Il eut quelques entretiens, mais surtout il vérifia papiers et factures, livres de comptes du magasin et registres de l'administration. Il voulait établir combien prenait en plus la Compagnie de Julio C. Arana pour la nourriture, les médicaments, les vêtements, les armes et les ustensiles qu'elle avançait aux indigènes et aussi aux contremaîtres et *muchachos*. Les pourcentages variaient d'un produit à l'autre, mais la constante était que sur toutes les ventes le magasin doublait, triplait, voire quintuplait les prix. Il s'acheta deux chemises, un pantalon, un chapeau, des chaussures de randonnée qu'il aurait pu acquérir à Londres au tiers de leur prix. Il n'y avait pas que les indigènes à être pressurés, mais également ces pauvres malheureux, tueurs et vagabonds, qui étaient au Putumayo pour exécuter les consignes des chefs. Rien d'étonnant à ce que les uns et les autres soient toujours en dette envers la Peruvian Amazon Company et qu'ils y restent attachés jusqu'à leur mort, ou jusqu'à ce que l'entreprise les considère comme hors d'usage.

Il fut plus difficile à Roger de se faire une idée approximative du nombre d'indigènes qu'il y avait au Putumayo autour de 1893, quand les premières exploitations de caoutchouc s'installèrent dans la région et que commencèrent les « raids », et de ceux qui restaient en cette année 1910. Il n'y avait pas de statistiques sérieuses, ce qu'on en avait écrit restait vague, et les chiffres différaient beaucoup selon les cas. Celui qui semblait avoir fait le calcul le plus fiable était l'infortuné explorateur et ethnologue français Eugène Robuchon (mystérieusement disparu dans la région du Putumayo en 1905 alors qu'il cartographiait tout le domaine de Julio C. Arana), selon lequel les sept tribus de la zone — Huitotos, Ocaimas, Muinanes, Nonuyas, Andoques, Rezígaros et Boras — devaient totaliser quelque cent mille âmes avant que le caoutchouc n'attire les « civilisés » au Putumayo. Juan Tizón tenait ce chiffre pour très exagéré. Pour sa part, par différentes analyses et comparaisons, il soutenait que le chiffre d'environ quarante mille était plus près de la vérité. En tout cas, il ne restait maintenant guère plus de dix mille survivants. Ainsi, le régime imposé par les caoutchoutiers avait déjà liquidé les trois quarts de la population indigène. Beaucoup, sans doute, avaient été victimes de la variole, de la malaria, du béribéri et autres fléaux. Mais l'immense majorité avait disparu sous l'effet de l'exploitation, de la faim, des mutilations, du cep et des assassinats. À ce rythme, il arriverait à toutes ces tribus la même chose qu'aux Iquarasi, qui s'étaient totalement éteints.

Deux jours plus tard ses compagnons de la Commission arrivaient à Entre Ríos. Roger fut surpris de voir apparaître avec eux Armando Normand, suivi de son harem de fillettes. Folk et Barnes l'avertirent que, bien que la raison officielle de la venue du chef de Matanzas soit son souci de surveillance personnelle de l'embarquement du caoutchouc à Puerto Peruano, c'était la peur de son avenir qui le motivait. Dès qu'il avait appris les accusations des Barbadiens contre lui, il avait lancé une campagne de subornations et de menaces pour qu'ils se rétractent. Et il avait obtenu que certains, comme Levine, envoient une lettre à la Commission (rédigée sans doute par Normand lui-même) disant qu'ils démentaient toutes les déclarations, qu'on leur avait arrachées « par tromperie », et qu'ils voulaient établir clairement et par écrit qu'à la Peruvian Amazon Company on n'avait jamais maltraité les indigènes, et qu'employés et porteurs travaillaient en amitié pour la grandeur du Pérou. Folk et Barnes pensaient que Normand allait essayer de suborner ou d'intimider Bishop, Sealy et Lane, voire Casement lui-même.

En effet, le lendemain matin très tôt, Armando Normand vint frapper à la porte de Roger et lui proposer « une conversation franche et amicale ». Le chef de Matanzas avait perdu son assurance et l'arrogance avec laquelle il s'était adressé à Roger la fois précédente. On le sentait nerveux. Il se frottait les mains et se mordait la lèvre inférieure tandis qu'il parlait. Ils se rendirent au dépôt du caoutchouc, dans un terrain vague broussailleux que la tempête de la nuit avait couvert de mares et de crapauds. Un remugle de latex sortait du dépôt et Roger pensa un moment que cette odeur ne venait pas des « boudins » de caoutchouc stockés dans le grand hangar, mais du petit bonhomme rougeaud qui, à ses côtés, semblait un nabot.

Normand avait bien préparé son discours. Les sept années qu'il avait passées dans la forêt exigeaient de terribles privations chez quelqu'un qui avait été éduqué à Londres. Il ne voulait pas que, du fait de malentendus et de calomnies d'envieux, sa vie soit pénalisée par des embrouilles judiciaires et qu'il ne puisse réaliser son vœu de revenir en Angleterre. Il lui jura sur son honneur qu'il n'avait pas de sang sur les mains ni sur la conscience. Il était sévère mais juste, et disposé à appliquer toutes les mesures que la Commission et « monsieur le consul » suggéreraient pour améliorer le fonctionnement de l'entreprise.

— Que cessent les « raids » et l'enlèvement d'indigènes, énuméra Roger, lentement, en comptant sur les doigts de ses deux mains, que disparaissent le cep et le fouet, que les Indiens ne travaillent plus gratis, que les chefs, les contremaîtres et les *muchachos* ne recommencent pas à violer ni à voler les femmes et les filles des indigènes, que disparaissent les châtiments physiques et qu'on paie des réparations aux familles de ceux qu'on a assassinés ou brûlés vifs, ainsi qu'à ceux à qui on a coupé les oreilles, le nez, les mains et les pieds. Qu'on n'abuse plus les porteurs avec des balances truquées et des prix multipliés au magasin pour en faire d'éternels débiteurs de la Compagnie. Tout cela, seulement pour commencer. Parce qu'il faudrait beaucoup d'autres réformes pour que la Peruvian

Amazon Company mérite d'être une compagnie britannique.

Armando Normand était livide et le regardait sans comprendre.

— Vous voulez que la Peruvian Amazon Company disparaisse, monsieur Casement ? balbutia-t-il enfin.

— Exactement. Et que tous ses assassins et ses tortionnaires, à commencer par M. Julio C. Arana et en finissant par vous, soient jugés pour leurs crimes et finissent leurs jours en prison.

Il passa son chemin et laissa le chef de Matanzas figé sur place, le visage décomposé et sans savoir que dire d'autre. Casement regretta aussitôt d'avoir cédé de la sorte au mépris que lui inspirait le personnage. Il venait de se faire un ennemi mortel qui, maintenant, pouvait très bien avoir la tentation de le liquider. Il l'avait prévenu et Normand, sans plus attendre, allait agir èn conséquence. Il avait commis là une très grave erreur.

Quelques jours plus tard, Juan Tizón leur fit savoir que le chef de Matanzas avait demandé à la Compagnie de solder ses comptes, au comptant et non pas en soles péruviens mais en livres sterling. Il allait rentrer à Iquitos, sur le *Liberal*, en même temps que la Commission. On voyait bien où il voulait en venir : aidé par ses amis et ses complices, atténuer les charges et accusations qui pesaient sur lui, et s'assurer une porte de sortie à l'étranger — au Brésil, sans doute — où il devait avoir placé de belles économies. Les possibilités qu'il aille en prison s'étaient réduites. Juan Tizón les informa que Normand recevait depuis cinq ans vingt pour cent du caoutchouc recueilli à Matanzas et une « prime » annuelle de deux cents livres sterling si le rendement dépassait celui de l'année antérieure.

Les jours et les semaines suivants furent d'une routine étouffante. Les entretiens avec les Barbadiens et les *racionales* révélaient toujours et encore un catalogue impressionnant d'atrocités. Roger sentait ses forces l'abandonner. Comme il commençait à avoir de la fièvre le soir venu il craignit que ce ne soit à nouveau le paludisme, aussi augmenta-t-il au coucher ses doses de quinine. La crainte qu'Armando Normand ou tout autre chef puisse détruire les cahiers avec la transcription des témoignages le poussa, dans tous les comptoirs — Entre Ríos, Atenas, Sur et La Chorrera — à garder par-devers lui ces papiers, sans permettre à personne d'y toucher. La nuit il les glissait sous le grabat ou le hamac où il dormait, avec toujours son revolver chargé à portée de main.

À La Chorrera, alors qu'il faisait ses valises pour rentrer à Iquitos, Roger vit arriver un jour au campement une vingtaine d'Indiens en provenance du hameau de Naimenes et transportant leur caoutchouc. Les porteurs étaient des adolescents ou des hommes, à l'exception d'un enfant de neuf ou dix ans, très maigre, qui portait sur sa tête un « boudin » de caoutchouc plus grand que lui. Roger les accompagna jusqu'à la balance où Víctor Macedo réceptionnait les livraisons. Celle de l'enfant pesait vingt-quatre kilos et lui, Omarino, seulement vingt-cinq. Comment avait-il pu arriver là en parcourant dans la forêt tous ces kilomètres avec un tel poids sur la tête ? Malgré ses cicatrices sur le dos, il avait le regard vif et joyeux, et souriait fréquemment. Roger lui fit boire une soupe en boîte et manger des sardines à l'huile achetées au magasin. Dès lors, Omarino s'accrocha à ses basques. L'accompagnant partout, toujours disposé à faire pour lui n'importe quelle commission. Un jour Víctor Macedo lui dit, en désignant l'enfant :

— Je vois qu'il vous aime bien, monsieur Casement. Pourquoi ne pas l'emmener avec vous ? Il est orphelin. Je vous en fais cadeau.

Par la suite, Roger devait penser que cette phrase : « je vous en fais cadeau », par laquelle Víctor Macedo avait voulu se gagner ses bonnes grâces, en disait plus qu'aucun autre témoignage : ce chef pouvait « faire cadeau » de n'importe quel Indien sous son autorité, car les porteurs et les collecteurs de caoutchouc lui appartenaient tout comme les arbres, les baraques, les fusils et les « boudins » de caoutchouc. Il demanda à Juan Tizón s'il ne voyait pas d'inconvénient à ce qu'il emmène avec lui à Londres cet Omarino — la Société contre l'Esclavage le prendrait sous son aile et se chargerait de lui donner une éducation — et Tizón ne fit aucune objection.

Arédomi, un adolescent qui appartenait à la tribu des Andoques, devait se joindre à Omarino quelques jours plus tard. Il était arrivé à La Chorrera du comptoir Sur et, le lendemain, dans le fleuve, tandis qu'il se baignait, Roger vit le gamin nu, barbotant dans l'eau avec d'autres indigènes. C'était un bel enfant, au corps harmonieux et souple, qui évoluait avec une élégance naturelle. Roger pensa qu'Herbert Ward pourrait faire une belle sculpture de cet adolescent, le symbole de cet homme amazonien dépouillé de sa terre, de son corps et de sa beauté par les caoutchoutiers. Il distribua des boîtes de nourriture parmi les Andoques qui se baignaient. Arédomi lui embrassa la main en signe de reconnaissance. Il se sentit gêné et, en même temps, ému. Le gosse le suivit jusqu'à son habitation, parlant et gesticulant avec véhémence, mais il ne le comprenait pas. Il appela Frederick Bishop, qui lui traduisit ses paroles :

— Il vous demande de l'emmener avec vous, où que vous alliez. Et il affirme qu'il vous servira bien.

— Dis-lui que je ne peux pas, j'emmène déjà Omarino.

Mais Arédomi n'en démordait pas. Il restait posté près de la baraque où Roger dormait ou le suivait comme son ombre, à quelques pas de distance, une supplication muette dans les yeux. Il choisit alors de consulter la Commission et Juan Tizón. Leur semblait-il convenable qu'en plus d'Omarino il emmène à Londres également Arédomi ? Ces enfants, peut-être, donneraient plus de force et de conviction à son rapport : tous deux portaient des cicatrices de coups de fouet. Par ailleurs, ils étaient assez jeunes pour être éduqués et se faire à une forme de vie qui ne soit plus celle de l'esclavage.

La veille de son départ sur le *Liberal* arriva à La Chorrera Carlos Miranda, le chef du comptoir Sur. Il avait avec lui une centaine d'indigènes avec le caoutchouc recueilli dans cette région les trois derniers mois. C'était un quadragénaire grassouillet et très blanc. À sa façon de parler et de se tenir, on voyait qu'il avait reçu une meilleure éducation que les autres chefs. Sans doute venait-il d'une famille de classe moyenne. Mais ses états de service n'étaient pas moins sanglants que ceux de ses collègues. Roger Casement et les autres membres de la Commission avaient reçu plusieurs témoignages sur l'épisode de la vieille Bora. Une femme qui, quelques mois plus tôt, à Sur, dans une crise de désespoir ou de folie, s'était mise soudain à exhorter à grands cris les Boras à combattre et à ne pas se laisser davantage humilier ni traiter comme des esclaves. Ses cris avaient paralysé de terreur les indigènes alentour. Furieux, Carlos Miranda s'était alors élancé sur elle en arrachant la machette des mains d'un de ses *muchachos* et l'avait décapitée. Et, brandissant la tête de la femme, qui le baignait de son sang, il avait expliqué aux Indiens que cela leur arriverait à tous s'ils ne faisaient pas leur travail et voulaient imiter la vieille. Le décapiteur était un homme bonasse et souriant, disert et désinvolte, qui avait voulu se rendre sympathique à Roger et à ses collègues en leur racontant des blagues et des anecdotes sur les personnages extravagants et pittoresques qu'il avait connus au Putumayo.

Quand, le mercredi 16 novembre 1910, il monta sur le *Liberal* à l'embarcadère de La Chorrera afin d'entreprendre le retour à Iquitos, Roger Casement ouvrit la bouche et respira profondément. Il éprouvait une extraordinaire sensation de soulagement. Il lui sembla que ce départ nettoyait son corps et son esprit d'une angoisse oppressante qu'il n'avait jamais éprouvée auparavant, même dans les moments les plus difficiles de sa vie au Congo. Outre Omarino et Arédomi, il emmenait sur le *Liberal* dix-huit Barbadiens, dont cinq femmes indigènes, faisant partie de leurs épouses, et les enfants de John Brown, Allan Davis, James Mapp, J. Dyall et Philip Bertie Lawrence.

Pour avoir ces Barbadiens sur le bateau, il avait fallu négocier durement, au prix d'intrigues, de concessions et de rectifications, avec Juan Tizón, Víctor Macedo, les autres membres de la Commission et les Barbadiens eux-mêmes. Ceux-ci, avant de témoigner, avaient tous demandé des garanties, car ils savaient bien qu'ils s'exposaient à des représailles de la part des chefs qu'ils pouvaient ainsi envoyer en prison. Casement s'était personnellement engagé à les faire sortir vivants du Putumayo.

Mais, les jours précédant l'arrivée du *Liberal* à La Chorrera, la Compagnie avait lancé une offensive cordiale pour retenir les contremaîtres de la Barbade, leur assurant qu'ils ne seraient pas victimes de représailles et leur promettant une augmentation de salaire et de meilleures conditions pour qu'ils demeurent à leur poste. Víctor Macedo annonça même que, quelle que soit leur décision, la Peruvian Amazon Company avait décidé de défalquer vingt-cinq pour cent de la dette qu'ils avaient contractée au magasin pour l'achat de médicaments, de vêtements, d'ustensiles domestiques et de nourriture. Tous avaient accepté cette offre. Et, en moins de vingt-quatre heures, les Barbadiens avaient annoncé à Casement qu'ils ne partiraient pas avec lui. Ils resteraient travailler dans les comptoirs. Roger savait ce que cela signifiait : pressions et subornations feraient que, lui sitôt parti, ils se rétracteraient de leurs aveux et l'accuseraient de les avoir inventés ou de les leur avoir imposés sous la menace. Il avait parlé avec Juan Tizón. Celui-ci lui rappela que, bien qu'aussi affecté que lui par les choses qui se passaient et qu'il était décidé à corriger, il restait un des directeurs de la Peruvian Amazon Company et ne pouvait ni ne devait pousser les Barbadiens à partir s'ils voulaient rester. Un des commissionnaires, Henry Fielgald, appuya Tizón avec les mêmes arguments : lui aussi travaillait, à Londres, avec M. Julio C. Arana et, quand bien même il exigerait des réformes profondes dans les méthodes de travail en Amazonie, il ne pouvait devenir le liquidateur de l'entreprise qui l'employait. Casement eut l'impression que le ciel lui tombait sur la tête.

Mais, comme dans un de ces rocambolesques retournements de situation des romans-feuilletons français, tout ce panorama se transforma radicalement à l'arrivée du *Liberal* à La Chorrera, au soir du 12 novembre. Il apportait de la correspondance et des journaux d'Iquitos et de Lima. Le journal *El Comercio*, de la capitale péruvienne, annonçait, dans un long article vieux de deux mois, que le gouvernement du président Augusto B. Leguía, en considération des requêtes de la Grande-Bretagne et des États-Unis sur de prétendues atrocités commises dans les exploitations de caoutchouc du Putumayo, avait envoyé en Amazonie, avec des pouvoirs spéciaux, un juge réputé de la magistrature péruvienne, le docteur Carlos A. Valcárcel. Sa mission était d'enquêter et d'engager aussitôt les actions judiciaires adéquates, en faisant venir, si nécessaire, des forces policières et militaires au Putumayo, afin que les responsables de crimes n'échappent pas à la justice.

Cette information fit l'effet d'une bombe parmi les employés de la Casa Arana. Juan Tizón communiqua à Roger Casement que Víctor Macedo, très inquiet, avait convoqué tous les chefs de comptoirs, même les plus lointains, à une réunion à La Chorrera. Tizón donnait l'impression d'un homme déchiré par une contradiction insoluble. Il se réjouissait, pour l'honneur de son pays et par un sens inné de la justice, que le gouvernement péruvien se soit enfin décidé à agir. D'un autre côté, il ne lui échappait pas que ce scandale pouvait entraîner la ruine de la Peruvian Amazon Company et, par conséquent, la sienne propre. Un soir, entre deux verres de whisky tiède, Tizón confia à Roger que tout son patrimoine, à l'exception d'une maison à Lima, était placé en actions de la Compagnie.

Les rumeurs, les ragots et les craintes engendrés par les nouvelles de Lima amenèrent les Barbadiens à changer une fois de plus d'opinion. Maintenant, ils voulaient à nouveau s'en aller. Ils craignaient que les chefs péruviens ne tentent d'échapper à leur responsabilité dans les tortures et les assassinats d'indigènes en rejetant la faute sur eux, les « Noirs étrangers », et désiraient quitter le Pérou au plus vite pour retourner à la Barbade. Ils étaient morts d'appréhension et de peur.

Roger Casement, sans le dire à personne, pensa que si les dix-huit Barbadiens l'accompagnaient jusqu'à Iquitos, tout pouvait arriver. Par exemple, que la Compagnie les rende responsables de tous les crimes et les expédie en prison, ou bien tente de les suborner pour qu'ils rectifient leurs aveux et accusent Casement de les avoir falsifiés. La solution était que les Barbadiens, avant d'arriver à Iquitos, débarquent à l'une des escales en territoire brésilien et attendent là que Roger les reprenne, dans le bateau *Atahualpa,* sur lequel il voyagerait d'Iquitos jusqu'en Europe, avec escale à la Barbade. Il confia son plan à Frederick Bishop. Celui-ci l'approuva, mais dit à Casement que le mieux était de n'en faire part aux Barbadiens qu'au dernier moment.

Il régnait une étrange atmosphère sur l'embarcadère de La Chorrera quand le *Liberal* leva l'ancre. Aucun des chefs ne vint lui dire au revoir. Le bruit courait que plusieurs d'entre eux avaient décidé de partir, vers le Brésil ou la Colombie. Juan Tizón, qui devait rester encore un mois au Putumayo, embrassa Roger et lui souhaita bonne chance. Les membres de la Commission, qui s'y attarderaient quelques semaines, dans le but de mener à bien des études techniques et administratives, lui dirent adieu au pied de l'échelle. Ils convinrent de se voir à Londres, afin de lire le rapport de Roger avant qu'il ne le présente au Foreign Office.

Cette première nuit de voyage sur le fleuve, la pleine lune éclaira le ciel d'une teinte rougeâtre. Elle se réverbérait dans les eaux obscures avec un crépitement d'étoiles qui ressemblaient à des petits poissons lumineux. Tout était chaud, beau et serein, sauf l'odeur de caoutchouc qui persistait, comme si elle avait envahi ses narines à jamais. Roger resta longtemps appuyé au bastingage du pont de poupe à contempler le spectacle et il se rendit soudain compte que son visage était baigné de larmes. Quelle paix merveilleuse, mon Dieu !

Les premiers jours de navigation, la fatigue et l'anxiété l'empêchèrent de travailler à revoir ses fiches et ses cahiers et à ébaucher son rapport. Il dormait peu, avait des cauchemars. Il se levait souvent la nuit et sortait sur le pont pour observer la lune et les étoiles si le ciel était dégagé. Sur le bateau voyageait un administrateur des Douanes du Brésil. Il lui demanda si les Barbadiens pourraient débarquer dans un port brésilien quelconque d'où ils partiraient l'attendre à Manaus, pour ensuite continuer la route ensemble jusqu'à la Barbade. Le fonctionnaire lui assura qu'il n'y avait pas la moindre difficulté. Malgré cela, Roger restait préoccupé. Il craignait de voir se produire quelque chose destiné à sauver la Peruvian Amazon Company de toute sanction. Après avoir vu de façon aussi directe le sort des indigènes amazoniens, il fallait absolument que le monde entier le sache et trouve à y remédier.

Un autre motif d'angoisse était l'Irlande. Depuis qu'il était arrivé à la conviction que seule une action résolue, une rébellion, pouvait empêcher sa patrie de « perdre son âme » à cause de la colonisation, comme cela était arrivé aux Huitotos, aux Boras et autres malheureux du Putumayo, il brûlait d'impatience de se vouer corps et âme à la préparation de cette insurrection qui en finirait avec tant de siècles de servitude pour son pays.

Le jour où le *Liberal* traversa la frontière péruvienne — il naviguait déjà sur le Yavarí — et entra dans les eaux du Brésil, le sentiment de crainte et de peur qui le tenaillait disparut. Mais, ensuite, ils retrouveraient l'Amazone et remonteraient le fleuve en territoire péruvien où, il en était sûr, il éprouverait à nouveau le pressentiment que quelque catastrophe imprévue viendrait faire avorter sa mission et rendrait inutiles les mois passés au Putumayo.

Le 21 novembre 1910, dans le port brésilien d'Esperança, sur le fleuve Yavarí, Roger fit débarquer quatorze Barbadiens, les femmes de quatre d'entre eux et quatre enfants. Il les avait réunis la veille pour leur expliquer le danger qu'ils courraient s'ils l'accompagnaient à Iquitos. La Compagnie, en collusion avec les juges et la police, pouvait fort bien les faire arrêter pour les rendre responsables de tous les crimes, et plus encore, ils pouvaient faire l'objet de pressions, de menaces et de chantages afin d'obtenir une rétractation de leurs aveux mettant en cause la Casa Arana.

Les quatorze Barbadiens avaient accepté son plan de débarquement à Esperança pour prendre là le premier bateau en partance pour Manaus où, protégés par le consulat britannique, ils attendraient que Roger vienne les reprendre sur l'*Atahualpa*, de la Booth Line, qui faisait le trajet Iquitos-Manaus-Pará. De cette dernière ville un autre bateau les conduirait à bon port. Roger leur dit au revoir en leur laissant d'abondantes provisions qu'il avait achetées pour eux, avec un papier certifiant que leur billet pour Manaus serait acquitté par le gouvernement britannique et une lettre de recommandation pour le consul britannique de cette ville.

Ceux qui poursuivirent le voyage avec lui jusqu'à Iquitos, outre Arédomi et Omarino, furent Frederick Bishop, John Brown avec son épouse et son fils ainsi que Philip Bertie Lawrence, avec également deux enfants en bas âge. Ces Barbadiens avaient des choses à récupérer et des chèques de la Compagnie à encaisser dans cette ville.

Les quatre jours qu'il manquait pour arriver, Roger les passa à travailler à ses papiers et à préparer un mémorandum pour les autorités péruviennes.

Le 25 novembre ils débarquèrent à Iquitos. Le consul britannique, Mr Stirs, insista une fois de plus pour que Roger s'installe chez lui. Et il accompagna celui-ci à une pension voisine où ils purent loger les Barbadiens, Arédomi et Omarino. Mr Stirs était inquiet. Il y avait une grande nervosité dans tout Iquitos avec l'annonce de l'arrivée prochaine du juge Carlos A. Valcárcel pour enquêter sur les accusations de l'Angleterre et des États-Unis contre la Compagnie de Julio C. Arana. La crainte ne touchait pas seulement les employés de la Peruvian Amazon Company mais les Iquiténiens en général, car tous savaient que la vie de la cité dépendait de la Compagnie. Il y avait une grande hostilité contre Roger Casement et le consul lui conseilla de ne pas sortir seul car on ne pouvait écarter un attentat contre sa vie.

Quand, après le dîner et le traditionnel verre de porto, Roger lui résuma ce qu'il avait vu et entendu au Putumayo, Mr Stirs, qui l'avait écouté très sérieusement, en silence, ne put que lui demander :

— C'est donc aussi terrible qu'au Congo de Léopold II ?

— Je crains que oui, si ce n'est pire, répondit Roger. Bien que je trouve obscène d'établir des hiérarchies entre des crimes de cette magnitude.

En son absence, un nouveau préfet avait été nommé à Iquitos, quelqu'un venu de Lima appelé Esteban Zapata. Contrairement au précédent, il n'était pas employé de Julio C. Arana. Depuis son arrivée il maintenait une certaine distance vis-à-vis de Pablo Zumaeta et des autres directeurs de la Compagnie. Il savait que Roger était sur le point d'arriver et il l'attendait avec impatience.

L'entrevue avec le préfet eut lieu le lendemain matin et dura plus de deux heures. Esteban Zapata était un homme jeune, très brun, aux manières distinguées. Malgré la chaleur — il transpirait constamment et s'essuyait le visage avec un grand mouchoir mauve — il n'ôta pas sa redingote de drap. Il écouta Roger très attentivement, s'étonnant parfois, l'interrompant aussi pour lui demander des précisions et souvent s'écrier, indigné : « C'est terrible ! C'est épouvantable ! » De temps en temps il lui proposait de petits verres d'eau fraîche. Roger lui dit tout, avec force détails, noms, nombres et lieux, en se concentrant sur les faits et en évitant les commentaires, sauf à la fin où il conclut son récit par ces mots :

— En résumé, monsieur le préfet, les accusations du journaliste Saldaña Roca et de M. Hardenburg n'étaient pas exagérées. Bien au contraire, tout ce qu'a publié à Londres la revue *Truth*, pour fallacieux que cela paraisse, est encore au-dessous de la vérité.

Zapata, avec une émotion dans la voix qui semblait sincère, dit qu'il se sentait honteux pour le Pérou. Cela arrivait parce que l'État n'atteignait pas ces régions éloignées de la loi et dépourvues de toute institution. Le gouvernement était décidé à agir. C'est pourquoi il était ici. C'est pourquoi un juge intègre comme le docteur Valcárcel arriverait bientôt. Le président Leguía lui-même voulait laver l'honneur du Pérou, en mettant fin à ces exécrables abus. Il le lui avait dit tel quel, textuellement. Le gouvernement de Sa Majesté verrait les coupables sanctionnés et les indigènes protégés à partir de maintenant. Il lui demanda si le rapport de Roger Casement à son gouvernement serait rendu public.

Quand celui-ci lui répondit qu'en principe le rapport était à usage interne du gouvernement britannique et qu'il enverrait, sans doute, une copie au gouvernement péruvien pour que celui-ci décide de le publier ou non, le préfet respira avec soulagement :

— Tant mieux ! s'écria-t-il. Si tout cela était connu, cela ferait un tort immense à l'image de notre pays dans le monde.

Roger Casement fut sur le point de lui dire que ce n'est pas son rapport qui ferait le plus de tort au Pérou mais ce qui le motivait, ces choses qui se passaient en terre péruvienne. Le préfet voulut savoir, par ailleurs, si les Barbadiens qui étaient venus à Iquitos — Bishop, Brown et Lawrence — accepteraient de lui confirmer leurs témoignages sur le Putumayo. Roger lui assura qu'il les enverrait demain à la première heure à la préfecture.

Mr Stirs, qui avait servi d'interprète dans ce dialogue, sortit de l'entrevue la tête basse. Roger avait noté que le consul ajoutait beaucoup de phrases — parfois de véritables commentaires — à ce que lui, Roger, disait en anglais et que ces interférences tendaient toujours à atténuer la dureté des faits relatifs à l'exploitation et à la souffrance des indigènes. Tout cela augmenta sa méfiance envers ce consul qui, malgré tout le temps qu'il était là et sa connaissance de ce qui se passait, n'en avait jamais informé le Foreign Office. La raison en était simple : Juan Tizón lui avait révélé que Mr Stirs faisait des affaires à Iquitos et, ce faisant, dépendait lui aussi de la Compagnie de Julio C. Arana. Sans doute, son souci actuel était le préjudice que ce scandale pouvait lui porter. Monsieur le consul avait une âme mesquine et son échelle de valeurs était fonction de sa cupidité.

Les jours suivants, Roger essaya de rencontrer le

père Urrutia, mais on lui dit à la mission que le supérieur des augustins se trouvait à Pebas, chez les Indiens Yaguas — Roger les avait vus lors d'une escale du *Liberal* et avait été impressionné par les tuniques en fibres filées dont ces indigènes couvraient leur corps —, car il y était allé inaugurer une école.

De sorte que, les jours qui le séparaient de son embarquement sur l'*Atahualpa*, qui était encore à décharger sa marchandise sur le port d'Iquitos, Roger les consacra à la rédaction de son rapport. L'après-midi, il sortait se promener et, à deux reprises, il entra au cinéma Alhambra, sur la place d'Armes d'Iquitos. Il existait depuis quelques mois et l'on y projetait des films muets, avec l'accompagnement d'un orchestre de trois musiciens, qui jouaient faux. Le véritable spectacle pour Roger n'était pas les figures en noir et blanc de l'écran, mais la fascination du public, des Indiens venus des tribus, et des soldats de la sierra appartenant à la garnison locale, qui observaient tout cela émerveillés et déconcertés.

Un autre jour il fit une promenade à pied jusqu'à Punchana, par un sentier de terre qui, au retour, s'était sous la pluie transformé en un bourbier. Mais le paysage était très beau. Un autre jour encore, il tenta d'atteindre à pied Quistococha — il avait emmené avec lui Omarino et Arédomi —, mais une averse interminable les avait surpris et ils avaient dû se réfugier dans les broussailles. Quand l'orage fut passé, le sentier était tellement plein de flaques d'eau et de boue qu'ils durent rentrer en hâte à Iquitos.

L'*Atahualpa* leva l'ancre en direction de Manaus et de Pará le 6 décembre 1910. Roger voyageait en première classe, Omarino, Arédomi et les Barbadiens en classe ordinaire. Alors que le bateau, dans le clair et chaud matin, s'éloignait d'Iquitos et que rapetissaient les gens et les habitations du rivage, Roger sentit à nouveau dans sa poitrine cette sensation de liberté que donne la disparition d'un grand danger. Pas physique, un danger moral. Il avait l'impression que s'il était resté plus longtemps dans cet endroit terrible, où tant de gens souffraient de façon si injuste et si cruelle, lui aussi, par le simple fait d'être un Blanc et un Européen, en serait sorti contaminé et avili. Il se dit qu'heureusement il ne reviendrait jamais fouler ces lieux. Cette pensée lui remonta le moral et le tira en partie de l'abattement et de la somnolence qui l'empêchaient de se concentrer sur son travail avec la fougue d'autrefois.

Quand, le 10 décembre, l'*Atahualpa* mouilla dans le port de Manaus en fin d'après-midi, Roger avait laissé derrière lui son découragement et récupéré son énergie et sa capacité de travail. Les quatorze Barbadiens se trouvaient déjà dans la ville. La plupart avaient décidé de ne pas retourner à la Barbade mais d'accepter des contrats de travail sur la ligne du chemin de fer Madeira-Mamoré, qui proposait de bonnes conditions. Le reste continua le voyage avec lui jusqu'à Pará, où le bateau jeta l'ancre le 14 décembre. Là Roger chercha un navire à destination de la Barbade et y fit embarquer les Barbadiens ainsi qu'Omarino et Arédomi. Il confia ces derniers à Frederick Bishop pour qu'à Bridgetown il les conduise au révérend Frederick Smith, avec pour instructions de les inscrire au collège des jésuites où, avant de poursuivre leur voyage jusqu'à Londres, ils pourraient recevoir une formation minimale pour les préparer à affronter la vie dans la capitale de l'Empire britannique.

Puis il chercha et trouva un bateau pour le ramener en Europe. C'était le *SS Ambrose*, de la Booth Line. Comme il n'appareillerait que le 17 décembre, il profita de ces jours pour visiter les lieux qu'il avait fréquentés quand il était consul britannique à Pará : des bars, des restaurants, le jardin botanique, l'immense marché bigarré et coloré du port. Il n'avait aucune nostalgie de Pará, car son séjour ici n'avait pas été heureux, mais il reconnut la joie qui animait les gens, la belle allure des femmes et des garçons oisifs qui se promenaient en paradant sur les môles donnant sur le fleuve. Il se dit une fois de plus que les Brésiliens avaient avec leur corps un rapport salutaire et heureux, bien différent de celui des Péruviens, par exemple, qui, tout comme les Anglais, semblaient toujours mal à l'aise avec leur physique. En revanche, ici, ils l'exhibaient avec effronterie, surtout ceux qui se sentaient jeunes et séduisants.

Le 17 il embarqua sur le *SS Ambrose* et décida en cours de route que, comme ce bateau devait arriver à Cherbourg aux derniers jours de décembre, il débarquerait là et prendrait le train pour Paris, afin de passer le nouvel an avec Herbert Ward et Sarita, son épouse. Il retournerait à Londres le premier jour ouvrable de la prochaine année. Ce serait une expérience purifiante que de passer deux jours avec ce couple ami et cultivé, dans leur superbe atelier plein de sculptures et de souvenirs africains, à parler de choses belles et élevées, d'art, de livres, de théâtre et de musique, tout ce qu'avait produit de mieux cet être humain contradictoire qui était également capable d'autant de méchanceté que celle qui régnait dans les exploitations caoutchoutières de Julio C. Arana au Putumayo.

XI

Quand le gros *sheriff* ouvrit la porte de sa cellule, entra et s'assit sans rien dire au coin du grabat où il était étendu, Roger Casement ne fut pas surpris. Depuis que, en violation du règlement, le *sheriff* lui avait permis de prendre une douche, il sentait que, sans avoir échangé un mot, ils s'étaient rapprochés l'un de l'autre, et que le geôlier, peut-être sans s'en rendre compte, ou alors malgré lui, avait cessé de le haïr et de le tenir pour responsable de la mort de son fils dans les tranchées françaises.

La tombée du jour plongeait presque la petite cellule dans l'obscurité. Roger, de son grabat, voyait la silhouette sombre du *sheriff*, large et cylindrique, immobile. Il l'entendait haleter profondément, comme à bout de forces.

— Il avait les pieds plats et aurait pu échapper au service militaire, l'entendit-il psalmodier, brisé par l'émotion. Au premier centre de recrutement, à Hastings, en examinant ses pieds, on l'avait réformé. Mais, sans se résigner, il s'était représenté dans un autre centre. Il voulait aller à la guerre. A-t-on jamais vu pareille folie ?

— Il aimait son pays, c'était un patriote, dit Roger

Casement, tout bas. Vous devriez être fier de votre fils, *sheriff*.

— Ça me sert à quoi qu'il ait été un héros, puisqu'il est mort, répliqua le geôlier d'une voix lugubre. Il était tout ce que j'avais au monde. Maintenant, c'est comme si j'avais moi aussi cessé d'exister. Parfois je me prends pour un fantôme.

Il eut l'impression d'entendre le *sheriff* gémir, dans l'ombre de la cellule. Mais c'était peut-être une fausse impression. Roger pensa aux cinquante-trois volontaires de la Brigade irlandaise qui étaient restés là-bas, en Allemagne, au petit camp militaire de Zossen, où le capitaine Robert Monteith leur avait enseigné le maniement du fusil, de la mitraillette, les tactiques et manœuvres militaires, en faisant son possible pour leur soutenir le moral malgré les circonstances incertaines. Et les questions qu'il s'était mille fois posées revinrent le tourmenter. Qu'avaient-ils dû penser quand il avait disparu sans crier gare, en même temps que le capitaine Monteith et le sergent Bailey ? Qu'ils étaient des traîtres ? Que, après les avoir embarqués dans cette aventure téméraire, ils fichaient le camp, eux oui, se battre en Irlande, les laissant derrière les barbelés, aux mains des Allemands et haïs par les prisonniers irlandais de Limburg, qui les considéraient comme des transfuges, déloyaux envers leurs camarades morts dans les tranchées des Flandres ?

Il se dit une fois de plus que sa vie avait été une contradiction permanente, une succession de confusions et d'imbroglios monstrueux, où la vérité de ses intentions et de ses comportements finissait toujours par être, du fait du hasard ou de sa propre maladresse, obscurcie, distordue, transformée en mensonge. Ces cinquante-trois patriotes, purs et idéalistes, qui avaient eu le courage d'affronter leurs deux mille et quelques compagnons du camp de Limburg et de s'inscrire dans la Brigade irlandaise afin de se battre pour l'indépendance de l'Irlande « avec, mais pas dans » l'armée allemande, ne sauraient jamais rien de la bataille titanesque qu'avait livrée Roger Casement contre le haut commandement militaire allemand, dans le but d'empêcher celui-ci de les expédier en Irlande sur l'*Aud* en même temps que les vingt mille fusils qu'il envoyait aux Volontaires en vue de l'Insurrection de Pâques.

— J'ai la responsabilité de ces cinquante-trois brigadistes, avait dit Roger au capitaine Rudolf Nadolny, en charge des affaires irlandaises auprès du quartier général à Berlin. C'est moi qui les ai exhortés à déserter l'armée britannique. Pour la loi anglaise, ce sont des traîtres. Ils seront pendus sur-le-champ s'ils sont capturés par la Royal Navy. Et c'est une chose qui arrivera, irrémédiablement, si l'Insurrection a lieu sans l'appui d'une force militaire allemande. Je ne peux envoyer à la mort et au déshonneur ces compatriotes. Ils n'iront pas en Irlande dans le même bateau que les vingt mille fusils.

Ce n'avait pas été facile. Le capitaine Nadolny et les officiers du haut commandement militaire allemand avaient essayé de le faire céder par le chantage.

— Très bien, nous allons communiquer immédiatement aux dirigeants des Irish Volunteers à Dublin que, étant donné l'opposition de M. Roger Casement à l'Insurrection, le gouvernement allemand suspend l'envoi des vingt mille fusils et des cinq millions de munitions.

Il avait fallu discuter, négocier, expliquer, sans jamais perdre son calme. Roger Casement ne s'opposait pas à l'Insurrection, mais seulement au suicide des Volontaires et de l'Armée du Peuple, s'ils se jetaient dans la lutte contre l'Empire britannique sans que les sous-marins, zeppelins et commandos du Kaiser ne fassent diversion auprès des forces armées britanniques pour les empêcher d'écraser brutalement les rebelles, ce qui renverrait aux calendes grecques l'indépendance de l'Irlande. Les vingt mille fusils étaient indispensables, bien entendu. Lui-même accompagnerait ces armes en Irlande et expliquerait à Tom Clarke, Patrick Pearse, Joseph Plunkett et autres chefs des Volontaires les raisons pour lesquelles, à son avis, il fallait ajourner l'Insurrection.

Au bout du compte, il avait eu gain de cause. Le bateau transportant l'armement, l'*Aud*, était parti, et Roger, Monteith et Bailey avaient eux aussi embarqué sur un sous-marin en direction de l'Eire. Mais les cinquante-trois brigadistes étaient restés à Zossen, n'y comprenant rien, se demandant sans doute pourquoi ces menteurs étaient allés se battre en Irlande et les avaient laissés là, après les avoir entraînés pour une action dont ils les privaient maintenant sans la moindre explication.

— À la naissance du petit, sa mère a pris le large et nous a abandonnés tous les deux, dit soudain le *sheriff* et Roger fit un bond sur son grabat. Je n'ai plus jamais eu de ses nouvelles. Aussi m'a-t-il fallu servir à l'enfant de mère et de père. Elle s'appelait Hortensia et était à moitié folle.

La cellule était maintenant plongée dans l'obscurité. Roger ne voyait plus la silhouette du geôlier. Sa voix s'élevait toute proche et faisait penser au gémissement d'un animal plutôt qu'à une expression humaine.

— Les premières années, je dépensais presque tout mon salaire à payer une femme pour l'allaiter et s'en occuper, continua le *sheriff*. Tout mon temps libre, je le passais avec lui. C'était un enfant obéissant et poli. Et non un de ces garçons qui ont le diable au corps, ne pensent qu'à voler et à boire, et rendent leurs parents fous. Il était apprenti chez un tailleur, bien vu par son patron. Il aurait pu faire son chemin, s'il ne s'était mis en tête de s'engager, malgré ses pieds plats.

Roger Casement ne savait que lui dire. Il compatissait à la souffrance du *sheriff* et aurait voulu le consoler, mais quels mots pouvaient adoucir la douleur animale de ce pauvre homme ? Il aurait voulu lui demander son nom et celui de son fils mort, afin de les sentir plus près, mais il n'osa pas l'interrompre.

— J'ai reçu deux lettres de lui, poursuivit le *sheriff*. La première, pendant son instruction militaire. Il me disait qu'il aimait la vie au camp et que, à la fin de la guerre, il resterait peut-être dans l'armée. La seconde était très différente. Plein de paragraphes avaient été biffés à l'encre noire par la censure. Il ne se plaignait pas, mais on sentait une certaine amertume, et même un peu de peur, dans ce qu'il écrivait. Et puis, plus de nouvelles. Jusqu'à cette lettre de l'armée m'annonçant sa mort. Ils disaient qu'il avait eu une fin héroïque, à la bataille de Loos. Je n'avais jamais entendu parler de cet endroit. J'ai regardé sur une carte où se trouve ce Loos. Ce doit être un village insignifiant.

Pour la deuxième fois Roger entendit cette plainte, semblable au hululement d'un oiseau. Et il eut l'impression de voir frémir l'ombre du geôlier.

Qu'adviendrait-il maintenant de ces cinquante-trois compatriotes ? Le haut commandement militaire allemand respecterait-il ses engagements et permettrait-il à la petite brigade de se maintenir unie et isolée des autres au camp de Zossen ? Rien n'était moins sûr. Dans ses discussions avec le capitaine Rudolf Nadolny, à Berlin, Roger avait remarqué le mépris des militaires allemands pour ce ridicule contingent d'à peine une cinquantaine d'hommes. Combien différente était leur attitude au début lorsque, se laissant gagner par l'enthousiasme de Casement, ils avaient soutenu son initiative de réunir tous les prisonniers irlandais du camp de Limburg, en supposant que, une fois qu'il leur aurait parlé, ils s'engageraient par centaines dans la Brigade irlandaise ! Quel échec et quelle déception ! La plus douloureuse de sa vie. Un échec qui le couvrait de ridicule et pulvérisait ses rêves patriotiques. En quoi s'était-il trompé ? Le capitaine Robert Monteith croyait que son erreur avait été de parler aux deux mille deux cents prisonniers tous ensemble, au lieu de le faire par petits groupes. Avec vingt ou trente il aurait été possible d'engager un dialogue, de répondre aux objections, d'expliquer ce qu'ils trouvaient peu clair. Mais devant une masse d'hommes se ressentant de leur défaite et de l'humiliation d'être prisonniers, qu'y avait-il à espérer ? Ils comprirent seulement que Roger leur demandait de s'allier à leurs ennemis d'hier et d'aujourd'hui, et c'est pourquoi ils réagirent avec tant d'agressivité. Il y avait bien des manières d'interpréter leur hostilité, sans doute. Mais aucune théorie ne pouvait effacer l'amertume de s'être vu insulté, traité de Judas, de tartuffe, de jaune, de vendu, par ces compatriotes auxquels il avait sacrifié son temps, son honneur et son avenir. Il repensa aux plaisanteries d'Herbert Ward lorsque, se moquant de son nationalisme, il l'exhortait à remettre les pieds sur terre et à sortir de ce « rêve du Celte » dans lequel il s'était enfermé.

La veille de son départ d'Allemagne, le 11 avril 1916, Roger avait écrit une lettre au chancelier impérial Theobald von Bethmann-Hollweg, lui rappelant les termes de l'accord signé entre lui et le gouvernement allemand sur la Brigade irlandaise. Selon leurs conventions, les brigadistes ne pouvaient être envoyés au combat que pour l'Irlande et en aucun cas utilisés comme supplétifs de l'Armée allemande sur d'autres théâtres d'opérations. De même, il était stipulé que si le conflit ne se soldait pas par une victoire de l'Allemagne, les soldats de la Brigade irlandaise devaient être envoyés aux États-Unis ou dans un pays neutre disposé à les accueillir et en aucune façon en Grande-Bretagne, où ils seraient passibles d'une exécution sommaire. Les Allemands tiendraient-ils ces engagements ? L'incertitude le taraudait depuis sa capture. Et si, pas plus tôt partis tous les trois vers l'Irlande, Monteith, Bailey et lui, le capitaine Rudolf Nadolny avait dissous la Brigade irlandaise et renvoyé ses membres au camp de Limburg ? Ils devaient alors vivre au milieu des insultes, traités comme des pestiférés par les autres prisonniers irlandais et courant le risque quotidien d'être lynchés.

— J'aurais voulu qu'on me rende ses restes, le fit sursauter à nouveau la voix désolée du *sheriff*. Pour lui faire un enterrement religieux, à Hastings, où il est né, comme moi, comme mon père et mon grand-père. Ils m'ont répondu que non. Que, vu les circonstances de la guerre, le retour de ses restes était impossible. Vous savez ce que ça veut dire, « circonstances de la guerre » ?

Roger ne répondit pas, comprenant que le geôlier ne parlait pas avec lui, mais se parlait à lui-même à travers lui.

— Moi je le sais parfaitement, enchaîna le *sheriff*. Qu'il n'y a pas le moindre reste de mon pauvre fils. Qu'il a été réduit en charpie par une grenade ou un tir de mortier. Dans ce maudit endroit, Loos. Ou qu'on l'a jeté dans une fosse commune, avec d'autres soldats morts. Je ne saurai jamais où est sa tombe pour lui apporter des fleurs et prier pour lui de temps en temps.

— Le principal, ce n'est pas la tombe mais la mémoire, *sheriff*, dit Roger. C'est ce qui compte. Pour votre fils, où qu'il soit maintenant, ce qui importe, c'est de savoir que vous pensez à lui avec une telle tendresse et rien d'autre.

L'ombre du *sheriff* avait eu un geste de surprise en entendant Casement. Il avait peut-être oublié qu'il était dans la cellule et à côté de lui.

— Si je savais où est sa mère, je serais allé la voir, pour lui apprendre la chose et qu'on le pleure ensemble, dit le *sheriff*. Je n'en veux pas du tout à Hortensia de m'avoir abandonné. Je ne sais même pas si elle est toujours vivante. Elle n'a jamais daigné demander des nouvelles du fils qu'elle a abandonné. Elle n'était pas méchante mais à moitié folle, comme je vous l'ai dit.

Maintenant, Roger se demandait une fois de plus, comme il le faisait jour et nuit depuis le petit matin de son arrivée sur la plage de Banna Strand, à Tralee Bay, quand il avait entendu le chant des alouettes et vu près de la plage les premières violettes sauvages, pour quelle satanée raison il n'y avait eu aucun bateau ni pilote irlandais pour attendre le cargo *Aud* qui apportait les fusils, mitraillettes et munitions destinés aux Volontaires, ainsi que le sous-marin où ils se trouvaient, Monteith, Bailey et lui. Que s'était-il passé ? Il avait lu de ses propres yeux la lettre péremptoire de John Devoy au comte Johann Heinrich von Bernstorff, que ce dernier avait transmise à la Chancellerie allemande, signalant que le soulèvement se ferait entre le vendredi saint et le dimanche de Pâques. Et que, par conséquent, les fusils devraient arriver, sans faute, le 20 avril à Fenit Pier, dans la baie de Tralee. Là attendraient un pilote connaissant parfaitement la zone, et des canots et bateaux avec des Volunteers pour décharger les armes. Ces instructions avaient été confirmées dans les mêmes termes d'urgence le 5 avril par Joseph Plunkett au chargé d'affaires allemand à Berne, qui avait retransmis le message à la Chancellerie et au quartier général à Berlin : les armes devaient arriver en baie de Tralee le soir du 20, ni plus tôt ni plus tard. Et telle était la date exacte à laquelle aussi bien l'*Aud* que le sous-marin U-19 avaient rallié l'endroit du rendez-vous. Que diable s'était-il passé pour qu'il n'y ait eu personne qui les attende et que se soit produite la catastrophe qui l'avait envoyé moisir en prison, tout en contribuant à l'échec du soulèvement ? Parce que, d'après les informations fournies par ses interrogateurs Basil Thomson et Reginald Hall, l'*Aud* avait été surpris par la Royal Navy dans les eaux irlandaises assez longtemps après l'heure convenue pour le débarquement — au péril de sa sécurité il avait continué à attendre les Volunteers —, ce qui avait obligé son capitaine à couler le bateau et à envoyer par le fond les vingt mille fusils, les dix mitraillettes et les cinq millions de munitions qui auraient, peut-être, donné un autre tour à cette insurrection que les Anglais avaient écrasée avec la férocité à laquelle on pouvait s'attendre.

En réalité, Roger Casement supposait bien ce qui s'était passé : rien de grandiose ni d'extraordinaire, un de ces détails stupides, étourderie, contrordre, divergence d'opinion au sein des dirigeants du conseil supérieur de l'IRB, Tom Clarke, Sean McDermott, Patrick Pearse, Joseph Plunkett et quelques autres. Certains d'entre eux, ou peut-être tous, avaient pu changer d'avis sur la date la plus appropriée pour l'arrivée de l'*Aud* à Tralee Bay et envoyé la rectification sans penser que le contrordre à Berlin pouvait s'égarer ou arriver alors que le cargo et le sous-marin seraient déjà en haute mer et, en raison des épouvantables conditions atmosphériques de ces jours-là, pratiquement sans communication avec l'Allemagne. Cela devait avoir été quelque chose comme ça. Une petite confusion, une erreur de calcul, une bêtise, et un armement de premier ordre gisait maintenant au fond de la mer au lieu d'être parvenu aux mains des Volontaires qui s'étaient fait tuer pendant la semaine de combats dans les rues de Dublin.

Il ne s'était pas abusé en pensant que c'était une erreur d'engager un soulèvement armé sans une action militaire allemande simultanée, mais il n'en tirait aucune satisfaction. Il aurait préféré se tromper. Et avoir été là, aux côtés de ces insensés, la centaine de Volontaires qui au matin du 24 avril s'étaient emparés du bureau de poste de Sackville Street, ou de ceux qui avaient tenté de prendre d'assaut le Dublin Castle, ou de ceux qui avaient voulu faire sauter à l'explosif le Magazine Fort, à Phoenix Park. Il aurait mille fois préféré mourir comme eux, les armes à la main — une mort héroïque, noble, romantique — plutôt que dans l'indignité de l'échafaud, comme les assassins et les violeurs. Tout impossible et chimérique qu'ait été le dessein des Volontaires, de la Irish Republican Brotherhood et de l'Armée du Peuple, il avait dû être beau et exaltant — sans doute tous ceux qui y étaient avaient pleuré et senti leur cœur battre à tout rompre — d'entendre Patrick Pearse lire le manifeste qui proclamait la République. Ne fût-ce que le temps d'une brève parenthèse de sept jours, le « rêve du Celte » était devenu réalité : l'Irlande, affranchie de la mainmise britannique, était une nation indépendante.

— Il n'aimait pas me voir faire ce métier, reprit le *sheriff* de sa voix accablée, le faisant encore tressaillir. Il avait honte que les gens du quartier, de la boutique du tailleur en particulier, sachent que son père était employé de prison. Les gens supposent qu'à force d'avoir constamment affaire à des délinquants, nous sommes contaminés, nous les gardiens, et devenons aussi des hors-la-loi. A-t-on vu chose plus injuste? Comme s'il ne fallait pas faire ce travail pour le bien de la société. Je lui citais l'exemple de Mr John Ellis, le bourreau. Il est aussi coiffeur dans son village, Rochdale, et là-bas personne ne dit de mal de lui. Au contraire, tous les habitants l'ont en grande estime. Ils font la queue pour être admis dans sa boutique. Je suis sûr que mon fils n'aurait laissé personne dire du mal de moi devant lui. Pas seulement parce qu'il me respectait beaucoup. Je sais qu'il m'aimait.

À nouveau Roger entendit ce même gémissement étouffé et sentit son grabat trembler sous les frissons du geôlier. Cela faisait-il du bien au *sheriff* de s'épancher de la sorte, ou augmentait-il sa douleur? Son monologue était comme un couteau qui gratte une plaie. Il ne savait quelle attitude observer : lui parler? Tenter de le consoler? L'écouter en silence?

— Il ne manquait jamais de m'offrir un cadeau le jour de mon anniversaire, ajouta le *sheriff*. Son premier salaire chez le tailleur, il me l'a donné intégralement. J'ai dû insister pour qu'il garde l'argent. Vous en trouvez beaucoup, des garçons d'aujourd'hui, avec tant de respect pour leur père?

Le *sheriff* retomba dans le silence et l'immobilité. Roger Casement n'avait pas réussi à savoir grand-chose de l'Insurrection : la prise de la poste, les assauts manqués de Dublin Castle et Magazine Fort, à Phoenix Park. Et l'exécution sommaire par balle des principaux dirigeants, dont celle de son ami Sean McDermott, l'un des premiers Irlandais contemporains à avoir écrit de la prose et de la poésie en gaélique. Combien d'autres aurait-on fusillés? Les avait-on exécutés dans les cachots mêmes de Kilmainham Gaol ? Ou les avait-on emmenés à Richmond Barracks ? Alice lui avait dit que James Connolly, le grand organisateur des corporations, blessé et si mal en point qu'il ne tenait pas debout, on l'avait mis en face du peloton d'exécution assis sur une chaise. Barbares ! Les données fragmentaires de l'Insurrection dont Roger avait eu connaissance par ses interrogateurs Basil Thomson, chef de Scotland Yard, et le capitaine de vaisseau Reginald Hall, de l'*Intelligence Service* de l'Amirauté, par son avocat George Gavan Duffy, par sa sœur Nina et Alice Stopford Green, ne lui donnaient pas une idée claire de ce qui s'était passé, rien que d'un grand désordre avec du sang, des bombes, des incendies et des fusillades. Ses interrogateurs lui transmettaient les nouvelles qui arrivaient à Londres alors même que l'on se battait encore dans les rues de Dublin et que l'armée britannique étouffait les derniers réduits rebelles. Anecdotes fugaces, phrases isolées, bribes qu'il tâchait de replacer dans leur contexte par l'imagination et l'intuition. À travers les questions de Thomson et Hall pendant ces interrogatoires, il avait découvert que le gouvernement anglais le soupçonnait d'être rentré d'Allemagne pour prendre la tête du soulèvement. Ainsi s'écrivait l'Histoire ! Lui, qui avait fait le voyage pour tenter d'éviter l'Insurrection, devenu son chef de file par l'effet de la méprise britannique ! Le gouvernement le créditait depuis longtemps d'une influence parmi les indépendantistes qui était loin de la réalité. C'est peut-être cela qui expliquait les campagnes de dénigrement de la presse anglaise, quand il était à Berlin, l'accusant de se vendre au Kaiser, d'être un traître doublé d'un mercenaire, et, ces jours-ci, les saletés que lui attribuaient les journaux londoniens. Une campagne pour plonger dans l'ignominie le chef suprême qu'il n'avait jamais été ni voulu être ! C'était ça l'Histoire, une branche de la fiction qui prétendait au nom de science.

— Une fois il avait attrapé la typhoïde et le médecin du dispensaire disait qu'il allait mourir, dit le *sheriff* en reprenant son monologue. Mais à nous deux, Mrs. Cubert, la femme qui l'allaitait, et moi, on l'a soigné, on l'a tenu au chaud et à force d'amour et de patience on lui a sauvé la vie. J'en ai passé, des nuits blanches, à lui frictionner tout le corps avec de l'alcool camphré. Ça lui faisait du bien. Ça fendait le cœur de le voir si petiot, à grelotter de froid. J'espère qu'il n'a pas souffert. Je veux dire là-bas, dans les tranchées, dans cet endroit, Loos. Que sa mort a été rapide, sans qu'il s'en rende compte. Que Dieu n'a pas eu la cruauté de lui infliger une longue agonie, en le laissant perdre son sang peu à peu ou s'asphyxier sous les gaz moutarde. Il est toujours allé à l'office du dimanche et n'a jamais manqué à ses obligations de chrétien.

— Comment s'appelait votre fils, *sheriff* ? demanda Roger.

Il lui sembla que le geôlier avait dans l'ombre une espèce de haut-le-corps, comme s'il découvrait une nouvelle fois que lui était là.

— Il s'appelait Alex Stacey, dit-il enfin. Comme mon père. Et comme moi.

— Je suis heureux de le savoir, dit Roger Casement. Quand on connaît leur nom, on imagine mieux les gens. On les sent, même si on ne les a jamais vus. Alex Stacey est un prénom qui sonne bien. Il donne l'idée d'une bonne personne.

— Bien élevé et serviable, murmura le *sheriff*. Un peu timide, peut-être. Surtout avec les femmes. Je l'avais observé, depuis son enfance. Avec les hommes il se sentait à l'aise, il se débrouillait sans problème.

Mais devant les femmes il s'effarouchait. Il n'osait pas les regarder en face. Et, si elles lui adressaient la parole, il se mettait à balbutier. C'est pourquoi je suis certain qu'Alex est mort vierge.

Le *sheriff* recommença à se taire, à se plonger dans ses pensées et dans une immobilité totale. Pauvre garçon ! Si son père disait vrai, Alex Stacey était mort sans avoir connu la chaleur d'une femme. Chaleur de mère, chaleur d'épouse, chaleur d'amante. Roger, au moins, avait connu, bien que brièvement, le bonheur d'une mère belle, tendre, délicate. Il soupira. Cela faisait quelque temps qu'il n'avait pas pensé à elle, chose qui ne lui était encore jamais arrivée. S'il existait un au-delà, si les âmes des morts observaient depuis leur éternité l'éphémère vie des vivants, Anne Jephson avait certainement passé tout ce temps penchée sur lui, suivant chacun de ses pas, souffrant et s'angoissant des déconvenues qu'il avait eues en Allemagne, partageant ses déceptions, ses contrariétés et cette atroce impression de s'être trompé, d'avoir — dans son idéalisme naïf, dans cette propension au romantisme dont se moquait tant Herbert Ward — trop idéalisé le Kaiser et les Allemands, cru qu'ils allaient épouser la cause irlandaise et devenir des alliés loyaux et enthousiastes de ses rêves indépendantistes.

Oui, sa mère avait certainement partagé, pendant ces cinq jours indescriptibles, ses douleurs, ses vomissements, son mal de mer et ses maux de ventre à l'intérieur du sous-marin U-19 qui les menait, Monteith, Bailey et lui, du port allemand d'Heligoland aux côtes de Kerry, en Irlande. Jamais, de toute sa vie, il ne s'était senti si mal, physiquement et moralement. Son estomac n'acceptait aucun aliment, à l'exception de petites gorgées de café chaud et de minuscules morceaux de pain. Le capitaine de l'U-19, *Kapitänleutnant*

Raimund Weissbach, lui avait fait boire un soupçon d'eau-de-vie qui, au lieu de dissiper son mal de mer, lui avait fait vomir du fiel. C'est quand le sous-marin naviguait en surface, à environ douze milles à l'heure, qu'il bougeait le plus et que les nausées étaient les plus redoutables. En plongée, il bougeait moins, mais sa vitesse diminuait. Ni couvertures ni manteaux n'atténuaient le froid qui le glaçait jusqu'aux os. Ni cette permanente impression de claustrophobie qui avait été comme une anticipation de celle qu'il devait éprouver par la suite, dans la prison de Brixton, à la Tour de Londres ou à Pentonville Prison.

Sans doute à cause du mal de mer et de son affreux malaise à bord de l'U-19, il avait oublié dans l'une de ses poches le billet de train de Berlin au port allemand de Wilhelmshaven. La police, après l'avoir arrêté à McKenna's Fort, l'avait découvert en l'inspectant au commissariat de Tralee. Ce billet devait être produit à son procès par le procureur comme l'une des preuves que c'est d'Allemagne, le pays ennemi, qu'il était venu en Irlande. Mais, pis encore, dans une autre de ses poches, la police de la Royal Irish Constabulary avait trouvé le papier portant le code secret que lui avait donné l'Amirauté allemande pour qu'il puisse, en cas d'urgence, entrer en communication avec les chefs militaires du Kaiser. Comment était-il possible qu'il n'ait pas détruit un document aussi compromettant avant d'abandonner l'U-19 et de sauter dans le canot qui les emmènerait jusqu'à la plage ? C'était une question qui suppurait dans sa conscience comme une blessure infectée. Et pourtant Roger se rappelait très clairement qu'avant de faire leurs adieux au capitaine et à l'équipage du sous-marin, ils avaient, le sergent Daniel Bailey et lui, sur l'insistance du capitaine Robert Monteith, fouillé leurs poches une dernière fois afin de détruire tout objet ou document compromettant sur leur identité et leur provenance. Comment avait-il pu être distrait au point de laisser échapper le billet de train et le code secret ? Il repensa au sourire de satisfaction avec lequel le procureur avait exhibé ce code secret au procès. Quel préjudice avait pu porter à l'Allemagne cette information aux mains des services secrets britanniques ?

Ce qui expliquait ces si graves inattentions, c'était, sans doute, son calamiteux état physique et psychologique, ravagé par le mal de mer, la détérioration de sa santé les derniers mois en Allemagne et, surtout, les préoccupations et les angoisses provoquées par les événements politiques — depuis l'échec de le Brigade irlandaise jusqu'à l'annonce que les Volontaires et l'IRB avaient décidé l'Insurrection militaire pour Pâques quand bien même il n'y aurait pas d'action militaire allemande simultanée —, qui avaient affecté sa lucidité, son équilibre mental, lui faisant perdre ses réflexes, sa capacité de concentration et sa sérénité. Étaient-ce les premiers symptômes de la folie ? Cela lui était déjà arrivé auparavant, au Congo et dans la forêt amazonienne, devant le spectacle des mutilations et autres tortures, des atrocités sans nombre auxquelles étaient soumis les indigènes par les caoutchoutiers. À trois ou quatre reprises il avait senti que ses forces l'abandonnaient, qu'il était dominé par un sentiment d'impuissance face à la démesure du mal qu'il voyait autour de lui, cet encerclement de cruauté et d'ignominie si vaste, si brutalement dominateur qu'il semblait chimérique de s'y affronter et de tenter d'en avoir raison. Quelqu'un éprouvant une démoralisation aussi profonde peut commettre des distractions de ce degré de gravité. Ces excuses le soulageaient momentanément ; puis il les condamnait et son sentiment de faute et son remords n'en étaient que pires.

— J'ai pensé me supprimer, le fit une nouvelle fois sursauter la voix du *sheriff*. Alex était ma seule raison de vivre. Je n'ai plus de famille. Ni d'amis. De connaissances, à peine. Mon fils était toute ma vie. Sans lui, à quoi bon rester au monde ?

— Je connais ce sentiment, *sheriff*, murmura Roger Casement. Et cependant, malgré tout, la vie a aussi son bon côté. Vous trouverez sûrement d'autres motivations. Vous êtes encore un homme jeune.

— J'ai quarante-sept ans, même si je fais beaucoup plus vieux, répondit le geôlier. Si je ne me suis pas tué, c'est à cause de la religion. Elle l'interdit. Mais il n'est pas exclu que je le fasse. Si je n'arrive pas à dominer cette tristesse, cette impression de vide, ce sentiment que maintenant plus rien n'a d'importance, je le ferai. Un homme doit vivre tant qu'il sent que la vie en vaut la peine. Sinon, non.

Il parlait sans dramatiser, avec une assurance tranquille. Il retomba dans son mutisme et son immobilité. Roger Casement essaya de prêter l'oreille. Il lui semblait que de quelque part à l'extérieur arrivaient les échos d'une chanson, peut-être d'un chœur. Mais la rumeur en était si assourdie et si lointaine qu'il ne parvint à saisir ni les paroles ni l'air.

Pourquoi les chefs de l'Insurrection avaient-ils voulu éviter sa venue en Irlande et demandé aux autorités allemandes de le faire rester à Berlin avec le titre ridicule d'« ambassadeur » des organisations nationalistes irlandaises ? Il avait vu les lettres, lu et relu les phrases à son sujet. D'après le capitaine Monteith, parce que les dirigeants des Volontaires et de l'IRB savaient que Roger était opposé à un soulèvement sans une offensive allemande d'envergure, capable de paralyser l'armée et la Royal Navy britanniques. Pourquoi ne pas le lui avoir dit directement ? Pourquoi lui avoir fait parvenir cette décision à travers les autorités allemandes ? Peut-être n'avaient-ils pas confiance. Pensaient-ils donc qu'il n'était pas fiable ? Il est possible qu'ils aient cru à ces stupides ragots sans queue ni tête qu'avait fait circuler le gouvernement anglais, l'accusant d'être un espion à sa solde. Pour sa part, il ne s'était pas inquiété le moins du monde de ces calomnies, avait toujours supposé que ses amis et camarades comprendraient qu'il s'agissait de manœuvres d'intoxication des services secrets britanniques pour semer le soupçon et la division au sein des nationalistes. Peut-être l'un de ses camarades, voire plusieurs, s'étaient-ils laissé tromper par ces ruses du colonisateur. Eh bien, ils avaient maintenant dû se convaincre que Roger Casement était toujours un combattant fidèle à la cause de l'indépendance irlandaise. Ceux qui avaient douté de sa loyauté ne feraient-ils pas partie des fusillés de Kilmainham Gaol ? Que lui importait à présent la compréhension des morts ?

Il sentit le geôlier se redresser et s'éloigner vers la porte de la cellule. Il entendit ses pas étouffés et indolents, comme s'il traînait les pieds. De la porte, sa voix lui parvint :

— Ce que j'ai fait est mal. Une violation du règlement. Personne ne doit vous adresser la parole, et moi, le *sheriff*, moins que tout autre. Je suis venu parce que je n'en pouvais plus. Si je ne parlais pas avec quelqu'un ma tête ou mon cœur allait éclater.

— Je suis heureux que vous soyez venu, *sheriff*, murmura Casement. Dans ma situation, parler avec quelqu'un est un grand soulagement. Je regrette seulement de n'avoir pu vous consoler de la mort de votre fils.

Le geôlier grogna quelque chose qui pouvait être un bonsoir. Il ouvrit la porte de la cellule et sortit. De dehors il la referma à clef. L'obscurité était à nouveau totale. Roger se tourna sur le côté, ferma les yeux et essaya de dormir, mais il savait que le sommeil ne viendrait pas cette nuit non plus et que les heures qui le séparaient de l'aube seraient extrêmement lentes, une attente interminable.

Il se rappela la phrase du geôlier : « Je suis certain qu'Alex est mort vierge. » Pauvre garçon. Arriver à dix-neuf ou vingt ans sans avoir connu le plaisir, cette fiévreuse perte de connaissance, cet oubli du reste du monde, cette sensation d'éternité instantanée qui durait à peine le temps d'éjaculer, et pourtant si intense, si profonde qu'elle soulevait toutes les fibres du corps et faisait participer et palpiter jusqu'au dernier recoin de l'âme. Lui aussi aurait pu mourir vierge si, au lieu de partir en Afrique à vingt ans, il était resté à Liverpool au service de l'Elder Dempster Line. Sa timidité envers les femmes avait été la même — et peut-être pire — que celle d'Alex Stacey, le jeune homme aux pieds plats. Il se remémora les taquineries de ses cousines, et surtout de Gertrude, cette chère Gee, quand elles voulaient le faire rougir. Il suffisait qu'elles lui parlent de filles, qu'elles lui disent par exemple : « Tu as vu comment Dorothy te regarde ? » « T'es-tu rendu compte que Malina s'arrange toujours pour s'asseoir à côté de toi aux pique-niques ? » « Elle a le béguin pour toi, cousin. » « Et toi aussi pour elle ? » Comme ces plaisanteries le mettaient mal à l'aise ! Il perdait son naturel et se mettait à balbutier, à bégayer, à dire des sottises, jusqu'au moment où Gee et ses amies, mortes de rire, le tranquillisaient : « C'était une blague, ne te mets pas dans cet état ! »

Et pourtant il avait depuis sa prime jeunesse eu un

sens esthétique aigu, su apprécier la beauté des corps et des visages ; il éprouvait une délectation mêlée de joie à contempler une silhouette harmonieuse, des yeux vifs et coquins, une taille délicate, des muscles trahissant la force instinctive qu'exhibaient les animaux prédateurs en liberté. Quand avait-il pris conscience que la beauté qui l'exaltait le plus, avec une pointe d'inquiétude et d'alarme, l'impression de commettre une transgression, n'était pas celle des jeunes filles mais celle des garçons ? En Afrique. Avant de fouler le continent africain, son éducation puritaine, les coutumes rigidement traditionnelles et conservatrices de sa famille paternelle et maternelle avaient étouffé dans l'œuf tout semblant d'excitation de cette nature, conformément à un milieu où le seul soupçon d'attirance sexuelle entre personnes du même sexe faisait l'effet d'une aberration abominable, justement condamnée par la loi et la religion comme un délit et un péché sans justification ni circonstances atténuantes. À Magherintemple en Antrim, dans la demeure du grand-oncle John, à Liverpool, chez ses oncles et cousines, la photographie avait été le prétexte qui lui avait permis de jouir — seulement par les yeux et le cerveau — de ces sveltes et beaux corps masculins qui le séduisaient, en se faisant croire à lui-même que cette attirance était purement esthétique.

L'Afrique, ce continent atroce mais si beau, aux souffrances indicibles, était aussi une terre de liberté, où les êtres humains pouvaient être maltraités de façon inique mais, également, manifester leurs passions, fantasmes, désirs, instincts et rêves sans les freins et les préjugés qui en Grande-Bretagne étouffaient le plaisir. Il se rappela cet après-midi de chaleur suffocante et de soleil à son zénith, à Boma, quand ce n'était pas même un village mais un minuscule établissement. Pouvant à peine respirer, sentant son corps jeter des flammes, il était allé se baigner dans ce ruisseau des environs qui, peu avant de se précipiter dans les eaux du fleuve Congo, formait de petites lagunes au milieu des rochers, avec des cascades murmurantes, à un endroit où poussaient manguiers, cocotiers et baobabs immenses au milieu de fougères géantes. Deux jeunes Bakongos se baignaient, nus comme lui. Bien que ne parlant pas l'anglais, ils avaient répondu à son salut par des sourires. Ils semblaient jouer entre eux, mais Roger se rendit bientôt compte qu'ils étaient occupés à pêcher à main nue. Leur excitation et leurs éclats de rire venaient de la difficulté qu'ils avaient à retenir les petits poissons glissants qui leur échappaient des doigts. L'un des deux garçons était très beau. Il avait un long corps bleuté, harmonieux, des yeux profonds à la lumière très vive et se déplaçait dans l'eau comme un poisson. Ses mouvements laissaient apparaître les muscles de ses bras, de son dos, de ses cuisses, brillant des gouttes d'eau accrochées à sa peau. Dans son visage sombre, aux tatouages géométriques, aux yeux étincelants, éclataient des dents très blanches. Quand enfin ils attrapèrent un poisson, à grand tapage, l'autre sortit du ruisseau et s'en fut sur la berge où, sembla-t-il à Roger, il se mit à le couper, le nettoyer et préparer un feu. Celui qui était resté dans l'eau le regarda en face et lui sourit. Roger, pris d'une espèce de fièvre, nagea vers lui, souriant aussi. Arrivé à sa hauteur, il ne sut que faire. Il était honteux, mal à l'aise, et plein, à la fois, d'une félicité sans bornes.

— Dommage que tu ne comprennes pas ma langue, s'était-il entendu dire, à mi-voix. J'aurais aimé te prendre en photo. Que nous bavardions ensemble. Que nous devenions amis.

Il avait alors vu le garçon se propulser des pieds et

des bras pour franchir la distance qui les séparait. Il était maintenant si proche qu'ils se touchaient presque. Et, tout à coup, Roger avait senti les mains étrangères chercher son ventre, toucher et caresser son sexe, en érection depuis un moment. Dans l'obscurité de sa cellule, il soupira, empli de désir et d'angoisse. Fermant les yeux, il tenta de ressusciter cette scène si éloignée dans le temps : la surprise, l'indescriptible excitation, impuissante à atténuer, néanmoins, sa crainte et son effroi, et son corps étreignant celui du garçon dont il avait senti la verge durcie se frotter aussi à ses jambes et son ventre.

C'est la première fois qu'il avait fait l'amour, si l'on pouvait appeler faire l'amour cette excitation et cette éjaculation dans l'eau contre le corps du garçon qui le masturbait et avait sans doute éjaculé aussi sur lui, mais cela échappa à Roger. Une fois qu'il fut sorti de l'eau et rhabillé, les deux Bakongos lui avaient offert quelques bouchées de leur poisson, après l'avoir fumé sur le petit feu au bord de la mare que formait le ruisseau.

Comme sa honte était grande, ensuite ! Il avait passé le reste de la journée dans un état de stupeur, avec des remords mêlés d'éclairs de bonheur, de la conscience d'avoir franchi les limites d'une prison et atteint une liberté qu'il avait toujours désirée, en secret, sans jamais oser la chercher. Avait-il vraiment eu des remords, formé le propos de s'amender ? Certes. Il en avait eu. Et s'était promis, pour son honneur, pour la mémoire de sa mère, pour sa religion, que cela ne se répéterait pas, tout en sachant pertinemment qu'il se mentait, que, maintenant qu'il avait goûté au fruit défendu, senti comment tout son être devenait vertige et torche, il ne pourrait plus éviter que cela ne se reproduise. Ce fut la seule fois, ou, en tout cas, une des très rares fois où jouir ne lui avait pas coûté d'argent. Est-ce le fait de payer ses fugitifs amants de quelques minutes ou de quelques heures qui l'avait débarrassé, très vite, de ces cas de conscience qui l'assaillaient au début après ces aventures ? Peut-être. Comme si, transformées en transaction commerciale — tu me donnes ta bouche et ta verge et moi je te donne ma langue, mon cul et une poignée de livres —, ces rencontres rapides, dans des parcs, des coins sombres, des bains publics, des gares, des hôtels sordides ou en pleine rue — « comme les chiens », pensa-t-il — avec des hommes avec lesquels il ne pouvait souvent s'entendre que par gestes et mimiques, car ils ne parlaient pas sa langue, avaient dépouillé ces actes de toute signification morale pour en faire un pur échange, aussi neutre que d'acheter une crème glacée ou un paquet de cigarettes. C'était le plaisir, non l'amour. Il avait appris à jouir mais non à aimer ni être aimé en retour. Parfois en Afrique, au Brésil, à Iquitos, Londres, Belfast ou Dublin, après une rencontre particulièrement intense, du sentiment s'était ajouté à l'aventure et il s'était dit : « Je suis amoureux. » Faux : il ne l'avait jamais été. Cela n'avait pas duré. Pas même avec Adler Eivind Christensen, à qui il avait fini par s'attacher, mais non comme un amant, plutôt comme un frère aîné ou un père. Quel malheureux il faisait ! Dans ce domaine aussi sa vie avait été un échec complet. Des amants d'occasion à la pelle — des dizaines, peut-être des centaines — et pas une seule relation d'amour. Du pur sexe, hâtif et animal.

C'est pourquoi, quand il faisait un bilan de sa vie sexuelle et sentimentale, Roger se disait qu'elle avait été tardive et austère, faite d'aventures sporadiques et toujours rapides, aussi passagères, aussi dépourvues de suites que celle, initiale, du ruisseau avec cascades et mares aux environs de ce qui était encore un campement à moitié perdu dans un lieu du bas Congo appelé Boma.

Il fut envahi de cette profonde tristesse qui avait presque toujours suivi ses furtives rencontres amoureuses, généralement en plein air, comme la première, avec des hommes et des garçons souvent étrangers dont il ignorait le nom ou l'oubliait sitôt connu. C'étaient d'éphémères moments de plaisir, rien de comparable à cette relation stable, prolongée au cours de mois et d'années, où à la passion se superposaient peu à peu la compréhension, la complicité, l'amitié, le dialogue, la solidarité, cette relation qu'il avait toujours enviée entre Herbert et Sarita Ward. C'était un autre des grands vides, une des grandes nostalgies de sa vie.

Il s'aperçut que, là où devaient se trouver les gonds de la porte, dans sa cellule, filtrait un rai de lumière.

XII

« Je laisserai ma peau dans ce maudit voyage », avait pensé Roger en entendant le chancelier sir Edward Grey lui dire qu'au vu des nouvelles contradictoires qui parvenaient du Pérou, la seule façon pour le gouvernement britannique de savoir à quoi s'en tenir sur ce qui se passait là-bas, c'était que Casement en personne retourne à Iquitos et voie sur le terrain si le gouvernement péruvien avait agi pour mettre un terme aux iniquités du Putumayo ou bien s'il avait usé de tactiques dilatoires parce qu'il ne voulait ou ne pouvait affronter Julio C. Arana.

La santé de Roger allait de mal en pis. Depuis son retour d'Iquitos, et même pendant les quelques jours qu'il avait passés en fin d'année à Paris avec les Ward, sa conjonctivite avait recommencé de plus belle, ainsi que les fièvres paludéennes. Et puis ses hémorroïdes le tourmentaient encore, bien que sans les hémorragies de naguère. Dès son retour à Londres, aux premiers jours de janvier 1911, il était allé consulter deux spécialistes, qui estimèrent qu'il fallait y voir la conséquence de l'immense fatigue et de la tension nerveuse de son expérience amazonienne. Il avait besoin de repos et de vacances bien tranquilles.

Mais il n'avait pu les prendre. La rédaction du rapport que le gouvernement britannique réclamait dans l'urgence et les multiples réunions au ministère où il devait rendre compte de ce qu'il avait vu et entendu en Amazonie, ainsi que ses visites à la Société contre l'Esclavage, lui prenaient presque tout son temps. Et puis il avait dû s'entretenir avec les directeurs anglais et péruviens de la Peruvian Amazon Company qui, dès la première réunion, après avoir écouté pendant près de deux heures ses impressions du Putumayo, en restèrent pétrifiés. Mine allongée, bouche bée, ils le regardaient avec épouvante et incrédulité, comme si le sol s'était mis à craquer sous leurs pieds et le plafond à leur tomber sur la tête. Ils ne savaient que dire. Ils avaient pris congé sans formuler la moindre question.

À la seconde réunion du conseil d'administration de la Peruvian Amazon Company, Julio C. Arana était présent. Ce fut la première et dernière fois que Roger Casement le vit en personne. Il avait tant entendu parler de lui, et tant de gens différents l'encenser comme l'on fait des saints religieux ou des leaders politiques — mais jamais des chefs d'entreprise —, ou lui attribuer des cruautés et des délits horribles — cynisme, sadisme, cupidité, avarice, déloyauté, escroqueries et friponneries monumentales — qu'il resta un long moment à l'observer, comme un entomologiste un insecte mystérieux non encore catalogué.

On disait qu'il comprenait l'anglais, mais ne le parlait jamais, par timidité ou vanité. Il avait à ses côtés un interprète qui lui traduisait tout à l'oreille, à voix basse. C'était un homme plutôt de petite taille, brun, aux traits métis, avec un rien d'asiatique dans ses yeux un peu bridés et un front très large, aux cheveux rares et soigneusement peignés, la raie au milieu. Il portait une petite moustache et une barbiche taillées de frais et il sentait l'eau de Cologne. Il devait y avoir du vrai dans la légende de sa manie de l'hygiène et de la toilette. Il était habillé de façon impeccable, avec un costume de drap fin coupé peut-être chez un tailleur de Savile Row. Il n'ouvrit pas la bouche tandis que les autres directeurs interrogeaient Roger Casement, cette fois, en lui posant mille questions que leur avaient probablement préparées les avocats d'Arana. Ils essayaient de le faire tomber dans des contradictions et insinuaient des erreurs, exagérations, susceptibilités et scrupules d'Européen citadin et civilisé déconcerté face au monde primitif.

Tout en leur répondant, et en ajoutant des témoignages et des précisions qui aggravaient ce qu'il leur avait dit lors de la première réunion, Roger Casement ne laissait pas de lancer des regards à Julio C. Arana. Qui se tenait droit comme une idole, ne bougeant pas de sa chaise, sans même cligner des yeux. L'expression impénétrable. Dans son regard dur et froid il y avait quelque chose d'inflexible. Cela rappela à Roger ces regards vides d'humanité des chefs de comptoir des caoutchouteries du Putumayo, des regards d'hommes qui ont perdu (si tant est qu'ils l'aient jamais eue) la faculté de distinguer entre le bien et le mal, la bonté et la méchanceté, l'humain et l'inhumain.

Ce petit homme propret, un tantinet trapu, était donc le maître de cet empire de la taille d'un pays européen, maître des vies et des biens de dizaines de milliers de personnes, détesté et adulé, et, dans ce monde de misère qu'était l'Amazonie, il avait accumulé une fortune comparable à celle des grands potentats d'Europe. Enfant pauvre, il avait débuté, dans ce petit bourg perdu que devait être Rioja, en pleine *selva* du haut Pérou, en faisant du porte-à-porte pour vendre les chapeaux de paille tressés par sa famille. Peu à peu, compensant son peu d'études — il avait pour tout bagage quelques années d'instruction primaire — par une capacité de travail surhumaine, une intuition géniale pour les affaires et un manque absolu de scrupules, il s'éleva dans la pyramide sociale. Le vendeur ambulant de c hapeaux dans la vaste Amazonie était très vite devenu fournisseur de ces misérables caoutchoutiers qui s'aventuraient à leurs risques et périls dans la forêt, les pourvoyant en machettes, carabines, filets de pêche, couteaux, bidons à latex, conserves, farine de manioc et ustensiles domestiques, en échange d'une partie du caoutchouc qu'ils collectaient et qu'il se chargeait de vendre à Iquitos et Manaus aux compagnies exportatrices. Jusqu'à pouvoir passer, grâce à l'argent gagné, de fournisseur et commissionnaire à producteur et exportateur. Il s'était associé au début avec des caoutchoutiers colombiens qui, moins intelligents ou diligents, ou moins dépourvus de morale que lui, avaient tous fini par lui brader leurs terres, leurs dépôts et leurs ouvriers indigènes pour, parfois même, travailler à son service. Méfiant, il avait installé ses frères et ses beaux-frères aux postes clés de l'entreprise qui, malgré sa grande taille et bien que cotée depuis 1908 à la Bourse de Londres, fonctionnait encore, dans la pratique, comme une entreprise familiale. À combien s'élevait sa fortune ? La légende exagérait sans doute la réalité. Mais, à Londres, la Peruvian Amazon Company possédait cet immeuble cossu trônant en plein milieu de la City, et la luxueuse demeure d'Arana à Kensington Road n'était pas en reste au milieu des palais des princes et des banquiers qui l'entouraient. Sa maison de Genève et sa villa d'été à Biarritz étaient meublées par les architectes d'intérieur les plus en vue et arboraient tableaux de maître et bibelots de prix. Mais on disait de lui qu'il menait une vie austère, qu'il ne buvait ni ne jouait, et n'avait pas de maîtresses, consacrant tout son temps libre à son épouse. Il était tombé amoureux d'elle depuis l'adolescence — elle était également de Rioja —, mais Eleonora Zumaeta n'avait accordé sa main qu'après de longues années, quand il était déjà devenu un homme puissant et riche, et elle une maîtresse d'école dans le petit bourg de leur naissance.

À la fin de la seconde réunion du conseil d'administration de la Peruvian Amazon Company, Julio C. Arana assura, à travers son interprète, que sa compagnie ferait tout son possible pour corriger immédiatement toute déficience ou dysfonctionnement dans les caoutchouteries du Putumayo. Car c'était la politique de son entreprise que d'agir toujours dans le cadre de la légalité et de la morale altruiste de l'Empire britannique. Arana prit congé du consul en s'inclinant légèrement, sans lui tendre la main.

Rédiger le *Rapport sur le Putumayo* lui prit un mois et demi. Il commença à l'écrire dans un bureau du Foreign Office, aidé d'un dactylo, mais, ensuite, il préféra travailler dans son appartement de Philbeach Gardens, à Earl's Court, près de la belle église de St. Cuthbert et St. Matthias où il entrait souvent écouter le magnifique organiste. Mais comme, même là, il était interrompu par la visite de politiciens et de membres d'organisations humanitaires et anti-esclavagistes, ou de journalistes — car la rumeur publique répandait dans tout Londres que son *Rapport sur le Putumayo* serait aussi dévastateur que celui qu'il avait établi sur le Congo, ce qui donnait lieu à quantité de conjectures et de potins dans la presse et les cercles politiques londoniens —, il demanda l'autorisation au Foreign Office de se rendre en Irlande. Et c'est là, dans une chambre de l'hôtel Buswells, Molesworth Street, à Dublin, qu'il acheva son travail début mars 1911. Et l'on vit aussitôt les félicitations de ses chefs et de ses collègues pleuvoir sur lui. Sir Edward Grey lui-même le fit appeler à son bureau pour louer son *Rapport*, en même temps qu'il lui suggérait quelques menues corrections. Le texte fut immédiatement envoyé au gouvernement des États-Unis, afin que Londres et Washington fassent pression sur le gouvernement péruvien du président Augusto B. Leguía et exigent de lui, au nom de la communauté civilisée, de mettre fin à l'esclavage, aux tortures, aux enlèvements et viols, et à l'anéantissement des communautés indigènes, tout en traînant devant les tribunaux les personnes incriminées.

Roger ne put prendre encore ce repos prescrit par les médecins et dont il avait tant besoin. Il dut se réunir plusieurs fois avec des comités du gouvernement, du Parlement et de la Société contre l'Esclavage qui étudiaient, de façon pratique, comment les institutions publiques et privées pouvaient agir pour soulager la situation des indigènes d'Amazonie. Sur l'une de ses suggestions, une des premières initiatives fut de financer l'installation d'une mission religieuse au Putumayo, ce que la Compagnie d'Arana avait toujours empêché. Cette fois elle s'engagea à la faciliter.

En juin 1911, il put enfin partir en vacances en Irlande. Il s'y trouvait quand il reçut une lettre personnelle de sir Edward Grey. Le chancelier l'informait que, à la suite de sa recommandation, Sa Majesté George V avait décidé de l'anoblir en récompense de ses services rendus au Royaume-Uni pour le Congo et l'Amazonie.

Alors que parents et amis l'accablaient de félicitations, Roger qui, les premières fois qu'il s'entendit appeler sir Roger avait été à deux doigts d'éclater de rire, fut saisi de doutes. Comment accepter ce titre accordé par un régime dont, au fond de son cœur, il se sentait l'adversaire, ce régime même qui colonisait son pays ? Mais, d'autre part, ne servait-il pas lui-même comme diplomate ce roi et ce gouvernement ? Il n'avait jamais autant éprouvé qu'alors la secrète duplicité dans laquelle il vivait depuis des années, œuvrant ici avec zèle et efficacité au service de l'Empire britannique, et là voué à la cause de l'émancipation de l'Irlande ; d'autant qu'il se rapprochait de plus en plus, non pas des modérés qui aspiraient, sous la bannière de John Redmond, à obtenir l'autonomie (Home Rule) pour l'Eire, mais des plus radicaux, comme l'IRB, dirigé en secret par Tom Clarke, et dont le but était l'indépendance par les armes. Malgré tous ses doutes, il choisit, par une aimable lettre, de remercier sir Edward Grey de l'honneur qu'on lui faisait. La nouvelle fut diffusée dans la presse et contribua à accroître son prestige.

Les démarches entreprises par les gouvernements britannique et américain auprès du pouvoir péruvien pour demander que les principaux criminels montrés du doigt dans le *Rapport* — Fidel Velarde, Alfredo Montt, Augusto Jiménez, Armando Normand, José Inocente Fonseca, Abelardo Agüero, Elías Martinengui et Aurelio Rodríguez — soient capturés et jugés, semblèrent au début porter leurs fruits. Le chargé d'affaires du Royaume-Uni à Lima, Lucien Gérôme, télégraphia au Foreign Office que les onze principaux employés de la Peruvian Amazon Company avaient été congédiés. Le juge Carlos A. Valcárcel, dépêché de Lima, sitôt arrivé à Iquitos, mit sur pied une expédition pour aller enquêter dans les plantations d'hévéas du Putumayo. Mais il ne put en faire personnellement partie, car il tomba malade et dut être envoyé d'urgence aux États-Unis pour se faire opérer. Il plaça à la tête de l'expédition une personne énergique et respectable : Rómulo Paredes, directeur du quotidien *El Oriente*, qui se rendit au Putumayo accompagné d'un médecin, de deux interprètes et d'une escorte de neuf soldats. La commission avait visité tous les comptoirs caoutchoutiers de la Peruvian Amazon Company et venait de rentrer à Iquitos, où se trouvait aussi de retour le juge Carlos A. Valcárcel, remis de son opération. Le gouvernement péruvien avait promis à M. Gérôme que, dès réception du rapport de Paredes et Valcárcel, il agirait.

Cependant, peu après, ce même Gérôme informa à nouveau que le gouvernement de Leguía, à son grand regret, lui avait fait savoir que la plupart des criminels en état d'arrestation avaient fui au Brésil. Les autres étaient probablement cachés dans la forêt ou étaient entrés clandestinement en territoire colombien. Les États-Unis et la Grande-Bretagne demandèrent au gouvernement brésilien d'extrader au Pérou les fugitifs pour les remettre à la justice. Mais le chancelier du Brésil, le baron de Río Branco, répondit aux deux gouvernements qu'il n'existait pas de traité d'extradition entre le Pérou et le Brésil, en conséquence de quoi ces personnes ne pouvaient être livrées sans soulever un délicat problème juridique international.

Quelques jours plus tard, le chargé d'affaires britannique informa que, lors d'un entretien privé avec le ministre des Affaires étrangères du Pérou, ce dernier lui avait avoué, officieusement, que le président Leguía se trouvait dans une situation impossible. Du fait de sa présence au Putumayo et des forces de sécurité sous ses ordres pour protéger ses installations, la Compagnie de Julio C. Arana était le seul frein empêchant les Colombiens, qui avaient renforcé leurs garnisons frontalières, d'envahir cette région. Les États-Unis et la Grande-Bretagne demandaient quelque chose d'absurde : dissoudre ou poursuivre la Peruvian Amazon Company signifiait purement et simplement livrer à la Colombie l'immense territoire qu'elle convoitait. Ni Leguía ni aucun autre dirigeant péruvien ne pouvait agir de la sorte sans se suicider. Et le Pérou manquait de moyens pour installer dans cette région reculée et isolée du Putumayo une garnison militaire assez forte pour garantir la souveraineté nationale. Lucien Gérôme ajoutait que, pour tout cela, il ne fallait pas espérer que le gouvernement péruvien agisse dans l'immédiat, si ce n'est par des déclarations et des gestes sans aucune portée.

C'est la raison pour laquelle le Foreign Office avait décidé, avant que le gouvernement de Sa Majesté ne rende public son *Rapport sur le Putumayo* et demande à la communauté internationale de prendre des sanctions contre le Pérou, de faire retourner Roger Casement sur le terrain afin de vérifier sur place, en Amazonie, et de ses propres yeux, si l'on avait fait quelques réformes, s'il y avait un processus judiciaire en marche et si l'action légale entreprise par le juge Carlos A. Valcárcel était avérée. L'insistance de sir Edward Grey avait mis Roger dans l'obligation d'accepter, tout en se disant en lui-même quelque chose qu'il se répéterait en maintes occasions dans les mois suivants : « Je vais laisser ma peau dans ce maudit voyage. »

Il préparait son départ quand Omarino et Arédomi débarquèrent à Londres. Pendant les cinq mois passés sous sa surveillance, à la Barbade, le père Smith leur avait dispensé des leçons d'anglais, des notions de lecture et d'écriture, et les avait habitués à s'habiller à l'occidentale. Mais Roger trouva là deux garçons que la civilisation, bien qu'elle leur ait donné à manger, sans les battre ni les fouetter, avait rendus tristes et éteints. Ils semblaient toujours redouter que les gens autour d'eux, qui les soumettaient à un examen incessant, les regardant de haut en bas, les touchant, leur passant la main sur la peau comme s'ils les croyaient sales, leur posant des questions qu'ils ne comprenaient pas et auxquelles ils ne savaient que répondre, n'aillent leur faire du mal. Roger les conduisit au jardin zoologique, à Hyde Park manger des glaces, rendre visite à sa sœur Nina, à sa cousine Gertrude et les mena même à une soirée avec des intellectuels et des artistes chez Alice Stopford Green. Tout le monde les traitait avec affection, mais la curiosité avec laquelle on les observait, surtout quand on leur demandait de retirer leur chemise et de montrer leurs cicatrices sur le dos et les fesses, les troublait. Parfois, Roger découvrait les yeux des garçons noyés de larmes. Il avait prévu d'envoyer les enfants suivre des études en Irlande, aux environs de Dublin, à l'école bilingue de St. Enda's que dirigeait Patrick Pearse, qu'il connaissait bien. Il lui avait écrit à ce sujet, en lui racontant d'où venaient les deux jeunes gens. Roger avait donné récemment une conférence à St. Enda's sur l'Afrique et soutenait de ses dons les efforts de Patrick Pearse, autant au sein de la Ligue gaélique et de ses publications que dans cette école, afin de promouvoir la diffusion de l'ancienne langue irlandaise. Pearse, poète, écrivain, catholique militant, pédagogue et nationaliste radical, avait accepté de les prendre tous les deux, en proposant même une réduction des droits d'inscription et du prix de l'internat à St. Enda's. Mais quand il reçut la réponse de Pearse, Roger avait déjà décidé d'accéder à la requête quotidienne d'Omarino et d'Arédomi : retourner en Amazonie. Tous deux étaient profondément malheureux dans cette Angleterre où ils se sentaient perçus comme des anomalies humaines, des animaux de foire qui étonnaient, amusaient, émouvaient et parfois effrayaient des personnes qui ne les traiteraient jamais comme des égaux, mais toujours comme des étrangers exotiques.

Pendant son voyage de retour à Iquitos, Roger penserait fort à cette leçon que la réalité lui avait administrée sur le caractère paradoxal et insaisissable de l'âme humaine. Les deux garçons avaient voulu échapper à l'enfer amazonien où ils étaient maltraités et où on les faisait travailler comme des bêtes sans presque leur donner à manger. Il avait fait un geste et dépensé une bonne part de son maigre patrimoine pour leur payer un billet vers l'Europe et assurer leur entretien depuis six mois, en pensant qu'en leur donnant accès à une vie décente il allait les sauver. Et là pourtant, bien que pour des raisons différentes, ils étaient aussi loin du bonheur ou, du moins, d'une vie acceptable, qu'au Putumayo. Même si on ne les frappait pas, leur manifestant au contraire quelque tendresse, ils se sentaient étrangers, seuls et conscients qu'ils n'appartiendraient jamais à ce monde.

Peu avant le départ de Roger en Amazonie, le Foreign Office, suivant en cela ses conseils, nomma un nouveau consul à Iquitos : George Michell. C'était un choix magnifique. Roger l'avait connu au Congo. Michell était entreprenant et avait contribué avec enthousiasme à la campagne de dénonciation des crimes sous le régime de Léopold II. Il avait, face à la colonisation, la même position que Casement. Le moment venu, il n'hésiterait pas à affronter la Casa Arana. Ils eurent deux longues conversations et arrêtèrent les bases d'une collaboration étroite.

Le 16 août 1911, Roger, Omarino et Arédomi partirent de Southampton, sur le *Magdalena*, en direction de la Barbade. Où ils mouillèrent douze jours plus tard. Dès que le bateau entra dans les eaux bleu argenté de la mer des Caraïbes, Roger sentit dans son sang que son sexe, endormi ces derniers mois en raison des maladies, des soucis et du grand travail physique et mental, se réveillait et nourrissait sa tête de fantasmes et de désirs. Il résuma son état d'esprit dans son journal en écrivant ces quatre mots : « Je brûle de nouveau. »

Dès son arrivée il alla remercier le père Smith de ce qu'il avait fait pour les deux garçons. Il fut ému de voir comment Omarino et Arédomi, si réservés à Londres dans la manifestation de leurs sentiments, embrassaient et étreignaient le religieux avec une grande familiarité. Le père Smith les mena visiter le couvent des Ursulines. Dans ce paisible cloître orné de caroubiers et des fleurs violettes de la bougainvillée, où ne parvenait pas le bruit de la rue et où le temps semblait suspendu, Roger se mit à l'écart et s'assit sur un banc. Il observait une file de fourmis portant une feuille, comme les porteurs la statue de la Vierge dans les processions du Brésil, quand il se rappela : c'était aujourd'hui son anniversaire. Quarante-sept ans ! On ne pouvait dire qu'il était un vieillard. Beaucoup d'hommes et de femmes de son âge étaient en pleine forme physique et psychologique, animés d'énergie, de désirs et de projets. Mais lui se sentait vieux, avec l'impression désagréable d'avoir amorcé l'étape finale de son existence. Une fois, avec Herbert Ward, en Afrique, ils avaient imaginé comment seraient leurs dernières années. Le sculpteur se projetait dans une vieillesse méditerranéenne, en Provence ou en Toscane, dans une maison rurale. Il aurait un vaste atelier et beaucoup de chats, de chiens, de canards et de poules, et cuisinerait lui-même le dimanche, pour une vaste famille, des plats robustes et relevés comme la bouillabaisse. Roger, en revanche, avait affirmé avec émotion : « Je n'atteindrai pas la vieillesse, j'en suis certain. » Ce n'était rien d'autre qu'une intuition. Il se rappelait comme si c'était aujourd'hui cette prémonition, qu'il tenait maintenant pour assurée : il ne ferait pas de vieux os.

Le père Smith avait accepté de loger Omarino et Arédomi pendant les huit jours qu'ils resteraient à Bridgetown. Le lendemain de son arrivée, Roger se rendit à des bains publics qu'il avait fréquentés lors de son précédent passage dans l'île. Comme il l'espérait, il vit des hommes jeunes, athlétiques, sculpturaux, car ici, tout comme au Brésil, personne n'avait honte de son corps. Femmes et hommes le cultivaient et l'exhibaient insolemment. Un garçon très jeune, un adolescent de quinze ou seize ans, le troubla. Il avait cette pâleur fréquente chez les mulâtres, une peau tendue et brillante, des yeux verts, grands et audacieux, et de son étroit caleçon de bain émergeaient des cuisses lisses et souples qui donnèrent à Roger un début de vertige. L'expérience avait aiguisé chez lui cette intuition qui lui permettait de savoir très vite, par des indices imperceptibles pour tout autre — une ébauche de sourire, un éclat dans les yeux, un geste incitatif de la main ou du corps — si un garçon comprenait ce qu'il voulait et était disposé à le lui accorder ou, du moins, à le négocier. La mort dans l'âme, il sentit que ce jeune homme si beau était totalement indifférent aux messages furtifs qu'il lui adressait du regard. Il l'aborda pourtant, bavardant un moment avec lui. C'était le fils d'un pasteur de la Barbade et il aspirait à devenir comptable. Il faisait ses études dans une école de commerce et bientôt, profitant des vacances, il devait accompagner son père à la Jamaïque. Roger l'invita à manger des glaces, mais le jeune homme n'accepta pas.

De retour à son hôtel, en proie à l'excitation, il écrivit dans son journal, dans le style vulgaire et télégraphique qu'il utilisait pour les épisodes les plus intimes : « Bains publics. Fils de pasteur. Très beau. Long sexe, délicat, durci entre mes mains. Reçu dans ma bouche. Deux minutes de bonheur. » Il se masturba et se baigna à nouveau, en se savonnant minutieusement, tout en essayant de chasser la tristesse et la sensation de solitude qui l'assaillaient toujours dans ces cas-là.

Le lendemain, à midi, alors qu'il déjeunait à la terrasse d'un restaurant sur le port de Bridgetown, il vit passer près de lui Andrés O'Donnell. Il l'appela. L'ancien contremaître d'Arana, chef du comptoir d'Entre Ríos, le reconnut immédiatement. Il le regarda quelques secondes avec méfiance et une certaine crainte. Mais, finalement, il lui serra la main et accepta de lui tenir compagnie. Il avala un café et un verre de brandy tout en bavardant. Il lui avoua que le passage de Roger au Putumayo avait fait chez les caoutchoutiers le même effet que la malédiction d'un sorcier huitoto. Aussitôt après son départ, la rumeur avait couru que des policiers allaient débarquer, accompagnés de juges avec des mandats d'arrêt, et que tous les chefs, contremaîtres et administrateurs des plantations d'hévéas allaient avoir maille à partir avec la justice. Et que, la Compagnie d'Arana étant anglaise, ils seraient expédiés en Angleterre et jugés là-bas. Aussi beaucoup, comme O'Donnell, avaient préféré prendre le large en gagnant le Brésil, la Colombie ou l'Équateur. Lui avait échoué ici avec la promesse d'un travail dans une plantation de canne à sucre, mais il ne l'avait pas obtenu. Il essayait maintenant de partir pour les États-Unis où, semble-t-il, il aurait des chances de travailler dans les chemins de fer. Assis à cette terrasse, sans bottes, sans pistolet ni fouet, engoncé dans un vieux blouson et avec sa chemise râpée, il n'était plus qu'un pauvre diable angoissé par son avenir.

— Vous ne le savez pas, mais vous me devez la vie, monsieur Casement, lui dit-il alors qu'il prenait congé, avec un sourire amer. Mais vous n'allez sans doute pas me croire.

— Dites-le-moi de toute façon, l'encouragea Roger.

— Armando Normand était convaincu que si vous sortiez vivant de là-bas, tous les chefs des caoutchouteries finiraient en prison. Et qu'il valait mieux que vous vous noyiez dans le fleuve ou soyez dévoré par un puma ou un caïman. Vous me comprenez. Comme cela est arrivé à l'explorateur français Eugène Robuchon, qui avait rendu si nerveux les gens avec toutes ses questions et qui, pour cela, a disparu corps et biens.

— Pourquoi ne m'a-t-on pas tué ? C'était si facile, avec la pratique que vous aviez.

— Je leur en ai fait voir les conséquences possibles, affirma Andrés O'Donnell, avec un certain aplomb, et Víctor Macedo m'a alors appuyé. Comme vous étiez anglais, et la Compagnie de don Julio aussi, on nous jugerait en Angleterre selon les lois anglaises. Et l'on nous pendrait.

— Je ne suis pas anglais mais irlandais, le reprit Roger Casement. Les choses n'auraient probablement pas pris le tour que vous croyez. De toute façon, je vous remercie beaucoup. Ah, et puis mettez-vous en route le plus vite possible, et ne me dites pas où vous allez. Je suis obligé de rapporter tout ce que je vois et le gouvernement anglais risque de donner très vite l'ordre de vous arrêter.

Il retourna le soir aux bains publics. Il eut plus de chance que la veille. Un brun costaud et souriant, qu'il avait vu soulever des haltères dans la salle de gymnastique, lui sourit. Le prenant par le bras, il le conduisit à une petite salle où l'on vendait des boissons. Tandis qu'ils prenaient un jus d'ananas et de banane et qu'il lui disait son nom, Stanley Weeks, il se rapprochait beaucoup de lui, jusqu'à frôler une de ses jambes de la sienne. Puis, avec un petit sourire plein de sous-entendus, il le conduisit, lui tenant toujours le bras, dans une petite cabine, dont il ferma la porte au verrou dès qu'ils furent entrés. Ils s'embrassèrent, se mordillèrent les oreilles et le cou, tout en retirant leur pantalon. Roger vit alors, en s'étouffant de désir, le sexe très noir de Stanley avec son gland rouge et humide, qui grossissait à vue d'œil. « Deux livres, tu me suces, l'entendit-il dire, et je t'encule. » Il acquiesça, en s'accroupissant. Plus tard, dans sa chambre d'hôtel, il écrivit dans son journal : « Bains publics. Stanley Weeks : athlète, jeune, 27 ans. Énorme, très dur, 9 pouces au moins. Baisers, morsures, pénétration avec cri. Deux *pounds*. »

Roger, Omarino et Arédomi quittèrent la Barbade en direction de Pará le 5 septembre, sur le *Boniface*, un petit rafiot surchargé, qui dégageait une sale odeur et dont la nourriture était détestable. Mais Roger apprécia cette traversée jusqu'à Pará grâce au docteur Herbert Spencer Dickey, un médecin américain. Il avait travaillé pour la Compagnie d'Arana à El Encanto et, non content de corroborer les horreurs que Casement connaissait déjà, il lui avait rapporté maintes anecdotes, les unes féroces, d'autres comiques, sur ses expériences au Putumayo. C'était, en fait, un homme à l'esprit aventureux, qui avait bourlingué un peu partout dans le monde, un être sensible et cultivé. Il était agréable de voir tomber la nuit sur le pont de ce bateau tout en fumant à ses côtés, buvant à même la bouteille des gorgées de whisky et écoutant des choses intelligentes. Le docteur Dickey approuvait les efforts de la Grande-Bretagne et des États-Unis pour remédier aux atrocités de l'Amazonie. Mais il était fataliste et sceptique : les choses ne changeraient pas là-bas, ni aujourd'hui ni demain.

— Nous avons la méchanceté chevillée à l'âme, mon ami, disait-il mi-blagueur, mi-sérieux. Nous ne nous en libérerons pas si facilement que ça. Dans les pays européens et dans le mien elle est plus dissimulée et ne se manifeste en pleine lumière que lorsqu'il y a une guerre, une révolution, une émeute. Elle a besoin de prétextes pour devenir publique et collective. En Amazonie, en revanche, elle peut se montrer à visage découvert et aboutir aux pires monstruosités sans les justifications du patriotisme ou de la religion. Seule la cupidité pure et dure. La méchanceté qui nous empoisonne est partout où il y a des êtres humains, et ses racines plongent profondément dans nos cœurs.

Mais aussitôt après avoir asséné ces affirmations lugubres, il faisait une plaisanterie ou racontait une anecdote qui semblait les démentir. Roger aimait bien bavarder avec le docteur Dickey, même s'il le déprimait parfois un peu. Le *Boniface* atteignit Pará le 10 septembre à midi. Tout le temps qu'il y était resté comme consul, il avait eu une sensation de frustration et d'asphyxie. Cependant, plusieurs jours avant d'arriver dans ce port, il avait senti, au souvenir de la Praça do Palácio, monter en lui des vagues de désir. Il avait accoutumé de s'y rendre la nuit lever l'un de ces garçons qui déambulaient en cherchant le client ou l'aventure entre les arbres, avec leur petit pantalon très serré, soulignant fesses et testicules.

Il logea à l'Hotel do Comercio, en sentant renaître dans son corps l'ancienne fièvre qui s'emparait de lui lorsqu'il entreprenait ses virées sur cette *praça*. Il se rappelait — ou les inventait-il ? — quelques noms des garçons de ces rencontres qui finissaient généralement dans quelque hôtel borgne alentour ou, parfois, dans un coin sombre sur la pelouse du parc. Il imaginait déjà ces aventures furtives, hâtives, en sentant son cœur battre la chamade. Mais cette nuit-là ne fut guère propice, parce que ni Marco, ni Olympio, ni Bebé (s'appelaient-ils ainsi ?) n'apparurent et, même, il fut sur le point d'être agressé par deux rôdeurs en haillons, presque des gosses. L'un d'eux tenta de fouiller ses poches à la recherche d'un portefeuille qu'il n'avait pas, tandis que l'autre feignait de lui demander son chemin. Il se dégagea en donnant à l'un d'eux une bourrade qui le fit rouler à terre. En voyant son attitude décidée tous deux prirent leurs jambes à leur cou. Il regagna son hôtel, furieux. Et se calma en écrivant dans son journal : « Praça do Palácio : un gros et très dur. Épuisant. Gouttes de sang au caleçon. Douleur délicieuse. »

Le lendemain matin il rendit visite au consul anglais et à quelques Européens et Brésiliens qu'il avait connus lors de son précédent séjour à Pará. Leurs témoignages furent utiles. Il localisa au moins deux fugitifs du Putumayo. Le consul et le chef de la police locale lui assurèrent que José Inocente Fonseca et Alfredo Montt, après avoir passé un certain temps dans une plantation au bord du fleuve Yavarí, étaient maintenant installés à Manaus, où la Casa Arana leur avait trouvé du travail au port comme contrôleurs des douanes. Roger télégraphia aussitôt au Foreign Office afin qu'il demande aux autorités brésiliennes de délivrer un mandat d'arrêt contre ces deux criminels. Et, trois jours plus tard, la Chancellerie britannique lui répondit que Petrópolis considérait favorablement cette requête. Et allait ordonner immédiatement à la police de Manaus d'arrêter Montt et Fonseca. Cependant, ils ne seraient pas extradés mais jugés au Brésil.

Ses deuxième et troisième nuits à Pará furent plus fructueuses que la première. Au soir du second jour, un garçon nu-pieds qui vendait des fleurs s'offrit pratiquement à lui alors que Roger le sondait en lui demandant le prix du bouquet de roses qu'il avait à la main. Ils allèrent dans un petit terrain vague où, parmi les ombres, Roger entendit les halètements des couples. Ces rencontres de rues, dans des conditions précaires toujours pleines de risques, éveillaient chez lui des sentiments contradictoires : excitation et dégoût. Le vendeur de fleurs sentait fort des aisselles, mais son haleine épaisse et la chaleur de son corps, ainsi que la force de son étreinte, le réchauffèrent et conduisirent très vite à l'extase. En entrant à l'Hotel do Comercio, il remarqua qu'il avait le pantalon plein de terre et de taches et que le réceptionniste le regardait avec surprise. « On m'a agressé », lui expliqua-t-il.

La nuit suivante, sur la Praça do Palácio il eut une nouvelle rencontre, cette fois avec un jeune qui lui demanda une aumône. Il l'invita à se promener et dans un kiosque ils burent un verre de rhum. João le conduisit à la cabane misérable de son bidonville. Tandis qu'ils se déshabillaient et faisaient l'amour dans l'obscurité sur une natte en paille étendue sur la terre battue, en entendant aboyer des chiens, Roger se dit qu'à tout moment il allait sentir sur sa tête la lame d'un couteau ou recevoir un coup de matraque. Il était préparé : dans ces cas il ne prenait jamais beaucoup d'argent sur lui, non plus que sa montre ou son stylo en argent, juste une poignée de billets et quelques pièces de monnaie, de quoi se laisser voler un peu et satisfaire ainsi les voleurs. Mais rien de cela n'arriva. João le raccompagna jusqu'aux abords de l'hôtel et prit congé en lui mordant les lèvres dans un grand éclat de rire. Le lendemain, Roger découvrit que João ou le vendeur de fleurs lui avait collé des morpions. Il dut aller dans une pharmacie acheter du calomel, ce qui était toujours désagréable : le pharmacien — et c'était pire s'il s'agissait d'une pharmacienne — le dévisageait d'une façon qui lui faisait honte et, parfois, lui décochait un petit sourire complice qui, au-delà de sa confusion, le rendait furieux.

La meilleure, mais aussi la pire expérience de ces douze jours à Pará, fut sa visite aux époux Da Matta. C'étaient les meilleurs amis qu'il se soit faits pendant son séjour dans la ville : Junio, ingénieur des ponts et chaussées, et son épouse Irene, aquarelliste. Jeunes, beaux, joyeux et simples, ils respiraient l'amour de la vie. Ils avaient une enfant délicieuse, María, aux grands yeux rieurs. Roger les avait connus dans une réunion de société ou une cérémonie officielle, parce que Junio travaillait au département des Travaux publics du gouvernement local. Ils se voyaient fréquemment, faisaient des promenades le long du fleuve, allaient au cinéma et au théâtre. Ils accueillirent leur ancien ami les bras ouverts. Puis l'emmenèrent dîner dans un restaurant de spécialités bahianaises, très épicées, et la petite María, qui avait déjà cinq ans, dansa et chanta pour lui avec des minauderies.

La nuit venue, à l'Hotel do Comercio, dans sa longue insomnie, Roger tomba dans une de ces dépressions qui avaient presque toujours caractérisé sa vie, surtout chaque fois qu'il avait eu une série de ces rencontres sexuelles de rues. Il était triste à la pensée qu'il n'aurait jamais un foyer comme celui des Da Matta, que sa vie serait de plus en plus solitaire au fur et à mesure qu'il vieillirait. Il payait cher ces minutes de plaisir mercenaire. Il mourrait sans avoir savouré cette chaude intimité, une épouse avec qui commenter les événements du jour et préparer l'avenir — voyages, vacances, rêves —, sans enfants qui prolongeraient son nom et son souvenir quand il ne serait plus de ce monde. Sa vieillesse, s'il arrivait à l'atteindre, serait celle des animaux sans maître. Et tout aussi misérable, car, malgré son confortable salaire de diplomate, il n'avait jamais pu épargner du fait des nombreux dons qu'il faisait à des organismes humanitaires qui luttaient contre l'esclavage, pour les droits à la survie des peuples et des cultures primitives, et, maintenant, en faveur des institutions qui défendaient le gaélique et les traditions d'Irlande.

Mais, plus encore que tout cela, il était amer en pensant qu'il mourrait sans avoir connu le véritable amour, un amour partagé, comme celui de Junio et d'Irene, cette complicité, cet accord silencieux qui se devinait entre eux, leur tendresse à se tenir la main ou à échanger des sourires en voyant les simagrées de la petite María. Comme toujours dans cette crise, il resta éveillé pendant des heures et, alors que le sommeil le gagnait enfin, il crut voir, se profilant dans l'ombre de sa chambre, la figure languide de sa mère.

Le 22 septembre Roger, Omarino et Arédomi partirent de Pará en direction de Manaus sur le vapeur *Hilda* de la Booth Line, un bateau moche et calamiteux. Les six jours de traversée jusqu'à Manaus furent un supplice pour Roger en raison de l'exiguïté de sa cabine, de la crasse qui régnait partout, de la nourriture exécrable et des nuées de moustiques qui attaquaient les passagers de la tombée de la nuit jusqu'à l'aube.

Dès qu'ils débarquèrent à Manaus, Roger se remit en chasse des fugitifs du Putumayo. Accompagné du consul anglais, il alla voir le gouverneur, M. Dos Reis, qui lui confirma qu'en effet un ordre du gouvernement central de Petrópolis était arrivé pour que l'on procède à l'arrestation de Montt et de Fonseca. Et pourquoi la police ne les avait-elle pas encore arrêtés ? Le gouverneur lui donna une explication qui lui parut stupide, ou simple prétexte : on attendait qu'il soit là. Bon, alors pouvait-on le faire immédiatement, avant que les deux oiseaux ne s'envolent ? On le ferait aujourd'hui même.

Le consul et Casement, avec le mandat d'arrêt expédié de Petrópolis, durent faire deux voyages aller-retour entre la préfecture et le commissariat de police. Finalement le chef de la police envoya deux agents arrêter Montt et Fonseca à la douane du port.

Le lendemain matin, le consul de Grande-Bretagne vint annoncer à Roger, la mine déconfite, que la tentative d'arrestation avait connu un dénouement grotesque, bouffon. Le chef de la police venait de le lui communiquer, en se confondant en excuses et en promettant de faire mieux la prochaine fois. Les deux policiers envoyés pour capturer Montt et Fonseca les connaissaient et, avant de les conduire au commissariat, ils étaient allés boire des bières avec eux. Ils avaient bu plus que de raison, et cela avait permis aux délinquants de prendre la fuite. Comme on ne pouvait écarter qu'ils aient reçu de l'argent pour les laisser s'échapper, les policiers en question avaient été mis en prison. Si la corruption était avérée, ils seraient sévèrement sanctionnés.

— Je le regrette, sir Roger, lui dit le consul, mais, bien que je ne vous l'aie pas dit, je m'y attendais un peu. Vous, qui avez été diplomate au Brésil, vous ne le savez que trop. Il est normal ici que ce genre de choses se produise.

Roger se sentit si mal que la contrariété augmenta son désordre physique. Il resta au lit la plupart du temps, avec de la fièvre et des douleurs musculaires, en attendant le départ du bateau pour Iquitos. Un soir où il luttait contre l'impression d'impuissance qui l'accablait, il se laissa divaguer en notant dans son journal : « Trois amants en une nuit, dont deux marins. Ils me l'ont fait six fois ! Arrivé à l'hôtel en marchant les jambes écartées comme une parturiente. » Au milieu de sa mauvaise humeur, l'énormité de ce qu'il venait d'écrire lui flanqua le fou rire. Lui, si policé, si délicat dans son vocabulaire avec les gens, il éprouvait toujours, dans l'intimité de son journal, un besoin invincible d'écrire des obscénités. Pour des raisons qu'il ne comprenait pas, la coprolalie lui faisait du bien.

L'*Hilda* poursuivit sa route le 3 octobre et, après une navigation accidentée, sous des pluies diluviennes et avec la rencontre d'un petit barrage sur le fleuve, mouilla à Iquitos à l'aube du 6 octobre 1911. Et là, sur le port, chapeau à la main, Mr Stirs l'attendait. Son remplaçant, George Michell, arriverait sous peu avec son épouse. Le consul leur cherchait une maison. Cette fois Roger ne logea pas dans sa résidence, mais à l'hôtel Amazonas, près de la place d'Armes, tandis que Mr Stirs se chargeait, temporairement, d'Omarino et d'Arédomi. Les deux jeunes gens avaient décidé de rester dans la ville à travailler comme domestiques, au lieu de retourner au Putumayo. Mr Stirs promit de s'occuper de leur trouver une famille qui veuille les employer et bien les traiter.

Comme Roger le craignait, étant donné les antécédents du Brésil, ici non plus les nouvelles n'étaient pas encourageantes. Mr Stirs ne savait combien de détenus il y avait, parmi les dirigeants de la Casa Arana, de la longue liste de deux cent trente-sept présumés coupables que le juge Carlos A. Valcárcel avait dressée après avoir reçu le rapport de Rómulo Paredes sur son expédition au Putumayo. Il n'avait pu le vérifier parce qu'il régnait à Iquitos un étrange silence sur ce sujet, ainsi que sur l'endroit où se trouvait le juge Valcárcel. Qui, depuis plusieurs semaines, demeurait introuvable. L'administrateur général de la Peruvian Amazon Company, Pablo Zumaeta, qui figurait sur cette liste, était apparemment caché, mais Mr Stirs assura à Roger que sa cachette était de la blague, parce que le beau-frère d'Arana et son épouse Petronila paradaient dans les restaurants et les fêtes locales sans être en rien inquiétés.

Roger se rappellerait, plus tard, ces huit semaines passées à Iquitos comme un lent naufrage, une plongée insensible dans un océan d'intrigues, de fausses rumeurs, de mensonges flagrants ou biaisés, de contradictions, un monde où personne ne disait la vérité parce qu'elle pouvait entraîner des inimitiés et des problèmes ou, plus fréquemment encore, parce que les gens vivaient dans un système où il était devenu pratiquement impossible de distinguer le faux du vrai, la réalité du leurre. Il avait connu, depuis ses années au Congo, cette impression désespérante de fouler des sables mouvants, un sol fangeux qui l'avalait et où ses efforts ne servaient qu'à l'enfoncer un peu plus dans cette matière visqueuse qui finirait par l'engloutir. Il devait se tirer de là au plus vite !

Le lendemain de son arrivée, il rendit visite au préfet d'Iquitos. Il y en avait un nouveau, derechef. M. Adolfo Gamarra — moustache calamistrée, ventre proéminent, cigare fumant, mains nerveuses et humides — le reçut dans son bureau avec effusion et félicitations :

— Grâce à vous, lui dit-il en écartant théâtralement les bras et en lui donnant l'accolade, on a découvert une monstrueuse injustice sociale au cœur de l'Amazonie. Le gouvernement et le peuple péruvien vous en sont reconnaissants, monsieur Casement.

Aussitôt après il ajouta que le rapport que, pour satisfaire aux exigences du gouvernement anglais, avait établi, sur commande du gouvernement péruvien, le juge Carlos A. Valcárcel, était « formidable » et « dévastateur. » Il comptait au bas mot trois mille pages et confirmait toutes les accusations que l'Angleterre avait transmises au président Augusto B. Leguía.

Mais, quand Roger lui demanda s'il pouvait avoir une copie du rapport, le préfet lui objecta qu'il s'agissait d'un document d'État et qu'il n'avait pas pouvoir d'autoriser un étranger à le lire. M. le consul devait en faire la demande à Lima auprès du Conseil suprême, en passant par la Chancellerie, et il obtiendrait sans doute cette autorisation. Quand Roger lui demanda ce qu'il pouvait faire pour s'entretenir avec le juge Carlos A. Valcárcel, le préfet prit un air fort sérieux et récita d'un trait :

— Je n'ai pas la moindre idée de l'endroit où se trouve le juge Valcárcel. Sa mission a pris fin et j'imagine qu'il a quitté le pays.

Roger sortit de la préfecture complètement abasourdi. Que se passait-il, vraiment ? Cet individu ne lui avait dit que des mensonges. L'après-midi même il se rendit au siège du quotidien *El Oriente*, pour s'entretenir avec son directeur, Rómulo Paredes. Il se trouva devant un quinquagénaire à la peau foncée, aux cheveux grisonnants, en manches de chemise et couvert de sueur, hésitant et en proie à la panique. Dès que Roger se mit à parler, il le fit taire d'un geste péremptoire qui semblait dire : « Attention, les murs ont des oreilles. » Il lui prit le bras et le mena à un petit bar du coin appelé La Chipirona. Il le fit asseoir à une table à l'écart.

— Je vous prie de m'excuser, monsieur le consul, lui dit-il en regardant tout le temps autour de lui avec méfiance. Je ne peux ni ne dois vous dire grand-chose. Je suis dans une position très délicate. C'est pour moi un grand risque que l'on me voie avec vous.

Il était pâle, sa voix tremblait et il s'était mis à se ronger un ongle. Il demanda un petit verre d'eau-de-vie et l'avala d'un trait. Il écouta en silence le récit que lui fit Roger de son entretien avec le préfet Gamarra.

— C'est un comédien consommé, lui dit-il enfin, enhardi par l'alcool. Gamarra a entre les mains mon rapport, qui corrobore toutes les accusations du juge Valcárcel. Je le lui ai remis en juillet. Plus de trois mois se sont écoulés et il ne l'a toujours pas envoyé à Lima. Pourquoi croyez-vous qu'il l'a mis sous le coude ? Parce que, et tout le monde le sait, le préfet Adolfo Gamarra est aussi, comme les trois quarts d'Iquitos, à la solde d'Arana.

Quant au juge Valcárcel, il lui dit qu'il avait quitté le pays. Il ne connaissait pas son point de chute, mais il pouvait dire que, s'il était resté à Iquitos, à cette heure il ne serait probablement plus de ce monde. Il se leva, brusquement :

— C'est ce qui peut m'arriver à moi aussi à tout moment, monsieur le consul, dit-il en épongeant sa sueur et Roger pensa qu'il allait éclater en sanglots. Parce que moi, voyez-vous, je ne peux malheureusement pas m'en aller. J'ai une femme et des enfants, et ma seule ressource c'est le journal.

Il partit sans même dire au revoir. Roger retourna chez le préfet, furieux. Adolfo Gamarra lui avoua qu'en effet le rapport élaboré par Paredes n'avait pu être acheminé à Lima « pour des problèmes de logistique, heureusement résolus maintenant ». Il partirait de toute façon cette semaine « et par courrier accompagné pour plus de sécurité, car le président Leguía lui-même le réclame d'urgence ».

Tout était comme ça. Roger se sentait ballotté dans un tourbillon paralysant, tournant et retournant sur place, manipulé par des forces tortueuses et invisibles. Toutes les démarches, promesses et informations se décomposaient et dissolvaient sans que les faits correspondent jamais aux paroles. Ce qui se faisait et ce qui se disait étaient deux mondes à part. Les paroles niaient les faits et les faits démentaient les paroles ; tout fonctionnait dans une mystification générale, un divorce chronique entre le dire et le faire que tout le monde pratiquait.

Au long de la semaine il fit de multiples recoupements sur le juge Carlos A. Valcárcel. Comme Saldaña Roca, le personnage lui inspirait respect, affection, pitié et admiration. Tout le monde promettait de l'aider, de s'informer, de faire la commission, de le localiser, mais on l'envoyait d'un endroit à un autre sans que personne ne lui donne la moindre explication sérieuse sur sa situation. Finalement, sept jours après être arrivé à Iquitos, il réussit à sortir de cette toile d'araignée affolante grâce à un Anglais qui résidait dans la ville. Mr F. J. Harding, directeur de la John Lilly & Company, était un homme grand et raide, célibataire, le cheveu clairsemé, un des rares commerçants d'Iquitos semblant ne rien devoir à la Peruvian Amazon Company.

— Personne ne vous dit ni ne vous dira ce qui est arrivé au juge Valcárcel parce qu'ils ont tous peur de se trouver mêlés à cet embrouillamini, sir Roger.

Ils discutaient dans la petite villa de Mr Harding, près du môle. Les murs étaient décorés de gravures représentant des châteaux d'Écosse. Ils buvaient un rafraîchissement au lait de coco.

— L'influence d'Arana à Lima a obtenu la destitution du juge Valcárcel, accusé de prévarication et de je ne sais combien d'autres vilenies. Sans aucun fondement. Le pauvre homme, s'il vit encore, doit regretter amèrement d'avoir commis la pire erreur de sa vie en acceptant cette mission. Il est tombé dans la gueule du loup et l'a payé cher. C'était, semble-t-il, un homme très respecté à Lima. On l'a maintenant traîné dans la boue et, peut-être, assassiné. Personne ne sait où il est. Espérons qu'il ait pu fuir. Parler de lui à Iquitos est devenu tabou.

En effet, l'histoire de ce probe et téméraire Carlos A. Valcárcel, venu à Iquitos enquêter sur les « horreurs du Putumayo », ne pouvait être plus triste. Roger la reconstruisit au cours de ces semaines comme un puzzle. Quand il avait eu l'audace de délivrer un mandat d'arrêt pour crimes présumés contre deux cent trente-sept personnes, presque toutes liées à la Peruvian Amazon Company, un frisson avait parcouru l'Amazonie. Pas seulement l'Amazonie péruvienne, mais aussi la colombienne et la brésilienne. Et aussitôt, la machinerie de l'empire de Julio C. Arana avait accusé le coup et entrepris sa contre-offensive. La police ne put localiser que neuf des deux cent trente-sept incriminés. Parmi ces neuf, le seul vraiment important était Aurelio Rodríguez, un des chefs de section au Putumayo, à l'éloquent état de services : enlèvements, viols, mutilations, séquestrations et assassinats. Mais les neuf personnes arrêtées, y compris Rodríguez, plaidèrent l'*habeas corpus* devant la cour suprême d'Iquitos, qui les fit remettre en liberté provisoire pour complément d'information.

— Malheureusement, expliqua à Roger le préfet, faisant mine de s'en affliger et sans sourciller, ces mauvais citoyens, profitant de leur liberté provisoire, ont pris la poudre d'escampette. Comme vous n'êtes pas sans le savoir, au cas où la cour supérieure entérinerait l'ordre d'arrestation, il sera difficile de les retrouver dans l'immensité de l'Amazonie.

La Cour n'était nullement pressée de le faire, car lorsque Roger Casement alla demander aux juges à quel moment ils examineraient le dossier, on lui expliqua que cela se faisait « rigoureusement par ordre d'arrivée des affaires ». Il y avait un nombre volumineux de dossiers en attente « avant le susnommé qui vous intéresse ». L'un des greffiers du tribunal se permit d'ajouter, d'un ton moqueur :

— La justice ici avance sûrement mais lentement, et la procédure peut durer de nombreuses années, monsieur le consul.

C'est Pablo Zumaeta qui, à partir de sa cachette présumée, avait orchestré l'offensive judiciaire contre le juge Carlos A. Valcárcel, en déclenchant contre lui, par le biais d'hommes de paille, de multiples plaintes pour prévarication, détournements de fonds, faux témoignages et divers autres délits. Le commissariat d'Iquitos avait reçu un beau matin la visite d'une Indienne bora, accompagnée de sa fille en bas âge et assistée d'un interprète, venue accuser le juge Carlos A. Valcárcel, d'« attentat à la pudeur contre mineure ». Le juge dut employer une grande partie de son temps à se défendre contre ces élucubrations calomnieuses, faisant des dépositions et courant officines et cabinets au lieu de s'occuper de l'enquête qui l'avait fait venir dans la *selva*. La terre entière lui tomba dessus. Le petit hôtel où il était logé, El Yurimaguas, le mit à la porte. Il ne trouva d'autre auberge ou pension dans la ville pour oser lui prêter refuge. Il dut louer une petite chambre à Nanay, un bidonville, au milieu des dépotoirs et des eaux putrides, où, la nuit, il sentait sous son hamac la cavalcade des rats et sous ses pieds le crissement de cafards.

Tout cela, Roger Casement l'apprit par petits bouts, avec des détails murmurés ici ou là, ce qui accroissait son admiration pour ce magistrat dont il aurait voulu serrer la main en le félicitant pour son courage et sa dignité. Qu'était-il devenu ? Tout ce qu'il put savoir avec certitude, bien que le mot de « certitude » ait été sujet à caution sur le sol d'Iquitos, c'était que, lorsque fut connue l'ordonnance de destitution, Carlos A. Valcárcel avait déjà disparu. Et personne dans la ville, depuis lors, ne pouvait dire où il se trouvait. L'avait-on tué ? L'histoire du journaliste Benjamín Saldaña Roca se répétait. L'hostilité contre lui avait été si grande qu'il n'eut d'autre solution que de fuir. Lors d'un deuxième entretien, chez Mr Stirs, le directeur d'*El Oriente*, Rómulo Paredes, lui dit :

— C'est moi-même qui ai conseillé au juge Valcárcel de déménager avant qu'on ne le descende, sir Roger. Il avait déjà reçu bien assez d'avertissements.

Quelle sorte d'avertissements ? Des provocations dans les restaurants et les bars où le juge Valcárcel entrait manger un brin ou boire une bière. Soudain un ivrogne l'insultait et le défiait en sortant un couteau. Et si le juge allait déposer une plainte à la police ou à la préfecture, on lui faisait remplir d'interminables formulaires, détaillant les faits à l'extrême, et on l'assurait que « l'on ferait une enquête ».

Roger Casement se sentit très vite comme avait dû se sentir le juge Valcárcel avant de s'enfuir d'Iquitos ou d'être liquidé par l'un des tueurs à la solde d'Arana : abusé de partout, devenu la risée d'une communauté de pantins dont les fils étaient tirés par la Peruvian Amazon Company, à laquelle tout Iquitos obéissait avec une soumission abjecte.

Il s'était proposé de retourner au Putumayo, malgré l'évidence que, si dans cette ville la Compagnie d'Arana avait réussi à se jouer des sanctions et à éviter les réformes annoncées, là-bas dans les caoutchouteries tout serait comme avant, pour ne pas dire pire, s'agissant du sort des indigènes. Rómulo Paredes, Mr Stirs et le préfet Adolfo Gamarra l'abjurèrent de renoncer à ce voyage.

— Vous n'en sortirez pas vivant et votre mort ne servira à rien, lui assura le directeur d'*El Oriente*. Monsieur Casement, je regrette d'avoir à vous le dire, mais vous êtes l'homme le plus haï du Putumayo. Ni Saldaña Roca, ni le *gringo* Hardenburg, ni le juge Valcárcel, ne sont aussi détestés que vous. Moi, c'est miracle que j'en sois revenu vivant. Mais ce miracle ne se renouvellera pas si vous allez là-bas vous faire crucifier. Et puis, savez-vous une chose ? Le plus absurde, c'est qu'ils vous feront tuer par les flèches empoisonnées des sarbacanes de ces Boras et de ces Huitotos que vous défendez. N'y allez pas, ne soyez pas insensé. Ce serait suicidaire.

Le préfet Adolfo Gamarra, dès qu'il eut connaissance de ses préparatifs de voyage au Putumayo, vint le voir à l'hôtel Amazonas. Il était fort alarmé, et il le mena boire une bière dans un bar à musique brésilienne. Ce fut la seule fois où Roger eut l'impression que ce fonctionnaire lui parlait avec sincérité.

— Je vous supplie de renoncer à cette folie, monsieur Casement, lui dit-il en le regardant dans les yeux. Je n'ai pas les moyens d'assurer votre protection. Je regrette de vous le dire, mais c'est la vérité. Je ne veux pas voir votre cadavre figurer sur mes états de services. Ce serait la fin de ma carrière. Je vous le dis du fond du cœur. Vous n'arriverez pas au Putumayo. J'ai fait en sorte, non sans mal, qu'ici personne ne vous touche. Je vous jure que cela n'a pas été facile. J'ai dû prier et menacer ceux qui sont aux commandes. Mais mon autorité disparaît hors les murs de la ville. N'allez pas au Putumayo. Faites-le pour vous et pour moi. Sur ce qui vous est le plus cher, ne ruinez pas mon avenir. Je vous parle vraiment en ami.

Mais ce qui le fit renoncer finalement à son voyage, ce fut une brusque visite inopinée, en pleine nuit. Il était déjà couché et en quête du sommeil quand le réceptionniste de l'hôtel Amazonas vint frapper à sa porte. On le cherchait, un monsieur qui disait que c'était très urgent. Il s'habilla, descendit et se trouva face à Juan Tizón. Il n'avait plus eu de nouvelles de lui depuis le voyage au Putumayo, où ce haut fonctionnaire de la Peruvian Amazon Company avait collaboré avec la Commission d'une façon si loyale. Il n'était même pas l'ombre de l'homme sûr de lui que Roger se rappelait. Il semblait vieilli, épuisé et surtout démoralisé.

Ils cherchèrent un endroit tranquille pour parler, mais c'était impossible car, la nuit, Iquitos était pleine de bruit, de beuverie, de vacarme et de sexe. Ils se résignèrent à entrer au Pim Pam, une boîte de nuit où il leur fallut se débarrasser de deux mulâtresses brésiliennes qui voulaient à tout prix danser avec eux. Ils commandèrent deux bières.

Avec toujours ces mêmes manières élégantes et de grand seigneur que Roger se rappelait, Juan Tizón lui ouvrit son cœur :

— Rien n'a été fait de ce que la Compagnie se proposait de faire, même si, sur la demande du président Leguía, nous l'avions décidé en conseil d'administration. Quand j'ai présenté mon rapport, tous, même Pablo Zumaeta et les frères et beaux-frères d'Arana, sont tombés d'accord avec moi sur la nécessité d'opérer des améliorations radicales dans les comptoirs. Pour éviter des problèmes avec la justice et pour des raisons morales et chrétiennes. Des paroles en l'air. Rien n'a été fait et rien ne se fera.

Il lui raconta que, mises à part les instructions données aux employés au Putumayo de prendre des précautions et d'effacer les traces des violences passées — faire disparaître les cadavres, par exemple —, la Compagnie avait facilité la fuite des principaux personnages mis en cause dans le rapport que Londres avait fait parvenir au gouvernement péruvien. Le système de collecte du caoutchouc avec la main-d'œuvre indigène forcée continuait comme avant.

— Il m'a suffi de mettre les pieds à Iquitos pour me rendre compte que rien n'avait changé, acquiesça Roger. Et vous, don Juan ?

— Je rentre à Lima la semaine prochaine et je ne crois pas revenir ici. Ma situation à la Peruvian Amazon Company est devenue insupportable. J'ai préféré renoncer avant d'être congédié. On me rachètera mes actions, mais à vil prix. À Lima, il me faudra m'occuper d'autres choses. Je ne le regrette pas, bien que j'aie perdu dix ans de ma vie à travailler pour Arana. Même s'il me faut repartir de zéro, je me sens mieux. Après ce que nous avons vu au Putumayo je me sentais sale et coupable au sein de la Compagnie. J'en ai parlé à ma femme, qui m'approuve.

Ils bavardèrent près d'une heure. Juan Tizón demanda avec insistance à Roger de ne retourner au Putumayo sous aucun prétexte : il n'obtiendrait rien si ce n'est qu'on le tuerait et, peut-être, en s'acharnant sur son corps, dans un de ces excès de cruauté qu'il avait bien vus dans son périple aux caoutchouteries.

Roger se mit à préparer un nouveau rapport pour le Foreign Office. Il expliquait qu'on n'avait appliqué aucune réforme, ni la moindre sanction à l'encontre des criminels de la Peruvian Amazon Company. Qu'il n'y avait aucun espoir d'aboutir à quelque chose dans l'avenir. La faute en incombait autant à la firme de Julio C. Arana qu'à l'administration publique, voire au pays tout entier. À Iquitos, le gouvernement péruvien n'était qu'un agent de Julio C. Arana. Le pouvoir de sa Compagnie était tel que toutes les institutions politiques, policières et judiciaires travaillaient activement à lui permettre de continuer à exploiter les indigènes sans risque aucun, parce que tous les fonctionnaires en recevaient de l'argent ou craignaient ses représailles.

Comme voulant lui donner raison, ces jours-là, subitement, la cour supérieure d'Iquitos trancha sur la demande d'interjection en appel qu'avaient déposée les neuf détenus. Le verdict était un chef-d'œuvre de cynisme : toutes les actions judiciaires restaient en suspens tant que les deux cent trente-sept personnes figurant sur la liste établie par le juge Valcárcel ne seraient pas arrêtées. Avec juste un petit groupe de personnes capturées toute enquête serait tronquée et illégale, avaient décrété les juges. Si bien que les neuf inculpés se retrouvaient définitivement libres et l'affaire suspendue jusqu'à ce que les forces policières remettent à la justice les deux cent trente-sept suspects, ce qui, à l'évidence, ne se produirait jamais.

Quelques jours après, un autre événement, encore plus grotesque, eut lieu à Iquitos, qui mit à l'épreuve la capacité d'étonnement de Roger Casement. Alors qu'il allait de son hôtel au domicile de Mr Stirs, il vit des gens entassés dans deux locaux qui semblaient être des bureaux de l'État car ils arboraient sur leur façade le blason et le drapeau du Pérou. Que se passait-il ?

— Il y a des élections municipales, lui expliqua Mr Stirs de sa petite voix si peu enthousiaste qu'il semblait imperméable à l'émotion. Des élections très particulières parce que, selon la loi électorale péruvienne, pour avoir le droit de vote il faut être propriétaire et savoir lire et écrire. Cela réduit le nombre d'électeurs à quelques petites centaines de personnes. En réalité, les élections se décident dans les bureaux de la Casa Arana. On connaît d'avance le nom des gagnants et le pourcentage de voix.

Il devait en être ainsi car ce soir-là fut célébrée sur la place d'Armes, dans les flonflons d'un orchestre et des flots d'eau-de-vie distribuée à gogo — petit meeting que Roger observa de loin —, l'élection du nouveau maire d'Iquitos : don Pablo Zumaeta ! Le beau-frère de Julio C. Arana sortait de sa « cachette » lavé de toute faute par le peuple d'Iquitos — ainsi le dit-il dans son discours de remerciements — et des calomnies de la conspiration anglo-colombienne, plus décidé que jamais à continuer le combat, inexorablement, contre les ennemis du Pérou et pour le progrès de l'Amazonie. Après la débauche de boissons alcoolisées, il y eut un bal populaire avec feux d'artifice, guitares et tambours, qui dura jusqu'au matin. Roger préféra se retirer dans son hôtel pour ne pas être lynché.

George Michell et son épouse arrivèrent finalement à Iquitos, sur un bateau en provenance de Manaus, le 30 novembre 1911. Roger faisait déjà ses valises pour son départ. L'arrivée du nouveau consul de Grande-Bretagne fut précédée de folles démarches de la part de Mr Stirs et de Casement lui-même pour trouver une maison au couple.

— La Grande-Bretagne est tombée en disgrâce ici par votre faute, sir Roger, lui dit le consul sortant. Personne ne veut me louer une maison pour les Michell, alors que je propose de surpayer le loyer. Ils ont tous peur d'offenser Arana, et donc ils refusent.

Roger demanda de l'aide à Rómulo Paredes et le directeur d'*El Oriente* résolut leur problème. Il loua lui-même la maison, puis la sous-loua au consulat britannique. Il s'agissait d'une vieille maison sale en mauvais état qu'il avait fallu rénover à la hâte, et meubler à la va-comme-je-te-pousse pour accueillir ses nouveaux hôtes. Mrs Michell était une petite femme souriante et volontaire dont Roger ne fit la connaissance qu'au pied de la passerelle du bateau, sur le port, le jour de son arrivée. Elle ne fut pas découragée par l'état de son nouveau domicile ni par ce pays qu'elle voyait pour la première fois. Elle semblait inaccessible au découragement. Et séance tenante, avant même de défaire ses valises, elle se mit à tout nettoyer avec énergie et bonne humeur.

Roger eut une longue conversation avec son vieil ami et collègue George Michell, dans le salon de Mr Stirs. Il l'informa de la situation dans les moindres détails et ne lui cacha pas une seule des difficultés qu'il rencontrerait dans sa nouvelle charge. Michell, un quadragénaire rondouillard et vif qui manifestait la même énergie que sa femme dans tous ses gestes et mouvements, prenait des notes dans un carnet, avec de petites pauses pour demander des éclaircissements. Ensuite, au lieu de se montrer démoralisé ou de se plaindre devant la perspective de ce qui l'attendait à Iquitos, il se borna à dire avec un large sourire :

— Je vois maintenant de quoi il retourne et je suis prêt au combat.

Les deux dernières semaines à Iquitos, Roger avait été à nouveau saisi, irrésistiblement, par le démon du sexe. Lors de son précédent séjour il s'était montré prudent, mais, maintenant, malgré l'hostilité patente de tous ces gens liés au commerce du caoutchouc et qui pouvaient lui tendre une embuscade, il n'hésita pas à aller, la nuit, se promener sur le môle en bordure de fleuve, où il y avait toujours des femmes et des hommes en quête de clients. C'est ainsi qu'il connut Alcibíades Ruiz, si tel était bien son nom. Il l'emmena à l'hôtel Amazonas. Le portier de nuit ne fit aucune objection après que Roger lui eut donné un bon pourboire. Alcibíades accepta pour lui de prendre la pose et de faire les figures de la statuaire classique qu'il lui indiquait. Après quelque marchandage, il accepta de se déshabiller. Alcibíades était un métis de Blanc et d'Indien, un *cholo*, et Roger nota dans son journal que ce mélange racial donnait un type d'homme d'une grande beauté physique, supérieure même à celle des *caboclos* du Brésil, car il avait des traits légèrement exotiques qui mêlaient la douceur délicate des indigènes à la rudesse virile des descendants d'Espagnols. Alcibíades et lui s'embrassèrent et se touchèrent mais sans faire l'amour, ni ce jour-là ni le suivant, quand le *cholo* revint à l'hôtel Amazonas. C'était le matin et Roger put le photographier nu dans diverses poses. Quand il fut parti, il écrivit dans son journal : « Alcibíades Ruiz. *Cholo.* Gestes de danseur. Petit et long qui, en durcissant, se courbait comme un arc. Est entré en moi comme dans un gant. »

Ces jours-là, le directeur d'*El Oriente,* Rómulo Paredes, fut agressé en pleine rue. Alors qu'il sortait de l'imprimerie de son journal, trois individus à la mine patibulaire qui puaient l'alcool l'attaquèrent. À ce qu'il dit à Roger, qu'il vint voir à l'hôtel aussitôt après l'incident, ils l'auraient roué à mort s'il n'avait pas sorti son arme et tiré en l'air pour mettre en fuite ses agresseurs. Il avait avec lui une mallette. Don Rómulo était si remué de ce qui venait de lui arriver qu'il n'accepta pas d'aller boire un verre dehors comme Roger le lui proposait. Son ressentiment et son indignation contre la Peruvian Amazon Company étaient sans limites :

— J'ai toujours été un collaborateur loyal de la Casa Arana et je lui ai donné satisfaction en tout point, se plaignit-il. — Ils s'étaient assis à deux angles du lit et parlaient dans la semi-obscurité, car la petite flamme de la lampe éclairait à peine un coin de la pièce. — Quand j'étais juge et quand j'ai fondé *El Oriente*. Je ne me suis jamais opposé à leurs demandes, même si, très souvent, elles répugnaient à ma conscience. Mais je suis un homme réaliste, monsieur le consul, je sais quelles batailles sont impossibles à gagner. Cette Commission, ce voyage au Putumayo sur ordre du juge Valcárcel, je n'ai jamais voulu l'assumer. Dès le premier moment j'ai su que je tomberais dans un guêpier. Ils m'ont obligé. Pablo Zumaeta en personne l'a exigé de moi. Je n'ai fait ce voyage que pour obéir à ses ordres. Mon rapport, avant de le remettre au préfet, je l'ai donné à lire à M. Zumaeta. Il me l'a rendu sans commentaires. Cela ne voulait-il pas dire qu'il l'acceptait ? Ce n'est qu'alors que je l'ai remis au préfet. Et le résultat c'est que maintenant ils m'ont déclaré la guerre et veulent me tuer. Cette agression est un avertissement pour que je m'en aille d'Iquitos. Pour aller où ? J'ai une femme, cinq enfants et deux domestiques, monsieur Casement. Avez-vous vu ingratitude pareille à celle de ces gens ? Je vous recommande de partir le plus tôt possible, vous aussi. Votre vie est en danger, sir Roger. Jusqu'à présent il ne vous est rien arrivé, parce qu'ils pensent qu'en tuant un Anglais, un diplomate par-dessus le marché, cela fera un scandale international. Mais ne vous y fiez pas. Ces scrupules peuvent disparaître à la faveur de n'importe quelle soûlerie. Suivez mon conseil et partez, mon ami.

— Je ne suis pas anglais, mais irlandais, le corrigea Roger, d'une voix douce.

Rómulo Paredes lui remit la mallette qu'il avait avec lui.

— Vous avez ici tous les documents que j'ai recueillis au Putumayo et sur lesquels j'ai fondé mon travail. J'ai bien fait de ne pas les remettre au préfet Adolfo Gamarra. Ils auraient connu le même sort que mon rapport : moisir à la préfecture d'Iquitos. Emportez-les, je sais que vous en ferez bon usage. Je suis désolé de charger vos bagages d'un poids supplémentaire, croyez-le bien.

Roger partit quatre jours plus tard, après avoir dit au revoir à Omarino et Arédomi. Mr Stirs les avait placés chez un charpentier de Nanay, un Bolivien, qu'ils serviraient comme domestiques tout en faisant leur apprentissage à l'atelier. Au port, où Stirs et Michell vinrent lui faire leurs adieux, Roger apprit que le volume du caoutchouc exporté ces deux derniers mois avait dépassé la moyenne de l'année précédente. Quelle meilleure preuve que rien n'avait changé et que les Huitotos, Boras, Andoques et autres indigènes du Putumayo étaient toujours exploités sans pitié ?

Les cinq jours de traversée jusqu'à Manaus, il quitta à peine sa cabine. Il se sentait démoralisé, malade et dégoûté de lui-même. Il mangeait à peine et n'apparaissait sur le pont que lorsque la chaleur dans son étroite cabine devenait insupportable. Au fur et à mesure qu'ils descendaient l'Amazone et que le cours du fleuve s'élargissait au point de perdre de vue ses berges, il pensait qu'il ne reviendrait jamais à cette *selva*. Et aussi à ce monstrueux paradoxe qui voulait que — cette pensée lui était maintes fois venue en

Afrique, en naviguant sur le fleuve Congo — au sein de ce paysage majestueux, avec ces bandes de flamants roses et de perruches jacassières qui parfois survolaient le bateau, et ce sillage de petits poissons qui suivaient le navire en faisant bonds et cabrioles comme pour attirer l'attention des passagers, il puisse exister la vertigineuse souffrance engendrée à l'intérieur des forêts par la cupidité de ces êtres avides et sanguinaires qu'il avait connus au Putumayo. Il se rappelait l'air tranquille de Julio C. Arana lors de cette réunion, à Londres, du conseil d'administration de la Peruvian Amazon Company. Il se jura à nouveau qu'il lutterait jusqu'à la dernière goutte d'énergie qui lui resterait dans le corps pour faire punir ce petit homme propret qui avait mis en marche, à son seul profit, cette machine à broyer des êtres humains en toute impunité pour satisfaire sa soif de richesses. Qui oserait maintenant dire que Julio C. Arana ne savait pas ce qui se passait au Putumayo ? Il avait monté un spectacle pour tromper tout le monde — les gouvernements péruvien et britannique avant tout —, afin de continuer à extraire le caoutchouc de ces forêts aussi maltraitées que les indigènes qui les peuplaient.

À Manaus, qu'il atteignit à la mi-décembre, il se sentit mieux. Tout en attendant un bateau qui le conduirait à Pará et à la Barbade, il put travailler, enfermé dans sa chambre d'hôtel, à ajouter des commentaires et des précisions à son rapport. Il passa une soirée avec le consul d'Angleterre, qui lui confirma qu'en dépit de ses réclamations, les autorités brésiliennes n'avaient rien fait de tangible pour capturer Montt et Agüero, ni les autres fugitifs. Le bruit courait partout que plusieurs des anciens chefs de Julio C. Arana au Putumayo travaillaient maintenant sur la ligne de chemins de fer Madeira-Mamoré en construction.

La semaine où il resta à Manaus, Roger mena une vie spartiate, sans sortir la nuit en quête d'aventures. Il se promenait au bord du fleuve ou dans les rues de la ville, et, quand il ne travaillait pas, il passait beaucoup d'heures à lire les livres sur l'histoire ancienne de l'Irlande que lui avait recommandés Alice Stopford Green. Se passionner pour tout ce qui touchait à son pays l'aiderait à se sortir de la tête les images du Putumayo et les intrigues, mensonges et excès de cette corruption politique généralisée qu'il avait vue à Iquitos. Mais il ne lui était pas facile de se concentrer sur les sujets irlandais car il se rappelait à tout moment que sa tâche était inachevée et qu'à Londres, il lui faudrait la mener à terme.

Le 17 décembre il embarqua pour Pará où il trouva, enfin, un message du Foreign Office. La Chancellerie avait reçu ses télégrammes envoyés d'Iquitos et était au courant qu'en dépit des promesses du gouvernement péruvien, rien de concret n'avait été fait contre les violences au Putumayo, hormis de permettre aux accusés de s'enfuir.

La veille de Noël il embarqua pour la Barbade sur le *Denis*, un bateau confortable qui comptait à peine une poignée de passagers. Il fit une traversée tranquille jusqu'à Bridgetown. Là, le Foreign Office lui avait réservé un billet sur le *SS. Terence* en partance pour New York. Les autorités anglaises avaient décidé d'agir énergiquement contre la compagnie britannique responsable de la situation au Putumayo et voulaient que les États-Unis s'unissent à elles afin de protester ensemble auprès du gouvernement du Pérou pour sa mauvaise volonté à répondre aux injonctions de la communauté internationale.

Dans la capitale de la Barbade, tandis qu'il attendait le départ du bateau, Roger mena une vie aussi chaste qu'à Manaus : pas de visite aux bains publics, pas d'escapade nocturne. Il était entré à nouveau dans une de ces périodes d'abstinence sexuelle qui, parfois, se prolongeaient sur plusieurs mois. C'étaient des temps où, en général, sa tête était pleine de préoccupations religieuses. À Bridgetown, il rendit des visites quotidiennes au père Smith. Il eut avec lui de longues conversations sur le Nouveau Testament, qu'il avait toujours avec lui dans ses voyages. Il le relisait par moments, en alternant cette lecture avec celle de poètes irlandais, surtout William Butler Yeats, dont il avait appris par cœur quelques poèmes. Il assista à une messe au couvent des Ursulines et, comme cela lui était déjà arrivé, il sentit le désir de communier. Il le dit au père Smith et celui-ci lui rappela, en souriant, qu'il n'était pas catholique mais membre de l'Église anglicane. S'il voulait se convertir, il s'offrait à l'aider à faire les premiers pas. Roger fut tenté par cette démarche, mais recula en pensant aux faiblesses et aux péchés qu'il aurait à confesser à ce brave ami qu'était le père Smith.

Le 31 décembre il embarqua sur le *SS Terence* en direction de New York et, une fois rendu à bon port, sans même admirer les gratte-ciel, il sauta dans le train pour Washington D.C. L'ambassadeur de Grande-Bretagne, James Bryce, le surprit en lui annonçant que le président des États-Unis, William Howard Taft, lui avait accordé une audience. Ses conseillers et lui voulaient savoir, de la bouche de sir Roger, qui connaissait en personne ce qui se passait au Putumayo et était un homme de confiance du gouvernement britannique, quelle était la situation dans les exploitations d'hévéas et si la campagne que menaient aux États-Unis et en

Grande-Bretagne diverses Églises, organisations humanitaires, ainsi que journalistes et publications libérales, était justifiée ou pure démagogie et exagération, comme l'assuraient les entreprises caoutchoutières et le gouvernement péruvien.

Logé à la résidence de l'ambassadeur Bryce, traité comme un prince et s'entendant appeler partout sir Roger, Casement se rendit chez un coiffeur se faire couper les cheveux et la barbe, et soigner les ongles. Et il renouvela sa garde-robe dans les boutiques élégantes de Washington. Il pensa bien souvent, ces jours-là, aux contradictions de sa vie. Voici moins de deux semaines il était un pauvre diable menacé de mort dans un hôtel borgne d'Iquitos et maintenant, lui, un Irlandais qui rêvait à l'indépendance de l'Irlande, incarnait un fonctionnaire envoyé par la Couronne britannique pour persuader le président des États-Unis d'aider l'Empire à exiger du gouvernement péruvien qu'il mette fin à l'ignominie de l'Amazonie. La vie n'était-elle pas quelque chose d'absurde, une représentation dramatique qui soudain tournait à la farce ?

Les trois jours qu'il passa à Washington furent vertigineux : des séances quotidiennes de travail avec des fonctionnaires du département d'État et un long entretien en tête à tête avec le ministre des Affaires étrangères. Le troisième jour, il fut reçu à la Maison Blanche par le président Taft accompagné de plusieurs conseillers et du secrétaire d'État. Un instant, avant de commencer son exposé sur le Putumayo, Roger eut une hallucination : il n'était pas là comme représentant diplomatique de la Couronne britannique, mais comme envoyé spécial de la toute nouvelle République d'Irlande. Et il avait été mandaté par son gouvernement provisoire pour défendre les raisons qui avaient conduit l'immense majorité des Irlandais, dans un plébiscite, à rompre leurs liens avec la Grande-Bretagne et à proclamer leur indépendance. La nouvelle Irlande voulait maintenir des relations d'amitié et de coopération avec les États-Unis, avec qui elle partageait l'adhésion à la démocratie et où vivait une vaste communauté d'origine irlandaise.

Roger Casement s'acquitta de ses obligations de façon impeccable. L'audience devait prendre une demi-heure mais dura trois fois plus, car le président Taft lui-même, qui écouta avec grande attention son rapport sur la situation des indigènes au Putumayo, le soumit à un interrogatoire minutieux et lui demanda son avis sur la meilleure façon d'obliger le gouvernement péruvien à mettre fin aux crimes dans les caoutchouteries. La suggestion de Roger que les États-Unis ouvrent à Iquitos un consulat qui travaillerait, conjointement avec le britannique, à dénoncer les abus, fut bien reçue par l'homme d'État. Et en effet, quelques semaines après, les États-Unis devaient envoyer un diplomate de carrière, Stuart J. Fuller, comme consul à Iquitos.

Plus que les mots qu'il entendit, c'est la surprise et l'indignation avec lesquelles le président Taft et ses collaborateurs écoutèrent son récit qui convainquirent Roger que les États-Unis, dorénavant, collaboreraient de façon décidée avec l'Angleterre pour dénoncer la situation des indigènes amazoniens.

À Londres, bien que toujours affecté par la fatigue et ses vieilles misères physiques, il se consacra corps et âme à compléter son nouveau rapport pour le Foreign Office, en montrant que les autorités péruviennes n'avaient pas fait les réformes promises et que la Peruvian Amazon Company avait boycotté toutes les initiatives, rendant la vie impossible au juge Carlos A. Valcárcel et retenant à la préfecture le rapport de don

Rómulo Paredes — qu'on avait tenté d'assassiner pour avoir décrit avec impartialité ce qu'il avait de ses yeux vu pendant les quatre mois (du 15 mars au 15 juillet) qu'il avait passés dans les caoutchouteries d'Arana. Roger se mit à traduire en anglais une sélection des témoignages, entretiens et documents divers que le directeur d'*El Oriente* lui avait remis à Iquitos. Ce matériel enrichissait considérablement son propre rapport.

Il faisait cela la nuit parce que ses journées étaient entièrement occupées en réunions au Foreign Office où, depuis le chancelier jusqu'aux multiples commissions, on lui demandait rapports, conseils et suggestions sur les diverses idées d'action du gouvernement britannique. Les atrocités qu'une compagnie britannique commettait en Amazonie étaient l'objet d'une campagne énergique qui, lancée par la Société contre l'Esclavage et la revue *Truth*, était maintenant appuyée par la presse libérale et maintes organisations religieuses et humanitaires.

Roger insistait pour que soit publié sans délai son *Rapport sur le Putumayo*. Il avait perdu tout espoir que la diplomatie silencieuse qu'avait tenté de mener le gouvernement britannique auprès du président Leguía serve à quelque chose. En dépit des résistances de quelques secteurs de l'administration, finalement sir Edward Grey accepta ce critère et le cabinet approuva la publication. Le livre s'appellerait le *Blue Book* (Livre bleu). Roger passa nombre de nuits blanches, fumant sans relâche et avalant d'innombrables tasses de café, à revoir mot à mot la dernière rédaction.

Le jour où le texte définitif partit enfin chez l'imprimeur, il se sentait si mal que, craignant qu'il ne lui arrive quelque chose en restant seul, il alla se réfugier chez son amie Alice Stopford Green.

— Tu as l'air d'un squelette, lui dit l'historienne, en lui prenant le bras et le conduisant au salon.

Roger traînait la patte et, la tête vacillante, croyait à tout moment perdre connaissance. Il avait si mal au dos qu'Alice dut lui mettre plusieurs gros coussins pour qu'il puisse s'étendre sur le canapé. Presque aussitôt il s'endormit, ou s'évanouit. Quand il ouvrit les yeux, il vit, assises à son chevet, serrées l'une contre l'autre et lui souriant, sa sœur Nina et Alice.

— On croyait que tu n'allais jamais te réveiller, entendit-il dire l'une d'elles.

Il avait dormi presque vingt-quatre heures. Alice fit venir le médecin de famille, qui diagnostiqua chez Roger un état d'épuisement. Qu'on le laisse dormir. Il ne se rappelait pas avoir rêvé. Quand il essaya de se mettre debout, ses jambes plièrent et il se laissa retomber sur le canapé. « Le Congo ne m'a pas tué, mais l'Amazonie aura raison de moi », pensa-t-il.

Après avoir mangé légèrement, il put se lever et une voiture le conduisit à son appartement de Philbeach Gardens. Il prit un long bain qui le réconforta un peu. Mais il se sentait si faible qu'il dut se recoucher.

Le Foreign Office l'obligea à prendre dix jours de vacances. Il ne voulait pas quitter Londres avant la publication du *Livre bleu,* mais il consentit, enfin, à partir. En compagnie de Nina qui demanda une autorisation d'absence à l'école où elle enseignait, il passa une semaine en Cornouailles. Sa fatigue était si grande qu'il pouvait à peine se concentrer sur la lecture. Son esprit s'évadait en images qui se dissolvaient. Grâce à la vie tranquille et à un régime de santé, il recouvra ses forces. Il put faire de longues promenades dans la campagne, en profitant de quelques journées tièdes. Rien ne pouvait être plus différent de l'aimable paysage civilisé des Cornarailles que celui de l'Amazonie, et pourtant, malgré le bien-être et la sérénité qu'il éprouvait ici, à voir la vie routinière des fermiers, les vaches broutant au pré, les chevaux hennissant à l'écurie, sans nulle menace de bêtes fauves, de serpents ni de moustiques, il se prit un jour à penser que cette nature, qui traduisait des siècles de travail agricole au service de l'homme, peuplée et civilisée, avait perdu sa condition de monde naturel — son âme, diraient les panthéistes —, si on la comparait à ce territoire sauvage, effervescent, indompté et indomptable, de l'Amazonie, où tout semblait être en train de naître et de mourir, monde instable, dangereux, mouvant, où un homme se sentait arraché au présent et rejeté vers le passé le plus lointain, en communication avec les ancêtres, de retour à l'aurore de l'histoire humaine. Et, avec surprise, il découvrit qu'il se rappelait tout cela avec nostalgie, malgré les horreurs qui y étaient attachées.

Le *Livre bleu* sur le Putumayo sortit des presses en juillet 1912. Dès le premier jour il produisit une commotion qui, si l'on prend Londres comme centre, avança en ondes concentriques dans toute l'Europe, les États-Unis et bien d'autres parties du monde, surtout la Colombie, le Brésil et le Pérou. *The Times* lui consacra plusieurs pages et un éditorial où, en même temps qu'il portait aux nues Roger Casement, disant qu'il avait montré une fois de plus des dons exceptionnels de « grand humanitaire », il exigeait des actions immédiates contre cette compagnie britannique et ses actionnaires qui profitaient économiquement d'une industrie pratiquant l'esclavage et la torture et exterminant les peuples indigènes.

Mais l'éloge qui émut le plus Roger fut l'article écrit par son ami et allié de campagne contre le roi des Belges Léopold II, Edmund D. Morel, dans le *Daily*

News. Commentant le *Livre bleu,* ce dernier disait de Roger Casement qu'il « n'avait jamais vu un tel magnétisme chez aucun homme ». Toujours allergique à l'exhibition publique, Roger ne jouissait pas le moins du monde de cette nouvelle vague de popularité. Il se sentait, plutôt, mal à l'aise et s'efforçait de la fuir. Mais c'était difficile, parce que le scandale provoqué par le *Blue Book* avait fait que des dizaines de publications anglaises, européennes et nord-américaines voulaient l'interviewer. Il recevait des invitations à donner des conférences dans des universités, des clubs politiques, des centres religieux et de bienfaisance. Il y eut un service spécial à Westminster Abbey sur le sujet, et le chanoine Herbert Henson prononça un sermon attaquant durement les actionnaires de la Peruvian Amazon Company qui s'enrichissaient en pratiquant l'esclavage, l'assassinat et les mutilations.

Le chargé d'affaires de Grande-Bretagne au Pérou, Des Graz, fit un rapport sur le grand trouble jeté dans les esprits de Lima par les accusations du *Livre Bleu*. Le gouvernement péruvien, craignant un boycott économique contre lui de la part des pays occidentaux, annonça la mise en pratique immédiate des réformes et l'envoi de forces militaires et policières au Putumayo. Mais Des Graz ajoutait que cette fois non plus l'annonce ne serait probablement pas suivie d'effet, car il y avait des secteurs gouvernementaux qui présentaient les faits consignés dans le *Blue Book* comme une conspiration de l'Empire britannique pour favoriser les visées colombiennes sur le Putumayo.

La vague de sympathie et de solidarité avec les indigènes de l'Amazonie que le *Livre bleu* souleva dans l'opinion publique contribua à apporter au projet d'ouvrir une mission catholique au Putumayo beaucoup d'appuis économiques. L'Église anglicane fit quelques objections, mais finit par se laisser convaincre par les arguments de Roger après d'innombrables rencontres, rendez-vous, lettres et dialogues : s'agissant, en effet, d'un pays où l'Église catholique était si enracinée, une mission protestante soulèverait la suspicion et la Peruvian Amazon Company se chargerait de la discréditer en la présentant comme le fer de lance des appétits colonisateurs de la Couronne.

Roger eut en Irlande et en Angleterre des réunions avec des jésuites et des franciscains, deux ordres pour lesquels il avait toujours eu de la sympathie. Il avait lu, depuis son séjour au Congo, les efforts faits dans le passé par la Compagnie de Jésus au Paraguay et au Brésil pour organiser les indigènes, les catéchiser et les rassembler en communautés où, en même temps qu'ils maintenaient leurs traditions de travail en commun, ils pratiquaient un christianisme élémentaire, ce qui avait élevé leur niveau de vie et les avait libérés de l'exploitation et de l'extermination. C'est pourquoi le Portugal avait détruit les missions jésuites et intrigué jusqu'à convaincre l'Espagne et le Vatican que la Compagnie de Jésus était devenue un État dans l'État et représentait un danger pour l'autorité papale et la souveraineté impériale de l'Espagne. Cependant, les jésuites ne se montrèrent guère favorables à ce projet d'une mission amazonienne. En revanche, les franciscains y adhérèrent avec enthousiasme.

C'est ainsi que Roger Casement connut le travail que faisaient dans les quartiers les plus pauvres de Dublin les prêtres-ouvriers franciscains. Ils travaillaient dans les usines et ateliers et vivaient les mêmes difficultés et privations que les travailleurs. En parlant avec eux, en voyant leur dévouement à exercer leur ministère tout en partageant le sort des déshérités, Roger pensa que personne n'était mieux préparé que ces religieux au défi que représentait l'installation d'une mission à La Chorrera et El Encanto.

Alice Stopford Green, avec qui Roger alla fêter dans l'euphorie le départ en Amazonie péruvienne des quatre premiers franciscains irlandais, lui fit remarquer :

— Es-tu sûr de faire encore partie de l'Église anglicane, Roger ? Tu ne t'en rends peut-être pas compte, mais tu es sur la voie sans retour d'une conversion papiste.

Parmi les familiers du cercle d'Alice, dans la bibliothèque fournie de sa maison à Grosvenor Road, il y avait des nationalistes irlandais qui étaient anglicans, presbytériens et catholiques. Roger n'avait jamais remarqué parmi eux de frictions ni de disputes. À la suite de cette remarque d'Alice, il se demanda souvent ces jours-là si son rapprochement du catholicisme relevait strictement d'une disposition spirituelle et religieuse ou n'était pas, plutôt, d'essence politique, une façon de s'engager encore plus dans l'option nationaliste puisque l'immense majorité des indépendantistes irlandais étaient catholiques.

Pour échapper d'une manière ou d'une autre au harcèlement dont il était objet en tant qu'auteur du *Blue Book*, il demanda quelques jours de congé au ministère et alla les passer en Allemagne. Berlin produisit chez lui une impression extraordinaire. La société allemande, sous le Kaiser, lui sembla un modèle de modernité, de développement économique, d'ordre et d'efficacité. Bien que brève, cette visite lui permit de concrétiser une vague idée qui tournait dans sa tête depuis quelque temps, au point de devenir l'un des vecteurs de son action politique. Pour conquérir sa liberté, l'Irlande ne pouvait compter sur la compréhension et encore moins la bienveillance de l'Empire britannique. Il le vérifiait ces jours-ci. La simple possibilité que le Parlement anglais discute à nouveau du projet de loi en vue d'accorder à l'Irlande son autonomie (Home Rule), que Roger et ses amis radicaux considéraient comme une concession formelle insuffisante, avait provoqué en Angleterre un rejet patriotard et furibond non seulement des conservateurs, mais aussi de vastes secteurs libéraux et progressistes, et même de syndicats ouvriers et de corporations d'artisans. En Irlande, la perspective que l'île puisse jouir d'une autonomie administrative et d'un Parlement propre avait fiévreusement mobilisé les unionistes de l'Ulster. Les meetings se multipliaient, l'armée de Volontaires se constituait, on faisait des collectes publiques afin d'acheter des armes et des dizaines de milliers de personnes avaient souscrit à un Pacte dans lequel les Irlandais du Nord proclamaient qu'ils ne respecteraient pas le Home Rule s'il était approuvé et qu'ils défendraient l'appartenance de l'Irlande à l'Empire les armes à la main et au prix de leur vie. Dans ces circonstances, pensa Roger, les indépendantistes devaient rechercher la solidarité de l'Allemagne. Les ennemis de nos ennemis sont nos amis et l'Allemagne était le rival le plus caractérisé de l'Angleterre. En cas de guerre, une défaite militaire de la Grande-Bretagne ouvrirait une possibilité unique pour l'Irlande de s'émanciper. Ces jours-là, Roger se répéta bien des fois le vieux proverbe nationaliste : « Le malheur de l'Angleterre est le bonheur de l'Irlande. »

Mais, tandis qu'il arrivait à ces conclusions politiques qu'il ne partageait qu'avec ses amis nationalistes lors de ses voyages en Irlande, ou, à Londres, chez Alice Stopford Green, c'est l'Angleterre qui lui manifestait son affection et son admiration pour ce qu'il avait fait. Se le rappeler le mettait mal à l'aise.

Pendant tout ce temps, en dépit des efforts désespérés de la Peruvian Amazon Company pour l'éviter, il était devenu chaque jour plus évident que l'entreprise de Julio C. Arana était menacée. Son discrédit fut accentué par un scandale qui se produisit quand Horace Thorogood, un journaliste du *Morning Leader*, qui s'était rendu au siège de la Compagnie à la City pour tenter d'en interviewer les directeurs, reçut de l'un d'eux, Abel Larco, beau-frère de Julio C. Arana, une enveloppe avec de l'argent. Le journaliste demanda ce que signifiait ce geste. Larco lui répondit que la Compagnie se montrait toujours généreuse avec ses amis. Le reporter, indigné, rendit l'argent par lequel on prétendait le suborner, dénonça la chose dans son journal et la Peruvian Amazon Company dut faire des excuses publiques, en disant qu'il s'agissait d'un malentendu et que les responsables de la tentative de subornation seraient renvoyés.

Les actions de l'entreprise de Julio C. Arana se mirent à chuter en Bourse de Londres. Et, même si cela venait en partie de la concurrence que faisaient maintenant au caoutchouc amazonien les exportations toutes récentes de caoutchouc en provenance des colonies britanniques d'Asie — Singapour, Malaisie, Java, Sumatra et Ceylan —, planté là-bas à partir de souches venues d'Amazonie, en une audacieuse opération de contrebande, par l'homme de science et aventurier anglais Henry Alexander Wickham, ce qui conditionna vraiment l'effondrement de la Peruvian Amazon Company fut la mauvaise image qu'elle avait acquise aux yeux de l'opinion publique et dans les milieux financiers à la suite de la publication du *Livre bleu*. La Lloyd's lui coupa ses crédits. Beaucoup de banques, dans toute l'Europe et aux États-Unis, suivirent cet exemple. Le boycott du latex de la Peruvian Amazon

Company lancé par la Société contre l'Esclavage et autres organisations priva la Compagnie de maints clients et associés.

Le coup de grâce contre l'empire de Julio C. Arana fut donné par l'installation, à la Chambre des communes, le 14 mars 1912, d'un comité spécial pour enquêter sur la responsabilité de la Peruvian Amazon Company dans les atrocités du Putumayo. Composé de quinze membres et présidé par un prestigieux parlementaire, Charles Roberts, il fonctionna quinze mois. En trente-six séances, vingt-sept témoins furent entendus dans des audiences publiques pleines de journalistes, d'hommes politiques, de membres de sociétés laïques et religieuses, parmi lesquelles la Société contre l'Esclavage et son président, le missionnaire John Harris. Journaux et revues firent des comptes rendus prolixes de ces réunions, et il y eut d'abondants articles, caricatures, ragots et blagues pour les commenter.

Le témoin le plus attendu et dont la présence attira le plus de public fut sir Roger Casement. Il passa devant la commission le 13 novembre et le 11 décembre 1912. Il décrivit avec précision et sobriété ce qu'il avait vu de ses propres yeux dans les caoutchouteries : les ceps, le grand instrument de torture dans tous les comptoirs, les dos couverts de cicatrices dues aux flagellations, les fouets et les fusils Winchester que portaient les contremaîtres et les *muchachos* ou *racionales* chargés de maintenir l'ordre et de donner l'assaut aux tribus dans leurs « raids », et le régime d'esclavage, la surexploitation et la famine auxquels étaient soumis les indigènes. Il résuma, ensuite, les témoignages des Barbadiens, dont la véracité, souligna-t-il, était garantie par le fait que presque tous avaient reconnu être auteurs de tortures et d'assassinats. À la demande des membres de la commission, il expliqua également le système machiavélique en vigueur : les chefs des comptoirs ne recevaient pas de salaires mais des commissions sur le caoutchouc collecté, ce qui les incitait à exiger toujours plus des collecteurs pour accroître leurs gains.

Lors de sa seconde comparution, Roger offrit un spectacle. Sous les yeux surpris des parlementaires, il sortit un à un, d'un grand sac porté par deux huissiers, des objets qu'il avait acquis dans les magasins de la Peruvian Amazon Company au Putumayo. Il démontra comment étaient saignés à blanc les ouvriers indiens à qui, pour les avoir toujours comme débiteurs, la Compagnie vendait à crédit, à des prix plusieurs fois plus élevés qu'à Londres, des objets pour le travail, la vie domestique ou des babioles d'ornement. Il exhiba un vieux fusil à un seul canon dont le prix à La Chorrera était de quarante-cinq shillings. Pour rembourser cette somme un Huitoto ou un Bora auraient dû travailler deux ans, au cas où on leur ait payé ce que gagnait un balayeur d'Iquitos. Il tirait du sac des chemises de toile écrue, des pantalons de coutil, de la verroterie multicolore, des blagues à poudre, des ceintures en fibre, des forets, des lampes à huile, des chapeaux de paille, des onguents contre les piqûres, en clamant le prix auquel ces ustensiles pouvaient être acquis en Angleterre. Les yeux des parlementaires s'écarquillaient d'indignation et d'effroi. Ce fut pire encore lorsque sir Roger fit circuler devant Charles Roberts et les autres membres de la commission des dizaines de photographies prises par lui-même à El Encanto, La Chorrera et autres comptoirs du Putumayo : on y voyait les dos et les fesses avec la « marque d'Arana » en forme de cicatrices et de plaies, les cadavres à moitié mangés par les bêtes pourrissant dans la brousse, l'incroyable maigreur des hommes, femmes et enfants qui, malgré leur minceur squelettique, portaient sur leur tête de grands boudins de caoutchouc solidifié, les ventres gonflés de parasites des nouveau-nés promis à la mort. Ces photos constituaient un témoignage sans appel de la condition d'êtres qui vivaient presque sans s'alimenter, maltraités par des gens avides dont le seul but dans la vie était d'extraire de plus en plus de caoutchouc, fût-ce au prix de faire mourir de consomption des peuplades entières.

Un aspect pathétique des séances fut l'interrogatoire des directeurs britanniques de la Peruvian Amazon Company, où brilla par sa pugnacité et sa subtilité l'Irlandais Swift McNeill, le vieux parlementaire du South Donegal. Celui-ci prouva sans l'ombre d'un doute que de distingués hommes d'affaires, tels que Henry M. Read et John Russell Gubbins, phares de la société londonienne, et des aristocrates ou des rentiers, comme sir John Lister-Kaye et le baron de Souza-Deiro, étaient totalement désinformés de ce qui se passait dans la Compagnie de Julio C. Arana, aux conseils d'administration de laquelle ils siégeaient et dont ils signaient les actes, en touchant de grosses sommes d'argent. Même quand l'hebdomadaire *Truth* s'était mis à publier les dénonciations de Benjamín Saldaña Roca et de Walter Hardenburg, ils n'avaient pas cherché à vérifier ce qu'il y avait de vrai dans ces accusations. Ils s'étaient contentés des explications fournies par Abel Larco ou Julio C. Arana lui-même, qui consistaient à accuser les accusateurs d'être des maîtres chanteurs aigris de n'avoir pas reçu de la Compagnie l'argent qu'ils prétendaient lui soutirer au moyen de menaces. Aucun ne s'était soucié de vérifier sur le terrain si l'entreprise à laquelle ils prêtaient le prestige de leur nom commettait ces crimes. Pis encore, pas un seul n'avait pris la peine d'examiner les papiers, comptes, rapports et correspondance d'une compagnie au sein de laquelle ces forfaits avaient laissé des traces dans les archives. Car, et la chose semblait incroyable, Julio C. Arana, Abel Larco et autres dirigeants se sentaient si sûrs d'eux jusqu'à l'éclatement du scandale qu'ils n'avaient pas dissimulé dans leurs livres les traces des mauvais traitements : par exemple, ne pas payer de salaire aux ouvriers indigènes et dépenser d'énormes sommes d'argent à acheter fouets, revolvers et fusils.

Il y eut un moment hautement dramatique quand Julio C. Arana fit sa déposition devant la commission. Sa première comparution avait dû être ajournée, car son épouse Eleonora, qui était à Genève, avait souffert de crises nerveuses dues à la tension dans laquelle vivait une famille qui, après avoir escaladé les plus hautes positions, voyait maintenant s'effondrer sa situation à toute vitesse. Arana entra dans la Chambre des communes vêtu avec son élégance coutumière et aussi pâle que les victimes des fièvres paludéennes d'Amazonie. Il était entouré d'assistants et de conseillers, mais dans la salle d'audience on ne lui permit de pénétrer qu'avec son avocat. Au début il se montra serein et arrogant. Mais au fur et à mesure que les questions de Charles Roberts et du vieux Swift McNeill le poussaient dans les cordes, il s'empêtra dans des contradictions et des faux pas, que son traducteur faisait l'impossible pour tempérer. Il souleva l'hilarité du public quand, à une question du président de la commission — pourquoi avoir tant de fusils Winchester dans les comptoirs du Putumayo ? Pour les « raids » ou assauts contre les tribus afin d'emmener des gens dans les caoutchouteries ? –, il répondit : « Non, monsieur, pour se défendre des tigres qui abondent dans la région. » Il tentait de tout nier, mais reconnaissait soudain que, oui, c'est vrai, il avait entendu dire une fois qu'une femme indigène avait été brûlée vive. Mais cela faisait si longtemps. Les exactions, si elles avaient été commises, appartenaient toujours au passé.

Le caoutchoutier finit sonné pour de bon alors qu'il essayait de discréditer le témoignage de Walter Hardenburg, en accusant l'Américain d'avoir falsifié une lettre de change à Manaus. Swift McNeill l'interrompit pour lui demander s'il aurait l'audace de traiter de « faussaire » Hardenburg en personne — qu'on croyait vivre au Canada. « Oui », répondit Arana. « Eh bien faites-le, rétorqua McNeill, le voici. » L'arrivée de Hardenburg secoua d'émotion la salle d'audience. Conseillé par son avocat, Arana se rétracta et déclara qu'il n'accusait pas Hardenburg, mais « quelqu'un » d'avoir négocié une fausse lettre de change dans une banque de Manaus. Hardenburg démontra que tout cela était un piège tendu par la Compagnie d'Arana pour le discréditer, en utilisant un individu aux lourds antécédents appelé Julio Muriedas, qui se trouvait actuellement détenu à Pará pour escroquerie.

Dès lors Arana s'effondra. Il se borna à fournir des réponses hésitantes et confuses à toutes les questions, mettant en évidence son malaise et surtout le manque de véracité comme trait le plus patent de son témoignage.

En plein travail de la commission parlementaire une nouvelle catastrophe s'abattit sur le chef d'entreprise. Le juge Swinfen Eady, de la cour supérieure de Justice, à la demande d'un groupe d'actionnaires décréta la cessation immédiate des affaires de la Peruvian Amazon Company. Le juge déclarait que la Compagnie obtenait des bénéfices « en collectant du caoutchouc de la façon la plus atroce qu'on puisse imaginer » et que « si M. Arana ne savait pas ce qui se passait, sa responsabilité était d'autant plus grave, car lui, plus que personne, avait l'obligation absolue de connaître la situation sur ses domaines ».

Le rapport final de la commission parlementaire ne fut pas moins lapidaire. Il conclut que : « Le sieur Julio C. Arana, tout comme ses associés, a eu connaissance des atrocités perpétrées par ses agents et employés au Putumayo et en est, par conséquent, le principal responsable. »

Quand la commission rendit public son rapport, qui scella le discrédit final de Julio C. Arana et précipita la ruine de l'empire qui avait fait de cet humble habitant de Rioja un homme riche et puissant, Roger Casement avait déjà commencé à oublier l'Amazonie et le Putumayo. Les affaires d'Irlande étaient redevenues son principal souci. Après qu'il eut pris de brèves vacances, le Foreign Office lui ayant proposé de retourner au Brésil comme consul général à Rio de Janeiro, il avait donné son accord de principe. Mais il différa son départ et, malgré les divers prétextes qu'il donnait au ministère et se donnait à lui-même, la vérité était qu'il avait décidé au fond de son cœur de ne plus jamais servir comme diplomate, ni à un autre poste, la Couronne britannique. Il voulait rattraper le temps perdu, investir son intelligence et son énergie dans la lutte qui allait être dès lors le but exclusif de sa vie : l'émancipation de l'Irlande.

Aussi suivit-il de loin, sans trop s'y intéresser, les avatars terminaux de la Peruvian Amazon Company et de son propriétaire. Les séances de la commission établirent clairement, de l'aveu même du directeur général, Henry Lex Gielgud, que l'entreprise de Julio C. Arana ne possédait aucun titre de propriété sur les terres du Putumayo, qu'elle les exploitait seulement « par droit d'occupation », ce qui accrut la méfiance des banques et autres créanciers. Ils firent aussitôt pression sur leur débiteur, exigeant de lui qu'il s'acquitte des paiements et engagements en cours (envers la seule City ses dettes s'élevaient à plus de deux cent cinquante mille livres sterling). Menaces de saisie et de liquidation judiciaire de ses biens se mirent à pleuvoir. Protestant publiquement que, pour sauver son honneur, il paierait jusqu'au dernier centime, Arana mit en vente sa demeure londonienne de Kensington Road, sa villa de Biarritz et sa maison de Genève. Mais, comme le produit de ces ventes ne fut pas suffisant pour apaiser ses créanciers, ceux-ci obtinrent sur ordre judiciaire le gel de ses dépôts et comptes bancaires en Angleterre. En même temps que sa fortune personnelle se désintégrait, le déclin de ses affaires se poursuivait inexorablement. La chute du prix du caoutchouc amazonien du fait de la concurrence du caoutchouc asiatique fut parallèle à la décision de nombreux importateurs européens et américains de ne plus acheter de caoutchouc péruvien jusqu'à ce que preuve soit faite, par une commission internationale indépendante, que l'esclavage, les tortures et les assauts dans les tribus avaient cessé, que dans les comptoirs caoutchoutiers l'on payait un salaire aux indigènes collecteurs de latex et que la législation du travail en vigueur en Angleterre et aux États-Unis y était respectée.

Il n'y eut pas lieu de seulement songer à répondre à ces exigences chimériques. La fuite des principaux contremaîtres et chefs des comptoirs du Putumayo, terrifiés à l'idée d'être incarcérés, avait plongé la région dans un état d'anarchie absolue. Beaucoup d'indigènes — des communautés entières — en ayant profité pour décamper aussi, la collecte du caoutchouc avait été réduite à sa plus simple expression, pour bientôt cesser complètement. Les fugitifs étaient partis en saccageant magasins et bureaux, et en emportant tout ce qui avait quelque prix, armes et vivres principalement. On sut ensuite que l'entreprise, effrayée par la possibilité que ces assassins en fuite deviennent, dans de possibles futurs procès, des témoins à charge contre elle, leur avait remis des sommes importantes pour faciliter leur cavale et acheter leur silence.

Quant à Iquitos, Roger Casement suivit son effondrement par les lettres de son ami George Michell, le consul de Grande-Bretagne. Celui-ci lui raconta comment fermaient les hôtels, les restaurants et ces boutiques où l'on vendait naguère des articles importés de Paris et de New York, comment le champagne qui naguère coulait à flots avait disparu comme par enchantement, de même que le whisky, le cognac, le porto et le vin. Dans les bars et les bordels ne circulaient maintenant que de l'eau-de-vie qui raclait la gorge et des breuvages d'origine suspecte, de prétendus aphrodisiaques qui, souvent, au lieu d'attiser les désirs sexuels, brûlaient comme de la dynamite l'estomac des imprudents.

Tout comme à Manaus, la chute de la Casa Arana et du caoutchouc avait produit à Iquitos une crise généralisée, aussi fulgurante que la prospérité connue par la ville trois lustres durant. Les premiers à émigrer avaient été les étrangers — commerçants, explorateurs, trafiquants, propriétaires de tavernes, employés, techniciens, prostituées, maquereaux et maquerelles — qui s'en étaient retournés dans leur pays ou étaient partis à la recherche de terres plus propices que celle-ci qui s'enfonçait dans la ruine et l'isolement.

La prostitution ne disparut pas, mais changea de main. Les prostituées brésiliennes s'éclipsèrent, ainsi que celles qui se disaient « françaises » et étaient généralement polonaises, flamandes, turques ou italiennes.

Elles furent remplacées par des métisses ou des Indiennes, dont beaucoup de fillettes et d'adolescentes, qui avaient travaillé comme domestiques et perdu leur emploi parce que leurs maîtres étaient eux aussi partis vers un horizon meilleur ou qu'avec la crise économique ils ne pouvaient plus les habiller ni leur donner à manger. Le consul de Grande-Bretagne, dans l'une de ses lettres, faisait une description pathétique de ces petites Indiennes de quinze ans, squelettiques, faisant le trottoir au môle d'Iquitos outrageusement maquillées, en quête de clients. Journaux et revues disparurent, et même le bulletin hebdomadaire annonçant le départ et l'arrivée des bateaux parce que le transport fluvial, naguère si intense, avait diminué jusqu'à presque cesser. Ce qui scella l'isolement d'Iquitos, sa rupture d'avec ce vaste monde avec lequel, au long de quinze années, le commerce avait été si intense, fut la décision de la Booth Line de réduire progressivement le trafic de ses lignes de fret et de passagers. Quand le mouvement des bateaux s'arrêta tout à fait, le cordon ombilical qui reliait Iquitos au monde fut coupé. La capitale du Loreto remonta le temps pour redevenir, en quelques années, un bourg perdu et oublié au cœur de la plaine amazonienne.

Un jour, à Dublin, Roger Casement, qui était allé voir un médecin pour ses douleurs arthritiques, aperçut en foulant la pelouse humide de St. Stephen's Green un franciscain qui le saluait de la main. C'était un des quatre missionnaires — les prêtres-ouvriers — qui étaient partis au Putumayo fonder une mission. Ils s'assirent pour bavarder sur un banc, près de l'étang aux canards et aux cygnes. L'expérience des quatre religieux avait été très dure. L'hostilité rencontrée à Iquitos de la part des autorités, qui obéissaient aux ordres de la Compagnie d'Arana, ne les avait pas fait reculer — aidés en cela par les pères augustins —, pas plus que les crises de malaria ni les piqûres des insectes qui, les premiers mois au Putumayo, avaient mis à l'épreuve leur esprit de sacrifice. Malgré les obstacles et les contretemps, ils avaient réussi à s'installer aux alentours d'El Encanto, dans une cabane semblable à celles que construisaient les Huitotos dans leurs campements. Leurs relations avec les indigènes, après un début où ceux-ci s'étaient montrés méfiants et renfrognés, avaient été bonnes et même cordiales. Les quatre franciscains s'étaient mis à apprendre le huitoto et le bora, et avaient bâti une église rustique en plein air, avec une toiture en feuilles de palmier au-dessus de l'autel. Mais, soudain, était survenue cette fuite généralisée de gens de toute condition. Chefs et employés, artisans et gardiens, domestiques et ouvriers indiens avaient pris la poudre d'escampette comme expulsés par une force maligne ou quelque calamité panique. Se retrouvant seuls, les quatre franciscains connurent des jours de plus en plus difficiles. L'un d'eux, le père McKey, contracta le béribéri. Alors, après de longues discussions, ils avaient eux aussi choisi de quitter ce lieu qui semblait frappé de malédiction divine.

Le retour des quatre franciscains avait été un voyage homérique et un chemin de croix. Avec la diminution radicale des exportations de caoutchouc, le désordre et le dépeuplement des comptoirs, le seul moyen de transport pour quitter le Putumayo, qui était les bateaux de la Peruvian Amazon Company, surtout le *Liberal*, s'était interrompu du jour au lendemain, sans crier gare. De sorte que nos quatre missionnaires furent coupés du monde, échoués dans un lieu abandonné et avec l'un des leurs gravement malade. Quand le père McKey mourut, ses compagnons l'enterrèrent sous un petit tertre et mirent sur sa tombe une inscription en quatre langues : gaélique, anglais, huitoto et espagnol. Puis ils s'en allèrent, au petit bonheur la chance. Des indigènes les aidèrent à descendre le fleuve Putumayo en pirogue jusqu'à son confluent avec le Yavarí. Dans cette longue traversée l'embarcation chavira à deux reprises et ils durent atteindre le rivage à la nage. Ainsi perdirent-ils le peu d'affaires qu'ils avaient. Sur le Yavarí, après une longue attente, un bateau accepta de les conduire jusqu'à Manaus à condition de ne pas occuper de cabines. Ils dormirent sur le pont et, du fait des pluies, le plus âgé des trois missionnaires, le père O'Nety, attrapa une pneumonie. À Manaus, enfin, deux semaines plus tard, ils trouvèrent un couvent franciscain pour les accueillir. Là mourut, malgré les soins de ses compagnons, le père O'Nety. Il fut enterré dans le cimetière du couvent. Les deux survivants, après s'être remis de leur désastreuse aventure, furent rapatriés en Irlande. Ils avaient maintenant retrouvé leur travail parmi les travailleurs industriels de Dublin.

Roger resta un bon moment assis sous les arbres feuillus de St. Stephen's Green. Il essaya d'imaginer le nouvel aspect de cette immense région du Putumayo avec la disparition des comptoirs, la fuite des indigènes et des employés, gardiens et assassins de la Compagnie de Julio C. Arana. Fermant les yeux, il laissa son imagination divaguer. La féconde nature avait dû recouvrir d'arbustes, de lianes, de buissons, de fourrés, toutes les clairières et terre-pleins et, avec le retour de la végétation, les animaux devaient revenir y nicher. Le lieu était sûrement plein de chants d'oiseaux, de sifflements, grognements, criaillements de perroquets, singes, serpents, cochons d'eau, pauxi pauxi et jaguars. La pluie et les effondrements de terrain aidant, d'ici quelques années il ne resterait plus trace de ces établissements où la cupidité et la cruauté humaines avaient causé tant de souffrances, de mutilations et de morts. Le bois des constructions pourrirait sous les pluies et les maisons s'effondreraient avec leurs poutres mangées par les termites. Quantité de bestioles creuseraient leur terrier et trouveraient refuge parmi ces décombres. Dans un futur pas très lointain la forêt aurait effacé toute trace humaine.

IRLANDE

XIII

Il se réveilla, à la fois effrayé et surpris. Parce que, dans le chaos qu'étaient ses nuits, il avait été bouleversé, au cours de cette dernière, par l'apparition en rêve de son ami — ex-ami à présent — Herbert Ward. Non pas en Afrique, où ils s'étaient connus quand ils travaillaient tous deux dans l'expédition de sir Henry Morton Stanley, ni ensuite, à Paris, où Roger avait plusieurs fois rendu visite à Herbert et Sarita, mais dans les rues de Dublin et, pour comble, au milieu du vacarme, des barricades, des coups de feu, des canonnades et du grand sacrifice collectif de Pâques. Herbert Ward parmi les insurgés irlandais, les Irish Volunteers et l'Irish Citizen Army, à se battre pour l'indépendance de l'Eire ! Comment l'esprit humain pouvait-il, dans l'abandon du sommeil, échafauder des fantaisies aussi absurdes ?

Il se rappela que, peu de jours auparavant, le cabinet britannique s'était réuni sans prendre de décision sur son recours en grâce. C'était son avocat, George Gavan Duffy, qui le lui avait fait savoir. Que se passait-il ? Pourquoi ce nouvel ajournement ? Gavan Duffy y voyait un signe favorable : il y avait des dissensions parmi les ministres, on n'obtenait pas l'unanimité indispensable. Il restait, donc, de l'espoir. Mais espérer, c'était mourir à petit feu chaque jour, chaque heure, chaque minute.

Le souvenir d'Herbert Ward lui fit de la peine. Ils ne seraient plus jamais amis. La mort de son fils Charles, si jeune, si beau, si vigoureux, sur le front de Neuve-Chapelle, en janvier 1916, avait ouvert entre eux un gouffre que rien ne comblerait. Herbert était le seul ami véritable qu'il se soit fait en Afrique. Il avait vu d'emblée en cet homme un peu plus âgé que lui, à la personnalité hors du commun, ayant roulé sa bosse — Nouvelle-Zélande, Australie, San Francisco, Bornéo –, à la culture très supérieure à celle de tous les Européens qui les entouraient, y compris Stanley, quelqu'un avec qui apprendre beaucoup de choses et partager inquiétudes et aspirations. Contrairement aux autres Européens recrutés par Stanley pour cette expédition au service de Léopold II, qui n'aspiraient qu'à tirer de l'Afrique argent et pouvoir, Herbert aimait l'aventure pour l'aventure. C'était un homme d'action, mais il avait une passion pour l'art et approchait les Africains avec une curiosité respectueuse. Il s'enquérait de leurs croyances, coutumes et objets religieux, de leurs vêtements et parures, qui l'intéressaient d'un point de vue non seulement esthétique et artistique, mais aussi intellectuel et spirituel. Déjà à l'époque, à ses moments libres, Herbert dessinait et faisait de petites sculptures sur des motifs africains. Dans leurs longues conversations du soir, tout en montant les tentes, en préparant leur ordinaire et se disposant à se remettre des marches et des difficultés de l'étape, il confiait à Roger qu'il laisserait un jour tomber toutes ces activités pour se contenter d'être sculpteur et mener une vie d'artiste, à Paris, « la capitale mondiale de l'art ». Cet amour de l'Afrique ne l'avait jamais abandonné. Au contraire, la distance et le temps l'avaient augmenté. Il pensa à la demeure londonienne des Ward, au 53 Chester Square, pleine d'objets africains. Et surtout à leur studio de Paris aux murs couverts de lances, javelots, flèches, boucliers, masques, pagaies et couteaux de toutes formes et toutes dimensions. Au milieu des têtes de fauves empaillées posées sur le sol et des peaux d'animaux couvrant les fauteuils de cuir, ils avaient passé des nuits entières à évoquer leurs voyages en Afrique. Francis, la fille des Ward, qu'ils surnommaient Cricket (« Sauterelle »), encore une enfant, revêtait parfois des tuniques, colliers et bijoux indigènes et exécutait une danse bakongo que ses parents accompagnaient de battements de mains et d'une mélopée monotone.

Herbert était une des rares personnes à qui Roger avait confié sa déception à l'égard de Stanley, de Léopold II, de l'idée qui l'avait mené en Afrique : que l'Empire et la colonisation ouvriraient aux Africains les voies de la modernisation et du progrès. Herbert partageait pleinement son point de vue, s'étant rendu compte que la véritable raison de la présence des Européens en Afrique n'était pas d'aider l'Africain à sortir du paganisme et de la barbarie, mais de l'exploiter avec une cupidité qui ne connaissait de bornes ni dans l'injustice ni dans la cruauté.

Mais Herbert Ward n'avait jamais pris très au sérieux la progressive conversion de Roger à l'idéologie nationaliste. Il le taquinait souvent, de la façon affectueuse qui lui était propre, le mettant en garde contre le patriotisme de pacotille — drapeaux, hymnes, uniformes — qui, lui disait-il, représentait toujours, à plus ou moins long terme, une régression vers le provincialisme, l'esprit de clocher et la distorsion des valeurs universelles. Cependant, ce citoyen du monde, comme

Herbert aimait à s'appeler, avait réagi devant la violence démesurée de la guerre mondiale en se réfugiant lui aussi dans le chauvinisme, comme tant de millions d'Européens. Sa lettre de rupture d'amitié avec lui était pleine de ce sentiment cocardier dont il se moquait jadis, de cet amour du drapeau et du terroir qu'il trouvait autrefois primaire et méprisable. S'imaginer Herbert Ward, cet Anglais parisien, mêlé aux hommes du Sinn Féin d'Arthur Griffith, de l'Armée du Peuple de James Connolly et aux Volontaires de Patrick Pearse, faisant le coup de feu dans les rues de Dublin pour l'indépendance de l'Irlande, quelle idée saugrenue ! Et pourtant, tout en attendant le lever du jour allongé sur l'étroit grabat de sa cellule, Roger se dit qu'il y avait, après tout, un certain sens au fond de ce non-sens, puisque, dans le sommeil, son esprit avait tenté de réconcilier deux choses qu'il aimait et qui lui manquaient : son ami et son pays.

De bon matin, le *sheriff* vint lui annoncer de la visite. Roger sentit son cœur s'accélérer en entrant au parloir et en apercevant, assise sur l'unique banquette de la petite pièce, Alice Stopford Green. Dès qu'elle le vit, l'historienne se leva et vint l'embrasser en souriant.

— Alice, chère Alice, lui dit Roger. Quelle joie de te voir ! J'ai bien cru qu'on ne se reverrait plus. Du moins ici-bas.

— Il n'a pas été facile d'obtenir cette seconde autorisation, dit Alice. Mais, tu vois, mon entêtement a fini par les persuader. Tu ne sais pas à combien de portes il a fallu que je frappe.

Sa vieille amie, vêtue d'ordinaire avec une élégance étudiée, portait maintenant, contrairement à sa précédente visite, une robe fripée, sur la tête un foulard mis n'importe comment, dont s'échappaient des mèches grises. Aux pieds, des chaussures maculées de boue. Et non seulement sa mise s'était appauvrie, mais son expression aussi révélait fatigue et découragement. Que lui était-il arrivé en quelques jours pour un pareil changement ? Scotland Yard avait-il recommencé à l'ennuyer ? Elle fit signe que non, haussant les épaules, comme si ce vieil épisode était sans importance. Elle n'aborda pas la question du recours en grâce et de son renvoi au prochain conseil des ministres. Roger, supposant qu'elle ne savait encore rien à ce sujet, s'abstint lui aussi de le mentionner. Il lui raconta plutôt le rêve absurde qu'il avait fait, en imaginant Herbert Ward parmi les rebelles irlandais au milieu des accrochages et des combats de Pâques, en plein Dublin.

— Des nouvelles filtrent, dit Alice, on apprend peu à peu comment les choses se sont passées, et Roger remarqua que la voix de son amie s'attristait et s'emportait tout à la fois.

Et il s'aperçut aussi que, en les entendant parler du soulèvement irlandais, le *sheriff* et le gardien qui se tenaient près d'eux en leur tournant le dos se redressaient et, sans doute, tendaient l'oreille. Il craignit que le *sheriff* ne leur fasse remarquer qu'il était interdit de parler de cette question, mais il ne le fit pas.

— Alors tu sais quelque chose de plus, Alice ? l'interrogea-t-il, en baissant la voix jusqu'au murmure.

Il vit l'historienne pâlir un peu en même temps qu'elle acquiesçait. Elle observa un long silence avant de répondre, comme si elle se demandait si elle devait troubler son ami en abordant un sujet douloureux pour lui ou comme si, plutôt, elle avait tant de choses à dire à ce propos qu'elle ne savait par où commencer. Enfin, elle prit le parti de lui répondre que, bien qu'ayant entendu et continuant à entendre quantité de versions de ce que l'on avait vécu à Dublin et dans quelques autres villes d'Irlande la semaine de l'Insurrection — affirmations contradictoires, faits concrets mêlés d'imaginaire, mythes, réalités, exagérations et inventions, comme chaque fois qu'un événement majeur agitait tout un peuple — elle donnait surtout crédit au témoignage d'Austin, un de ses neveux, frère capucin, qui venait d'arriver à Londres. C'était une source de première main, car il se trouvait là-bas, à Dublin, en pleine échauffourée, comme infirmier et secours spirituel, à aller et venir du General Post Office (GPO), le quartier général d'où Patrick Pearse et James Connolly dirigeaient le soulèvement, aux tranchées de St. Stephen's Green, où la comtesse Constance Markievicz commandait les actions, avec un pistolet de boucanier et son impeccable uniforme de Volontaire, et des barricades élevées dans la Jacob's Biscuit Factory (fabrique de Galettes Jacob) aux locaux du Boland's Mill (moulin de Boland) occupés par les rebelles sous les ordres d'Eamon De Valera, avant leur encerclement par les troupes anglaises. Le témoignage de frère Austin, pensait Alice, était celui qui s'approchait vraisemblablement le plus de cette insaisissable vérité que seuls les historiens à venir dévoileraient totalement.

Il y eut à nouveau un long silence que Roger n'osa interrompre. Il n'y avait que quelques jours qu'il l'avait vue, mais Alice semblait vieillie de dix ans. Elle avait des rides au front et au cou, ses mains s'étaient couvertes de taches de son. Ses yeux si clairs ne brillaient plus. Il la sentit très triste mais il savait qu'Alice ne pleurerait pas devant lui. Ne serait-ce pas que son recours en grâce avait été rejeté et qu'elle n'avait pas le courage de le lui dire ?

— Ce qui a le plus frappé mon neveu, ajouta Alice, ce ne sont pas les coups de feu, les bombes, les blessés, le sang, les flammes des incendies, la fumée qui les empêchait de respirer, mais, tu sais quoi, Roger ? la confusion. L'immense, l'énorme confusion qui a régné toute la semaine dans les rangs des révolutionnaires.

— La confusion ? répéta Roger, tout bas.

Il ferma les yeux, essayant de la voir, de l'entendre et de la sentir.

— L'immense, l'énorme confusion, dit encore Alice, avec emphase. Ils étaient prêts à se faire tuer et, en même temps, ils ont vécu des moments d'euphorie. Des moments incroyables. D'orgueil. De liberté. Même si aucun d'entre eux, autant parmi les meneurs que parmi les combattants, ne savait jamais exactement ni ce qu'ils faisaient ni ce qu'ils voulaient faire. C'est ce que dit Austin.

— Savaient-ils au moins pourquoi les armes qu'ils attendaient n'étaient pas arrivées ? murmura Roger, en remarquant qu'Alice s'absorbait une fois de plus dans un long silence.

— Ils ne savaient rien de rien. On entendait parmi eux les choses les plus fantastiques. Personne ne pouvait les démentir, parce que personne ne savait quelle était la situation véritable. Il circulait des rumeurs extraordinaires auxquelles tout le monde ajoutait foi, parce qu'ils avaient besoin de croire qu'il existait une issue à la situation désespérée où ils se trouvaient. Qu'une armée allemande s'approchait de Dublin, par exemple. Que des compagnies, voire des bataillons entiers, avaient débarqué en divers points de l'île et avançaient vers la capitale. Que, dans l'intérieur, à Cork, à Galway, à Wexford, à Meath, à Tralee, partout, même en Ulster, les Volontaires et la Citizen Army s'étaient soulevés par milliers, avaient occupé casernes et postes de police, et convergeaient de tous côtés vers Dublin, avec des renforts pour les assiégés. Ils combattaient à moitié morts de faim et de soif, déjà presque sans munitions, et plaçaient tous leurs espoirs dans l'irréalité.

— Je savais que cela allait se passer, dit Roger. Je ne suis pas arrivé à temps pour arrêter cette folie. Voilà maintenant la liberté de l'Irlande plus loin que jamais, à nouveau.

— Eoin MacNeill a tenté de les retenir, quand il a été au courant, dit Alice. Le commando militaire de l'IRB l'avait laissé dans le noir sur les plans de l'Insurrection, parce qu'il était opposé à une action armée en l'absence de soutien allemand. Quand il a appris que le commandement militaire des Volontaires, de l'IRB et de l'Irish Citizen Army avait convoqué les gens pour des manœuvres militaires le dimanche des Rameaux, il a lancé un contrordre interdisant cette marche, et aux compagnies de Volontaires de sortir dans la rue en l'absence d'autres instructions signées de lui. Cela a engendré une grande confusion. Des centaines, des milliers de Volontaires sont restés chez eux. Beaucoup ont essayé de contacter Pearse, Connolly, Clarke, sans succès. Après quoi, ceux qui avaient obéi au contrordre de MacNeill ont été obligés de se croiser les bras pendant que les autres se faisaient tuer. C'est pourquoi beaucoup de Sinn Féin et de Volontaires haïssent à présent MacNeill et le considèrent comme un traître.

Elle se tut à nouveau, et Roger se plongea dans ses pensées. Eoin MacNeill un traître ! Quelle stupidité ! Il imagina l'initiateur de la Ligue gaélique, l'éditeur du *Gaelic Journal*, l'un des fondateurs des Irish Volunteers, qui avait consacré sa vie à lutter en faveur de la survivance de la langue et de la culture irlandaises, accusé de trahir ses frères pour avoir voulu empêcher ce soulèvement romantique condamné à l'échec. Dans la prison où on l'avait enfermé il était peut-être l'objet de brimades, voire de ce mépris glacial que les patriotes irlandais infligeaient aux tièdes et aux lâches. Il devait être malheureux comme les pierres, cet affable et savant professeur d'université amoureux de la langue, des coutumes et des traditions de son pays. Il se torturait sans doute à se demander : « Ai-je mal fait en lançant ce contrordre ? », « Moi, qui voulais seulement sauver des vies, n'ai-je pas plutôt contribué à l'échec de l'Insurrection en semant le désordre et la division parmi les révolutionnaires ? » Roger sentit qu'il s'identifiait à Eoin MacNeill. Ils se ressemblaient par les positions contradictoires où l'Histoire et les circonstances les avaient placés. Que se serait-il passé si, au lieu d'être arrêté à Tralee, il avait réussi à parler avec Pearse, Clarke et les autres dirigeants du commandement militaire ? Les aurait-il convaincus ? Probablement non. Et, maintenant, peut-être diraient-ils aussi de lui qu'il était un traître.

— Je suis en train de faire ce que je ne devrais pas, mon chéri, dit Alice, avec un sourire forcé. Je te donne seulement les mauvaises nouvelles, la vision pessimiste.

— Peut-il y en avoir une autre après ce qui s'est passé ?

— Oui, il y en a une, affirma l'historienne, d'une voix décidée, en rougissant. J'ai été moi aussi contre ce soulèvement, dans de telles conditions. Et, pourtant...

— Pourtant quoi, Alice ?

— Pendant quelques heures, quelques jours, toute une semaine, l'Irlande a été un pays libre, mon chéri, dit-elle, et Roger crut sentir Alice trembler d'émotion. Une République indépendante et souveraine, avec un président et un gouvernement provisoire. Austin n'était pas encore là-bas quand Patrick Pearse est sorti du bureau de poste et, du haut des marches de l'esplanade, a lu la Déclaration d'Indépendance et de la création du gouvernement constitutionnel de la République d'Irlande, avec leurs sept signatures. Il n'y avait pas grand monde, apparemment. Ceux qui y étaient et l'ont entendu ont dû éprouver quelque chose de très spécial, non, mon chéri ? J'étais contre, je te l'ai dit. Mais quand j'ai lu ce texte je me suis mise à pleurer à chaudes larmes, comme jamais de ma vie. « Au nom de Dieu et des générations disparues, dont elle recueille la vieille tradition de nationalité, l'Irlande, par notre bouche, convoque aujourd'hui ses enfants sous son drapeau et proclame sa liberté... » Tu vois, je l'ai apprise par cœur, oui. Et j'ai regretté de toutes mes forces de n'avoir pas été là-bas, avec eux. Tu le comprends, non ?

Roger ferma les yeux. Il voyait la scène, nette, vibrante. En haut des marches du bureau général des postes, sous un ciel couvert qui menaçait de se répandre en pluie, devant cent, deux cents personnes armées de fusils, de revolvers, de couteaux, de piques, de bâtons, en majorité des hommes, mais aussi bon nombre de femmes, portant des fichus sur la tête, se dressait la mince silhouette, svelte et souffreteuse, de Patrick Pearse, avec ses trente-six ans et son regard aigu, imprégné de cette nietzschéenne « volonté de puissance » qui lui avait toujours permis, surtout depuis qu'à dix-sept ans il était entré dans la Ligue gaélique dont il serait bientôt le leader indiscutable, de surmonter tous les contretemps, la maladie, les répressions, les luttes internes, et de matérialiser le rêve mystique de toute sa vie — le soulèvement armé des Irlandais contre l'oppresseur, le martyre des saints qui rachèterait tout un peuple — en train de lire, de sa voix messianique, magnifiée par l'émotion de l'instant, les mots soigneusement choisis qui mettaient fin à des siècles d'occupation et de servitude, et instauraient une ère nouvelle dans l'histoire de l'Irlande. Il entendit le silence religieux, sacré, que les paroles de Pearse avaient dû susciter dans ce coin du centre de Dublin, encore intact car la fusillade n'avait pas commencé, et vit le visage des Volontaires qui se penchaient aux fenêtres du bâtiment des postes et des édifices voisins de Sackville Street occupés par les rebelles pour contempler la simple et solennelle cérémonie. Il entendit le brouhaha, les applaudissements, les vivats, les hourras dont, à la fin de la lecture des sept noms qui signaient la Déclaration, furent saluées les paroles de Patrick Pearse par les gens de la rue, des fenêtres et des toits, et ressentit la brièveté intense du moment quand Pearse lui-même et les autres dirigeants y mirent fin en expliquant qu'il n'y avait pas de temps à perdre. Il fallait rejoindre son poste, faire son devoir, se préparer à combattre. Il sentit ses yeux se mouiller. Lui aussi s'était mis à trembler. Pour ne pas pleurer, il dit précipitamment :

— Cela a dû être émouvant, bien sûr.

— C'est un symbole et l'Histoire est faite de symboles, acquiesça Alice Stopford Green. Peu importe qu'on ait fusillé Pearse, Connolly, Clarke, Plunkett et les autres signataires de la Déclaration d'Indépendance. Au contraire. Ces exécutions ont baptisé ce symbole dans le sang, lui conférant une auréole d'héroïsme et de martyre.

— Exactement ce que voulaient Pearse et Plunkett, dit Roger. Tu as raison, Alice. Moi aussi j'aurais aimé être là-bas, avec eux.

Presque autant que par cette cérémonie sur le grand escalier extérieur du Post Office, Alice était émue qu'il y ait eu autant de femmes de l'organisation féminine des rebelles, Cumann na mBan, à participer au soulèvement. Cela, le moine capucin l'avait vu de ses propres yeux. Dans tous les postes insurgés, les femmes avaient été chargées par les dirigeants de faire la cuisine pour les combattants, mais ensuite, à mesure que se déchaînaient les combats, le poids même de l'action avait élargi l'éventail de responsabilités de ces militantes de Cumann na mBan, que les fusillades, les bombes et les incendies avaient alors arrachées à leurs cuisines improvisées pour les transformer en infirmières. Elles bandaient les blessés et aidaient les chirurgiens à extraire les balles, suturer les plaies et amputer les membres menacés de gangrène. Mais peut-être le rôle le plus important de ces femmes — adolescentes, adultes, au bord de la vieillesse — avait-il été celui d'estafettes, lorsque, de par l'isolement croissant des barricades et des postes rebelles, il s'était révélé indispensable de recourir aux cuisinières infirmières pour les envoyer, pédalant sur leurs bicyclettes et, quand celles-ci s'étaient raréfiées, courant à toute allure, échanger des messages, des informations orales ou écrites (avec ordre de détruire, brûler ou avaler ces papiers en cas de blessure ou d'arrestation). Frère Austin avait assuré à Alice qu'au long des six jours de l'Insurrection, au milieu des bombardements et des coups de feu, des explosions qui mettaient par terre toits, murs, balcons et faisaient du centre de Dublin un archipel d'incendies et de tas de décombres calcinés et sanguinolents, il n'avait jamais cessé de voir, allant et venant, accrochées à leur guidon comme des amazones à leur monture et pédalant furieusement, ces anges à jupon, sereines, héroïques, imperturbables, insoucieuses des balles, porter les messages et informations qui cassaient la quarantaine que la stratégie de l'armée britannique voulait imposer aux rebelles en les isolant avant de les écraser.

— Quand elles n'ont plus pu servir d'estafettes,

parce que les troupes occupaient les rues et que la circulation était impossible, beaucoup ont pris le revolver et le fusil de leur mari, leur père ou leur frère, et se sont jointes à la lutte, dit Alice. Constance Markievicz n'a pas été la seule à démontrer que nous, les femmes, n'appartenons pas toutes au sexe faible. Elles ont été nombreuses à se battre comme elle et à mourir ou à être blessées les armes à la main.

— Sait-on combien ?

Alice secoua la tête.

— Il n'y a pas de chiffres officiels. Ceux que l'on avance sont pure fantaisie. Mais une chose est sûre. Elles ont combattu. Ils sont bien placés pour le savoir, les militaires britanniques qui les ont arrêtées et traînées à la caserne de Richmond et à la prison de Kilmainham. Ils voulaient les faire passer en cour martiale et les exécuter aussi. Je le sais de très bonne source : un ministre. Le cabinet britannique a été pris de terreur en pensant, avec raison, que si l'on se mettait à fusiller des femmes, c'est l'Irlande tout entière qui prendrait les armes cette fois-ci. Le Premier ministre Asquith a télégraphié en personne au chef militaire à Dublin, sir John Maxwell, en lui interdisant catégoriquement de laisser fusiller une seule femme. C'est ainsi que la comtesse Constance Markievicz a sauvé sa peau. Une cour martiale l'a condamnée à mort, mais sa peine a été commuée en prison à vie sous la pression du gouvernement.

Cependant, tout n'avait pas été qu'enthousiasme, solidarité et héroïsme dans la population civile de Dublin, pendant la semaine de combats. Le moine capucin fut témoin de pillages dans les boutiques et grands magasins de Sackville Street et autres rues du centre, commis par des vagabonds, des vauriens ou simplement des miséreux venus des banlieues voisines, ce qui mit dans une situation difficile les dirigeants de l'IRB, des Volontaires et de l'Armée du Peuple qui n'avaient pas prévu cette dérive délictueuse du soulèvement. Dans quelques cas, les rebelles avaient essayé d'empêcher le pillage des hôtels, au besoin en tirant en l'air pour effrayer les saccageurs qui dévastaient le Gresham Hotel, mais, dans d'autres, ils avaient laissé faire, sidérés par la façon dont ces gens humbles, affamés, pour les intérêts desquels ils croyaient se battre, se retournaient contre eux avec furie pour qu'ils les laissent dévaliser les boutiques élégantes de la ville.

Il n'y eut pas que les voleurs à tenir tête aux rebelles dans les rues de Dublin. Mais aussi de nombreuses mères, épouses, sœurs et filles des policiers et des soldats que les insurgés avaient attaqués, blessés ou tués pendant le soulèvement, des groupes parfois nombreux de femelles intrépides, exaltées par la douleur, le désespoir et la rage. Dans certains cas, ces femmes en étaient venues à se lancer contre les postes rebelles, insultant, criblant de pierres et de crachats les combattants, les maudissant et les traitant d'assassins. Cela avait été l'épreuve la plus difficile pour ceux qui croyaient avoir de leur côté la justice, le bien et la vérité : de découvrir que ceux qui les affrontaient n'étaient pas les chiens de garde de l'Empire, les soldats de l'armée d'occupation, mais d'humbles Irlandaises, aveuglées par la souffrance, qui ne voyaient pas en eux les libérateurs de la patrie, mais les assassins de leurs êtres chers, de ces Irlandais comme eux dont la seule faute était d'être pauvres et de faire ce métier de soldat ou de policier qui sert toujours à gagner leur vie aux déshérités de ce monde.

— Rien n'est entièrement blanc ou noir, mon chéri, commenta Alice. Même dans une cause juste comme celle-ci. Ici aussi apparaissent ces gris douteux qui brouillent tout.

Roger acquiesça. Ce que son amie venait de dire s'appliquait à lui. On avait beau être prévoyant et organiser ses actions avec le maximum de lucidité, la vie, plus complexe que tous les calculs, faisait voler les plans en éclats et les remplaçait par des situations incertaines et contradictoires. N'était-il pas un exemple vivant de ces ambiguïtés ? Ses interrogateurs Reginald Hall et Basil Thomson croyaient qu'il était venu d'Allemagne pour prendre la tête de l'Insurrection, alors que les dirigeants de cette dernière la lui avaient cachée jusqu'au dernier moment parce qu'ils savaient qu'il était hostile à un soulèvement non appuyé par les forces armées allemandes. Pouvait-on trouver plus d'absurdité ?

La démoralisation allait-elle maintenant s'emparer des nationalistes ? Leurs meilleurs cadres, on les avait fusillés ou jetés en prison. Reconstruire le mouvement indépendantiste prendrait un temps incalculable. Les Allemands, à qui tant d'Irlandais, comme lui-même, faisaient confiance, leur avaient tourné le dos. Des années de sacrifice et d'opiniâtreté vouées à l'Irlande, irrémédiablement perdues. Et lui ici, dans une geôle anglaise, avec l'angoisse du résultat d'un recours en grâce qui serait probablement rejeté. N'aurait-il pas mieux valu mourir là-bas, avec ces poètes et ces mystiques, à tirer des balles et en recevoir ? Sa mort n'aurait eu aucune ambiguïté, contrairement à celle qui l'attendait sur le gibet, tel un délinquant de droit commun. « Poètes et mystiques. » Ainsi étaient-ils et ainsi avaient-ils agi, en choisissant, comme foyer du soulèvement, non une caserne ou le Castle de Dublin, citadelle du pouvoir colonial, mais un bâtiment civil, celui des postes, récemment rénové. Un choix de citoyens civilisés, non de politiques ni de militaires. Ils voulaient conquérir la population plutôt que battre les soldats anglais. Joseph Plunkett ne le lui avait-il pas dit le plus clairement du monde, dans leurs discussions de Berlin ? Un soulèvement de poètes et de mystiques animés de l'ardent désir du martyre pour secouer ces masses endormies qui croyaient, comme John Redmond, à la voie pacifique et à la bonne volonté de l'Empire pour obtenir la liberté de l'Irlande. Étaient-ils naïfs ou voyants ?

Il soupira et Alice lui tapota affectueusement le bras :

— Il est à la fois triste et exaltant de parler de ça, n'est-ce pas, cher Roger ?

— Oui, Alice. Triste et exaltant. Parfois, je suis en rage de ce qu'ils ont fait. D'autres fois, je les envie du fond du cœur et j'ai pour eux une admiration sans bornes.

— À vrai dire, je ne fais que penser à ça. Et à toi qui me manques tant, Roger, dit Alice, en glissant son bras sous le sien. Tes idées, ta lucidité me seraient d'un tel secours pour y voir plus clair au milieu de toutes ces ombres. Tu sais quoi ? Pas tout de suite, mais un peu plus tard, quelque chose de bon sortira de ce qui est arrivé. On en voit déjà des signes.

Roger acquiesça, sans comprendre tout à fait ce que l'historienne voulait dire.

— Pour le moment, dans toute l'Irlande les partisans de John Redmond diminuent chaque jour qui passe, ajouta l'historienne. Nous, qui étions en minorité, nous avons maintenant la majorité du peuple irlandais de notre côté. Tu vas croire que j'exagère, mais je te jure que c'est vrai. Les exécutions, les cours martiales, les déportations nous rendent un grand service.

Roger remarqua que le *sheriff*, toujours de dos, bougeait comme s'il allait se retourner vers eux pour les faire taire. Mais cette fois non plus il n'en fit rien. Alice avait l'air optimiste, maintenant. D'après elle, Pearse et Plunkett ne s'étaient peut-être pas tellement fourvoyés. L'on voyait en effet se multiplier chaque jour en Irlande, dans la rue, les églises, les comités de quartier, les corporations, des manifestations spontanées de sympathie pour les martyrs, les fusillés, les condamnés à de lourdes peines de prison, en même temps que d'hostilité envers les policiers et les soldats de l'armée britannique. Ceux-ci faisaient à ce point l'objet d'insultes et de vexations de la part des gens que le gouvernement militaire avait donné instruction aux policiers et soldats de patrouiller toujours en groupe et, en dehors du service, de s'habiller en civil. Car l'hostilité populaire sapait le moral des forces de l'ordre.

Alice estimait que c'était au sein de l'Église catholique que le changement se voyait le plus. La hiérarchie et le gros du clergé avaient toujours manifesté plus de sympathie pour les thèses pacifistes, la politique des petits pas et le Home Rule, de John Redmond et ses partisans de l'Irish Parliamentary Party, que pour le radicalisme séparatiste du Sinn Féin, de la Ligue gaélique, de l'IRB et des Volontaires. Mais l'Insurrection avait changé la donne. Peut-être sous l'influence de l'attitude si religieuse des insurgés pendant la semaine de combats. Les témoignages des prêtres, dont le frère Austin, présents sur les barricades, dans les édifices et locaux transformés en foyers rebelles, étaient éloquents : on avait célébré des messes, avec confessions et communions, et beaucoup de combattants avaient demandé aux religieux de les bénir avant de se mettre à tirer. Les insurgés avaient respecté dans tous les postes l'interdiction absolue de consommer la moindre goutte d'alcool. Pendant les accalmies, les rebelles disaient le chapelet à haute voix, en s'agenouillant. Pas un seul des condamnés à mort, même James Connolly, qui se proclamait socialiste et passait pour athée, n'avait manqué de réclamer l'assistance d'un prêtre avant d'affronter le peloton d'exécution. Dans un fauteuil roulant, ses plaies encore saignantes des balles reçues au combat, Connolly avait été fusillé après avoir baisé un crucifix que lui tendait l'aumônier de la prison de Kilmainham. Depuis le mois de mai se multipliaient dans toute l'Irlande messes d'action de grâces et hommages aux martyrs de Pâques. Tous les dimanches, dans leur prêche, les curés exhortaient leurs paroissiens à prier pour le repos de l'âme des patriotes exécutés et enterrés clandestinement par l'armée britannique. Le commandant militaire, sir John Maxwell, avait élevé une protestation formelle auprès de la hiérarchie catholique, et, au lieu de lui fournir des explications, l'évêque O'Dwyer avait justifié ses prêtres, accusant plutôt le général d'être « un dictateur militaire » et d'agir de façon antichrétienne par ces exécutions et son refus de rendre les corps des fusillés à leur famille. Le fait, surtout, que le gouvernement militaire, sous couvert de la loi martiale suspendant les garanties constitutionnelles, ait fait enterrer en cachette les patriotes afin d'éviter de voir leurs tombes se transformer en centres de pèlerinage républicain, avait soulevé une indignation qui touchait des secteurs n'ayant jusqu'à présent manifesté aucune sympathie pour les radicaux.

— Bref, les papistes ne cessent de gagner du terrain et nous, nationalistes anglicans, rétrécissons comme la peau de chagrin chère à Balzac. Il ne manque plus que nous nous convertissions tous les deux au catholicisme, mon pauvre Roger, plaisanta Alice.

— Pour moi, c'est pratiquement fait, répondit Roger. Et non pour des raisons politiques.

— Moi je ne le ferai jamais, n'oublie pas que mon père était prêtre de la Church of Ireland, dit l'historienne. Ce que tu me dis ne m'étonne pas, je le voyais venir depuis longtemps. Tu te rappelles nos plaisanteries à ce sujet, aux soirées chez moi ?

— Ces soirées inoubliables, soupira Roger. Il faut que je te dise. Maintenant, avec tout ce temps libre pour penser, j'ai souvent cherché à savoir où et quand j'ai été le plus heureux : eh bien, aux soirées du mardi, dans ta maison de Grosvenor Road, chère Alice. Je ne te l'ai jamais dit, mais je sortais de ces réunions en état de grâce. Exalté et heureux. Réconcilié avec la vie. Je me disais : « Quel dommage de n'avoir pas fait d'études, de n'être pas allé à l'université. » En vous écoutant, toi et tes amis, je me sentais aussi loin de la culture que les indigènes d'Afrique ou d'Amazonie.

— C'était un peu la même chose pour nous à ton sujet, Roger. On enviait tes voyages, tes aventures, et que tu aies vécu tant de vies différentes dans ces endroits. J'ai entendu Yeats dire un jour : « Roger Casement est l'Irlandais le plus universel que j'aie connu. Un vrai citoyen du monde. » Je ne te l'ai jamais raconté, je crois.

Ils évoquèrent une discussion à Paris, des années auparavant, sur les symboles, avec Herbert Ward. Celui-ci leur avait montré le récent moulage d'une de ses sculptures dont il était très content : un sorcier africain. C'était en effet une belle pièce, qui, malgré son caractère réaliste, montrait tout ce qu'il y avait de secret et de mystérieux dans cet homme au visage plein d'incisions, armé d'un balai et d'une tête de mort, conscient de ces pouvoirs qui lui étaient conférés par les divinités de la forêt, des eaux et des fauves et à qui hommes et femmes de la tribu faisaient aveuglément confiance pour les sauver des conjurations, des maladies, des peurs et les mettre en communication avec l'au-delà.

— Nous portons tous en nous un de ces ancêtres, avait dit Herbert, en désignant le sorcier de bronze qui, les yeux mi-clos, avait l'air de poursuivre un de ces rêves extatiques où le plongeaient les décoctions d'herbes. La preuve ? Les symboles auxquels nous rendons un culte révérenciel et respectueux. Les blasons, les drapeaux, les croix.

Alice et Roger avaient discuté, objectant que les symboles ne devaient pas être vus comme des anachronismes de l'ère irrationnelle de l'humanité. Au contraire, un drapeau, par exemple, était le symbole d'une communauté qui se sentait solidaire et partageait des croyances, des convictions, des coutumes, dans le respect des différences et divergences individuelles qui n'annulaient pas mais fortifiaient le dénominateur commun. Ils avaient tous deux avoué qu'ils étaient toujours émus de voir flotter un drapeau républicain d'Irlande. Comme Herbert et Sarita s'étaient moqués d'eux pour cette phrase !

En apprenant que, au moment où Pearse lisait la Déclaration d'Indépendance, on avait hissé des drapeaux républicains irlandais sur les toits du bureau de poste et du Liberty Hall, et en voyant ensuite des photos des immeubles occupés par les rebelles de Dublin comme l'Hôtel Métropole et l'Hôtel Impérial avec des drapeaux agités par le vent aux fenêtres et balustrades, Alice avait senti sa gorge se serrer. C'est un moment qui avait dû remplir d'un bonheur illimité ceux qui le vécurent. Par la suite elle avait aussi appris que, les semaines précédant l'Insurrection, les femmes de Cumann na mBan, le corps auxiliaire féminin des Volontaires, tandis que ces derniers préparaient bombes artisanales, cartouches de dynamite, grenades, piques et baïonnettes, réunissaient quant à elles médicaments, pansements, désinfectants et cousaient ces drapeaux tricolores qui devaient fleurir, au matin du lundi 24 avril, sur les toits du centre de Dublin. La maison des Plunkett, à Kimmage, avait été la fabrique la plus active d'armes et d'étendards pour le soulèvement.

— Cela a été un événement historique, affirma Alice. Nous avons tendance à abuser des mots. Les politiques, surtout, appliquent le mot « historique » à n'importe quoi. Mais ces drapeaux républicains dans le ciel du vieux Dublin, cela l'a été. On s'en souviendra toujours avec ferveur. Une page d'histoire. Qui a fait le tour du monde, mon chéri. Aux États-Unis nombre de journaux en ont fait leur une. N'aurais-tu pas aimé voir ça ?

Oui, lui aussi aurait aimé le voir. D'après Alice, de plus en plus de gens, dans l'île, défiaient l'interdiction et plaçaient des drapeaux républicains au fronton de leur maison, même à Belfast et à Derry, citadelles pro-britanniques.

Par ailleurs, malgré la guerre sur le continent dont arrivaient chaque jour des nouvelles inquiétantes — les engagements faisaient un nombre vertigineux de victimes, avec des résultats toujours incertains —, même en Angleterre beaucoup se montraient disposés à aider les Irlandais déportés par les autorités militaires. Des centaines d'hommes et de femmes considérés comme subversifs avaient été expulsés et disséminés dans toute l'Angleterre, avec obligation de résidence dans des agglomérations isolées et sans la moindre ressource pour la plupart. Alice, qui appartenait à des associations humanitaires leur faisant parvenir argent, nourriture et vêtements, dit à Roger que celles-ci n'avaient aucun mal à collecter des fonds et à obtenir en général l'aide des particuliers. Là aussi, la part prise par l'Église catholique avait été importante.

Il y avait parmi les déportés des dizaines de femmes. Beaucoup d'entre elles — Alice s'était entretenue personnellement avec certaines — gardaient une ombre de rancune, tout en restant solidaires, envers les dirigeants de la rébellion qui avaient prétendu empêcher les femmes de collaborer avec les insurgés. Presque tous cependant avaient fini, bon gré mal gré, par les admettre dans les postes de combat et en tirer parti. Le seul dirigeant qui s'était refusé catégoriquement à admettre des femmes à Boland's Mill et sur tout le territoire alentour contrôlé par ses compagnies fut Eamon De Valera. Ses arguments avaient irrité les militantes de Cumann na mBan qui les trouvaient conservateurs. Il jugeait en effet que la place de la femme était au foyer et non sur les barricades, et que ses instruments naturels étaient le rouet, la cuisine, les fleurs, le fil et l'aiguille, non le pistolet et le fusil. Et que leur présence pouvait distraire les combattants qui, pour les protéger, négligeraient leurs obligations. Cet homme grand et mince, professeur de mathématiques et dirigeant des Irish Volunteers, avec qui Roger Casement avait parlé maintes fois et entretenu une abondante correspondance, avait été condamné à mort par une de ces cours martiales secrètes et expéditives qui jugèrent les dirigeants de l'Insurrection. Mais il avait sauvé sa vie in extremis. Alors que, après s'être confessé et avoir communié, il attendait en toute sérénité, un chapelet entre les mains, d'être conduit dans la cour arrière de Kilmainham Gaol devant le peloton d'exécution, le tribunal avait décidé de commuer sa peine en détention à perpétuité. À ce que l'on disait, les compagnies aux ordres de Eamon De Valera, malgré la formation militaire inexistante de celui-ci, s'étaient comportées avec discipline et efficacité, infligeant de lourdes pertes à l'ennemi, et étant les dernières à se rendre. Mais l'on disait aussi que la tension et les sacrifices de ces journées avaient été si rudes que les subordonnés qui l'entouraient au poste de commandement l'avaient cru un moment sur le point de perdre la tête, tant sa conduite était incohérente. Ce ne fut pas le seul cas. Sous ce déluge de feu et de plomb, sans manger, boire ni dormir, certains étaient devenus fous ou avaient eu des crises de nerfs sur les barricades.

L'esprit de Roger s'était absenté dans le souvenir de la longue silhouette d'Eamon De Valera, de son élocution si solennelle et cérémonieuse. Il se rendit compte qu'Alice parlait maintenant d'un cheval. La voix brisée, des larmes aux yeux. L'historienne avait un grand amour des animaux, mais pourquoi celui-ci l'affectait-il si particulièrement ? Il comprit peu à peu qu'il s'agissait d'un épisode rapporté par son neveu. Il s'agissait du cheval d'un des lanciers britanniques qui, au premier jour du soulèvement, avaient chargé contre le bureau de poste et avaient été repoussés, en perdant trois hommes. Le cheval, atteint de plusieurs balles, s'était écroulé devant une barricade, blessé à mort. Il hennissait effroyablement, transpercé de douleur. Il parvenait parfois à se relever, mais, affaibli par la perte de sang, retombait à terre après quelques pas. Il y avait eu derrière la barricade une discussion entre ceux qui voulaient l'achever pour abréger ses souffrances et ceux qui s'y opposaient en le croyant capable de survivre. À la fin, ils avaient tiré sur lui. Il avait fallu deux coups de fusil pour mettre fin à son agonie.

— Ce n'est pas le seul animal qui soit mort dans la rue, dit Alice, peinée. Il en est mort beaucoup, des chevaux, des chiens, des chats. Innocentes victimes de la sauvagerie humaine. Souvent, la nuit, j'en fais des cauchemars. Pauvres créatures. Nous autres humains sommes pires que les bêtes, n'est-ce pas, Roger ?

— Pas toujours, ma chère Alice. Je t'assure qu'il y en a d'aussi féroces que nous. Je pense par exemple aux serpents, dont le venin vous tue à petit feu, au milieu d'horribles râles. Sans parler des *caneros*, ces vers de l'Amazone qui s'introduisent dans votre corps par l'anus et vous déclenchent des hémorragies. Et puis...

— Parlons d'autre chose, dit Alice. Assez avec la guerre, les combats, les blessés et les morts.

Mais, un moment après, elle racontait à Roger que, parmi les centaines d'Irlandais déportés et enfermés dans les prisons anglaises, la multiplication des adhésions au Sinn Féin et à l'IRB était impressionnante. Même des personnes modérées et indépendantes, des pacifistes notoires, s'affiliaient à ces organisations radicales. Et une foule de pétitions circulaient dans toute l'Irlande, réclamant l'amnistie pour les condamnés. Aux États-Unis aussi, dans toutes les villes où il y avait des communautés irlandaises, se succédaient les manifestations de protestation contre les excès de la répression à la suite du soulèvement. John Devoy avait fait un travail fantastique et obtenu la signature de demandes d'amnistie auprès de tout le gratin américain, depuis les artistes et les industriels jusqu'aux hommes politiques, professeurs et journalistes. La Chambre des Représentants avait approuvé une motion, rédigée en termes très sévères, condamnant l'exécution sommaire d'adversaires qui avaient déposé les armes. Malgré l'échec de l'Insurrection, les choses n'avaient pas empiré. En termes d'appui international, la situation n'avait jamais été meilleure pour les nationalistes.

— Vous avez dépassé le temps de la visite, l'interrompit le *sheriff*. Dites-vous adieu une bonne fois.

— J'obtiendrai une autre autorisation, je viendrai te voir avant que..., dit Alice qui s'interrompit net, en se levant.

Elle était devenue très pâle.

— Bien sûr que oui, Alice chérie, acquiesça Roger, en la serrant dans ses bras. Tu l'obtiendras, j'espère. Tu ne sais pas le bien que cela me fait de te voir. À quel point cela me calme et me remplit de paix.

Mais il n'en fut rien cette fois. Il regagna sa cellule avec un tourbillon d'images dans la tête, toutes liées au soulèvement de Pâques, comme si les souvenirs et témoignages de son amie l'avaient tiré de Pentonville Prison et jeté au milieu de la guerre de rues, dans le fracas des combats. Il éprouva une immense nostalgie de Dublin, de ses immeubles et maisons en brique rouge, ses minuscules jardins protégés par des barrières de bois, ses tramways bruyants, ses îlots de misère aux baraques déglinguées avec leurs habitants pieds nus, jouxtant les quartiers fréquentés et modernes. Dans quel état était tout cela, après les salves d'artillerie, les bombes incendiaires, les effondrements ? Il pensa à l'Abbey Theatre, à l'Olympia, aux bars enfumés et chauds empestant la bière et crépitant de conversations. Dublin redeviendrait-elle ce qu'elle avait été ?

Le *sheriff* ne lui proposa pas de l'amener aux douches et lui ne le lui demanda pas. Il voyait le geôlier si déprimé, avec un tel air de détachement et d'absence, qu'il ne voulut pas l'importuner. Il était peiné de le voir souffrir de la sorte, et attristé de ne rien pouvoir faire pour lui donner du courage. Le *sheriff* était déjà venu deux fois, en violation du règlement, parler la nuit dans sa cellule, et à chaque fois Roger avait eu le cœur gros d'avoir été incapable d'apporter à Mr Stacey l'apaisement qu'il cherchait. La seconde fois, tout comme la première, il n'avait fait que parler de son fils Alex et de sa mort au combat contre les Allemands à Loos, ce village inconnu de France qu'il évoquait comme un endroit maudit. À un moment, après un long silence, le geôlier avait avoué à Roger qu'il était tourmenté par le souvenir de ce jour où il avait fouetté Alex, encore tout petit, pour avoir volé un gâteau à la boulangerie du coin. « C'était une faute et elle devait être punie, avait dit Mr Stacey, mais pas aussi sévèrement. Fouetter ainsi un jeune enfant, c'était d'une cruauté impardonnable. » Roger avait tenté de le tranquilliser en lui racontant que ses frères et lui, et même sa sœur, avaient été parfois battus par leur père, le capitaine Casement, et qu'ils n'avaient jamais cessé de l'aimer. Mais, Mr Stacey l'écoutait-il ? Il gardait le silence, ruminant sa douleur, en respirant bruyamment.

Quand le geôlier ferma la porte de la cellule, Roger alla s'étendre sur son grabat. Il soupirait, fiévreux. La conversation avec Alice ne lui avait pas fait de bien. Il éprouvait maintenant de la tristesse de ne pas s'être trouvé là-bas, dans l'uniforme des Volontaires, mauser à la main, à prendre part à l'Insurrection, sans se soucier que cette action armée ait fini en massacre. Patrick Pearse, Joseph Plunkett et les autres avaient peut-être raison. Il ne s'agissait pas de gagner mais de résister le plus longtemps possible. De s'immoler, comme les martyrs chrétiens des temps héroïques. Leur sang fut la semence qui avait germé, en avait fini avec les idoles païennes et les avait remplacées par le Christ Rédempteur. Le sang versé par les Volontaires fructifierait lui aussi, ouvrirait les yeux des aveugles et gagnerait la liberté pour l'Irlande. Combien de camarades et d'amis du Sinn Féin, des Volontaires, de l'Armée du Peuple, de l'IRB étaient montés sur les barricades, en sachant pertinemment que c'était une entreprise suicidaire ? Des centaines, des milliers, sans doute. Patrick Pearse en tête. Il avait toujours cru que le martyre était l'arme principale d'un juste combat. Cela ne faisait-il pas partie du caractère irlandais, de l'héritage celte ? L'aptitude des catholiques à accepter la souffrance, on la trouvait déjà chez Cuchulain, chez les héros mythiques de l'Eire avec leurs grands exploits et, tout autant, dans l'héroïsme tranquille de ses saints qu'avait étudiés avec tant d'amour et de science son amie Alice : une infinie capacité de gestes magnifiques. Un esprit peu pratique que celui de l'Irlandais, peut-être, mais compensé par la générosité sans bornes avec laquelle il épousait les plus audacieux rêves de justice, d'égalité et de bonheur. Y compris quand la défaite était inévitable. Malgré le côté insensé du plan de Pearse, de Tom Clarke, de Plunkett et des autres, en ces six jours de lutte inégale s'était manifesté avec éclat, pour l'admiration du monde, l'esprit du peuple irlandais, irréductible en dépit de tant de siècles de servitude, idéaliste, téméraire, disposé à tout pour une cause juste. Quelle différence avec l'attitude de ces compatriotes prisonniers au camp de Limburg, aveugles et sourds à ses exhortations ! Ce qu'ils avaient donné à voir était l'autre face de l'Irlande : celle des soumis, de ceux qui, à cause des siècles de colonisation, avaient perdu cette étincelle indomptable ayant conduit tant de femmes et d'hommes aux barricades de Dublin. S'était-il trompé une fois de plus dans sa vie ? Que serait-il arrivé si les armes allemandes qu'apportait l'*Aud* étaient parvenues aux mains des Volontaires le soir du 20 avril à Tralee Bay ? Il imagina des centaines de patriotes à bicyclette, en automobile, en charrette, à dos d'ânes et de mules, se déplaçant sous les étoiles et distribuant à travers toute l'Irlande ces armes et ces munitions. Les choses auraient-elles été différentes avec ces vingt mille fusils, ces dix mitraillettes et ces cinq millions de cartouches en possession des insurgés ? Au moins les combats auraient-ils duré davantage, les rebelles se seraient-ils mieux défendus et auraient-ils infligé plus de pertes à l'ennemi. Il remarqua avec plaisir qu'il était pris de bâillements. Le sommeil allait effacer toutes ces images et apaiser son malaise. Il eut l'impression de plonger.

Il fit un rêve délicieux. Sa mère apparaissait et disparaissait, souriante, belle et gracile avec son grand chapeau de paille d'où pendait un ruban qui flottait au vent. Une coquette ombrelle fleurie protégeait du soleil la blancheur de ses joues. Le regard d'Anne Jephson était fixé sur lui et celui de Roger sur elle, et l'on aurait dit que rien ni personne ne pouvait interrompre leur tendre communication silencieuse. Mais soudain fit irruption dans le paysage champêtre le capitaine de lanciers Roger Casement, dans son resplendissant uniforme des dragons légers. Il regardait Anne Jephson avec des yeux où se lisait un désir obscène. Tant de vulgarité offusqua et effraya Roger. Il ne savait que faire. Il n'avait pas la force d'empêcher ce qui devait arriver ni de se mettre à courir pour échapper à cet horrible pressentiment. Les larmes aux yeux, tremblant d'épouvante et d'indignation, il vit le capitaine soulever sa mère dans ses bras. Il entendit celle-ci pousser un cri de surprise, puis partir d'un petit rire forcé et complaisant. Frémissant de dégoût et de jalousie, il la vit battre l'air de ses jambes, montrant ses fines chevilles, tandis que son père l'emportait en courant sous les arbres. Ils se perdirent dans le bocage, leurs petits rires s'amenuisant jusqu'à s'éclipser. Il entendait à présent les gémissements du vent et les trilles des oiseaux. Il ne pleurait pas. Le monde était cruel et injuste, et plutôt que de souffrir ainsi il aurait préféré mourir.

Ce rêve se poursuivit longtemps, mais en se réveillant, encore dans l'obscurité, quelques minutes ou des heures plus tard, Roger ne se rappelait plus son dénouement. Il fut à nouveau angoissé de ne pas savoir l'heure. Il n'y pensait pas toujours, mais la moindre angoisse, le moindre doute ou tourment lui faisait éprouver la poignante anxiété de ne pas savoir à quel moment du jour ou de la nuit il se trouvait, et lui glaçait le cœur, avec l'impression d'avoir été expulsé du temps, de vivre dans des limbes où n'existait ni l'avant, ni le maintenant, ni l'après.

Un peu plus de trois mois s'étaient écoulés depuis sa capture et il avait l'impression d'être derrière les barreaux depuis des années, dans un isolement où, jour après jour, heure après heure, il perdait peu à peu son humanité. Il ne l'avait pas dit à Alice, mais, s'il avait jamais pu caresser l'espoir que le gouvernement britannique accéderait à son recours en grâce et commuerait sa condamnation à mort en emprisonnement, il l'avait maintenant perdu. Dans le climat de colère et de soif de vengeance où l'Insurrection de Pâques avait plongé la Couronne, et spécialement ses militaires, l'Angleterre avait besoin d'un châtiment exemplaire contre les traîtres qui voyaient en l'Allemagne, l'ennemi contre lequel l'Empire se battait dans les campagnes flamandes, l'allié de l'Irlande dans ses luttes pour l'émancipation. Ce qui était bizarre, c'était un tel atermoiement du cabinet pour prendre sa décision. Qu'attendaient-ils ? Voulaient-ils prolonger son agonie pour lui faire payer son ingratitude envers le pays qui l'avait décoré et anobli et qu'il avait remercié en conspirant avec leur adversaire ? Non, en politique les sentiments n'avaient pas d'importance, seuls comptaient les intérêts et les opportunités. Le gouvernement devait être en train d'évaluer froidement les avantages et les inconvénients de son exécution. Celle-ci servirait-elle de leçon ? Ne risquait-elle pas d'aggraver les relations du gouvernement avec le peuple irlandais ? La campagne de diffamation contre lui visait à empêcher quiconque de pleurer cette abjection faite homme, ce dégénéré dont le gibet débarrasserait la société décente. Il avait été stupide de laisser ces cahiers à la portée du premier venu lors de son départ pour les États-Unis. Une négligence qui serait fort bien mise à profit par l'Empire et qui oblitérerait longtemps la vérité de sa vie, de sa conduite politique et même de sa mort.

Il se rendormit. Cette fois, au lieu d'un rêve, il fit un cauchemar qu'il se rappela à peine le matin venu. Il mettait en scène un petit oiseau, un canari à la voix limpide, que martyrisaient les barreaux de la cage où il était enfermé. Cela se voyait au désespoir avec lequel il battait de ses petites ailes dorées, sans cesse, comme si ce mouvement allait faire s'écarter les barreaux pour le laisser s'échapper. Ses petits yeux roulaient sans trêve dans leur orbite en implorant miséricorde. Roger, un enfant en culottes courtes, disait à sa mère que les cages ne devaient pas exister, ni les zoos, que les animaux devaient toujours vivre en liberté. En même temps, il se passait quelque chose de secret, un danger rôdait, une chose invisible que sa sensibilité détectait, une chose insidieuse, traîtresse, qui était déjà là et se disposait à frapper. L'enfant transpirait, tremblant comme une feuille.

Il se réveilla dans un tel état d'agitation qu'il pouvait à peine respirer. Il étouffait. Son cœur battait si fort dans sa poitrine que c'était peut-être un début d'infarctus. Devait-il appeler le policier de garde ? Il abandonna l'idée, immédiatement. Quoi de mieux que de mourir là, sur son grabat, d'une mort naturelle qui le délivrerait de l'échafaud ? Un moment après, son cœur se calma et il put à nouveau respirer normalement.

Le père Carey viendrait-il aujourd'hui ? Il avait envie de le voir et de parler longuement avec lui de sujets et de préoccupations ayant beaucoup à voir avec l'âme, la religion et Dieu, et très peu avec la politique. Et tout aussitôt, tandis qu'il commençait à s'apaiser et à oublier son récent cauchemar, lui revint en mémoire son dernier entretien avec l'aumônier de la prison et ce moment de subite tension, qui l'avait rempli de doutes. Ils parlaient de sa conversion au catholicisme. Le père Carey lui disait une fois de plus qu'il ne s'agissait pas de « conversion » puisque, ayant été baptisé enfant, il ne s'était jamais séparé de l'Église. L'acte serait une réactualisation de sa condition de catholique, quelque chose qui ne nécessitait aucune démarche formelle. De toute façon — et, à cet instant, Roger avait remarqué que le père Carey hésitait, cherchant ses mots avec soin pour éviter de l'offenser —, Son Éminence le cardinal Bourne avait pensé que, si cela agréait à Roger, il pourrait signer un document, un texte privé entre lui et l'Église, manifestant sa volonté de retour, une réaffirmation de sa condition de catholique en même temps qu'un témoignage de repentir et de renoncement à de vieux errements et faux pas.

Le père Carey ne pouvait cacher le malaise où il était.

Il y avait eu un silence. Puis la voix douce de Roger :

— Je ne signerai aucun document, père Carey. Ma réintégration dans l'Église catholique doit être quelque chose d'intime, avec vous comme seul témoin.

— Il en sera ainsi, avait dit l'aumônier.

Après un autre silence, toujours tendu :

— Le cardinal Bourne faisait-il allusion à ce que j'imagine ? avait demandé Roger. Je veux dire, à cette campagne contre moi, d'accusations sur ma vie privée. C'est de cela que je devrais me repentir dans un document pour être réadmis dans l'Église catholique ?

La respiration du père Carey était devenue plus rapide. De nouveau, il cherchait ses mots avant de répondre.

— Le cardinal Bourne est un homme bon et généreux, à l'esprit compatissant, avait-il enfin affirmé. Mais, ne l'oubliez pas, Roger, il porte sur les épaules la responsabilité de veiller à la bonne réputation de l'Église dans un pays où nous, les catholiques, sommes en minorité et où beaucoup nous voient d'un mauvais œil.

— Dites-le-moi franchement, père Carey : le cardinal Bourne a-t-il posé comme condition à ma réadmission dans l'Église catholique la signature de ce document où je me repentirais de ces choses honteuses et perverses dont m'accuse la presse ?

— Ce n'est pas une condition, juste une suggestion, avait dit le religieux. Vous pouvez l'accepter ou non et cela ne changera rien. Vous avez été baptisé. Vous êtes catholique et continuerez à l'être. Ne parlons plus de cette affaire.

Effectivement, ils n'en avaient plus parlé. Mais le souvenir de ce dialogue s'imposait par moments à Roger, le poussant à se demander si son désir de se rapprocher de l'Église de sa mère était pur ou marqué par les circonstances de sa situation. N'était-ce pas un acte décidé pour des raisons politiques ? Pour montrer sa solidarité avec les Irlandais catholiques qui étaient en faveur de l'indépendance et son hostilité envers cette minorité, largement protestante, qui voulait rester dans l'Empire? Quelle validité aurait aux yeux de Dieu une conversion qui, au fond, n'obéissait à rien de spirituel, mais au désir de se sentir à l'abri au sein d'une communauté, d'être membre d'une vaste tribu? Dieu verrait dans une telle conversion les efforts désespérés d'un naufragé.

— Ce qui compte, maintenant, Roger, ce n'est pas le cardinal Bourne, ni moi, ni les catholiques d'Angleterre, ni ceux d'Irlande, avait dit le père Carey. Ce qui compte maintenant, c'est vous. Vos retrouvailles avec Dieu. Là se trouvent la force, la vérité, cette paix que vous méritez après une vie aussi intense et toutes les épreuves qu'il vous a fallu affronter.

— Certes, père Carey, avait acquiescé Roger d'une voix anxieuse. Je le sais. Mais, justement. Je fais des efforts, je vous le jure. J'essaie de me faire entendre, de parvenir à Lui. Quelquefois, rarement, il me semble que j'y arrive. Alors j'éprouve enfin un peu de paix, ce calme incroyable. Comme certaines nuits, là-bas en Afrique, avec la pleine lune, le ciel éclaboussé d'étoiles, pas un souffle de vent pour agiter les arbres, le murmure des insectes. Tout était si beau et si tranquille que j'avais toujours la même pensée : « Dieu existe. Comment, voyant ce que je vois, pourrais-je seulement imaginer qu'Il n'existe pas? » Mais d'autres fois, père Carey, et ce sont les plus nombreuses, je ne Le vois pas, Il ne me répond pas, Il ne m'écoute pas. Et je me sens très seul. Dans ma vie, la plupart du temps, je me suis senti très seul. Maintenant, ces jours-ci, cela m'arrive très souvent. Mais la solitude de Dieu est bien pire. Alors, je me dis : « Dieu ne m'écoute pas, ne m'écoutera pas. Je vais mourir aussi seul que j'ai vécu. » C'est quelque chose qui me tourmente jour et nuit, mon père.

— Il est là, Roger. Il vous écoute. Il sait ce que

vous ressentez. Que vous avez besoin de Lui. Il ne vous abandonnera pas. Si je peux vous garantir une chose, dont je suis absolument sûr, c'est que Dieu ne vous abandonnera pas.

Dans l'obscurité, étendu sur son grabat, Roger pensa que le père Carey s'était imposé une tâche aussi héroïque, sinon plus, que les rebelles des barricades : apporter consolation et paix à ces êtres désespérés, détruits, qui allaient passer des années et des années dans une cellule, ou se préparaient à monter à l'échafaud. Terrible besogne, déshumanisante, qui avait dû bien souvent mettre le père Carey, surtout au début de son ministère, au bord du désespoir. Mais il savait le cacher. Il gardait toujours son calme et transmettait à tout moment ce sentiment de compréhension, de solidarité, qui lui faisait tant de bien. Ils avaient une fois parlé de l'Insurrection.

— Qu'auriez-vous fait, père Carey, si vous vous étiez trouvé à Dublin pendant ces journées ?

— Aller sur les lieux porter le secours spirituel à qui en aurait eu besoin, comme l'ont fait tant de prêtres.

Il avait ajouté qu'il n'était pas nécessaire d'adhérer à l'idée des rebelles que la liberté de l'Irlande ne pouvait être obtenue que par les armes pour leur apporter un soutien spirituel.

Évidemment, le père Carey ne partageait pas leur point de vue, il avait toujours éprouvé une répugnance viscérale pour la violence. Mais il serait allé confesser, donner la communion, prier pour ceux qui le lui auraient demandé, aider les infirmiers et les médecins. C'est ainsi qu'avaient agi bon nombre de religieux et de religieuses et la hiérarchie les avait soutenus. Les pasteurs devaient être là où était le troupeau, n'est-ce pas ?

Tout cela était vrai, mais il n'en restait pas moins que l'idée de Dieu débordait le cadre limité de la raison humaine. Il fallait forcer pour l'y faire tenir, elle ne s'emboîtait jamais tout à fait. Ils avaient souvent, Herbert Ward et lui, parlé de ce point. « Au sujet de Dieu, il faut croire, et non raisonner, disait Herbert. Si on raisonne, Dieu part en fumée comme une bouffée de cigarette. »

Roger avait passé sa vie à croire et à douter. Même maintenant, aux portes de la mort, il n'était pas capable de croire en Dieu avec la foi inébranlable de sa mère, son père ou ses frères et sœur. Quelle chance avaient ces privilégiés pour qui l'existence de l'Être suprême n'avait jamais été un problème, mais une certitude grâce à laquelle le monde s'ordonnait et chaque chose trouvait son explication et sa raison d'être. Ceux qui croyaient de la sorte devaient sans doute atteindre à une résignation devant la mort que ne connaîtraient jamais ceux qui, comme lui, avaient vécu en jouant à cache-cache avec Dieu. Roger se souvint qu'il avait une fois écrit un poème intitulé « À cache-cache avec Dieu. » Mais Herbert Ward lui ayant affirmé qu'il était exécrable, il l'avait jeté aux ordures. Dommage. Il aurait maintenant aimé le relire et le corriger.

Il commençait à faire jour. Un rai de lumière filtrait là-haut entre les barreaux de la fenêtre. On allait bientôt venir le débarrasser de son seau d'urine et d'excréments, et lui apporter son petit déjeuner.

Il eut l'impression que le premier repas de la journée tardait plus que de coutume à arriver. Le soleil était maintenant haut dans le ciel et une froide lumière dorée éclairait sa cellule. Il lisait et relisait depuis un bon moment les maximes de Thomas a Kempis sur la méfiance envers le savoir qui rend arrogants les êtres humains et la perte de temps qu'il y a à « trop se creuser la tête sur des choses obscures et mystérieuses », dont l'ignorance ne nous serait même pas reprochée au Jugement dernier, quand il entendit la grande clé tourner dans la serrure et la porte de sa cellule s'ouvrir.

— Bonjour, dit le gardien en posant par terre le petit pain noir et la tasse de café.

Ou serait-ce aujourd'hui du thé ? Car, obéissant à d'inexplicables raisons, le petit déjeuner passait souvent du thé au café et inversement.

— Bonjour, dit Roger en se levant et allant prendre le seau. Vous avez tardé aujourd'hui plus que d'habitude, si je ne me trompe ?

Fidèle à la consigne de silence, le gardien ne lui répondit pas et Roger eut l'impression qu'il évitait de le regarder en face. Il s'écarta de la porte pour le laisser passer et Roger sortit dans le long couloir noirci en portant son seau. Le gardien marchait à deux pas derrière lui. Il sentit remonter son moral avec la réverbération du soleil d'été sur les murs épais et les pierres du sol, produisant des reflets semblables à des étincelles. Il pensa aux parcs de Londres, à la Serpentine et aux grands platanes, peupliers et châtaigniers de Hyde Park, et combien ce serait bon de s'y promener maintenant même, anonyme parmi les sportifs qui faisaient du cheval ou de la bicyclette et les familles nombreuses qui, profitant du beau temps, étaient sorties passer la journée au grand air.

Dans les douches désertes — il devait y avoir la consigne de lui fixer pour sa toilette des heures différentes de celles des autres prisonniers — il vida et nettoya son seau. Il s'assit ensuite sur la cuvette sans aucun succès — la constipation avait été toute sa vie un problème — et, enfin, ôtant son blouson bleu de bagnard, il se lava et se frictionna vigoureusement le corps et le visage. Il se sécha avec la serviette à moitié humide qui pendait à un clou. Il retourna à sa cellule avec son seau propre, tout doucement, en savourant le soleil qui tombait sur le couloir depuis les fenêtres grillagées du haut du mur et les rumeurs — voix inintelligibles, klaxons, bruits de pas, moteurs, grincements —, qui lui donnaient l'impression d'avoir réintégré le temps et disparurent sitôt que le gardien eut fermé à clé la porte de sa cellule.

La boisson pouvait être du thé ou du café. Il ne s'arrêta pas à son insipidité, car le liquide, en descendant dans sa poitrine vers son estomac, lui fit du bien et apaisa les aigreurs dont il souffrait tous les matins. Il mit de côté le petit pain, au cas où il aurait faim plus tard.

Allongé sur son grabat, il reprit la lecture de *L'Imitation de Jésus-Christ.* Il trouvait par moments ce livre d'une naïveté enfantine, mais, quelquefois, en tournant une page, il tombait sur une pensée qui le troublait et l'incitait à le fermer. Il se mettait à méditer. Le moine disait qu'il était utile pour l'homme d'être de temps en temps affligé de tourments et d'adversités, parce que cela lui rappelait sa condition : il était « en exil sur cette terre » et ne devait pas mettre son espoir dans les choses de ce monde, mais seulement dans celles de l'au-delà. C'était tout à fait vrai. Le petit moine allemand, là-bas dans son couvent d'Agnetenberg, cinq cents ans plus tôt, avait visé juste, exprimé une vérité vécue par Roger dans sa chair. Ou, pour mieux dire, depuis que, tout enfant, la mort de sa mère l'avait plongé dans une solitude d'orphelin dont il lui fut à jamais impossible de se délivrer. C'était là l'expression qui décrivait le mieux comment il s'était toujours senti, en Irlande, en Angleterre, en Afrique, au Brésil, à Iquitos, au Putumayo : en exil. Il s'était enorgueilli une grande partie de sa vie de cette condition de citoyen du monde que, d'après Alice, Yeats admirait en lui : quelqu'un qui n'est de nulle part parce qu'il est de partout. Il s'était longtemps dit que ce privilège lui conférait une liberté ignorée de ceux qui passaient leur vie à l'ancre d'un seul lieu. Mais Thomas a Kempis avait raison. Il ne s'était jamais senti de nulle part parce que telle était la condition humaine : l'exil dans cette vallée de larmes, destination transitoire jusqu'au moment où la mort et l'au-delà ramèneraient hommes et femmes au bercail, à leur source nourricière, où ils vivraient pour l'éternité.

En revanche, la recette de Thomas a Kempis pour résister aux tentations était candide. Avait-il eu par hasard des tentations, là-bas, dans son couvent solitaire, cet homme pieux ? S'il en avait eu, il n'avait pas dû être si facile pour lui d'y résister et de mettre en déroute le « diable, qui ne dort jamais et rôde en permanence en cherchant qui dévorer ». Thomas a Kempis disait que personne n'était assez parfait pour ne pas avoir de tentations et qu'il était impossible à un chrétien de se voir exonéré de la « concupiscence », leur source à toutes.

Pour sa part, il avait eu la faiblesse de succomber maintes fois à la concupiscence. Pas autant qu'il l'avait écrit dans ses agendas et cahiers, bien que, sans doute, écrire ce que l'on n'a pas vécu, ce que l'on aurait seulement voulu vivre, soit aussi une manière — lâche et timorée — de le vivre et par conséquent de capituler devant la tentation. Payait-on pour ce genre de chose en dépit de n'en avoir pas joui réellement, mais de cette façon incertaine et insaisissable dont on vit les fantasmes ? Devrait-il payer pour tout ce qu'il n'avait pas fait, seulement désiré et écrit ? Dieu saurait faire la différence et sûrement sanctionner ces péchés rhétoriques avec plus d'indulgence que les fautes vraiment commises.

De toute façon, écrire ce que l'on ne vivait pas pour se donner l'illusion de le vivre comportait déjà un châtiment implicite : la sensation d'échec et de frustration qui suivait toujours les jeux mensongers de ses cahiers. (Et aussi les faits vécus, d'ailleurs.) Mais, maintenant, ces jeux irresponsables avaient mis entre les mains de l'ennemi une arme formidable pour avilir son nom et salir sa mémoire.

Difficile, par ailleurs, de savoir à quelles tentations faisait allusion Thomas a Kempis. Elles pouvaient être si déguisées, si peu évidentes, qu'on les confondait avec des bagatelles, avec des enthousiasmes esthétiques. Roger se rappela que, en ces lointaines années de son adolescence, ses premières émotions face aux corps bien faits, aux muscles virils, à l'harmonieuse sveltesse des jeunes garçons, ne semblaient pas un sentiment malicieux et concupiscent mais une manifestation de sensibilité, d'exaltation devant la beauté. Il avait longtemps cru qu'il en allait ainsi. Et que c'était cette même vocation artistique qui l'avait incité à apprendre la technique de la photographie pour emprisonner sur le bristol ces corps si beaux. Il s'était un beau jour aperçu — il vivait déjà en Afrique — que cette admiration n'était pas saine, ou plutôt pas uniquement saine, mais saine et malsaine à la fois, car ces corps harmonieux, couverts de sueur, musclés, sans une once de graisse, où l'on devinait la sensualité matérielle des félins, provoquaient en lui non seulement ravissement et admiration, mais aussi convoitise, désir, une envie folle de les caresser. C'est ainsi que les tentations avaient commencé à faire partie de sa vie, à la révolutionner, à la remplir de secrets, d'angoisse, de crainte, mais aussi de précaires moments de plaisir. Et de remords et d'amertumes, bien entendu. À l'instant suprême Dieu ferait-il le compte du positif et du négatif ? Lui pardonnerait-il ? Le punirait-il ? Il se sentait curieux, mais non effrayé. Comme s'il ne s'agissait pas de lui, mais d'un exercice intellectuel ou d'une devinette.

Et, sur ces entrefaites, il entendit avec surprise la grosse clé tâtonner à nouveau dans la serrure. Lorsque s'ouvrit la porte de sa cellule, il pénétra une flambée de lumière, ce soleil éclatant qui a soudain l'air de mettre le feu aux matinées du mois d'août londonien. Aveuglé, il se rendit compte que trois personnes étaient entrées dans la cellule. Il ne pouvait distinguer leur visage. Il se leva. On referma la porte, et il vit que celui qui était le plus près de lui, le touchant presque, était le gouverneur de Pentonville Prison, qu'il n'avait aperçu que deux fois. C'était un homme âgé, chétif et ridé. Il portait un costume sombre et avait un air grave. Derrière lui se trouvait le *sheriff*, blanc comme un linge. Et un gardien, les yeux au sol. Roger eut l'impression que le silence durait des siècles.

Finalement, en le regardant en face, le gouverneur parla, d'une voix au début hésitante qui se raffermit au fur et à mesure de son exposé :

— J'ai le devoir de vous communiquer que ce matin, 2 août 1916, le conseil des ministres du gouvernement de Sa Majesté le roi s'est réuni, une fois étudié le recours en grâce présenté par vos avocats, et qu'il l'a rejeté à l'unanimité des voix des ministres présents. En conséquence de quoi la sentence du tribunal qui vous a jugé et condamné pour haute trahison sera exécutée demain, 3 août 1916, dans la cour de Pentonville Prison, à neuf heures du matin. Selon la coutume établie, pour l'exécution le condamné n'est pas tenu de porter son uniforme de bagnard et pourra faire usage des vêtements civils dont on l'a dépouillé à son entrée en prison et qui lui seront rendus. Également, je me dois de vous communiquer que les aumôniers, le prêtre catholique *father* Carey et *father* Mac Caroll, de la même confession, se tiendront à votre disposition pour vous apporter un soutien spirituel, si vous le désirez. Ce seront les seules personnes que vous pourrez recevoir. Si vous désirez laisser des lettres à vos parents et amis avec vos dernières dispositions, l'établissement vous fournira de quoi écrire. Si vous avez une autre demande à formuler, vous pouvez le faire tout de suite.

— À quelle heure pourrai-je voir les aumôniers ? demanda Roger, d'une voix qui lui sembla rauque et glaciale.

Le gouverneur se tourna vers le *sheriff*, ils échangèrent quelques phrases en chuchotant et c'est le *sheriff* qui répondit :

— Ils viendront en début d'après-midi.

— Merci.

Après un instant d'hésitation, les trois personnes abandonnèrent la cellule et Roger entendit le gardien fermer la porte à double tour.

XIV

Roger Casement avait amorcé l'étape de sa vie qui le verrait intensément plongé dans les problèmes de l'Irlande par un voyage aux îles Canaries en janvier 1913. Au fur et à mesure que son navire s'engageait dans les eaux atlantiques, il se libérait d'un grand poids, laissant derrière lui ces terribles images d'Iquitos, du Putumayo, des caoutchouteries, de Manaus, des Barbadiens, de Julio C. Arana, les intrigues du Foreign Office, pour retrouver une disponibilité d'esprit désormais tournée tout entière vers les affaires de son pays. Il avait fait ce qu'il avait pu pour les indigènes de l'Amazonie. Arana, un de leurs pires tortionnaires, ne relèverait plus la tête : à jamais discrédité et ruiné, il n'était pas impossible qu'il achève ses jours en prison. Mais lui, Casement, devait maintenant s'occuper d'autres indigènes, ceux de l'Irlande. Eux aussi avaient besoin de se libérer des « Arana » qui les exploitaient, bien qu'avec des armes plus raffinées et hypocrites que celles des caoutchoutiers péruviens, colombiens et brésiliens.

Malgré le sentiment de libération qu'il éprouvait à s'éloigner de Londres, au long de cette traversée comme de ce mois qu'il allait passer à Las Palmas il serait pourtant handicapé par sa santé chancelante. À toute heure du jour et de la nuit il ressentait des douleurs d'arthrite à la hanche et au dos. Les analgésiques n'étaient plus aussi efficaces qu'auparavant. Il devait rester des heures allongé sur le lit de son hôtel ou dans un fauteuil sur la terrasse, saisi de sueurs froides. Il marchait avec difficulté, toujours avec une canne, incapable désormais d'entreprendre, comme en ses voyages antérieurs, de longues promenades dans la campagne ou sur les sentiers de montagne, de crainte d'être soudain terrassé par la douleur. Le meilleur souvenir qu'il garderait de ces semaines, en ce début de 1913, ce seraient les heures où il se plongeait dans le passé de l'Irlande grâce à la lecture d'un livre d'Alice Stopford Green, *The Old Irish World* (« Le monde ancien de l'Irlande »), où se mêlaient l'histoire, la mythologie, la légende et les traditions pour dessiner une société d'aventure et de fantaisie, de conflits et de créativité, où un peuple combatif et généreux se révélait à lui-même face à une nature difficile et faisait montre de courage et d'inventivité avec ses chansons, ses danses, ses jeux dangereux, ses rites et ses coutumes : tout un patrimoine que l'occupation anglaise était venue tronquer et tenter d'anéantir, sans y parvenir tout à fait.

Au troisième jour de son séjour dans la ville de Las Palmas il sortit, après dîner, faire un tour du côté du port, un quartier de tavernes, de bars et d'hôtels borgnes. Dans le parc de Santa Catalina, proche de la plage Las Canteras, après avoir humé l'atmosphère, il s'approcha de deux jeunes gars à l'allure de marins pour leur demander du feu. Il bavarda un moment avec eux. Son espagnol approximatif, mêlé de portugais, provoquait l'hilarité des garçons. Il leur proposa d'aller boire un verre, mais l'un d'eux avait un rendez-vous, si bien qu'il resta avec Miguel, le plus jeune, un brun aux cheveux bouclés à peine sorti de l'adolescence. Ils gagnèrent un troquet enfumé appelé Almirante Colón, où chantait, accompagnée par un guitariste, une femme guettée par la vieillesse. Après le second verre, Roger, à l'abri de la pénombre du bar, allongea les doigts et les posa sur la cuisse de Miguel. Celui-ci sourit d'un air engageant. Enhardi, Roger glissa un peu plus la main vers sa braguette. Il sentit le sexe du jeune homme et un frisson de désir le parcourut de la tête aux pieds. Cela faisait des mois — combien ? pensa-t-il, trois, six ? — qu'il était un homme sans sexe, sans désir ni fantasmes. L'excitation faisait à nouveau couler dans ses veines, lui sembla-t-il, la jeunesse et l'amour de la vie. « Nous pouvons aller dans un hôtel ? » demanda-t-il à Miguel. Qui sourit, sans dire oui ni non, mais ne fit pas mine de se lever. Il demanda, au contraire, un autre verre de ce vin fort et piquant qu'on leur avait servi. Quand la vieille eut fini de chanter, Roger demanda l'addition. Il paya et ils se retrouvèrent dehors. « Nous pouvons aller dans un hôtel ? » demanda-t-il derechef, envahi de désir. Le garçon semblait indécis, à moins qu'il ne se fasse prier afin d'augmenter le prix de ses services. Et brusquement Roger sentit comme un poignard perforant sa hanche : il se plia en deux et s'accota à la barre d'appui d'une fenêtre. Cette fois la crise n'était pas venue à petits pas, comme d'autres fois, mais brusquement et plus intense que d'habitude. Comme un coup de poignard, oui. Il dut s'asseoir par terre, tordu de douleur. Effrayé, Miguel s'éloigna à grands pas, sans chercher à savoir ce qui lui arrivait ni demander son reste. Roger demeura longtemps ainsi, recroquevillé, les yeux clos, attendant que ce fer incandescent cesse de fouailler son dos. Quand il réussit à se relever, il dut marcher un certain temps, très lentement et en traînant les pieds, jusqu'à trouver une voiture pour le ramener à son hôtel. Ce n'est qu'au petit matin que les douleurs cessèrent et qu'il put enfin dormir. Dans son sommeil, peuplé de cauchemars, il souffrait et jouissait au bord d'un précipice dans lequel il était à tout moment sur le point de rouler.

Au réveil, tandis qu'il prenait son petit déjeuner, il avait ouvert son journal intime et, d'une écriture lente et serrée, fait l'amour avec Miguel, plusieurs fois, d'abord dans l'ombre du parc Santa Catalina bercé par le murmure de la mer, et ensuite dans le remugle d'une chambre d'hôtel d'où l'on entendait ululer les sirènes des bateaux. Le jeune brun le chevauchait en se moquant de lui, « tu es un vieux, c'est tout ce que tu es, un vieux tout vieux », et lui claquait les fesses à le faire gémir, peut-être de douleur, ou de plaisir.

Après quoi, tout le mois où il avait été aux Canaries, ou pendant son voyage en Afrique du Sud et les semaines passées au Cap et à Durban chez son frère Tom et son épouse Katje, il s'était gardé de toute aventure sexuelle, paralysé par la peur de revivre, par la faute de l'arthrite, une situation aussi ridicule qu'au parc Santa Catalina de Las Palmas, qui avait envoyé par le fond sa rencontre avec le marin canarien. Mais de temps en temps, comme cela lui était si souvent arrivé en Afrique et au Brésil, il faisait l'amour tout seul, en griffonnant dans son journal intime, avec fièvre, des phrases laconiques, parfois aussi grossières que ces amants de passage qu'il lui fallait ensuite rétribuer. Ces simulacres le plongeaient dans une torpeur déprimante, de sorte qu'il s'efforçait de les espacer, car rien ne lui faisait mesurer autant sa solitude et sa condition de clandestin, qui, il le savait bien, dureraient jusqu'à sa mort.

Enthousiasmé par l'ouvrage d'Alice Stopford Green sur l'Irlande ancienne, il réclama à son amie d'autres lectures sur ce sujet. Et il reçut d'elle, à la veille de son embarquement pour l'Afrique du Sud sur le *Grantilly Castle*, le 6 février 1913, un gros paquet de livres et de publications. Il lut jour et nuit pendant la traversée et continua à le faire en Afrique du Sud. De sorte que, malgré la distance, il se sentit, ces semaines-là, très proche de l'Irlande, celle de maintenant et celle d'hier, lointain passé qu'il lui semblait s'approprier grâce aux textes qu'Alice avait choisis pour lui. Pendant son voyage, ses douleurs au dos et à la hanche s'apaisèrent un peu.

Sa rencontre avec son frère Tom, après tant d'années, s'était révélée éprouvante. Contrairement à ce que Roger avait pensé en décidant de venir le voir, croyant ainsi se rapprocher de son aîné et retrouver un lien affectif qui, en réalité, n'avait jamais existé, ce séjour lui fit plutôt constater qu'ils étaient étrangers l'un à l'autre. N'était la parenté du sang, ils n'avaient rien en commun. Pendant toutes ces années ils s'étaient écrit, généralement quand Tom et sa première épouse, Blanche Baharry, une Australienne, avaient des problèmes d'argent et sollicitaient l'aide de Roger. Il ne s'était jamais dérobé, sauf quand les prêts que son frère et sa belle-sœur réclamaient de lui excédaient son budget. Puis Tom s'était marié une seconde fois avec une Sud-Africaine, Katje Ackerman, et tous deux avaient monté une affaire touristique à Durban, qui ne marchait pas bien. Son frère avait l'air plus vieux qu'il ne l'était vraiment et était devenu un Sud-Africain typique, rustique, hâlé par le soleil et la vie au grand air, aux manières décontractées et un peu rudes, qui, même dans sa façon de parler l'anglais, ressemblait davantage à un Sud-Africain qu'à un Irlandais. Il ne s'intéressait pas à ce qui se passait en Irlande, non plus qu'en Grande-Bretagne ou en Europe. Il n'était obsédé que de questions économiques depuis qu'il avait ouvert ce *lodge* à Durban avec Katje. Ils pensaient que la beauté du lieu attirerait touristes et chasseurs de fauves, mais il n'y avait pas foule et les frais d'entretien étaient plus lourds qu'ils ne l'avaient calculé. Ils s'étaient fait trop d'illusions avec ce projet et craignaient qu'au train où allaient les choses, ils aient à brader leur affaire. Sa belle-sœur était certes plus amusante et plus intéressante que son frère — elle avait des goûts artistiques et le sens de l'humour —, mais Roger avait fini par regretter d'avoir fait ce long voyage dans le seul but de rendre visite au couple.

À la mi-avril, il prit le chemin du retour à Londres. Il se sentait alors plus requinqué et, grâce au climat sud-africain, ses douleurs d'arthrite s'étaient atténuées. Son attention se concentrait maintenant sur le Foreign Office. Il ne pouvait indéfiniment ajourner sa décision ni demander de nouveaux congés sans solde. Il avait le choix entre reprendre son poste de consul à Rio de Janeiro, comme le demandaient ses chefs, ou renoncer à la carrière diplomatique. Mais retourner à Rio, ville qui lui avait toujours paru hostile et qu'il n'avait jamais aimée, malgré la beauté du paysage, lui devenait intolérable. Ce n'était pourtant pas là le problème. Il ne voulait surtout plus vivre dans la duplicité, exercer comme diplomate au service d'un Empire britannique qu'il condamnait de tous ses sentiments et principes. Pendant le voyage de retour en Angleterre il fit des calculs : ses économies étaient maigres, mais en menant une vie frugale — ce qui était facile pour lui — et avec la pension qu'il recevrait pour les années qu'il avait accumulées comme fonctionnaire, il se débrouillerait. À son arrivée à Londres sa décision était prise. Il se rendit donc, en tout premier lieu, au ministère des Affaires étrangères porter sa démission en expliquant qu'il se retirait du service pour raisons de santé.

Il resta fort peu de jours à Londres, à organiser son départ du Foreign Office et préparer son voyage en Irlande. Il le faisait avec joie, mais aussi avec un rien de nostalgie anticipée, comme s'il allait prendre à jamais congé de l'Angleterre. Il vit Alice à deux reprises, ainsi que sa sœur Nina à qui, pour ne pas l'inquiéter, il cacha la faillite économique de Tom en Afrique du Sud. Il essaya de voir Edmund D. Morel qui, curieusement, n'avait répondu à aucune des lettres qu'il lui avait écrites ces trois derniers mois. Mais il ne put revoir son vieil ami, le *Bulldog*, qui allégua des déplacements et des obligations qui, de toute évidence, n'étaient que prétextes. Qu'arrivait-il à ce compagnon de luttes qu'il admirait et aimait tant ? Pourquoi un tel refroidissement de leurs relations ? Quel ragot ou quel bobard avait-on colporté pour l'indisposer à son égard ? Peu après, Herbert Ward lui fit savoir, à Paris, que Morel, au courant des dures critiques de Roger envers l'Angleterre et l'Empire relativement à l'Irlande, évitait de le voir pour ne pas lui signifier son opposition à pareille attitude politique.

— Il se passe que, sans t'en rendre compte, tu es devenu un extrémiste, lui dit Herbert, mi-blagueur, mi-sérieux.

À Dublin, Roger avait loué une maisonnette vétuste, au 55 Lower Baggot Street. Elle possédait un minuscule jardin avec des géraniums et des hortensias qu'il taillait et arrosait tôt le matin. C'était un quartier tranquille de boutiquiers, d'artisans et de commerces bon marché où, le dimanche, les familles allaient à la messe, les dames sur leur trente et un comme pour une fête et les hommes en complet sombre, la casquette enfoncée et les souliers cirés. Au pub à toiles d'araignées du coin, géré par une tenancière naine, Roger éclusait une bière brune avec le marchand de légumes, le tailleur et le cordonnier du voisinage, tout en discutant de l'actualité et en chantant de vieilles ballades. La renommée qu'il avait acquise en Angleterre pour ses campagnes contre les crimes au Congo et en Amazonie s'était étendue à l'Irlande et, malgré son désir de mener une vie simple et anonyme, il s'était vu, dès son arrivée à Dublin, sollicité par toutes sortes de gens — politiciens, intellectuels, journalistes — et par des clubs et centres culturels pour donner des causeries, écrire des articles et assister à des rencontres. Il avait même dû poser pour une artiste peintre connue, Sarah Purser. Dans le portrait qu'elle avait fait de lui, Roger paraissait rajeuni, avec une assurance et un air triomphal où il ne s'était pas reconnu.

Il reprit une fois de plus ses études de vieil irlandais. Son professeur, Mrs Temple, avec canne, besicles et petit chapeau à voilette, venait trois fois par semaine lui donner des cours de gaélique et lui laissait des devoirs qu'elle corrigeait ensuite au crayon rouge, en lui mettant des notes généralement basses. Pourquoi avait-il tant de difficulté à apprendre cette langue des Celtes auxquels il voulait tellement s'identifier ? Il avait, pourtant, de la facilité pour les langues, il avait appris le français, le portugais, au moins trois dialectes africains, et était capable de se faire comprendre en espagnol et en italien. Pourquoi la langue vernaculaire dont il se sentait solidaire lui échappait-elle de la sorte ? Chaque fois qu'à grand-peine il apprenait quelque chose, quelques jours, voire quelques heures plus tard, il l'oubliait. Dès lors, sans le dire à personne, et encore moins dans les discussions politiques où, par principe, il soutenait le contraire, il se mit à se demander s'il était réaliste, et non chimérique, ce rêve de gens comme le professeur Eoin MacNeill et le poète et pédagogue Patrick Pearse, qui croyaient que l'on pouvait ressusciter la langue que le colonisateur avait pourchassée et rendue clandestine, minoritaire et presque éteinte, et en refaire la langue maternelle des Irlandais. Était-il possible que dans l'Irlande future l'anglais puisse reculer et, grâce à l'école, à la presse, aux sermons des curés et aux discours des politiques, soit remplacé par la langue des Celtes ? En public, Roger disait que oui, que c'était non seulement possible, mais également nécessaire, pour que l'Irlande récupère sa personnalité authentique. Ce serait un processus lent, sur plusieurs générations, mais inévitable, car ce n'est que lorsque le gaélique serait redevenu la langue nationale que l'Irlande serait libre. Cependant, dans la solitude de son bureau de Lower Baggot Street, quand il s'attelait aux compositions en gaélique que lui laissait Mrs Temple, il se disait que c'était là un effort inutile. La réalité avait trop avancé dans une direction pour pouvoir reculer. L'anglais était devenu la langue de la communication, de la conversation, de l'existence et des sentiments d'une large majorité d'Irlandais, et vouloir y renoncer était un caprice politique qui ne pouvait déboucher que dans une confusion babélique et convertir culturellement son Irlande bien-aimée en une curiosité archéologique, coupée du reste du monde. Cela en valait-il la peine ?

En mai et juin 1913 sa vie tranquille et studieuse s'était brusquement interrompue quand, à la suite d'une conversation avec un journaliste de *The Irish Independent* qui lui avait parlé de la pauvreté et du primitivisme des pêcheurs du Connemara, il avait décidé, sur une impulsion, de se rendre dans cette région à l'ouest de Galway où, semblait-il, se conservait encore intacte l'Irlande la plus traditionnelle, ainsi que le vieil irlandais parlé par ses habitants. Et au lieu d'une relique historique, Roger avait trouvé au Connemara un contraste spectaculaire entre la beauté des massifs sculptés, avec ces nuages accrochés aux pentes et ces lacs sauvages autour desquels rôdaient des poneys de la région, et des gens qui vivaient dans une misère épouvantable, sans écoles ni médecins, dans un dénuement total. Pour comble, le typhus venait de se déclarer. L'épidémie pouvait s'étendre et causer des ravages. L'homme d'action qu'il y avait en Roger Casement, parfois en veilleuse mais jamais mort, s'était immédiatement attelé à la tâche. Il écrivit un article dans *The Irish Independent*, « Le Putumayo irlandais », et créa un fonds d'aide dont il fut le premier donateur et souscripteur. Il s'engagea, en même temps, dans des actions publiques avec les Églises anglicane, presbytérienne et catholique, ainsi que diverses associations de bienfaisance, et encouragea médecins et infirmières à aller dans les hameaux du Connemara comme volontaires pour renforcer la maigre action sanitaire officielle. La campagne eut du succès. Les dons affluèrent d'Irlande et d'Angleterre. Roger fit trois voyages dans la région en apportant médicaments, vêtements et nourriture aux familles affectées. Il créa, en outre, un comité afin de pourvoir le Connemara en dispensaires et en écoles primaires. Dans le feu de cette campagne, il eut deux mois durant d'épuisantes réunions avec prêtres, hommes politiques, autorités, intellectuels et journalistes. Il fut surpris de la considération avec laquelle il était traité, même par ceux qui contestaient ses positions nationalistes.

En juillet il était revenu à Londres consulter ses médecins, qui devaient faire un rapport au Foreign Office sur les raisons de santé qu'il alléguait pour démissionner de la carrière. En dépit de l'intense activité déployée à l'occasion de l'épidémie au Connemara, il ne se sentait pas si mal et pensait que l'examen serait une simple formalité. Mais le rapport médical fut plus sérieux qu'il ne l'aurait cru : son arthrite à la colonne vertébrale, à la hanche et aux genoux s'était aggravée. On pouvait la soulager avec un traitement rigoureux et une vie très tranquille, mais c'était un mal incurable. Et l'on ne pouvait écarter qu'avec le temps il ne se retrouve paralysé. Le ministère des Affaires étrangères accepta, donc, sa démission et, au vu de son état, lui accorda une pension honorable.

Avant de retourner en Irlande, il décida d'aller à Paris, sur l'invitation d'Herbert et Sarita Ward. Il fut heureux de les revoir et de partager la chaude atmosphère de cette enclave africaine qu'était leur maison parisienne. Elle semblait tout entière une émanation du grand atelier où Herbert lui montra une nouvelle collection de ses sculptures d'hommes et de femmes d'Afrique, avec quelques-unes de la faune. C'étaient des pièces vigoureuses, en bronze et en bois, des trois dernières années, qu'il allait exposer en automne à Paris. Tandis qu'Herbert les lui montrait, en lui racontant des anecdotes, en lui sortant esquisses et modèles en petit format de chacune d'entre elles, la mémoire de Roger lui renvoyait d'abondantes images de l'époque où Herbert et lui avaient travaillé sur les expéditions d'Henry Morton Stanley et Henry Shelton Sanford. Il avait beaucoup appris en entendant Herbert raconter ses aventures de par le vaste monde, les gens pittoresques qu'il avait connus dans son périple australien, ses nombreuses lectures. Son intelligence était toujours aussi vive, son esprit toujours jovial et optimiste. Son épouse, Sarita, une riche héritière américaine, était sa moitié d'orange, aventureuse aussi et quelque peu bohème. Ils s'entendaient à merveille. Faisaient des randonnées à pied en France et en Italie. Ils avaient élevé leurs enfants dans le même esprit cosmopolite, entreprenant et curieux. Maintenant leurs deux garçons étaient internes en Angleterre, mais ils passaient toutes leurs vacances à Paris. Leur fille, *Cricket*, vivait avec eux.

Les Ward l'emmenèrent dîner au restaurant de la tour Eiffel, d'où l'on contemplait les ponts de la Seine et les quartiers de Paris ; puis à la Comédie-Française voir *Le malade imaginaire*, de Molière.

Mais tout ne fut pas qu'amitié, compréhension et tendresse pendant ces jours passés avec le couple. Dans le passé, Herbert et lui avaient été en désaccord sur bien des choses, sans que leur amitié s'en soit jamais ressentie ; au contraire, leurs divergences la vivifiaient. Mais cette fois ce fut différent. Un soir où ils discutaient d'une façon trop vive, Sarita dut intervenir en les obligeant à changer de sujet.

Herbert avait toujours eu une attitude tolérante et quelque peu amusée face au nationalisme de Roger. Mais ce soir-là il avait accusé son ami d'embrasser l'idée nationaliste avec trop d'exaltation, et d'avoir une attitude peu rationnelle, presque fanatique.

— Si beaucoup d'Irlandais veulent se séparer de la Grande-Bretagne, grand bien leur fasse ! lui avait-il dit. Je ne crois pas que l'Irlande ait beaucoup à gagner à avoir un drapeau, un blason et un président de la République. Ni que ses problèmes économiques et sociaux en soient résolus pour autant. À mon sens, il vaudrait mieux accepter l'autonomie revendiquée par John Redmond et ses partisans. Ils sont irlandais aussi, n'est-ce pas ? Et ils représentent une grande majorité face à ceux qui, comme toi, veulent la sécession. Enfin, rien de cela ne me préoccupe vraiment. En revanche, je m'inquiète de te voir devenir intolérant. Auparavant, tu donnais des raisons, Roger. Maintenant, tu ne sais que vociférer haineusement contre un pays qui est aussi le tien, et celui de tes parents. Un pays que tu as servi avec tant de mérite pendant toutes ces années. Et qui l'a reconnu, n'est-ce pas ? Qui t'a anobli et t'a accordé les décorations les plus hautes du royaume. Est-ce que cela ne représente rien pour toi ?

— Devrais-je devenir colonialiste par reconnaissance ? l'avait interrompu Casement. Accepter pour l'Irlande ce que toi et moi avons rejeté pour le Congo ?

— Entre le Congo et l'Irlande il y a une différence sidérale, je crois. Est-ce que dans la péninsule du Connemara les Anglais coupent les mains et lacèrent à la chicotte le dos des indigènes ?

— La méthode de colonisation en Europe est plus raffinée, Herbert, mais non moins cruelle.

Ses derniers jours à Paris, Roger avait évité de remettre l'Irlande sur le tapis. Il ne voulait pas gâter son amitié avec Herbert. Avec tristesse, il s'était dit que plus tard, sans doute, quand il se trouverait de plus en plus engagé dans le combat politique, la distance avec Herbert se creuserait jusqu'à détruire, peut-être, leur amitié, une des plus étroites qu'il ait eues dans sa vie. « Est-ce que je deviens fanatique ? » devait-il lui arriver dès lors de se demander, avec inquiétude.

En revenant à Dublin, à la fin de l'été, il fut dans l'incapacité de reprendre ses études de gaélique. La situation politique était devenue aiguë et dès le premier moment il se vit entraîné dans l'action. Le projet de Home Rule, qui aurait doté l'Irlande d'un Parlement et d'une large liberté administrative et économique, appuyé par l'Irish Parliamentary Party de John Redmond, fut approuvé à la Chambre des communes en novembre 1912. Mais la Chambre des lords le repoussa deux mois plus tard. En janvier 1913, en Ulster, citadelle unioniste dominée par la majorité locale anglophile et protestante, les ennemis de l'autonomie, avec à leur tête Edward Henry Carson, se lancèrent dans une campagne virulente. Ils constituèrent l'Ulster Volunteer Force (Force volontaire de l'Ulster) avec plus de quarante mille adhérents. C'était une organisation politique et une force militaire, disposée, s'il était voté, à combattre le Home Rule les armes à la main. L'Irish Parliamentary Party, de John Redmond, pour sa part, continuait le combat pour l'autonomie. La loi fut approuvée en seconde lecture par la Chambre des communes et à nouveau rejetée par celle des lords. Le 23 septembre, le conseil unioniste entérina la constitution d'un gouvernement provisoire de l'Ulster, c'est-à-dire la scission de l'Irlande si l'autonomie était approuvée.

Roger Casement se mit à écrire dans la presse nationaliste, cette fois sous son nom, en critiquant les unionistes de l'Ulster. Il dénonça les violences commises dans ces provinces par la majorité protestante contre la minorité catholique, le renvoi d'usine des ouvriers appartenant à cette confession et les budgets de misère alloués aux quartiers catholiques. « En voyant ce qui se passe en Ulster, affirmait-il dans un article, je ne me sens plus protestant. » Dans tout ce qu'il écrivait il déplorait l'attitude des ultras qui divisait les Irlandais en factions ennemies, un fait aux conséquences tragiques pour l'avenir. Dans un autre article il fustigeait les prêtres anglicans qui couvraient de leur silence les exactions contre la communauté catholique.

Malgré le scepticisme qu'il affichait, dans les débats politiques, sur la capacité du Home Rule à libérer l'Irlande de sa dépendance, dans ses articles, pourtant, il laissait percer un espoir : si la loi était approuvée sans amendements qui l'auraient dénaturée, et que l'Irlande dispose d'un Parlement avec la possibilité d'élire ses représentants et d'administrer ses ressources, ce pays serait alors au seuil de la souveraineté. Et si cela apportait la paix, quelle importance que sa défense et sa diplomatie demeurent aux mains de la Couronne britannique ?

À cette époque son amitié devint plus étroite avec deux Irlandais qui avaient consacré leur vie à la défense, à l'étude et à la diffusion de la langue des Celtes : le professeur Eoin MacNeill et Patrick Pearse. Roger avait fini par avoir une grande sympathie pour Pearse, ce croisé radical et intransigeant du gaélique et de l'indépendance de l'Irlande. Il avait adhéré dès l'adolescence à la Ligue gaélique et se vouait à la littérature, au journalisme et à l'enseignement. Il avait fondé et dirigeait deux écoles bilingues, St. Enda's, pour garçons, et une autre pour filles, St. Ita's, les premières à revendiquer le gaélique comme langue nationale. Il écrivait poèmes et pièces de théâtre, et des libelles et articles où il soutenait la thèse selon laquelle l'indépendance serait inutile si l'on ne récupérait pas la langue celte, car l'Irlande resterait culturellement une possession coloniale. Son intolérance en ce domaine était absolue ; il en était venu dans sa jeunesse à traiter de « traître » William Butler Yeats — dont il serait plus tard un admirateur sans réserves — pour avoir écrit en anglais. Il était timide, vieux garçon et travailleur infatigable, avec une coquetterie dans l'œil, mais c'était un orateur exalté et charismatique. Lorsqu'il ne s'agissait pas du gaélique ni de l'émancipation et qu'il se trouvait parmi des gens de confiance, Patrick Pearse redevenait un homme plein d'humour et débordant de sympathie, disert et extraverti, qui surprenait parfois ses amis en se déguisant en vieille mendiante qui demandait la charité en plein centre de Dublin, ou en demoiselle guillerette faisant effrontément le trottoir aux portes des tavernes. Mais sa vie était d'une sobriété monacale. Il vivait avec sa mère et ses frères, ne buvait ni ne fumait, et on ne lui connaissait pas d'amourettes. Son meilleur ami était son inséparable frère Willie, sculpteur et professeur d'arts plastiques à St. Enda's. Au fronton de cette école, entourée des collines boisées de Rathfarnham, Pearse avait gravé une phrase que les sagas irlandaises attribuaient au héros mythique Cuchulain : « Peu m'importe de ne vivre qu'un jour et une nuit si mes exploits restent à jamais. » On le disait chaste. Il pratiquait sa foi catholique avec une discipline militaire, au point de jeûner fréquemment et de porter un cilice. À cette époque, où il fut tant mêlé aux trafics, intrigues et disputes enflammées de la vie politique, Roger Casement se dit bien des fois que l'invincible affection qu'il portait à Patrick Pearse venait peut-être de ce que c'était un des très rares politiciens de sa connaissance que la politique n'avait pas privés d'humour et dont l'action civique était totalement désintéressée, par principe : il accordait de l'importance aux idées et méprisait le pouvoir. Mais l'obsession de Pearse à concevoir les patriotes irlandais comme la version contemporaine des martyrs primitifs l'inquiétait : « De même que le sang des martyrs fut la semence du christianisme, celle des patriotes sera la semence de notre liberté », avait-il écrit dans un essai. Une belle phrase, pensait Roger. Mais n'y avait-il pas là quelque chose d'abominable ?

La politique éveillait chez lui des sentiments contradictoires. D'une part, elle le faisait vivre avec une intensité inconnue — enfin, il s'était investi corps et âme en Irlande ! –, mais, d'autre part, il s'irritait de perdre son temps dans les interminables discussions qui précédaient et parfois empêchaient les accords et l'action, les intrigues, vanités et mesquineries qui se mêlaient aux élans et aux idées dans les tâches quotidiennes. Il avait lu et entendu dire que la politique, comme tout ce qui se rattache au pouvoir, fait émerger parfois le meilleur de l'être humain — l'idéalisme, l'héroïsme, l'esprit de sacrifice, la générosité —, mais aussi ce qu'il a de pire : la cruauté, l'envie, le ressentiment, l'orgueil. Il vérifia que c'était vrai. Il manquait, lui, d'ambition politique, le pouvoir ne le tentait pas. C'est peut-être pour cela, outre le prestige qui était le sien comme grand dénonciateur international des exactions à l'encontre des indigènes d'Afrique et d'Amérique du Sud, qu'il n'avait pas d'ennemis dans le mouvement nationaliste. C'est, du moins, ce qu'il croyait, car les uns et les autres lui manifestaient du respect. À l'automne 1913, il monta sur une tribune et fit ses premières armes comme orateur politique.

Fin août il s'était rendu dans l'Ulster de son enfance et de sa jeunesse, pour tenter de regrouper les Irlandais protestants opposés à l'extrémisme pro-britannique d'Edward Carson et de ses partisans, qui, dans leur campagne contre le Home Rule, s'entraînaient militairement au vu et au su des autorités. Le comité que Roger avait contribué à former, appelé Ballymoney, avait convoqué une manifestation au Town Hall de Belfast. On était tombé d'accord pour qu'il soit un des orateurs en même temps qu'Alice Stopford Green, le capitaine Jack White, Alex Wilson et un jeune activiste appelé Dinsmore. Il prononça donc le premier discours public de sa vie par un après-midi pluvieux du 24 octobre 1913 dans une salle de la mairie de Belfast, devant cinq cents personnes. Très nerveux, il écrivit la veille son discours et l'apprit par cœur. Il avait l'impression qu'en montant à cette tribune, il allait faire un pas irréversible et qu'il ne pourrait plus faire marche arrière sur la route entreprise. À l'avenir sa vie serait vouée à une tâche qui, étant donné les circonstances, lui ferait peut-être courir autant de risques que ceux qu'il avait affrontés dans les forêts africaines et sud-américaines. Dans son discours, fort applaudi, il nia que la division des Irlandais soit à la fois religieuse et politique (catholiques autonomistes et protestants unionistes) et en appela à « l'union de la diversité des croyances et des idéaux de tous les Irlandais ». Après cette séance, Alice Stopford Green, tandis qu'elle l'embrassait, lui avait murmuré à l'oreille : « Laisse-moi jouer les prophétesses. Je te prédis un grand avenir politique. »

Les huit mois qui suivirent, Roger eut l'impression qu'il ne faisait rien d'autre que monter et descendre des estrades en haranguant la foule. Au début il lisait ses discours, puis s'était mis à improviser à partir de quelques notes. Il parcourut l'Irlande en tous sens, assista à des réunions, des rencontres, des débats, des tables rondes, parfois publiques, parfois secrètes, discutant, plaidant, proposant, réfutant, des heures et des heures durant, renonçant souvent pour cela à manger et dormir. Ce dévouement total à l'action politique l'enthousiasmait, mais aussi le plongeait parfois dans un abattement profond. Dans ses moments de découragement, les douleurs à la hanche et au dos recommençaient à le tourmenter.

Les mois précédant la fin de l'année 1913 et au début de 1914, la tension politique en Irlande ne fit que croître. La division entre unionistes de l'Ulster et autonomistes et indépendantistes s'exacerba de telle sorte qu'elle semblait préluder à une guerre civile. En novembre 1913, en réponse à la formation des Volontaires de l'Ulster d'Edward Carson, fut fondée l'Irish Citizen

Army, dont l'inspirateur principal, James Connolly, était dirigeant syndical et leader ouvrier. Il s'agissait d'une formation militaire et sa raison d'être avouée était la défense des travailleurs contre les agressions des patrons et des autorités. Son premier commandant, le capitaine Jack White, avait honorablement servi dans l'armée britannique avant de se convertir au nationalisme irlandais. Lors de sa fondation fut lu un texte d'adhésion de Roger, que ses amis politiques venaient d'envoyer à Londres collecter une aide financière pour le mouvement nationaliste.

Presque en même temps que l'Irish Citizen Army avaient surgi, à l'initiative du professeur Eoin MacNeill, secondé par Roger Casement, les Irish Volunteers. L'organisation, dès le premier moment, eut l'appui de la clandestine Irish Republican Brotherhood, une milice qui réclamait l'indépendance pour l'Irlande et que dirigeait, depuis l'anodin débit de tabac qui lui servait de couverture, Tom Clarke, un personnage légendaire dans les cercles nationalistes. Il avait passé quinze ans dans les prisons britanniques, accusé d'actions terroristes avec usage de dynamite. Puis il était parti en exil aux États-Unis. De là-bas il avait été envoyé par les dirigeants du Clan na Gael (branche américaine de l'Irish Republican Brotherhood) à Dublin pour, en mettant en action son génie de l'organisation, monter un réseau clandestin. Il l'avait fait : malgré ses cinquante-deux ans, il était infatigable et rigoureux, et respirait la santé. Sa véritable identité n'avait pas été détectée par l'espionnage britannique. Les deux organisations devaient travailler en étroite, quoique pas toujours facile, collaboration et beaucoup d'adhérents le seraient des deux à la fois. Des membres de la Ligue gaélique, des militants du Sinn Féin, qui faisait ses premiers pas sous la direction d'Arthur Griffith, des adeptes de l'Ancien Ordre des Hiberniens et des milliers d'indépendants adhérèrent aussi aux Volontaires.

Roger Casement avait travaillé avec le professeur MacNeill et Patrick Pearse à la rédaction du manifeste fondateur des Volontaires et vibré au milieu de la foule, lors de la première manifestation publique de l'organisation, le 25 novembre 1913, à la Rotonde de Dublin. Dès le départ, tout comme MacNeill et Roger l'avaient proposé, les Volontaires furent un mouvement militaire, qui avait pour vocation de recruter, d'entraîner et d'armer ses membres, divisés en escadrons, compagnons et régiments sur toute l'étendue de l'Irlande, au cas où éclateraient des actions armées, ce qui, au vu de la situation politique, semblait imminent.

Roger se consacra corps et âme à œuvrer pour les Volontaires. Il devint de la sorte ami très proche des principaux dirigeants, parmi lesquels de nombreux poètes et écrivains, tels que Thomas MacDonagh, auteur dramatique et professeur à l'université, et le jeune Joseph Plunkett, poitrinaire et impotent qui, malgré son handicap physique, manifestait une énergie extraordinaire ; il était aussi catholique que Pearse, lecteur des mystiques, et avait été l'un des fondateurs de l'Abbey Theatre. Les activités de Roger en faveur des Volontaires l'occupèrent pendant des jours et des nuits entre novembre 1913 et juin 1914. Il prit quotidiennement la parole dans ses meetings, dans les grandes villes, comme Dublin, Belfast, Cork, Londonderry, Galway et Limerick, ou dans des bourgs minuscules, devant des centaines ou à peine quelques poignées de personnes. Ses discours commençaient sur le mode mineur (« Je suis un protestant de l'Ulster qui défend la souveraineté et la libération de l'Irlande du joug colonial anglais »), mais au fur et à mesure qu'il avançait, il s'exaltait et finissait le plus souvent dans des transports épiques. Et son auditoire applaudissait presque toujours à tout rompre.

Il collaborait en même temps aux plans stratégiques des Volontaires. C'était un des dirigeants les plus obstinés à doter le mouvement d'un armement capable d'appuyer efficacement le combat pour la souveraineté qui, il en était convaincu, passerait fatalement du plan politique à l'action belliqueuse. Pour s'armer il fallait de l'argent et il était indispensable de persuader les Irlandais qui voulaient être libres de se montrer généreux envers les Volontaires.

C'est ainsi que naquit l'idée d'envoyer Roger Casement aux États-Unis. Là-bas, les communautés irlandaises avaient des moyens économiques et pouvaient accroître leur aide à la faveur d'une campagne d'opinion publique. Et qui pouvait mieux la promouvoir que l'Irlandais le plus connu au monde ? Les Volontaires décidèrent de proposer ce projet à John Devoy, le responsable aux États-Unis du puissant Clan na Gael, qui regroupait la nombreuse communauté irlandaise nationaliste en Amérique du Nord. Devoy, né à Kill, dans le comté de Kildare, avait été un activiste clandestin depuis sa jeunesse et avait été condamné, sous l'accusation de terrorisme, à quinze ans de prison. Mais il n'en avait fait que cinq. Il s'était engagé dans la Légion étrangère, en Algérie. Aux États-Unis il avait fondé un journal, *The Gaelic American*, en 1903, et noué des liens étroits avec des gens de l'*establishment,* donnant ainsi au Clan na Gael une certaine assise politique.

Tandis que John Devoy étudiait cette proposition, Roger s'attelait toujours à la promotion des Irish Volunteers et à leur militarisation. Il s'était lié d'amitié avec le colonel Maurice Moore, inspecteur général des

Volontaires, qu'il avait accompagné dans ses tournées dans l'île pour assister à l'entraînement effectif des hommes et s'assurer des cachettes d'armes. Sur les instances du colonel Moore, il fut incorporé à l'état-major de l'organisation.

Il fut envoyé plusieurs fois à Londres, où fonctionnait un comité clandestin, présidé par Alice Stopford Green, qui, outre la collecte d'argent, négociait en Angleterre et dans divers pays européens l'achat secret de fusils, revolvers, grenades, mitrailleuses et munitions, qu'il introduisait clandestinement en Irlande. Lors de ces réunions londoniennes avec Alice et ses amis, Roger se rendit compte qu'une guerre en Europe n'était plus une simple éventualité, mais une réalité en marche : tous les hommes politiques et les intellectuels qui fréquentaient les soirées de l'historienne à son domicile de Grosvenor Road croyaient que l'Allemagne l'avait déjà décidé et ne se demandaient plus s'il y aurait la guerre mais quand elle éclaterait.

Roger avait déménagé à Malahide, sur la côte nord de Dublin, malgré le peu de nuits qu'il passait chez lui, en raison de ses déplacements politiques. Peu de temps après son emménagement, les Volontaires le prévinrent que la Royal Irish Constabulary avait ouvert un dossier le concernant et qu'il était filé par la police secrète. Raison de plus pour partir aux États-Unis : là-bas il serait plus utile au mouvement nationaliste que s'il restait en Irlande et se retrouvait derrière les barreaux. John Devoy fit savoir que les dirigeants de Clan na Gael applaudissaient à sa venue. Ils croyaient tous que sa présence accélérerait la collecte de dons.

Il avait accepté, mais retardé son départ à cause d'un projet qui lui tenait à cœur : une grande commémoration le 23 avril 1914 des neuf cents ans de la bataille de Clontarf où les Irlandais, sous le commandement de Brian Boru, avaient défait les Vikings. MacNeill et Pearse l'appuyaient, mais les autres dirigeants voyaient dans cette initiative une perte de temps : pourquoi gaspiller de l'énergie dans une opération d'archéologie historique quand l'important était l'actualité ? Il n'y avait pas de temps pour des distractions. Le projet n'était pas arrivé à se concrétiser, pas plus qu'une autre initiative de Roger, une campagne de signatures demandant la participation de l'Irlande aux jeux Olympiques avec sa propre équipe d'athlètes.

Tout en préparant son voyage, il se répandait encore en réunions publiques, parlant toujours aux côtés de MacNeill et de Pearse, et, parfois, de Thomas MacDonagh. Il le fit à Cork, Galway, Kilkenny. Le jour de la Saint-Patrick il monta à la tribune à Limerick, la manifestation la plus grande qu'il lui ait été donné de voir dans sa vie. La situation empirait de jour en jour. Les unionistes de l'Ulster, armés jusqu'aux dents, organisaient ouvertement défilés et manœuvres militaires, au point que le gouvernement britannique avait dû faire un geste, en envoyant davantage de soldats et de marins dans le nord de l'Irlande. C'est alors que se produisit la mutinerie de Curragh, un épisode qui allait influer grandement sur les idées politiques de Roger. En pleine mobilisation des soldats et marins britanniques pour freiner une éventuelle action armée des ultras de l'Ulster, le général sir Arthur Paget, commandant en chef de l'Irlande, communiqua au gouvernement anglais qu'un bon nombre d'officiers britanniques des forces militaires de Curragh lui avaient fait savoir que, s'il leur ordonnait d'attaquer les Ulster Volunteers d'Edward Carson, ils demanderaient à être relevés. Le gouvernement anglais céda au chantage et aucun de ces officiers ne fut sanctionné.

Cet événement avait fini de convaincre Roger : le Home Rule ne serait jamais une réalité parce que, malgré toutes ses promesses, le gouvernement anglais, à l'exception des conservateurs ou des libéraux, ne l'accepterait jamais. John Redmond et les Irlandais qui croyaient à l'autonomie se verraient encore et toujours frustrés. Ce n'était pas la solution pour l'Irlande. La solution c'était l'indépendance, pure et simple, et elle ne serait jamais accordée de bon gré. Elle devrait être arrachée au moyen d'une action politique et militaire, au prix de grands sacrifices et d'actes héroïques, comme le voulaient Pearse et Plunkett. C'est ainsi que tous les peuples libres de la terre avaient obtenu leur émancipation.

En avril 1914, le journaliste allemand Oskar Schweriner arriva en Irlande. Il voulait écrire des articles sur les pauvres du Connemara. Comme Roger avait été fort actif en aidant les populations au moment de l'épidémie de typhus, il chercha à le voir. Ils se rendirent ensemble sur les lieux, parcourant les villages de pêcheurs, les écoles et dispensaires qui commençaient à fonctionner. Roger traduisit ensuite les articles de Schweriner pour *The Irish Independent*. Dans ses conversations avec le journaliste allemand, favorable aux thèses nationalistes, Roger réaffirma cette idée qu'il avait eue lors de son séjour à Berlin, de lier la lutte pour l'émancipation de l'Irlande à l'Allemagne si un conflit armé éclatait entre ce pays et la Grande-Bretagne. Avec ce puissant allié, il y aurait plus de possibilités d'obtenir de l'Angleterre ce que l'Irlande avec ses maigres moyens — un pygmée contre un géant — n'atteindrait jamais. Parmi les Volontaires l'idée fut bien reçue. Elle n'était pas inédite, mais l'imminence d'une guerre lui redonnait de l'actualité.

Dans ces circonstances, on apprit que les Ulster Volunteers d'Edward Carson avaient réussi à introduire en cachette en Ulster, par le port de Larne, deux cent seize tonnes d'armes. En s'ajoutant à celles qu'ils avaient, cet arrivage donnait aux milices unionistes une force de beaucoup supérieure à celle des Volontaires nationalistes. Roger dut hâter son départ pour les États-Unis.

Ce qu'il fit, mais non sans accompagner, auparavant, Eoin MacNeill à Londres pour s'entretenir avec John Redmond, le leader de l'Irish Parliamentary Party. Malgré tous les revers, ce dernier restait convaincu que l'autonomie finirait par être approuvée. Il défendit devant eux la bonne foi du gouvernement libéral britannique. C'était un gros bonhomme dynamique, qui parlait à toute vitesse, comme une mitraillette. L'absolue confiance en soi qu'il manifestait contribua à accroître l'antipathie qu'il inspirait déjà à Roger Casement. Pourquoi était-il si populaire en Irlande ? Sa thèse selon laquelle l'autonomie devait être obtenue dans la collaboration et l'amitié avec l'Angleterre jouissait d'un appui majoritaire parmi les Irlandais. Mais Roger était sûr que cette adhésion populaire au leader de l'Irish Parliamentary Party s'effriterait au fur et à mesure que l'opinion publique verrait que le Home Rule était un miroir aux alouettes utilisé par le gouvernement impérial pour abuser les Irlandais, en les démobilisant et les divisant.

Ce qui irrita le plus Roger lors de cet entretien fut d'entendre Redmond affirmer que si la guerre contre l'Allemagne éclatait, les Irlandais devaient combattre aux côtés de l'Angleterre, pour une question de principe et de stratégie : de la sorte on gagnerait la confiance du gouvernement anglais et de l'opinion publique, ce qui garantirait la future autonomie. Redmond exigea la présence au sein du comité exécutif des Volontaires de vingt-cinq représentants de son parti, ce que les Volunteers se résignèrent à accepter afin de préserver l'unité. Mais cette concession ne fit pas changer d'opinion Redmond qui accusait Roger Casement, ici et là, d'être « un révolutionnaire radical ». Malgré cela, pendant ses dernières semaines en Irlande, Roger écrivit à Redmond deux lettres aimables, en l'exhortant à tout faire pour que les Irlandais se maintiennent unis malgré leurs éventuels désaccords. Il lui assurait que si le Home Rule devenait réalité, il serait le premier à l'appuyer. Mais si le gouvernement anglais, par sa faiblesse face aux extrémistes de l'Ulster, n'arrivait pas à imposer l'autonomie, les nationalistes devaient disposer d'une stratégie alternative.

Roger était en train de parler dans un meeting des Volontaires à Cushendun le 28 juin 1914 quand la nouvelle de l'attentat de Sarajevo arriva : un terroriste serbe avait assassiné l'archiduc François-Ferdinand d'Autriche. Personne n'y attacha alors une grande importance, mais, quelques semaines plus tard, cet épisode allait être le prétexte au déclenchement de la Première Guerre mondiale. Son dernier discours en Irlande, Roger le prononça à Carn le 30 juin. Il était déjà aphone d'avoir tant parlé.

Sept jours plus tard il embarquait, clandestinement, du port de Glasgow, sur le *Casandra* — le nom était un symbole de ce que l'avenir lui réservait — en direction de Montréal. Il voyageait en seconde, sous un nom d'emprunt. Il avait, de surcroît, modifié son habillement, généralement soigné et maintenant fort modeste, et son visage, en changeant de coiffure et se coupant la barbe. Il passa des jours tranquilles à naviguer, après si longtemps. Pendant la traversée il se dit, avec surprise, que l'agitation de ces derniers mois avait eu la vertu de calmer ses douleurs arthritiques. Il n'en souffrait presque plus et lorsqu'elles survenaient encore, elles étaient plus supportables qu'avant. Dans le train de Montréal à New York, il prépara son rapport pour John Devoy et les autres dirigeants de Clan na Gael sur la situation en Irlande et le besoin d'aide financière des Volontaires afin d'acheter des armes, car, au train où évoluait la situation politique, la violence pouvait éclater à tout moment. D'un autre côté, la guerre offrirait une occasion exceptionnelle aux indépendantistes irlandais.

En arrivant à New York, le 18 juillet, il avait pris une chambre au Belmont Hotel, modeste et fréquenté par des Irlandais. C'est ce même jour, en se promenant dans une rue de Manhattan, dans la chaleur torride de l'été new-yorkais, qu'il fit la rencontre du Norvégien Eivind Adler Christensen. Une rencontre fortuite? C'est ce qu'il crut alors. Pas un seul instant la pensée ne lui traversa l'esprit qu'elle aurait pu être planifiée par les services d'espionnage britannique qui, depuis déjà des mois, le suivaient à la trace. Il était sûr que ses précautions pour quitter clandestinement Glasgow avaient été suffisantes. Il ne soupçonna pas non plus, ces jours-là, le cataclysme qu'allait provoquer dans sa vie ce jeune homme de vingt-quatre ans dont le physique n'était absolument pas celui du pauvre vagabond à moitié mort de faim qu'il prétendait être. Malgré ses vêtements râpés, il sembla à Roger l'homme le plus beau et le plus séduisant qu'il ait vu de sa vie. Tout en l'observant manger le sandwich et boire à petites gorgées le verre qu'il lui avait offerts, il se sentit troublé, honteux, parce que son cœur s'était mis à battre très fort et qu'il sentait bouillonner son sang comme il ne l'éprouvait plus depuis longtemps. Lui, toujours si précautionneux dans ses gestes, observateur si rigoureux des bonnes manières, fut plusieurs fois cet après-midi et ce soir-là sur le point de transgresser les formes, et d'obéir à cet élan qui le poussait à caresser ces bras musclés au duvet doré, ou de saisir la taille étroite d'Eivind.

Apprenant que le jeune homme n'avait pas où dormir, il l'invita à son hôtel. Il lui prit une petite chambre au même étage que la sienne. Malgré la fatigue accumulée par le long voyage, cette nuit-là Roger ne ferma pas l'œil. Il jouissait et souffrait en imaginant le corps athlétique de son nouvel ami immobilisé par le sommeil, ses blonds cheveux en désordre et ce visage délicat, aux yeux bleus très clairs, appuyé sur son bras, dormant peut-être les lèvres ouvertes, montrant ses dents si blanches et si parfaites.

Cette rencontre avec Eivind Adler Christensen fut une expérience si forte que le lendemain, lors de son premier rendez-vous avec John Devoy, avec qui il avait d'importants sujets à traiter, ce visage et cette silhouette envahissaient son esprit, le faisant par moments dériver loin du petit bureau où, accablés par la chaleur, ils discutaient.

Roger avait été très impressionné par le vieux révolutionnaire chevronné dont la vie ressemblait à un roman d'aventures. Il portait ses soixante-douze ans avec vigueur et transmettait une énergie contagieuse dans ses gestes, ses mouvements et sa façon de parler. Prenant des notes sur un petit carnet avec un crayon dont il mouillait de temps en temps la pointe dans sa bouche, il écouta le rapport de Roger sur les Volontaires sans l'interrompre. Quand ce dernier eut achevé, le vieil homme lui posa d'innombrables questions, en lui demandant des précisions. Roger fut émerveillé de voir John Devoy si totalement informé de ce qui se passait en Irlande, même de sujets censément gardés dans le plus grand secret.

Ce n'était pas un homme cordial. Il était endurci par ses années de prison, de clandestinité et de lutte, mais il inspirait confiance et donnait l'impression d'être franc, honnête, et d'avoir des convictions dures comme la pierre. Lors de cet entretien et de ceux qu'ils auraient tout le temps de son séjour aux États-Unis, Roger se rendit compte que Devoy et lui coïncidaient au plus juste dans leurs opinions sur l'Irlande. John croyait aussi qu'il était trop tard pour l'autonomie et que, désormais, l'objectif des patriotes irlandais ne pouvait être que l'émancipation. Et les actions armées seraient le complément indispensable des négociations. Le gouvernement anglais n'accepterait de négocier que lorsque les opérations militaires le mettraient dans une situation si difficile qu'accorder l'indépendance serait pour Londres le moindre mal. Dans cette guerre imminente, le rapprochement avec l'Allemagne était vital pour les nationalistes : son appui logistique et politique donnerait aux indépendantistes une efficacité plus grande. John Devoy lui fit savoir que la communauté irlandaise des États-Unis n'était pas unanime à ce sujet. Les thèses de John Redmond avaient aussi leurs partisans ici, bien que la direction du Clan na Gael soit sur les mêmes positions que Devoy et Casement.

Les jours suivants, John Devoy lui présenta la plupart des dirigeants de l'organisation à New York ainsi que John Quinn et William Bourke Cokran, deux avocats américains influents qui prêtaient main-forte à la cause irlandaise. Tous deux avaient des relations avec les hautes sphères du gouvernement et du Parlement des États-Unis.

Roger nota le bon effet qu'il produisait sur les

communautés irlandaises dès que, à la demande de John Devoy, il commença de prendre la parole dans les meetings et les réunions pour collecter des fonds. Il était connu pour ses campagnes en faveur des indigènes d'Afrique et d'Amazonie, et son éloquence rationnelle et émotive touchait tous les publics. À la fin des meetings où il prit la parole, à New York, Philadelphie et d'autres villes de la côte Est, les contributions financières augmentèrent. Les dirigeants de Clan na Gael disaient en riant qu'à ce rythme ils deviendraient capitalistes. L'Ancient Order of Hibernians l'invita à être l'orateur principal au meeting le plus populeux auquel Roger participa aux États-Unis.

À Philadelphie, il fit connaissance avec une autre des grandes figures nationalistes en exil, Joseph McGarrity, étroit collaborateur de John Devoy au sein de Clan na Gael. Il était précisément invité chez lui quand leur parvint la nouvelle du débarquement clandestin de mille cinq cents fusils et dix mille munitions pour les Volontaires dans la localité de Howth. Cela provoqua une explosion de joie et l'on trinqua à ce succès. On apprit peu après qu'à la suite de ce débarquement, il y avait eu un accrochage sérieux à Bachelor's Walk entre Irlandais et soldats britanniques du régiment The King's Own Scottish Borderers, et que trois personnes étaient mortes et plus de quarante, blessées. Était-ce donc le début de la guerre ?

Dans presque tous ses déplacements sur le territoire américain — réunions du Clan na Gael et manifestations publiques –, Roger était accompagné d'Eivind Adler Christensen. Il le présentait comme son adjoint et sa personne de confiance. Il lui avait acheté des vêtements plus présentables et l'avait informé de la problématique irlandaise, dont le jeune Norvégien disait tout ignorer. Il était inculte mais pas sot, apprenant vite et se montrant fort discret lors des réunions entre Roger, John Devoy et autres membres de l'organisation. Si la présence du jeune Norvégien éveillait chez ceux-ci quelque méfiance, ils n'en faisaient pas état, car ils ne posèrent à aucun moment de questions embarrassantes sur ce jeune homme qui l'accompagnait partout.

Quand, en août 1914, éclata la guerre mondiale — le 4 août la Grande-Bretagne déclara la guerre à l'Allemagne —, Devoy, Joseph McGarrity et John Keating, le cercle le plus étroit des dirigeants du Clan na Gael, avaient déjà décidé que Roger Casement partirait en Allemagne. Il s'y rendrait en tant que représentant des indépendantistes partisans d'une alliance stratégique avec le gouvernement du Kaiser, qui apporterait une aide politique et militaire aux Volontaires, à charge pour ces derniers de faire campagne contre cet enrôlement d'Irlandais dans l'armée britannique que défendaient autant les unionistes de l'Ulster que les partisans de John Redmond. Le projet fut débattu avec un petit nombre de dirigeants des Volunteers, tels que Patrick Pearse et Eoin MacNeill, qui l'approuvèrent sans réserves. L'ambassade d'Allemagne à Washington, avec laquelle Clan na Gael était en contact, collabora au plan. L'attaché militaire allemand, le capitaine Franz von Papen, vint à New York et s'entretint à deux reprises avec Roger. Ce rapprochement entre Clan na Gael, l'IRB irlandais et le gouvernement allemand remplit d'enthousiasme le capitaine qui, après avoir consulté Berlin, leur fit savoir que Roger Casement serait le bienvenu en Allemagne.

Roger s'attendait à la guerre, comme presque tout le monde, et dès que la menace devint réalité, il se jeta dans l'action avec l'immense énergie dont il était capable. Sa position favorable au Reich se doubla d'une virulence antibritannique qui surprenait ses propres compagnons du Clan na Gael, et ils étaient pourtant nombreux à parier aussi sur une victoire allemande. Il eut une discussion violente avec John Quinn, qui l'avait invité à passer quelques jours dans sa luxueuse résidence, pour avoir affirmé que cette guerre était la conjonction du ressentiment et de l'envie d'un pays en décadence comme l'Angleterre envers une puissance forte, en plein développement industriel et économique, avec une démographie croissante. L'Allemagne représentait l'avenir parce qu'elle n'avait pas de lest colonial, alors que l'Angleterre, incarnation même d'un passé impérial, était condamnée à s'éteindre.

En août, septembre et octobre 1914, Roger, comme en ses meilleures époques, travailla jour et nuit, écrivant articles et lettres, prononçant causeries et discours où, avec une insistance maniaque, il accusait l'Angleterre d'être cause de cette catastrophe européenne et exhortait les Irlandais à ne pas céder au chant des sirènes de John Redmond qui faisait campagne pour leur enrôlement. Le gouvernement libéral anglais fit approuver l'autonomie au Parlement, mais suspendit son application jusqu'à la fin de la guerre. La division des Volontaires fut inévitable. L'organisation s'était extraordinairement élargie et Redmond et l'Irish Parliamentary Party y étaient largement majoritaires. Plus de cent cinquante mille Volontaires le suivirent, tandis qu'à peine onze mille restèrent avec Eoin MacNeill et Patrick Pearse. Mais cela n'entama en rien la ferveur pro-germanique de Roger Casement qui, dans tous les meetings aux États-Unis, continuait à présenter l'Allemagne du Kaiser comme la victime de cette guerre et la meilleure défense de la civilisation occidentale. « Ce n'est pas l'amour de l'Allemagne qui parle par ta bouche, mais la haine de l'Angleterre », lui avait dit John Quinn lors de cette discussion.

En septembre 1914 sortit, à Philadelphie, un petit livre de Roger Casement, *L'Irlande, l'Allemagne et la liberté des mers : un résultat possible de la guerre de 1914*, qui rassemblait ses essais et articles favorables à l'Allemagne. Le livre serait ensuite réédité à Berlin sous le titre : *Le crime contre l'Europe.*

Ses déclarations en faveur de l'Allemagne avaient impressionné les diplomates du Reich accrédités aux États-Unis. L'ambassadeur d'Allemagne à Washington, le comte Johann von Bernstorff, se rendit à New York pour rencontrer en privé le trio dirigeant du Clan na Gael — John Devoy, Joseph McGarrity et John Keating — et Roger Casement. Il y avait là aussi le capitaine Franz von Papen. C'est Roger, conformément à l'accord avec ses compagnons, qui exposa devant le diplomate allemand les exigences des nationalistes : cinquante mille fusils et des munitions. Qui pouvaient être débarqués clandestinement dans différents ports d'Irlande grâce aux Volontaires. Ces armes serviraient à un soulèvement militaire anticolonialiste qui immobiliserait d'importantes troupes anglaises, ce qui pourrait être mis à profit par les forces navales et militaires du Kaiser pour déclencher une offensive contre les garnisons du littoral anglais. Pour accroître les sympathies envers l'Allemagne de l'opinion publique irlandaise, il était indispensable que le gouvernement allemand fasse une déclaration garantissant qu'en cas de victoire, il appuierait les aspirations irlandaises à se libérer du joug colonial. D'autre part, le gouvernement allemand devrait s'engager à appliquer un traitement spécial aux soldats irlandais qui seraient faits prisonniers, en les séparant des Anglais et en leur donnant l'occasion de s'incorporer à une Brigade irlandaise qui combattrait « aux côtés, mais pas à l'intérieur de » l'armée allemande contre l'ennemi commun. Roger Casement serait l'organisateur de la Brigade.

Le comte von Bernstorff, un homme robuste, portant monocle, la poitrine constellée de décorations, l'écouta avec attention. Le capitaine von Papen prenait des notes. L'ambassadeur devait consulter Berlin, à l'évidence, mais il leur fit déjà savoir que la proposition lui semblait raisonnable. Et en effet, quelques jours après, lors d'une seconde réunion, il leur annonça que le gouvernement allemand était disposé à établir des discussions sur ce sujet, à Berlin, avec Casement comme représentant des nationalistes irlandais. Il leur remit une lettre demandant aux autorités de donner toutes facilités à sir Roger pendant son séjour en Allemagne.

Il avait immédiatement préparé son voyage. Il remarqua la surprise de Devoy, McGarrity et Keating quand il leur dit qu'il emmènerait avec lui en Allemagne son adjoint Eivind Adler Christensen. Comme il était prévu, pour raisons de sécurité, qu'il se rendrait en bateau de New York à Christiania, l'aide du Norvégien comme traducteur dans son propre pays serait utile, et aussi à Berlin, car Eivind parlait également l'allemand. Il ne demanda pas de supplément d'argent pour son assistant. La somme que le Clan na Gael lui avait donnée pour son voyage et son installation — trois mille dollars — couvrirait leurs frais à tous deux.

Si ses compagnons new-yorkais trouvèrent quelque peu étrange son obstination à emmener avec lui à Berlin ce jeune Viking qui restait muet devant eux lors des réunions, ils n'en dirent mot. Ils acquiescèrent sans commentaires. Roger n'aurait pas pu faire ce voyage sans Eivind. Le jeune homme avait fait entrer dans sa vie un flot de jeunesse, d'espoir, et — le mot le faisait rougir — d'amour. Ce qui ne lui était jamais arrivé. Il avait eu ces sporadiques aventures de rues avec des gens dont il oubliait sur l'instant le nom — si ce n'était pas un simple surnom —, ou avec ces fantômes que son imagination, ses désirs et sa solitude inventaient dans les pages de ses journaux intimes. Mais avec le « beau Viking », comme il l'appelait dans l'intimité, il avait eu, pendant ces semaines et ces mois, l'impression d'avoir enfin noué, au-delà du plaisir, une relation affective qui pouvait durer, le tirer de la solitude à laquelle sa vocation sexuelle l'avait condamné. Il ne parlait pas de ces choses avec Eivind. Il n'était pas naïf et s'était bien souvent dit que très probablement, et même sûrement, le Norvégien était avec lui par intérêt, parce qu'avec Roger il mangeait deux fois par jour, vivait sous un toit, dormait dans un lit convenable, disposait de vêtements et connaissait une sécurité dont, de son propre aveu, il était privé depuis longtemps. Mais Roger avait fini par écarter toutes ses préventions dans son commerce quotidien avec le jeune homme. Il était attentif et affectueux envers lui, semblait vivre pour le servir, lui tendre ses vêtements, se plier à tous ses caprices. Il s'adressait à lui à tout moment, même dans les plus intimes, en gardant ses distances, sans se permettre un abus de confiance ou une vulgarité quelconque.

Ils prirent des billets de deuxième classe sur l'*Oscar II* de New York à Christiania, qui levait l'ancre à la mi-octobre. Roger, sous l'identité de James Landy, changea son apparence, portant les cheveux très courts et blanchissant son teint bronzé avec des crèmes. Le bateau fut intercepté par la Marine britannique en haute mer et escorté jusqu'à Stornoway, dans les îles Hébrides, où les Anglais le soumirent à une fouille rigoureuse. Mais la véritable identité de Casement ne fut pas détectée. Le couple arriva sain et sauf à Christiania au soir du 28 octobre. Roger ne s'était jamais mieux senti. Si on le lui avait demandé, il aurait répondu que, malgré tous les problèmes, il était un homme heureux.

Et pourtant, en ces heures ou minutes mêmes où il croyait avoir saisi ce feu follet — le bonheur —, il entreprenait l'étape la plus amère de sa vie, cet échec qui, devait-il penser ensuite, ternirait tout ce que son passé avait de bon et de noble. Le lendemain de leur arrivée dans la capitale de la Norvège, Eivind lui annonça qu'il avait été enlevé pendant quelques heures par des inconnus et conduit au consulat britannique, où on l'avait interrogé sur son mystérieux accompagnateur. Roger le crut, dans sa naïveté. Et il pensa que cet épisode lui offrait une occasion providentielle de mettre en évidence les mauvais procédés (les intentions assassines) de la Chancellerie britannique. En réalité, comme il l'apprendrait par la suite, Eivind s'était présenté au consulat en proposant de le vendre. Cette affaire ne servirait qu'à obséder Roger et à lui faire perdre des semaines et des mois en démarches et préparatifs inutiles qui, en fin de compte, n'apportèrent aucun bénéfice à la cause de l'Irlande et firent sans doute de lui la risée du Foreign Office et de l'Intelligence Service, où l'on devait le voir comme un pathétique apprenti conspirateur.

Quand avait-il commencé à être déçu par cette Allemagne que, par simple rejet de l'Angleterre peut-être, il s'était mis à admirer et à qualifier d'exemple d'efficacité, de discipline, de culture et de modernité ? Pas dans ses premières semaines à Berlin. Pendant le voyage quelque peu rocambolesque de Christiania à la capitale allemande, en compagnie de Richard Meyer, qui serait son agent de liaison avec le ministère des Affaires étrangères du Kaiser, il était encore plein d'illusions, convaincu que l'Allemagne gagnerait la guerre et que sa victoire serait décisive pour l'émancipation de l'Irlande. Ses premières impressions de cette ville froide, sous la pluie et le brouillard, qu'était Berlin cet automne-là, furent bonnes. Autant le sous-secrétaire d'État aux Affaires étrangères, Arthur Zimmermann, que le comte Georg von Wedel, chef de la section anglaise de la Chancellerie, le reçurent aimablement et manifestèrent de l'enthousiasme pour son plan de formation d'une Brigade constituée de prisonniers irlandais. Tous deux étaient partisans d'une déclaration, faite par le gouvernement allemand, en faveur de l'indépendance de l'Irlande. Et c'est ce que fit le Reich, en effet, le 20 novembre 1914, peut-être pas dans des termes aussi explicites que l'espérait Roger, mais suffisamment clairs pour justifier l'attitude de ceux qui comme lui défendaient une alliance des nationalistes irlandais avec l'Allemagne. Cependant, à cette date-là, malgré l'enthousiasme soulevé chez lui par cette déclaration — sans aucun doute un succès pour lui — et le fait que le secrétaire d'État aux Affaires étrangères lui ait, enfin, communiqué que le haut commandement militaire avait déjà donné l'ordre de rassembler les prisonniers de guerre irlandais dans un seul camp où il pourrait leur rendre visite, Roger commençait à pressentir que la réalité n'allait pas se plier à ses plans et que tout, plutôt, serait voué à l'échec.

Le premier indice que les choses prenaient une tournure inattendue avait été d'apprendre, par la seule lettre d'Alice Stopford Green reçue en dix-huit mois — une lettre qui, avant d'arriver à lui, décrivit une parabole transatlantique, faisant escale à New York, où elle changea d'enveloppe, de nom et de destinataire —, que la presse britannique avait informé de sa présence à Berlin. Ce qui avait provoqué une intense polémique parmi les nationalistes qui approuvaient et ceux qui désapprouvaient sa décision, dans cette guerre, de prendre parti pour l'Allemagne. Alice la désapprouvait : elle le lui disait en termes catégoriques. Elle ajoutait que maints partisans résolus de l'indépendance partageaient son avis. Tout au plus, disait Alice, pouvait-on accepter une attitude neutre des Irlandais face à la guerre européenne. Mais faire cause commune avec l'Allemagne, non. Des dizaines de milliers d'Irlandais combattaient pour la Grande-Bretagne : que devaient éprouver ces compatriotes en apprenant que des figures notoires du nationalisme irlandais s'identifiaient avec l'ennemi qui les canonnait et les gazait dans les tranchées de Belgique ?

La lettre d'Alice l'avait foudroyé de surprise. Que la personne qu'il admirait le plus et avec qui il croyait coïncider politiquement plus qu'avec aucune autre puisse condamner ce qu'il faisait et le lui dire en ces termes, il en était abasourdi. On devait voir les choses à Londres tout différemment, sans la perspective de la distance. Mais il avait beau se donner à lui-même toutes les justifications, quelque chose de perturbant demeurait dans sa conscience : son mentor politique, son amie et maîtresse d'école, le désapprouvait pour la première fois et croyait qu'au lieu d'aider la cause de l'Irlande, il lui portait préjudice. Dès lors une question devait retentir dans sa tête, avec un son de mauvais augure : « Et si Alice avait raison et si c'est moi qui me trompais ? »

Ce même mois de novembre les autorités allemandes le firent voyager jusqu'au front, à Charleville, pour discuter de la Brigade irlandaise avec les chefs militaires. Roger se disait que si l'on réussissait à mettre sur pied une force militaire luttant aux côtés des forces allemandes pour l'indépendance de l'Irlande, les scrupules de maints compagnons, comme Alice, disparaîtraient peut-être. Ils accepteraient qu'en politique, le sentimentalisme soit un frein, que l'ennemi de l'Irlande soit l'Angleterre et que les ennemis de ses ennemis soient les amis de l'Irlande. Le voyage, bien que bref, lui fit bonne impression. Le haut commandement allemand, sur le front belge, était sûr de la victoire. Tous applaudissaient à l'idée de la Brigade irlandaise. Roger ne vit pas grand-chose de la guerre même : des troupes en route, des hôpitaux dans les bourgs, des files de prisonniers gardés par des soldats armés, des coups de canon au loin. Quand il revint à Berlin, une bonne nouvelle l'attendait. Accédant à sa demande, le Vatican avait décidé d'envoyer deux prêtres pour le camp où l'on rassemblait les prisonniers irlandais : un augustin, le père O'Gorman, et un dominicain, le père Thomas Crotty. O'Gorman resterait deux mois et Crotty tout le temps qu'il faudrait.

Que se serait-il passé si Roger Casement n'avait pas connu le père Thomas Crotty ? Il n'aurait probablement pas survécu à ce terrible hiver 1915, où toute l'Allemagne, surtout Berlin, croula sous des tempêtes de neige rendant impraticables chemins et rues, avec des rafales de vent qui déracinaient les arbres et faisaient voler les vitres en éclats, et des températures de moins quinze et moins vingt degrés qu'en raison de la guerre il fallait le plus souvent supporter sans chauffage. Les misères physiques fondirent sur lui avec acharnement : ses douleurs à la hanche, à l'os iliaque, le faisaient se recroqueviller sur son siège sans pouvoir tenir debout. Il pensa bien souvent que là, en Allemagne, il resterait à jamais paralysé. Sans parler des hémorroïdes, en pleine recrudescence. Aller aux toilettes était devenu un supplice. Il sentait son corps affaibli et fatigué comme s'il avait pris vingt ans d'un coup.

Pendant toute cette période, sa planche de salut avait été le père Thomas Crotty. « Les saints existent, ce n'est pas un mythe », se disait-il. Qu'était, sinon, le père Crotty ? Il ne se plaignait jamais, s'adaptait aux pires circonstances un sourire aux lèvres, symptôme de sa bonne humeur et de son optimisme foncier, avec l'intime conviction qu'il y avait dans la vie assez de bonnes choses pour la rendre digne d'être vécue.

C'était un homme d'assez petite taille, le cheveu rare et gris, un visage rond et rougeaud, où ses yeux clairs semblaient scintiller. Il était issu d'une famille de paysans très pauvres, de Galway, et parfois, quand il était plus content que de coutume, il chantait en gaélique des berceuses qu'il avait entendues de sa mère quand il était enfant. En apprenant que Roger avait passé vingt ans en Afrique et près d'une année en Amazonie, il lui raconta que, depuis ses études au séminaire, il rêvait d'aller dans une terre de mission en quelque pays lointain, mais que l'ordre dominicain lui avait assigné une autre destination. Dans ce camp, il était devenu l'ami de tous les prisonniers parce qu'il s'adressait à tous avec la même considération, sans souci de leurs idées ni de leur credo. Comme, dès le premier moment, il avait remarqué que seule une infime minorité se laisserait convaincre par les idées de Roger, il garda une rigoureuse impartialité, sans se prononcer jamais pour ou contre la Brigade irlandaise. « Tous ceux qui sont ici souffrent, et sont fils de Dieu ; ce sont donc nos frères, n'est-ce pas ? » dit-il à Roger. Dans leurs longues conversations la politique n'affleura que rarement. Ils parlaient beaucoup de l'Irlande, oui, de son passé, de ses héros, de ses saints, de ses martyrs, mais, sur les lèvres du père Crotty, les Irlandais qui surgissaient le plus étaient ces paysans besogneux et anonymes qui travaillaient du matin au soir pour gagner un quignon de pain et ceux qui avaient dû émigrer en Amérique, en Afrique du Sud et en Australie pour ne pas mourir de faim.

C'est Roger Casement qui avait amené le père Crotty à parler de religion. Le dominicain était en cela aussi fort discret, pensant sans doute que l'anglican qu'était Roger préférait éviter un sujet conflictuel. Mais quand celui-ci lui exposa son trouble spirituel et lui avoua que, depuis un certain temps, il se sentait de plus en plus attiré par le catholicisme, la religion de sa mère, le père Crotty accepta de bonne grâce d'aborder ce thème. Il satisfaisait patiemment à sa curiosité, ses doutes et ses questions. Une fois Roger osa lui demander à brûle-pourpoint :

– Croyez-vous que j'agis bien en faisant ce que je fais, ou que je me trompe, père Crotty ?

Le visage du prêtre devint grave :

– Je ne le sais pas, Roger. Je n'aimerais pas vous mentir. Simplement, je ne le sais pas.

Roger, lui non plus, ne le savait toujours pas, dans ces premiers jours de décembre 1914, quand, après s'être promené dans le camp de Limburg avec les généraux allemands de Graaf et Exner, il avait enfin parlé aux centaines de prisonniers irlandais. Non, la réalité ne répondait pas à ses prévisions. « Ce que j'ai pu être naïf et bête », se dirait-il en se rappelant, la mort dans l'âme, les visages déconcertés, la méfiance, l'hostilité des prisonniers, alors qu'il leur expliquait, tout enflammé d'amour pour l'Irlande, la raison d'être de la Brigade irlandaise, la mission qu'elle accomplirait et la reconnaissance de la patrie pour ce sacrifice. Il se rappelait les acclamations sporadiques du nom de

John Redmond qui l'avaient interrompu, les rumeurs de réprobation, voire de menace, le silence qui avait suivi ses paroles. Le plus humiliant fut qu'à la fin de son allocution les gardes allemands avaient dû l'entourer et l'accompagner jusqu'à la sortie du camp parce que, même sans comprendre leurs paroles, l'attitude de la plupart des prisonniers laissait deviner que tout cela pouvait déboucher sur une agression contre l'orateur.

Et c'est exactement ce qui se passa la seconde fois où Roger revint à Limburg leur parler, le 5 janvier 1915. Cette fois, les prisonniers ne se contentèrent pas de le bouder et de manifester leur mécontentement par des grimaces et des gestes. Il fut hué et insulté. « Combien tu as touché de l'Allemagne ? » criaient-ils le plus souvent. Il dut se taire parce que le chahut était assourdissant. Il avait commencé à recevoir une pluie de petits cailloux, de crachats et de projectiles divers. Les soldats allemands lui firent quitter les lieux à la hâte.

Il ne s'était jamais remis de cette expérience. Son souvenir, comme un cancer, devait le ronger de l'intérieur, sans trêve.

— Dois-je y renoncer, au vu de ce refus généralisé, père Crotty ?

— Vous devez faire ce que vous croyez être le mieux pour l'Irlande, Roger. Votre idéal est pur. L'impopularité n'est pas toujours un bon indice pour décider de la justice d'une cause.

Il allait vivre, dès lors, dans une duplicité déchirante, en se comportant devant les autorités allemandes comme si la Brigade irlandaise était en marche. Il est vrai qu'il y avait encore peu d'adhésions, mais ce serait différent quand les prisonniers surmonteraient leur méfiance initiale et comprendraient que ce qui convenait à l'Irlande, et par conséquent à eux, c'étaient l'amitié et la collaboration avec l'Allemagne. Dans son for intérieur, il savait très bien que ce qu'il disait n'était pas vrai, qu'il n'y aurait jamais d'adhésion massive à la Brigade, que celle-ci ne serait jamais qu'un groupuscule symbolique.

S'il en était ainsi, à quoi bon continuer ? Pourquoi ne pas faire marche arrière ? Parce que cela aurait été un suicide et que Roger Casement ne voulait pas se suicider. Pas encore. Pas de cette manière, en tout cas. Et c'est pourquoi, la mort dans l'âme, aux premiers mois de 1915, tout en perdant son temps avec « l'affaire Findlay », il négociait avec les autorités du Reich l'accord sur la Brigade irlandaise. Il exigeait certaines conditions et ses interlocuteurs, Arthur Zimmermann, le comte Georg von Wedel et le comte Rudolf Nadolny l'écoutaient très sérieusement, en prenant des notes dans leurs cahiers. Et lui avaient fait savoir, à la réunion suivante, que le gouvernement allemand acceptait ses exigences : la Brigade aurait ses propres uniformes, des officiers irlandais, choisirait les champs de bataille où entrer en action, ses frais seraient rendus au gouvernement allemand par le gouvernement républicain d'Irlande, sitôt celui-ci constitué. Il savait aussi bien qu'eux que tout cela était une pantomime, parce que la Brigade irlandaise, au milieu de 1915, n'avait même pas assez de volontaires pour constituer une compagnie : il n'en avait recruté qu'une quarantaine et il semblait peu probable qu'ils confirment tous leur engagement. Il se demanda bien souvent : « Jusqu'à quand va durer cette farce ? » Dans ses lettres à Eoin MacNeill et John Devoy il se sentait obligé de leur assurer que, bien que lentement, la Brigade irlandaise devenait réalité. Peu à peu les Volontaires augmentaient. Il était indispensable qu'ils lui envoient des officiers irlandais pour entraîner la Brigade et prendre la tête des futures sections et compagnies. Ils le lui promirent, mais eux aussi firent défection : le seul à le rejoindre fut le capitaine Robert Monteith. Il est vrai que l'indestructible Monteith valait à lui seul tout un bataillon.

Les premiers indices de ce qui allait advenir, Roger les avait perçus à la fin de l'hiver, lors de la prime apparition des bourgeons verts sur les arbres d'Unter den Linden. Le sous-secrétaire d'État aux Affaires étrangères, dans une de leurs réunions périodiques, lui déclara un jour, de façon abrupte, que le haut commandement allemand n'avait pas confiance en son adjoint Eivind Adler Christensen. Il y avait des signes tendant à prouver qu'il pouvait être un informateur de l'Intelligence Service. Il devait l'éloigner immédiatement.

L'avertissement le prit de court et, sur le coup, il le tint comme infondé. Il demanda des preuves. On lui répondit que les services secrets allemands ne se seraient pas risqués à une telle affirmation s'ils n'avaient eu des raisons puissantes de le faire. Comme à ce moment-là Eivind voulait se rendre quelques jours en Norvège pour aller voir des parents, Roger l'encouragea à partir. Il lui donna de l'argent et l'accompagna à la gare. Il ne le revit plus jamais. Dès lors, un autre motif d'angoisse s'ajouta aux précédents : se pouvait-il que le dieu viking soit un espion ? Il fouilla sa mémoire en s'efforçant de trouver dans ces derniers mois, où ils avaient vécu ensemble, un fait, une attitude, une contradiction ou une parole échappée, susceptible de le dénoncer. Il ne trouva rien. Il essayait de se tranquilliser en se disant que ce bobard était une manœuvre de ces aristocrates teutons puritains et pleins de préjugés qui, soupçonnant que ses relations avec le Norvégien n'étaient pas innocentes, voulaient l'éloigner de lui en usant de n'importe quelle ruse, y compris la calomnie. Mais le doute revenait le tarauder. Quand il sut qu'Eivind Adler Christensen avait décidé de se rendre directement de Norvège aux États-Unis, sans revenir en Allemagne, il s'en réjouit.

Le 20 avril 1915 était arrivé à Berlin le jeune Joseph Plunkett, comme délégué des Volontaires et de l'IRB, après avoir fait un périple rocambolesque à travers une grande partie de l'Europe pour échapper aux réseaux des services secrets britanniques. Comment avait-il pu faire pareil effort malgré sa condition physique ? Il ne devait pas avoir plus de vingt-sept ans, mais était squelettique, à moitié perclus de poliomyélite, rongé par une tuberculose qui donnait par moments à son visage l'air d'une tête de mort. Fils d'un prospère aristocrate, le comte George Noble Plunkett, directeur du Musée national de Dublin, Joseph, qui parlait l'anglais avec l'accent de la *gentry*, s'habillait n'importe comment, pantalon en accordéon, redingote trop grande pour lui et large chapeau qui lui tombait jusqu'aux sourcils. Mais il suffisait de l'entendre parler et de bavarder un peu avec lui pour découvrir que derrière cette allure de clown, ce physique dégradé et sa tenue carnavalesque, il y avait une intelligence supérieure, pénétrante comme bien peu, une culture littéraire immense et un esprit ardent, avec une vocation à la lutte et au sacrifice pour la cause de l'Irlande qui avait beaucoup impressionné Roger Casement toutes les fois qu'il s'était entretenu avec lui à Dublin, lors des réunions des Volontaires. Il écrivait de la poésie mystique, était comme Patrick Pearse un croyant dévot et connaissait sur le bout des doigts les mystiques espagnols, surtout sainte Thérèse d'Ávila et saint Jean de la Croix, dont il récitait de tête des vers en espagnol. Tout comme Patrick Pearse, il s'était toujours aligné, à l'intérieur des Volontaires, sur les radicaux, ce qui l'avait rapproché de Roger. À les écouter, ce dernier s'était souvent dit que Pearse et Plunkett semblaient rechercher le martyre, convaincus que ce n'est qu'à coups d'héroïsme et de mépris de la mort, à l'instar de ces héros titanesques jalonnant l'Histoire irlandaise, depuis Cuchulain, Fionn et Owen Roe jusqu'à Wolfe Tone et Robert Emmet, et en s'immolant eux-mêmes comme les martyrs chrétiens des temps primitifs, qu'ils convaincraient la majorité que la seule façon de conquérir la liberté était les armes à la main et en faisant la guerre. De l'immolation des fils d'Eire naîtrait ce pays libre, sans colonisateurs ni exploiteurs, où régneraient la loi, le christianisme et la justice. Roger avait été parfois, en Irlande, un peu affolé par le romantisme de Joseph Plunkett et Patrick Pearse. Mais ces semaines-là, à Berlin, en entendant parler le jeune poète et révolutionnaire, pendant ces agréables journées où le printemps emplissait les jardins de fleurs, où les arbres des parcs recouvraient leur verdeur, Roger se sentit ému et désireux de croire tout ce que le nouveau venu lui disait.

Il apportait des nouvelles exaltantes d'Irlande. La division des Volontaires à la faveur de la guerre européenne avait servi, d'après lui, à éclaircir les choses. Il est certain qu'une grande majorité obéissait encore aux directives de John Redmond de collaborer avec l'Empire et de s'enrôler dans l'armée britannique, mais la minorité loyale aux Volontaires comptait plusieurs milliers de gens décidés à combattre, une véritable armée unie, compacte, lucide sur ses objectifs et résolue à mourir pour l'Irlande. Et cette fois il y avait une étroite collaboration entre les Volontaires et l'IRB, tout comme avec l'Irish Citizen Army, l'Armée du Peuple, composée de marxistes et de syndicalistes tels que Jim Larkin et James Connolly, et le Sinn Féin d'Arthur Griffith. Même Sean O'Casey, qui avait férocement attaqué les Volontaires en les traitant de « bourgeois et fils à papa », se montrait favorable à cette collaboration. Le comité provisoire, dirigé entre autres par Tom Clarke, Patrick Pearse et Thomas MacDonagh, préparait nuit et jour l'Insurrection. Les circonstances étaient propices. La guerre européenne créait une occasion unique. Il était indispensable que l'Allemagne les aide par l'envoi de quelque cinquante mille fusils et une action simultanée de son armée en territoire britannique pour attaquer les ports irlandais militarisés par la Royal Navy. L'action conjointe déciderait peut-être de la victoire allemande. L'Irlande serait indépendante et libre, enfin.

Roger était d'accord : telle avait été sa thèse depuis longtemps et c'est la raison pour laquelle il était à Berlin. Il insista beaucoup pour que le comité provisoire établisse que l'action offensive de la marine et de l'armée allemandes devait être la condition *sine qua non* du soulèvement. Sans cette invasion la rébellion échouerait, car la force logistique était trop inégale.

— Mais, sir Roger, l'avait interrompu Plunkett, vous oubliez un facteur qui prévaut sur l'armement militaire et le nombre de soldats : la mystique. Nous, nous l'avons. Les Anglais, non.

Ils parlaient dans une taverne à moitié vide. Roger buvait une bière et Joseph un rafraîchissement. Ils fumaient. Plunkett lui raconta que Larkfeld Manor, sa maison dans le quartier dublinois de Kimmage, s'était transformée en forge et en arsenal, où l'on fabriquait grenades, bombes, baïonnettes et piques, et où l'on cousait des drapeaux. Il disait tout cela en homme exalté, à grand renfort de gestes, en état de transe. Il lui raconta aussi que le comité provisoire avait décidé de cacher à Eoin MacNeill l'accord sur le soulèvement. Roger en fut surpris. Comment pouvait-on garder secrète pareille décision devant celui qui avait été le fondateur des Volontaires et restait leur président ?

— Nous le respectons tous et personne ne met en doute le patriotisme et l'honnêteté du professeur MacNeill, avait expliqué Plunkett. Mais il est mou. Il croit à la persuasion et aux méthodes pacifiques. Il sera informé quand il sera déjà trop tard pour empêcher le soulèvement. Alors, sans nul doute, il nous rejoindra sur les barricades.

Roger travailla jour et nuit avec Joseph pour préparer un plan de trente-deux pages avec tous les détails du soulèvement. Ils le présentèrent tous deux à la Chancellerie et au commandement de la Marine. Le plan soutenait que les forces militaires britanniques en Irlande étaient dispersées en petites garnisons et qu'elles pourraient facilement être réduites. Les diplomates, fonctionnaires et militaires allemands écoutèrent, impressionnés, ce jeune homme difforme et habillé en clown qui, en parlant, se transfigurait, expliquant avec une précision mathématique et une grande cohérence intellectuelle les avantages qu'il y avait à faire coïncider une invasion allemande avec la révolution nationaliste. Ceux qui savaient l'anglais, surtout, étaient intrigués par son aisance, sa fougue et la rhétorique exaltée avec laquelle il s'exprimait. Mais même ceux qui ne comprenaient pas l'anglais et devaient attendre que l'interprète traduise ses paroles regardaient avec étonnement la véhémence et la gesticulation frénétique de cet homme handicapé, émissaire des nationalistes irlandais.

Ils l'écoutaient, prenaient note de ce que Joseph et Roger leur demandaient, mais leurs réponses ne les engageaient à rien. Ni à l'invasion, ni à l'envoi des cinquante mille fusils avec leurs munitions. Tout cela serait étudié à l'intérieur de la stratégie globale de la guerre. Le Reich approuvait les aspirations du peuple irlandais et avait l'intention d'appuyer leurs revendications légitimes : ils n'allaient pas plus loin.

Joseph Plunkett passa presque deux mois en Allemagne, vivant avec une frugalité comparable à celle de Casement lui-même, jusqu'au 20 juin où il gagna la frontière suisse, retournant en Irlande via l'Italie et l'Espagne. Le jeune poète ne remarqua pas le maigre nombre de soldats de la Brigade irlandaise. D'ailleurs il ne manifesta pas la moindre sympathie pour celle-ci. Pour quelle raison ?

— Pour servir dans la Brigade, les prisonniers doivent rompre leur serment de loyauté à l'armée britannique, avait-il dit à Roger. J'ai toujours été contre l'enrôlement des nôtres dans les rangs de l'occupant. Mais une fois qu'ils l'ont fait, un serment fait devant Dieu ne peut être rompu sans pécher et sans perdre son honneur.

Le père Crotty avait écouté cette conversation et gardé le silence. Il était resté ainsi, transformé en sphinx, tout l'après-midi passé ensemble tous les trois, à écouter le poète, qui accaparait la conversation. Par la suite, le dominicain avait fait à Casement ce commentaire :

— Ce jeune homme est quelqu'un hors du commun, sans doute. Par son intelligence et son dévouement à une cause. Son christianisme est celui de ces chrétiens qui mouraient dans les cirques romains dévorés par les fauves. Mais, aussi, celui des croisés qui reconquirent Jérusalem en tuant tous les impies juifs et musulmans qu'ils trouvèrent, femmes et enfants compris. Le même zèle ardent, la même glorification du sang et de la guerre. Je t'avoue, Roger, que des personnes comme ça, bien que ce soient elles qui font l'histoire, provoquent chez moi plus de peur que d'admiration.

Un thème récurrent dans les discussions de Roger et Joseph ces jours-là avait été la possibilité que l'Insurrection éclate sans que l'armée allemande envahisse en même temps l'Angleterre, ou canonne, du moins, les ports protégés par la Royal Navy en territoire irlandais. Plunkett était partisan, même dans ce cas, de poursuivre les plans insurrectionnels : la guerre européenne avait créé une occasion qui ne devait pas être manquée. Roger pensait que ce serait un suicide. Les révolutionnaires auraient beau être héroïques et téméraires, ils seraient écrasés par l'appareil de l'Empire. Qui en profiterait pour faire une purge implacable. La libération de l'Irlande tarderait encore cinquante ans.

— Dois-je comprendre que si la révolution éclate sans intervention de l'Allemagne vous ne serez pas avec nous, sir Roger ?

— Je serai avec vous, bien entendu. Mais en sachant que ce sera un sacrifice inutile.

Le jeune Plunkett l'avait longuement regardé dans les yeux, Roger croyant deviner dans ce regard un sentiment de pitié.

— Permettez-moi de vous parler en toute franchise, sir Roger, avait-il enfin murmuré, avec le sérieux de qui se sait détenteur d'une vérité irréfutable. Il y a quelque chose que vous n'avez pas compris, me semble-t-il. Il ne s'agit pas de gagner. Bien sûr que nous allons perdre cette bataille. Il s'agit de durer. De résister. Des jours, des semaines. Et de mourir de telle sorte que notre mort et notre sang multiplient le patriotisme des Irlandais jusqu'à en faire une force irrésistible. De telle sorte que, pour chacun de ceux qui mourront, naissent cent révolutionnaires. N'en a-t-il pas été ainsi du christianisme ?

Il n'avait su que lui répondre. Les semaines qui suivirent le départ de Plunkett furent très intenses pour Roger. Il continua à demander que l'Allemagne mette en liberté des prisonniers irlandais qui, pour des raisons de santé, d'âge, pour leur catégorie intellectuelle, professionnelle et leur conduite, le méritaient. Ce geste ferait bonne impression en Irlande. Les autorités allemandes avaient été rétives, mais elles commençaient maintenant à céder. On établit des listes, on discuta de noms. Finalement, le haut commandement militaire accepta de libérer une centaine de personnes, professionnels, maîtres, étudiants et hommes d'affaires au passé respectable. Cela représenta beaucoup d'heures et de jours de discussions, une guerre d'usure d'où Roger sortait exténué. D'autre part, angoissé à l'idée que les Volontaires, suivant les thèses de Pearse et de Plunkett, déclenchent une insurrection avant que l'Allemagne ne se décide à attaquer l'Angleterre, il pressait la Chancellerie et le commandement de la Marine de lui donner une réponse au sujet des cinquante mille fusils. Eux restaient dans le vague. Jusqu'au jour où, lors d'une réunion au ministère des Affaires étrangères, le comte Blicher lui dit quelque chose qui le découragea :

— Sir Roger, vous n'avez pas une idée juste des proportions. Examinez une carte avec objectivité et vous verrez combien l'Irlande représente peu de chose en termes géopolitiques. Malgré toutes les sympathies du Reich pour votre cause, d'autres pays et régions sont plus importants pour les intérêts allemands.

— Cela signifie-t-il que nous ne recevrons pas ces armes, monsieur le comte ? L'Allemagne écarte-t-elle clairement l'invasion ?

— Les deux choses sont encore à l'étude. Si cela dépendait de moi, j'écarterais l'invasion, bien sûr, dans un futur immédiat. Mais ce sont les spécialistes qui en décideront. Vous recevrez une réponse définitive à un moment ou un autre.

Roger écrivit une longue lettre à John Devoy et Joseph McGarrity, en leur donnant ses raisons de s'opposer à un soulèvement qui ne serait pas assorti d'une action militaire allemande simultanée. Il les exhortait à user de leur influence sur les Volontaires et l'IRB pour les dissuader de se lancer dans une action insensée. En même temps, il les assurait qu'il poursuivait ses efforts pour obtenir les armes. Mais la conclusion était dramatique : « J'ai échoué. Je suis inutile ici. Permettez-moi de retourner aux États-Unis. »

Ces jours-là ses maux recommencèrent de plus belle. Rien ne lui faisait d'effet contre les douleurs de l'arthrite. Des refroidissements continuels, avec beaucoup de fièvre, l'obligeaient à garder le lit fréquemment. Il avait maigri et souffrait d'insomnies. Pour comble de malheur, dans cet état de faiblesse il apprit que *The New York World* avait publié une nouvelle, sûrement soufflée par le contre-espionnage britannique, selon laquelle sir Roger Casement se trouvait à Berlin en train de recevoir de grosses sommes d'argent du Reich pour fomenter une rébellion en Irlande. Il envoya une lettre de protestation — « Je travaille pour l'Irlande, nullement pour l'Allemagne » — qui ne fut pas publiée. Ses amis de New York le firent renoncer à attaquer en justice : il perdrait et le Clan na Gael n'était pas disposé à gaspiller de l'argent dans un procès.

Depuis mai 1915 les autorités allemandes avaient accédé à une demande pressante de Roger : que les volontaires de la Brigade irlandaise soient séparés des prisonniers de Limburg. Le 20, la cinquantaine de brigadistes, qui étaient en butte à l'hostilité de leurs compagnons, furent transférés au petit camp de Zossen, près de Berlin. Ce qui donna lieu à une messe officiée par le père Crotty, à des toasts et des chansons irlandaises dans une atmosphère de camaraderie qui remit un peu de baume au cœur de Roger. Il annonça aux brigadistes qu'ils recevraient dans quelques jours les uniformes qu'il avait lui-même dessinés et qu'arriverait bientôt une poignée d'officiers irlandais pour diriger l'entraînement. Et qu'eux, qui constituaient la première compagnie de la Brigade irlandaise, passeraient à l'Histoire comme les pionniers d'un haut fait.

Aussitôt après cette réunion, il écrivit une nouvelle lettre à Joseph McGarrity, pour lui annoncer l'ouverture du camp de Zossen et s'excuser pour le catastrophisme de son courrier précédent. Il l'avait écrit dans un moment de défaitisme, mais il se sentait maintenant moins pessimiste. L'arrivée de Joseph Plunkett et le camp de Zossen étaient un encouragement. Il continuerait à travailler pour la Brigade irlandaise. Bien que modeste, elle représentait un symbole important dans le cadre de la guerre européenne.

Au début de l'été 1915 il partit pour Munich. Il logea au Basler Hof, un petit hôtel assez agréable. La capitale batave le déprimait moins que Berlin, malgré une vie encore plus solitaire. Sa santé continuait à se détériorer, les douleurs et les refroidissements l'obligeaient à garder la chambre. Sa vie recluse était d'un intense travail intellectuel. Il buvait beaucoup de café et fumait sans cesse des cigarettes de tabac noir qui emplissaient son petit logis de fumée. Il écrivait continûment des lettres à ses contacts à la Chancellerie et au commandement de la Marine, et maintenait avec le père Crotty une correspondance quotidienne, spirituelle et religieuse. Il relisait les lettres du prêtre et les gardait comme un trésor. Un jour il s'essaya à prier. Il y avait longtemps qu'il ne le faisait pas, du moins de cette façon, en se concentrant, en essayant d'ouvrir son cœur à Dieu, en lui confiant ses doutes, ses angoisses, sa crainte de s'être trompé, en implorant sa miséricorde et lui demandant de le guider dans sa conduite à venir. En même temps, il écrivait de brefs essais sur les erreurs que devait éviter l'Irlande indépendante, en profitant de l'expérience d'autres nations, pour ne pas tomber dans la corruption, l'exploitation, les distances sidérales qui séparaient partout pauvres et riches, puissants et faibles. Mais il se décourageait parfois : qu'allait-il faire de ces textes ? Cela n'avait pas de sens de distraire ses amis d'Irlande avec des essais sur l'avenir quand ils se trouvaient plongés dans une actualité aussi prégnante.

À la fin de l'été, se sentant un peu mieux, il se rendit au camp de Zossen. Les hommes de la Brigade avaient reçu les uniformes qu'il avait dessinés, et avaient tous belle allure avec cet insigne irlandais sur leur visière. Le camp était en ordre et fonctionnait bien. Mais l'inactivité et l'enfermement minaient le moral de la cinquantaine de brigadistes, malgré les efforts du père Crotty pour les stimuler. Il organisait des compétitions sportives, des concours, des leçons et des débats sur divers sujets. Cela sembla à Roger le bon moment pour faire miroiter à leurs yeux l'aiguillon de l'action.

Il les fit mettre en cercle et leur exposa une stratégie possible pour les faire sortir de Zossen et leur rendre la liberté. S'il était impossible, dans ces moments, qu'ils combattent pour l'Irlande, pourquoi ne pas le faire sous d'autres cieux où se livrait la bataille même pour laquelle la Brigade avait été créée ? La Guerre mondiale s'était étendue au Moyen-Orient. L'Allemagne et la Turquie luttaient pour bouter les Britanniques hors de leur colonie égyptienne. Pourquoi ne participeraient-ils pas, eux aussi, à ce combat contre la colonisation et pour l'indépendance de l'Égypte ? Comme la Brigade était encore de taille modeste, ils devraient intégrer un autre corps d'armée, mais ils le feraient en conservant leur identité irlandaise.

La proposition avait été discutée par Roger avec les autorités allemandes et acceptée. John Devoy et McGarrity étaient d'accord. La Turquie admettrait la Brigade dans son armée, dans les conditions décrites par Roger. Il y eut une longue discussion. Finalement, trente-sept brigadistes se déclarèrent disposés à combattre en Égypte. Le reste voulait y réfléchir encore. Mais ce qui préoccupait tous les brigadistes, maintenant, était quelque chose de plus urgent : les prisonniers de Limburg les avaient menacés de les dénoncer aux autorités anglaises afin que leurs familles en Irlande cessent de recevoir les pensions de combattants de l'armée britannique. S'il en était ainsi, leurs parents, épouses et enfants mourraient de faim. Que comptait faire Roger à ce sujet ?

Il était évident que le gouvernement britannique exercerait ce genre de représailles et il n'y avait même pas pensé. Voyant le visage angoissé des brigadistes, il ne put que les assurer que leurs familles ne resteraient jamais sans protection. Si elles cessaient de recevoir ces pensions, les organisations patriotiques les aideraient. Il écrivit le jour même au Clan na Gael pour demander de créer un fonds de compensation pour les parents des brigadistes s'ils étaient victimes de ces représailles. Mais Roger ne se faisait pas d'illusions : au train où allaient les choses, l'argent qui entrait dans les caisses des Volontaires, de l'IRB et du Clan na Gael servait d'abord à acheter des armes, première priorité. Atterré, il se disait que par sa faute cinquante humbles familles irlandaises souffriraient de faim et seraient peut-être décimées par la tuberculose le prochain hiver. Le père Crotty tâchait de le calmer, mais cette fois ses arguments ne l'avaient pas tranquillisé. Un nouveau sujet de préoccupation s'était ajouté à ceux qui le tourmentaient et sa santé subit une autre rechute. Pas seulement physique, mais aussi morale, comme dans ses moments les plus difficiles au Congo et en Amazonie. Il sentit chanceler son équilibre mental. Sa tête était parfois comme un volcan en pleine éruption. Allait-il perdre la raison ?

Il retourna à Munich et de là continua à envoyer des messages aux États-Unis et en Irlande sur l'appui financier aux familles des brigadistes. Comme ses lettres, pour contourner l'Intelligence Service, passaient par plusieurs pays où l'on changeait leurs enveloppes et adresses, les réponses tardaient un ou deux mois à arriver. Il était au comble de l'inquiétude quand enfin Robert Monteith avait débarqué pour prendre le commandement militaire de la Brigade. L'officier n'apportait pas seulement son impétueux optimisme, son honnêteté et son esprit aventureux, mais aussi la promesse formelle que les familles des brigadistes, si elles étaient l'objet de représailles, recevraient une aide immédiate de la part des révolutionnaires irlandais.

Le capitaine Monteith qui, sitôt arrivé en Allemagne, était allé immédiatement à Munich pour voir Roger, fut troublé de le voir si malade. Il avait de l'admiration pour lui et le traitait avec un immense respect. Il lui dit que personne dans le mouvement irlandais ne soupçonnait la précarité de son état de santé. Casement lui interdit d'informer quiconque de sa santé et fit avec lui le voyage de retour à Berlin. Il présenta Monteith à la Chancellerie et au commandement de la Marine. Le jeune officier brûlait d'impatience de se mettre au travail et manifestait un optimisme à tous crins sur l'avenir de la Brigade, optimisme que Roger, en son for intérieur, avait perdu. Les six mois qu'il passa en Allemagne, Robert Monteith fut, tout comme le père Crotty, une bénédiction pour Roger. Tous deux l'empêchèrent de s'enfoncer dans un découragement qui l'aurait peut-être poussé à la folie. Le religieux et le militaire étaient fort différents et pourtant, se dit très souvent Roger, ils étaient l'incarnation même de deux prototypes d'Irlandais : le saint et le guerrier. À leur contact, il se rappela certaines conversations avec Patrick Pearse, quand celui-ci mêlait l'autel et les armes et affirmait que de la fusion de ces deux traditions, martyrs et mystiques, héros et guerriers, résulterait la force spirituelle et physique qui romprait les chaînes qui ligotaient l'Eire.

Ils étaient différents mais il y avait chez les deux hommes une limpidité naturelle, une générosité et un tel dévouement à l'idéal que, bien souvent, en voyant le père Crotty et le capitaine Monteith ne pas perdre de temps en changements d'humeur et en démoralisation comme lui, Roger avait honte de ses doutes et de ses hésitations. Tous deux s'étaient tracé un chemin et le suivaient sans s'écarter du but, sans fléchir devant les obstacles, convaincus qu'au bout de la route les attendait le triomphe : de Dieu sur le mal et de l'Irlande sur ses oppresseurs. « Apprends d'eux, Roger, sois comme eux », se répétait-il comme une oraison.

Robert Monteith était un homme très proche de Tom Clarke, pour qui il avait aussi un respect religieux. Il parlait du débit de tabac de ce dernier — son quartier général clandestin — au coin de Great Britain Street et Sackville Street comme d'un « lieu sacré ». D'après le capitaine, le vieux renard survivant de maintes prisons anglaises était celui qui dirigeait dans l'ombre toute la stratégie révolutionnaire. N'était-il pas digne d'admiration? De son petit kiosque, dans une rue pauvre du centre de Dublin, ce vétéran au physique menu, mince, frugal, usé par les souffrances et les années, qui avait consacré sa vie à lutter pour l'Irlande, en passant pour cela quinze ans en prison, avait réussi à monter une organisation militaire et politique clandestine, l'IRB, qui s'étendait jusqu'aux confins du pays, sans avoir été pris par la police britannique. Roger lui avait demandé si l'organisation était vraiment aussi efficace qu'il le disait. L'enthousiasme du capitaine s'était déchaîné :

— Nous avons des compagnies, des sections, des pelotons, avec leurs officiers, leurs dépôts d'armes, leurs messagers, leurs codes et leurs consignes, avait-il affirmé, euphorique, à grands gestes. Je doute qu'il y ait en Europe une armée plus efficace et plus motivée que la nôtre, sir Roger. Je n'exagère pas le moins du monde.

D'après Monteith, les préparatifs avaient atteint leur plus haut niveau. La seule chose qui manquait, c'étaient les armes allemandes pour déclencher l'Insurrection.

Le capitaine Monteith se mit aussitôt au travail, en instruisant et organisant la cinquantaine de recrues de Zossen. Il allait souvent au camp de Limburg, pour tenter de vaincre la résistance des autres prisonniers envers la Brigade. Il en repêchait un ou deux, mais l'immense majorité continuait à lui manifester une totale hostilité. Rien n'était capable de le démoraliser. Ses lettres à Roger, qui était retourné à Munich, débordaient d'enthousiasme et lui donnaient des nouvelles encourageantes de la minuscule Brigade.

La fois suivante qu'ils se virent à Berlin, quelques semaines plus tard, ils dînèrent seuls dans un petit restaurant de Charlottenburg, plein de réfugiés roumains. Le capitaine Monteith, s'armant de courage et pesant ses mots pour ne pas l'offenser, lui dit soudain :

— Sir Roger, ne me tenez pas pour indiscret et insolent. Mais vous ne pouvez pas rester dans cet état. Vous êtes trop important pour l'Irlande, pour notre combat. Au nom de notre idéal pour lequel vous avez tant fait, je vous en supplie. Consultez un médecin. Vos nerfs sont malades. Ce n'est pas surprenant. La responsabilité et les soucis vous ont usé. C'était inévitable. Vous avez besoin d'aide.

Roger balbutia des mots évasifs et changea de sujet. Mais les recommandations du capitaine l'effrayèrent. Son déséquilibre était-il si évident que cet officier, toujours si respectueux et discret, ose lui dire une chose pareille ? Il l'écouta. Après quelques vérifications, il s'enhardit à rendre visite au docteur Oppenheim, qui vivait hors de la ville, parmi les arbres et les ruisseaux de Grunewald. C'était un homme déjà âgé et qui lui inspira confiance, car il semblait sûr et expérimenté. Ils eurent deux longues consultations où Roger lui exposa son état, ses problèmes, ses insomnies et ses craintes. Il dut se plier à des exercices mnémotechniques et à des interrogatoires minutieux. Le docteur Oppenheim lui assura enfin qu'il lui fallait entrer en clinique et se soumettre à un traitement. S'il ne le faisait pas, son état mental continuerait à se détériorer. Lui-même appela à Munich et lui prit rendez-vous avec un collègue et disciple, le docteur Rudolf von Hoesslin.

Roger n'entra pas à la clinique du docteur von Hoesslin, mais il lui rendit visite deux fois par semaine, pendant plusieurs mois. Le traitement lui fit du bien.

— Je ne suis pas étonné qu'après les choses que

vous avez vues au Congo et en Amazonie et avec ce que vous faites maintenant, vous ayez ces problèmes, lui avait dit le psychiatre. L'étonnant, c'est que vous ne soyez pas devenu fou furieux ou ne vous soyez suicidé.

C'était un homme encore jeune, passionné de musique, végétarien et pacifiste. Il était contre cette guerre et contre toutes les guerres, et rêvait de voir un jour s'établir la fraternité universelle — « la paix kantienne », disait-il — dans le monde entier. Les frontières s'effaceraient alors et les hommes se reconnaîtraient comme frères. Roger sortait de ces séances avec le docteur Rudolf von Hoesslin calmé et requinqué. Mais il n'était pas sûr d'aller mieux. Cette impression de bien-être, il l'avait toujours ressentie lorsqu'il trouvait sur son chemin une personne saine, bonne et idéaliste.

Il fit plusieurs voyages à Zossen où, comme il fallait s'y attendre, Robert Monteith avait gagné la sympathie de toutes les recrues de la Brigade. Grâce à ses efforts assidus, celle-ci s'était accrue de dix volontaires. Les marches et les entraînements allaient merveilleusement bien. Mais les brigadistes restaient traités comme des prisonniers par les soldats et officiers allemands et étaient, parfois, l'objet de vexations. Le capitaine Monteith avait fait des démarches auprès du commandement de la Marine pour que les brigadistes, comme on l'avait promis à Roger, aient une marge de liberté, puissent aller au village et boire une bière dans une taverne de temps en temps. N'étaient-ils pas alliés ? Pourquoi étaient-ils encore traités comme des ennemis ? Jusqu'à présent ces tentatives n'avaient pas donné le moindre résultat.

Roger éleva une protestation. Il eut une scène violente avec le général Schneider, commandant de la garnison de Zossen, qui lui dit qu'on ne pouvait donner plus de liberté à des gens qui se montraient indisciplinés, bagarreurs et même voleurs. D'après Monteith, ces accusations étaient fausses. Les seuls incidents étaient dus aux insultes que les brigadistes recevaient des sentinelles allemandes.

Les derniers mois de Roger Casement en Allemagne furent de constante discussion et de moments de grande tension avec les autorités. L'impression qu'il avait été trompé n'avait fait que croître jusqu'à son départ de Berlin. Le Reich ne s'intéressait pas à la libération de l'Irlande et n'avait jamais pris au sérieux l'idée d'une action conjointe avec les révolutionnaires irlandais. La Chancellerie et le commandement de la Marine avaient abusé de sa naïveté et de sa bonne foi en lui faisant croire des choses qu'ils ne pensaient pas exécuter. Le projet de faire participer la Brigade irlandaise au combat avec l'armée turque contre les Anglais en Égypte, étudié dans le moindre détail, était tombé à l'eau au moment même où il semblait se concrétiser, sans qu'on lui donne la moindre explication. Zimmermann, le comte Georg von Wedel, le capitaine Nadolny et tous les officiers qui avaient participé aux plans s'étaient soudain montrés fuyants et évasifs. Refusant de le recevoir sous des prétextes futiles. Quand il parvenait à parler avec eux, ils étaient toujours très occupés et ne pouvaient lui accorder que quelques minutes ; l'affaire d'Égypte n'était pas de leur compétence. Roger se résigna : son désir que la Brigade devienne une petite force symbolique du combat des Irlandais contre le colonialisme était parti en fumée.

Alors, avec la même véhémence qui lui avait fait admirer l'Allemagne, il se mit à éprouver pour ce pays une antipathie qui se transforma en une haine semblable à celle que lui inspirait l'Angleterre, et peut-être pire. C'est ce qu'il dit dans une lettre à l'avocat John Quinn, de New York, après lui avoir raconté le mauvais traitement que lui réservaient les autorités : « C'est ainsi, mon ami : j'en suis venu à haïr tellement les Allemands que, plutôt que de mourir ici, je préfère le gibet britannique. »

Son état d'irritation et de malaise physique l'obligea à retourner à Munich. Le docteur Rudolf von Hoesslin exigea de l'interner dans une maison de repos en Bavière, avec cet argument catégorique : « Vous êtes au bord d'une crise dont vous ne vous remettrez jamais, à moins de vous reposer et d'oublier tout le reste. L'alternative est que vous perdiez la raison ou subissiez un effondrement psychique qui vous transformera en infirme pour le restant de vos jours. »

Roger lui obéit. Pendant quelques jours sa vie entra dans une période si paisible qu'il ne sentait plus son corps. Les somnifères le faisaient dormir des dix et douze heures. Ensuite, il faisait de longues promenades dans une forêt voisine d'érables et de frênes, par des matins encore froids d'un hiver qui refusait de lever le camp. On l'avait privé de tabac et d'alcool, et il s'alimentait d'une frugale cuisine végétarienne. Il n'avait l'esprit ni à lire ni à écrire. Il demeurait des heures la tête vide, se percevant comme un fantôme.

Robert Monteith l'avait tiré violemment de sa léthargie un matin ensoleillé du début mars 1916. Vu l'importance du sujet, le capitaine avait obtenu une permission du gouvernement allemand pour venir le voir. Il était encore sous l'effet de l'impression et parlait en bafouillant :

— Une escorte est venue me chercher au camp de Zossen pour me conduire à Berlin, au commandement de la Marine. Là m'attendait un groupe important d'officiers, dont deux généraux. Et ils m'ont informé de ceci : « Le comité provisoire irlandais a décidé que le soulèvement aura lieu le 23 avril. » C'est-à-dire dans un mois et demi.

Roger sauta de son lit. Il lui sembla que sa fatigue disparaissait d'un coup et que son cœur était comme un tambour sur lequel on cognait furieusement. Il ne pouvait pas parler.

— Ils demandent des fusils, des fusiliers, des artilleurs, des mitrailleuses, des munitions, avait poursuivi Monteith, étourdi par l'émotion. Que le bateau soit escorté par un sous-marin. Les armes doivent arriver à Fenit, Tralee Bay, au comté de Kerry, le dimanche de Pâques sur le coup de minuit.

— Ils ne vont, donc, pas attendre l'action de l'armée allemande, put enfin dire Roger, en pensant à une hécatombe, à des flots de sang rougissant les eaux du Liffey.

— Le message comprend aussi des instructions pour vous, sir Roger, avait ajouté Monteith. Vous devez rester en Allemagne, comme ambassadeur de la nouvelle République d'Irlande.

Roger se laissa retomber sur son lit, accablé. Ses camarades avaient informé de leurs plans le gouvernement allemand plutôt que lui. En outre, ils lui ordonnaient de rester ici tandis qu'eux iraient se faire tuer dans l'une de ces aberrations qui plaisaient à Patrick Pearse et à Joseph Plunkett. Se méfiaient-ils de lui ? Il n'y avait pas d'autre explication. Conscients qu'ils étaient de son opposition à un soulèvement qui ne coïnciderait pas avec une invasion allemande, ils pensaient que, là-bas, en Irlande, il serait une gêne ; ils préféraient donc qu'il reste ici, à se croiser les bras, sur ce poste extravagant d'ambassadeur d'une République que cette rébellion et ce bain de sang rendraient plus éloignée et improbable que jamais.

Monteith attendait, muet.

— Nous partons immédiatement à Berlin, capitaine, dit Roger, en se levant à nouveau. Je m'habille, je fais ma valise et nous prenons le premier train.

C'est ce qu'ils firent. Roger eut juste le temps d'écrire à la hâte quelques lignes de remerciements au docteur Rudolf von Hoesslin. Pendant le long trajet, sa tête crépita sans repos, avec de petits intervalles pour échanger des idées avec Monteith. En arrivant à Berlin sa ligne de conduite était toute tracée. Ses problèmes personnels passaient au second plan. La priorité, maintenant, était de mettre toute son énergie et son intelligence à obtenir ce qu'avaient demandé ses camarades : fusils, munitions et officiers allemands qui puissent organiser les actions militaires de façon efficace. En second lieu, partir lui-même pour l'Irlande avec le chargement d'armes. Là-bas il essaierait de convaincre ses amis d'attendre ; avec un peu plus de temps la guerre européenne pouvait créer des situations plus propices à l'Insurrection. En troisième lieu, il devait empêcher que les cinquante-sept inscrits à la Brigade irlandaise partent pour l'Irlande. En tant que « traîtres », le gouvernement britannique les exécuterait sans état d'âme s'ils étaient capturés par la Royal Navy. Monteith déciderait de ce qu'il voulait faire, en toute liberté. Le connaissant, il était sûr qu'il irait mourir avec ses camarades pour la cause à laquelle il avait consacré sa vie.

À Berlin, ils descendirent à l'Eden Hotel, comme de coutume. Le lendemain matin commencèrent les négociations avec les autorités. Les réunions avaient lieu dans le vilain immeuble délabré du commandement de la Marine. Le capitaine Nadolny les recevait à la porte et les conduisait à une salle où il y avait toujours des gens de la Chancellerie et des militaires. De nouveaux visages se mêlaient à ceux des vieilles connaissances. Dès le premier moment, de façon catégorique, ils furent informés que le gouvernement allemand refusait d'envoyer des officiers pour assister les révolutionnaires.

En revanche, ils consentirent à livrer armes et munitions. Pendant des heures et des jours, ils firent des calculs et des plans sur la façon la plus sûre de les faire parvenir pour la date indiquée à l'endroit déterminé. On décida finalement que le chargement serait acheminé sur l'*Aud*, un bateau anglais arraisonné, reconditionné et repeint, qui battrait pavillon norvégien. Ni Roger, ni Monteith, ni aucun brigadiste ne voyageraient sur l'*Aud*. Ce point provoqua des discussions, mais le gouvernement allemand ne céda pas ; la présence d'Irlandais à bord compromettait le subterfuge qui consistait à faire passer le bateau pour norvégien ; si la chose venait à se découvrir, le Reich se retrouverait dans une situation délicate aux yeux de l'opinion internationale. Alors, Roger et Monteith exigèrent qu'on leur trouve une façon d'aller en Irlande en même temps que les armes, mais sur un autre bâtiment. Ce furent des heures de propositions et de contre-propositions où Roger essayait de les persuader qu'en allant, lui, là-bas, il pouvait convaincre ses amis d'attendre que la guerre s'incline davantage du côté allemand, parce qu'en ces circonstances le soulèvement pourrait se combiner avec une action parallèle de la marine et de l'infanterie allemandes. Finalement, le commandement de la Marine accepta que Casement et Monteith se rendent en Irlande. Ils le feraient dans un sous-marin et emmèneraient un brigadiste comme représentant de ses compagnons.

La décision de Roger de se refuser à ce que la Brigade irlandaise vienne rejoindre l'Insurrection lui valut des discussions orageuses avec les Allemands. Mais il ne voulait pas que les brigadistes soient l'objet d'une exécution sommaire, sans même avoir eu l'occasion de mourir au combat. Ce n'était pas une responsabilité qu'il prendrait sur ses épaules.

Le 7 avril, le haut commandement fit savoir à Roger que le sous-marin où ils voyageraient était prêt. Le capitaine Monteith choisit le sergent Daniel Julian Bailey pour représenter la Brigade. On lui fournit de faux papiers au nom de Julian Beverly. Le haut commandement précisa à Casement que, au lieu des cinquante mille demandés par les révolutionnaires, vingt mille fusils, dix mitrailleuses et cinq millions de munitions seraient au nord d'Innistooskert Island, Tralee Bay, au jour indiqué, à partir de vingt-deux heures : un pilote devrait attendre le navire avec une barque ou un canot qui se signalerait par deux lumières vertes.

Entre le 7 et le jour du départ, Roger ne ferma pas l'œil. Il écrivit un bref testament demandant que, s'il mourait, toute sa correspondance et ses papiers soient remis à Edmond D. Morel, « un être exceptionnellement juste et noble », pour qu'avec ces documents il établisse un « mémoire qui sauve ma réputation après mon trépas ».

Monteith, bien que se doutant, comme Roger, que le soulèvement serait écrasé par l'armée britannique, bouillait d'impatience de partir. Ils eurent une conversation seul à seul, deux heures durant, le jour où le capitaine Boehm leur remit le poison qu'ils lui avaient réclamé pour le cas où ils seraient pris. L'officier leur expliqua qu'il s'agissait de curare amazonien. L'effet serait instantané.

— Le curare est une de mes vieilles connaissances, lui expliqua Roger, en souriant. Au Putumayo, j'ai vu, en effet, des Indiens qui paralysaient les oiseaux en plein vol avec leurs flèches imprégnées de ce venin.

Roger et le capitaine allèrent boire une bière dans un *kneipe* voisin.

— J'imagine que cela vous fait autant de peine qu'à moi de partir sans prendre congé des brigadistes ni leur donner d'explication, dit Roger.

— Je l'aurai toujours sur la conscience, acquiesça Monteith. Mais c'est une décision judicieuse. Le soulèvement est trop important pour risquer que cela s'ébruite.

— Croyez-vous que j'aie une possibilité quelconque de l'arrêter ?

L'officier fit non de la tête.

— Je ne crois pas, sir Roger. Mais vous êtes très respecté là-bas et, peut-être, vos raisons s'imposeront. De toute façon, vous devez comprendre ce qui se passe en Irlande. Voilà des années que nous nous y préparons. Que dis-je des années ? Des siècles, plutôt. Jusqu'à quand allons-nous demeurer une nation asservie ? Et en plein vingtième siècle. En outre, sans nul doute, grâce à la guerre, c'est le moment où l'Angleterre est le plus vulnérable en Irlande.

— Vous n'avez pas peur de la mort ?

Monteith haussa les épaules.

— Je l'ai vue bien souvent de près. En Afrique du Sud, pendant la guerre des Boers, de très près. Nous avons tous peur de la mort, je suppose. Mais il y a mort et mort, sir Roger. Mourir en combattant pour la patrie est une mort aussi digne que de mourir pour sa famille ou pour sa foi. Vous ne trouvez pas ?

— Vous avez raison, acquiesça Casement. J'espère que, si cela se présente, nous mourrons ainsi et non en avalant ce poison amazonien, qui doit être indigeste.

La veille du départ, Roger alla quelques heures à

Zossen pour prendre congé du père Crotty. Il n'entra pas dans le camp. Il fit appeler le dominicain et ils se promenèrent longuement dans une forêt de sapins et de bouleaux qui commençaient à verdir. Le père Crotty écouta les confidences de Roger avec un visage altéré, sans l'interrompre une seule fois. Quand il eut fini de parler, le prêtre se signa. Et garda un long silence.

— Aller en Irlande, en pensant que le soulèvement est condamné à l'échec, est une forme de suicide, dit-il, comme s'il pensait à voix haute.

— J'y vais dans l'intention de l'arrêter, mon père. Je parlerai avec Tom Clarke, avec Joseph Plunkett, avec Patrick Pearse, avec tous les dirigeants. Je leur ferai voir les raisons pour lesquelles ce sacrifice me semble inutile. Au lieu d'accélérer l'indépendance, cela la retardera. Et...

Il sentit sa gorge se serrer et se tut.

— Que se passe-t-il, Roger ? Nous sommes amis et je suis ici pour vous aider. Vous pouvez avoir confiance en moi.

— J'ai une vision que je ne peux me sortir de la tête, mon père. Ces idéalistes, ces patriotes qui vont se faire massacrer, en laissant des familles déchirées, dans la misère, soumises à de terribles représailles, sont au moins conscients de ce qu'ils font. Mais savez-vous à qui je pense tout le temps ?

Il lui raconta qu'en 1910, il était allé faire une causerie à The Hermitage, le local de Rathfarnham, aux environs de Dublin, où se trouvait St. Enda's, le collège bilingue de Patrick Pearse. Après avoir parlé aux élèves, il leur avait donné un objet qu'il conservait de son voyage en Amazonie — une sarbacane huitoto — comme prix de la meilleure composition en gaélique des étudiants de dernière année. Il avait été énormément impressionné par l'exaltation de ces douzaines de jeunes gens à l'idée de l'Irlande, l'amour militant avec lequel ils évoquaient son histoire, ses héros, ses saints, sa culture, leur état d'extase religieuse en chantant les vieilles ballades celtes. Et, aussi, l'esprit profondément catholique qui régnait dans ce collège en même temps qu'un patriotisme fervent : Pearse avait réussi à faire se fondre les deux choses en une seule chez ces adolescents, comme elles l'étaient chez lui, son frère Willie et sa sœur Margaret, également professeurs à St. Enda's.

— Tous ces jeunes vont se faire tuer, ils seront de la chair à canon, père Crotty. Avec des fusils et des revolvers qu'ils ne sauront même pas comment utiliser. Des centaines, des milliers d'innocents comme eux face aux canons, aux mitrailleuses, aux officiers et soldats de l'armée la plus puissante au monde. Pour ne rien obtenir. N'est-ce pas terrible ?

— Bien sûr que c'est terrible, Roger, acquiesça le prêtre. Mais ce n'est peut-être pas exact qu'ils n'obtiendront rien.

Il fit une autre longue pause, puis se mit à parler lentement, triste et ému.

— L'Irlande est un pays profondément chrétien, vous le savez. Peut-être par sa situation particulière, de pays occupé, elle a été plus réceptive que d'autres au message du Christ. Ou c'est d'avoir eu des missionnaires et des apôtres comme saint Patrick, puissamment persuasifs, qui y a enraciné la foi plus profondément qu'ailleurs. Notre religion est surtout faite pour ceux qui souffrent. Les humiliés, les affamés, les vaincus. C'est cette foi qui nous a empêchés de nous désintégrer en tant que pays malgré la force qui nous écrasait. Notre religion place au centre le martyre. Se sacrifier, s'immoler. Le Christ ne l'a-t-il pas fait ? Il s'est incarné et s'est soumis aux plus atroces cruautés. Trahisons, tortures, la mort sur la croix. Cela n'a-t-il servi à rien, Roger ?

Roger se rappela Pearse, Plunkett, ces jeunes gens convaincus que la lutte pour la liberté était mystique en même temps que civique.

— Je comprends ce que vous voulez dire, père Crotty. Je sais que des personnes comme Pearse, Plunkett, même Tom Clarke qui passe pour réaliste et pratique, savent que le soulèvement est un sacrifice. Et ils sont sûrs qu'en se faisant tuer ils créeront un symbole qui mobilisera toutes les énergies des Irlandais. Je comprends leur volonté d'immolation. Mais ont-ils le droit d'entraîner ceux qui n'ont pas leur expérience, leur lucidité, des jeunes qui ne savent pas qu'ils vont à l'abattoir seulement pour donner l'exemple ?

— Je n'ai pas d'admiration pour ce qu'ils font, Roger, je vous l'ai déjà dit, murmura le père Crotty. Le martyre est quelque chose à quoi un chrétien se résigne, pas une fin qu'il recherche. Mais n'est-ce pas, par hasard, de cette façon que l'Histoire a fait progresser l'humanité, à coups de gestes et de sacrifices ? En tout cas, c'est vous qui me préoccupez maintenant. Si vous êtes capturé, vous n'aurez pas l'occasion de combattre. Vous serez jugé pour haute trahison.

— Je me suis engagé là-dedans, mon père, et mon obligation est d'être conséquent et d'aller jusqu'au bout. Je ne pourrai jamais vous remercier pour tout ce que je vous dois. Puis-je vous demander votre bénédiction ?

Il s'était agenouillé, le père Crotty l'avait béni, et ils s'étaient séparés en s'embrassant.

XV

Lorsque les pères Carey et MacCarroll entrèrent dans sa cellule, Roger avait déjà reçu le papier, la plume et l'encre qu'il avait demandés et, sans hésitation ni ratures, il avait écrit d'une main ferme deux brèves missives. L'une à sa cousine Gertrude et l'autre, collective, à ses amis. Toutes deux se ressemblaient beaucoup. Il disait à Gee, outre des phrases émues exprimant combien il l'avait aimée et tous les bons souvenirs qu'il gardait d'elle : « Demain, pour la St. Stephen, j'aurai la mort que j'ai cherchée. J'espère que Dieu me pardonnera mes erreurs et acceptera mes prières. » La lettre à ses amis rendait le même son tragique : « Mon dernier message pour tous est un *sursum corda*. Je souhaite tout le bien possible à ceux qui vont m'enlever la vie et à ceux qui ont tenté de la sauver. Ils sont tous mes frères à présent. »

Mr John Ellis, le bourreau, toujours vêtu de sombre et accompagné de son assistant, un jeune homme qui se présenta sous le nom de Robert Baxter et avait l'air nerveux et effrayé, vint prendre ses mesures — taille, poids et tour de cou — pour, lui expliqua-t-il avec naturel, déterminer la hauteur du gibet et la consistance de la corde. Tout en le mesurant avec son mètre et prenant note dans un carnet, il lui raconta que, en plus de ce métier, il continuait à exercer sa profession de coiffeur à Rochdale et que ses clients essayaient de lui soutirer des secrets de son travail, mais que, sur ce point, il était muet comme une carpe. Roger fut soulagé de les voir partir.

Peu après, une sentinelle lui apporta son dernier paquet de lettres et de télégrammes, après vérification par la censure. Cela venait de gens qu'il ne connaissait pas : on lui souhaitait bonne chance ou on l'insultait en le traitant de traître. Il les feuilletait distraitement, mais un long télégramme retint son attention. Il venait du caoutchoutier Julio C. Arana. Il était daté de Manaus et écrit dans un espagnol dont même Roger pouvait s'apercevoir qu'il abondait en incorrections. Il l'exhortait « à être juste en avouant ses fautes devant un tribunal humain, connues par la seule Justice divine, sur son rôle au Putumayo ». Il l'accusait d'avoir « inventé des faits et influencé les Barbadiens pour qu'ils confirment des actes inconscients qui n'avaient jamais eu lieu » dans l'unique dessein d' « obtenir des titres et de la fortune ». Il finissait de la sorte : « Je vous pardonne, mais il faut que vous soyez juste et fassiez maintenant une déclaration de façon totale et véridique des faits véritables car personne ne les connaît mieux que vous. » Roger pensa : « Ce télégramme, c'est lui-même qui l'a rédigé, pas ses avocats. »

Il se sentait calme. La peur qui, depuis des jours et des semaines, lui donnait de soudains frissons et lui glaçait le dos s'était complètement dissipée. Il était certain d'aller à la mort avec la sérénité qui avait été, sans nul doute, celle de Patrick Pearse, Tom Clarke, Joseph Plunkett, James Connolly et tous les braves qui s'étaient immolés à Dublin en cette grande semaine d'avril pour la liberté de l'Irlande. Il se sentait affranchi de problèmes et d'angoisses, et prêt à régler ses affaires avec Dieu.

Father Carey et *father* MacCarroll, le visage grave, lui serrèrent les mains avec affection. Il avait vu le père MacCarroll trois ou quatre fois, mais n'avait parlé que peu avec lui. Il était écossais et avait au nez un petit tic qui rendait son expression légèrement comique. En revanche, avec le père Carey il se sentait en confiance. Il lui rendit son exemplaire de *L'Imitation de Jésus-Christ*, de Thomas a Kempis.

— Je ne sais qu'en faire, offrez-le à quelqu'un. C'est le seul livre que l'on m'ait permis de lire à Pentonville Prison. Je ne le regrette pas. Il m'a tenu bonne compagnie. Si vous voyez un jour le père Crotty, dites-lui qu'il avait raison. Thomas a Kempis était bien, comme il me disait, un saint homme, plein de sagesse et de simplicité.

Le père MacCarroll lui dit que le *sheriff* s'occupait de ses vêtements civils et les lui apporterait rapidement. Au dépôt de la prison ils s'étaient froissés et salis, et Mr Stacey veillait en personne à les faire nettoyer et repasser.

— C'est un brave homme, dit Roger. Il a perdu à la guerre son fils unique et en est resté à moitié mort de chagrin, lui aussi.

Après une pause, il les pria de bien vouloir veiller maintenant à sa conversion au catholicisme.

— Réintégration, pas conversion, lui rappela une fois de plus le père Carey. Vous avez toujours été catholique, Roger, sur la décision de cette mère que vous avez tant aimée et allez bientôt revoir.

L'étroite cellule semblait encore rétrécie par la présence des trois personnes. C'est à peine s'ils eurent la place de s'agenouiller. Ils prièrent pendant vingt ou trente minutes, d'abord en silence puis à haute voix,

Pater et Ave, les religieux disant le début et Roger la fin.

Ensuite, le père MacCarroll se retira pour permettre au père Carey d'écouter Roger Casement en confession. Le prêtre s'assit au bord du lit et Roger resta à genoux au début de la longue, très longue énumération de ses péchés réels ou présumés. À ses premiers sanglots, malgré les efforts qu'il faisait pour se contenir, le père Carey le fit s'asseoir à côté de lui. Ainsi se poursuivit cette cérémonie finale où, tout en parlant, expliquant, se souvenant, interrogeant, Roger sentait qu'il ne cessait, en effet, de se rapprocher de sa mère. Par instants, il avait la fugitive impression que la svelte silhouette d'Anne Jephson prenait corps puis se fondait dans le mur de briques rougeâtres du cachot.

Il pleura souvent, comme il ne se rappelait pas avoir jamais pleuré, sans plus tenter de retenir ses larmes, parce qu'elles le délivraient de ses tensions, de ses amertumes et qu'il avait l'impression que non seulement son esprit, mais aussi son corps, devenaient plus légers. Le père Carey le laissait parler, silencieux et immobile. Il formulait parfois une question, une observation, un bref commentaire apaisant. Après lui avoir indiqué sa pénitence et donné l'absolution, il l'embrassa :

— Bienvenue à nouveau dans ce qui a toujours été votre maison, Roger.

Peu après se rouvrit la porte de la cellule et le père MacCarroll fit sa réapparition, suivi du *sheriff*. Mr Stacey avait sur ses bras étendus son costume sombre et sa chemise blanche à col, sa cravate et son gilet, le père MacCarroll ses chaussettes et souliers. C'étaient les vêtements que Roger portait le jour où le tribunal d'Old Bailey l'avait condamné à la pendaison.

Son linge était impeccablement propre et repassé, on venait de cirer et lustrer ses chaussures.

— Je suis très touché de votre amabilité, *sheriff*.

Mr Stacey fit un signe de tête. Il avait son habituel visage triste et joufflu. Mais il évitait maintenant de le regarder en face.

— Est-ce que je pourrai prendre une douche avant de mettre ces vêtements, *sheriff*? Ce serait dommage de les salir avec la crasse que j'ai sur le corps.

Mr Stacey fit un nouveau signe de tête, cette fois avec un vague petit sourire complice. Puis il quitta la pièce.

En se serrant, ils s'arrangèrent pour s'asseoir tous les trois sur le grabat. Ils y demeurèrent, parfois silencieux, parfois à prier ou à bavarder. Roger leur parla de son enfance, de ses premières années à Dublin, à Jersey, des vacances qu'il passait avec ses frères et sœur dans la famille de leur mère en Écosse. Le père MacCarroll fut content de l'entendre dire que ces vacances écossaises avaient été pour Roger l'expérience du Paradis, c'est-à-dire de la pureté et du bonheur. À mi-voix, il leur fredonna quelques-unes des chansons enfantines que lui avaient apprises sa mère et ses oncles et tantes, et se remémora aussi à quel point le faisaient rêver les prouesses en Inde des dragons légers que leur racontait, à lui et à ses frères et sœur, le capitaine Roger Casement lorsqu'il était de bonne humeur.

Puis il leur céda la parole, leur demandant de lui raconter comment ils étaient devenus prêtres. Étaient-ils entrés au séminaire poussés par la vocation, ou bien sous l'effet des circonstances, faim, pauvreté, désir d'acquérir une éducation, comme c'était le cas de tant de religieux irlandais ? Le père MacCarroll était resté orphelin encore tout enfant. Il avait été recueilli par des parents âgés qui l'avaient inscrit dans une petite école paroissiale où le curé, qui lui portait de l'affection, l'avait convaincu que sa vocation était l'Église.

— Que pouvais-je faire d'autre que de le croire ? s'écria le père MacCarroll. À vrai dire, je suis entré au séminaire sans grande conviction. L'appel de Dieu est venu ensuite, au moment de mon cursus supérieur. La théologie m'intéressait beaucoup. J'aurais aimé me consacrer à l'étude et à l'enseignement. Mais, on le sait, l'homme propose et Dieu dispose.

Le cas du père Carey avait été très différent. Dans sa famille, des commerçants aisés de Limerick, on était plus catholiques en paroles qu'en actes, de sorte qu'il ne grandit pas dans une atmosphère religieuse. Il avait cependant perçu très tôt cet appel et pouvait même citer un événement qui, peut-être, avait été décisif. Un congrès eucharistique, quand il avait treize ou quatorze ans, où il entendit un missionnaire, le père Aloyssus, raconter le travail réalisé dans les forêts du Mexique et du Guatemala par des religieux et religieuses avec lesquels il avait passé vingt ans de sa vie.

— Il était si bon orateur qu'il m'éblouit, dit le père Carey. C'est à cause de lui que je suis encore là-dedans. Je ne l'ai jamais revu, n'en ai plus entendu parler. Mais je ne peux oublier sa voix, sa ferveur, sa rhétorique, sa barbe fleuve. Et son nom : *father* Aloyssus.

Quand on ouvrit la porte de la cellule, en lui apportant son frugal dîner de tous les soirs — bouillon, salade et pain —, Roger se rendit compte qu'ils avaient parlé des heures. C'était la fin du crépuscule et le début de la nuit, malgré un reste de soleil brillant encore sur les barreaux de la petite fenêtre. Il refusa le dîner et ne garda que la petite bouteille d'eau.

Et il se souvint alors que, dans l'une de ses premières expéditions en Afrique, au début de son séjour sur le continent noir, il avait passé quelques nuits dans un hameau, d'une tribu dont il avait oublié le nom (les Bangui, peut-être ?). Avec l'aide d'un interprète il s'était entretenu avec divers villageois, et avait ainsi découvert que les vieillards de la communauté, quand ils sentaient qu'ils allaient mourir, faisaient un petit paquet de leurs rares affaires et, discrètement, sans dire adieu à personne, s'efforçant de passer inaperçus, s'enfonçaient dans la forêt. Ils cherchaient un endroit tranquille, la berge plate d'un lac ou d'un fleuve, l'ombre d'un grand arbre, un mamelon avec des rochers. Et ils se couchaient là à attendre la mort sans ennuyer personne. Une façon de partir élégante et sage.

Les pères Carey et MacCarroll voulaient passer la nuit avec lui, mais Roger s'y refusa. Il se sentait bien, leur assura-t-il, plus paisible que ces trois derniers mois. Il préférait rester seul et se reposer. C'était vrai. Les religieux, voyant sa sérénité, acceptèrent de s'en aller.

À leur départ, Roger contempla un long moment les vêtements que lui avait laissés le *sheriff.* Pour quelque étrange raison, il était sûr qu'il lui apporterait la tenue dans laquelle il avait été capturé par ce petit matin désolé du 21 avril dans ce fort circulaire des Celtes appelé McKenna's Fort, aux pierres vermoulues, couvertes de feuilles mortes, de fougères et d'humidité et entourées d'arbres où chantaient les oiseaux. Trois mois à peine, et l'on aurait dit des siècles. Qu'avaient bien pu devenir ces vêtements ! Avaient-ils rejoint son dossier aux archives ? Le costume repassé par Mr Stacey, dans lequel il mourrait dans quelques heures, avait été acheté par son avocat Gavan Duffy afin de le rendre présentable devant le tribunal qui le jugeait. Pour ne pas le froisser, il l'étendit sous le mince matelas de son grabat. Et il se coucha, en pensant qu'il avait devant lui une longue nuit d'insomnie.

Étonnamment, il s'endormit presque aussitôt. Et il dut dormir de longues heures car, lorsqu'il ouvrit les yeux avec un léger sursaut, malgré l'obscurité qui régnait dans la cellule il s'aperçut au petit carré grillagé de la fenêtre qu'il commençait à faire jour. Il se rappelait avoir rêvé de sa mère. Elle avait l'air affligée et lui, petit garçon, la consolait par ces mots : « Ne sois pas triste, nous allons bientôt nous revoir. » Il se sentait calme, sans peur, désireux que tout cela finisse une bonne fois.

Pas longtemps après, ou peut-être que si, mais il ne s'était pas rendu compte du temps qui avait passé, la porte s'ouvrit et, de l'embrasure, le *sheriff* — les traits tirés et les yeux injectés de sang comme s'il n'avait pas fermé l'œil — lui dit :

— Si vous voulez prendre une douche, c'est maintenant.

Roger acquiesça. Tout en avançant vers les bains le long du couloir aux briques noircies, Mr Stacey lui demanda s'il avait pu se reposer un peu. Quand Roger lui dit qu'il avait dormi quelques heures, il murmura : « J'en suis heureux pour vous. » Un peu plus loin, alors que Roger anticipait la sensation agréable que ce serait de recevoir sur son corps le jet d'eau fraîche, Mr Stacey lui raconta que de nombreuses personnes, dont quelques prêtres et pasteurs, avec des crucifix et des panneaux contre la peine de mort, avaient passé toute la nuit en prière à la porte de la prison. Roger se sentait bizarre, comme s'il n'était plus lui-même, comme si un autre le remplaçait. Il resta longtemps sous l'eau froide. Se savonna soigneusement et se rinça, en se frottant le corps à deux mains. Quand il regagna sa cellule, il y trouva, déjà de retour, le père

Carey et le père MacCarroll. Ils lui dirent que le nombre de gens rassemblés aux portes de Pentonville Prison, priant et brandissant des pancartes, avait considérablement grandi depuis la nuit précédente. C'étaient pour la plupart des paroissiens amenés par le père Edward Murnaue de la petite église de Holy Trinity, que fréquentaient les familles irlandaises du quartier. Mais il y avait aussi un groupe qui acclamait l'exécution du « traître. » Roger resta indifférent à ces nouvelles. Les religieux sortirent de la cellule pour le laisser s'habiller. Il fut impressionné d'avoir autant maigri. Il nageait dans ses vêtements et ses chaussures.

Escorté par les deux prêtres et suivi du *sheriff* et d'une sentinelle armée, il se rendit à la chapelle de Pentonville Prison. Il ne la connaissait pas. Elle était petite et sombre, mais il y avait quelque chose d'accueillant et de paisible dans cette enceinte au plafond ovale. Le père Carey officia, le père MacCarroll servit la messe. Roger suivit la cérémonie avec émotion, sans savoir si celle-ci venait des circonstances ou de ce qu'il allait communier pour la première et dernière fois. « Ce sera ma première communion et mon viatique », pensa-t-il. Après avoir communié, il tenta de dire quelque chose aux pères Carey et MacCarroll, mais ne trouva pas ses mots et resta silencieux, essayant de prier.

En retournant dans sa cellule, il trouva près de son lit le petit déjeuner qu'on y avait déposé, mais il ne voulut rien manger. Il demanda l'heure, et cette fois-ci on la lui dit : huit heures quarante du matin. « Il me reste vingt minutes », pensa-t-il. Presque à l'instant apparurent le gouverneur de la prison, accompagné du *sheriff*, et trois hommes habillés en civil, probablement le médecin qui constaterait sa mort, un fonctionnaire quelconque de la Couronne, et le bourreau avec son jeune assistant. Mr Ellis, plutôt petit et costaud, portait lui aussi un costume sombre, comme les autres, mais il avait retroussé les manches de sa veste pour travailler plus à son aise. Il avait une corde enroulée à son bras. De sa voix polie et enrouée, il lui demanda de mettre ses mains dans le dos parce qu'il devait les lui attacher. Roger le fit. En les liant, Mr Ellis lui posa une question qu'il trouva absurde : « Je vous fais mal ? » Il secoua la tête pour dire non.

Father Carey et *father* MacCarroll s'étaient mis à réciter des litanies à voix haute. Ils continuèrent pendant qu'ils l'accompagnaient, à sa droite et à sa gauche, dans le long parcours à travers des secteurs de la prison dont il ignorait l'existence : escaliers, couloirs, une petite cour, tous déserts. Roger regardait à peine les endroits qu'ils laissaient un à un derrière eux. Il récitait les litanies et y répondait, se sentant content de la fermeté de ses pas et de ne laisser échapper ni un sanglot ni même une larme. Il fermait par moments les yeux et implorait la clémence de Dieu, mais c'était le visage d'Anne Jephson qui apparaissait dans sa tête.

Enfin ils débouchèrent sur un terre-plein inondé de soleil. Un peloton de gardes armés les attendait. Ils entouraient une armature de bois carrée, avec un petit escalier de huit ou dix marches. Le gouverneur lut un court texte, sans doute la sentence, auquel Roger ne prêta pas attention. Puis il lui demanda s'il voulait dire quelque chose. Lui fit non de la tête, mais, entre ses dents, il murmura : « Irlande. » Il se tourna vers les prêtres et tous deux l'embrassèrent. Le père Carey lui donna sa bénédiction.

Alors, Mr Ellis s'approcha et lui demanda de se baisser pour pouvoir lui bander les yeux, car Roger était trop grand pour lui. Il se pencha et tandis que le bourreau lui mettait le bandeau qui le plongea dans l'obscurité il lui sembla que les doigts de Mr Ellis étaient maintenant moins fermes, moins maîtres d'eux-mêmes, que lorsqu'ils lui avaient attaché les mains. Le prenant par le bras, le bourreau lui fit monter les marches qui menaient à la plate-forme, lentement pour ne pas le faire trébucher.

Il y eut des bruits de mouvements, de prières des prêtres et, enfin, un nouveau murmure de Mr Ellis lui demandant de baisser la tête et de se pencher un peu, *please*, *sir*. Il le fit, et, alors, il sentit qu'il lui avait passé la corde autour du cou. Il parvint encore à entendre pour la dernière fois un murmure de Mr Ellis : « Si vous retenez votre respiration, ce sera plus rapide, *sir*. » Il obéit.

Épilogue

I say that Roger Casement
Did what he had to do.
He died upon the gallows,
But that is nothing new.

W.B. Yeats

L'histoire de Roger Casement se projette, disparaît et renaît après sa mort comme ces feux de Bengale qui, après s'être élevés dans la nuit et avoir explosé en une pluie d'étoiles et de tonnerre, s'éteignent, se taisent pour, un moment après, ressusciter en un crépitement inondant le ciel d'incendies.

Selon le médecin qui assista à l'exécution, le docteur Percy Mander, celle-ci fut menée à terme « sans le moindre obstacle » et la mort de l'accusé fut instantanée. Avant d'autoriser son enterrement, le praticien, sur ordre des autorités britanniques qui désiraient avoir une certitude scientifique quant aux « tendances perverses » du supplicié, procéda, en enfilant des gants de caoutchouc, à l'exploration de l'anus et du rectum. Il constata que, « à simple vue », l'anus présentait une claire dilatation, de même que « la partie inférieure de l'intestin, jusqu'où pouvaient aller les doigts de ma main ». Le médecin conclut que cette exploration confirmait « les pratiques auxquelles s'adonnait apparemment le supplicié ».

Après avoir été soumis à cette manipulation, les restes de Roger Casement furent enterrés sans pierre tombale, ni croix, ni initiales, près de la tombe également anonyme du docteur Crippen, un célèbre assassin exécuté quelque temps auparavant. Le tas de terre informe qui fut sa sépulture jouxtait Roman Way, la voie par laquelle au commencement du premier millénaire de notre ère pénétrèrent les légions romaines pour civiliser ce coin perdu d'Europe qui serait plus tard l'Angleterre.

Puis l'histoire de Roger Casement connut une éclipse. Les démarches entreprises auprès des autorités britanniques par l'avocat George Gavan Duffy au nom des frères et sœur de Roger, pour que ses restes leur soient remis afin de leur donner une sépulture chrétienne en Irlande, n'aboutirent ni alors ni tout au long d'un demi-siècle, chaque fois que ses parents en firent la demande. Pendant longtemps, à l'exception d'un nombre restreint de personnes — parmi lesquelles le bourreau, Mr John Ellis qui, dans les mémoires qu'il écrivit peu avant de se suicider, déclara que « de toutes les personnes que j'ai dû exécuter, celle qui est morte avec le plus de courage a été Roger Casement » —, on ne parla plus de lui. Il disparut de l'attention publique, en Angleterre et en Irlande.

Il tarda longtemps à être admis au panthéon des héros de l'indépendance de l'Irlande. La tortueuse campagne lancée par l'Intelligence Service pour le discréditer, en utilisant des fragments de ses journaux intimes, eut du succès. Maintenant encore ses effets ne sont pas totalement dissipés : une sombre auréole d'homosexualité et de pédophilie a accompagné son image tout au long du XXe siècle. Sa figure incommodait dans son pays parce que l'Irlande, jusqu'à ces dernières années, professait officiellement une morale des plus sévères qui faisait que le seul soupçon de « perversité sexuelle » plongeait quelqu'un dans l'ignominie et le retranchait de la considération publique. Et pendant une bonne partie du XXe siècle le nom, les hauts faits et les manquements de Roger Casement furent confinés à des essais politiques, des articles de journaux et des biographies d'historiens, pour la plupart anglais.

Avec la révolution des mœurs, principalement sur le plan sexuel, en Irlande, peu à peu, et presque toujours avec réticence et du bout des lèvres, le nom de Casement s'est frayé un chemin jusqu'à être accepté pour ce qu'il fut : l'un des grands combattants anticolonialistes et défenseurs des droits de l'homme et des cultures indigènes de son temps, et un artisan dévoué de l'émancipation de l'Irlande. Ses compatriotes se sont lentement résignés à accepter qu'un héros et martyr ne soit pas un prototype abstrait ni un modèle de perfection, mais un être humain, fait de contradictions et de contrastes, de faiblesses et de grandeurs, car un homme, comme l'a écrit José Enrique Rodó, « est beaucoup d'hommes », ce qui veut dire qu'anges et démons se mêlent dans sa personnalité, inextricablement.

La controverse sur les dénommés *Black Diaries* n'a jamais cessé et ne cessera probablement jamais. Ont-ils véritablement existé et Roger Casement les a-t-il écrits de sa propre main, avec toutes leurs obscénités pestilentielles, ou furent-ils falsifiés par les services secrets britanniques pour exécuter moralement et politiquement aussi leur ancien diplomate, afin de faire un exemple éloquent et dissuader des traîtres potentiels ?

Pendant des dizaines d'années, le gouvernement anglais a refusé d'autoriser historiens et graphologues indépendants à examiner ces cahiers, les déclarant secret d'État, ce qui donna prise aux soupçons et aux arguments en faveur de la falsification. Quand, il y a relativement peu de temps, le secret a été levé et que les chercheurs ont pu les examiner et soumettre ces écrits à des tests scientifiques, la controverse n'a pas cessé. Et elle se prolongera probablement longtemps. Ce qui n'est pas plus mal. Il n'est pas mauvais qu'un climat d'incertitude entoure toujours Roger Casement, comme preuve qu'il est impossible d'arriver à connaître définitivement un être humain, totalité qui échappe toujours à tous les filets théoriques et rationnels qui tentent de l'emprisonner. Mon impression personnelle — celle d'un romancier, bien sûr — est que c'est bien Roger Casement qui écrivit ces fameux cahiers, mais sans les vivre, du moins pas intégralement, et qu'il y a en eux beaucoup d'exagération et de fiction : qu'il écrivit, en somme, certaines choses parce qu'il aurait voulu les vivre, sans l'avoir pu.

En 1965, le gouvernement anglais d'Harold Wilson a enfin permis que la dépouille de Casement soit rapatriée. Elle arriva en Irlande dans un avion militaire et reçut des hommages publics le 23 février de cette année-là. Elle fut exposée quatre jours durant dans une chapelle ardente de la Garrison Church of the Sacred Heart, à Dublin, comme celle d'un héros. Une foule immense estimée à plusieurs centaines de milliers de personnes défila devant elle pour lui présenter ses respects. Il y eut un cortège militaire jusqu'à la procathédrale Sainte-Marie et on lui rendit les honneurs militaires devant l'historique immeuble de la poste, quartier général du soulèvement de 1916, avant de conduire son cercueil au cimetière de Glasnevin, où il fut enterré par une matinée grise et pluvieuse. Pour prononcer son oraison funèbre, don Eamon De Valera, le premier président de l'Irlande, combattant éminent de l'Insurrection de 1916 et ami de Roger Casement, quitta son lit d'agonisant et prononça les paroles émouvantes par lesquelles on dit adieu aux grands hommes.

Ni au Congo ni en Amazonie il n'est resté trace de celui qui a tant fait pour dénoncer les grands crimes perpétrés sur ces terres aux temps du caoutchouc. En Irlande, éparpillés dans l'île, il reste quelques souvenirs de lui. Sur les hauteurs du *glen* de Glenshesk, comté d'Antrim, qui descend vers la petite anse de Murlough, non loin de la maison familiale de Magherintemple, le Sinn Féin érigea à sa mémoire un monument que les radicaux unionistes d'Irlande du Nord ont détruit. On en trouve les fragments répandus sur le sol. À Ballyheigue, comté de Kerry, sur une petite place face à la mer se dresse la statue de Roger Casement sculptée par l'Irlandais Oisín Kelly. Au Kerry County Museum de Tralee l'on voit l'appareil photo que Roger avait emporté dans son voyage en Amazonie de 1911 et, s'il le demande, le visiteur peut voir aussi le manteau de drap grossier qu'il portait sur le sous-marin allemand U-19 qui le conduisit en Irlande. Un collectionneur privé, Mr Sean Quinlan, possède dans sa villa de Ballyduff, non loin de l'embouchure du Shannon dans l'Atlantique, un canot qui (l'assure-t-il emphatiquement) est celui-là même qui servit au débarquement à Banna Strand de Roger, du capitaine Monteith et du sergent Bailey. Au collège de langue gaélique « Roger Casement », de Tralee, le bureau du directeur exhibe l'assiette en faïence dans laquelle mangea Roger Casement, au Public Bar Seven Stars, les jours où il se rendit à la cour d'appel de Londres qui statua sur son cas. Au McKenna's Fort il y a un petit monument en gaélique, anglais et allemand — une colonne en pierre noire — où l'on rappelle qu'il fut capturé là par la Royal Irish Constabulary le 21 avril 1916. Et, à Banna Strand, la plage où il accosta, se dresse un petit obélisque où apparaît le visage de Roger Casement auprès de celui du capitaine Robert Monteith. Le jour où je suis allé le voir il était couvert de la fiente blanche des mouettes glapissantes qui tournoyaient autour et l'on voyait partout ces violettes sauvages qui l'avaient tant ému ce petit matin où il revint en Irlande pour être arrêté, jugé et pendu.

Madrid, 19 avril 2010

REMERCIEMENTS

Je n'aurais pu écrire ce roman sans la collaboration, consciente ou inconsciente, de plusieurs personnes qui m'ont aidé dans mes voyages au Congo et en Amazonie, ainsi qu'en Irlande, aux États-Unis, en Belgique, au Pérou, en Allemagne et en Espagne, qui m'ont envoyé livres et articles, m'ont permis d'accéder aux archives et bibliothèques, m'ont assisté de leurs témoignages et de leurs conseils, et m'ont prodigué, surtout, leurs encouragements et leur amitié quand je me sentais défaillir face aux difficultés du projet que j'avais entre les mains. Parmi elles, je voudrais distinguer Verónica Ramírez Muro pour son aide inestimable lors de mon séjour en Irlande et dans la préparation du manuscrit. Moi seul suis responsable des déficiences de ce livre mais, sans ces personnes, ses réussites éventuelles auraient été impossibles. Merci donc à :

Au Congo : le colonel Gaspar Barrabino, Ibrahima Coly, l'ambassadeur Félix Costales Artieda, l'ambassadeur Miguel Fernández Palacios, Raffaella Gentilini, Asuka Imai, Chance Kayijuka, Placide-Clement Mananga, Pablo Marco, Père Barumi Minavi, Javier Sancho Más, Karl Steinecker, Dr. Tharcisse Synga Ngundu de Minova, Juan Carlos Tomasi, Xisco Villalonga, Émile Zola et les « Poètes du Renouveau » de Lwemba.

En Belgique : David Van Reybrouck.

En Amazonie : Alberto Chirif, Père Joaquín García Sánchez et Roger Rumrill.

En Irlande : Christopher Brooke, Anne et Patrick Casement, Hugh Casement, Tom Desmond, Jeff Dudgeon, Seosamh O'Conchubhair, Ciara Kerrigan, Jit Ming, Angus Mitchell, Griffin Murray, Helen O'Carroll, Seámas O'Siochain, Donal J. O'Sullivan, Sean Quinlan, Orla Sweeney et le personnel de la National Library of Ireland et de la National Photographic Archive.

Au Pérou : Rosario de Bedoya, Nancy Herrera, Gabriel Meseth, Lucía Muñoz-Nájar, Hugo Neira, Juan Ossio, Fernando Carvallo et le personnel de la Bibliothèque nationale.

À New York : Bob Dumont et le personnel de la New York Public Library.

À Londres : John Hemming, Hugh Thomas, Jorge Orlando Melo et le personnel de la British Library.

En Espagne : Fiorella Battistini, Javier Reverte, Nadine Tchamlesso, Pepe Verdes, Antón Yeregui et Muskilda Zancada.

Héctor Abad Faciolince, Ovidio Lagos et Edmundo Murray.

MARIO VARGAS LLOSA
PRIX NOBEL DE LITTÉRATURE 2010

Aux Éditions Gallimard

LA VILLE ET LES CHIENS (Folio nº 1271, *préface d'Albert Bensoussan*).

LA MAISON VERTE (L'Imaginaire nº 76).

CONVERSATION À « LA CATHÉDRALE ».

LES CHIOTS *suivi des* CAÏDS.

PANTALEÓN ET LES VISITEUSES (Folio nº 2137).

L'ORGIE PERPÉTUELLE, *Flaubert et Madame Bovary*.

LA TANTE JULIA ET LE SCRIBOUILLARD (Folio nº 1649).

LA DEMOISELLE DE TACNA, *théâtre*.

LA GUERRE DE LA FIN DU MONDE (Folio nº 1823).

HISTOIRE DE MAYTA (Folio nº 4022).

QUI A TUÉ PALOMINO MOLERO ? (Folio nº 2035).

KATHIE ET L'HIPPOPOTAME *suivi de* LA CHUNGA, *théâtre*.

CONTRE VENTS ET MARÉES (Arcades nº 16).

L'HOMME QUI PARLE (Folio nº 2345).

L'ÉLOGE DE LA MARÂTRE (Folio nº 2405).

LES CHIOTS / *LOS CACHORROS* (Folio Bilingue nº 15, *préface et notes d'Albert Bensoussan*).

LES CHIOTS (Folio 2 € nº 3760).

LA VÉRITÉ PAR LE MENSONGE, *essais sur la littérature* (Arcades nº 85).

LA VIE EN MOUVEMENT, *entretiens avec Alonso Cueto*.

LE FOU DES BALCONS, *théâtre*.

LE POISSON DANS L'EAU (Folio nº 2928).

LITUMA DANS LES ANDES (Folio nº 3020).

EN SELLE AVEC TIRANT LE BLANC (Arcades nº 49).

LES ENJEUX DE LA LIBERTÉ.

UN BARBARE CHEZ LES CIVILISÉS (Arcades nº 54).

LES CAHIERS DE DON RIGOBERTO (Folio nº 3343).

L'UTOPIE ARCHAÏQUE, *José María Arguedas et les fictions de l'indigénisme*.

JOLIS YEUX, VILAINS TABLEAUX.

LETTRES À UN JEUNE ROMANCIER (Arcades nº 61).

LA FÊTE AU BOUC (Folio nº 4021).

LE PARADIS – UN PEU PLUS LOIN (Folio nº 4161).

LE LANGAGE DE LA PASSION, *chroniques de la fin du siècle*.

TOURS ET DÉTOURS DE LA VILAINE FILLE (Folio nº 4712).

LA TENTATION DE L'IMPOSSIBLE (Arcades nº 93).

VOYAGE VERS LA FICTION (Arcades nº 95).

DE SABRES ET D'UTOPIES, *Visions d'Amérique latine* (Arcades nº 101).

LE RÊVE DU CELTE (Folio nº 5587).

LES CHIOTS, *photographies de Xavier Miserachs*.

ÉLOGE DE LA LECTURE ET DE LA FICTION, *conférence du Nobel*.

THÉÂTRE COMPLET.

LE HÉROS DISCRET (Folio nº 6318).

CONVERSATIONS À *LA CATEDRAL*.

LA CIVILISATION DU SPECTACLE.

AUX CINQ RUES, LIMA.

Dans la Bibliothèque de la Pléiade

ŒUVRES ROMANESQUES, tome 1.

ŒUVRES ROMANESQUES, tome 2.

Aux Éditions de l'Herne

UN DEMI-SIÈCLE AVEC BORGES (Cahiers de l'Herne nº 79).

UN RASTA À BERLIN *suivi de* MA PARENTE D'AREQUIPA.

Aux Éditions Plon

DICTIONNAIRE AMOUREUX DE L'AMÉRIQUE LATINE.

Aux Éditions Terre de brume

ENTRETIEN AVEC MARIO VARGAS LLOSA *suivi de* MA PARENTE D'AREQUIPA.

COLLECTION FOLIO

Dernières parutions

6045. Posy Simmonds	*Literary Life*
6046. William Burroughs	*Le festin nu*
6047. Jacques Prévert	*Cinéma* (à paraître)
6048. Michèle Audin	*Une vie brève*
6049. Aurélien Bellanger	*L'aménagement du territoire*
6050. Ingrid Betancourt	*La ligne bleue*
6051. Paule Constant	*C'est fort la France !*
6052. Elena Ferrante	*L'amie prodigieuse*
6053. Éric Fottorino	*Chevrotine*
6054. Christine Jordis	*Une vie pour l'impossible*
6055. Karl Ove Knausgaard	*Un homme amoureux, Mon combat II*
6056. Mathias Menegoz	*Karpathia*
6057. Maria Pourchet	*Rome en un jour*
6058. Pascal Quignard	*Mourir de penser*
6059. Éric Reinhardt	*L'amour et les forêts*
6060. Jean-Marie Rouart	*Ne pars pas avant moi*
6061. Boualem Sansal	*Gouverner au nom d'Allah* (à paraître)
6062. Leïla Slimani	*Dans le jardin de l'ogre*
6063. Henry James	*Carnets*
6064. Voltaire	*L'Affaire Sirven*
6065. Voltaire	*La Princesse de Babylone*
6066. William Shakespeare	*Roméo et Juliette*
6067. William Shakespeare	*Macbeth*
6068. William Shakespeare	*Hamlet*
6069. William Shakespeare	*Le Roi Lear*
6070. Alain Borer	*De quel amour blessée* (à paraître)
6071. Daniel Cordier	*Les feux de Saint-Elme*
6072. Catherine Cusset	*Une éducation catholique*

6073. Eugène Ébodé — *La Rose dans le bus jaune*
6074. Fabienne Jacob — *Mon âge*
6075. Hedwige Jeanmart — *Blanès*
6076. Marie-Hélène Lafon — *Joseph*
6077. Patrick Modiano — *Pour que tu ne te perdes pas dans le quartier*
6078. Olivia Rosenthal — *Mécanismes de survie en milieu hostile*
6079. Robert Seethaler — *Le tabac Tresniek*
6080. Taiye Selasi — *Le ravissement des innocents*
6081. Joy Sorman — *La peau de l'ours*
6082. Claude Gutman — *Un aller-retour*
6083. Anonyme — *Saga de Hávardr de l'Ísafjördr*
6084. René Barjavel — *Les enfants de l'ombre*
6085. Tonino Benacquista — *L'aboyeur*
6086. Karen Blixen — *Histoire du petit mousse*
6087. Truman Capote — *La guitare de diamants*
6088. Collectif — *L'art d'aimer*
6089. Jean-Philippe Jaworski — *Comment Blandin fut perdu*
6090. D.A.F. de Sade — *L'Heureuse Feinte*
6091. Voltaire — *Le taureau blanc*
6092. Charles Baudelaire — *Fusées – Mon cœur mis à nu*
6093. Régis Debray – Didier Lescri — *La laïcité au quotidien. Guide pratique*
6094. Salim Bachi — *Le consul* (à paraître)
6095. Julian Barnes — *Par la fenêtre*
6096. Sophie Chauveau — *Manet, le secret*
6097. Frédéric Ciriez — *Mélo*
6098. Philippe Djian — *Chéri-Chéri*
6099. Marc Dugain — *Quinquennat*
6100. Cédric Gras — *L'hiver aux trousses. Voyage en Russie d'Extrême-Orient*
6101. Célia Houdart — *Gil*
6102. Paulo Lins — *Depuis que la samba est samba*
6103. Francesca Melandri — *Plus haut que la mer*

6104. Claire Messud	*La Femme d'En Haut*
6105. Sylvain Tesson	*Berezina*
6106. Walter Scott	*Ivanhoé*
6107. Épictète	*De l'attitude à prendre envers les tyrans*
6108. Jean de La Bruyère	*De l'homme*
6109. Lie-tseu	*Sur le destin*
6110. Sénèque	*De la constance du sage*
6111. Mary Wollstonecraft	*Défense des droits des femmes*
6112. Chimamanda Ngozi Adichie	*Americanah*
6113. Chimamanda Ngozi Adichie	*L'hibiscus pourpre*
6114. Alessandro Baricco	*Trois fois dès l'aube*
6115. Jérôme Garcin	*Le voyant*
6116. Charles Haquet – Bernard Lalanne	*Procès du grille-pain et autres objets qui nous tapent sur les nerfs*
6117. Marie-Laure Hubert Nasser	*La carapace de la tortue*
6118. Kazuo Ishiguro	*Le géant enfoui*
6119. Jacques Lusseyran	*Et la lumière fut*
6120. Jacques Lusseyran	*Le monde commence aujourd'hui*
6121. Gilles Martin-Chauffier	*La femme qui dit non*
6122. Charles Pépin	*La joie*
6123. Jean Rolin	*Les événements*
6124. Patti Smith	*Glaneurs de rêves*
6125. Jules Michelet	*La Sorcière*
6126. Thérèse d'Avila	*Le Château intérieur*
6127. Nathalie Azoulai	*Les manifestations*
6128. Rick Bass	*Toute la terre qui nous possède*
6129. William Fiennes	*Les oies des neiges*
6130. Dan O'Brien	*Wild Idea*
6131. François Suchel	*Sous les ailes de l'hippocampe. Canton-Paris à vélo*

6132. Christelle Dabos — *Les fiancés de l'hiver. La Passe-miroir, Livre 1*
6133. Annie Ernaux — *Regarde les lumières mon amour*
6134. Isabelle Autissier – Erik Orsenna — *Passer par le Nord. La nouvelle route maritime*
6135. David Foenkinos — *Charlotte*
6136. Yasmina Reza — *Une désolation*
6137. Yasmina Reza — *Le dieu du carnage*
6138. Yasmina Reza — *Nulle part*
6139. Larry Tremblay — *L'orangeraie*
6140. Honoré de Balzac — *Eugénie Grandet*
6141. Dôgen — *La Voie du zen. Corps et esprit*
6142. Confucius — *Les Entretiens*
6143. Omar Khayyâm — *Vivre te soit bonheur ! Cent un quatrains de libre pensée*
6144. Marc Aurèle — *Pensées. Livres VII-XII*
6145. Blaise Pascal — *L'homme est un roseau pensant. Pensées (liasses I-XV)*
6146. Emmanuelle Bayamack-Tam — *Je viens*
6147. Alma Brami — *J'aurais dû apporter des fleurs*
6148. William Burroughs — *Junky* (à paraître)
6149. Marcel Conche — *Épicure en Corrèze*
6150. Hubert Haddad — *Théorie de la vilaine petite fille*
6151. Paula Jacques — *Au moins il ne pleut pas*
6152. László Krasznahorkai — *La mélancolie de la résistance*
6153. Étienne de Montety — *La route du salut*
6154. Christopher Moore — *Sacré Bleu*
6155. Pierre Péju — *Enfance obscure*
6156. Grégoire Polet — *Barcelona !*
6157. Herman Raucher — *Un été 42*
6158. Zeruya Shalev — *Ce qui reste de nos vies*
6159. Collectif — *Les mots pour le dire. Jeux littéraires*

6160. Théophile Gautier — *La Mille et Deuxième Nuit*
6161. Roald Dahl — *À moi la vengeance S.A.R.L.*
6162. Scholastique Mukasonga — *La vache du roi Musinga*
6163. Mark Twain — *À quoi rêvent les garçons*
6164. Anonyme — *Les Quinze Joies du mariage*
6165. Elena Ferrante — *Les jours de mon abandon*
6166. Nathacha Appanah — *En attendant demain*
6167. Antoine Bello — *Les producteurs*
6168. Szilárd Borbély — *La miséricorde des cœurs*
6169. Emmanuel Carrère — *Le Royaume*
6170. François-Henri Désérable — *Évariste*
6171. Benoît Duteurtre — *L'ordinateur du paradis*
6172. Hans Fallada — *Du bonheur d'être morphinomane*
6173. Frederika Amalia Finkelstein — *L'oubli*
6174. Fabrice Humbert — *Éden Utopie*
6175. Ludmila Oulitskaïa — *Le chapiteau vert*
6176. Alexandre Postel — *L'ascendant*
6177. Sylvain Prudhomme — *Les grands*
6178. Oscar Wilde — *Le Pêcheur et son Âme*
6179. Nathacha Appanah — *Petit éloge des fantômes*
6180. Arthur Conan Doyle — *La maison vide* précédé du *Dernier problème*
6181. Sylvain Tesson — *Le téléphérique*
6182. Léon Tolstoï — *Le cheval* suivi d'*Albert*
6183. Voisenon — *Le sultan Misapouf et la princesse Grisemine*
6184. Stefan Zweig — *Était-ce lui ?* précédé d'*Un homme qu'on n'oublie pas*
6185. Bertrand Belin — *Requin*
6186. Eleanor Catton — *Les Luminaires*
6187. Alain Finkielkraut — *La seule exactitude*
6188. Timothée de Fombelle — *Vango, I. Entre ciel et terre*
6189. Iegor Gran — *La revanche de Kevin*

6190. Angela Huth	*Mentir n'est pas trahir*
6191. Gilles Leroy	*Le monde selon Billy Boy*
6192. Kenzaburô Ôé	*Une affaire personnelle*
6193. Kenzaburô Ôé	*M/T et l'histoire des merveilles de la forêt*
6194. Arto Paasilinna	*Moi, Surunen, libérateur des peuples opprimés*
6195. Jean-Christophe Rufin	*Check-point*
6196. Jocelyne Saucier	*Les héritiers de la mine*
6197. Jack London	*Martin Eden*
6198. Alain	*Du bonheur et de l'ennui*
6199. Anonyme	*Le chemin de la vie et de la mort*
6200. Cioran	*Ébauches de vertige*
6201. Épictète	*De la liberté*
6202. Gandhi	*En guise d'autobiographie*
6203. Ugo Bienvenu	*Sukkwan Island*
6204. Moynot – Némirovski	*Suite française*
6205. Honoré de Balzac	*La Femme de trente ans*
6206. Charles Dickens	*Histoires de fantômes*
6207. Erri De Luca	*La parole contraire*
6208. Hans Magnus Enzensberger	*Essai sur les hommes de la terreur*
6209. Alain Badiou – Marcel Gauchet	*Que faire ?*
6210. Collectif	*Paris sera toujours une fête*
6211. André Malraux	*Malraux face aux jeunes*
6212. Saul Bellow	*Les aventures d'Augie March*
6213. Régis Debray	*Un candide à sa fenêtre. Dégagements II*
6214. Jean-Michel Delacomptée	*La grandeur. Saint-Simon*
6215. Sébastien de Courtois	*Sur les fleuves de Babylone, nous pleurions. Le crépuscule des chrétiens d'Orient*

6216. Alexandre Duval-Stalla — *André Malraux - Charles de Gaulle : une histoire, deux légendes*
6217. David Foenkinos — *Charlotte*, avec des gouaches de Charlotte Salomon
6218. Yannick Haenel — *Je cherche l'Italie*
6219. André Malraux — *Lettres choisies 1920-1976*
6220. François Morel — *Meuh !*
6221. Anne Wiazemsky — *Un an après*
6222. Israël Joshua Singer — *De fer et d'acier*
6223. François Garde — *La baleine dans tous ses états*
6224. Tahar Ben Jelloun — *Giacometti, la rue d'un seul*
6225. Augusto Cruz — *Londres après minuit*
6226. Philippe Le Guillou — *Les années insulaires*
6227. Bilal Tanweer — *Le monde n'a pas de fin*
6228. Madame de Sévigné — *Lettres choisies*
6229. Anne Berest — *Recherche femme parfaite*
6230. Christophe Boltanski — *La cache*
6231. Teresa Cremisi — *La Triomphante*
6232. Elena Ferrante — *Le nouveau nom. L'amie prodigieuse, II*
6233. Carole Fives — *C'est dimanche et je n'y suis pour rien*
6234. Shilpi Somaya Gowda — *Un fils en or*
6235. Joseph Kessel — *Le coup de grâce*
6236. Javier Marías — *Comme les amours*
6237. Javier Marías — *Dans le dos noir du temps*
6238. Hisham Matar — *Anatomie d'une disparition*
6239. Yasmina Reza — *Hammerklavier*
6240. Yasmina Reza — *« Art »*
6241. Anton Tchékhov — *Les méfaits du tabac* et autres pièces en un acte
6242. Marcel Proust — *Journées de lecture*
6243. Franz Kafka — *Le Verdict – À la colonie pénitentiaire*
6244. Virginia Woolf — *Nuit et jour*

6245. Joseph Conrad — *L'associé*

6246. Jules Barbey d'Aurevilly — *La Vengeance d'une femme* précédé du *Dessous de cartes d'une partie de whist*

6247. Victor Hugo — *Le Dernier Jour d'un Condamné*

6248. Victor Hugo — *Claude Gueux*

6249. Victor Hugo — *Bug-Jargal*

6250. Victor Hugo — *Mangeront-ils ?*

6251. Victor Hugo — *Les Misérables. Une anthologie*

6252. Victor Hugo — *Notre-Dame de Paris. Une anthologie*

6253. Éric Metzger — *La nuit des trente*

6254. Nathalie Azoulai — *Titus n'aimait pas Bérénice*

6255. Pierre Bergounioux — *Catherine*

6256. Pierre Bergounioux — *La bête faramineuse*

6257. Italo Calvino — *Marcovaldo*

6258. Arnaud Cathrine — *Pas exactement l'amour*

6259. Thomas Clerc — *Intérieur*

6260. Didier Daeninckx — *Caché dans la maison des fous*

6261. Stefan Hertmans — *Guerre et Térébenthine*

6262. Alain Jaubert — *Palettes*

6263. Jean-Paul Kauffmann — *Outre-Terre*

6264. Jérôme Leroy — *Jugan*

6265. Michèle Lesbre — *Chemins*

6266. Raduan Nassar — *Un verre de colère*

6267. Jón Kalman Stefánsson — *D'ailleurs, les poissons n'ont pas de pieds*

6268. Voltaire — *Lettres choisies*

6269. Saint Augustin — *La Création du monde et le Temps*

6270. Machiavel — *Ceux qui désirent acquérir la grâce d'un prince...*

6271. Ovide — *Les remèdes à l'amour* suivi de *Les Produits de beauté pour le visage de la femme*

6272. Bossuet	*Sur la brièveté de la vie et autres sermons*
6273. Jessie Burton	*Miniaturiste*
6274. Albert Camus – René Char	*Correspondance 1946-1959*
6275. Erri De Luca	*Histoire d'Irène*
6276. Marc Dugain	*Ultime partie. Trilogie de L'emprise, III*
6277. Joël Egloff	*J'enquête*
6278. Nicolas Fargues	*Au pays du p'tit*
6279. László Krasznahorkai	*Tango de Satan*
6280. Tidiane N'Diaye	*Le génocide voilé*
6281. Boualem Sansal	*2084. La fin du monde*
6282. Philippe Sollers	*L'École du Mystère*
6283. Isabelle Sorente	*La faille*
6284. George Sand	*Pourquoi les femmes à l'Académie ?* Et autres textes
6285. Jules Michelet	*Jeanne d'Arc*
6286. Collectif	*Les écrivains engagent le débat. De Mirabeau à Malraux, 12 discours d'hommes de lettres à l'Assemblée nationale*
6287. Alexandre Dumas	*Le Capitaine Paul*
6288. Khalil Gibran	*Le Prophète*
6289. François Beaune	*La lune dans le puits*
6290. Yves Bichet	*L'été contraire*
6291. Milena Busquets	*Ça aussi, ça passera*
6292. Pascale Dewambrechies	*L'effacement*
6293. Philippe Djian	*Dispersez-vous, ralliez-vous !*
6294. Louisiane C. Dor	*Les méduses ont-elles sommeil ?*
6295. Pascale Gautier	*La clef sous la porte*
6296. Laïa Jufresa	*Umami*
6297. Héléna Marienské	*Les ennemis de la vie ordinaire*
6298. Carole Martinez	*La Terre qui penche*
6299. Ian McEwan	*L'intérêt de l'enfant*
6300. Edith Wharton	*La France en automobile*
6301. Élodie Bernard	*Le vol du paon mène à Lhassa*

Composition Cmb Graphic
Impression Maury Imprimeur
45330 Malesherbes
le 1er août 2017.
Dépôt légal : août 2017.
Numéro d'imprimeur : 220075.

ISBN 978-2-07-045165-4. / Imprimé en France.

323506